REPRISE

Pas d'invités au dîner de l'Evêque Vanya ce soir-là.

Sa Sainteté est indisposée, tel était le message qu'avaient transmis les Ariels aux convives pressentis, parmi lesquels le beau-frère de l'Empereur, le Prince Xavier, dont le nombre d'invitations à la Source croissait proportionnellement au déclin de la santé de sa sœur.

Tous s'étaient montrés extrêmement compréhensifs et avaient manifesté la plus grande sollicitude pour la santé de l'Evêque. L'Empereur avait même proposé les services de son propre *Theldara,* qui avaient été respectueusement refusés.

L'Evêque dîna seul, si préoccupé qu'il aurait pu manger des saucisses avec ses Catalystes des Champs au lieu des langues de paons et des queues de lézards qu'on lui servit, et dont il ne remarqua même pas qu'elles étaient trop cuites.

Ayant terminé et renvoyé son plateau, il dégusta un cognac en attendant que la petite lune du chronoverre posé sur son bureau ait atteint son zénith. L'attente était toujours difficile, mais Vanya était si soucieux que le temps passa plus vite qu'il ne s'y attendait. Les doigts replets parcouraient les accoudoirs du fauteuil, touchant tel ou tel fil de la toile d'araignée mentale, cherchant ceux qu'il fallait réparer ou renforcer, lançant de nouveaux filaments au besoin.

L'Impératrice — une mouche qui serait bientôt morte.

Son frère — l'héritier du trône. Type différent de mouche, exigeant une considération spéciale.

L'Empereur — sa raison était précaire dans le meilleur

des cas ; la mort de son épouse bien-aimée et la perte de sa situation pouvaient très bien faire chavirer tout à fait un esprit déjà faible au départ.

Le Sharakan — les autres empires du Thimhallan surveillaient cet État rebelle avec trop d'intérêt. Il fallait l'écraser, donner une leçon à son peuple. Et avec lui, anéantir complètement les Sorciers du Neuvième Art. Cela se présentait bien... ou du moins se présentait bien jusqu'à récemment.

Vanya remua nerveusement dans son fauteuil, et jeta un coup d'œil sur le chronoverre. La petite lune se levait juste au-dessus de l'horizon. L'Evêque se servit un autre cognac en maugréant.

Le garçon — au diable le garçon. Et au diable aussi ce maudit catalyste. La pierre noire. Vanya ferma les yeux en frissonnant. Il était en danger, en danger mortel. Si quelqu'un découvrait l'incroyable bévue qu'il avait commise...

Vanya vit les yeux avides qui l'observaient, attendant sa chute. Les yeux du Seigneur Cardinal de Merilon qui — selon la rumeur — avait déjà établi ses plans pour refaire la décoration des appartements de l'Evêque à la Source. Les yeux de son propre Cardinal, lent d'esprit assurément, mais qui s'était élevé dans la hiérarchie en peinant de l'avant avec persévérance, écrasant tout et tout le monde sur son passage. Et il y en avait d'autres, qui surveillaient, attendaient, voraces...

S'ils avaient seulement vent de son échec, ils lui tomberaient dessus comme des dragons, le déchirant de leurs griffes.

Mais non ! Vanya serra ses poings replets, puis se força à se détendre. Tout allait bien. Il avait prévu toutes les éventualités, même les plus improbables.

Cette pensée en tête, et voyant que la lune atteignait enfin le sommet du chronoverre, l'Evêque extirpa sa masse de son fauteuil, et, à pas lents et mesurés, se rendit à la Chambre de Discrétion.

Les ténèbres étaient vides et silencieuses. Aucun signe de présence mentale. C'était peut-être de bon augure, se dit-il, s'asseyant au centre de la pièce ronde. Mais un frémissement d'appréhension parcourut la toile d'araignée qu'il lança pour convoquer son acolyte.

Il attendit, les doigts frémissants sur la toile.

Les ténèbres restèrent immobiles, froides, muettes.

Vanya répéta son appel, ses doigts se recourbant sur eux-mêmes. Oui, cela lui ressemblait bien, à cet arrogant...

Vanya jura, les mains crispées sur ses accoudoirs, le visage inondé de sueur. Il *fallait* qu'il sache ! C'était trop important ! Il allait...

Oui...

Ses mains se détendirent. Vanya réfléchit, retournant ses idées dans sa tête. Il avait prévu toutes les éventualités, même les plus improbables. Y compris celle-là, sans le savoir. C'est le propre du génie.

Se renfonçant dans son fauteuil, l'Evêque Vanya toucha un autre fil de la toile, et lança une convocation urgente à celui, il le savait, qui était peu préparé à la recevoir.

LIVRE I

Chapitre 1

CONVOCATION

— Saryon...

Le catalyste flottait entre l'inconscience et le cauchemar éveillé qu'était sa vie.

— Que Votre Sainteté me pardonne ! marmonnait-il fiévreusement. Rappelez-moi dans notre sanctuaire ! Délivrez-moi de ce terrible fardeau. Je n'ai pas la force de le porter !

S'agitant sur sa paillasse, Saryon porta ses deux mains à ses yeux fermés, comme si elles pouvaient écarter les visions terribles que le sommeil intensifiait et rendait plus terrifiantes.

— Assassin ! s'écria-t-il. J'ai assassiné, Votre Sainteté ! Pas seulement une fois, Votre Sainteté ! Deux fois. Deux hommes sont morts à cause de moi.

— Saryon !

La voix répéta le nom du catalyste, un peu irritée cette fois. Le catalyste se raidit, pressant ses paumes contre ses paupières.

— Écoutez ma confession, Votre Sainteté ! s'écria-t-il. Punissez-moi comme bon vous semblera. Je le mérite et je le désire ! Alors je serai libéré de leurs visages, de leurs yeux... qui me hantent !

Saryon s'assit dans son lit, pas tout à fait réveillé. Il n'avait pas dormi depuis des jours ; l'épuisement, l'excitation lui avaient temporairement dérangé l'esprit. Il n'avait pas conscience de l'endroit où il se trouvait, et ignorait comment cette voix — qu'il savait à des centaines de miles — pouvait lui parler si clairement.

— Le premier était un jeune homme de notre Ordre, poursuivit Saryon d'une voix brisée. Le sorcier s'est servi de ma Force de Vie pour le tuer. Le malheureux catalyste n'avait pas une chance contre Blachloch. Et maintenant, le sorcier est mort, lui aussi ! Il gisait devant moi, impuissant, vidé de sa magie par *mon* art ! Joram...

Saryon répéta, en un chuchotement presque inaudible :

— Joram...

— Saryon !

La voix était sévère, pressante, autoritaire, et elle tira enfin le catalyste de sa torpeur.

— Quoi ?

Frissonnant dans sa robe humide, Saryon regarda autour de lui. Il n'était pas dans le sanctuaire de la Source. Il était dans une prison glacée. La mort l'entourait. Les murs étaient de brique — de la brique fabriquée par la main de l'homme, non par la magie. Au-dessus de sa tête, les poutres du plafond portaient les marques des gouges qui les avaient façonnées. Les froids barreaux de métal de la fenêtre, forgés à l'aide des Arts noirs, semblaient une barrière contre la Vie elle-même.

— Joram ? demanda doucement Saryon, les dents claquant de froid.

Mais un simple coup d'œil lui apprit que le jeune homme n'était pas dans la cellule, qu'il n'y avait pas dormi.

Bien sûr que non, se dit Saryon en frissonnant.

Joram était dans les terres incultes, en train de se débarrasser du cadavre... Mais alors, quelle était la voix qu'il entendait si clairement ?

Le catalyste enfouit son visage dans ses mains tremblantes.

— Prends ma vie, Etern ! pria-t-il avec ferveur. Si tu existes, prends ma vie et mets fin à ces tourments, à ce supplice. Car je suis en train de devenir fou...

— Saryon ! Tu ne peux pas te soustraire à mes ordres, si telle était ton intention ! Tu vas *m'écouter* ! Tu n'as pas le choix !

Le catalyste releva la tête, les yeux fixes et dilatés, tout son corps frissonnant sous un froid plus intense que celui du vent d'hiver le plus mordant.

— Votre Sainteté ? articulèrent ses lèvres tremblantes. Votre Sainteté ? Où êtes-vous ? Je ne vous vois pas, et pourtant je vous entends... je ne comprends pas...

— Je suis présent dans ton esprit, Saryon, dit la voix. Je te parle de la Source. Peu importe la façon d'effectuer cet exploit. Mes pouvoirs sont grands. Es-tu seul ?

— Ou... oui, Votre Sainteté, pour le moment, balbutia le catalyste. Mais je...

— Ressaisis-toi, Saryon, dit la voix, de nouveau impatientée. Tes pensées sont si désordonnées que je ne parviens pas à les lire ! Tu n'as pas besoin de parler. *Pense* les mots que tu veux dire, et je les entendrai. Je te donne un moment pour te calmer par la prière, et ensuite, j'espère que tu seras capable de me prêter ton attention.

La voix se tut. Saryon avait toujours conscience de sa présence, qui bourdonnait comme un insecte dans sa tête. Il s'efforça de se rasséréner, mais pas par la prière. Bien qu'un instant plus tôt il ait supplié l'Etern de prendre sa vie — et bien que cette supplication eût été sincère —, Saryon sentit l'instinct de la survie monter en lui. Il était atterré et furieux que l'Evêque Vanya pût ainsi envahir son esprit — tout en sachant que sa colère était un péché. En sa qualité d'humble catalyste, il aurait dû être fier, supposait-il, que le tout-puissant Evêque prît le temps d'étudier ses indignes pensées. Mais tout au fond de lui, montant du même endroit ténébreux dont sortaient ses cauchemars, une voix demandait froidement : Jusqu'à quel point sait-il ? Y a-t-il un moyen de tout lui cacher ?

— Votre Sainteté, commença Saryon, qui tournait en rond dans la sombre cellule en regardant craintivement autour de lui, comme si l'Evêque allait sortir des murs de brique, j'ai... des difficultés à organiser mes... pensées. Mon esprit curieux...

— Ce même esprit curieux qui t'a conduit sur des chemins ténébreux ? demanda l'Evêque, mécontent.

— Oui, Votre Sainteté, répondit humblement Saryon. J'avoue que c'est ma grande faiblesse, qui m'empêche de prêter attention à vos paroles sans savoir comment et par quel moyen nous communiquons. Je...

— Tes pensées sont en ébullition ; nous ne pourrons rien accomplir d'utile ainsi. Très bien.

La voix de l'Evêque Vanya, résonnant dans l'esprit de Saryon, semblait furieuse, quoique résignée.

— En tant que chef spirituel de notre peuple, Père Saryon, je dois rester en contact avec les contrées les plus écartées de ce monde. Comme tu le sais, il y en a qui voudraient réduire les membres de notre Ordre à ce qu'ils étaient dans l'ancien temps — des domestiques qui servaient leurs maîtres sous forme d'animaux. A cause de cette menace, il est indispensable qu'une grande partie de mes communications avec les autres — ceux appartenant à notre Ordre et ceux qui contribuent à le préserver — se fassent sur une base confidentielle.

— Oui, Votre Sainteté, murmura-t-il nerveusement.

Au-delà des barreaux de la cellule, la nuit commençait à faire place à la grisaille de l'aube. Il entendit des pas dans la rue — ceux qui commençaient à travailler quand le soleil se levait. Mais eux mis à part, le village dormait. Où était Joram ? Avait-il été arrêté ? Le cadavre découvert ? Le catalyste croisa les mains, s'efforçant de se concentrer sur la voix de l'Evêque.

— Une chambre a été construite par des moyens magiques, pour que l'Evêque du Royaume puisse s'entretenir avec ceux de ses disciples ayant besoin de son soutien, Saryon. Connue sous le nom de Chambre de Discrétion, elle est particulièrement utile pour communiquer avec ceux chargés de missions délicates qui doivent rester secrètes pour le bien du peuple...

Un réseau d'espionnage ! pensa Saryon avant de pouvoir s'en empêcher. L'Église, l'Ordre auxquels il avait consacré sa vie n'étaient en réalité rien de plus qu'une araignée géante trônant au milieu de sa vaste toile, surprenant tous les mouvements des malheureux englués dans ses fils ! Pensée terrible que Saryon s'efforça aussitôt de réprimer.

Il se remit à transpirer, alors même que son corps tremblait de froid. Crispé, il attendit la réprimande de l'Evêque qui avait dû recevoir sa pensée. Mais Vanya, comme s'il n'avait rien entendu, continua à expliquer le fonctionnement de la Chambre de Discrétion, qui permettait à un esprit de parler à un autre par des moyens magiques.

Crispé à en avoir mal aux mâchoires tant il serrait les dents, Saryon réfléchissait.

L'Evêque n'a pas surpris mes pensées incontrôlées ! se

dit-il. Je dois peut-être me concentrer, comme il le dit, pour qu'il m'entende. Dans ce cas — et si je parviens à contrôler mon esprit — j'arriverai peut-être à contrer cette invasion mentale.

Quand Saryon eut réalisé cela, il lui vint à l'idée qu'il entendait uniquement les pensées que Vanya voulait bien qu'il entende. Il n'était pas capable de pénétrer les barrières mentales que l'Evêque lui-même avait érigées. Lentement, Saryon commença à se détendre. Il attendit que son supérieur ait terminé ses explications.

Je comprends, Votre Sainteté, pensa le catalyste, intensément concentré sur ses paroles.

— Excellent, Père Saryon.

Vanya semblait satisfait. Il y eut une pause ; l'Evêque réfléchissait à *ses* prochaines paroles, se concentrant sur leur formulation. Mais quand il parla, quand ses pensées prirent forme dans l'esprit de Saryon, elles furent rapides et concises, comme s'il les récitait par cœur.

— Je t'ai chargé d'une mission dangereuse, Saryon — l'arrestation d'un jeune homme nommé Joram. A cause de ce danger même, je me suis inquiété pour toi quand je n'ai pas eu de tes nouvelles. C'est pourquoi j'ai jugé bon de m'enquérir de toi auprès d'un de mes hommes de confiance...

Simkin ! pensa Saryon avant de pouvoir réprimer sa pensée.

Si intense était l'image du jeune homme dans son esprit que l'Evêque avait dû la recevoir.

— Quoi ?

Vanya semblait déconcerté par cette interruption.

— Rien, marmonna vivement Saryon. Je m'excuse, Votre Sainteté. Mes pensées étaient perturbées par... par quelque chose qui se passe à l'extérieur.

— Je suggère que tu t'éloignes de la fenêtre, Père Saryon, dit l'Evêque d'un ton acerbe.

— Oui, Votre Sainteté, répondit Saryon, s'enfonçant les ongles dans les paumes, et s'aidant du stimulus de la douleur pour se concentrer.

Il y eut une seconde de pause — l'Evêque s'efforçant de se rappeler où il était. Pourquoi ne l'écrivait-il pas, tout simplement ? se demanda Saryon avec irritation, sentant les pensées de l'Evêque se détourner de lui. Puis la voix reprit, soucieuse, cette fois.

— Comme je te l'ai dit, je me suis inquiété pour toi, Père Saryon. Et maintenant, cet associé, à qui j'avais demandé de veiller sur toi, ne m'a pas contacté depuis quarante-huit heures. Mes craintes ont augmenté. Y a-t-il des problèmes ?

Qu'est-ce que Saryon pouvait répondre ? Que son monde avait totalement basculé ? Que sa raison ne tenait plus qu'à un fil ? Qu'un moment plus tôt, il priait l'Etern de lui envoyer la mort ? Le catalyste hésita. Il pouvait tout confesser, dire à l'Evêque qu'il connaissait la vérité sur Joram, lui demander grâce, et prendre des mesures pour livrer le garçon comme il en avait reçu l'ordre. Tout serait terminé en quelques instants. Son âme tourmentée retrouverait la paix.

Dehors, le vent — dernier vestige de la tempête de la nuit — battait les murs de la prison, en un effort futile pour les démolir. Saryon entendit des mots dans le vent. Il les avait entendus dix-sept ans plus tôt — l'Evêque Vanya condamnant à mort un nourrisson.

— Père Saryon !

La voix froide et dure de Vanya était comme un écho de ce souvenir.

— Ton esprit recommence à s'égarer !

— Je... je vous assure, Votre Sainteté, bredouilla Saryon, que vous n'avez nulle raison de vous inquiéter pour moi.

— Loué en soit l'Etern, Père Saryon, dit Vanya, du même ton qu'il remerciait l'Etern de ses œufs et de son pain du matin.

Il fit une nouvelle pause. Saryon perçut un tumulte intérieur, un conflit mental. Les paroles qui suivirent furent prononcées à contrecœur.

— Le moment est venu d'entrer en contact, toi et ton protecteur — mon associé, Père Saryon. Je connais l'existence de la Noirépée...

Saryon retint sa respiration.

— ... et nous ne pouvons pas tarder plus longtemps. Le danger que pose ce jeune homme est trop grand.

La voix de Vanya se fit glaciale.

— Il faut que tu me l'amènes à la Source aussi vite que possible, et pour cela, va trouver Blachloch. Dis-lui...

— Blachloch !

Saryon s'effondra sur sa paillasse, le cœur battant, le sang résonnant à ses oreilles aussi fort que le marteau de Joram.

— Votre associé ?

Le catalyste porta ses mains tremblantes à sa tête.

— Votre Sainteté, il est impossible que ce soit Blachloch...

— Je t'assure, Père Saryon...

— C'est un renégat, un défroqué, exclu de la caste des *Duuk-tsarith* ! Il...

— Défroqué ? Il n'est pas plus défroqué que toi, Saryon ! Il *fait toujours partie des Duuk-tsarith*, c'est un membre haut placé de leur organisation, sélectionné avec soin pour cette mission, exactement comme toi.

Saryon serra sa tête dans ses mains, comme pour empêcher ses pensées affolées de se répandre partout au dehors. Blachloch, le sorcier cruel et meurtrier, était toujours *Duuk-tsarith*, membre de la secte chargée de faire appliquer les lois du Thimhallan. C'était un agent secret de l'Église ! Et il était également coupable d'avoir tué des gens de sang-froid, d'avoir pillé un village et volé ses provisions, d'avoir condamné les villageois à la famine pendant l'hiver...

— Votre Sainteté — Saryon humecta ses lèvres desséchées —, ce sorcier était... un homme mauvais. Un méchant ! Il... je l'ai vu de mes yeux tuer un jeune diacre de notre Ordre au village de...

L'Evêque l'interrompit.

— Ne connais-tu pas le dicton : « Les ombres de la nuit sont plus profondes pour celui qui marche dans la lumière » ? Ne nous hâtons pas trop de juger les individus supérieurs avec notre esprit ordinaire, Père Saryon. Si tu repenses calmement à l'incident dont tu parles, tu t'apercevras, j'en suis certain, que cette mort était justifiée par les circonstances, ou peut-être simplement accidentelle.

Saryon revit le sorcier invoquer le vent, il vit la bourrasque soulever le diacre sans défense comme un fétu de paille et le précipiter contre le mur d'une maison. Il vit le jeune corps retomber sur le sol, sans vie.

— Votre Sainteté... hasarda Saryon en frissonnant.

— Assez, Père Saryon ! dit sévèrement l'Evêque. Je n'ai

pas de temps à perdre avec tes pieuses jérémiades. Blachloch fait ce qui est nécessaire pour conserver sa couverture de sorcier renégat. Il joue un jeu dangereux au milieu de tous ces Sorciers des Arts noirs qui t'entourent, Saryon. Qu'est-ce qu'une vie, après tout, comparée à des milliers de vies, à des millions d'âmes ! Et c'est ce qu'il tient dans sa main.

— Je ne comprends pas...

— Alors, laisse-moi le temps de t'expliquer ! Ce que je vais te dire est strictement confidentiel et doit rester entre nous. Avant ton départ, je t'ai parlé des problèmes que nous avions avec le royaume nordique du Sharakan. Ils empirent de jour en jour. Les catalystes qui ont abandonné les lois de notre Ordre croissent en popularité et en nombre. Ils donnent libéralement de leur Force de Vie à quiconque en demande. A cause de cela, le roi du Sharakan croit qu'il peut nous braver avec impunité. Il a confisqué les fonds de l'Église et les a ajoutés à son trésor. Il a exilé le Cardinal et l'a remplacé par un de ces catalystes renégats. Il projette d'envahir et de conquérir Merilon, et il est de mèche avec les Sorciers de la Technologie parmi lesquels tu vis, pour qu'ils lui procurent leurs armes démoniaques...

— Oui, Votre Sainteté, murmura Saryon, n'écoutant qu'à moitié, s'efforçant désespérément de décider quoi faire.

— Le roi du Sharakan a l'intention d'utiliser les armes des Sorciers pour l'aider dans sa conquête. Bien que Blachloch ait l'air de favoriser les ambitions du Sharakan et d'aider les Sorciers, en réalité il se prépare à les faire tomber dans un piège mortel. Ainsi pourrons-nous vaincre le Sharakan et écraser les Sorciers définitivement, les bannissant enfin de notre monde. Blachloch contrôle tout ou, du moins, il contrôlait tout jusqu'à ce que le jeune homme — ce Joram — découvre la pierre noire.

A mesure qu'augmentait la colère de Vanya, ses pensées devenaient vagabondes et incohérentes. Saryon ne parvenait plus à les suivre. Vanya le sentit, et il y eut un moment de silence exaspéré, pendant lequel il s'efforça de recouvrer son sang-froid, puis la communication reprit, plus calme.

— La découverte de la pierre noire est une catastrophe, Père Saryon ! Tu le comprends sans aucun doute. Elle peut donner la victoire au Sharakan ! C'est pourquoi il est impératif que toi et Blachloch vous m'ameniez immédiatement à la Source le jeune homme et la force terrible qu'il a introduite dans ce monde, avant que le Sharakan n'apprenne son existence.

La tension était telle que Saryon en avait mal à la tête. Heureusement, il régnait un si grand tumulte dans ses propres pensées qu'il ne devait en transmettre que des bribes confuses et incohérentes : Blachloch agent double... la pierre noire menace pour le monde... les Sorciers attirés dans un piège...

Joram... Joram... Joram...

Saryon se calma. Il savait maintenant quoi faire. Rien d'autre n'avait d'importance. Guerres entre les royaumes. Milliers de vies en jeu. C'était trop énorme, cela dépassait l'entendement. Mais la vie d'un seul ?

Comment puis-je l'amener à la Source, sachant le sort qui l'y attend ? Et je le vois maintenant, s'avoua Saryon. Je ne le voyais pas auparavant, mais parce que je fermais volontairement les yeux.

Le catalyste releva la tête, fixant intensément l'obscurité.

— Votre Sainteté, dit-il tout haut, interrompant la tirade de l'Evêque, je sais qui est Joram.

Vanya s'arrêta net. Saryon perçut en lui doute, prudence, peur. Mais cela disparut presque immédiatement. A près de quatre-vingts ans, l'Evêque du Royaume de Thimhallan en avait passé plus de quarante dans cette charge. Il était très habile à la conserver.

— Que veux-tu dire — les pensées de l'Evêque lui parvinrent dans une véritable confusion —, tu sais qui il est ? Mais il est Joram, fils d'une folle nommée Anja...

Saryon sentit ses forces lui revenir. Enfin, il était capable d'affronter la vérité.

— Il est Joram, dit le catalyste à voix basse, fils de l'Empereur de Merilon.

Chapitre 2

UN ÉTAT DE GRÂCE

Dans la cellule, il y eut un silence à l'intérieur du silence. Si profond que, pendant instant, Saryon pensa — espéra — que Vanya avait rompu la communication.

Puis les mots se remirent à résonner dans sa tête.

— Et comment es-tu arrivé à cette prétendue connaissance, Père Saryon ?

Le catalyste sentit que l'Evêque s'aventurait prudemment sur ce terrain inconnu et instable.

— Est-ce que Blachloch...

— Par l'Etern, le savait-il ? dit Saryon, parlant tout haut dans sa stupéfaction. Non, poursuivit-il, quelque peu confus, personne ne me l'a dit. Personne n'avait à me le dire. Simplement... je sais. Comment ?

Il haussa les épaules, fataliste.

— Comment sais-je la quantité de magie que je tire du monde pour la donner à un Forme-Bois qui en façonnera une chaise ? C'est une question de calcul, d'addition de tous les facteurs — la taille et le poids du jeune homme, ses capacités, son âge, la difficulté de son projet... Est-ce que je pense consciemment à ces choses ? Non ! Je l'ai fait si souvent que la réponse me vient sans réfléchir à la façon dont je l'ai obtenue.

« Et ainsi, Votre Sainteté, c'est comme ça que j'en suis venu à connaître la véritable identité de Joram.

Saryon secoua la tête et ferma les yeux.

—. Mon Dieu, je l'ai tenu dans mes bras ! Ce bébé né

Mort et condamné à mourir ! J'ai été la dernière personne à le serrer sur mon cœur !

Des larmes s'insinuèrent lentement derrière ses paupières.

— Je l'ai ramené à la nursery, ce jour terrible, je suis resté près de son berceau et je l'ai bercé dans mes bras pendant des heures. Je savais que, quand je l'aurais recouché, personne d'autre ne serait autorisé à le toucher jusqu'à ce que vous l'emmeniez... à la Source.

Dans son émotion, Saryon quitta son lit et se mit à arpenter sa cellule.

— C'est peut-être mon imagination, mais je crois que cela a créé un lien entre nous. La première fois que j'ai vu Joram, mon âme l'a reconnu à défaut de mes yeux. C'est quand j'ai commencé à écouter mon âme que j'ai su la vérité.

— Es-tu certain que c'est la vérité ?

Le ton était tendu.

— Le niez-vous ? s'écria sombrement Saryon.

S'arrêtant de tourner en rond, il leva les yeux vers les poutres de sa prison, comme s'il allait y voir l'Evêque.

— Niez-vous m'avoir envoyé ici à dessein, espérant que je découvrirais ce qu'il en est ?

Il y eut un long moment d'hésitation ; Saryon imagina un homme considérant une main de tarok et se demandant quelle carte jouer.

— L'as-tu dit à Joram ?

Il y avait une peur très réelle dans cette question, une peur palpable pour Saryon, une peur qu'il croyait comprendre.

— Non, bien sûr, répondit le catalyste. Comment lui raconter une histoire aussi fantastique ? Il ne m'aurait pas cru, pas sans preuves. Et je n'en ai aucune de tangible.

— Pourtant, tu as parlé d'addition de *tous* les facteurs, insista Vanya.

Saryon secoua la tête avec impatience. Il se remit à tourner en rond, mais s'arrêta net devant la fenêtre. Maintenant, le jour était levé. La lumière inondait la cellule glacée ; et le village des Sorciers commençait à s'éveiller. Des volutes de fumée montaient des cheminées, emportées par les bourrasques. Quelques lève-tôt allaient à leur travail, ou inspectaient les dégâts que la tempête avait infligés à leurs maisons. Au loin, il vit l'un des gardes de Blachloch courir entre les bâtisses.

Où était Joram ? Pourquoi n'était-il pas revenu ? se demanda Saryon. Il écarta immédiatement ces idées, et se remit à marcher, espérant que l'activité l'aiderait à se concentrer et aussi à se réchauffer.

— Tous les facteurs ? répéta-t-il pensivement. Oui, il y a... d'autres facteurs. Le jeune homme ressemble à sa mère, l'Impératrice. Oh, la ressemblance n'est pas frappante. La vie difficile qu'il a menée lui a durci les traits. Ses sourcils broussailleux lui donnent l'air sombre, et il ne sourit jamais. Mais il a ses magnifiques cheveux noirs qui tombent en bouclant sur ses épaules. Il paraît que sa mère — c'est-à-dire, la femme qui l'a élevé — refusait qu'on les coupe. Et parfois, l'expression de ses yeux est... hautaine, royale...

Saryon soupira, la bouche sèche, refoulant ses larmes.

— Et puis, bien sûr, c'est un Mort, Votre Sainteté.

— Il y a beaucoup de Morts qui marchent dans ce monde.

L'Evêque s'efforce de me soutirer tout ce que je sais, réalisa soudain Saryon. Ou peut-être qu'il cherche des preuves. Les jambes flageolantes, Saryon se laissa tomber devant la petite table proche de la cheminée. Soulevant le pichet d'argile façonné à la main, il voulut se verser à boire, mais découvrit que l'eau avait gelé. Lançant un regard amer aux cendres froides du foyer, il reposa brutalement le cruchon.

— Je sais qu'il y a beaucoup de Morts, Votre Sainteté, dit le catalyste d'une voix étranglée, se remettant à parler tout haut. Rappelez-vous, j'en ai découvert moi-même un assez grand nombre à Merilon. Pour être déclaré Mort, un bébé doit échouer à deux des trois épreuves de magie. Mais nous savons, vous et moi, Votre Sainteté, que ces Morts possèdent quand même quelque magie, même si c'est très peu.

Il déglutit avec effort, la gorge desséchée et comme à vif.

— Je n'ai vu qu'un seul bébé qui ait échoué aux trois épreuves. Totalement échoué. Et ce bébé était le Prince de Merilon. Et je n'ai jamais rencontré personne, même parmi les prétendus Morts qui vivent dans notre village, qui n'ait aucune magie — excepté un seul, Joram. C'est un Mort, Votre Sainteté. Vraiment. Aucune Vie ne frémit en lui.

— Est-ce connu parmi les Sorciers ?

L'interrogatoire continuait, implacable. La tête de Saryon se mit à lui faire mal. Il aspirait au silence, il aspirait à se débarrasser de cette voix qui le sondait. Mais il ne savait pas comment faire, à moins de se fracasser la tête contre les murs. Il se mordit les lèvres et répondit à la question.

— Non. Joram a appris a dissimuler superbement son handicap. Il est très habile à l'illusionnisme et aux tours de passe-passe. Apparemment, cette femme qui s'est fait passer pour sa mère — Anja — a dû les lui enseigner. Joram sait ce qui lui arriverait si son secret était découvert. Même ici, parmi les Morts et les bannis, il serait exilé au mieux, assassiné au pire.

Le catalyste s'impatienta.

— Mais Blachloch vous a certainement dit tout ça...

— Blachloch sait ce qu'il lui est nécessaire de savoir, répondit Vanya. J'avais mes soupçons, je l'avoue, et il a fait ce qu'il fallait pour les confirmer ou les infirmer. Je n'ai pas vu l'utilité d'en discuter avec lui.

Le catalyste remua nerveusement sur sa chaise.

— Mais il est utile et nécessaire d'en discuter avec moi, marmonna-t-il.

— Oui, Père Saryon, dit l'Evêque, d'une voix maintenant ferme et froide. Je sens en toi une affection, un attachement croissants pour ce jeune homme. C'est un poison mortel pour ton âme, Frère Saryon, et tu dois t'en purger. Oui, peut-être t'ai-je envoyé dans l'espoir de confirmer ce que je soupçonnais depuis longtemps. Maintenant, tu connais le secret, Saryon, et il est terrible ! Si nos ennemis savaient que le Prince est en vie, cela nous mettrait à leur merci. Le danger est si grand qu'il est presque impensable ! Que se passerait-il, Saryon, si l'on savait que le vrai Prince est un Mort ? La rébellion serait le moindre de nos soucis ! La famille régnante serait rejetée, vilipendée. Le chaos régnerait à Merilon, qui deviendrait une proie facile pour le Sharakan ! Tu comprends cela, n'est-ce pas, Saryon ?

— Oui, Votre Sainteté.

Une fois de plus, Saryon essaya de s'humecter les lèvres, mais sa langue était raide comme du bois.

— Je comprends.

— Et tu comprends aussi pourquoi il est impératif que Joram nous soit livré...

— Pourquoi n'était-ce pas impératif avant ? demanda Saryon, à qui le froid et l'épuisement donnaient un courage inhabituel. Vous aviez Joram ici, vous aviez Blachloch, qui était un sorcier, un *Duuk-tsarith.* Il vous aurait amené Joram en morceaux si vous l'aviez exigé ! Et pourquoi prendre la peine d'amener Joram à la Source ? S'il est si dangereux, débarrassez-vous de lui ! Il aurait été facile de le tuer, surtout pour Blachloch ! dit-il avec amertume. Pourquoi m'impliquer...

— Tu étais nécessaire pour découvrir la vérité, répondit Vanya, coupant court brutalement aux idées de Saryon. Jusqu'à maintenant, je soupçonnais seulement que ce Joram était le Prince. Les facteurs le corroborent, comme je le pensais. Quant à l'assassiner, l'Église ne commet pas de meurtres, Père Saryon.

Saryon baissa la tête. La réprimande était bien méritée. Bien qu'il eût perdu la foi en son Église et en son Dieu, il n'arrivait pas à croire que l'Evêque de Thimhallan pût ordonner la mort d'un homme. Même les bébés jugés Morts n'étaient pas tués, mais étaient transportés dans la Chambre d'Attente, d'où ils glissaient doucement hors d'un monde dans lequel ils n'avaient pas leur place. Quant au meurtre du jeune diacre, c'était l'œuvre de Blachloch. Saryon croyait sans peine qu'il avait été difficile à l'Evêque de contrôler le sorcier. Les *Duuk-tsarith* vivaient selon leurs propres lois.

— Je vais t'avouer quelque chose, Père Saryon.

Cette pensée parvint à Saryon chargée de douleur. Le catalyste grimaça, ressentant une douleur semblable.

— Et cela, pour que tu comprennes mieux. Si ce jeune homme n'avait pas découvert la pierre noire, je me serais contenté de le laisser vivre tranquillement parmi les Sorciers — du moins tant que nous n'aurions pas été prêts à marcher contre eux. Comprends-tu, Saryon ? Il aurait été facile de supprimer Joram avec eux, d'éliminer d'un seul coup tous ces dangers qui menacent notre monde, sans bouleverser le peuple. Châtier le Sharakan, punir les catalystes rebelles, éliminer les Sorciers des Arts noirs, nous débarrasser d'un Prince Mort, tout aurait été facile, Saryon.

Une fois encore, le silence à l'intérieur du silence. Saryon soupira, enfouit sa tête dans ses mains. La voix reprit, si bas que ce n'était qu'un murmure dans sa tête.

— Cela peut encore être simple, Père Saryon. Tu tiens le sort de Merilon, sinon celui du monde, entre tes mains.

Atterré, Saryon releva la tête et protesta :

— Non, Votre Sainteté ! Je ne veux pas...

— Tu ne veux pas de cette responsabilité ? dit sombrement Vanya. Tu n'as pas le choix, j'en ai peur. Tu as fait une faute, et maintenant, tu dois la payer. Je sais certaines choses sur la pierre noire. Et je n'ignore pas que Joram n'aurait pas pu apprendre à s'en servir sans l'aide d'un catalyste.

— Votre Sainteté, je ne comprenais pas... commença Saryon, au supplice.

— Vraiment, Saryon ? Ta tête trouvait peut-être des excuses à tes actes, mais ton cœur savait que tu péchais ! Je sens ta culpabilité, mon fils, une culpabilité qui a détruit ta foi. Et tu ne seras pas absous tant que tu n'auras pas fait ton devoir. En m'amenant le jeune homme, en le livrant à l'Église, tu soulageras ta conscience torturée et tu retrouveras la paix que tu connaissais autrefois.

— Qu'est-ce... qu'est-ce qui arrivera à Joram ? demanda-t-il avec hésitation.

— Tu ne devrais pas t'en soucier, Père Saryon, dit sévèrement Vanya. Le jeune homme a contrevenu deux fois à nos lois les plus sacrées — il a commis un meurtre, et il a ramené dans le monde un pouvoir démoniaque. Contemple la noirceur de ton âme, Saryon, et recherche sa rédemption !

Si seulement je le pouvais, pensa Saryon avec lassitude.

— Père Saryon — Vanya était vraiment en colère maintenant —, je sens doutes et agitation où il ne devrait y avoir que contrition et humilité !

— Pardonnez-moi, Votre Sainteté !

Saryon porta ses mains à ses tempes.

— Tout cela est si inattendu ! Je n'arrive pas à comprendre — il me faut du temps pour réfléchir... pour savoir ce que je dois faire.

Soudain, un soupçon lui traversa l'esprit.

— Votre Sainteté, comment se fait-il que Joram ait vécu ? Comment a fait Anja...

— Comment, Père Saryon, encore des questions ? l'interrompit sévèrement l'Evêque.

Il y eut un silence, lourd, menaçant.

Saryon déglutit avec effort, mais il n'y avait rien dans sa bouche, que le goût du sang. Il essaya de s'éclaircir les idées, mais les questions demeurèrent — insistantes, troublantes. L'Evêque dut le sentir, car les pensées qui suivirent furent chaleureuses, chaudes comme une couverture.

— Tu as peut-être raison, Père Saryon, dit Vanya avec bonté. Il te faut du temps. Je suis impatient, je l'avoue. La situation est si critique, le danger si grand, que je n'ai pas ménagé tes sentiments. Un jour de plus ne fera guère de différence. Je te contacterai ce soir pour régler les derniers détails de notre affaire. La Chambre de Discrétion me donne la possibilité de te contacter n'importe quand, n'importe où. Tu es toujours dans mes pensées, comme dit l'antique dicton.

Saryon frissonna. L'idée n'était pas réconfortante.

— Vous m'en voyez honoré, Votre Sainteté, marmonna-t-il.

— Puisse l'Etern marcher auprès de toi et guider tes pas chancelants.

— Merci, Votre Sainteté.

Le silence était revenu et, cette fois, Saryon sentit que l'Evêque s'était retiré. Quittant sa chaise, le catalyste traversa sa cellule et alla se rallonger sur son grabat. Il tira sa mince couverture sur ses épaules, et resta là, prostré, tremblant de froid et de peur. Le soleil matinal entrait à travers les barreaux de la fenêtre, répandant dans la cellule une lumière pâle et glacée qui intensifiait le froid régnant dans la pièce plutôt qu'elle ne la réchauffait. Lugubre, Saryon fixait les ombres tremblotant dans cette fausse clarté, s'efforçant de comprendre ce qui lui arrivait.

Mais, consumé d'horreur et de dégoût, il avait du mal à se concentrer, et il luttait avec colère contre ces réactions perturbatrices.

L'Evêque aime tant son peuple qu'il a imaginé ce moyen de veiller sur lui, ce qui devrait m'emplir d'une humble gratitude. Si mon âme était purgée, comme il dit, je ne lui tiendrais pas rigueur de cette invasion mentale, se dit Saryon avec amertume. Ce sont mes propres péchés qui me font frissonner à l'idée qu'il a le pouvoir de fouiller dans mon esprit comme un voleur ! Ma vie appartient à l'Église, après tout. Je ne devrais rien avoir à cacher.

Il roula sur le dos, contemplant les ombres mouvantes des poutres.

Oh, retrouver la paix ! L'Evêque a peut-être raison. C'est peut-être ma culpabilité qui m'a fait perdre la foi, une culpabilité que je refuse de reconnaître. En confessant mes péchés et en acceptant ma pénitence, je serai libre de nouveau, libéré des doutes qui me tourmentent, libéré de ce tumulte intérieur !

A ces pensées, une onde de paix déferla sur lui, emplissant le terrible vide intérieur qui l'habitait. Si Vanya avait été là, Saryon se serait jeté à ses pieds sur-le-champ.

Mais... Joram...

Oui, Joram ? Le souvenir de Joram creva sa bulle de paix. La chaleur commença à s'en échapper. Non ! Saryon s'efforça de la retenir.

Avoue-le, se dit-il. Joram te fait peur ! Vanya a raison. Ce jeune homme représente un danger réel. Ce serait un soulagement d'être débarrassé de lui et de la responsabilité de cette arme du mal, surtout maintenant que je suis certain de la vérité. Après tout... que disaient les anciens, déjà ? « La vérité vous rendra libres » ?

Très bien, contesta la partie noire et cynique de son âme, mais qu'est-ce que la vérité ? Vanya a-t-il répondu à tes questions ? Que s'est-il vraiment passé il y a dix-sept ans ? Si Joram est le Prince, comment et pourquoi est-il encore en vie ?

Le catalyste ferma les yeux, essayant d'effacer à la fois le soleil et les ombres. Une fois de plus, il tenait le nourrisson dans ses bras, le berçait doucement, versant des larmes sur sa tête innocente. Une fois de plus, il sentit le contact de Joram — la main du jeune homme posée sur son épaule comme en ces terribles moments de la nuit précédente à la forge. Il vit la nostalgie dans les yeux noirs et froids — la nostalgie de l'amour que l'âme de Joram s'était si longtemps refusé. Joram avait vu cet amour en Saryon. Le lien était là ! Si Saryon avait encore cru en l'Etern, il aurait dit que c'était la volonté de Dieu. Pouvait-il rompre ce lien, le trahir ?

Qu'arriverait-il à Joram ? Les paroles qu'il avait adressées à l'Evêque résonnèrent dans sa tête. Et il connaissait la réponse. L'Evêque Vanya avait emporté le bébé pour le mettre à mort. Il ne pouvait faire moins vis-à-vis du jeune homme.

Saryon ouvrit les yeux, contemplant la lumière matinale où il n'y avait aucune chaleur, mais dans laquelle résidait la vérité — quelque froide qu'elle fût.

Si je ramène Joram à la Source, je le ramène à la mort.

La paix factice quitta tout à fait le catalyste, laissant derrière elle le même vide morne et ténébreux. Il y avait trop de questions sans réponse, trop de mensonges. L'Evêque Vanya avait menti à l'Empereur et à l'Impératrice, qui croyaient que leur bébé était mort. Il avait menti à Saryon quand il l'avait lancé à la poursuite de Joram. Et il aurait continué à mentir si Saryon ne l'avait pas surpris en flagrant délit de mensonge. Une chose était certaine : il ne pouvait pas faire confiance à Vanya. Il ne pouvait faire confiance à personne. La seule vérité à laquelle Saryon pouvait se raccrocher résidait en lui-même. Il poussa un profond soupir. Il suivrait cette vérité, en espérant qu'elle le guiderait pour sortir du bourbier où il pataugeait.

Mais où était Joram ? Il aurait dû être de retour depuis longtemps. Il avait dû se passer quelque chose...

La lumière du soleil fut voilée par deux silhouettes qui se matérialisèrent dans la cellule, comme le fantôme de la conscience de Saryon. Le catalyste les regarda craintivement, le cœur dans la gorge, jusqu'au moment où l'une d'elles prit la parole.

— Eh bien, regarde donc, Joram, dit-elle, joyeuse et moqueuse comme le soleil. Toi et moi, nous bravons les périls du désert, pendant que notre Père déplumé dort comme feu le Baron du Manoir de Dunstable en avait l'habitude avant qu'on ne l'enterre par erreur.

Chapitre 3

LAVER LA TACHE

— Joram ? dit Saryon d'une voix hésitante.

S'asseyant dans son lit, le catalyste fixa les deux jeunes gens debout au centre de la cellule. Ils étaient apparus si soudainement, comme sortant de nulle part, que Saryon se demanda s'ils étaient réels ou s'ils n'étaient qu'une manifestation de ses pensées.

Mais la voix qui lui répondit était bien réelle, comme son irritation.

— Qui d'autre veux-tu que ce soit ? dit sèchement Joram, continuant à prouver sa réalité en prenant le pichet sur la table.

S'apercevant que l'eau était gelée, il le reposa en jurant.

— Chut ! l'avertit Saryon, mais il était trop tard.

Au bruit de sa voix, le visage d'un garde apparut entre les barreaux, et son compagnon s'écria, alarmé :

— Morbleu ! Fuyez, vite ! Une bête répugnante nous attaque... Oh, je te demande pardon, ajouta-t-il, comme le garde fronçait les sourcils. Ce n'est pas une bête répugnante, seulement un garde de Blachloch. Toutes mes excuses. J'ai dû être abusé par l'odeur.

Le garde disparut en grognant, et Simkin, reniflant avec dégoût, se boucha le nez.

Saryon traversa vivement la cellule.

— Tu n'as rien ? demanda-t-il à Joram, le regardant avec inquiétude.

Le visage hagard, le jeune homme leva sur lui des yeux

lourds de fatigue. Ses vêtements étaient déchirés et tachés de boue et d'une autre substance — Saryon réalisa avec horreur que c'était du sang. Et Joram en avait aussi des traces sur les mains.

— Je vais très bien, dit Joram avec lassitude, se laissant tomber sur une chaise.

— Mais... dit Saryon, posant les mains sur ses épaules avachies... tu as une mine épouvantable.

— J'ai dit que j'allais très bien, grogna Joram, se débarrassant d'une secousse des mains compatissantes de Saryon.

Il regarda le catalyste à travers le fouillis de ses cheveux et ajouta :

— J'ai connu des jours meilleurs, si c'est ce que tu veux dire...

— Cette remarque me blesse ! dit Simkin, cueillant en l'air avec panache un carré de soie orange et se tamponnant le nez. Je t'en prie, ne me confonds pas avec la canaille.

Effectivement, Simkin semblait sortir d'une soirée avec l'Empereur. Le seul changement notable dans son élégance recherchée, c'était que ses vêtements multicolores avaient fait place à une tenue totalement noire, jusqu'à ses manchettes de dentelle.

Saryon s'écarta de Joram en soupirant. Il frictionna ses mains glacées, puis les fourra dans ses manches en un effort futile pour les réchauffer.

— Tu as eu du mal à rentrer ici hier soir ? demanda Joram au catalyste.

— Non. Les gardes savaient que j'étais avec... Blachloch.

Saryon toussa, comme si ce nom l'étouffait.

— Je leur ai dit qu'il en avait terminé avec moi et... qu'il m'avait congédié. Ils m'ont enfermé ici sans poser de questions. Mais toi ?

Il regarda tour à tour Joram et Simkin, étonné.

— Comment es-tu revenu ? Où es-tu allé ? Quelqu'un vous a-t-il vus ?

Involontairement, il jeta un coup d'œil vers la maison d'en face, où vivaient les gardes de Blachloch et d'où ils surveillaient les prisonniers.

— Si quelqu'un nous a vus ? Morbleu, quelle question insultante !

Simkin renifla dédaigneusement.

— Aurais-je l'idée de paraître en public dans cette

tenue ? dit-il, levant une manche noire avec mépris. Je ne suis ainsi vêtu que parce que cela me paraît convenir à la situation.

— Mais comment es-tu arrivé là ? insista Saryon.

— Les couloirs, naturellement, dit Simkin, haussant les épaules.

— Mais... c'est impossible ! haleta Saryon, presque incohérent tant il était stupéfait. Les *Thon-Li,* les Maîtres des Couloirs ! Ils t'auraient intercepté... Tu n'avais pas de catalyste pour te donner assez de Vie ou... ou pour les ouvrir !

— Simples détails, dit Simkin, agitant une main couverte de dentelle noire.

Il fit le tour de la pièce, admirant ses souliers noirs sans cesser de parler.

— Je parlais de quelque chose quand nous sommes entrés, mais entre toi et le rustre apparu à la fenêtre, et qui, soit dit en passant, m'a coupé l'appétit pour le petit déjeuner, ça m'est sorti de la tête. Qu'est-ce que c'était donc ?

— Joram, commença Saryon, s'efforçant d'ignorer Simkin, qu'est-ce...

— Ah, je me rappelle.

Simkin fronça les sourcils, portant la main à son front.

— Le Baron enterré par erreur. Il l'a assez bien pris. En fait, il a trouvé que c'était une bonne blague. Il a eu un petit problème pour sortir de sous sa pierre tombale, puis quelques instants d'angoisse ont suivi quand nous l'avons pris pour un vampire et avons tenté de lui enfoncer un pieu dans le cœur. On a quand même fini par s'apercevoir qu'il était en chair et en os, et on a fait quérir un *Theldara* immédiatement. Pour colmater le trou de sa poitrine. En vain. Erreur bien compréhensible. Mais la veuve affligée, ce fut une autre histoire. Elle ne lui a jamais pardonné d'avoir gâché ses funérailles, termina Simkin en soupirant.

— Joram ! Où es-tu allé ? Que s'est-il passé ? insista Saryon tandis que Simkin s'interrompait pour reprendre son souffle.

— Où est la Noirépée ? demanda brusquement Joram.

— Là où tu la caches. Je l'ai rapportée, comme promis. Elle est en sûreté, ajouta Saryon, voyant les yeux noirs de Joram se poser sur lui d'un air soupçonneux. Comme tu l'as dit, je n'ai pas pu détruire ce que j'avais aidé à créer.

Joram se leva.

— Simkin, surveille la fenêtre, ordonna-t-il.

— Est-ce bien nécessaire ? Si ce rustre revient, je vais vomir. Je jure...

— Surveille la fenêtre, c'est tout ! dit sombrement Joram.

Se bouchant le nez et la bouche de son mouchoir de soie orange, Simkin s'approcha obligeamment de la fenêtre et jeta un coup d'œil dehors.

— Le rustre en question bavarde avec les autres rustres d'en face, annonça-t-il. Ils ont l'air furieusement excités. Je me demande ce qui se passe.

— Ils ont sans doute découvert l'absence de Blachloch, dit Joram, s'approchant du lit.

S'agenouillant, il passa les mains sous la paillasse crasseuse et en sortit un paquet enveloppé d'un linge, qu'il écarta vivement. Il contempla l'épée, hochant la tête avec satisfaction, puis reporta son regard sur Saryon. La pâle lumière projetait une ombre grisâtre sur le visage du catalyste, qui le regardait, grave et solennel.

— Merci, dit Joram, bourru.

— Ne me remercie pas. L'Etern m'est témoin que je voudrais la voir au fond de la rivière ! dit Saryon avec ferveur. Surtout après les événements de cette nuit ! Reconsidère ta décision, Joram, dit-il, levant les mains en un geste suppliant. Détruis cette arme du mal avant qu'elle ne te détruise !

— Non !

Fuyant le regard angoissé du catalyste, Joram remit le paquet sous le lit d'un geste coléreux.

— Tu as vu le pouvoir qu'elle m'a donné cette nuit. Crois-tu vraiment que je pourrais y renoncer ? C'est mon problème, pas le tien, vieillard !

— C'est aussi *mon* problème, dit Saryon. J'étais là ! Je t'ai aidé à commettre un meur...

Le catalyste se mordit les lèvres, avec un regard furtif à Simkin.

— Tu peux parler, dit Joram en se levant. Simkin sait.

Bien sûr, se dit Saryon avec amertume. Simkin sait toujours tout, d'une façon ou d'une autre. Le catalyste eut l'impression que la vérité — son guide pour sortir du marécage — venait de le quitter, le laissant patauger dans une fondrière.

— En fait, poursuivit Joram, se laissant tomber sur le lit, tu devrais le remercier, Catalyste. Sans lui, je n'aurais jamais pu mener à bien « les événements de la nuit dernière », comme tu dis.

— Oui, dit joyeusement Simkin, se détournant de la fenêtre. Il allait abandonner le cadavre n'importe où et, bien entendu, cela n'allait pas du tout. Je veux dire, il fallait que les centaures aient l'air d'avoir tué ce pauvre cher Blachloch, non ? Ma parole, les gardes du sorcier, pardon, de feu le sorcier que personne ne regrette, sont stupides, mais le sont-ils totalement ?

« Supposons qu'ils aient trouvé leur ancien maître au pied d'un arbre, avec un grand trou dans les entrailles, et pas une empreinte de pas ni une arme en vue. Est-il vraisemblable, je me le demande, qu'ils se soient dit tranquillement : “Sacrebleu ! On dirait que ce vieux Blachloch s'est fait estourbir par un érable !” “Non, par ta Tante Minnie !” Ils seraient revenus ici en hâte, auraient aligné tout le monde sur la place, et auraient posé des questions gênantes et insultantes, du genre : “Où étais-tu hier soir entre dix heures et minuit ?”, ou “Qu'est-ce qu'a fait le chien pendant la nuit ?”. Alors, pour éviter ça, nous avons disposé le corps — avec beaucoup de goût, je t'assure — dans une attitude pittoresque au centre d'une petite clairière, en ajoutant quelques touches à la scène pour faire joli.

Saryon fut soudain pris de nausée. Il revit Joram quittant la forge, le cadavre du sorcier jeté sur son épaule, les bras inertes de Blachloch ballottant derrière lui. Ses genoux se dérobèrent ; s'effondrant sur une chaise, il fixa avec horreur Joram et sa chemise tachée de sang.

Joram, suivant le regard du catalyste, baissa les yeux et sa bouche se tordit en un rictus.

— Ça te dégoûte, vieillard ?

— Tu devrais te débarrasser de ta chemise, avant que les gardes la voient, dit Saryon.

Joram le regarda un instant, haussa les épaules, puis, montrant la chemise, il dit :

— Simkin, allume du feu.

— Comment, mon cher ami ? protesta Simkin. Brûler une chemise encore très bonne ! Ote-la, j'enlèverai la tache en un clin d'œil. La Duchesse de Longueville m'a montré — je t'ai parlé d'elle, tu te souviens ? Celle dont tous les maris périssent de mort mystérieuse. Et spécialiste en taches également. " Rien de plus facile que de faire disparaître une tache de sang, mon cher Simkin, disait-elle. La plupart des gens en font toute une histoire." Tout ce qu'il y a à faire...

Saisissant au vol la chemise que Joram lui lançait, Simkin la secoua, puis frotta vigoureusement la tache de son mouchoir orange. A ce contact, le sang disparut.

— Qu'est-ce que je te disais ? Blanche et pure comme de la neige vierge. Enfin, si l'on excepte les souillures du col, dit Simkin, considérant la chemise avec un sourire dédaigneux.

— Et le cadavre ? intervint Saryon d'une voix rauque. Qu'est-ce que ces « touches pour faire joli » ?

— Des empreintes de centaures, se rengorgea Simkin. Une idée à moi.

— Des empreintes de centaures ? Comment ?

— Eh bien, je me suis métamorphosé en centaure, naturellement, répondit Simkin, s'appuyant contre le mur. Furieusement amusant. Je fais ça de temps en temps pour me détendre. J'ai piétiné le terrain, arrachant la végétation pour donner l'impression d'un combat acharné. J'ai même pensé à me tuer aussi et à laisser mon cadavre près de celui de Blachloch, ce qui aurait été le fin du fin en matière de réalisme. Mais, termina-t-il en soupirant, en art, il ne faut pas pousser le réalisme trop loin.

— Ne t'inquiète pas, Catalyste, dit Joram avec irritation. Personne ne soupçonnera rien.

Reprenant la chemise à Simkin, il se mit en devoir de l'enfiler, puis hésita et la jeta sur le lit. Tirant un sac de cuir usé de sous le lit, Joram en sortit une autre chemise.

— Où est mosiah ? demanda-t-il, regardant autour de lui en fronçant les sourcils.

— Je... je ne sais pas, répondit Saryon, réalisant soudain qu'il n'avait pas vu le jeune homme. Il dormait quand je suis sorti. Le garde doit l'avoir emmené quelque part !

Il se leva, alarmé, et se dirigea vers la fenêtre.

— Il s'est sans doute évadé, dit Simkin avec nonchalance. Ces rustres ne seraient pas capables d'empêcher un poussin de sortir de sa coquille. Et je sais que Mosiah parlait de s'en aller tout seul dans le désert.

Il bâilla à se décrocher la mâchoire.

— Saryon, mon vieux, ça ne te fait rien que je me serve de ton lit ? J'ai furieusement sommeil. Assister à des meurtres, dissimuler des cadavres — quelle journée ! Merci.

Sans attendre la réponse de Saryon, Simkin traversa la cellule et s'allongea voluptueusement sur le grabat.

— Tenue de nuit, dit-il, et il se trouva aussitôt revêtu d'une longue chemise de lin blanc ornée de dentelle.

Clignant de l'œil à l'adresse de Saryon, le jeune homme se lissa la barbe, se brossa la moustache, puis, fermant les yeux, il s'endormit au bout d'une seconde, et se mit à ronfler comme un bienheureux au bout de trois.

Le visage de Joram s'assombrit.

— Tu ne crois pas qu'il ait fait ça, non ? demanda-t-il à Saryon.

— Quoi ? Qu'il soit parti tout seul dans le désert ? dit le catalyste, frottant ses yeux douloureux. Pourquoi pas ? Mosiah pense sans doute qu'il n'a aucun ami ici. Tu le regretterais ? ajouta-t-il, avec un regard amer à Joram.

— J'espère qu'il est parti, dit froidement Joram, rentrant sa chemise dans sa culotte. Moins il en saura sur cette affaire, mieux ça vaudra. Pour lui... et pour nous.

Il fit mine de s'allonger, se ravisa et s'approcha de la table. Prenant le pichet, il en brisa la glace et remplit une cuvette, puis, grimaçant, plongea la tête dans l'eau glacée. Après avoir lavé la suie de la forge, il se sécha le visage de sa manche et repoussa en arrière ses cheveux emmêlés. Enfin, frissonnant dans la cellule humide, il se frotta vigoureusement les mains, raclant le sang séché avec des bouts de glace.

— Tu vas quelque part ? demanda soudain Saryon.

— A la forge, pour travailler, répondit Joram.

Il s'essuya les mains sur son pantalon, puis, séparant son épaisse chevelure en trois parties, il se mit à les natter l'une après l'autre, comme il le faisait chaque jour, tirant impatiemment sur la masse indocile.

— Mais tu dors debout ! protesta Saryon. De plus, ils ne te laisseront pas sortir. Tu as raison, il se passe quelque chose, ajouta-t-il, montrant la fenêtre. Regarde. Les gardes sont nerveux...

Joram jeta un coup d'œil par l'ouverture, tout en tressant ses cheveux d'une main experte.

— Raison de plus pour agir comme d'habitude. Pendant mon absence, vois si tu peux apprendre quelque chose sur Mosiah.

Jetant une cape sur ses épaules, Joram alla à la fenêtre et se mit à taper impatiemment sur les barreaux. Le groupe des gardes se retourna soudain, et l'un d'eux, après avoir brièvement discuté avec les autres, s'approcha de la prison, tourna la clé dans la serrure et ouvrit la porte d'un coup sec.

— Qu'est-ce que tu veux ? gronda-t-il.

— Je suis censé être au travail, répondit Joram, maussade. Ordres de Blachloch.

— Ordres de Blachloch ?

Le garde fronça les sourcils.

— Nous n'avons pas reçu d'ordres de... commença-t-il, puis il s'interrompit, ravala ses paroles avec un effort évident. Rentre dans ta cellule !

— D'accord, dit Joram, haussant les épaules. Mais tu diras à Blachloch pourquoi je n'étais pas à la forge alors que tout le monde travaille jour et nuit à fabriquer des armes pour le Sharakan.

— Qu'est-ce qui se passe ?

Un autre garde s'approcha. Tous, remarqua Saryon, avaient l'air nerveux et mal à l'aise. Ils dardaient des regards affolés les uns sur les autres, sur les passants, et sur la maison de Blachloch en haut de la colline.

— Il prétend qu'il est censé aller à la forge. Sur ordre, dit le garde, montrant la maison du pouce.

— Alors, emmène-le là-bas, dit l'autre.

— Mais hier, on nous a dit de les enfermer. Et Blachloch n'est pas...

— Je t'ai dit de l'emmener, gronda le garde, avec un regard entendu à son camarade.

— Bon, alors, viens, dit-il à Joram, le poussant rudement.

Saryon regarda Joram et le garde s'éloigner dans les rues. La nervosité des gardes s'était étendue à la population. Le catalyste vit des hommes se rendant à leur travail jeter des regards noirs sur les acolytes de Blachloch, lesquels les foudroyaient en retour avec une égale animosité. Les femmes, qui auraient dû aller faire leur marché, ou faire leur lessive au ruisseau, regardaient par les fenêtres de leurs maisons. Les enfants qui sortaient pour jouer étaient vivement ramenés à l'intérieur. Les Sorciers étaient-ils au courant de la disparition de Blachloch, ou réagissaient-ils simplement à la nervosité des gardes ? Saryon ne le savait pas, et n'osait pas le demander.

Le cerveau engourdi par la fatigue et la peur, le catalyste se laissa tomber sur une chaise branlante et se prit la tête dans les mains. Une voix le fit sursauter, mais ce n'était que Simkin qui marmonnait, jouant apparemment une partie de tarok, ce jeu ancien délivré des tarok utilisés par les Devins dans son sommeil.

— Le dernier pli est pour le Roy d'Épées...

Chapitre 4

ATTENTE

Jamais une matinée n'avait passé aussi lentement pour Saryon, qui comptait le temps par ses battements de cœur, ses inspirations, les clignements de ses paupières. Il y avait eu une recrudescence d'activité dans la maison d'en face, juste après le départ de Joram, et Saryon avait deviné que des gardes avaient décidé de partir à la recherche de leur chef. Maintenant, d'une seconde à l'autre, Saryon attendait le remue-ménage annonçant que le cadavre de Blachloch était découvert.

Le catalyste ne pouvait rien faire qu'attendre. En fait, il enviait à Joram son travail à la forge, où l'esprit et le corps — indépendamment de leur fatigue — pouvaient trouver refuge dans une activité abrutissante. La vue de Simkin, voluptueusement allongé sur son grabat, faisait aspirer au repos tous ses muscles vieillissants, et il s'efforça de s'échapper dans le sommeil. Saryon s'allongea sur le lit de Joram, assez fatigué pour espérer sombrer bientôt dans le sommeil. Mais à l'instant où sa conscience le quittait, il imagina entendre la voix de Vanya qui l'appelait, et il se réveilla en sursaut, tremblant et couvert de sueur.

— Vanya va me recontacter ce soir !

Dans l'excitation du retour de Joram, Saryon avait oublié cette menace. Maintenant, il se la rappelait, et les minutes qui jusque-là avançaient sur des semelles de plomb prirent soudain des ailes et s'envolèrent.

Enfermé dans sa cellule, étourdi par le manque de nourriture et de sommeil, Saryon centra ses idées sur sa future confrontation avec l'Evêque, et elles tournaient sans fin dans sa tête comme un bâton pris dans un tourbillon.

— Je ne livrerai pas Joram ! dit-il fiévreusement.

Cela au moins, c'était certain. Toutefois, à mesure qu'il envisageait cette rencontre avec Vanya, il réalisait avec consternation qu'il n'aurait peut-être guère le choix en la matière. A moins que Vanya n'ait des moyens de parler avec les morts comme, disait-on, le faisaient les anciens Nécromanciens, les tentatives de l'Evêque pour contacter Blachloch ce jour-là se solderaient par un échec. Vanya demanderait à Saryon où était le sorcier, et Saryon savait qu'il n'aurait pas la force de dissimuler la vérité.

— Joram a tué le sorcier, il l'a assassiné avec son arme de ténèbres, l'arme qu'il a fabriquée avec mon aide ! s'entendit confesser Saryon.

« Comment est-ce possible ? » demanderait l'Evêque Vanya, incrédule. « Un garçon de dix-sept ans et un catalyste vieillissant détruisant un *Duuk-tsarith ?* Un puissant sorcier qui pouvait faire lever les vents du ciel pour écraser un homme comme une feuille morte ? Un sorcier qui pouvait injecter un poison ardent dans le sang d'un homme, lui mettre les nerfs en feu, réduire sa victime à un petit tas de chairs pantelantes ? C'est cet homme que vous avez détruit ? »

Assis au bord du lit de Joram, le catalyste croisait et décroisait nerveusement ses mains.

— Il allait tuer Joram, Votre Sainteté ! murmura Saryon, continuant sa répétition. Vous avez dit que l'Église n'approuve pas le meurtre. Blachloch me demandait de lui donner de la Vie, de tirer de la magie du monde et de la faire passer dans son corps pour exécuter son acte abominable ! Je ne pouvais pas, Votre Sainteté ! Blachloch était mauvais, ne le voyez-vous pas ? Moi, je l'ai vu. Je ne pouvais pas le laisser tuer une fois de plus ! J'ai commencé à lui retirer sa Vie à lui ! Je lui ai enlevé sa magie ! Était-ce mal ? L'était-ce, Votre Sainteté ? D'essayer de sauver la vie d'un autre ? Mon intention n'était pas de faire mourir le sorcier !

Saryon secoua la tête, contemplant ses chaussures éculées.

— Je voulais seulement... le réduire à l'impuissance. Je

vous supplie de me croire, Votre Sainteté ! Je n'avais pas prévu ces événements...

— Qui a le Fou ? demanda Simkin d'un ton sévère.

A ce bruit inattendu, le cœur de Saryon lui bondit dans la gorge. Tremblant, Saryon foudroya le jeune homme du regard.

Simkin semblait dormir à poings fermés. Roulant sur le ventre, il serra son oreiller contre son cœur et posa sa joue sur le matelas.

— C'est toi qui as le Fou, Catalyste ? demanda-t-il dans son rêve. Sinon, ton Roy doit tomber...

Le Roy doit tomber. Oui, cela ne faisait aucun doute. Une fois que Vanya saurait que son agent secret était mort, rien de ce que dirait Saryon ne pourrait empêcher l'Evêque d'envoyer aussitôt les *Duuk-tsarith* pour ramener Joram à la Source.

— Qu'est-ce que je fais ?

Saryon s'agrippa au rebord du matelas, enfonçant les doigts dans l'étoffe usée.

Qu'est-ce que je vais penser là ? Joram est un Mort ! Ils ne pourront pas le localiser ! C'est pourquoi Vanya a besoin de moi ou de Blachloch. Il ne peut pas le trouver tout seul. Les *Duuk-tsarith* nous traquent en détectant notre Vie, la magie qu'il y a dans nos corps ! Ils me trouveront, mais ils ne peuvent pas trouver les Morts. Ou peut-être qu'ils ne me trouveront pas. Peut-être qu'ils ne trouveront pas Joram.

Une idée le frappa soudain, choc presque physique dans son intensité. Tremblant d'excitation, il se leva et se remit à arpenter la cellule. Il refit rapidement les calculs, à la recherche d'une erreur. Il n'y en avait pas. Cela marcherait. Il le savait avec certitude, comme il savait la première formule mathématique apprise sur les genoux de sa mère.

Chaque action est suivie d'une réaction égale et opposée. C'était ce qu'enseignaient les anciens. Dans un monde qui exsude la magie, il doit se trouver aussi une force qui l'absorbe — la pierre noire. Les Sorciers de l'époque des Guerres du Fer, qui la connaissaient, s'en étaient servis pour forger des armes d'une puissance terrible. Puis les Sorciers avaient été vaincus, et leur Technologie dénigrée sous le nom d'Arts noirs. Ils avaient été bannis du pays, ou contraints de se cacher, comme ceux de la petite colonie où Saryon vivait actuellement. La connaissance de la pierre noire avait disparu dans la turbulente dureté de leur existence et leur combat pour la survie. Elle avait sombré dans l'oubli, et ne subsistait plus que sous forme de mots dénués de sens dans les chants rituels, de mots illisibles dans de vieux livres à moitié oubliés.

Illisibles, sauf pour Joram. Il avait trouvé le minerai, appris ses secrets, forgé l'épée...

Lentement, Saryon passa les mains sous la paillasse de Joram. Il toucha le métal froid de l'épée dans son linge déchiré, et grimaça à cette sensation maléfique. Pourtant, ses mains continuèrent à tâtonner, et trouvèrent enfin ce qu'elles cherchaient — un petit sac de cuir. Le sortant de sa cachette, Saryon le contempla dans sa paume, réfléchissant. Cela marcherait, mais aurait-il la force, le courage ?

Avait-il le choix ?

Lentement, il dénoua le cordon qui fermait le sachet. Dedans, il y avait trois morceaux de minerai, ordinaires, laids, qui ressemblaient beaucoup à du minerai de fer.

Saryon hésita, le sac dans la main, regardant à l'intérieur, comme hypnotisé.

De la pierre noire — cela le protégerait de Vanya ! C'était la carte qui empêcherait l'Evêque de gagner la partie ! Plongeant la main dans le sac, il en sortit une des pierres. Elle était lourde, et étrangement chaude dans sa paume. Pensif, il referma sa main dessus et, d'un mouvement inconscient, la pressa contre son cœur. L'Evêque Vanya l'avait contacté par une opération magique. La pierre noire absorberait cette magie, agirait comme un bouclier. Il serait — pour Vanya — un Mort.

— Et je pourrais aussi bien être un Mort, murmura Saryon, serrant la pierre contre lui, car cet acte m'exclura des lois de ma foi et de mon pays. Ce faisant, je répudie toutes les croyances qui m'ont été inculquées. Je répudie ma vie. Tout ce pour quoi j'ai vécu jusqu'à ce jour tombera en poussière et coulera à travers mes doigts comme du sable. Je devrai totalement réapprendre le monde. Un monde nouveau, un monde froid, un monde effrayant. Un monde sans foi, un monde sans réponses rassurantes, un monde de Mort...

Tirant le cordon de cuir, Saryon referma le sac et le remit dans sa cachette. Mais il garda une pierre par-devers lui, bien serrée dans sa main. Sa décision prise, il passa rapidement à l'action, pensées et plans se mettant en place dans son esprit avec la logique du mathématicien consommé.

— Je dois aller à la forge. Je dois parler à Joram, le convaincre du danger que nous courons. Nous nous enfuirons dans le Nullepart, et le temps que les *Duuk-tsarith* arrivent, nous serons loin.

Serrant toujours la pierre dans sa main, il s'aspergea d'eau le visage, attrapa sa cape et la jeta sur ses épaules — toute retroussée et de travers. Lançant un dernier regard à Simkin endormi, il tapa sur les barreaux de la fenêtre et fit signe à un garde.

— Qu'est-ce que tu veux, Catalyste ?

— Ce matin, on ne t'a pas donné d'ordres à mon sujet ? demanda Saryon, arborant un sourire qu'il voulait innocent — mais il avait l'impression que c'était le rictus d'un mort.

— Non, dit le garde, l'air terrible.

— Je... euh... on a besoin de moi à la forge aujourd'hui, dit-il, la gorge serrée. Le forgeron entreprend un projet difficile, et ma demandé de la Vie.

— Je ne sais pas, dit le garde, hésitant. Nous, on a ordre de te laisser dans ta cellule.

— Mais c'étaient sans doute les ordres pour hier soir, dit Saryon. Vous... euh... n'en avez pas... reçu d'autres aujourd'hui ?

— Peut-être que oui, et peut-être que non, grommela le garde, tournant la tête vers la maison de la colline, l'air mal à l'aise.

Suivant son regard, Saryon vit un petit groupe d'écuyers de Blachloch rassemblés devant l'entrée. Il aurait bien voulu savoir ce qui se passait.

—-Oui, je suppose que tu peux y aller, dit enfin le garde. Mais il faut que je t'accompagne.

— Naturellement, convint Saryon, réprimant un soupir de soulagement.

— Le dingue est toujours là-dedans ? dit le garde, montrant la prison de la tête.

— Qui ? Oh, Simkin !

Saryon opina du chef.

Regardant à travers les barreaux, le garde vit le jeune homme allongé sur le lit, bouche grande ouverte. Ses ronflements s'entendaient jusque dans la rue et, à cet instant, il en émit un particulièrement bruyant qui le souleva presque de sa couche.

— Dommage qu'il s'étouffe pas.

Le garde ouvrit, fit sortir le catalyste, puis claqua rageusement la porte.

— Suis-moi, Prêtre, et ils se mirent en route.

Enfilant les rues du village, bordées de leurs maisons de brique — maisons que Saryon ne pouvait pas regarder sans frissonner, maisons faites par les mains des hommes avec des outils, au lieu d'être modelées par la magie à partir des éléments —, le catalyste remarqua la nervosité croissante de la population. Beaucoup d'hommes ne faisaient même plus semblant de travailler et discutaient par petits groupes, à voix basse, foudroyant d'un air de défi le garde qui les croisait avec Saryon.

— Attendez, vous perdez rien pour attendre, grommelait le garde, leur rendant leurs regards. On va pas tarder à s'occuper de vous.

Mais Saryon nota qu'il était nerveux et inquiet.

Le catalyste le comprenait. Cinq ans plus tôt, l'homme nommé Blachloch était arrivé au village des Sorciers. Prétendant être un renégat du puissant Ordre des *Duuk-tsarith,* il avait facilement arraché le gouvernement de la communauté à Andon — le doux vieillard qui était jusque-là le chef de la Congrégation. Amenant avec lui ses écuyers — voleurs et assassins recrutés expressément dans ce but par le *Duuk-tsarith* — il avait resserré son emprise sur les Sorciers, gouvernant à la fois par la peur et par la promesse de leur faire retrouver leur place légitime dans le monde quand ils se soulèveraient. Mais il y en avait — dont Andon — qui avaient ouvertement défié le sorcier et ses gardes. Maintenant que le puissant sorcier restait introuvable, ses hommes étaient inquiets à juste titre.

— Alors, sur quel projet ils travaillent aujourd'hui, Prêtre ?

Saryon sursauta. Il avait la vague impression que le garde posait la question pour la deuxième fois, mais il était tellement perdu dans ses pensées qu'il n'y avait pas fait attention.

— Euh, une arme spéciale... pour... le royaume du Sharakan, je crois, bredouilla Saryon en rougissant.

Le garde hocha la tête et retomba dans son silence

inquiet, dardant du coin de l'œil des regards soupçonneux sur les villageois qu'ils rencontraient sur le chemin de la forge.

Saryon savait qu'il ne courait aucun risque en mentionnant le Sharakan. Grand royaume s'étendant au nord du Nullepart, le Sharakan se préparait à la guerre, et avait provoqué le courroux et la peur des catalystes en osant rechercher les Sorciers des Arts noirs et en s'assurant leur concours. Ainsi, depuis un an, les Sorciers travaillaient nuit et jour à forger des pointes de flèches, des fers de lances et des dagues. Fortifiées par la puissante magie des propres Sorciers du Sharakan, ces armes feraient du royaume un ennemi formidable. Et pour l'heure, la dague de fer du Sharakan était pointée directement sur la gorge de l'antique et beau royaume de Merilon.

Pas étonnant que l'Evêque Vanya ait peur. En cela, Saryon ne le blâmait pas et, en réfléchissant à la situation, le cœur faillit lui manquer. L'Ordre des Catalystes avait maintenu pendant des siècles la paix entre les différents royaumes du Thimhallan. Maintenant, le fragile tissu s'effilochait, se déchirait. Le Sharakan ne faisait pas mystère de ses projets de conquête, et, bien que l'Église eût fait de son mieux pour les cacher au reste du monde afin d'éviter la panique, des rumeurs commençaient à se répandre, et la peur augmentait tous les jours.

Mais sans doute que tout cela va finir maintenant que Blachloch est mort, se dit Saryon. Andon, l'ancien chef plein de sagesse, était opposé à ces discours belliqueux des Sorciers. Et Blachloch n'étant plus là pour les pousser à la guerre, sans doute le vieillard pourrait-il les ramener à la raison.

Je vais le prévenir du danger avant notre départ, pensa Saryon. Je lui dirai que Blachloch les conduisait dans un piège. Je...

— Nous y voilà, annonça le garde, rattrapant le catalyste qui, absorbé dans ses sombres pensées, avait trébuché, manquant tomber tête la première dans la forge.

Reprenant conscience du lieu, Saryon entendit le pilonnage des marteaux et l'haleine rauque des soufflets, semblables au cœur et aux poumons de quelque bête sauvage, tapie dans l'ombre de son repère et le fixant de ses yeux flamboyants. Le maître de la bête, le forgeron, était debout près de la porte. Géant habile à la fois en magie et en Technologie, il dirigeait la faction favorable à la guerre, mais sans intervention de Blachloch. Personne ne serait plus ravi que lui d'apprendre la mort du sorcier. Et les écuyers avaient toutes les raisons de craindre ce colosse et ses nombreux partisans.

Le forgeron était en train de parler avec quelques jeunes gens. Voyant le garde, ils se turent. Les garçons s'enfoncèrent dans les ombres de la grotte qui abritait la forge, et le forgeron retourna à son travail, non sans lancer un regard de défi au garde.

— Père Saryon...

Quelqu'un lui toucha le bras.

Saryon sursauta et regarda autour de lui.

— Mosiah ! s'écria-t-il, lui prenant les mains avec soulagement. Comment t'es-tu éch...

Jetant un regard vers le garde, il s'interrompit.

— Nous étions inquiets...

— Père Saryon, l'interrompit durement Mosiah, il faut que je te parle. En particulier. Il s'agit de... d'un cas de conscience, dit-il, à l'intention du garde. Ce ne sera pas long.

— D'accord, dit le garde à contrecœur, sentant que le forgeron le surveillait de près. Mais je ne veux pas vous perdre de vue, tous les deux.

Mosiah entraîna Saryon dans une écurie où ils gardaient les chevaux avant de les ferrer.

— Père Saryon, murmura le jeune homme, qu'est-ce que tu viens faire ?

— Je... je viens parler avec Joram. Il y a quelque chose... dont je dois discuter avec lui... bredouilla Saryon.

— C'est à propos de la rumeur ?

— Quelle rumeur ? demanda Saryon, mal à l'aise.

— Blachloch... Il a disparu, dit Mosiah, fixant sur lui un regard pénétrant. Tu ne le savais pas ?

— Non.

Saryon détourna les yeux et se renfonça dans l'ombre.

— Ils ont envoyé un détachement le chercher dans les régions incultes.

— Comment... comment le sais-tu ?

— J'étais dans la maison de Blachloch quand Simkin est venu annoncer la nouvelle à ses hommes.

— Simkin ? dit Saryon, le regardant, éberlué. Quand ça ? Qu'est-ce qu'il a dit ?

— Ce matin de bonne heure. Tu comprends, Père Saryon, poursuivit Mosiah à la hâte, les yeux fixés sur le garde, hier soir, quand vous avez été partis, toi et Joram, les gardes sont venus me chercher pour m'amener chez Blachloch. Il voulait me questionner, il paraît. Mais quand on est arrivés chez lui, il n'était pas là. Quelqu'un a dit qu'il était parti avec toi à la forge. On a attendu, mais il n'est jamais revenu. Des gardes sont allés le chercher à la forge, mais ils ne l'ont pas trouvé. Et puis, vers le matin, Simkin est venu nous raconter que Blachloch était parti dans les bois régler un vieux compte avec les centaures...

Saryon gémit.

Mosiah le fixa intensément.

— Ce n'est pas une nouvelle pour toi, mon Père ? C'est bien ce que je pensais. Qu'est-ce qui se passe ?

— Je ne peux pas te le dire ! répondit Saryon à voix basse. Comment t'es-tu échappé ?

— Je suis sorti tranquillement, profitant de la confusion. Je suis venu avertir Andon. Les hommes de Blachloch se rassemblent là-haut, faisant des plans pour prendre le village et écraser la révolte dans l'œuf. Ils ont des armes — massues, arcs et couteaux...

— Hé, ça suffit ! Je vais pas rester là jusqu'à demain ! leur cria le garde, manifestement impatient de fuir le regard courroucé du forgeron.

— Il faut que j'y aille, dit Saryon, repartant vers la forge.

— Je viens avec toi, dit fermement Mosiah.

— Non ! Retourne à la prison et garde l'œil sur Simkin ! dit Saryon d'un ton pressant. L'Etern seul sait ce qu'il va encore dire ou faire !

— Oui, c'est sans doute une bonne idée, dit Mosiah, après un instant de réflexion. Tu reviendras ?

— Oui, oui ! répondit précipitamment Saryon.

Il vit le garde regarder Mosiah avec hésitation, comme s'il trouvait bizarre de le voir circuler librement. Mais si le garde avait l'intention d'arrêter Mosiah, un nouveau coup d'œil sur le forgeron renfrogné lui fit reconsidérer la question.

— Le prêtre dit qu'il est venu t'aider pour un projet

spécial, dit le garde au forgeron, chacun lorgnant l'autre d'un œil sombre.

— Tu sais... le projet spécial pour le Sharakan, ajouta Saryon, humectant ses lèvres desséchées.

Le bruit du marteau s'arrêta. Le catalyste vit Joram qui le regardait, ses yeux noirs aussi flamboyants que les braises de la forge.

— Le projet sur lequel Joram travaille...

Sa voix défaillit, le puits de ses mensonges à sec.

Les lèvres du forgeron se tordirent en un sourire, mais il se contenta de hausser les épaules.

— Ah, ce projet-là... Vas-y, Père Saryon, dit-il, montrant le fond de la forge d'une main noire de suie. Pas toi ! tonna-t-il à l'adresse du garde.

L'homme rougit, mais le forgeron leva son marteau gigantesque, le soulevant comme une plume dans une de ses énormes mains. Marmonnant un juron, le garde recula. Puis, tournant les talons, il sortit et se dirigea vers la maison de la colline.

— Dépêche-toi, Père Saryon. Il va y avoir du grabuge et je parie que tu voudrais pas t'en mêler, dit le forgeron, abattant son marteau sur un fer à cheval qu'il tenait dans ses pincettes.

Saryon, jetant un coup d'œil, vit que le fer à cheval était déjà froid et parfaitement formé. Les jeunes gens avaient reparu, et convergeaient vers l'entrée de la grotte. Ils semblaient de plus en plus nombreux.

— Oui, merci, dit le catalyste. Je n'en ai pas pour longtemps.

S'entendant à peine dans le tintamarre des marteaux, Saryon se fraya un chemin à travers le désordre de la forge. Des souvenirs de la veille l'assaillirent. Il porta involontairement son regard vers l'endroit où le sorcier ensanglanté s'était effondré.

— Par le sang de l'Etern, qu'est-ce que tu fais là ? jura Joram entre ses dents.

Un fer de lance chauffé au rouge reposait devant lui sur son enclume. Il le prit avec des pincettes pour le tremper dans un seau d'eau, mais Saryon arrêta son mouvement.

— Il faut que je te parle, Joram ! hurla-t-il pour couvrir le bruit des marteaux. Nous sommes en danger !

— Quoi ? Ils ont découvert le cadavre ?

— Non. Un autre danger. Plus grave. Je... tu sais pourquoi on m'a envoyé ici... l'Evêque Vanya... pour te ramener à la Source. Je te l'ai dit, à mon arrivée.

— Oui, dit Joram, ses épais sourcils barrant son visage d'une ligne noire continue. Tu me l'as dit, après que Simkin m'eut averti, mais tu me l'as dit.

Saryon rougit.

— Je sais que tu n'as pas confiance en moi, mais... écoute ! L'Evêque Vanya m'a contacté. Ne me demande pas comment, c'est par des moyens magiques.

Le catalyste mit sa main dans la poche où il avait caché la pierre noire et la serra pour se rassurer.

— Il exige que Blachloch et moi, nous t'amenions à la Source avec la Noirépée.

— Vanya connaît l'existence de la Noirépée ? siffla Joram. Tu lui as dit...

— Pas moi ! haleta Saryon. Blachloch ! Le sorcier est — était — un agent secret de l'Evêque — un *Duuk-tsarith.* Je n'ai pas le temps de tout t'expliquer maintenant, Joram. Mais l'Evêque découvrira bientôt que Blachloch est mort, et que tu l'as tué avec l'aide de la pierre noire. Il enverra des *Duuk-tsarith* ici pour t'appréhender. Il craint le pouvoir de la Noirépée...

— Il *veut* le pouvoir de la Noirépée, rectifia sombrement Joram.

Saryon battit des paupières : voilà une idée qui ne lui était pas venue.

— Peut-être, dit-il, déglutissant avec effort, la gorge à vif à force de hurler pour se faire entendre. Mais nous devons partir, Joram ! Notre danger augmente à chaque seconde !

— *Notre* danger ! répéta Joram, avec le demi-sourire qui ressemblait plus à une grimace. *Toi,* tu n'es pas en danger, Catalyste ! Pourquoi ne me livres-tu pas à ton Evêque ?

Il détourna la tête pour fuir le regard intense de Saryon, remettant le fer de lance refroidi dans le feu.

— Tu as peur de moi. Tu as peur de la pierre noire. C'est ma main qui a tué Blachloch. Tu es innocent.

Sortant le fer de lance du feu avec ses pincettes, Joram le posa sur l'enclume. Il le regarda un bon moment, sans le voir.

— Nous allons aller dans le Nullepart, dit-il, si bas que Saryon dut se pencher vers lui pour l'entendre par-dessus le tintamarre ambiant. Tu connais les dangers, les risques que nous affronterons. Surtout que nous ne sommes puissants en magie ni l'un ni l'autre. Pourquoi ? Pourquoi veux-tu venir avec moi ?

Joram se remit à son travail, détournant la tête.

Pourquoi, en effet ? se demanda Saryon, regardant la tête penchée, les puissantes épaules, nues dans la chaleur de la forge, les épais cheveux noirs qui avaient échappé aux tresses et qui entouraient de mèches folles le jeune visage, froid et sérieux. Il y avait quelque chose dans la voix... Rauque de fatigue. Et rauque de peur. Et autre chose aussi — de l'espoir ?

Joram a peur, réalisa Saryon. Il projette de quitter le village, et il cherche à trouver le courage de s'enfoncer tout seul dans ces régions sauvages et désertiques.

Pourquoi je veux venir avec toi, Joram ? Une boule brûlante lui serra la gorge, comme s'il avait avalé une braise du foyer. Je pourrais te dire qu'autrefois, je t'ai tenu dans mes bras. Je pourrais te dire que ta petite tête reposait sur mon épaule et que je t'ai bercé pour t'endormir. Je pourrais te dire que tu es le Prince de Merilon, héritier du trône, et que je peux le prouver !

Mais non, je ne peux pas te dire ça maintenant. Je crois que je ne pourrai jamais te le dire. Avec ce dangereux savoir, joint à la colère qui t'habite, Joram, tu amènerais la tragédie sur nous tous — sur tes parents, sur le peuple innocent de Merilon...

Saryon frissonna. Non, se répéta-t-il, je ne me rendrai pas coupable de *ce* péché ! J'emporterai mon secret dans la mort. Pourtant, quelle autre raison puis-je donner à ce jeune homme ? Je veux venir avec toi, Joram, parce que je t'aime ? Il me rirait au nez...

— Je vais venir avec toi, dit finalement Saryon, parce que je veux retrouver ma foi. Autrefois, l'Église était pour moi aussi immuable que la forteresse de la Source. Maintenant, je la vois peu à peu détruite par la fourberie et la cupidité. Je t'ai dit que je ne pouvais pas y retourner. C'était vrai.

Joram se détourna de son travail pour regarder le catalyste.

Les yeux noirs étaient froids et indifférents, mais Saryon y vit briller une brève lueur de déception, minuscule flamme témoignant du désir d'entendre autre chose, vivement et impitoyablement étouffée. Stupéfait, Saryon regretta de ne pas avoir dit les mots que lui dictait son cœur, mais l'occasion était passée.

— Très bien, Catalyste, dit Joram avec calme. Après tout, c'est une bonne idée : qui sait ce que tu ferais sans moi ? Tu en sais trop sur la pierre noire. Maintenant, retourne à la prison. Laisse-moi tranquille, il faut que je termine ça.

Saryon soupira. Oui, il avait dit ce qu'il devait, mais comme il se sentait vide, maintenant ! Mettant la main dans sa poche, il en tira le morceau de pierre noire.

— Encore une chose. Peux-tu sertir cette pierre dans une monture ? dit-il. Pour que je puisse toujours la porter sur moi ?

Surpris, Joram la prit, regardant tour à tour la pierre et Saryon, les yeux soudain soupçonneux.

— Pourquoi ?

— Je crois qu'elle me permettra d'échapper aux tentatives de l'Evêque pour me contacter. Elle absorbera la magie.

— Je te l'apporterai ce soir en rentrant, dit Joram, haussant les épaules.

— Il ne faut pas tant tarder ! dit nerveusement Saryon. Avant ce soir...

— Ne t'inquiète pas, Catalyste, l'interrompit Joram. D'ici ce soir, nous serons loin. Au fait, ajouta-t-il avec nonchalance, se remettant à son travail, tu as trouvé Mosiah ?

— Oui. Il nous attend à la prison avec Simkin.

— Ainsi, il n'est pas parti... murmura Joram.

— Quoi ?

— Nous l'emmènerons avec nous. Et Simkin aussi. Va leur dire de se préparer.

— Non ! Pas Simkin ! protesta Saryon. Mosiah, peut-être, mais pas...

— Nous avons besoin d'utilisateurs de magie comme Simkin et Mosiah, Catalyste, l'interrompit froidement Joram. Avec toi pour leur donner de la Vie, et ma Noirépée, nous pourrons peut-être nous en sortir.

Il releva la tête, le regard noir et froid.

— J'espère que ça ne te déçoit pas.

Sans un mot, Saryon tourna les talons et se dirigea vers

l'entrée de la forge, évitant soigneusement de marcher à l'endroit où gisait le corps de Blachloch, la veille. Était-ce du sang qu'il apercevait ? Il imagina en voir une flaque sous un seau, et détourna vivement les yeux.

Il ne serait pas fâché de quitter ce village. Il en était venu à aimer les villageois et à comprendre leur mode de vie, mais son âme ne parvenait pas à surmonter la répugnance qu'il ressentait pour les Arts noirs de la Technologie, la répugnance qu'on lui avait inculquée depuis l'enfance. Il connaissait les périls du Nullepart — ou croyait les connaître — et pensait naïvement qu'une vie dans la nature vierge serait préférable à une vie dans une nature façonnée par l'homme.

Où irons-nous ? Il ne le savait pas. Au Sharakan, éventuellement — mais ils tomberaient peut-être au milieu d'une guerre. Peu importait. N'importe où conviendrait — pourvu que ce ne fût pas Merilon.

Oui, il serait content de partir, et affronterait de bon cœur les dangers du Nullepart. Mais, au nom de l'Etern, pensa sombrement Saryon en marchant vers la prison...

Pourquoi Simkin ?

Chapitre 5

COUCHE DANS UNE CRÈCHE

— J'étais là, j'ai tout vu, disait sombrement Simkin à voix basse, et que je sois noyé si ton Ténébreux Ami n'a pas plongé son épée flamboyante dans le corps pantelant du sorcier.

— Joram a bien fait, dit Mosiah.

— Enfin, pas exactement « flamboyante », rectifia Simkin, faisant surgir d'un simple geste de la main un miroir à monture d'argent surchargée d'ornements.

Il s'examina méticuleusement le visage, lissa sa barbe brune et retroussa prestement sa moustache.

— En fait, cette épée est la chose la plus laide que j'aie vue de ma vie, si j'excepte le quatrième enfant de la Marquise de Blackborough. Bien sûr, la Marquise elle-même n'est pas une beauté. Tous ceux qui la connaissent savent que le nez qu'elle porte la nuit n'est pas le même que celui qu'on lui voit pendant la journée.

— Quoi ?

— Ce n'est jamais deux fois le même nez. Elle n'est guère habile en magie, tu comprends. Le bruit a même couru qu'elle était une Morte, mais ça n'a jamais pu être prouvé, et son mari est si *furieusement* ami avec l'Empereur ! D'ailleurs, si elle voulait prendre son temps, qui sait ? Elle se ferait peut-être un nez correct.

— Simkin, je...

— Quand même, je ne comprends pas pourquoi elle s'obstine à avoir des enfants, surtout des enfants laids. Il devrait y avoir une loi pour l'interdire, ai-je suggéré à l'Impératrice, qui en a convenu avec moi.

— A quoi ressemble cette épée ? parvint à placer Mosiah pendant que Simkin s'interrompait pour reprendre sa respiration.

— L'épée ? dit Simkin, le regard vague. Ah oui, l'épée de Joram, la « Noirépée » comme il l'appelle, et à juste titre, à mon avis... A quoi elle ressemble ? répéta-t-il.

Il réfléchit, non sans avoir auparavant fait disparaître son miroir d'une pichenette.

— Laisse-moi réfléchir. Au fait, aimes-tu mon nouvel ensemble ? Je le préfère au noir. J'appelle ça *Sang et Gore*, en souvenir du cher disparu.

Écœuré, Mosiah regarda la culotte rouge sang, la veste pourpre, le gilet de satin écarlate, et il hocha la tête.

Ajustant ses manchettes de dentelle — manchettes ornées de taches rouges pour produire un « effet d'éclaboussures » —, Simkin s'assit sur le lit, croisant ses jambes galbées pour bien mettre en valeur ses bas cramoisi.

— L'épée, dit-il enfin, ressemble à un homme.

— Non ! railla Mosiah.

— L'Etern m'est témoin que c'est vrai, affirma Simkin, offensé. Un homme de fer. Un homme de fer gringalet, en plus, mais néanmoins un homme. Comme ça.

Simkin se leva et se redressa, très raide, pieds joints, bras écartés.

— Mon cou est la poignée, dit-il, s'étirant le cou autant qu'il put. Avec une bosse au-dessus pour la tête.

— C'est toi qui as une bosse en fait de tête ! dit dédaigneusement Mosiah.

— Jettes-y un coup d'œil si tu ne me crois pas, dit Simkin, s'effondrant soudain sur la paillasse en bâillant. Elle est sous le matelas, enveloppée comme un nourrisson dans ses langes.

Le regard de Mosiah se porta sur le lit, ses mains frémirent.

— Non, je ne peux pas, déclara-t-il au bout d'un moment.

— A ton aise, dit Simkin, haussant les épaules. Je me demande s'ils ont déjà découvert le corps. Crois-tu que mon habit est trop voyant pour des obsèques ?

— Quels sont les pouvoirs de la Noirépée, m'as-tu dit ? demanda Mosiah, fixant un regard fasciné sur le lit.

Lentement, il se leva, traversa la cellule, et s'arrêta devant le grabat, sans toutefois se hasarder à le toucher.

— Qu'est-ce qu'elle a fait à Blachloch ?

— Attends que je me rappelle, dit languissamment Simkin, s'allongeant sur la paillasse et croisant les mains sous sa tête.

Fixant ses souliers, il fronça les sourcils et les fit expérimentalement passer du rouge au pourpre.

— Il faut que tu comprennes bien que j'avais du mal à voir, placé comme je l'étais — suspendu au mur par un clou. J'ai pensé à me transformer en seau, car les seaux ont une bien meilleure vision que les pincettes. Quand je suis pincettes, j'ai généralement un œil de chaque côté, ce qui me donne un vaste champ visuel, mais je ne vois rien au milieu. Les seaux, en revanche...

— Au fait ! s'écria Mosiah avec impatience.

Simkin renifla, faisant repasser ses souliers au rouge.

— Notre Chef Impitoyable et Haï lançait le sortilège du Venin Vert sur notre ami — au fait, tu as déjà vu ce sortilège en action ? demanda nonchalamment Simkin. Il te fait des trucs pas sympa au système nerveux. Paralyse, provoque les pires souffrances...

— Pauvre Joram, dit Mosiah en un souffle.

— Oui, pauvre Joram, répéta lentement Simkin. Il était presque perdu, Mosiah, poursuivit-il, la voix railleuse soudain devenue grave. Et alors, j'ai remarqué la plus étrange des choses. La vénéneuse lumière verte que répand le sortilège sur le corps luisait sur toute la personne de Joram, sauf sur ses mains qui tenaient la Noirépée. Puis, lentement, la lumière a quitté ses bras, et ensuite le reste de son corps, quand notre bon ami le catalyste est intervenu et a commencé à aspirer la Vie du sorcier. Heureusement. Et juste à temps. A l'évidence, la Noirépée avait le pouvoir d'inverser le sortilège, mais pas assez vite pour éviter à Joram de se transformer en une masse de gelée verte tremblotante.

— Ainsi, elle néantise la magie, dit Mosiah, dubitatif.

Il regarda le lit avec convoitise, hésitant. Jetant un coup d'œil vers les barreaux, il frissonna dans l'air glacé. L'après-midi s'avançait, mais il ne faisait toujours pas plus chaud.

Le pâle soleil avait complètement disparu derrière de maussades nuages gris, qui semblaient être tombés sur la ville comme une couverture, étouffant toute vie. Les rues étaient désertes. Pas de gardes, pas de villageois. Même le bruit de la forge avait cessé.

Soudain décidé, le jeune homme s'approcha vivement du lit, s'agenouilla et passa les mains sous le matelas. Doucement, presque avec révérence, il tira le paquet enveloppé de chiffons et, s'asseyant sur ses talons, mit l'épée au jour et la regarda fixement. Le jeune visage — visage ouvert et honnête de Mage des Champs — se révulsa.

— Qu'est-ce que je te disais ? fit remarquer Simkin, roulant sur le flanc et se soulevant sur un coude pour mieux voir. Création abominable, tu ne trouves pas ? Personnellement, il faudrait que je sois un Mort pour la porter, mais je suppose que ça ne gêne pas, Joram. Tu as saisi ? insista-t-il, voyant que Mosiah ne riait pas. Il faudrait que je sois un Mort !

Mosiah l'ignora. A la fois fasciné et horrifié, il fixait l'épée, incapable d'en détourner son regard. C'était, en vérité, une arme laide et rudimentaire. Autrefois, voilà longtemps, les Sorciers avaient forgé des armes d'une admirable beauté et de formes harmonieuses avec des lames d'acier étincelantes et des gardes d'or et d'argent. Épées magiques, elles étaient également dotées de propriétés diverses par les sorts et les runes. Mais toutes les épées avaient été bannies du Thimhallan après les Guerres du Fer. Les catalystes les appelaient armes du mal, créations démoniaques des Arts noirs de la Technologie. Les secrets de fabrication des épées d'acier s'étaient perdus. Les seules épées que Joram avait vues étaient des images dans les livres. Le jeune homme savait assez bien travailler le métal, mais pas assez, et il n'avait eu ni le temps ni la patience de forger une arme semblable à celles que les anciens arboraient avec fierté. La Noirépée que Mosiah tenait dans ses mains était faite de pierre noire, minerai noir et sans éclat. Douée de vie dans les feux de la forge et de Vie magique par le catalyste récalcitrant, ce n'était pourtant qu'une tige martelée et grossièrement façonnée par les mains inexpérimentées de Joram. Il ne savait absolument pas comment fabriquer la lame et la poignée, ni comment réunir les deux. L'épée avait été faite tout d'une pièce et, comme le disait

Simkin, ressemblait à un homme. La poignée était séparée de la lame par une pièce transversale faisant penser à deux bras ouverts. Joram avait ajouté en haut de la poignée une protubérance en forme de tête pour l'équilibrer, lui donnant l'apparence d'un corps humain transformé en pierre. Mosiah allait remettre l'affreux objet sous le matelas quand la porte s'ouvrit brusquement.

— Pose ça tout de suite ! dit une voix dure.

Sursautant, Mosiah faillit lâcher l'épée.

— Joram ! s'écria Mosiah, l'air coupable. Je regardais juste...

— J'ai dit, pose ça, répéta Joram, bourru, refermant la porte d'un coup de pied.

Traversant d'un bond la cellule, il arracha l'épée aux mains sans résistance de Mosiah.

— Ne la touche plus jamais ! dit-il, foudroyant son ami du regard.

— Pas de danger, grommela Mosiah, s'essuyant les mains sur sa culotte de cuir comme pour se débarrasser de la sensation du métal. Je n'y toucherai plus. Jamais ! dit-il avec ferveur.

Avec un regard noir à Joram, il lui tourna le dos, et alla se placer devant la fenêtre, maussade.

Le silence des rues s'infiltrait dans la cellule, pesant sur eux comme un brouillard invisible. Joram mit l'épée dans un fourreau de cuir, qu'il avait gauchement fabriqué à l'imitation de ceux qu'il avait vus dans les livres. Regardant Mosiah du coin de l'œil, il ouvrit la bouche, puis se ravisa. Tirant un sac de sous son lit, il se mit à y fourrer ses affaires et le peu de vivres qu'il y avait dans la cellule. Mosiah l'entendit, mais ne se retourna pas. Même Simkin gardait le silence. Contemplant ses souliers, il en faisait virer un au rouge, l'autre au pourpre, quand on frappa doucement à la porte, qui s'ouvrit.

Saryon entra. Personne ne dit un mot. Le regard du catalyste alla du visage congestionné et furieux de Joram au visage pâle de Mosiah, et il soupira, refermant doucement la porte derrière lui.

— Ils ont trouvé le cadavre, annonça-t-il à voix basse.

— Fracassant ! s'écria Simkin, balançant ses pieds multicolores par-dessus le bord du lit et s'asseyant. Il faut que j'aille voir ça...

— Non ! dit brusquement Joram. Reste là. Nous avons des plans à faire. Il faut partir d'ici. Cette nuit !

— Quelle idée extravagante ! gémit Simkin avec consternation. Sans voir les funérailles ? Après tout le mal que je me suis donné...

— J'en ai peur, dit Joram, ironique. Tiens, Catalyste, ajouta-t-il, tendant à Saryon une chaîne grossière au bout de laquelle pendait un morceau de pierre noire. Ton porte-bonheur.

Saryon prit la chaîne, l'air grave, et la contempla, pâlissant de plus en plus.

— Mon Père ? Qu'est-ce qui ne va pas ? dit Mosiah.

— Trop de choses, répondit doucement le catalyste.

Puis, le visage toujours aussi grave, il passa la chaîne à son cou, rentrant la pierre noire sous sa robe.

— Les hommes de Blachloch ont isolé le village. Personne ne peut entrer ni sortir

Joram jura entre ses dents.

— Par le diable ! s'écria Simkin. Et des funérailles si magnifiques ! Le clou de l'année dans ce coin perdu. Et le plus beau, poursuivit-il d'un ton lugubre, c'est que les villageois vont sûrement profiter de l'occasion pour bâtonner quelques gardes. Moi qui me régalais d'avance de voir quelques bâtonnades de rustres !

— Il faut sortir d'ici, dit sombrement Joram.

Attachant sa cape autour de son cou, il en disposa les plis de façon à dissimuler son épée.

— Mais pourquoi partir ? protesta Mosiah. D'après ce que Simkin m'a dit, tout le monde croit que Blachloch a été tué par les centaures. Même ses écuyers. Et ils ne vont pas s'attarder ici pour poser des questions. Simkin a raison. J'ai vu comment les villageois regardent ces canailles. C'est pourquoi ils ont isolé le village. Ils ont peur. Et avec juste raison. Nous les combattrons ! Nous les chasserons, et alors il n'y aura plus rien à craindre de personne...

— Si, dit Saryon, sa main s'attardant sur son amulette. J'ai été contacté par l'Evêque Vanya.

— Je parie qu'il pourra assister aux funérailles, *lui*, remarqua Simkin, boudeur.

— Tais-toi, imbécile, gronda Mosiah. Qu'est-ce que tu veux dire par « contacté », mon Père ? Comment est-ce possible ?

Parlant avec précipitation, lançant de fréquents regards par la fenêtre, Saryon leur raconta sa conversation avec l'Evêque, omettant seulement ce qu'il savait de la véritable identité de Joram.

— Nous devons être partis d'ici à la tombée de la nuit, conclut Saryon. Quand l'Evêque Vanya ne pourra contacter ni Blachloch ni moi, il saura que quelque chose s'est passé. Et à la nuit, les *Duuk-tsarith* pourraient être ici.

— Vous voyez ? Tous les gens qui comptent seront là pour les funérailles, dit Simkin d'un ton chagrin.

— Les *Duuk-tsarith* ici ! dit Mosiah en pâlissant. Il faut prévenir Andon...

— Je reviens de chez lui, l'interrompit Saryon en soupirant. J'ai essayé de lui faire comprendre la situation, mais je ne suis pas sûr d'avoir réussi. A la vérité, les *Duuk-tsarith* l'effraient moins qu'une bataille entre les villageois et les hommes de Blachloch. Et s'ils viennent, je ne pense pas que les *Duuk-tsarith* s'en prendront aux Sorciers, ajouta Saryon pour calmer l'inquiétude de Mosiah. Maintenant, nous pouvons tenir pour certain que l'Ordre était constamment en contact avec Blachloch. S'ils avaient voulu détruire le village, ils auraient pu le faire en un clin d'œil. Ils chercheront Joram et la pierre noire. Quand ils s'apercevront qu'il est parti, ils le suivront à la trace. Ils nous suivront...

— Mais ces villageois sont mes amis, c'est comme ma famille ! insista Mosiah. Nous ne pouvons pas les abandonner !

Il regarda par la fenêtre avec inquiétude.

— Ce sont mes amis aussi, dit Joram d'un ton brusque. Et on ne les abandonne pas. Le meilleur service qu'on puisse leur rendre, c'est de partir.

— Crois-moi, nous ne pourrions pas faire grand-chose pour eux en restant, sauf peut-être leur attirer de plus graves ennuis, dit doucement Saryon, posant la main sur l'épaule de Mosiah. L'Evêque Vanya m'a dit une fois qu'il voulait éviter d'attaquer les Sorciers, si c'était possible. Ce serait une bataille acharnée, et même si l'Église n'en parlait pas, la rumeur finirait par se répandre et par provoquer la panique. C'est pourquoi Blachloch était ici — pour mener les Sorciers à leur perte, avec le Sharakan. Vanya espère toujours réaliser son plan. Il ne peut guère faire autre chose.

— Mais sûrement qu'Andon ne les laissera pas faire, maintenant qu'il sait...

— Ce n'est plus notre problème ! l'interrompit sèchement Joram. Cela ne nous concerne plus. Pas moi, en tout cas.

Il serra le cordon de son sac et le jeta sur son épaule.

— Toi et Simkin, vous pouvez rester là si vous voulez.

— Et te laisser aller batifoler avec le chauve dans le désert ? dit Simkin avec indignation. Rien que d'y penser, ça m'empêcherait de dormir.

D'un geste désinvolte, il changea de tenue. Le rouge de ses vêtements vira à un vilain brun verdâtre. Une longue cape grise se posa sur ses épaules, de longues cuissardes montèrent lentement le long de ses jambes. Un bicorne orné d'une longue plume de faisan apparut sur sa tête.

— Retour à *Fange et Fumier,* dit-il d'un air lugubre.

— Tu ne viens pas avec nous ! dit Mosiah.

— Nous ? répéta Joram. Je ne savais pas que *nous* allions quelque part.

— Tu savais bien que je viendrais, rétorqua Mosiah.

— Tant mieux, dit doucement Joram.

Mosiah rougit de plaisir à la douceur inattendue du ton, mais le plaisir ne dura pas longtemps.

— Bien sûr que *je* viens, lança Simkin avec hauteur. Qui d'autre pourrait vous guider ? Voilà des années que je parcours le Nullepart sans problèmes. Et vous ? Vous connaissez le chemin ?

— Peut-être pas, dit Mosiah, mais j'aime encore mieux me perdre dans le Nullepart qu'aller où tu veux nous mener. Je n'ai pas envie de finir marié avec la Reine des Fées, *moi,* termina-t-il avec un regard au catalyste.

Saryon eut l'air si alarmé à ce rappel du désastre qu'il avait frôlé avec Simkin pour guide que Joram intervint.

— Simkin vient, dit-il fermement. Nous pourrions peut-être traverser le Nullepart sans lui, mais il est le seul à pouvoir nous conduire là où nous voulons aller.

Le catalyste regarda Joram avec inquiétude, réalisant avec un frisson qu'il connaissait la destination du jeune homme. Mais avant qu'il ait pu dire un mot, Joram poursuivit :

— De plus, la magie de Simkin pourra nous aider à franchir les barrages des hommes de Blachloch.

— Ce n'est pas un problème ! railla Simkin. Il y a toujours les couloirs, après tout.

— Non ! s'écria Saryon, la voix rauque de peur. Tu tomberais dans les bras des *Duuk-tsarith* !

— Eh bien alors, je pourrais tous nous métamorphoser en lapins, proposa Simkin après mûre réflexion. Un bond, une gambade, et on est loin...

— Mon Père ? cria une voix chevrotante par la fenêtre. Père Saryon ? Tu es là ?

— Andon ! s'écria le catalyste, ouvrant toute grande la porte. Au nom de l'Etern, qu'y a-t-il ?

Le vieux sorcier semblait prêt à s'effondrer. Ses mains tremblaient, ses yeux généralement pleins de douceur étaient hagards, ses vêtements en désordre.

— Joram, apporte une chaise, ordonna Saryon, mais Andon refusa de la tête.

— Pas le temps, dit-il, haletant, et ils réalisèrent qu'il était venu en courant. Il faut que tu viennes, mon Père ! poursuivit-il, se cramponnant à Saryon. Il faut que tu les retiennes ! Après toutes ces années ! Ils ne doivent pas se battre !

— Andon, dit fermement Saryon, garde ton calme. Sinon, tu te rendras malade. Voilà, respire à fond. Maintenant, dis-moi ce qui se passe.

— Le forgeron ! dit Andon, sa maigre poitrine se levant et s'abaissant plus lentement. Il veut attaquer les hommes de Blachloch, poursuivit le vieillard en se tordant les mains. Lui et sa bande de jeunes têtes brûlées, ils sont peut-être déjà en route pour la maison du sorcier ! Je suis content de voir que vous n'en faites pas partie, termina-t-il en regardant Joram et Mosiah.

— Je ne crois pas que je puisse faire grand-chose, mon ami, commença tristement Saryon, mais Joram lui saisit le bras.

— On va venir avec toi, Andon, dit-il, lançant un regard entendu à Saryon. Tu trouveras bien quelque chose à leur dire, Catalyste, j'en suis sûr, poursuivit-il, poussant Saryon du coude. Ce sera l'occasion parfaite de leur faire un sermon. C'est notre chance, murmura-t-il d'un ton pressant, se rapprochant encore du catalyste.

— Je ne vois pas... commença Saryon, secouant la tête.

— Nous nous échapperons dans la confusion ! siffla Joram, exaspéré.

Il regarda vivement Simkin et Mosiah, qui semblaient avoir aussitôt compris son plan. A cet instant, des cris et des hurlement éclatèrent dans la direction de la forge. Quelque part, un enfant pleura. Les volets se fermèrent bruyamment, les portes se verrouillèrent.

— C'est commencé ! s'écria Andon, paniqué.

Sortant précipitamment, il partit au petit trot. Joram et Mosiah s'élancèrent derrière lui. Le catalyste ne put que retrousser sa robe et courir aussi vite qu'il le pouvait pour les rattraper.

— Ha, ha ! remarqua Simkin, sautillant joyeusement derrière eux. Peut-être que j'assisterai quand même aux funérailles, après tout.

Chapitre 6

EMBUSCADE

— Voilà le catalyste ! Je vous avais bien dit que le vieux irait le chercher ! entendit Saryon, saisissant un vague mouvement du coin de l'œil.

Mosiah poussa un cri, Simkin glapit :

— Bas les pattes, grosses brutes poilues !

Puis tout ne fut plus que confusion, panique et hurlements.

— Fais ce qu'on te dit et tout ira bien.

Une main saisit Saryon par le poignet, et lui tordit le bras derrière le dos ; une vive douleur fulgura comme une flamme de son coude à son épaule, et il haleta, souffle coupé. Mais il constata avec étonnement qu'il était plus furieux qu'effrayé. Peut-être parce qu'il percevait la peur de ses gardes ; il l'entendait dans leur voix rauque et leur respiration haletante ; il la flairait dans leur odeur aigre, mêlée à celle de la fumée et du courage factice qu'ils avaient cherché dans le vin.

L'attaque fut rapide et soudaine. Les écuyers de Blachloch n'étaient peut-être pas très malins, mais ils connaissaient leur métier. Chargés d'aller chercher le catalyste, ils avaient vu Andon entrer dans la prison, et en avaient conclu que le vieillard serait l'instrument involontaire de sa capture. Dissimulés dans une ruelle, les anciens écuyers du défunt sorcier avaient attendu que le groupe passe devant eux, et le combat avait cessé presque avant d'avoir commencé.

Le bras immobilisé par une poigne basanée, Joram ne put dégainer son épée. Mosiah gisait face contre terre, le front en sang, une botte fermement posée sur sa nuque. Les gardes avaient brutalement écarté Andon, et il gisait par terre comme un pantin désarticulé, tournant vers le ciel des yeux hébétés. Le bras douloureusement tordu dans le dos, Saryon ne bougeait pas. Quant à Simkin, il avait disparu. L'homme qui avait sauté sur l'éclatante silhouette contemplait ses mains vides, incrédule.

L'un des gardes, le chef à l'évidence, inspecta du regard le champ de bataille, pour s'assurer que leur gibier était au complet. Puis, satisfait de son inspection, il se planta devant Saryon.

— Catalyste, donne-moi de la Vie ! dit-il, s'efforçant d'imiter le ton à la fois calme et menaçant de feu Blachloch.

Mais ces hommes étaient des criminels de droit commun, non des *Duuk-tsarith* disciplinés. Saryon le vit regarder nerveusement en direction de la forge, d'où leur parvenaient des cris et des hurlements. Les Sorciers entraient en guerre. Saryon refusa de la tête, et le bandit perdit son sang-froid.

— Bon Dieu, Catalyste, tout de suite ! hurla-t-il d'une voix rauque. Casse-lui le bras ! ordonna-t-il à celui qui tenait Saryon.

— Par le sang de l'Etern, Catalyste, ne fais pas l'imbécile ! dit Joram. Fais ce qu'il te dit, donne-*lui* de la Vie.

L'homme qui tenait Saryon accentua expertement la torsion. Se mordant les lèvres pour ne pas crier, le catalyste lança à Joram un regard étonné, et le vit indiquer Mosiah d'un battement de cils.

— Oui, mon Père, marmonna Mosiah, la tête enfoncée dans la boue de la rue par le pied du garde.

Il n'avait pas pu voir Joram, mais il avait sans doute saisi sa subtile insistance sur le « lui ».

— Fais ce qu'il dit. *Donne de la Vie.*

— Très bien, dit le catalyste, inclinant la tête, apparemment vaincu.

L'air soulagé du chef fut presque pathétique.

S'efforçant désespérément de se concentrer malgré la douleur, Saryon se mit à réciter la prière qui tirait la magie du monde et la concentrait dans son corps. Heureusement, il l'avait apprise tout enfant, et il pouvait la marmonner sans réfléchir. Il n'avait pas le temps de déterminer quelle quantité de Vie il pouvait transmettre au jeune homme, même si son esprit affolé avait été capable de faire les calculs. Il n'avait qu'à ouvrir complètement les conduits, et à laisser couler la Vie en Mosiah sans restriction. Cela drainerait l'énergie du catalyste, mais ils n'avaient pas le choix. C'était une occasion qui ne se représenterait pas. S'ils échouaient, pensa le catalyste avec un détachement qui l'étonna, peu importait. Les hommes de Blachloch les tueraient, de rage et de peur.

En réaction à sa prière, la Vie inonda le catalyste. Autrefois, cette sainte union avec le monde donnait à Saryon un plaisir presque extatique. Mais Blachloch avait changé tout cela. En donnant de la Vie au sorcier — Vie que Blachloch avait convertie en mort —, Saryon en était venu à haïr le picotement de son sang dans ses veines, le frisson qui faisait frémir tous ses nerfs. Pour le moment, il était trop tendu, trop impatient de frapper ces canailles pour le remarquer, et il goûta de nouveau le plaisir de se sentir envahi par la magie, même s'il devait bientôt la transmettre à un autre. Saturé de Vie, Saryon ouvrit un conduit vers Mosiah. La magie bondit du catalyste au jeune homme en un éclair bleu aveuglant, chose qui se produit uniquement lorsque le catalyste se donne totalement à son magicien. Le bandit qui tenait Saryon sursauta, relâchant légèrement son emprise. Et à cet instant, le chef réalisa qu'il était dupé. La lame d'un couteau scintilla dans le soleil déclinant.

Levant machinalement le bras en une futile tentative pour repousser une attaque, Saryon entendit un grognement féroce. Son garde cria un avertissement, et le chef pivota, couteau levé, face à Mosiah. Mais le jeune homme inoffensif s'était métamorphosé. Son corps s'était couvert de poils, ses dents étaient devenues des crocs, ses mains des pattes, ses ongles des griffes. Le loup-garou bondit sur l'homme et le renversa. Le couteau échappa à sa main sans force tandis que des hurlements déchiraient l'air, puis cessaient dans un horrible gargouillement.

S'écartant de sa victime, le loup-garou tourna son regard flamboyant vers Saryon, qui ne put s'empêcher de reculer, en proie à une terreur primitive. Les mâchoires de la créature dégoulinaient de sang et de bave ; un grondement sourd roulait dans son torse massif. Pourtant, les yeux n'étaient pas fixés sur Saryon, mais sur le garde accroupi derrière le catalyste, tentant pitoyablement de se faire un bouclier de son corps. Des mains poussèrent Saryon par-derrière, le projetant dans les mâchoires de la bête. Mais le loup-garou sauta agilement de côté. Le catalyste tomba lourdement à quatre pattes. Le loup-garou sauta par-dessus lui, et Saryon entendit derrière lui des glapissements de terreur et un féroce grondement de triomphe.

Étourdi et endolori, vidé de toute son énergie, Saryon regarda comme en rêve la bataille qui faisait rage autour de lui, incapable de réagir. Il vit Joram faire tomber d'un coup de pied le couteau qu'avait sorti son garde et lui décocher un coup de poing maladroit. Il manqua sa cible, et le bandit riposta et atteignit le jeune homme à la mâchoire. Joram tituba, tâtonnant sous sa cape pour dégainer son épée. Poussant son avantage, le garde lui sautait dessus quand un balai, sorti de nulle part, se mit à le bâtonner férocement.

— Tiens, butor ! glapissait le balai, attaquant l'homme ahuri sous tous les angles imaginables, lui martelant la tête et lui fessant le postérieur.

Se jetant entre les jambes du garde, le balai le fit trébucher et il s'étala de tout son long, se protégeant la tête de ses bras, mais le balai continuait à cogner, rythmant ses coups du cri de « butor ! ».

Le catalyste eut la vague impression que leurs assaillants s'enfuyaient. Il voulut se relever, mais ses oreilles bourdonnèrent et il faillit s'évanouir. Des mains puissantes, mais étonnamment douces, l'aidèrent à se remettre debout et, bien que les paroles fussent aussi froides que d'habitude, il sentit plus qu'il n'entendit l'inquiétude chaleureuse qui les sous-tendait.

— Ça va aller ?

Étourdi et défaillant, Saryon regarda Joram. Que s'attendait-il à voir, d'après le ton des paroles, il ne le savait pas. De la chair et du sang, peut-être. Mais il vit de la pierre.

— Ça va aller Catalyste ? répéta froidement le jeune homme. Tu peux marcher ou tu veux qu'on te porte ?

Saryon soupira.

— Non, je peux marcher, dit-il, s'écartant du jeune homme avec une dignité tranquille.

— Parfait, dit Joram. Va t'occuper du vieillard.

Il montra Andon qui s'était relevé et regardait tristement autour de lui. Trois gardes gisaient dans la rue ; les autres s'étaient enfuis, abandonnant leurs camarades. Deux étaient morts, leurs corps mutilés, la nuque brisée par les puissantes mâchoires du loup-garou. Saryon s'étonna de ne ressentir aucun remords, seulement une sombre satisfaction qui le choqua. Le troisième, tombé à quelque distance, était encore vivant et gémissait, la tête et le visage couverts de balafres sanglantes. Des poils de balai sortaient de ses vêtements comme des plumes rabougries. Simkin le considérait de tout son haut.

— Butor ! murmura-t-il, lui décochant un dernier coup de pied.

Le garde gémit, se protégeant la tête de ses bras. Reniflant avec dédain, Simkin cueillit en l'air son mouchoir orange et s'épongea le front

— Mêlée épouvantable, constata-t-il. J'en transpire.

— Ça alors !

Mosiah — qui avait retrouvé sa forme humaine — s'assit sur un perron, haletant comme le loup-garou qu'il avait été, le front dégoulinant de sang, le visage couvert de boue et de sueur, les vêtements déchirés. Se renversant avec lassitude contre la porte, il s'efforçait de retrouver son souffle.

— Je n'ai jamais... fait l'expérience... d'une magie pareille ! dit-il, aspirant une grande goulée d'air. Oh, j'ai le vertige, ajouta-t-il, fermant les yeux et portant les mains à sa tête.

— La sensation passera bientôt, dit Saryon avec douceur. Je ne me doutais pas que tu étais un mage si puissant, ajouta-t-il, avant d'aller dire quelques mots de réconfort au pauvre Andon.

— Moi non plus, remarqua Mosiah, impressionné. Je... je ne me rappelle même pas avoir jamais pensé à me transformer en loup. C'est à cause de Simkin — il a parlé d'une grosse bête poilue, et j'avais l'image dans la tête quand la magie m'a rempli ! C'était comme si la Vie de tout ce qui m'entourait se déversait en moi, m'inondait. Je me sentais cent fois plus vivant. Et je...

— Oh, peu importe ! l'interrompit Joram avec impatience. N'en parlons plus ! Il faut sortir de ce maudit village !

Mosiah se tut brusquement, ravalant ses impressions. Il se leva sans un mot, les yeux flamboyants de colère. Andon regardait Joram, stupéfait. Simkin, embarrassé, se mit à fredonner. Seul Saryon comprit. Lui aussi sentit la dent aiguë de l'envie qui le rongeait. Lui aussi, il savait ce que c'est que d'envier ceux qui ont reçu le don de la Vie.

Tous se taisaient, se regardant avec gêne, ne sachant quoi faire. C'était irréel, surréel. Le soleil, qui se couchait dans un flamboiement sanglant, projetait des ombres rouges dans les rues. Ses flammes brillaient sur les vitres des vilaines maisons de brique, se reflétaient dans les yeux vitreux des morts. A la forge, elles scintillaient sur le métal des couteaux, des fers de lances, des pointes de flèches et des dagues. Plus loin, au centre du village, les cris et les hurlements s'intensifiaient.

— Joram a raison, dit finalement Saryon, s'efforçant de dissiper la sensation perturbante d'être à la fois là et ailleurs. Le soleil se couche, et nous devons partir avant la nuit.

— Partir ? dit Andon, revenant à la réalité, et fixant le catalyste avec stupéfaction. Mais tu ne peux pas partir, mon Père ! Écoute ! ajouta-t-il, le doux visage ridé contracté par la peur. Notre vie pacifique est terminée ! Ils...

A cet instant, un gong résonna, lugubre, menaçant.

— Le Scianc ! s'écria Andon, le visage contracté de chagrin.

Le gong résonna neuf fois, ses vibrations ébranlant les corps et les esprits. Saryon sentit le choc partir de terre et remonter dans ses jambes, et il se demanda si la terre elle-même tremblait de rage.

— C'est la guerre, dit Joram. Par où, Simkin ?

— Par ici, dans la ruelle, dit Simkin en la montrant, ses manières désinvoltes disparaissant en même temps que son mouchoir orange.

Il partit en courant.

— Venez ! Il ne faut pas rester en arrière, dit Joram d'un ton pressant. On risquerait de le perdre de vue.

— Seulement si on avait de la chance, grogna Mosiah. Au revoir, Andon, ajouta-t-il, serrant précipitamment la main du vieillard. Merci pour tout.

— Oui, merci, dit Joram d'un ton bref, tournant ses yeux noirs vers la forge, où les bruits de lutte s'intensifiaient.

Après un dernier regard au village, il suivit Mosiah dans la ruelle.

La silhouette de Simkin était à peine visible dans le crépuscule, la plume de son bicorne flottant au vent comme une bannière. Il se retourna à moitié.

— Dépêche-toi, Saryon !

— Oui. Avance, je vous rattraperai, dit le catalyste, répugnant à s'en aller, effrayé de rester.

Andon semblait comprendre ce qu'il ressentait.

— Je sais pourquoi vous partez, dit le vieillard avec un pauvre sourire. Et je suppose que je devrais vous être reconnaissant d'emporter la pierre noire. Au moins, cette tentation nous sera épargnée. Mais je suis triste de vous perdre, soupira-t-il. L'Etern soit avec toi, mon Père, termina-t-il à voix basse.

Saryon tenta de le bénir à son tour, mais les mots ne purent franchir ses lèvres. On disait que, dans l'ancien monde, ceux qui avaient vendu leur âme aux Puissances des Ténèbres devenaient physiquement incapables de prononcer le nom de Dieu.

— Catalyste ! lança Joram avec irritation.

Saryon se retourna et quitta le vieillard sans un mot. Jetant un regard en arrière dans la pénombre du crépuscule qui se refermait sur eux, il vit Andon debout dans la rue près des cadavres des gardes, la tête baissée, les épaules avachies. Le vieux sorcier se cachait les yeux de ses deux mains, et Saryon sut qu'il pleurait.

Chapitre 7

LE NULLEPART

Quittant le village des Sorciers, Simkin guida ses amis vers le nord, par une ravine embroussaillée ombragée d'épaisses frondaisons. Sous les arbres, le crépuscule fit bientôt place à la nuit et il faisait « noir comme sous les paupières d'un démon », selon l'expression de Simkin. La marche devint difficile à travers les épais fourrés, et par endroits presque impossible. Contre l'avis de Joram, les autres réclamèrent de la lumière.

— Les hommes de Blachloch ont d'autres chats à fouetter, d'après les bruits qu'on entendait, dit sombrement Mosiah, retirant des épines de ses jambes car, dans le noir, il était tombé tête la première dans un buisson d'ajoncs. On pourrait se casser une cheville, ou même tomber dans un trou et disparaître complètement dans cet endroit perdu ! J'aime mieux prendre le risque d'allumer une torche !

— Une torche ! railla Simkin. Quelle mentalité primitive, cher ami !

D'énormes papillons aux ailes vertes fluorescentes parurent dans l'air, projetant une douce lumière qui éclairait étonnamment loin.

Malheureusement, après un seul regard dans la forêt sauvage et menaçante qu'ils traversaient, Saryon fut beaucoup plus effrayé que quand il trébuchait dans le noir.

Ils continuèrent dans la ravine, jusqu'au moment où ses arbustes épineux s'ouvrirent soudain sur un marais. Des arbres géants s'élevaient au milieu d'un épais brouillard ;

leurs racines aériennes ressemblaient à des griffes dans l'étrange lumière projetée par les papillons. A cette vue, Simkin fit halte.

— Restez sur la gauche où le sol affleure, dit-il, toujours en tête de la colonne, agitant vaguement la main. Ne tombez pas. Cette vase est traîtresse. Elle vous aspire et ne vous lâche plus.

— Il vaut mieux attendre le jour pour traverser, dit Joram d'un ton las, et Saryon réalisa soudain que le jeune homme devait friser l'épuisement.

Le catalyste était fatigué jusqu'à la moelle, mais, au moins, il avait pu se reposer un peu dans la journée.

— Si tu veux, dit Simkin, haussant les épaules. Je *ne crois pas* que rien puisse venir nous grignoter d'ici au matin, ajouta-t-il d'un ton sinistre.

— Je suis trop épuisé pour m'en inquiéter, dit Joram.

Ils retournèrent dans la ravine et trouvèrent un endroit relativement sec pour passer la nuit. Débouclant son ceinturon, Joram posa la Noirépée sur le sol gelé, puis il s'allongea, soupirant de lassitude, posa la main sur son arme et ferma les yeux.

— Simkin, où nous conduis-tu ? demanda Mosiah en un murmure.

Joram rouvrit les yeux et les regarda.

— A Merilon, dit-il, et il s'endormit aussitôt.

Mosiah regarda Saryon, qui branla du chef.

— C'est ce que je craignais. Il faut l'en dissuader. Joram *ne doit pas* aller à Merilon !

Le catalyste répéta ces paroles plusieurs fois, tripotant nerveusement l'étoffe élimée de sa robe.

Mosiah remua avec gêne, mais ne dit rien.

Saryon soupira. Il ne pouvait attendre aucune aide de cet allié, il le voyait maintenant — et c'était son *seul* allié.

Le catalyste savait que la tête de Mosiah était d'accord avec lui, mais c'était son cœur qui empêchait le jeune homme de parler. Mosiah, lui aussi, avait envie de voir Merilon la Belle — la fabuleuse cité de rêve.

Saryon poussa un nouveau soupir, et vit le visage de Mosiah se crisper, craignant à l'évidence que le catalyste ne recommence à parler. Mais Saryon ne discuta pas. Il garda le silence, regardant autour de lui, angoissé, retrouvant toute sa terreur des contrées sauvages.

— Bonne nuit, mon Père, dit gauchement Mosiah, lui posant la main sur l'épaule. Je t'aiderai à convaincre Joram demain matin, mais je ne crois pas que ça servira à grand-chose.

Il alla s'allonger sur le sol glacé, se blottissant contre Joram pour se réchauffer. Quelques instants plus tard, lui aussi dormait — du sommeil de l'innocence. Le catalyste le contempla, en proie à une sombre jalousie. Puis Simkin congédia les papillons, et l'obscurité revint. La nuit semblait sortir des griffes des arbres, oblitérant toutes les formes. Saryon frissonna dans l'air glacé.

— Je vais monter la garde, proposa Simkin. J'ai dormi toute la journée, et rosser ce butor m'a fouetté le sang. Fais reposer ta tête chauve, mon Père.

Saryon était si fatigué qu'il espérait que le sommeil, arrêtant les rouages qui tournaient dans sa tête, allait le terrasser. Mais les terreurs du désert et la voix de Joram disant « Merilon » continuèrent à les faire tourner. Un vent mordant faisait bruire les rares feuilles mortes encore obstinément accrochées aux branches dénudées. Resserrant sa robe autour de lui, Saryon s'efforça de secouer son abattement et son désespoir croissants, provoqués, se dit-il, par sa fatigue et l'horreur de la mort du sorcier qui ne s'effacerait que progressivement.

Mais en vain. Et maintenant, la décision de Joram empirait encore la situation.

Saryon remua nerveusement, frissonnant de froid et de peur. Au moindre bruit, il se crispait de terreur. Quels étaient ces yeux, qui le regardaient dans l'ombre ? Il s'assit, alarmé, cherchant Simkin d'un regard affolé. Le jeune homme était tranquillement assis sur une souche. Saryon imagina que les yeux de Simkin luisaient dans le noir comme ceux d'un animal, et qu'ils le regardaient avec amusement. Le catalyste se recroquevilla dans sa robe, ferma les yeux pour ne plus voir la nuit, et s'efforça de distraire son esprit du froid et de la peur en répétant mentalement ce qu'il dirait à Joram au matin.

Les rouages finirent par se gripper et s'arrêtèrent. Le catalyste glissa dans un sommeil agité, hanté de mauvais rêves. Portant la main à son amulette pour se rassurer, il réalisa vaguement que le pouvoir de la pierre noire avait apparemment agi.

L'Evêque Vanya ne l'avait pas contacté.

Le lendemain, Saryon s'éveilla, tous les muscles raides et endoloris. Il n'avait pas faim, mais il se força à manger.

— Joram, dit-il à contrecœur, mastiquant et avalant machinalement du pain dur, il faut que nous parlions.

— Courage, mon ami, dit Simkin avec entrain. Le Père Rabat-Joie veut te dissuader d'aller à Merilon.

Joram s'assombrit, son visage se fit sévère, et Saryon lança un regard irrité au malicieux Simkin qui lui adressa un sourire innocent, et se rassit sur sa souche, croisant les jambes pour jouir du spectacle.

— L'Evêque Vanya s'attend à ce que tu ailles à Merilon, Joram ! lui représenta Saryon. Il sait qu'Anja a prophétisé que tu y trouverais la gloire et la fortune. Il t'attendra, et les *Duuk-tsarith* aussi !

Joram écouta en silence, puis haussa les épaules.

— Les *Duuk-tsarith* sont partout, dit-il froidement. Où que j'aille, je suis en danger, non ?

Saryon ne put le nier.

— Alors, j'irai à Merilon, dit Joram avec calme. Mon héritage se trouve dans cette cité, selon ma mère, et j'ai l'intention de le réclamer !

Oh, si tu savais seulement ce qu'est vraiment ton héritage ! pensa Saryon avec amertume. Tu n'es pas le fils illégitime de quelque fille de famille abusée et de son malheureux amant. Tu n'as pas besoin de retourner en mendiant dans une famille qui a chassé sa fille il y a dix-sept ans.

Non. Tu pourrais y retourner en prince. Être accueilli par les larmes de joie de ta mère l'Impératrice, serré dans les bras de ton père l'Empereur...

Pour être condamné à mort, traîné par les *Duuk-tsarith* jusqu'aux frontières du Thimhallan, et rejeté dans les ténèbres extérieures de ces Confins brumeux gardés par la magie.

— L'âme de cet infortuné est Morte, crut-il entendre dire à l'Evêque Vanya dans le brouillard glacé. Permettons maintenant au corps de rejoindre l'âme, et offrons à ce malheureux sa seule chance de salut.

Il faut que je dise la vérité à Joram, pensa Saryon avec désespoir. Cela le dissuadera sûrement d'aller là-bas.

— Joram, dit-il, le cœur battant si fort qu'il avait du mal à parler. Joram, il y a quelque chose que je dois...

Mais l'esprit logique du catalyste intervint.

Continue, lui dit son cerveau. Dis à Joram qu'il est le fils de l'Empereur. Dis-lui qu'il peut entrer à Merilon et réclamer le titre de Prince. Cela va-t-il l'*empêcher* d'y aller ? Si l'on t'annonçait une telle nouvelle, quel serait le premier endroit où *tu* irais ?

— Quoi encore, Catalyste ? dit Joram avec impatience. Si tu as quelque chose à dire, dis-le vite, et cesse de marmonner. Mais je te préviens que tu perds ton temps. Ma décision est prise. Je vais à Merilon, et rien de ce que tu diras ne pourra m'en empêcher !

Oui, il a raison, réalisa Saryon. Et il ravala ses paroles, comme une potion amère.

Et ils continuèrent à marcher vers Merilon.

Pour autant que pouvait s'en souvenir Saryon, les cinq jours qui suivirent furent les plus malheureux de sa vie. Ils mirent trois jours à traverser le marais. L'odeur des eaux croupies lui soulevait le cœur et lui mettait un mauvais goût dans la bouche, qui lui coupait l'appétit. Ils ne manquaient pas d'eau claire — même les enfants peuvent exécuter ce simple tour de magie — mais la puanteur du marécage lui donnait un goût de vase. Ils avaient beau boire, ils ne parvenaient pas à étancher leur soif. Et même la magie n'arrivait pas à faire brûler le bois mouillé. Ils ne voyaient jamais le soleil, n'avaient jamais chaud. Les volutes du brouillard perpétuel s'enroulaient autour d'eux, hantant leur imagination. Aucune forme ne sortait de ce brouillard, mais ils avaient l'impression d'être observés. Et les allusions effrayantes de Simkin n'arrangeaient pas les choses.

— Pourquoi renifles-tu comme ça ? demanda Mosiah avec humeur, pataugeant derrière Simkin dans les herbes du bourbier. Ne viens pas me dire que tu trouves la direction à l'odeur !

— Pas la direction, le chemin, rectifia Simkin.

— Allons donc ! Comment peux-tu distinguer le chemin

à l'odeur ? Et d'ailleurs, comment peux-tu sentir autre chose qu'une odeur de pourriture dans cet affreux marais ?

Mosiah s'arrêta pour donner le temps au catalyste épuisé de les rattraper.

— Je renifle, mais moins le chemin que *ce qui* trace le chemin devant nous, dit Simkin. Tu comprends, je ne crois pas que *ça* puisse se tromper de route et que *ça* puisse s'égarer, ayant été élevé dans le marais. Mais comme je dis toujours, la prudence est la mère de la sûreté.

— *Ça* ? Qu'est-ce que c'est ? Pourquoi suivons-nous un *ça* ? demanda Mosiah, alarmé, mais Simkin lui ferma la bouche de la main.

— Allons, allons, ne t'inquiète pas. Généralement, *ça* dort à poings fermés toute la journée. Parce que *ça* s'épuise pendant la nuit — à mordre et déchirer avec ses crocs et ses grosses griffes. N'en parle pas à notre chauve, murmura-t-il à l'oreille de Mosiah. Il est assez nerveux comme ça. On n'en tirerait plus rien.

Et comme si ces allusions terrifiantes ne suffisaient pas, leur « guide » y ajoutait parfois des avertissements.

— Regardez ! Devant nous ! criait Simkin, s'accrochant à Mosiah et tremblant de tous ses membres.

— Quoi ? disait Mosiah, le cœur lui sautant dans la gorge, l'expression « grosses griffes » ayant imprimé une marque indélébile dans son cerveau.

— Là ! Tu ne vois donc pas ?

— Non...

— Regarde ces yeux ! Il y en a six ! Ah, ils ont disparu, disait Simkin, avec un soupir de soulagement.

Cueillant en l'air son mouchoir de soie orange, il s'épongeait le front.

— On a de la chance. On devait être sous le vent. Heureusement, *ça* n'a pas l'odorat très développé. Ou n'est-ce pas plutôt l'ouïe ? Je me trompe toujours...

Finalement, soit *ça* savait où *ça* allait, soit c'était leur « guide », car ils finirent par sortir du marais sans dommages, débouchant dans une gorge profonde. Ils étaient tellement soulagés de quitter cet horrible marécage et ses odeurs nauséabondes que même la perspective d'escalader ces falaises abruptes leur parut attrayante. La voie était nettement marquée — Mosiah s'abstint sagement de demander à Simkin qui l'avait tracée — et facile à suivre au début. L'air pur et frais qu'ils respiraient et le soleil qu'ils sentaient sur leur visage leur redonnaient de l'énergie. Même Saryon reprit courage et parvint à soutenir le train.

Mais plus ils avançaient, plus le sentier s'effaçait et plus la montée était raide.

Au bout de deux jours d'escalade, où ils devaient souvent retourner sur leurs pas pour retrouver le sentier, et où ils dormaient en plein vent sur d'étroites corniches, Saryon était tellement épuisé qu'il marchait comme un somnambule, se réveillant en sursaut quand il trébuchait, hors du chemin, ou que Mosiah posait la main sur son bras pour le guider. Il parvint à continuer en se concentrant sur le simple fait de poser un pied devant l'autre, fermant son esprit au froid et à la souffrance du corps et de l'esprit. Dans cet état second, il lui arrivait souvent de continuer de l'avant quand les autres s'arrêtaient pour se reposer, et, quand ils l'avaient ramené près d'eux, il s'affalait sur le sol, la tête sur les genoux, rêvant qu'il marchait toujours.

Pourtant, l'exercice et le bon air finirent par rendre au catalyste ce qui lui était refusé depuis longtemps — un sommeil si profond que même le souvenir de la mort du sorcier ou ses douloureuses courbatures ne parvenaient pas à le pénétrer. Le matin du cinquième jour, il s'éveilla, les idées claires et bien reposé — il avait juste quelques raideurs dans les articulations et le dos un peu moulu d'avoir couché par terre.

C'est alors qu'il remarqua qu'ils marchaient dans la mauvaise direction.

Chapitre 8

LA CLAIRIÈRE

Ils étaient maintenant en haut des falaises dominant une contrée vallonnée couverte d'épaisses forêts. Le soleil matinal, qui aurait dû les aveugler dans leur marche, se levait sur leur droite.

Nous marchons presque droit au nord, vers le Sharakan, réalisa Saryon. Merilon, si tel était encore leur but, se trouvait beaucoup plus à l'est. Dois-je intervenir ? se demanda-t-il, mal à l'aise. Joram a peut-être retrouvé la raison, et résolu de ne pas se rendre à Merilon ? Peut-être est-il trop orgueilleux pour nous avouer qu'il s'est trompé ? Ou peut-être qu'il en a discuté avec les autres, et que j'étais trop épuisé pour m'en apercevoir ? Saryon s'efforça de se rappeler s'il avait entendu les jeunes gens discuter d'un changement de direction, mais telle était alors sa fatigue qu'il n'avait que des souvenirs brumeux et fragmentaires des derniers jours.

Plutôt que de passer pour un imbécile, le catalyste décida de ne rien dire, espérant que quelque chose surviendrait pour expliquer la situation. Ils descendirent la falaise derrière Simkin. D'abord soulagés de ne pas voir de marécage, ils déchantèrent bien vite en entrant dans la forêt. Bien que ce fût l'hiver, les arbres avaient inexplicablement gardé leurs feuilles. Une odeur de décomposition s'élevait des feuillages brunâtres, et le sentier était couvert de lianes à larges feuilles qui s'enroulaient autour des troncs et leur barraient le chemin.

— Cette plante a quelque chose de... Je ne me rappelle pas ce que c'est, dit pensivement Simkin en les examinant. Je crois qu'elle est comestible...

Mosiah avança prudemment un pied dans le fouillis des lianes. Instantanément, les feuilles s'enroulèrent autour de sa cheville ; il trébucha et tomba de tout son long.

— Au secours ! cria-t-il, affolé.

De longues épines sorties des lianes s'enfoncèrent dans sa chair, et il hurla de douleur. Dégainant la Noirépée, Joram taillada les lianes. Au contact de la lame, les feuilles noircissaient et se rétractaient. Finalement, la plante lâcha sa victime, comme à regret. Ils traînèrent Mosiah à l'écart, indemne mais tout ensanglanté.

— Elle me suçait le sang ! dit-il, frissonnant d'horreur.

— Ah, c'est ça que j'avais oublié, dit Simkin. C'est une liane Kij, qui *nous* considère comme comestibles. Je savais bien que ça avait quelque chose à voir avec la nourriture, ajouta-t-il, sur la défensive, devant le regard furibond de Mosiah.

Ils repartirent, Joram marchant en tête pour dégager la voie avec la Noirépée.

Saryon observait les jeunes gens avec attention, espérant surprendre quelque allusion à leur plan. Joram et Mosiah semblaient satisfaits de suivre Simkin, qui, avançant avec insouciance dans son habit *Fange et Fumier* ou *Bouse et Crottin,* les guidait avec assurance vers leur mystérieuse destination. Il n'hésitait jamais, ne s'égarait jamais. Les sentiers qu'il trouvait dans le labyrinthe des lianes Kij étaient faciles à suivre — trop faciles. Plusieurs fois, Mosiah montra des os, entassés à dessein pour marquer le chemin. Ils relevaient des traces de centaures dans la boue gelée. Une fois, ils arrivèrent à un endroit où toutes les lianes étaient piétinées et plusieurs arbres immenses cassés comme des brindilles.

— Un géant, dit Simkin. Heureusement que nous n'étions pas là. Ils ne sont pas très malins, vous comprenez, et, sans être dangereux, ils *adorent* jouer avec les humains. Malheureusement, ils ont la mauvaise habitude de casser leurs jouets.

Chaque fois qu'il y avait une trouée dans les feuillages et que le soleil était visible, Saryon constatait qu'ils se dirigeaient toujours droit au nord. Et personne ne disait rien.

Joram et Mosiah ne savent peut-être pas où se trouve Merilon, pensa le catalyste. Ils ont été élevés tous les deux dans un village de Mages des Champs, à la frontière du Nullepart. Joram sait lire, parce que Anja le lui a appris, mais a-t-il jamais vu une carte du monde ? Fait-il implicitement confiance à Simkin ?

C'était difficile à croire — Joram n'avait confiance en personne. Mais plus le catalyste écoutait et observait, plus il pensait que c'était le cas. Leurs conversations tournaient presque toujours autour de Merilon.

Mosiah racontait des histoires de cité de cristal flottant sur des dalles magiques. Simkin les régalait de contes à dormir debout sur la vie à la cour. Et les rares fois où il était d'humeur loquace, Joram participait à la conversation par des récits qu'il tenait d'Anja.

Ayant passé de longues années à Merilon, Saryon trouvait touchants ces souvenirs d'Anja — souvenirs tristes et poignants d'exilée, qui faisaient surgir devant ses yeux la vraie cité de Merilon, une Merilon qu'il reconnaissait, très différente des contes de fées de Mosiah et des folles divagations de Simkin.

Mais si Joram n'avait pas changé d'avis, pourquoi Simkin les conduisait-il dans la mauvaise direction ?

Avançant péniblement derrière lui dans la forêt, Saryon s'efforça, une fois encore, de deviner son jeu. Et, comme toujours, il dut s'avouer vaincu. Non seulement il était impossible, à partir de son jeu, de deviner quelles cartes il avait en main, mais, ainsi que le catalyste l'avait déjà vu de ses yeux, il pouvait cueillir d'autres cartes en l'air.

Un peu plus âgé que les deux autres — il devait avoir à peine dépassé les vingt ans (quoiqu'il pût aisément se donner l'air d'en avoir quatorze ou soixante-dix) —, Simkin était un mystère. C'était un homme qui modifiait l'histoire de son passé aussi souvent qu'il modifiait la couleur de ses vêtements, un homme dont les veines pétillaient de la magie du monde, un homme d'un charme désarmant, un menteur invétéré, d'une totale insouciance devant tous les aléas de la vie, y compris la mort, et qui suscitait l'amour de tous mais n'obtenait la confiance de personne. Personne ne le prend au sérieux, se disait Saryon. Et j'ai l'impression que plus d'un l'a regretté — enfin, s'il a vécu assez longtemps.

Cette pensée troublante aida le catalyste à se décider à parler.

— Je suis content que tu aies reconsidéré ta décision et que nous n'allions plus à Merilon, dit un jour Saryon lors d'une pause.

— Je n'ai rien reconsidéré du tout, dit Joram, regardant aussitôt le catalyste d'un air soupçonneux.

— Alors, nous marchons dans la mauvaise direction, dit gravement Saryon. Nous nous dirigeons droit au nord, vers le Sharakan. Merilon se trouve plein est. Si nous obliquions, nous...

— ... tomberions en plein milieu du Royaume des Fées, l'interrompit Simkin. Notre ami célibataire rêve peut-être de retrouver sa couche parfumée...

— Non ! dit sèchement Saryon, son visage — et, il faut bien le reconnaître, son sang — s'enflammant au souvenir de la belle Elspeth à demi nue.

— Nous pouvons tourner vers l'est si tu veux, ô Père frigide, poursuivit Simkin avec nonchalance, contemplant la cime des arbres. Non loin d'ici, il y a un sentier qui nous ramènera au marais que tu as tant aimé. Puis il nous conduira au cercle de champignons, traversant le territoire des centaures, ce qui nous permettra de jeter un coup d'œil sur ces sauvages créatures — un bref coup d'œil avant qu'ils ne nous arrachent les yeux, naturellement. Et si on leur échappe, il y a d'intéressantes excursions à faire aux repaires de dragons, grottes de chimères, nids de griffons *et* bouges de géants, sans parler des faunes, satyres, et autres créatures bestiales...

— Tu veux dire que tu nous fais suivre ce chemin parce qu'il est moins dangereux ? demanda Mosiah avec impatience.

— Morbleu, bien sûr, dit Simkin, l'air offensé. Je ne suis pas assez friand de marche ou de votre compagnie pour prolonger indûment ce voyage, mon cher ami. En évitant la rivière où rôdent la plupart des dangers, nous usons nos bottes mais épargnons notre peau. Quand nous atteindrons la frontière nord du Nullepart, nous tournerons vers l'est.

Cela paraissait plausible, reconnut Mosiah, et Saryon ne souleva plus d'objections. Mais il continua à se poser des questions. Et il se demanda également si Joram avait eu conscience de la direction qu'ils suivaient, ou s'il avait suivi Simkin aveuglément.

Conformément à son caractère, le taciturne jeune homme ne dit rien, son silence impliquant qu'il avait tout prévu avec Simkin. Mais quand il avait questionné Simkin, Saryon avait saisi une brève lueur alarmée dans les yeux noirs, et il en conclut que, jusque-là, Joram dormait les yeux ouverts, comme on dit. Et à un certain pincement des lèvres de Joram à la réponse de Simkin, Saryon jugea que cela ne se reproduirait plus.

Ils continuèrent à s'enfoncer dans la forêt et, le septième jour, commencèrent à se décourager. Le soleil les abandonna, comme s'il trouvait cette contrée trop sombre et désolante pour briller. Et le voyage se poursuivit, jour après jour, sous un ciel gris comme un linceul.

La forêt paraissait ne pas avoir de fin, et les lianes meurtrières étaient partout. Aucun bruit d'animaux ; à l'évidence, rien ne pouvait vivre longtemps au milieu de ces plantes carnivores. Mais ils avaient tous l'impression d'être observés, et ils se retournaient souvent pour regarder par-dessus leur épaule, ou bien ils pivotaient brusquement pour affronter quelque chose qui n'était jamais là.

Plus d'histoires de Merilon. Ils ne parlaient plus, sauf par nécessité. Joram était morose et boudeur, Simkin insupportable, Saryon effrayé et malheureux, et Mosiah furieux contre Simkin. Tous étaient fatigués, nerveux, et avaient mal aux pieds. La nuit, ils montaient la garde deux par deux, scrutant l'obscurité qui semblait les scruter en retour.

Les jours se succédaient, épuisants. La forêt s'étendait à l'infini, les lianes ne perdant pas une occasion de leur percer la peau et de boire leur sang.

Saryon se traînait sur le chemin, baissant la tête, sans regarder où il allait ni s'en soucier puisque le paysage ne changeait pas, quand Mosiah, qui marchait devant lui, s'arrêta brusquement.

— Mon Père ! dit-il à voix basse, saisissant le bras du catalyste quand il le rejoignit.

— Qu'est-ce qu'il y a ?

Saryon releva la tête, frissonnant de peur.

— Là ! dit Mosiah, tendant le bras. Devant nous. On dirait... le soleil !

Saryon regarda. Joram, qui les avait rejoints, regarda aussi.

Tout autour d'eux se dressaient les arbres immenses. Sous leurs pieds rampaient les lianes Kij. Au-dessus d'eux, le ciel étendait sa chape grise. Mais devant eux, non loin — à moins d'un kilomètre —, ils virent ce qui semblait une chaude lumière jaune filtrer à travers les feuillages.

— Je crois que tu as raison, dit doucement Saryon, comme craignant que le son de sa voix ne fasse disparaître cette clarté.

Jusqu'à cet instant, il n'avait pas réalisé à quel point il avait envie de revoir le soleil, de sentir sa chaleur réchauffer son corps transi jusqu'aux os. Il chercha Simkin du regard.

— Qu'est-ce que c'est ? On arrive à la fin de cette maudite forêt ?

— Euh, dit Simkin, l'air mal à l'aise, je n'en suis pas sûr. Il vaut mieux que j'aille vérifier.

Et avant qu'aucun d'eux ait pu l'arrêter, il avait disparu, cape, bottes, bicorne, plume et tout.

— Je le savais ! dit sombrement Mosiah. Il est perdu et il n'ose pas l'avouer ! Mais peu importe ! Je ne reste pas un instant de plus dans cette horrible forêt.

Il s'élanca, suivi de Joram qui redoubla d'efforts pour sectionner les lianes Kij. Saryon se hâta derrière eux.

Plus ils approchaient de la lumière, plus elle s'avivait. Il était près de midi, le soleil atteignait son zénith, et le catalyste attendit impatiemment sa chaleur, sa lumière et la fin de la forêt oppressante et des lianes carnivores. Et à mesure qu'il avançait, il percevait plus clairement un son réconfortant — celui de l'eau courante cascadant sur des rochers. S'il y avait de l'eau, il y aurait peut-être aussi des nourritures fraîches, fruits et amandes — fini le pain insipide obtenu par la magie, finie l'eau au goût de lianes Kij.

Jetant toute prudence par-dessus les moulins, ils s'élancèrent tous les trois, sans plus se soucier de savoir si quelque chose ou quelqu'un les observait. Saryon sentait qu'il était capable de donner sa vie pour sentir une dernière fois la chaleur du soleil sur son visage.

Surgissant hors de la forêt, ils s'arrêtèrent net, contemplant la vue avec révérence.

Brillant dans un ciel sans nuages, le soleil scintillait sur une cascade d'eau bleue tombant d'une falaise, chatoyait sur les ondulations d'un ruisseau qui prenait des tons d'arc-en-ciel avant de se jeter dans un petit lac, avivait les couleurs des herbes et des fleurs de la clairière.

— Loué soit l'Etern, murmura le catalyste.

— Non, attendez ! dit Simkin, sortant brusquement de nulle part. N'entrez pas ; ce ne devrait pas être là.

— Ce ne devrait pas être là, et alors ? murmura indolemment Mosiah.

Joram, le catalyste et lui se prélassaient voluptueusement dans les herbes, se délectant de leur tiédeur parfumée, se rassasiant des fruits juteux découverts sur les buissons bordant la source chaude.

— Il a beau dire, cet endroit est plus réel que lui !

Malgré les protestations de Simkin — « je vous l'ai dit, ce n'était pas là la dernière fois que je suis venu » —, les trois autres étaient bien résolus à se reposer là jusqu'au lendemain.

— On sera discrets, dit Joram avec impatience, quand les vagues allusions de Simkin devinrent trop ridicules pour les supporter. En fait, on est assez à l'abri dans ces herbes. On verra et on entendra tout ce qui approchera de la clairière bien avant que ça ne nous arrive dessus.

Simkin s'enferma dans un silence boudeur, traînant derrière les autres à mesure qu'ils avançaient dans la clairière, et décapitant les fleurs sur son passage. Les autres burent à satiété de l'eau de la cascade, se baignèrent dans la source chaude, et dévorèrent avidement des fruits. Puis ils étalèrent leurs couvertures sous un arbre géant à la lisière de la clairière, et s'allongèrent au milieu des hautes herbes, enveloppés d'un chaud sentiment de camaraderie.

Mais Simkin ne cessait de rôder nerveusement alentour. Il s'agitait dans les herbes, se levait continuellement pour scruter la forêt, et faisait virer ses vêtements d'une couleur criarde à une autre.

— Ignore-le, dit Mosiah, voyant Saryon regarder le jeune homme avec inquiétude.

— Il a un étrange comportement.

— Ce n'est pas nouveau ! rétorqua Mosiah. Parle-nous plutôt de Merilon, mon Père. Tu es le seul d'entre nous qui y ait longtemps vécu, et tu n'en dis jamais un mot. Tu n'approuves pas exactement que nous y allions, je le sais...

— Oui, j'ai boudé autant que Simkin, sourit Saryon.

S'abandonnant à une agréable lassitude, il se mit à parler de Merilon, de la beauté de la Cathédrale de cristal et des merveilles de la cité. Il décrivit les calèches fantastiques tirées par d'énormes écureuils, cygnes ou paons, qui volaient sur les ailes de la magie vers leur rendez-vous quotidien au palais de cristal de l'Empereur. Il parla du Bosquet où se dressait le Tombeau de Merlyn, le grand magicien qui avait amené son peuple sur ce monde. Il parla des couchers de soleil enchantés, du temps, toujours printanier ou automnal, et des jours où pleuvaient les pétales de roses pour parfumer l'air.

Mosiah écoutait, bouche bée, adossé contre un arbre. Joram, allongé par terre, visage tourné vers le soleil et d'une douceur insolite, écoutait, apparemment avec plaisir, les yeux rêveurs, se voyant peut-être dans une de ces calèches.

Soudain, Simkin surgit de derrière un arbre, interrompant le catalyste, et scruta la clairière en fronçant les sourcils.

— Couche-toi, tu nous rends fous, dit Mosiah, avec irritation.

— Si je me couche, je ne me relèverai pas, répondit Simkin avec humeur. Vous me retrouverez raide mort d'ennui, comme on a retrouvé le Duc de Grundie après un discours de l'Empereur. Il a fallu le faire tremper dans une cuve de vin pour le ranimer.

— Continue, mon Père, dit Mosiah. Parle-nous encore de Merilon. Ignore cet imbécile.

— Inutile, dit Simkin avec hauteur. Je m'en vais. Je vous répète que cet endroit ne me plaît pas.

Rejetant la tête en arrière — une tête qui arborait maintenant un chapeau vert et pointu d'où pendait une longue plume de faisan sur son dos vêtu de vert —, Simkin quitta le camp et disparut.

— Il est d'humeur bizarre, dit pensivement Saryon.

Remarquant qu'il avait étalé sa couverture sur une racine qui lui faisait mal au dos, Saryon se leva et l'étendit un peu plus loin.

— Nous n'aurions peut-être pas dû le laisser partir....

— Et comment l'aurais-tu arrêté ? demanda nonchalamment Joram, jetant des miettes de son pain à un corbeau.

L'oiseau, perché jusque-là dans l'arbre sous lequel ils étaient couchés, voleta jusqu'au sol pour accepter cette offrande d'un air condescendant. Ils se sentaient si bien qu'aucun ne se demanda pourquoi cet oiseau était là, alors qu'ils n'avaient pas vu un animal depuis des jours.

— Oh, Simkin s'en remettra, dit Mosiah, souriant devant la marche pleine de dignité de l'oiseau. Il est furieux parce qu'il est perdu et qu'il ne veut pas l'avouer. Continue à nous parler de Merilon, mon Père. Parle-nous des plates-formes flottantes de pierre et des Maisons des Guildes...

— S'il est perdu, nous aussi ! dit Saryon, toute sa sérénité envolée.

Soudain, le soleil de la clairière était trop chaud, trop aveuglant. Il lui donnait mal à la tête.

— Ne recommence pas avec Simkin, Catalyste ! dit Joram en fronçant les sourcils, et lançant un morceau de pain qui toucha malencontreusement l'oiseau.

Croassant avec indignation, le corbeau retourna dans son arbre, où il se lissa les plumes avec humeur.

— Vous me fatiguez, tous les deux...

— Chut !

Sortant apparemment de nulle part, la voix les fit sursauter. Mosiah jeta un coup d'œil affolé vers l'oiseau, mais, avant qu'il n'ait pu réagir, Simkin se matérialisa devant eux, le chapeau de travers, livide.

— Qu'est-ce qu'il y a ? dit Joram, se levant d'un bond et portant machinalement la main à la Noirépée.

— A plat ventre ! Cache-toi ! haleta Simkin, le forçant à se recoucher dans les hautes herbes.

Les autres suivirent leur exemple, se jetant face contre terre, osant à peine respirer.

— Les centaures ? demanda Mosiah d'une voix étranglée.

— Pire ! siffla Simkin. Les *Duuk-tsarith* !

Chapitre 9

PRIS !

— Les *Duuk-tsarith* ! murmura Mosiah.

— Mais c'est impossible ! dit Saryon. Ils n'ont pas pu nous repérer ; la Noirépée nous protège ! Tu es sûr ?

— Par le sang de l'Etern, Père déplumé, lança Simkin, les yeux hagards au milieu des hautes herbes, évidemment que j'en suis sûr ! Je t'accorde qu'on ne voit pas très bien dans le sous-bois, surtout si les sujets d'observation sont habillés en *noir,* mais si tu veux, je peux retourner leur demander...

A ce moment, le corbeau émit un bruyant croassement, qui résonna exactement comme un rire rauque, et s'envola.

— Ou mieux encore, le demander à lui, dit Simkin, avec une sombre ironie. L'oiseau était là depuis quand ?

Saryon branla du chef en soupirant. A plat ventre, il ne se sentait guère protégé par les hautes herbes, et s'aplatissait comme s'il voulait rentrer sous terre. La forêt était à cent pas ; ils pourraient peut-être courir s'y abriter.

— Par l'Etern, qu'est-ce qu'on va faire maintenant ? demanda Mosiah d'un ton pressant.

— Partir ! dit le catalyste, tout aussi pressant. Le plus vite possible...

— Ça ne servira pas à grand-chose ! rétorqua Simkin. Ils savent que nous sommes là, et ils ne sont pas loin — dans les bois, de l'autre côté de la cascade. Ils sont deux, au moins. A l'évidence, ils nous ont observés par les yeux de l'oiseau. Je ne vois pas où aller pour qu'il ne nous repère pas — à moins d'utiliser les couloirs...

— Non ! dit vivement Saryon, livide. Ce serait nous jeter dans leurs bras.

— Pour une fois, je suis d'accord avec le prêtre, dit brusquement Joram. Tu oublies que je suis un Mort. Une fois dans les couloirs, ils me tiendraient.

— Alors, qu'est-ce qu'on va faire ? demanda Mosiah d'une voix stridente. On ne peut pas s'enfuir, on ne peut pas se cacher...

— Chut. On va attaquer, répondit Joram.

Les yeux noirs étaient froids ; un demi-sourire effleurait les lèvres charnues. Son visage, vu ainsi parmi les hautes herbes, paraissait presque bestial.

— Non ! dit Saryon avec force, réprimant un frisson.

— Excellente idée pourtant, murmura Simkin, très excité. Par le corbeau, ils sauront que nous sommes alertés. Ils s'attendront à la fuite, et l'ont sans doute prévue. Ce qu'ils *n'ont pas* prévu, c'est que nous les contournions pour les attaquer par-derrière !

— Ce sont des *Duuk-tsarith* dont tu parles ! lui rappela Saryon.

— Nous avons la surprise pour nous, et nous avons la Noirépée ! rétorqua Joram.

— Blachloch a failli te tuer ! s'écria Saryon, serrant les poings.

— Justement, ça m'a donné une leçon. De plus, quel autre choix avons-nous ?

— Je ne sais pas, murmura Saryon d'une voix brisée. C'est juste que je ne veux plus de tuerie.

— C'est eux ou nous, mon Père.

Joignant les mains, Mosiah prononça quelques mots. L'air chatoya au-dessus de lui, et un carquois de flèches se matérialisa dans sa main.

— Regardez ça, dit-il fièrement. J'ai étudié les sorts de guerre. Nous les étudiions tous au village. Et je sais les utiliser. Avec toi pour me donner de la Vie, et la Noirépée de Joram...

— Alors, nous ferions bien de faire vite, les pressa Simkin, avant qu'ils ne lancent un sortilège d'internement ou d'enchantement sur toute la clairière.

— Si tu ne veux pas venir, mon Père, dit Mosiah, donne-moi juste de la Vie ici. Tu peux rester...

— Non, Joram a raison, dit Saryon à voix basse. Si vous vous obstinez dans cette folie, je viens avec vous. Vous aurez peut-être besoin de moi pour... pour d'autres choses. Je peux faire plus que donner de la Vie, dit-il, avec un regard entendu à Joram. Je peux aussi l'aspirer...

— Alors, suivez-moi ! chuchota Simkin.

S'accroupissant à moitié, il se mit à avancer lentement dans les hautes herbes en direction de la falaise.

— Où seras-tu, *toi* ? demanda Mosiah à Simkin, qui changeait une fois de plus de tenue.

— Au milieu de la bataille, n'en doute pas, répondit Simkin d'une voix grave et grinçante.

Il était maintenant vêtu de peau de serpent, adaptée à la reptation dans l'herbe. Malheureusement, l'effet général était gâté par un casque métallique, pourvu d'une visière qui gênait la vue et ressemblait vaguement à un seau renversé.

— Ce sont bien des *Duuk-tsarith,* murmura Saryon.

L'après-midi s'avançait. Le soleil amorçait sa descente vers la nuit. Accroupi dans l'herbe à la limite de la prairie et de la forêt, le catalyste voyait nettement les deux hommes en longues robes noires. Il poussa un soupir de désespoir. Il espérait jusque-là qu'il s'agissait encore d'un des « monstres » de Simkin, qui disparaissaient dès que l'un d'eux voulait les voir.

Mais c'étaient bien des Sorciers — membres du redoutable Ordre des *Duuk-tsarith.* Immobiles, ils prêtaient l'oreille, mains croisées devant eux selon la règle, le visage caché dans l'ombre de leurs capuchons pointus. S'il conservait encore quelque doute, il fut dissipé à la vue du corbeau, perché entre eux sur une branche, ses yeux rouges luisant aux rayons filtrant à travers le feuillage. Saryon observa les deux hommes en noir. Son esprit retourna à la Source, à ce jour lointain où les deux *Duuk-tsarith* l'avaient surpris en train de lire les livres interdits...

— Ce doit être leur catalyste, chuchota-t-il, bannissant précipitamment ce souvenir effrayant.

Agissant prudemment, craignant qu'ils ne l'entendent lever la main, il montra du doigt un troisième individu en longue cape de voyage. La cape dissimulait sa robe, mais sa tête tonsurée annonçait un prêtre. Un quatrième personnage et lui, debout à l'écart des Sorciers, étaient en grande conversation et, de temps en temps, le quatrième remuait la main comme pour souligner un argument. C'est ce quatrième qui retint l'attention de Saryon. Il était plus grand que les autres, et sa cape était confectionnée dans un coûteux tissu. Quand il bougea la main, Saryon saisit le scintillement de gemmes à ses doigts.

— Je ne sais pas ce qu'il est, dit Saryon en le montrant. Ce n'est pas un *Duuk-tsarith*. Il n'est pas en noir...

— C'est un sorcier quelconque ? dit Joram.

Tripotant nerveusement sa garde pour avoir une meilleure prise, il faillit lâcher la lourde épée, et essuya avec irritation ses mains moites sur sa chemise.

— Non, répondit le catalyste, perplexe. C'est bizarre, mais, à ses vêtements, je le prendrais plutôt pour un...

— Peu importe, tant que ce n'est pas un *Duuk-tsarith*, l'interrompit Joram avec impatience. Nous n'en avons que deux à neutraliser. J'en prends un. Toi et Mosiah, occupez-vous de l'autre. Où est Simkin ?

— Ici, dit une voix sépulcrale sortant de sous le casque. La nuit est tombée furieusement vite, non ?

— Relève ta visière, imbécile. Toi, tu t'occupes du quatrième.

— Quelle visière ? fut la réponse pathétique, le casque tournant de droite et de gauche. Quel quatrième ?

— L'homme debout près... Oh, ça ne fait rien ! grogna Joram. Ne te mets pas dans nos pattes, c'est tout. Allons-y. Mosiah, pars sur la gauche. Moi, je pars sur la droite. Et toi, tu restes entre nous, Catalyste.

Il avança lentement dans les fourrés. Mosiah partit dans la direction opposée, tandis que Saryon suivait, le visage tiré et hagard.

— Ce n'est pas ma faute, marmonna Simkin sous son casque. Quelle misérable invention, cette coiffure ! Je suis totalement dans le noir. Parlez-moi des anciens chevaliers et tout ça. Sacrées balivernes. Pas étonnant qu'Arthur ait eu une Table ronde. Il ne voyait pas goutte avec son casque ! Sans doute qu'il n'arrêtait pas de se cogner dedans et qu'il en avait arrondi tous les angles...

Mais Simkin parlait tout seul.

Mosiah encocha une flèche, mais ses mains tremblaient tant de peur et d'excitation qu'il s'y reprit à trois fois.

— Donne-moi de la Vie, mon Père, chuchota-t-il.

La gorge sèche de terreur, le catalyste répéta les paroles qui faisaient passer la magie du monde dans son corps. Il n'avait pas été entraîné dans l'art de soutenir des Sorciers-guerriers ; cela exigeait certaines connaissances spéciales qu'il n'avait pas. Il pouvait fortifier les dons magiques déjà puissants de Mosiah, permettant au jeune homme de lancer des sorts qui auraient sinon dépassé ses forces, ainsi qu'il l'avait fait au village pendant la bataille contre les gardes. Mais il s'agissait alors d'utiliser la magie contre des brutes sans cervelle. Le cas était ici bien différent. Ils s'attaquaient à des Sorciers expérimentés. Ni l'un ni l'autre n'avaient jamais participé à un combat de ce genre, ni l'un ni l'autre ne savaient vraiment ce qu'ils faisaient.

C'est insensé ! se répétait Saryon sans discontinuer. Insensé ! Arrête avant d'aller trop loin !

Mais c'est déjà allé trop loin, réalisa-t-il. Nous n'avons plus le choix !

— Mon Père ! chuchota Mosiah d'un ton pressant.

Baissant la tête, Saryon posa la main sur le bras tremblant du jeune homme, et psalmodia les paroles qui ouvraient les conduits. La magie coula de Saryon en Mosiah comme un vin pétillant.

Regardant son visage dans le soleil, Saryon vit sa bouche s'entrouvrir en un sourire, ses yeux scintiller. On aurait dit un gamin qui mange son premier bonbon.

Saryon eut un mauvais pressentiment.

— Non, Mosiah, attends...Tu ne peux pas...

Mais il était trop tard. Murmurant les paroles apprises des Sorciers, Mosiah lâcha sa flèche sur l'homme en noir le plus proche. Il avait visé à la hâte, mais cela importait peu. Tandis que la flèche s'envolait, le jeune magicien lui lança un sort qui devait lui faire rechercher et tuer tout être à sang chaud. Utilisé par les Sorciers d'autrefois, ce sort permettait à des troupes sans entraînement d'être extrêmement efficaces dans une bataille.

Mais pas dans celle-ci.

Qu'est-ce qui attira l'attention du sorcier ? Peut-être le frôlement des vêtements de Mosiah dans l'herbe. Peut-être la vibration de la flèche quittant l'arc, ou le murmure des plumes de la hampe pendant son vol. Ou peut-être le croassement avertisseur du corbeau, quoiqu'il retentît à retardement.

Plus vif que la flèche qui volait vers son cœur, l'homme en noir parla et tendit le bras. Il y eut un éclair, et la flèche, désormais inoffensive comme une poignée de cendres, disparut.

Le second *Duuk-tsarith* agit aussi vite que son partenaire. Levant les mains vers le ciel, il lança un ordre, et les ténèbres tombèrent sur eux, aussi rapides que la foudre. Le jour ensoleillé fit place à une obscurité aveuglante. Saryon ne voyait plus rien et, accroupi dans les herbes, n'osait plus bouger. Puis, comme ses yeux commençaient à s'habituer à l'obscurité, un étrange clair de lune envahit la forêt, éclairant tout le sous-bois, mais faisant luire les corps d'un rayonnement blanc-pourpre surnaturel. Battant des paupières, le catalyste vit clairement les visages stupéfaits du quatrième homme et du prêtre qui se tournèrent dans leur direction.

Plus par hasard qu'à dessein, Saryon était accroupi dans les buissons. Même avec le clair de lune qui faisait luire son corps, il savait qu'il était difficile à voir. Mais Mosiah s'était levé pour lancer sa flèche. S'efforçant d'ajuster sa vision à l'obscurité soudaine, il était baigné de lumière, nettement visible pour les deux hommes. Poussant un cri, il leva son arc.

Le *Duuk-tsarith* parla.

Mosiah lâcha son arc et porta ses mains à sa gorge.

— Je... je... balbutia-t-il.

Mais la paralysie magique causée par le sortilège du sorcier lui coupa la parole comme elle lui coupait la respiration. Les yeux révulsés, il s'efforçait désespérément d'aspirer de l'air dans ses poumons, en vain.

Saryon se relevait à moitié, avec l'intention d'offrir leur reddition, quand une forme noire surgit, manquant le renverser. Mosiah avait les yeux exorbités, le visage qui noircissait lentement. Bondissant devant son ami, Joram leva la Noirépée. L'étrange clair de lune n'illumina pas le métal, la lame semblable à un rameau de nuit dans sa main.

A l'instant où l'épée s'interposa entre le sorcier et Mosiah, le sort fut anéanti. Haletant, le jeune homme s'effondra. Saryon le rattrapa dans sa chute et l'allongea doucement sur le sol, tandis que Joram les protégeait de son arme qu'il levait à deux mains au-dessus d'eux.

Saryon attendit sombrement la bourrasque de vent glacial qui gèlerait leur sang en quelques secondes, ou le craquement du sol s'ouvrant sous eux pour les engloutir — même le pouvoir de la Noirépée ne pouvait s'opposer à ces sorts, pensait-il. Mais rien ne se passa.

Regardant à travers les hautes herbes, Saryon vit le quatrième homme marcher vers eux. Peut-être avait-il parlé ; le catalyste n'entendait rien à cause du bruit de la cascade. Mais les deux *Duuk-tsarith* avaient tourné vers lui leur tête encapuchonnée. Il fit un geste de la main, leur intimant l'ordre de reculer, et les Sorciers baissèrent la tête en signe d'obéissance. L'étonnement de Saryon s'accrut, en même temps que sa peur. Qui était cet homme à qui les puissants *Duuk-tsarith* obéissaient sans discuter ?

Qui qu'il fût, il avança sans crainte vers Joram, scrutant intensément le jeune homme.

— Soyez prudent, Garald ! cria l'homme en longue cape que Saryon avait pris, à juste titre, pour un catalyste. Je sens quelque chose d'étrange dans cette arme.

— Étrange ? dit le dénommé Garald en éclatant de rire, un rire distingué, autant que l'étoffe de sa cape. Merci de l'avertissement, Cardinal, mais je ne vois qu'une étrangeté dans cette arme : une laideur telle que je n'en avais jamais vue de ma vie !

— C'est cela, Votre Grâce...

Cardinal ! Saryon, totalement désorienté, vit la couleur de la robe du catalyste sous la cape, et le reconnut pour ce qu'il était — un Cardinal du Royaume ! Et ce Garald... le nom lui sembla familier, mais Saryon était trop nerveux pour être capable de réfléchir. La cape luxueuse, l'homme qu'on appelait Votre Grâce...

Le Cardinal continuait à parler.

— ... mais cette épée si laide, Votre Grâce, a anéanti le sortilège de vos gardes.

— Elle a fait ça ? Fascinant.

L'homme luxueusement vêtu était assez proche pour que Saryon le voie nettement dans le clair de lune magique. La beauté de la voix s'harmonisait à la beauté du visage, aux traits délicats sans être mous. Les yeux étaient grands et intelligents. La bouche était ferme, entourée de ridules. Le menton était ferme sans arrogance, les pommettes hautes et saillantes. Les cheveux bruns où le clair de lune mettait des reflets roux étaient coupés court à la mode militaire. Une mèche tombait sur le front avec grâce.

— Donne-moi l'épée, dit l'homme, fermement, à l'évidence habitué à être obéi.

— Viens me la prendre, dit Joram avec défi.

— Venez me la prendre, *Votre Grâce,* rectifia le Cardinal, choqué.

— Merci, Cardinal, dit Garald, un sourire jouant sur ses lèvres, mais je ne crois pas que le moment soit bien choisi pour lui enseigner l'étiquette de la cour. Allons, mon garçon. Donne-moi ton arme, et il ne t'arrivera rien.

— Non, *Votre Grâce* ! dit Joram avec un rictus.

— Joram, je t'en supplie ! chuchota Saryon avec désespoir, mais le jeune homme l'ignora.

— Mais qui est ce Garald ? murmura Mosiah.

Il fit mine de se lever, mais se figea aussitôt. L'élégant avait écarté les *Duuk-tsarith* de Joram, mais avait apparemment laissé Mosiah à leur merci. Mosiah vit les yeux luisants des Sorciers fixés sur lui, il vit les mains croisées devant les robes faire un mouvement imperceptible, et il demeura immobile, osant à peine respirer.

Saryon secoua la tête, sans quitter des yeux Joram et ce Garald qui s'approchait encore de quelques pas. Joram modifia sa posture, épée levée.

— Eh bien, dit l'élégant en haussant les épaules. Je relève ton défi.

Rejetant un pan de sa cape sur son épaule, il dégaina et se mit en garde. La gorge de Saryon se serra. L'épée, de conception ancienne, était aussi belle, délicate et forte que l'homme qui la maniait. Le clair de lune la faisait briller d'une flamme froide et argentée qui dansait sur le tranchant et scintillait sur la garde en forme de faucon aux ailes déployées.

Le faucon. Quelque chose frémit dans la mémoire de Saryon, mais il ne put détourner assez longtemps son attention de Joram pour y réfléchir. Le jeune homme déguenillé était pitoyable, presque pathétique comparé au noble de haute taille luxueusement vêtu. Pourtant, il y avait dans les yeux noirs de Joram une fierté, un courage, une audace qui rivalisaient avec ceux de son adversaire, et témoignaient du sang noble qui coulait dans ses veines comme en celles de l'homme.

Joram imita gauchement la posture de son ennemi, sachant peu de chose de l'escrime, à part ce qu'il avait lu dans les livres. Sa maladresse sembla amuser Garald, bien que le Cardinal, les yeux toujours braqués sur la Noirépée, branlât du chef et murmurât une fois de plus :

— Votre Grâce, je crois que peut-être...

Garald lui imposa le silence de la main, au moment où Joram, confiant dans le pouvoir de l'épée et furieux de l'attitude arrogante de son adversaire, bondissait de l'avant.

Indifférent aux *Duuk-tsarith* qui observaient, Saryon se leva d'un bond. Il ne pouvait pas permettre à Joram de tuer cet homme !

— Arrête !... cria le catalyste, mais ses paroles moururent dans sa gorge.

Il y eut un cliquetis, un jappement de douleur, et Joram s'immobilisa, tenant sa main blessée et regardant bêtement la Noirépée qui s'envolait et allait atterrir aux pieds du Cardinal.

— Arrêtez-le, et aussi son complice, dit froidement Garald aux *Duuk-tsarith,* qui n'hésitèrent pas à utiliser leur magie maintenant qu'ils en avaient la permission.

D'un mot, ils lancèrent le sort de Magie néantisante qui dépouillait leur victime de l'énergie magique dont dépend tout être vivant. Mosiah poussa un cri et s'effondra. Mais Joram resta debout, fixant avec défi les *Duuk-tsarith,* tout en frictionnant sa main blessée.

— Je vous demande pardon, Votre Grâce, dit l'un d'eux, mais le garçon ne réagit pas à notre sort. C'est un Mort.

— Vraiment ? dit Garald, regardant Joram avec pitié, ce qui le blessa davantage qu'un coup d'épée.

Le jeune homme s'empourpra, sa bouche se tordit de colère.

— Essayez quelque chose de plus puissant, dit l'élégant, surveillant Joram. Mais ne le tuez pas. Je veux en apprendre davantage sur cette étrange épée.

— Et le catalyste, Votre Grâce ? demanda le sorcier en s'inclinant.

Regardant autour de lui, le regard de Garald tomba sur Saryon, et ses yeux se dilatèrent.

— Par le sang de l'Etern, Cardinal, dit Garald avec stupéfaction. Il appartient à votre Ordre ! Permets-moi de t'assister, mon Père, ajouta-t-il courtoisement, tendant la main au catalyste ahuri.

Quoique prononcées avec le plus grand respect, ces paroles étaient moins une invitation qu'un ordre, et Saryon n'avait d'autre choix que d'obéir. Garald le prit par le bras, l'aidant avec sollicitude à sortir des hautes herbes.

Voyant Garald occupé, Joram fit un pas pour ramasser son épée et se figea comme trois cercles de feu descendaient du ciel et se mettaient à tournoyer autour de lui — l'un au niveau de son coude, le deuxième lui entourant la taille et le dernier les genoux. Les flammes ne touchaient pas son corps, mais elles étaient assez proches pour qu'il en sentît la brûlure, et il n'osait bouger. Satisfaits d'avoir, pour le moment, réduit leur proie à leur merci, les *Duuk-tsarith* regardèrent leur maître, demandant de nouvelles instructions en leur habituelle interrogation muette.

— Fouillez la clairière, ordonna Garald. Il peut y en avoir d'autres cachés dans les hautes herbes. Mais auparavant, délivrez-nous de cette incommode obscurité.

Les *Duuk-tsarith* s'exécutèrent. La nuit se dissipa, et le soleil revint avec une rapidité qui aveugla tous les assistants. Quand Saryon recouvra la vue, il remarqua que les Sorciers, telle la nuit incarnée, avaient disparu eux aussi. Il regardait autour de lui en proie à la plus grande confusion, quand il réalisa que Garald lui parlait.

— J'espère que tu n'es pas de mèche avec ces jeunes bandits, mon Père, dit-il d'une voix égale, mais avec une certaine froideur. Malgré la rumeur prétendant qu'il y a des catalystes renégats dans ces contrées sauvages.

— Je ne suis pas un catalyste renégat, Votre... Votre Grâce, commença Saryon, puis il s'interrompit, et s'empourpra au souvenir de ce qu'il avait fait. Enfin, je le suis peut-être, dit-il d'une voix défaillante. Mais je vous supplie d'écouter mon histoire, ajouta-t-il, se tournant vers le Cardinal qui les avait rejoints. Nous ne sommes pas des voleurs, je vous le jure !

— Alors, que signifie cette invasion de notre clairière et cette attaque dirigée contre nous ? demanda Garald avec une froideur croissante, et une nuance de colère dans la voix.

— S'il vous plaît, permettez-moi de vous expliquer, Votre Grâce, dit Saryon, au désespoir. C'est une erreur...

Les deux *Duuk-tsarith* reparurent soudain, se matérialisant juste devant Garald.

— Oui ? dit-il. Qu'avez-vous découvert ?

— Il n'y avait rien dans la clairière, Votre Grâce, à part ceci.

L'homme en noir lui tendit un grand seau en bois.

— Curieux objet dans ce désert, mais pas particulièrement digne de retenir notre attention, remarqua Garald, y jetant un coup d'œil indifférent.

— C'est pourtant un seau remarquable, Votre Grâce.

— Non, non, dit vivement le seau, juste un seau ordinaire, sans rien de remarquable, je vous l'assure.

— Au nom de l'Etern ! lâcha Garald, tandis que le Cardinal reculait précipitamment en marmonnant une prière.

— Un humble seau, un vieux seau de chêne, poursuivit le seau d'une voix rauque. Permettez-moi, Noble Seigneur, de transporter votre eau, de baigner vos pieds, de laver votre tête...

— Par tous les diables ! s'écria Garald, arrachant le seau des mains du sorcier. Simkin ! poursuivit-il, secouant le seau. Simkin ! Imbécile écervelé ! Tu ne me reconnais pas ?

Deux yeux apparurent soudain sur le rebord du seau, qui le scrutèrent avec intensité. Puis les yeux se dilatèrent et, avec un éclat de rire, le seau se transforma en un jeune homme barbu vêtu de sa tenue *Fange et Fumier.*

— Garald ! s'écria-t-il, serrant l'élégant dans ses bras.

— Simkin ! dit Garald, lui tapotant amicalement le dos.

Le Cardinal sembla encore plus mécontent à la vue de Simkin qu'à celle du seau parlant. Levant les yeux au ciel, il croisa les bras sous ses larges manches en branlant du chef.

— Je ne t'avais pas reconnu, dit Simkin, s'écartant de l'élégant et le regardant d'un air ravi, Que fais-tu dans cette contrée barbare ? Oh, un instant, dit-il, comme se rappelant quelque chose. Il faut que je te présente mes amis. Joram, Mosiah, ajouta-t-il, se tournant vers les deux jeunes gens, l'un immobilisé au sol par un sortilège, l'autre emprisonné dans des anneaux de feu, je vous présente Son Altesse Royale Garald, Prince du Sharakan.

Chapitre 10

SON ALTESSE

— Ainsi, ce sont tes amis, Simkin ?

Le regard du Prince passa rapidement sur Mosiah pour s'arrêter sur Joram. Emprisonné dans les anneaux de feu, le jeune homme n'osait pas bouger de crainte d'être grièvement brûlé. Mais son visage n'exprimait pas la peur, seulement la fierté, la colère et l'humiliation de cette honteuse défaite.

— Des amis plus proches que des frères, affirma Simkin. Te rappelles-tu comment j'ai perdu mon frère ? Le cher petit Nat ? C'était l'année...

— Euh, oui, l'interrompit vivement le Prince.

Il se tourna alors vers les *Duuk-tsarith.*

— Vous pouvez les libérer, ajouta-t-il.

Les Sorciers s'inclinèrent, et, d'un geste et d'un mot, annulèrent le sort de Magie néantisante qui immobilisait Mosiah, lequel, haletant, roula sur le dos et aspira l'air à grandes goulées. Les anneaux de feu disparurent autour de Joram, mais il resta immobile. Croisant les bras, il fixa son regard sur la forêt inondée de soleil, sans rien regarder en particulier, mais signifiant par son attitude qu'il avait choisi d'être là de sa libre volonté et qu'il y resterait jusqu'à ce que mort s'ensuive.

Les lèvres de Garald frémirent. Portant la main à sa bouche pour dissimuler un sourire, il se tourna de nouveau vers Simkin.

— Et le catalyste ?

— Le chauve est aussi de mes amis, dit-il.

Il regarda distraitement autour de lui.

— Où es-tu, mon Père ? Ah, oui. Prince Garald, je te présente le Père Saryon. Père Saryon, le Prince Garald.

Le Prince s'inclina avec grâce, la main sur le cœur selon la coutume du Nord. Saryon retourna le salut gauchement, l'esprit dans une telle confusion qu'il savait à peine ce qu'il faisait.

— Père Saryon, dit le Prince, permets-moi de te présenter Son Éminence le Cardinal Radisovik, ami et conseiller de mon père.

Saryon s'avança et s'agenouilla humblement aux pieds du Cardinal vêtu de blanc, mais celui-ci le prit par la main et le releva aussitôt.

— Dans le Nord, nous avons renoncé à ces marques d'obéissance dégradantes, dit le Cardinal. C'est un plaisir de faire ta connaissance, mon Père. Tu as l'air épuisé. Veux-tu revenir avec moi dans notre clairière ? L'air printanier y est agréablement tiède, ne trouves-tu pas ?

S'apercevant alors qu'il était transi, Saryon réalisa qu'en entrant dans le bois, il était comme passé du printemps à l'hiver. Les paroles de Simkin lui revinrent. *Cette clairière ne devrait pas être là.* Sans aucun doute, elle n'existait pas. Le Prince avait fait surgir un endroit agréable pour y passer la nuit, et ils étaient tombés dessus par hasard. Quels naïfs ils faisaient, quels imbéciles !

— Je sens en toi une vie d'aventures, mon Père, poursuivit Radisovik tout en marchant vers la clairière. Je suis curieux d'apprendre comment un homme de robe en vient à se trouver en cette... — le Cardinal chercha ses mots — ... en cette intéressante compagnie.

Rien n'aurait pu être plus poli que les paroles du Cardinal, mais, juste avant son invitation, Saryon avait vu le regard qu'il échangeait avec le Prince. Maintenant, Radisovik ramenait Saryon dans la clairière, tandis que le Prince et Simkin s'approchaient pour aider Mosiah.

Saryon comprit. Nous allons être interrogés séparément. Puis le Prince et le Cardinal compareront nos réponses. Tout avait été convenu entre eux avec élégance, sans qu'un seul mot soit échangé. Manières de cour, intrigues de cour. Pensant à son redoutable secret, Saryon sentit son cœur se serrer de peur. Il n'avait jamais été très fort à ces jeux.

Tout en suivant le Cardinal, n'écoutant que d'une oreille sa conversation polie, Saryon se dit soudain que le Cardinal devait, lui aussi, être un renégat ; l'homme dont Vanya avait parlé, le prêtre qui avait forcé à l'exil les vrais ministres de l'Église.

Comme c'était étrange qu'ils fassent ainsi connaissance ! Était-ce une réponse aux prières que Saryon n'avait pas faites ? Ou juste une preuve de plus de la froideur, du vide et de l'indifférence du monde ?

Le temps seul le dirait. Saryon se demanda combien il leur en restait.

— Comment te sens-tu, mon ami ? demanda le Prince à Mosiah.

— Beaucoup... beaucoup mieux... Votre... Grâce, balbutia Mosiah, rougissant d'embarras.

Voyant le Prince prêt à mettre un genou en terre pour l'aider, Mosiah tenta de se remettre vivement debout.

— Je vous en prie... ne prenez pas cette peine... Sei... Seigneur. Je me sens bien maintenant.

— Tu nous pardonneras ce traitement, j'espère, dit Garald, une nuance d'inquiétude dans sa voix posée. Tu comprendras notre méfiance sur ces terres non civilisées.

— Oui, Votre Grâce.

Mosiah, que Simkin aidait à se relever, avait le visage si cramoisi qu'il en paraissait fiévreux.

— Nous... nous aussi... nous vous avons pris pour d'autres.

— Vraiment ? dit Garald, haussant un sourcil étonné.

— Pardonnez-moi, Votre Grâce, dit un *Duuk-tsarith,* mais la nuit tombe. Nous devrions retourner dans la sécurité de la clairière.

— Ah oui. Merci de me le rappeler.

Avec un geste plein de grâce, il ajouta :

— L'un de vous aurait-il la bonté d'aider ce jeune homme à regagner la clairière où il pourra se reposer ?

Un *Duuk-tsarith* flotta vers Mosiah, sa robe noire effleurant à peine le sol. Il ne toucha pas le jeune homme, se plaça simplement à son côté, mains croisées devant lui. Mosiah sentit toutefois — comme Saryon avant lui — que les paroles du Prince n'étaient pas une requête mais un ordre, et qu'il ne pouvait y désobéir qu'à ses risques et périls. Il marcha vers la clairière, le sorcier flottant près de lui, sombre et silencieux comme son ombre. Joram resta à sa place, un peu à l'écart, regardant sans voir. Le second *Duuk-tsarith* n'avait pas quitté des yeux le taciturne jeune homme.

Désignant Joram, Garald se tourna vers Simkin.

— Cet autre ami à toi, ton ami à l'épée, il me fascine, dit-il. Que sais-tu de lui ?

— Il prétend être de noble naissance. Né du mauvais côté des draps. Mère disgraciée. Elle s'est enfuie. Le fils a grandi en Mage des Champs. Caractère rebelle. A tué un surveillant. S'est enfui dans le Nullepart. Quelque chose de bizarre, cependant. Le chauve envoyé pour le ramener à l'Evêque Vanya. Ne l'a pas fait. Gros problèmes. Pratiquent les Arts noirs maintenant, tous les deux, débita Simkin avec volubilité, assez satisfait de son résumé.

— Hum, fit pensivement Garald, les yeux fixés sur Joram. Et l'épée ?

— Pierre noire.

Garald prit une profonde inspiration.

— Pierre noire ? Tu en es sûr ? chuchota-t-il, se rapprochant de Simkin.

Simkin acquiesça de la tête.

Le Prince soupira.

— Loué soit l'Etern, dit-il avec révérence. Viens. Je veux parler à ce jeune homme et j'aurai besoin de ton aide. Ainsi, vous venez du village des Sorciers ? remarqua-t-il tout haut à l'adresse de Simkin tandis qu'ils se dirigeaient vers la clairière.

— Oui, Haut et Puissant Seigneur, dit joyeusement Simkin. Et j'avoue que je suis soulagé de l'avoir quitté.

Le mouchoir de soie orange descendit du ciel dans sa main, dansant comme une flamme dans le soleil.

— Les odeurs, Seigneur... — Simkin se boucha le nez de son mouchoir — ... parfaitement intolérables, je vous assure. Charbons brûlants, vapeurs sulfureuses. Sans parler du bruit infernal des marteaux, jour et nuit.

Ils arrivèrent devant Joram, qui continua à regarder au loin, refusant de reconnaître leur présence.

— Ton nom est Joram, mon ami ? s'enquit poliment Garald.

Lèvres pincées, Joram posa son regard sur le Prince.

— Rends-moi mon épée, dit-il d'une voix rauque.

— Rendez-moi mon épée, *Votre Grâce,* rectifia Simkin, imitant le Cardinal.

Joram lui lança un regard furibond. Garald toussa pour dissimuler son rire, et s'éclaircit la gorge avec ostentation. Ce faisant, il profita de l'occasion pour étudier attentivement Joram, qui avait le visage tourné vers le soleil.

— Oui, murmura-t-il à part lui. Je crois sans peine sa prétention à une noble naissance. Il y a ici du sang noble, à défaut de nobles manières. En fait, je connais ce visage !

Garald réfléchit, fronçant les sourcils.

— Et les cheveux... magnifiques. Les yeux... fiers, sensibles, intelligents. Trop intelligents. Jeune homme dangereux. Je veux bien croire qu'il ait découvert la pierre noire. Maintenant, qu'a-t-il l'intention d'en faire ? Sait-il même quel redoutable pouvoir il a ramené dans le monde ? Et d'ailleurs, y a-t-il quelqu'un qui le sait ?

— Mon épée ! répéta Joram, têtu, s'assombrissant de se voir examiné par le Prince.

— Pardonne-moi. J'avais un chat dans la gorge. Le pollen... L'épée est à toi, mon ami, ajouta-t-il, s'inclinant légèrement, jetant un regard sur l'épée, toujours par terre. Et pardonne nos actions. Vous nous avez attaqués par surprise, et nous avons réagi dans la précipitation.

Le Prince se redressa et regarda le jeune homme avec un sourire grave.

Absolument pris au dépourvu, Joram regarda tour à tour le Prince, l'épée, et de nouveau le Prince. Son visage s'empourpra, ses sourcils se rejoignirent. Mais ce n'était plus de colère. Sa rage le quittait, emportant sa force et ne laissant derrière elle que l'humiliation et la honte. Pour la première fois de sa vie, il eut honte de ses vêtements déguenillés, de ses cheveux en désordre. Il regarda les mains fines et douces du Prince, et vit les siennes sales et calleuses. Il essaya de ranimer les braises de sa rage, mais elles ne reprirent vie qu'un instant, puis moururent, laissant son âme dans le froid.

Gardant les yeux sur Garald, soupçonnant une ruse, Joram marcha lentement vers l'endroit où gisait l'épée, objet de ténèbres, dans la lumière du soleil. Le Prince ne bougea pas. Les *Duuk-tsarith* non plus. Joram se pencha, ramassa l'épée, la remit vivement dans son fourreau rudimentaire, sous le regard dédaigneux — pensa-t-il — du Prince.

— Je suis libre de partir ? dit-il d'une voix dure.

— Tu es libre de partir, bien que tu sois encore notre prisonnier, je suppose, répondit le Prince d'une voix égale. Mais je préférerais que tu restes avec nous ce soir, en qualité d'invité. Pour faire amende honorable après notre attaque.

— Cessez de vous moquer de nous ! grogna Joram. Votre Grâce, ajouta-t-il en grimaçant. Vous aviez tous les droits de nous attaquer — de nous tuer, même. Quant à l'épée, elle est assez grossière. Pitoyable, comparée à la vôtre... — Joram ne put s'empêcher de regarder avec envie la magnifique épée que le Prince portait au côté, dans son fourreau de cuir façonné par la magie — ... mais je l'ai faite moi-même.

Sa voix s'adoucit, comme celle d'un enfant qui cherche des excuses.

— Et je n'avais jamais vu une vraie épée comme la vôtre.

— Je ne la trouve pas pitoyable, dit Garald. Pas une épée de pierre noire qui absorbe la magie...

Joram lança un regard perçant à Simkin, qui sourit innocemment.

— Viens avec moi dans la clairière, reprit Garald. Il y fait beaucoup plus chaud, et comme me le rappellent mes gardes, le Nullepart est dangereux la nuit.

S'approchant du jeune homme, Garald lui posa légèrement la main sur l'épaule. C'était un geste affectueux, qu'un homme peut faire envers un ami. Ou pour calmer un animal rétif. Joram se crispa au contact de Garald. Il vit la pitié dans les yeux du Prince, et il eut la tentation de repousser sa main. Pourquoi y résista-t-il ? Pourquoi prit-il cette peine ? Comment Joram le savait, il n'aurait su le dire, mais il comprenait que, si le Prince pouvait respecter qu'il refusât sa pitié, il n'aurait pas pardonné un affront. Et c'était soudain devenu important pour lui de gagner le respect du Prince.

— D'où es-tu, Joram ? demanda Garald.

— Qu'est-ce que ça a à voir avec la situation ? demanda-t-il, maussade.

— Je voulais dire, d'où vient ta *famille* ? rectifia le Prince.

Une fois de plus, Joram lança un regard noir à Simkin qui sautillait près d'eux, et le Prince sourit.

— Oui, il m'a parlé de toi. J'avoue que je suis curieux. Et d'après le peu qu'il m'a dit, j'ai cru comprendre que ta vie avait été... difficile, dit-il avec tact, de sorte que tu peux considérer ma question comme inconvenante entre gens bien élevés. Si c'est le cas, j'espère que tu me la pardonneras. Mais j'ai beaucoup voyagé, je connais la plupart des nobles familles de cette partie du royaume, et j'avoue que ton visage me semble familier. Connais-tu le nom de ta famille ?

La honte qui empourpra le visage de Joram fut une réponse suffisante pour le Prince, mais le jeune homme releva fièrement la tête.

— Non.

Il n'avait pas l'intention d'en dire davantage, mais l'intérêt respectueux qu'il lut sur le visage de Garald le poussa à continuer.

— Je sais seulement que ma mère s'appelait Anja et qu'elle était de Merilon. Mon père était... était un... un catalyste.

Ses lèvres tremblaient ; son regard dériva vers la clairière où Saryon, debout au milieu des herbes et des fleurs, parlait avec le Cardinal.

— Par le sang de ma vie ! dit le Prince, suivant son regard. Tu ne veux pas dire...

— Bien sûr que non ! dit sèchement Joram, réalisant l'erreur de Garald. Pas *lui* !

Il retrouva son amertume.

— Ma conception fut le crime de mon père. Il fut condamné à la Pétrifixion. Et maintenant, il se dresse, statue vivante, sur les Confins.

— Mon Dieu, murmura le Prince, d'un ton où la pitié avait fait place à la sympathie. Ainsi, tu es de Merilon par ta naissance.

Il se remit à étudier Joram à la lumière du soleil.

— Oui, cela concorde d'une certaine façon. Pourtant... je ne parviens pas à situer...

Il secoua la tête avec irritation, s'efforçant de se souvenir.

Mais sa réflexion fut interrompue par Simkin, qui bâilla à se décrocher la mâchoire.

— Je regrette d'interrompre cette conversation furieusement fascinante, et je suis furieusement content de vous revoir, Garald, mon vieil ami. Mais j'aimerais faire une petite sieste avant le dîner. (Nouveau bâillement.) Ce n'est pas facile d'être un seau, sans parler du fait que vos deux gardes sont de grands butors qui m'ont marché dessus dans l'herbe. Ils m'ont fait faire un tour, si j'ose dire, dont je ne me remettrai peut-être jamais.

Reniflant avec indignation, il se tamponna le nez de son mouchoir orange.

— Mais bien sûr. Va te reposer dans la clairière, mon ami. Tu m'as l'air un peu pâle.

— Faites de beaux rêves, mon Prince. Toi aussi, Sombre et Taciturne Ami.

Agitant négligemment la main à l'adresse de Joram, le jeune barbu s'éloigna, flottant sur les courants d'air chaud que l'on sentait à l'approche de la clairière magique.

— Que savez-vous de Simkin ? demanda Joram malgré lui, regardant s'éloigner l'habit vert et le chapeau vert à plume de faisan.

— Ce que je sais de Simkin ? dit le Prince, haussant un sourcil amusé. Je ne pensais pas qu'on pouvait en savoir quelque chose.

— Eh bien, Radisovik, qu'avez-vous découvert ?

La nuit — la vraie nuit, pas la nuit magique — était tombée sur la clairière, au centre de laquelle brillait un feu. Il avait servi à rôtir une couple de lapins que le Prince avait pris au collet dans la journée, et répandait maintenant une chaude lumière dans la clairière. Disposant de sa magie personnelle et de celle de ses gardes, le Prince aurait pu se dispenser du feu et des collets. Les lapins auraient pu se cuire tout seuls. Mais Garald aimait conserver sa forme. Un homme ne savait jamais, surtout dans ces temps troublés, quand il serait forcé de vivre sans magie.

Pour l'heure, le Prince et son Cardinal se promenaient lentement parmi les arbres, sous les yeux attentifs et protecteurs des *Duuk-tsarith* vêtus de noir. A quelque distance, le catalyste, tête dodelinante, était assis près du feu et buvait une tasse de thé. Mosiah dormait, allongé près de lui, enveloppé dans une couverture que le Prince avait fait surgir de ses propres mains. Joram était couché près de son ami, mais il avait les yeux grands ouverts, et suivait du regard le Prince et le Cardinal, l'épée à portée de la main. Garald se demanda si ce jeune homme avait l'intention de rester éveillé toute la nuit pour les surveiller. Souriant à part lui, il branla du chef. Lui aussi, il avait eu dix-sept ans. Et il n'y avait pas si longtemps que ça. Il avait vingt-huit ans maintenant, et il se rappelait.

Leur dernier invité, Simkin, avait étalé sa couverture au milieu des fleurs, à quelque distance de ses compagnons. Affublé d'une chemise de nuit à ruché de dentelle, complétée d'un bonnet à pompon, il ronflait bruyamment, mais personne ne pouvait dire s'il dormait vraiment ou s'il faisait semblant. Garald, en tout cas, n'en avait aucune idée. Toutefois, il en savait assez sur Simkin pour savoir que cela resterait une supposition.

— Votre Grâce ?

— Oh, je vous demande pardon, Cardinal. Mon attention s'égarait. Continuez je vous prie.

— C'est de la plus haute importance, Votre Grâce, dit le Cardinal, légèrement réprobateur.

— Vous avez mon attention complète, dit gravement le Prince.

— Le catalyste Saryon a été en contact direct avec l'Evêque Vanya.

— Comment ? dit Garald, immédiatement soucieux.

— Par la Chambre de Discrétion, sans aucun doute, Seigneur, quoique le pauvre n'ait aucune idée de ce que c'est. Mais j'ai reconnu la description. D'après lui, l'Evêque Vanya travaille activement à notre destruction...

— Ce n'est pas nouveau, murmura Garald, fronçant les sourcils.

— Non, Seigneur. Mais ce qui *est* nouveau, c'est que Blachloch ait été un agent double. Oui, Votre Altesse, ajouta-t-il, en réponse à un regard étonné du Prince. C'était l'instrument de Vanya, envoyé au village des Sorciers pour nous inciter à la guerre. Quand nous aurions été dépendants des Sorciers et de leurs armes des Arts noirs, Blachloch devait se retourner contre nous *et* contre eux. Nous aurions été vaincus, et les Sorciers éliminés.

— Astucieuse canaille, ce Blachloch, dit sombrement Garald. Mais je remarque que vous parlez de lui au passé.

— Il est mort, Votre Grâce. Le jeune homme, dit-il, montrant Joram du regard, l'a tué.

— Un *Duuk-tsarith* ? fit le Prince, incrédule.

— Avec l'épée, Seigneur, et peut-être avec l'aide du catalyste.

— Ah, l'épée de pierre noire, dit Garald, dont le visage s'éclaircit. Vraiment dangereux, ce jeune homme, conclut-il, fronçant les sourcils, puis il se tut, réfléchissant.

Le Cardinal garda aussi le silence.

— Avez-vous confiance en ce catalyste ? demanda brusquement Garald.

— Oui, Seigneur, dans une certaine mesure.

— Que voulez-vous dire, « dans une certaine mesure » ?

— Saryon est avant tout un savant, Votre Grâce, un génie des mathématiques. C'est ce qui l'a entraîné à étudier les Arts noirs de la Technologie. C'est un homme simple. Il n'aspire qu'à retrouver les murs protecteurs de la Source. Mais il est survenu quelque chose dans sa vie, quelque chose qui projette une ombre sur son existence.

— Quelque chose de lié au jeune homme ?

— Oui, Votre Grâce.

— C'est à peu près ce que dit Simkin — il prétend que Vanya a envoyé ce catalyste à la poursuite de Joram pour le ramener à la Source. Mais c'était du Simkin, dit le Prince, en haussant les épaules. Je ne l'ai pas cru.

— Le catalyste corrobore ses dires, Votre Grâce. D'après lui, il a été envoyé par l'Evêque Vanya pour présenter Joram à la justice.

— Et vous croyez...

— Il dit la vérité, Seigneur, mais pas toute la vérité. A mon avis, c'est pourquoi il donne si volontiers des informations. Son ardeur à m'en dire autant et plus que je n'en voulais savoir sur Blachloch était pathétique. Il est transparent, le pauvre. A l'évidence, il agite ses ailes brisées pour m'éloigner de ce qu'il a caché dans son nid.

— Quelle raison donne-t-il à ce désir de Vanya d'appréhender le jeune homme ?

— La raison évidente qu'il est un Mort, et qu'il a tué. Un surveillant. D'après le catalyste, il réagissait à une provocation. Le surveillant venait de tuer sa mère.

— Bah ! dit Garald, se rembrunissant un peu plus. Vanya n'est pas homme à s'occuper de telles vétilles. Il aurait confié l'affaire aux *Duuk-tsarith*. Et le catalyste s'en tient à cette histoire invraisemblable ?

— Et il s'y tiendra jusqu'à la mort, Votre Grâce. J'ai remarqué autre chose d'intéressant chez lui, Seigneur.

— Et c'est ?

— Il a perdu la foi. C'est un homme qui erre en solitaire dans les ténèbres de son âme, sans être guidé par son Dieu. Un tel homme — ayant un secret comme c'est le cas ici — se cramponnera à ce secret d'autant plus obstinément que c'est la seule chose qui lui reste.

Le Cardinal haussa les épaules, frissonnant dans le froid de la forêt.

— Je ne sais pas. Peut-être que les Sorciers, avec leurs méthodes spéciales, pourraient le lui arracher...

— Non ! dit fermement Garald, regardant malgré lui les silhouette noires et silencieuses debout près du feu. Nous laisserons ces méthodes à Vanya et à son Empereur fantoche de Merilon. Si c'est la volonté de l'Etern que nous découvrions ce secret, nous le découvrirons. Sinon, c'est que nous devons l'ignorer.

— Amen, murmura le Cardinal, l'air soulagé.

— Après tout, l'Etern a voulu que nous connaissions à temps la traîtrise de Blachloch, dit Garald en souriant.

— Loué soit notre Créateur, dit le Cardinal. Et maintenant, Seigneur, sachant cela, continuerons-nous notre voyage jusqu'au village des Sorciers ?

— Oui, bien sûr. Si vous êtes d'accord, naturellement, ajouta vivement Garald.

Habitué à agir avec rapidité et décision, le Prince oubliait parfois de rechercher l'avis du Cardinal, plus âgé et plus expérimenté. Raison pour laquelle le Roi leur avait conjointement confié cette mission.

— Je crois que ce serait sage, Votre Grâce. Surtout maintenant, dit Radisovik, dont ce fut le tour de dissimuler un sourire. La confusion régnera chez les Sorciers après la mort de leur chef. D'après le catalyste, il y a une faction qui désire la paix, et une autre, plus nombreuse, qui veut continuer la guerre. Il devrait être facile d'intervenir, de prendre le contrôle et de travailler sérieusement avec eux maintenant que le sorcier est mort.

— Oui, c'est ainsi que je vois les choses. Mais je suppose qu'il n'y a pas urgence ? dit le Prince en souriant.

Le Cardinal parut surpris.

— Non, Seigneur. Il faut simplement arriver au village avant que la population ne se choisisse un autre chef...

— Une semaine ne tirerait pas à conséquence ?

— Non, dit le Cardinal, perplexe. Je ne crois pas.

— Quelles sont les intentions de nos invités ?

— Ils vont à Merilon, Votre Grâce.

— C'est logique. Joram recherche son nom et son héritage. Cela pourrait tourner à notre avantage... Nous camperons ici une semaine, si vous êtes d'accord.

— Et que ferez-vous, Seigneur ? dit le Cardinal.

— Je donnerai des leçons d'escrime. Bonsoir, Éminence.

Chapitre 11

JORAM

Garald retourna près du feu, absorbé dans ses pensées. Le Cardinal, traversant la clairière, entra dans une tente de soie produite par un *Duuk-tsarith.* Tout en marchant, le Prince remarqua que le catalyste les observait, lui et le Cardinal, et que son regard faisait l'aller-retour entre eux et Joram, qui s'était finalement endormi, la main sur son épée.

Le catalyste l'aime, c'est certain, pensa le Prince, observant Saryon sous ses paupières baissées. Ce doit être un amour difficile. Et qui n'est pas réciproque, à l'évidence. Radisovik a raison. Il y a là un profond secret. Qu'il ne révélera pas, c'est évident aussi. Mais en parlant du jeune homme, il peut en dire plus qu'il ne le réalise. Et je vais tâcher de découvrir quelque chose sur Joram.

— Non, mon Père, ne te lève pas, dit le Prince en approchant du catalyste. Si tu n'y vois pas d'objection, j'aimerais bavarder un moment avec toi. Enfin, si tu n'as pas l'intention de te retirer.

— Merci, Votre Grâce, dit Saryon, se rasseyant dans les herbes odorantes, magiquement transformées en un tapis aussi épais et luxueux qu'à la cour. Je serai heureux de votre compagnie. Je souffre parfois d'insomnie, et on dirait que c'est le cas ce soir, termina-t-il avec lassitude.

— Moi aussi, j'ai souvent du mal à m'endormir, dit le Prince, s'asseyant avec grâce près du catalyste. Mon *Theldara* me prescrit un verre de vin avant le coucher.

Un gobelet de cristal apparut dans la main du Prince,

plein d'un liquide couleur rubis qui luisait doucement à la lueur du feu. Il le tendit au catalyste.

— Merci, Votre Grâce, dit Saryon, rougissant de cette attention.

Il goûta le vin, qui était délicieux, et lui rappela bien des souvenirs de la cour et de Merilon.

— J'aimerais te parler de Joram, dit le Prince, s'allongeant, sur le tapis.

Se soutenant sur un coude, il voyait le visage de Saryon à la lueur du feu, tandis que le sien restait dans l'ombre.

— Vous allez droit au but, Seigneur, dit Saryon, excusant sa remarque d'un sourire.

— C'est une de mes faiblesses, convint le Prince. Du moins, c'est ce que dit mon père. Il dit que je fais peur aux gens en leur sautant dessus comme un chat, au lieu de ramper pour les prendre à revers.

— Je vous dirai volontiers ce que je sais du jeune homme, Seigneur, dit Saryon, tournant les yeux vers la forme endormie près du feu. Je tiens l'histoire de son enfance de tierces personnes, mais je n'ai aucune raison de douter des faits.

Le catalyste enchaîna sur le récit de l'étrange éducation du jeune homme. Le Prince écoutait, fasciné.

— Il ne fait aucun doute qu'Anja était folle, Votre Grâce, termina-t-il en soupirant. Elle avait subi des épreuves terribles. L'homme qu'elle aimait...

— Le père de Joram, le catalyste, précisa le Prince.

— Euh... oui, Seigneur.

Saryon toussa et fut contraint de s'éclaircir la gorge avant de pouvoir poursuivre. Le Prince remarqua qu'il ne le regardait pas en parlant.

— Le catalyste. Elle avait assisté à sa Pétrifixion. Avez-vous jamais été témoin de ce châtiment, Votre Grâce ? dit Saryon, regardant maintenant Garald.

— Non, répondit celui-ci, secouant la tête. Et je prie l'Etern que ce me soit toujours épargné.

— Vous avez raison de prier, Seigneur, dit Saryon, reportant son regard sur le feu. Moi, j'y ai assisté. En fait, j'ai vu ce châtiment infligé au père de Joram, mais, naturellement, je ne le savais pas à l'époque. Comme le destin est étrange... ajouta-t-il, tombant dans un silence si long qu'à la fin Garald lui toucha le bras.

— Mon Père ?

— Quoi ? dit Saryon en sursautant. Ah, oui.

Frissonnant, il resserra sa robe autour de lui.

— C'est un châtiment terrible. Dans l'ancien monde, nous dit-on, on condamnait les gens à mort pour leurs crimes. Nous trouvons cela barbare, et je suppose que ça l'est. Pourtant, je pense parfois que la mort doit être plus douce que nos méthodes civilisées.

— J'ai vu une fois un homme envoyé dans l'Outre-Monde, dit le Prince à voix basse. Non, c'était une femme. J'étais encore enfant. Mon père m'avait emmené. C'était la première fois que je voyageais dans les couloirs. Cela m'excitait tellement que je ne pensais pas au but du voyage, quoique mon père ait tenté de m'y préparer, j'en suis sûr. Si c'est le cas, il n'avait pas réussi.

Le Prince remua nerveusement, et, quittant sa position confortable, il se rassit, fixant le feu lui aussi. Le souvenir assombrissait son beau visage et ses yeux francs.

— Quel était son crime, Seigneur ?

— C'est ce que j'essayais de me rappeler.

Garald branla du chef.

— Ce devait être un crime infâme, quelque chose ayant à voir avec l'adultère, parce que je me rappelle que mon père était resté vague sur les détails. C'était une magicienne, cela j'en suis sûr. Une *Albanara* occupant un rang élevé à la cour. Il était question de sortilèges pour se faire aimer d'un homme contre son gré. C'est du moins ce qu'il a raconté, *lui,* termina Garald, haussant les épaules.

« A cause de mon jeune âge, je croyais que c'était un jeu et j'étais terriblement excité. Tous les membres de la cour étaient là, vêtus de leurs plus beaux atours, rouge sang pour la circonstance. J'étais très fier de mon habit et je voulais le conserver, mais mon père l'a défendu. Nous étions sur les Confins, aux pieds des grandes statues des Sentinelles... Je ne savais pas alors, reprit-il après un silence, que ces statues étaient vivantes. Mon père ne me l'avait pas dit. J'étais en proie à une crainte révérencielle devant ces immenses statues de trente pieds, qui fixaient sans ciller les brumes de l'Outre-Monde. Un homme s'est avancé, vêtu d'une robe grise. Un *Duuk-tsarith,* je suppose. Pourtant, je me rappelle que son vêtement avait quelque chose de différent...

— L'Exécuteur, Seigneur, dit Saryon d'une voix étranglée. Il réside à la Source et sert les catalystes. Sa robe est grise, pour symboliser la neutralité de la justice, et décorée des symboles des Neuf Arts, pour montrer que la justice ne connaît pas les différences.

— Je ne me souviens pas. C'était impressionnant, c'est tout ce que je me rappelle. Un homme de haute taille dominait de tout son haut la femme enchaînée près de lui, tandis que les statues nous dominaient tous. L'Evêque — ce devait être Vanya, vu le nombre d'années depuis lequel il occupe cette charge — a fait un discours, exposant les crimes de cette femme. Je ne l'ai pas écouté, j'en ai peur, dit le Prince avec un sourire plein de tristesse. Je m'ennuyais. J'attendais qu'il se passe quelque chose.

« Bref, le discours s'est enfin terminé. Vanya a demandé à l'Etern son indulgence pour l'âme de cette femme. Elle n'avait pas bougé de toute la cérémonie, écoutant les accusations d'un air de défi. Elle avait des cheveux roux flamboyants qui lui tombaient jusqu'à la taille. Sa robe était rouge sang. Je me souviens d'avoir pensé que ses cheveux, qui luisaient au soleil, semblaient vivants comparés à sa robe qui paraissait morte. Mais quand l'Evêque a appelé sur elle la bénédiction de l'Etern, elle a rejeté la tête en arrière et est tombée à genoux en poussant un cri terrible qui a détruit mon innocence enfantine.

« Mon père m'a senti trembler, et il a compris. Il m'a entouré les épaules de son bras et m'a serré contre lui. L'Exécuteur a empoigné la femme et l'a remise debout. Puis il lui a fait signe d'avancer... Mon Dieu !

Le Prince ferma les yeux.

— D'avancer vers le terrible brouillard ! La femme a fait un pas vers ces brumes tourbillonnantes, puis elle est retombée à genoux. Ses hurlements qui demandaient merci déchiraient l'air. Elle priait et suppliait. Rampant dans le sable, elle est revenue vers nous, à quatre pattes !

Garald se tut, fixant sombrement le feu.

— A la fin, reprit-il, l'Exécuteur l'a portée jusqu'à l'extrême bord de l'Outre-Monde, tandis qu'elle se débattait furieusement. Le brouillard s'enroulait autour de sa robe, les cachant tous deux à la vue. Nous avons entendu un dernier hurlement, terrible... puis le silence. L'Exécuteur est revenu... seul. Et nous sommes rentrés au palais de Merilon. J'en étais malade.

Saryon garda le silence et sa pâleur alarma Garald.

— Ce n'est rien, Votre Grâce, dit Saryon, en réponse à l'inquiétude du Prince. C'est seulement que... j'ai assisté moi-même à plusieurs Bannissements. Ces souvenirs me hantent. Et c'est toujours pareil, comme vous dites. Certains marchent seuls vers leur châtiment, bien sûr. Fiers, provocants, la tête haute. L'Exécuteur les accompagne jusqu'à l'extrême bord de l'Outre-Monde, et ils entrent dans le brouillard comme ils passeraient d'une pièce dans une autre. Pourtant... — Saryon déglutit avec effort — ... il y a toujours un dernier cri qui perce le brouillard tournoyant — un cri d'horreur et de désespoir arraché aux plus braves. Je me demande ce qu'ils voient...

— Parlons d'autre chose, dit Garald, essuyant son visage couvert de sueurs froides. Nous allons faire des cauchemars si nous continuons. Revenons-en à Joram.

— Oui, Seigneur, avec plaisir. Bien que son histoire ne soit pas propice à engendrer un sommeil paisible, dit-il, branlant du chef. Je ne vous raconterai pas les détails de la Pétrifixion. Qu'il suffise de dire que l'Exécuteur y a joué son rôle, et que — si l'on me donnait à choisir un châtiment — je préférerais ce bref instant de terreur dans les brumes à une éternité de mort vivant.

— Oui, dit Garald. Tu parlais de la mère de Joram...

— Merci de me le rappeler, Votre Grâce. Anja a été forcée de regarder l'homme qu'elle aimait transformé en pierre vivante, puis on l'a ramenée à la Source, où elle a mis au monde... leur enfant.

— Continue, l'encouragea Garald, le voyant pâlir et détourner les yeux.

— Leur enfant... répéta Saryon, l'esprit confus. Elle... a pris... le bébé, elle s'est enfuie de la Source et elle est allée jusqu'au district de la frontière où elle a trouvé du travail comme Mage des Champs. C'est dans ce village qu'elle a élevé l'enf... qu'elle a élevé Joram.

— Cette Anja était de noble famille ? Est-ce certain ? Joram est-il vraiment de sang noble ?

— De sang noble ? Oh oui, Votre Grâce ! Du moins, c'est ce que m'a dit l'Evêque Vanya, dit Saryon, désemparé.

— Mon Père, tu sembles de plus en plus indisposé, dit

Garald avec inquiétude, à la vue des lèvres exsangues du catalyste et de sa tonsure couverte de sueur. Nous reprendrons cette conversation une autre fois...

— Non, non, Votre Grâce, dit vivement Saryon. Je suis... heureux que vous... que vous vous intéressiez à Joram. Et... j'ai besoin d'en parler. C'est un grand poids qui pèse depuis longtemps sur mon esprit...

— Très bien, mon Père, continue donc, dit Garald avec calme. Le garçon a été élevé en Mage des Champs.

— Oui, mais Anja lui a révélé qu'il était de noble naissance et elle ne lui a jamais permis de l'oublier. Elle l'a isolé des autres enfants. D'après le catalyste du village, Joram n'avait pas le droit de sortir de leur masure, sauf en compagnie de sa mère, et même alors, il ne pouvait parler à personne. Il restait seul à la maison toute la journée, pendant qu'Anja travaillait aux champs. Anja était une *Albanara.* Sa magie était puissante, et elle mettait des sorts de protection autour de la chaumière pour empêcher Joram de sortir, et les autres d'entrer, bien que ce fût très improbable. Personne n'aimait Anja. Elle était froide et hautaine, et disait tout le temps à l'enfant qu'il était supérieur aux autres.

— Elle savait qu'il était un Mort !

— Elle ne l'a jamais avoué, ni à lui, ni à elle. Mais j'imagine qu'elle avait une autre raison de le maintenir dans l'isolement. Quand il a atteint ses neuf ans, elle a su qu'il devrait aller aux champs — comme tous les autres enfants — pour gagner sa pitance. C'est alors qu'elle lui a enseigné à dissimuler son absence de magie par des tours de passe-passe. Elle les avait sans doute appris à la cour, où ils constituent un jeu très apprécié. Elle lui a aussi appris à lire et à écrire, en se servant de livres qu'elle avait dû voler chez elle. Et... — Saryon poussa un nouveau soupir — ... elle l'a emmené voir son père.

Garald le regarda, incrédule.

— Oui. Joram n'en parle jamais, mais le catalyste du village me l'a dit. C'est lui qui leur a ouvert les couloirs. Ce qui s'est passé là-bas, on ne peut que l'imaginer, mais le catalyste m'a dit qu'au retour l'enfant était blanc comme un mort, avec les yeux de quelqu'un qui a regardé dans les brouillards de l'Outre-Monde et vu le royaume de la mort. A partir du jour où Joram a vu la statue de pierre de son père, Joram est lui-même devenu de pierre. Froid, hautain, insensible. Peu de personnes l'ont vu sourire. Et personne ne l'a jamais vu pleurer.

Le Prince tourna les yeux vers le jeune homme, endormi près du feu. Même dans le sommeil, le visage sévère n'était pas détendu, et les sourcils restaient froncés.

— Continue, dit doucement le Prince.

— Joram était bon illusionniste, ce qui lui permit de dissimuler qu'il était un Mort pendant de nombreuses années. Je le sais, car il m'a confié qu'il espérait toujours que la magie se manifesterait en lui. Anja lui disait que la magie se développerait quand il serait plus grand, comme c'est souvent le cas chez les *Albanara,* et il la croyait. Il la croyait parce qu'il voulait la croire, bien sûr. Comme il croit toujours les histoires de sa mère sur la merveilleuse cité de Merilon. Il travaillait aux champs avec les autres, et aucun n'a jamais rien remarqué. C'était facile d'abuser des Mages des Champs, dit le catalyste. On ne donne pas de Vie aux garçons de cet âge, pour des raisons évidentes.

— Pour que le surveillant les contrôle totalement, dit sombrement le Prince.

— Oui, Votre Grâce, dit Saryon, rougissant légèrement. Les jeunes gens font plutôt les durs travaux, comme le défrichement. Ce genre de travail n'exige pas l'usage de la magie. Joram a eu de la chance pendant longtemps. Pendant son enfance, le village avait un bon surveillant. Il comprenait. Après tout, il voyait la façon dont l'élevait Anja. Quand il arriva à l'adolescence, tout le monde avait conscience de la folie d'Anja — même Joram, j'en suis sûr. Mais il s'était totalement isolé des autres. Enfin, sauf de Mosiah.

— Aussi, cela m'étonnait, dit le Prince, reportant son regard sur l'autre jeune homme qui dormait près de Joram.

— C'est une curieuse amitié, Seigneur. En tout cas, jamais encouragée par Joram, à ce qu'on m'a dit. Mais il a fini par aimer Mosiah, comme en témoigne le fait qu'il était prêt à vous combattre pour protéger son ami. Et Mosiah l'aime, quoiqu'il doive souvent se demander pourquoi il s'obstine dans cette amitié. Mais revenons-en... — Saryon se frotta les yeux — au jour, qui devait arriver tôt ou tard, où Joram a découvert qu'il était un Mort. Le vieux surveillant n'était plus. Son successeur a pris comme une offense personnelle l'isolement hautain de Joram. Il l'a interprété comme de la révolte, et il a résolu de le mater.

« Un matin, le surveillant a ordonné au catalyste de donner de la Vie à Joram, pour qu'il puisse flotter au-dessus des champs et semer comme les autres Mages des Champs. Le catalyste lui donna de la Vie, mais il aurait aussi bien pu en donner à une pierre. Joram ne pouvait pas plus voler qu'un cadavre ne peut respirer. Le catalyste, un membre pas très brillant de notre Ordre, j'en ai peur, remarqua Saryon, branlant du chef, a crié que le jeune homme était un Mort. Le surveillant en a été ravi, sans doute, et il a parlé de faire venir les *Duuk-tsarith.*

« A cette époque, le dernier fil par lequel Anja tenait encore à la raison s'était rompu. Se métamorphosant en tigre, elle sauta à la gorge du surveillant. Il réagit instinctivement, en se faisant un bouclier de sa magie, mais il était trop puissant. De violents éclairs d'énergie frappèrent Anja, qui tomba morte à ses pieds. Son fils assistait à la scène, impuissant.

— L'Etern ait pitié de nous ! dit Garald avec révérence.

— Joram ramassa alors une grosse pierre, poursuivit Saryon d'une voix égale, et la jeta sur le surveillant, qui ne la vit pas venir la pierre lui fracassa le crâne. De sorte que Joram était maintenant deux fois damné — d'abord parce qu'il faisait partie des Morts vivants, et maintenant parce qu'il avait commis un meurtre.

« Il s'est enfui dans le Nullepart, où il a été attaqué et laissé pour mort par les centaures. Les hommes de Blachloch, qui recherchaient toujours ceux entrant dans le Nullepart, et surtout un jeune homme qu'ils pensaient pouvoir persuader d'épouser leur ignoble cause, l'ont découvert et l'ont ramené au village. Les Sorciers l'ont soigné et guéri, puis l'ont mis à travailler à la forge. Mais il n'a pas adhéré à la cause de Blachloch. Je ne sais pas pourquoi. Sans doute parce qu'il rejette toute figure d'autorité, comme vous l'avez vu.

— La forge... est-ce là qu'il a appris le secret de la pierre noire ?

— Non, Votre Grâce, dit Saryon, déglutissant une fois de plus. C'est un secret que même les Sorciers ne connaissent pas. Ils l'ont perdu depuis des siècles...

— C'est ce qu'on nous a incités à croire.

— Mais Joram a trouvé des livres — des textes anciens — que les Sorciers avaient apportés avec eux dans leur exil. Ils ont perdu la capacité de lire au cours du temps. Pauvres gens. Leur existence n'est qu'un combat quotidien pour la survie. Mais Joram savait lire, bien sûr, et c'est dans un de ces livres qu'il a découvert la formule permettant d'extraire le métal de la pierre noire. Grâce à ces connaissances, il a forgé la Noirépée.

Le catalyste se tut. Sentant le regard pénétrant de Garald fixé sur lui, il baissa la tête et lissa nerveusement sa robe élimée.

— Il y a quelque chose que tu ne dis pas, mon Père, dit le Prince avec calme.

— Il y a beaucoup de choses que je ne dis pas, Votre Grâce, repartit le catalyste avec simplicité, relevant la tête et regardant le Prince dans les yeux. Je suis un mauvais menteur, je le sais. Pourtant, le secret que je porte dans mon cœur ne m'appartient pas, et serait dangereux pour ceux qu'il concerne. Mieux vaut que je le porte seul.

Il y avait chez cet homme vieillissant et pauvrement vêtu une dignité tranquille qui impressionna Garald. Il y avait aussi en lui une grande douleur, comme si ce fardeau, trop lourd à porter, il était décidé à le porter jusqu'à ce que mort s'ensuive. Cet homme a perdu la foi, avait dit le Cardinal. Ce secret est tout ce qui lui reste...

Ce secret, plus sa pitié et son amour pour Joram.

— Parle-moi de la pierre noire, dit le Prince, faisant ainsi savoir à Saryon qu'il n'insisterait pas davantage.

Soulagé, Saryon le remercia d'un sourire.

— J'en sais très peu de chose, Votre Grâce, répondit-il. Juste ce que j'ai pu lire dans les textes, qui sont très incomplets. Les rédacteurs partaient du principe que les connaissances de base étaient connues, et ils n'ont noté que les techniques avancées pour la forger. Son existence est basée sur une loi de la nature, d'après laquelle toute action entraîne une réaction concordante. Ainsi, dans un monde qui exsude la magie, il doit y avoir une force qui absorbe la magie.

— La pierre noire.

— Oui, Seigneur. C'est un minerai semblable au minerai de fer, par son apparence et ses propriétés. Et il est donc idéal pour fabriquer des armes. L'épée, en particulier, qui était l'arme favorite des anciens Sorciers. On s'en sert pour se protéger contre tous les sortilèges qu'on peut vous lancer. Puis on l'utilise pour pénétrer les défenses magiques de son adversaire, et finalement pour mettre un terme à sa vie.

— Ainsi, sachant cela, Joram a forgé la Noirépée.

— Oui, Votre Grâce. Il l'a forgée... avec mon aide. Un catalyste doit être présent pour donner la Vie au minerai.

Les yeux de Garald se dilatèrent.

— Moi aussi, je suis damné, vous comprenez, dit doucement Saryon. J'ai violé les saintes lois de notre Ordre et donné la Vie à... à... un objet de ténèbres. Pourtant, qu'est-ce que je pouvais faire ? Blachloch connaissait l'existence de la pierre noire. Il projetait de s'en servir pour réaliser son terrible dessein. Du moins, c'est ce que nous croyions. Trop tard, j'ai appris qu'il travaillait pour l'Église...

— Cela n'aurait fait aucune différence, dit Garald. Quand il aurait réalisé le pouvoir de la pierre noire, il aurait rompu avec l'Église et s'en serait servi dans son intérêt, c'est certain.

— Vous avez sans doute raison, dit Saryon, baissant la tête. Quand même, comment pourrai-je me pardonner ? Joram l'a assassiné, vous comprenez. Le sorcier gisait inanimé à ses pieds. Je l'avais vidé de sa Vie, la Noirépée avait absorbé sa magie. Nous... voulions livrer le sorcier... aux *Duuk-tsarith*. Le mettre dans un Couloir pour qu'ils le trouvent. Mais j'ai entendu un hurlement...

La voix de Saryon se brisa, et il ne put continuer. Garald lui posa la main sur l'épaule.

— Quand j'ai regardé autour de moi, reprit le catalyste en un murmure horrifié, j'ai vu Joram debout au-dessus du corps, la Noirépée pleine de sang. Il croyait que j'avais prévu de le trahir, de le livrer aussi aux *Duuk-tsarith*. Je lui ai dit que non. Mais Joram n'a confiance en personne, termina-t-il en soupirant.

« Nous avons caché le corps, et, au matin, l'Evêque Vanya m'a contacté, pour m'ordonner de lui amener Joram et la Noirépée à la Source.

Saryon leva sur le Prince des yeux hagards.

— Comment le pouvais-je ? s'écria-t-il en se tordant les mains. Comment le pouvais-je... pour qu'on l'envoie dans l'Outre-Monde ? Pour entendre ce hurlement terrible en sachant que c'était le sien ! Merilon est le dernier endroit où il devrait aller ! Pourtant, je ne parviens pas à l'arrêter ! Mais vous, vous le pouvez, Votre Grâce ! s'écria soudain Saryon d'un ton fiévreux. Persuadez-le de venir avec vous au Sharakan. Il écoutera peut-être...

— Et que lui dirai-je ? demanda Garald. Viens au Sharakan pour être un zéro ? Alors qu'il peut aller à Merilon réclamer son nom, son titre et son héritage ? C'est un risque que tout homme prendrait, et à juste raison. Je ne tenterai pas de l'en dissuader.

— Son héritage ? répéta tout bas Saryon, au supplice.

— Comment ?

— Rien, Seigneur.

Saryon se frotta de nouveau les yeux.

— Je suppose que vous avez raison.

Mais Saryon avait l'air si bouleversé et désemparé que Garald ajouta, avec plus de douceur :

— Voilà plutôt ce que je vais faire, mon Père. Je ferai mon possible pour que ce jeune homme ait au moins une chance d'atteindre son but. Je lui enseignerai à se protéger s'il devait avoir des ennuis. Je lui dois bien cela. Après tout, il nous a sauvés de la traîtrise de Blachloch. Nous lui sommes redevables.

— Merci, Votre Grâce, dit Saryon, l'air un peu tranquillisé. Maintenant, si vous voulez bien me pardonner, Seigneur, je crois que je pourrai dormir...

— Certainement, mon Père.

Le Prince était déjà debout et aidait le catalyste à se relever.

— Excuse-moi de t'avoir retenu si tard, mais le sujet était fascinant. Pour me faire pardonner, je t'ai fait préparer un lit avec couvertures et draps de soie. Mais tu préfères peut-être une tente. Je peux en créer...

— Non, un lit près du feu suffira. Sera même beaucoup mieux que ma couche habituelle, Votre Grâce, dit Saryon, s'inclinant avec lassitude. De plus, je suis soudain si fatigué que je ne saurai sans doute jamais si je suis couché sur du duvet de cygne ou des aiguilles de pin.

— Très bien, mon Père. Je te souhaite bonne nuit. Et, mon Père... ajouta-t-il, posant la main sur l'épaule de Saryon, débarrasse ta conscience de tes remords de la mort de Blachloch. Cet homme était mauvais. Si tu l'avais laissé vivre, il aurait tué Joram et se serait emparé de la pierre noire. Joram a agi selon la volonté de l'Etern, il a dispensé la justice de l'Etern.

— Peut-être, dit Saryon avec un pauvre sourire. Pour moi, c'est toujours un meurtre. Tuer est devenu facile pour Joram — trop facile. Il considère cela comme un moyen d'acquérir le pouvoir que ne lui donne pas la magie. Je vous souhaite bonne nuit, Votre Grâce.

— Bonne nuit, mon Père, dit Garald. Puisse l'Etern veiller sur toi, ajouta-t-il, choisissant ses mots avec soin.

— Oui, le puisse-t-Il, murmura Saryon en se retournant.

Le Prince du Sharakan ne se retira pas sous sa tente avant les heures constellées d'étoiles du petit matin. Il arpenta la clairière dans la nuit froide, vêtu de fourrures qu'il avait créées sans s'en apercevoir. Il ne pensait qu'à cette étrange et sombre histoire de folie et de meurtre, de Vie et de Mort, de magie et de pierre noire. Finalement, quand il sut qu'il était assez fatigué pour bannir ce récit du royaume du sommeil, il s'immobilisa pour contempler le groupe endormi que le destin avait jeté sur son chemin.

Mais était-ce bien le destin ?

Ce n'est pas la route de Merilon, se dit-il, soudain frappé par ce fait. Pourquoi passent-ils par ici ? Il existe d'autres voies vers l'est, plus courtes et plus sûres... Et qui a été leur guide ? Voyons, que je devine. Trois qui ne sont jamais allés nulle part. Un qui a été partout.

Ses yeux se posèrent sur la forme en chemise blanche. Aucun bébé dans les bras de sa mère ne pouvait être plus attendrissant dans le sommeil, même si le pompon de son bonnet de nuit lui était tombé devant la bouche et qu'il fût en danger de l'avaler avant le matin.

— A quel jeu joues-tu maintenant, mon vieil ami ? marmonna Garald. De toutes les ombres que je vois tomber sur ce jeune homme, pourquoi la tienne semble-t-elle la plus sombre ?

Retournant ces pensées dans sa tête, le Prince se retira sous sa tente, laissant les vigilants *Duuk-tsarith* gouverner la nuit.

Mais Garald ne dormit pas tout d'une traite comme il l'espérait. Plusieurs fois, il se réveilla en sursaut, croyant avoir entendu le rire jubilatoire d'un seau.

Chapitre 12

LE MAÎTRE D'ARMES

— Debout !

La pointe d'une botte frappa Joram dans les côtes sans ménagements. Stupéfait, à moitié endormi, le cœur battant à grands coups, Joram s'assit au milieu de ses couvertures, repoussant en arrière ses cheveux emmêlés.

— Qu'est-ce...

— J'ai dit, debout, répéta la voix avec froideur.

Le Prince Garald, le dominant de toute sa hauteur, le considérait en souriant.

Joram se frotta les yeux et regarda autour de lui. L'aube était proche, supposa-t-il, quoique le seul signe avant-coureur en fût une légère grisaille à l'est au-dessus des arbres. A part ça, il faisait encore nuit. Ses compagnons dormaient autour des dernières braises du feu. Deux tentes de soie, à peine visibles dans l'obscurité, étaient dressées à la lisière de la clairière. Elles n'étaient pas là la veille, et avaient sans doute abrité pour la nuit le Prince et le Cardinal Radisovik.

Au centre de la clairière se tenait un *Duuk-tsarith*, dans la même position où Joram l'avait vu avant de s'endormir, il l'aurait juré. Ses mains étaient croisées devant lui, son visage perdu dans l'ombre. Mais la tête encapuchonnée était tournée vers Joram. Et aussi les yeux.

— Qu'est-ce qu'il y a ? Qu'est-ce que vous voulez ? demanda Joram, glissant sa main vers l'épée sous sa couverture.

— Qu'est-ce que vous voulez, *Votre Grâce,* rectifia le Prince avec un grand sourire. Ces mots te restent dans la gorge, hein, jeune homme ? Oui, apporte ton arme, ajouta-t-il, surprenant Joram qui croyait avoir agi discrètement.

Dépité, Joram sortit la Noirépée de sous sa couverture, mais il ne se leva pas.

— J'ai demandé ce que vous vouliez... Vôtre Grâce, dit-il froidement, les lèvres retroussées par un rictus.

— Si tu veux utiliser cette arme, dit le Prince, regardant l'épée avec une aversion amusée, autant apprendre à t'en servir correctement. Hier, j'aurais pu t'embrocher comme un poulet au lieu de simplement te désarmer. Quels que soient les pouvoirs de cette arme, ils ne te serviront à rien si elle est par terre à dix pieds de toi. Viens. Je connais un endroit dans les bois où nous pourrons nous exercer sans déranger les autres.

Joram hésita, étudiant le Prince, cherchant ses motivations derrière cette manifestation d'intérêt.

Il veut en appendre plus sur l'épée, c'est sûr, pensa Joram. Peut-être même me l'enlever. Quel charmeur, ce Prince — presque aussi fort que Simkin ! Il m'a dupé hier soir, mais il ne me dupera pas aujourd'hui. Je vais accepter, si je peux apprendre quelque chose. Sinon, je partirai. Et s'il essaye de me prendre l'épée, je le tuerai.

Prévoyant le froid de l'aube, Joram tendit le bras vers sa cape, mais le Prince posa le pied dessus.

— Non, non, mon ami, dit Garald. Bientôt, tu auras assez chaud. Trop chaud, même.

Une heure plus tard, étendu sur le dos à même le sol gelé, hors d'haleine et la bouche en sang, Joram ne pensait plus à sa cape.

La lame du Prince s'enfonça dans le sol près de lui, si près qu'il eut un mouvement de recul.

— En plein dans la gorge, remarqua Garald. Et tu n'as même pas vu venir le coup...

— Ce n'était pas un combat régulier, marmonna Joram, acceptant la main du Prince pour se relever. Vous m'avez fait un croche-pied !

— Mon cher garçon, dit Garald avec impatience, quand tu tireras cette épée pour de bon, ce sera — ou ce devrait être — une question de vie ou de mort. Ta vie, et la mort de ton adversaire. L'honneur, c'est très joli, mais les morts n'en ont rien à faire.

— Beau discours venant de vous, grommela Joram, frictionnant sa mâchoire endolorie et crachant du sang.

— L'honneur est un luxe que je peux me permettre, dit Garald en haussant les épaules. Je suis un escrimeur émérite. Je m'entraîne en cet art depuis des années. Toi, par ailleurs, tu ne peux pas te permettre ce luxe. Dans le peu de temps que nous passerons ensemble, il est impossible que je t'enseigne même une partie des techniques compliquées de l'escrime. Ce que je peux t'apprendre, c'est comment survivre contre un adversaire habile, assez longtemps pour te permettre de faire appel à... euh... aux pouvoirs de l'épée pour le vaincre.

« Maintenant, essaye, dit-il d'un ton plus vif. Regarde, ton attention était concentrée sur mon épée. C'est pourquoi j'ai pu avancer le pied, t'accrocher derrière le talon, te déséquilibrer et de frapper au visage avec ma garde, comme ça...

Garald fit la démonstration, s'arrêtant à un cheveu de la bouche meurtrie de Joram.

— Essaye maintenant. Bien ! Bien ! s'écria le Prince en tombant. Tu es rapide et puissant. Utilise ces qualités à ton avantage.

Il se releva, remarquant la boue tachant sa tenue. Puis, se mettant en garde, il leva son épée et sourit à Joram.

— On recommence ?

Les heures passèrent. Le soleil se leva et, bien qu'il ne fît pas chaud, les deux hommes ôtèrent bientôt leur chemise. Leur respiration oppressée embuait l'air autour d'eux ; le sol semblait avoir subi l'assaut d'une petite armée. La forêt résonnait du cliquetis des épées. Finalement, quand ils furent épuisés à ne plus tenir debout, le Prince ordonna une pause.

Se laissant tomber sur un rocher chauffé par le soleil, il fit signe à Joram de s'asseoir près de lui. Le jeune homme s'exécuta, haletant et s'épongeant le visage. Du sang suintait de nombreuses coupures et écorchures qu'il avait aux bras et aux jambes. Il avait la mâchoire enflée et endolorie, plusieurs dents qui branlaient dans leurs alvéoles, et il était si fatigué que même respirer lui demandait un effort. Mais c'était une bonne fatigue. Il s'était bien défendu au cours des dernières passes, et une fois, il avait même fait sauter l'épée de la main de Garald.

— De l'eau, marmonna le Prince.

Une outre était posée près de leurs chemises, de l'autre côté de la clairière. Garald fit un geste, et l'outre obéit, mais le Prince était trop fatigué pour avoir encore de l'énergie pour la magie. C'est pourquoi l'outre se traîna pesamment vers eux, au lieu de voler gracieusement à travers les airs.

— Je suis aussi fatigué qu'elle en a l'air, remarqua le Prince, tendant le bras pour l'attraper au passage.

Il but un peu, puis passa l'outre à Joram.

— Seulement quelques gorgées, dit-il. Plus... donne des crampes d'estomac.

Joram but, puis lui repassa l'outre. Garald versa de l'eau dans sa main, puis s'aspergea le visage et les mains, frissonnant dans l'air froid.

— Tu t'en tires... bien, jeune homme, dit Garald entre deux halètements. Très... bien... même. Si... nous ne sommes pas morts... tous les deux... à la fin de la semaine... tu devrais... être prêt...

— La fin de la semaine ? Prêt ?

Joram vit les arbres se brouiller devant sa vue. Pour l'heure, parler de façon cohérente dépassait ses capacités.

— Je... pars... à Merilon...

— Pas avant une semaine. N'oublie pas, dit-il en souriant, que tu es mon prisonnier. Ou crois-tu pouvoir te battre contre moi... et contre les *Duuk-tsarith* ?

Joram ferma les yeux. Sa gorge était à vif, ses poumons en feu, ses coupures piquaient. Il avait mal partout.

— Pour le moment... je ne pourrais même pas... me battre contre le catalyste, avoua-t-il, presque en souriant.

Ils restèrent assis sur leur rocher, sans parler et sans en ressentir le besoin. Peu à peu, Joram se détendit et une plaisante impression de paix l'envahit. Ils étaient dans une petite clairière, si parfaite qu'elle aurait pu être formée par la magie. En fait, se dit Joram, c'était sans doute le cas. Par la magie de Garald.

Ils étaient seuls, ce qui étonna Joram. Ils avaient fait autant de bruit qu'un régiment, ce qui aurait dû attirer ce fouineur de catalyste ou cet incorrigible curieux de Simkin. Mais Garald avait parlé aux *Duuk-tsarith* avant de partir, et Joram se dit qu'il avait dû leur ordonner d'éloigner les importuns.

— Si vous voulez, dit enfin Joram.

Il se plaisait ici, et même, il ne se rappelait pas avoir jamais été si bien. Ses pensées inquiètes avaient cessé de tourner frénétiquement dans sa tête, et il s'absorbait dans la contemplation sereine des feuillages, écoutant les battements de son cœur et la respiration de son compagnon.

— Joram, qu'est-ce que tu vas faire en arrivant à Merilon ? demanda Garald.

Joram haussa les épaules, souhaitant qu'il se taise, pour continuer à jouir du silence.

— Non, nous devons en discuter, dit Garald, le voyant se rembrunir. Je me trompe peut-être, mais j'ai l'impression que Merilon est pour toi une ville de conte de fées, où tout s'arrangera pour toi juste parce que tu verras ses plates-formes flotter au-dessus de ta tête. Crois-moi, Joram, il n'en est rien. Je suis déjà allé à Merilon. Pas récemment, bien sûr. Quand nous étions en paix. Et je peux te dire qu'en ce moment, tu n'arriveras même pas en vue des portes de la cité. Tu es un sauvage du Nullepart. Les *Duuk-tsarith* t'arrêteront — comme ça ! termina-t-il, faisant claquer ses doigts.

Le soleil disparut derrière les nuages. Le vent se leva, sifflant lugubrement à travers les feuillages. Frissonnant, Joram se remit debout pour aller chercher sa chemise.

— Non, reste, dit Garald, le retenant par le bras.

Il fit un geste, et les deux chemises volèrent vers eux comme des oiseaux.

— Excuse-moi. J'oublie tout le temps que tu es un Mort. Nous avons si peu de Morts au Sharakan. Je n'ai jamais rencontré quelqu'un comme toi.

Joram en fut blessé, comme chaque fois que quelque chose ou quelqu'un lui rappelait sa différence. Il foudroya le Prince du regard, certain qu'il se moquait de lui. Mais Garald ne le regardait pas ; il avait la tête dans sa chemise.

— J'ai toujours envié à Simkin sa capacité de modifier ses vêtements à sa fantaisie. Sans parler de la possibilité de se métamorphoser en n'importe quoi ! Un seau !

Sa tête émergeant de la fine chemise de batiste, le Prince

lissa ses cheveux, souriant à ce souvenir. Puis, reprenant son sérieux, il revint à sa première idée.

— Il naît beaucoup de Morts à Merilon, paraît-il. Surtout dans la noblesse. Mais ils essayent de s'en débarrasser, en faisant mourir les bébés ou en les passant en contrebande dans le Nullepart. Ils sont en train de pourrir de l'intérieur, dit-il, son regard clair s'assombrissant de colère. Et ils répandraient leur maladie dans le monde entier si on les laissait faire. Mais ça ne se passera pas comme ça !

— Nous parlions de mon arrivée à Merilon, dit Joram d'une voix dure en se rasseyant.

— Oui, excuse-moi. Quant à entrer dans Merilon...

— Écoutez, l'interrompit Joram avec impatience, ne vous occupez pas de ça ! Nous serons bien habillés, si c'est tout ce qu'il faut. Rien que les défroques de Simkin pourraient nous durer des années !

— Et après ?

— Après... après... dit Joram, haussant les épaules. Et d'abord, qu'est-ce que ça peut vous faire... Votre Grâce ? ajouta-t-il avec un rictus dédaigneux.

Tournant la tête, il vit que Garald le regardait d'un air calme et grave, ses yeux clairs plongeant dans les profondeurs ténébreuses de son âme que lui-même n'avait jamais osé explorer. Instantanément, le jeune homme renforça la muraille de pierre dont il s'entourait.

— Pourquoi faites-vous ça ? dit-il avec colère, montrant la Noirépée posée près de lui. Que vous importe que je vive ou que je meure ? Qu'avez-vous à y gagner ?

Garald regarda Joram en silence, puis ses lèvres s'étirèrent lentement en un sourire — un sourire plein de regret et de tristesse.

— Ainsi, tu ne penses qu'à ça ? Qu'est-ce que j'ai à y gagner ? Peu t'importe que je connaisse ton histoire par le catalyste, que j'aie pitié de toi... Oui, je sais, ça te met en fureur, mais c'est vrai. J'ai pitié de toi... et je t'admire.

Joram se détourna du Prince, du regard intense de ces yeux si clairs, et fixa son regard ténébreux dans les branches enchevêtrées des arbres dénudés.

— Je t'admire, poursuivit le Prince d'une voix égale. J'admire l'intelligence et la persévérance que tu as montrées en redécouvrant ce qui était perdu depuis des siècles.

Je sais quel courage il fallait pour affronter Blachloch, et je t'admire de lui avoir tenu tête. A défaut d'autre chose, je te suis redevable de nous avoir sauvés — même sans le savoir — de la duplicité du sorcier. Mais je vois que ça ne te satisfait pas. Tu veux mon motif secret.

— Ne venez pas me dire que vous n'en avez pas !

— Très bien, mon ami. Je vais te dire « ce que j'ai à y gagner ». Tu prends ton épée, ta Noirépée comme tu l'appelles, tu vas à Merilon et, avec ou sans elle, tu reconquiers ton héritage. Tu dissimules le fait que tu es un Mort, comme tu en es capable tant que tu es couvert par le catalyste. Tu n'avais jamais pensé à ça, hein ? Eh bien, penses-y. Jusqu'à maintenant, peu importait que tu fasses ou non appel à un catalyste pour te donner de la Vie. Il n'y avait pas de catalystes au village des Sorciers. Mais ce sera différent à Merilon. On s'attendra à ce que tu sois accompagné d'un catalyste. Avec Saryon à ton côté, tu pourras continuer à donner le change et à faire croire que tu as de la Vie.

« Bon, où en étais-je ? Ah oui. Tu retrouves les parents de ta mère et tu les convaincs de te reprendre au sein de la famille. Qui sait ? Ils pleurent peut-être encore la fille égarée qui s'est enfuie avant qu'ils aient pu lui témoigner leur amour et lui pardonner. Peut-être que la famille s'est éteinte et que tu pourras prouver tes droits à son titre et à ses terres.

« Peu importe, poursuivit Garald d'un ton malicieux. Supposons que tout cela se termine bien — tu es maintenant un noble, avec titre, terres et fortune. Ce que je veux de toi, noble gentilhomme ? Regarde-moi, Joram.

Le jeune homme ne put s'empêcher de tourner la tête à cette voix d'une autorité irrésistible où il n'y avait plus aucune malice.

— Je veux que tu viennes au Sharakan avec ton épée, dit le Prince, et que tu combattes à nos côtés.

Joram le regarda, incrédule.

— Qu'est-ce qui vous fait penser que je pourrais faire ça ? Quand j'aurai retrouvé mes biens légitimes, je ne ferai rien, à part...

— ... regarder tourner le monde ? dit Garald en souriant. Non, je ne crois pas, Joram. Tu ne l'as pas fait chez les Sorciers. Ce n'est pas la peur qui t'a poussé à combattre le sorcier. Oh, je ne connais pas les détails, mais si tu avais eu peur, tu aurais toujours pu t'enfuir, laissant à un autre le soin de l'affronter. Non, tu l'as fait parce qu'il y a quelque chose en toi qui ressent le besoin de protéger et défendre ceux qui sont plus faibles que toi. C'est *cela,* ton héritage ; tu es né *Albanara.* Et à cause de ça, je crois que tu ne verras pas Merilon avec des yeux aveuglés par les jolis nuages parmi lesquels vit sa population.

« Tu as été Mage des Champs. Par l'Etern, poursuivit Garald avec plus de passion, tandis que Joram se détournait en secouant la tête. Tu as vécu sous la tyrannie de Merilon, Joram ! Ses croyances et ses traditions rigides ont fait bannir ta mère, et condamner ton père à une mort vivante ! Tu verras une ville de beauté, c'est certain, mais c'est une beauté qui dissimule sa pourriture ! On dit même que l'Impératrice...

Il s'interrompit brusquement.

— Je n'arrive pas à croire que *cela* soit vrai, même venant d'eux, reprit-il, serrant les poings.

Le Prince fit une pause, prit une profonde inspiration, et poursuivit plus calmement :

— Toi, noble de Merilon, tu te joins à nous prêt à combattre pour rendre à ta cité son honneur perdu. Mon peuple serait impressionné. Et, plus important encore, tu contribuerais à influencer les Sorciers parmi lesquels tu as vécu. Nous espérons nous allier avec eux, mais je suis sûr qu'ils suivraient plus volontiers mon père s'il pouvait leur dire : « Voilà un homme que vous connaissez et aimez, et qui se bat à nos côtés ! » Les Sorciers te connaissent et t'aiment, je suppose, ajouta-t-il d'un ton désinvolte.

Si Joram avait eu l'expérience de l'escrime verbale, il se serait aperçu que Garald manœuvrait pour se mettre en posture favorable.

— Ils me connaissent, au moins, dit-il d'un ton bref, sans réfléchir à la question.

Il examinait la proposition du Prince. Il se voyait entrer au Sharakan, avec tous les honneurs de son rang, accueilli par le roi et son fils. Agréable perspective. Mais faire la guerre avec eux ? Bah, que lui importait...

— Ah, répéta Garald, « ils me connaissent, au moins », dis-tu. Ce qui signifie qu'ils te connaissent, mais qu'ils ne t'aiment pas spécialement. Et bien sûr, tu t'en moques ?

Joram releva ses yeux noirs, de nouveau sur ses gardes. Mais il était trop tard.

— Tu échoueras à Merilon, Joram. Tu échoueras partout où tu iras.

— Et pourquoi ça... Votre Grâce ? railla Joram, sentant la pointe de l'épée verbale sur son cœur.

— Parce que tu veux être un noble, et peut-être l'es-tu par la naissance. Mais malheureusement, il n'y a pas une once de noblesse en toi, répondit froidement Garald.

Ces paroles firent mouche. Blessé et saignant intérieurement, Joram essaya gauchement de rendre le coup.

— Pardonnez-moi, Votre Grâce, gémit-il d'un ton moqueur. Je n'ai pas de beaux atours comme vous. Je ne me baigne pas dans des pétales de roses et je ne parfume pas mes cheveux ! Les gens ne m'appellent pas « Seigneur » en me baisant les pieds ! Pas encore ! Mais ça viendra !

Tremblant de colère, il se leva d'un bond et regarda Garald en serrant les poings.

— Par l'Etern, ils me baiseront les pieds ! Et vous aussi, bon sang !

— Oui, j'aurais dû deviner que c'était l'idée que tu te faisais d'un noble, Joram, dit Garald en se levant. Et c'est précisément pourquoi tu ne le seras jamais. Je commence à penser que je me suis trompé sur toi, que tu appartiens bien à Merilon parce que c'est ainsi que raisonnent la plupart d'entre eux.

Le Prince regarda vers l'est, en direction de la lointaine cité.

— Ils apprendront bientôt qu'ils ont tort, reprit-il gravement. Mais cette leçon leur coûtera très cher. Et à toi aussi, dit-il, ramenant son regard sur le jeune homme tremblant de rage. L'Etern nous enseigne qu'un homme est noble, non par le hasard de la naissance, mais par la façon dont il traite ses frères en humanité. Enlève les beaux atours, les parfums et les dorures, Joram, et ton corps n'est pas différent de celui de ton ami, le Mage des Champs. Non, nous sommes tous semblables — rien que de la pâture pour les vers.

« Les morts n'ont rien à faire de l'honneur, t'ai-je dit tout à l'heure. Mais ils n'ont rien à faire non plus de bien d'autres choses. Que sont pour eux les titres, la fortune et l'éducation ? Nous empruntons peut-être des chemins différents pendant la vie, Joram, mais ils mènent tous au même endroit — au tombeau. C'est notre devoir — non, c'est notre privilège, en tant que compagnons de route plus favorisés que d'autres — d'aplanir et d'agrémenter ce chemin pour le plus grand nombre.

— Belles paroles ! rétorqua Joram avec fureur. Mais vous ne manquez pas de nous rappeler à l'ordre quand nous oublions de dire « Seigneur » et « Votre Grâce » ! Je ne vous vois pas vêtu d'une grossière robe de paysan ! Je ne vous vois pas vous lever à l'aube pour passer la journée à peiner aux champs, jusqu'à ce que l'âme se flétrisse comme les mauvaises herbes qu'on touche ! Vous êtes un merveilleux parleur ! Ah, vous et vos beaux vêtements et vos belles paroles, vos tentes et vos gardes du corps !

Joram fit un geste obscène et s'éloigna en riant.

Garald le rattrapa par l'épaule et le tourna vers lui. Joram se dégagea, le visage convulsé de rage, et lui lança un coup de poing. Garald le para facilement de l'avant-bras. Avec une habileté consommée, il saisit le poignet de Joram et le força à se mettre à genoux. Le souffle coupé par la souffrance, Joram se débattit pour se relever.

— Du calme ! Inutile de lutter contre moi ! D'un seul mot de magie, je pourrais te déboîter le bras !

— Allez au diable, dit Joram, lançant une bordée de jurons. Vous et votre magie ! Si j'avais mon épée, je...

— Je vais te la donner, ta maudite épée, dit le Prince. Mais avant, tu vas m'écouter. Pour accomplir ma mission en cette vie, je suis obligé de m'habiller et d'agir conformément à mon rang. Oui, je suis bien vêtu, je prends des bains et je me peigne, et je vais veiller à ce que tu en fasses autant avant d'aller à Merilon. Pourquoi ? Parce que cela prouve aux gens que tu te soucies de ce qu'ils pensent de toi. Quant à mon titre, on dit « Seigneur » et « Votre Grâce » en signe de respect pour ma charge. Mais j'espère que c'est aussi une marque de respect pour moi en tant qu'homme. Pourquoi crois-tu que je ne t'oblige pas à prononcer ces mots ? Parce qu'ils sont vides de sens pour toi. Tu ne respectes personne. Tu n'aimes personne. Et toi moins que quiconque !

— Vous vous trompez ! murmura Joram d'une voix rauque, cherchant son épée du regard, mais, aveuglé par la rage, il avait la vue brouillée. Tu te trompes ! J'aime...

— Alors, prouve-le ! s'écria le Prince.

Saisissant Joram par les cheveux, il lui ramena la tête en arrière, le forçant à le regarder. Joram le fixa : il n'avait pas le choix. Mais les yeux noirs étaient pleins d'une haine virulente.

— Tu étais prêt à donner ta vie pour Mosiah, hier soir, non ? poursuivit Garald, implacable. Pourtant, tu le traites comme un chien. Et aussi le catalyste — cet homme doux et savant, qui devrait consacrer ses dernières années à ses chères études dans la paix de son cabinet. Il a combattu le sorcier avec toi, et il te suit dans le Nullepart, épuisé et souffrant, alors qu'il aurait pu te livrer à l'Église. Pourquoi, à ton avis ? Ah oui, j'oubliais, « le motif secret ». Il veut quelque chose de toi ! Quoi ? Des quolibets, des rebuffades, des insultes ? Bah !

D'une poussée, le Prince le projeta face contre terre dans la boue gelée. Levant la tête, Joram vit la Noirépée juste devant lui et la saisit, se relevant d'un bond et affrontant son ennemi en face. Garald le regarda froidement, un sourire de mépris amusé aux lèvres.

— Défends-toi ! hurla Joram en bondissant sur lui.

Garald dit un mot, et son épée lui sauta dans la main.

— Utilise ta magie contre moi ! le défia Joram, l'écume aux lèvres. Je suis un Mort après tout ! Seule cette épée me donne de la Vie ! Et je vais prendre la tienne !

Joram avait l'intention de tuer, voulait tuer. Il sentait l'impact gratifiant de la lame s'enfonçant dans la chair, il voyait le sang couler, le corps s'effondrer à ses pieds, les yeux mourants se lever vers lui...

Garald le considéra un moment avec calme, puis rengaina son arme.

— Tu *es* un Mort, Joram, dit-il doucement. Tu empestes la mort ! Et tu as forgé une épée de ténèbres, aussi morte que toi. Vas-y, tue-moi, puisque la mort est ta solution !

Joram s'exhorta à avancer, mais il ne voyait rien, aveuglé par la rage. Il battit des paupières pour s'éclaircir la vue.

— Reviens à la *vie,* dit le Prince, d'une voix qui parvint à Joram comme de très loin, à travers le brouillard de sa fureur. Reviens à la vie, et brandis ton épée pour défendre la cause de la vie et des vivants ! Sinon, tu ferais aussi bien de tourner cette épée contre toi, et de répandre ton noble sang jusqu'à la dernière goutte. Au moins, il donnerait la vie à l'herbe, termina-t-il avec dégoût, puis il tourna le dos à Joram et sortit de la clairière.

Épée au poing, Joram s'élança derrière lui pour l'abattre. Mais, aveuglé par la fureur, il trébucha et tomba de tout son long. Poussant un cri sauvage, il s'efforça de se relever, mais sa rage avait consumé toute son énergie, le laissant faible et impuissant comme un nourrisson. Désespéré, il voulut se servir de l'épée comme d'une béquille pour se remettre debout. Mais la lame s'enfonça dans le sol piétiné, et Joram s'affaissa à genoux, se soutenant contre elle, les mains serrées sur la garde.

Des larmes montrèrent à ses yeux derrière ses paupières. La rage et la colère enflèrent en lui, à lui faire exploser le cœur. Un sanglot déchira sa poitrine, soulageant cette tension insoutenable. Baissant la tête, Joram versa les larmes que ni épreuves ni souffrances n'avaient pu lui arracher depuis son enfance.

Chapitre 13

NUIT D'HIVER

— Où est Joram ? demanda Saryon au Prince qui entrait dans la clairière, les yeux dilatés par l'inquiétude devant la pâleur de Garald, ses vêtements pleins de boue et sa chemise tachée de sang.

— Ne t'inquiète pas, mon Père, dit le Prince avec lassitude. Il est dans la forêt. Nous avons eu... une petite conversation, ajouta-t-il, baissant les yeux sur ses vêtements déchirés. Il a besoin de temps pour réfléchir. Du moins, j'espère qu'il réfléchit.

— N'est-ce pas dangereux de rester là-bas ? Tout seul ? dit Saryon, portant son regard vers la forêt.

Des nuages couraient dans le ciel, frôlant la cime des arbres. Au nord-ouest, des nuées plus sombres s'amassaient. Le vent, plus chaud, avait changé de direction. Mais l'air était lourd, chargé d'humidité — annonçant de la pluie, peut-être de la neige, d'ici le soir.

— Il ne lui arrivera rien, dit le Prince, se passant la main dans les cheveux. Je n'ai pas vu de traces de centaures dans ces bois. De plus, il n'est pas seul. Pas vraiment.

Le Prince regarda autour de lui. Suivant son regard, Saryon comprit. Seul l'un des *Duuk-tsarith* était présent. Au lieu d'en être réconforté, il n'en fut que plus inquiet.

— Pardonnez-moi, Votre Grâce, dit Saryon avec hésitation, mais Joram est... un criminel. Je sais qu'ils nous ont entendu, ajouta-t-il, montrant la silhouette noire et muette. Rien n'échappe à leur attention. Mais qu'est-ce...

— Qu'est-ce qui les empêche de me désobéir et de ramener Joram à Merilon ? Rien. Je ne pourrais certes pas les en empêcher, dit le Prince, haussant les épaules. Mais en tant que gardes du corps personnels, ils ont prêté serment de m'être fidèles jusqu'à la mort. S'ils me trahissaient et emmenaient Joram sans mon ordre, ils ne seraient pas accueillis en héros. Bien au contraire. Pour avoir violé leur serment, ils recevraient le châtiment le plus sévère prévu par leur Ordre. Et étant donné la sévérité de leurs pareils, je préfère ne pas penser à ce que ce pourrait être. Non, termina-t-il en souriant, pour eux, le jeu n'en vaudrait pas la chandelle.

S'agissant de Joram, peut-être, mais pas s'agissant du Prince de Merilon, pensa Saryon. Il devrait garder encore plus jalousement son secret.

Le Prince se retira sous sa tente, et Saryon alla s'asseoir près de la source, remarquant que Radisovik, sur un geste du Prince, l'avait suivi. Le *Duuk-tsarith* présent regardait tout et rien sous sa capuche noire. Mollement allongé près de la cascade, Simkin taquinait le corbeau, s'efforçant de le faire parler en échange d'un morceau de saucisse.

— Allons, maudit oiseau, disait-il. Répète après moi : « Le Prince est un imbécile, le Prince est un imbécile. » Dis ça pour Simkin, et il te donnera un beau morceau de viande.

L'oiseau regarda gravement Simkin, penchant la tête, mais refusa d'émettre le moindre croassement.

— Tais-toi, espèce d'idiot, dit Mosiah, s'adressant à Simkin, non à l'oiseau. Comme si on n'avait pas déjà assez de problèmes ! ajouta-t-il, montrant la tente.

— Quoi ? Oh, Garald ? sourit Simkin en se lissant la barbe. Il trouve ça très amusant. C'est un plaisantin lui-même. Un jour, il a amené un ours vivant à un bal costumé de la cour, et l'a présenté comme le Capitaine Mouchenez de la Marine royale du Zith-el. Tu aurais dû voir le roi, faisant poliment la conversation avec le prétendu Capitaine, et s'efforçant de ne pas remarquer que l'ours grignotait sa cravate. L'ours n'a quand même pas eu le prix du meilleur costume. Et maintenant, ami aux yeux rouges comme l'enfer, dit Simkin, fixant un regard sévère sur le corbeau, répète après moi : « Le Prince est un imbécile ! »

L'oiseau leva une patte jaune et se gratta le bec en ce qu'on pouvait prendre pour un geste insultant.

— Stupide oiseau ! remarqua Simkin avec irritation.

— Simkin est un imbécile ! Simkin est un imbécile ! croassa le corbeau qui, déployant ses ailes et sautillant sur le sol, arracha la saucisse au jeune homme et s'envola.

Simkin rit de bon cœur, mais l'inquiétude de Mosiah s'accrut. S'approchant de Saryon, il regarda le *Duuk-tsarith* avec appréhension et dit tout bas :

— Qu'est-ce qui va se passer, à ton avis ? Qu'est-ce que le Prince va faire de nous ?

— Je ne sais pas, répondit gravement Saryon. Tout dépend de Joram.

— Morbleu, nous allons rester là et y mourir d'ennui ! intervint joyeusement Simkin, les rejoignant en courant et s'asseyant près du catalyste. Ils ont eu une furieuse prise de bec ce matin. Le Prince l'a lacéré jusqu'aux os et l'a mis à sécher au soleil, tandis qu'avec son tact bien connu, notre ami Joram a traité Son Altesse Royale de...

Simkin ne prononça pas le mot mais pointa le doigt sur la partie en question de sa personne.

— Par l'Etern ! murmura Mosiah en pâlissant.

— Prie tant que tu voudras, mais je doute que ça serve à grand-chose, dit languissamment Simkin, trempant la main dans l'eau tiède du bassin. Estimons-nous heureux qu'il se soit contenté de traiter Sa Grâce de... ce que vous savez, sans le transformer en la chose, comme c'est arrivé à l'infortuné Comte de Chambray pendant une querelle avec le Baron Roethke. Le Comte a crié : « Vous êtes un... ! », le Baron a rétorqué : « Vous en êtes un autre ! » et le Comte s'est trouvé transformé en la chose, en plein devant les dames ! Spectacle répugnant s'il en fut !

— Tu crois que c'est vrai ? demanda Mosiah, inquiet.

— Je le jure sur la tombe de ma mère, affirma Simkin en bâillant.

— Non, je ne parle pas du Comte, dit sèchement Mosiah. Je parle de Joram.

— Je n'en doute pas, dit Saryon, maussade, tournant les yeux vers la forêt.

— Finalement, mourir d'ennui n'est pas une mauvaise façon de mourir, dit Simkin, s'allongeant sur le dos et contemplant les nuages noirs. Mais y a-t-il de bonnes façons de mourir ? Voilà la question.

— On n'a jamais condamné personne à mourir d'ennui, dit Mosiah avec irritation.

— Ah, mais on peut faire une exception pour nous !

— Simkin est un imbécile ! Simkin est un imbécile ! croassa le corbeau du haut de son perchoir, sautillant pour se rapprocher, à l'affût d'un autre morceau de saucisse.

Est-il un imbécile ? se demanda Saryon. Non, décida le catalyste, mal à l'aise. Si ce qu'il dit est vrai et si Joram a insulté le Prince, alors — pour une fois dans sa vie et sans doute sans le vouloir — Simkin a dit la vérité.

L'orage éclata au milieu de l'après-midi, la pluie tombant à seaux de nuages si bas qu'ils semblaient avoir été crevés par les cimes des arbres. Le Cardinal lui donnant de la Vie, le Prince créa au-dessus de la clairière un bouclier invisible pour les protéger du déluge. Mais afin d'avoir assez d'énergie pour exécuter cette opération magique, le Prince fut contraint de supprimer la source, que Saryon vit disparaître sans regret. Le bouclier les gardait au sec, mais pas au chaud. Et, levant les yeux, cela faisait un effet bizarre de voir la pluie tomber sans les atteindre ; les lances d'eau étaient soudain déviées et détournées par ce toit invisible.

— La chaleur de la source me manque, mais c'est mieux que d'être claquemurés toute la journée dans une petite tente, n'est-ce pas, mon Père ? dit Garald avec naturel. Sous le bouclier, nous pouvons au moins évoluer à l'air libre. Approche-toi du feu si tu as froid, mon Père.

Saryon n'était pas d'humeur à parler, mais il accepta l'invitation, et parvint même à marmonner un remerciement poli. A travers le rideau de la pluie, il ne cessait de regarder vers la forêt. Des heures avaient passé, et Joram n'était toujours pas revenu.

Le Cardinal tenta aussi d'engager la conversation avec Saryon, mais renonça bientôt devant l'air préoccupé du catalyste. Avec un regard entendu au Prince, il se retira sous sa tente pour étudier et méditer.

Regroupés près du feu, Garald, Mosiah et Simkin firent une partie de tarok, qui démarra lentement : Mosiah était tellement impressionné de jouer avec un Prince qu'il en mélangea toutes ses cartes, les fit tomber deux fois, se trompa quand ce fut son tour de les distribuer, et fit tant d'erreurs grossières que Simkin proposa que l'oiseau prenne sa place. Mais Garald, sans rien perdre de sa dignité ni de son air royal, le mit bientôt si à son aise que le jeune homme alla jusqu'à oser rire en présence du Prince, et risqua même une plaisanterie en rougissant.

Toutefois, Saryon remarqua avec inquiétude que Garald s'arrangeait pour toujours ramener la conversation sur Joram, encourageant Mosiah — pendant les pauses du jeu — à lui raconter des anecdotes sur leur enfance. N'ayant jamais totalement surmonté son mal du pays, Mosiah n'était que trop heureux de parler de son ancienne vie à la ferme. Garald écoutait ces histoires avec un grand intérêt, très flatteur pour le jeune homme, lui permettant parfois de s'éloigner de son sujet, mais toujours, par une question apparemment anodine, le ramenant à Joram.

Pourquoi cet intérêt pour Joram ? se demandait Saryon avec une appréhension croissante. Soupçonne-t-il la vérité ? Le catalyste repensa à leur rencontre, et à la façon dont il avait dévisagé Joram, comme cherchant à se rappeler où il avait déjà vu ce visage. Aux yeux de Saryon, accablé par son secret, la ressemblance de Joram avec sa vraie mère, l'Impératrice, croissait de jour en jour. Devant sa façon de rejeter la tête en arrière avec une dignité hautaine, sa façon de repousser sa luxuriante chevelure noire, Saryon avait envie de crier : « Vous ne voyez donc pas, imbéciles ? Vous êtes aveugles ? »

Peut-être que Garald *voyait,* peut-être qu'il *n'était pas* aveugle. Il était certainement intelligent, astucieux, et — malgré son charme désarmant — c'était un *Albanara,* né pour la politique, né pour gouverner. L'État et son peuple occupaient la première place dans son cœur. Que ferait-il s'il connaissait ou soupçonnait la vérité ? Saryon ne l'imaginait pas. Peut-être rien — jusqu'au moment de partir. Le catalyste rumina ses pensées à s'en donner la migraine, mais sans arriver à une conclusion. Pendant ce temps, les heures passaient. L'après-midi gris et pluvieux s'assombrit en une soirée grise et pluvieuse. La pluie fit place à la neige.

Et Joram n'était toujours pas revenu.

La partie de cartes s'interrompit pour le dîner. Le repas consistait en un ragoût rustique que le Prince avait fièrement concocté de ses propres mains, s'étendant longuement sur les herbes entrant dans sa préparation, et qu'il se vantait d'avoir cueillies lui-même au cours de ce voyage.

Saryon mangea avec ostentation pour ne pas offenser le Prince, mais en réalité, il parvint à faire passer la plus grande partie de son repas au corbeau. Le *Duuk-tsarith* censé veiller sur Joram revint, et l'autre partit le remplacer. Du moins, c'est ce que supposa Saryon ; il ne distinguait pas les deux gardes l'un de l'autre, avec leur visage caché sous leur capuchon. Le sorcier conféra avec le Prince, et, aux regards qu'il jeta vers la forêt, Saryon devina le sujet de la conversation. Cela fut confirmé quand le Prince s'approcha du catalyste aussitôt après.

— Joram est en sécurité, mon Père, annonça Garald. Ne t'inquiète pas pour lui. Il a trouvé un abri dans une anfractuosité de la falaise. Il a besoin d'être seul pour réfléchir. La blessure que je lui ai infligée est profonde, je crois, mais pas mortelle, et il ne se portera que mieux après cette saignée.

Saryon ne fut pas convaincu, et Mosiah non plus.

— Te rappelles-tu ces humeurs noires qui s'emparaient parfois de lui, mon Père ? demanda-t-il à voix basse en s'asseyant près du catalyste, qui remuait dans son assiette les restes de son repas.

Le corbeau, perché près de sa main gauche, les surveillait d'un œil avide.

— Il n'a pas eu de crise récemment, mais dans le passé, je l'ai vu couché sur son lit pendant des jours, sans parler, sans manger, les yeux fixés dans le vague.

— Je sais, et s'il n'est pas revenu au matin, nous irons le chercher, dit Saryon d'un ton résolu.

Il continua à neiger, et le Prince fut contraint de supprimer le bouclier, car son maintien le vidait de son énergie, à l'instar du Cardinal. Simkin et Mosiah s'installèrent pour la nuit dans la grande tente du Prince, et Saryon accepta l'offre de Radisovik de partager la sienne.

Quant aux deux *Duuk-tsarith,* ils avaient disparu, mais Saryon savait qu'ils n'étaient pas loin, veillant sur le repos du Prince. Quand trouvaient-ils le temps de dormir eux-mêmes ?, cela le dépassait. Il avait entendu des rumeurs selon lesquelles ils avaient la capacité de mettre leur corps et leur esprit en sommeil tout en maintenant leur vigilance au plus haut niveau. Mais cela lui semblait improbable et relever de la légende.

Heureux de tout problème le distrayant de son inquiétude, Saryon réfléchit à la question, étendu dans le noir, guettant un crissement de pas dans la neige. Il finit par s'endormir, mais dormit d'un sommeil agité. Il se réveilla plusieurs fois au cours de la nuit et, chaque fois, il alla à pas de loup à l'entrée de la tente et, doucement, pour ne pas troubler le repos du Cardinal, en écarta les pans.

Qu'espérait-il voir ? Il n'en avait aucune idée, car la neige tombait si dru qu'il distinguait à peine la forme sombre de la tente du Prince, dressée à côté de la leur. Il remarqua qu'il n'était pas le seul à veiller. Une fois, il saisit une lueur dans la tente de Garald, et vit, à travers la neige, sa haute silhouette scruter la nuit.

Au matin, la neige cessa de tomber. Allongé sur d'épais coussins, le catalyste regarda la lumière pénétrer lentement dans la tente, imaginant qu'elle filtrait à travers les branches chargées de neige, laissant une trace scintillante dans la blancheur du dehors.

Il fermait les yeux pour se forcer à dormir, quand il entendit ce qu'il attendait depuis longtemps — des pas. Le cœur battant de soulagement, il se leva vivement et releva un pan de la tente. Puis il s'arrêta, et recula dans l'ombre.

Joram était debout au centre de la clairière, enveloppé d'une lourde cape. D'où sortait-elle ? Était-ce le *Duuktsarith* qui la lui avait apportée ? se demanda Saryon, tandis qu'il attendait, retenant son souffle, pour voir ce que Joram allait faire.

Avançant dans la neige où il enfonçait jusqu'à mi-jambe, Joram s'arrêta devant la tente du Prince. Puis, passant les mains sous sa cape, il tira la Noirépée.

Saryon s'accroupit dans l'ombre de la tente, son soulagement se transformant en crainte à la vue de l'expression de Joram.

Saryon ne savait pas exactement quel changement — si changement il y avait — il pensait voir chez le jeune homme. Un Joram docile et contrit, demandant humblement pardon à tous et jurant de s'amender à l'avenir ? Non — Saryon ne parvenait même pas à l'imaginer.

Un Joram plein de colère et de défi, déterminé à aller au diable à sa façon et parfaitement d'accord pour que les autres fassent de même ? C'était beaucoup plus réaliste. C'était, en fait, ce que le catalyste attendait. Et qu'il aurait préféré de beaucoup au Joram qu'il voyait.

Le visage du jeune homme était totalement inexpressif. Pâle, les joues creuses, les yeux cernés, Joram attendait en silence devant la tente du Prince, les mains crispées sur la garde de la Noirépée. Ayant sans aucun doute entendu lui aussi les pas, Garald sortit de sa tente et s'immobilisa à la vue de l'étrange figure qui se dressait devant lui. Le Prince n'était pas en danger. Les *Duuk-tsarith* étaient tout proches, et leur magie pouvait démembrer le jeune homme s'il levait seulement son arme.

C'était Joram qui était en danger, et Garald, le sachant, avança lentement, les mains bien en vue.

— Joram, dit-il avec douceur.

— Votre Grâce.

Ces mots furent prononcés avec froideur, dénués de toute signification, vides. Les épaules de Garald s'affaissèrent de déception ; il soupira. Puis il perdit patience, sembla-t-il, et s'abandonna à sa colère contre cet arrogant jeune homme.

— Que veux-tu ? demanda Garald avec amertume.

Joram pinça les lèvres. Il prit une profonde inspiration, et expira lentement, fixant un point quelque part au-dessus de l'épaule du Prince.

— Nous n'avons pas beaucoup de temps, dit-il, s'adressant au vide, aux arbres dénudés, au ciel qui commençait à s'éclaircir. Une semaine, avez-vous dit.

Le ton était si froid que Saryon s'étonna de voir le nuage que formait l'haleine tiède de Joram à la sortie de sa bouche l'haleine tiède de Joram le nuage que formait à la sortie de sa bouche. Joram déglutit avec effort. Les mains se resserrèrent encore sur la garde de l'épée.

— J'ai beaucoup à apprendre, dit-il.

Le visage de Garald s'éclaira d'un sourire, qui sembla réchauffer la clairière plus que ne l'avait fait la source chaude. Il fit un geste, comme pour poser la main sur l'épaule de Joram ou lui taper dans le dos en signe de satisfaction. Mais Saryon vit Joram serrer les mâchoires, se raidir. Le Prince le vit aussi et réprima son geste impulsif.

— Je vais chercher mon épée, dit-il, rentrant sous sa tente.

Ne sachant pas qu'il était observé — car le catalyste avait prudemment gardé le silence —, Joram se détendit. Son regard se posa sur l'endroit que venait de quitter le Prince, et il sembla à Saryon que le visage sévère était adouci par une expression de regret. Joram entrouvrit les lèvres, comme pour parler, mais il se détourna brusquement, et referma la bouche. Quand le Prince reparut, épée en main, vêtu d'une cape de fourrure, Joram le regarda, le visage aussi froid et lisse que la neige.

Comme il est affamé d'amour ! pensa Saryon, le cœur serré. Et pourtant, chaque fois qu'on lui tend la main, il la repousse brutalement.

Ils s'éloignèrent en silence, le Prince regardant parfois Joram, Joram les yeux fixés droit devant lui. Au loin, à la lisière de la forêt, le catalyste vit une ombre noire se détacher d'un arbre et glisser silencieusement derrière eux.

Réalisant qu'il tremblait de froid, Saryon retourna à son lit. Blotti sous ses couvertures, il se dit qu'il devrait remercier l'Etern du retour du jeune homme.

Mais Saryon ne dérangea pas son Dieu sourd et peut-être inexistant. Repensant au changement d'attitude de Joram, et y voyant la résolution encore renforcée d'atteindre son but, Saryon ne fut plus certain d'avoir envie de remercier l'Etern.

Il se sentait plus enclin à lui demander miséricorde.

Chapitre 14

LA SÉPARATION

Après la neige, le vent tomba et le ciel s'éclaircit rapidement. Un silence profond s'installa sur la forêt, mais l'atmosphère était tendue, un peu comme si un géant avait aspiré vent, neige et nuages, et retenait son souffle avant de les déchaîner de nouveau sur la nature. La tension persista tout le lendemain, mais le ciel demeura clair — de ce bleu vif qu'on ne voit qu'en hiver — et aucun signe de reprise de la tempête ne se manifesta.

Mais dans la clairière, tous savaient qu'une tempête continuait à faire rage, ne fût-ce que dans l'âme d'un jeune homme. Les nuages n'en étaient jamais clairement visibles ; depuis son retour, Joram demeurait le même — froid et impassible, distant et silencieux. Il ne parlait que lorsqu'on lui adressait la parole, et ses réponses étaient brèves et indifférentes, comme s'il n'avait pas écouté. Il était rarement au camp, lui et le Prince passant le plus clair des journées ensemble. Il donnait l'impression d'avoir les nerfs tendus à se rompre, comme les cordes d'un instrument mal accordé.

Saryon ne pouvait qu'espérer (il ne priait pas) que la main d'un maître instrumentiste parviendrait à relâcher la tension de ces cordes avant qu'elles ne se rompent, pour libérer la musique magnifique enfermée dans l'âme sombre du jeune homme. Garald serait-il cette main ? Saryon commençait à l'espérer, et cet espoir allégeait un peu son fardeau. Il n'avait aucune idée de ce qu'ils faisaient et disaient lorsqu'ils étaient seuls. Joram refusait d'en parler, et Garald disait simplement qu'ils s'exerçaient à l'épée.

Puis, un matin vers le milieu de la semaine, le catalyste fut invité à les accompagner à ce que le Prince appelait en plaisantant « l'arène ».

— Nous avons besoin de toi pour faire des expériences avec la Noirépée, mon Père, lui dit Garald, le tirant d'un sommeil agité.

Tous trois debout devant la tente du Cardinal, ils parlaient à voix basse pour ne pas le réveiller.

Devant l'air solennel et réprobateur de Saryon, Joram eut un soupir d'impatience, que le Prince réprima d'un geste discret.

— Je comprends ce que tu ressens, Père Saryon, dit Garald, mais tu ne voudrais pas que Joram aille à Merilon sans savoir manier une épée, n'est-ce pas ?

Je ne voudrais pas qu'il y aille du tout, pensa le catalyste, mais sans le dire.

Saryon accepta quand même de les accompagner, forcé de reconnaître que l'argument du Prince n'était pas sans mérite. Et, de plus, le catalyste était curieux de voir l'épée à l'œuvre. S'enveloppant d'une lourde cape créée par le Prince, il les accompagna dans la forêt.

— Je suis désolé de te déranger, s'excusa le Prince tout en marchant. J'aurais pu demander ce service au Cardinal, bien sûr, mais nous pensons, Joram et moi, que moins de gens connaîtront la véritable nature de la Noirépée, mieux ça vaudra.

Saryon acquiesça du fond du cœur.

— De plus, reprit Garald en souriant, bien que Radisovik soit d'esprit assez libéral — beaucoup trop libéral d'après ton Evêque —, je crains que la Noirépée ne fasse un peu trop violence à ses principes.

— Je ferai de mon mieux pour servir Votre Grâce, dit Saryon, croisant ses mains glacées dans les manches de sa robe.

— Excellent ! dit chaleureusement le Prince. Et nous ferons ce que nous pourrons pour que tu n'aies pas froid ; chose qui n'est jamais un problème pour Joram et pour moi.

Il échangea un regard complice avec le jeune homme, et Saryon vit avec étonnement un petit sourire sur les lèvres sévères et une lueur chaleureuse dans les yeux noirs. L'étau enserrant le cœur de Saryon se desserra et il se sentit déjà réchauffé.

L'« arène » était une aire dégagée à quelque distance de la clairière. Saryon savait que les vigilants *Duuk-tsarith* ne devaient pas être loin, mais il ne les voyait pas et ils avaient au moins l'impression d'être seuls. Ou peut-être qu'ils n'étaient pas là, après tout. Le Prince était peut-être sincère lorsqu'il disait souhaiter garder le secret sur les pouvoirs de la Noirépée.

Garald installa le catalyste dans un véritable cocon de coussins qu'il fit apparaître. Il y aurait même ajouté du vin et autres douceurs si le catalyste n'avait pas refusé avec embarras.

Saryon ne pouvait s'empêcher d'aimer le Prince. Garald traitait Saryon avec le plus grand respect et une infinie courtoisie, toujours plein de sollicitude pour son confort, jamais méprisant ni condescendant. Et pas seulement Saryon. Garald traitait tout le monde de cette façon — de Simkin à Joram, en passant par Mosiah et les *Duuk-tsarith*.

Comme son peuple doit aimer son Prince ! se disait le catalyste, regardant l'élégant et gracieux gentilhomme parler au timide jeune homme — l'écoutant avec respect et le traitant en égal, et pourtant n'hésitant jamais à lui signaler ses erreurs.

Joram, lui aussi, semblait étudier Garald. C'était peut-être cela qui provoquait le tumulte de son âme. Saryon savait que Joram aurait donné n'importe quoi pour acquérir le respect et l'amour qu'on témoignait à cet homme. Peut-être commençait-il à réaliser qu'il faut donner respect et amour avant d'en recevoir.

Joram et le Prince prirent place au centre de l'arène, mais ils ne se mirent pas en garde immédiatement.

— Passe-moi ton épée un instant, dit Garald.

Les yeux de Joram flamboyèrent, il fronça les sourcils, hésitant. Saryon branla du chef. Enfin, il ne devait pas s'attendre à des miracles, se dit-il. Garald, les yeux fixés sur l'épée, sembla ne pas remarquer cette réaction et attendit patiemment.

Enfin, avec un « Tenez » prononcé à contrecœur, Joram lui tendit l'épée.

Le visage impassible, feignant de ne pas avoir remarqué

la hargne du ton, Garald prit l'épée et l'examina attentivement.

— Ces derniers jours, nous nous en sommes servis uniquement dans le but de t'apprendre l'escrime, dit-il. Pourtant, je sens en moi comme un tiraillement, qui me vide de ma magie, de sorte qu'à la fin de la journée je me sens tout affaibli. Mais elle n'a pas cet effet sur moi quand, par exemple, nous sommes de retour au camp. Là je ne sens plus rien.

— Je crois qu'elle doit être en action pour que cet effet qui absorbe la Vie se manifeste, dit Joram, s'effaçant au profit de l'épée. J'ai remarqué la même chose quand j'ai combattu Blachloch. Quand il est entré dans la forge, l'épée n'a pas réagi. Mais quand il m'a attaqué et que j'ai levé l'épée pour me défendre, j'ai senti qu'elle commençait à combattre d'elle-même.

— Je crois comprendre, murmura pensivement le Prince. L'épée doit réagir à une énergie quelconque qu'elle sent en celui qui la tient — colère, peur, toutes les émotions fortes générées par le combat. Tiens, dit-il, débouclant son ceinturon et tendant sa belle épée à Joram, prends la mienne. Vas-y, tu peux t'en servir. Le fait que tu es un Mort n'a aucune importance. Ses propriétés magiques n'agissent que sur ordre.

Il se mit en garde, levant gauchement la Noirépée.

— Je regrette que personne ne t'ait enseigné l'art de l'escrime, marmonna-t-il. Cette arme sera toujours incommode et peu maniable. Enfin, peu importe. Prononce les mots : « Faucon, frappe », et attaque-moi.

Resserrant amoureusement la main sur la poignée de l'épée princière, Joram se plaça face à Garald, arme levée.

— Faucon, frappe, dit-il, et il fit assaut contre le Prince.

Garald leva la Noirépée pour parer, mais, rapide comme l'éclair, sa propre épée pénétra sa garde et le blessa à l'épaule.

Voyant du sang couler sur le bras du Prince, Joram lâcha aussitôt son arme.

— Mon Dieu ! Je ne l'ai pas fait exprès ! Je le jure !

Saryon se leva d'un bond.

— C'est ma faute, dit Garald, comprimant la blessure de sa main. Simple écorchure, comme disent les acteurs au théâtre juste avant d'expirer — non, je plaisante, mon Père. Ce n'est vraiment qu'une écorchure. Regarde.

Il montra sa blessure, et Saryon vit avec soulagement que l'épée avait juste fendu la peau. Il arrêta le sang grâce à un sort mineur de guérison, et la « leçon » continua.

Au moins, pensa sombrement Saryon, cela prouve que les *Duuk-tsarith* ne sont pas dans les parages, car Joram serait déjà réduit en chair à pâté. De plus, il était heureux au-delà de toute expression d'avoir entendu une nuance de sollicitude dans la voix de Joram, même si, à voir le visage froid et impassible du jeune homme, il pouvait se demander s'il ne l'avait pas imaginée.

— J'ai agi stupidement, dit Garald d'un ton d'excuse. J'aurais pu être tué par ma propre lame ! Pourquoi n'as-tu pas fonctionné ? ajouta-t-il, secouant la Noirépée.

La réponse surgit dans l'esprit de Saryon mais, en bon mathématicien qu'il était, il préféra en avoir la preuve avant de la révéler.

— Rendez l'épée à Joram, Seigneur, dit Saryon. Reprenez la vôtre, et attaquez-le en utilisant le même sortilège.

— C'est un sort puissant, comme tu l'as vu, dit Garald, fronçant les sourcils. Je pourrais le tuer.

— Vous ne me tuerez pas, dit Joram avec calme.

— Je le pense aussi, Seigneur, confirma Saryon. Attaquez, je vous prie. Le résultat vous intéressera, je crois.

— Très bien, dit Garald, quoique avec une répugnance évidente.

Ils échangèrent les armes et se remirent en garde.

— Faucon, frappe, ordonna Garald.

Instantanément, la lame argentée flamboya dans le soleil, volant vers sa victime comme l'oiseau dont elle portait le nom. Joram para de la Noirépée, parade maladroite comparée aux mouvements pleins de grâce de l'épée magiquement renforcée du Prince. La lame vola droit vers le cœur de Joram, mais fut détournée au dernier moment comme si elle avait frappé un bouclier d'acier.

— Aaaah ! cria le Prince.

Abaissant son arme, il frictionna son bras endolori par le choc. Puis il regarda Saryon.

— C'est ce que tu voulais voir, je suppose, mon Père ?

Très bien. Pourquoi fonctionne-t-elle pour lui et pas pour moi ? Connaît-elle son propriétaire ?

— Pas du tout, Seigneur, répondit le catalyste, enchanté du succès de son expérience. Je comprends maintenant une phrase lue dans les anciens textes. Elle disait que les épées faites de pierre noire étaient brandies par les légions des morts. Je n'en avais pas tenu compte, l'attribuant à une légende concernant les esprits et les fantômes. Mais je comprends maintenant que les anciens Sorciers parlaient des légions d'hommes qui — comme Joram — sont des Morts. Il faut qu'elle soit utilisée par quelqu'un possédant peu, ou pas du tout, de magie, qui contrecarrerait l'énergie de l'épée.

— Fascinant, dit Garald, regardant l'épée avec admiration. Cela permet à ceux qui seraient sinon pire qu'inutiles dans une bataille contre des magiciens d'être une force combattante efficace.

— Et elle requiert un minimum d'entraînement, Seigneur, dit Saryon, de plus en plus intéressé par son sujet. Contrairement aux magiciens — dont l'instruction commence pratiquement au berceau —, les guerriers armés d'épées de pierre noire peuvent apprendre à s'en servir en quelques semaines. Et de plus, ils n'ont pas besoin de catalystes...

Saryon s'interrompit brusquement, réalisant qu'il en avait trop dit. Mais le Prince avait saisi sa pensée.

— Non, tu te trompes ! s'écria-t-il. Je veux dire, oui, tu as raison — jusqu'à un certain point. Les armes de pierre noire *n'exigent pas* la présence d'un catalyste pour fonctionner, mais tu lui as donné de la Vie au moment où Joram l'a forgée, Saryon. Et si tu lui donnais de la Vie maintenant ? Cela augmenterait-il ses pouvoirs ?

— C'est certain, dit Joram avec empressement. Essayons.

— Oui ! acquiesça Garald, se remettant en garde.

— Non ! dit Saryon.

Ils se tournèrent tous deux vers lui — Joram furieux, Garald déçu.

— Je sais que c'est difficile pour toi, mon Père, commença le Prince avec tact.

— Non, répéta Saryon d'une voix creuse. Non, Votre

Grâce, demandez-moi n'importe quoi et je le ferai si je peux. Mais pas ça. Plus jamais.

— Tu l'as juré à ton Dieu ? dit Joram, ne pouvant s'empêcher de montrer son amertume.

— Je me le suis juré à moi-même, répondit Saryon à voix basse.

— Oh, pour l'amour de..., commença Joram, mais Garald intervint habilement.

— C'était une question de curiosité, rien de plus, dit le Prince en haussant les épaules. Cela ne devrait pas affecter l'usage que tu en fais, poursuivit-il en se tournant vers Joram. Tu ne peux pas compter avoir un catalyste avec toi quand tu devras t'en servir. Viens, essayons-la contre une magie plus puissante. Je vais m'entourer d'un sort de protection, et nous verrons si tu peux le pénétrer. Mon Père, si tu peux *me* donner de la Vie...

Saryon donna de la Vie au Prince, éprouvant un véritable plaisir à transférer la magie du monde dans un si noble vaisseau. Il eut même la satisfaction de voir Joram s'efforcer de maîtriser sa colère, et y parvenir à la fin. Se renfonçant dans ses coussins, le catalyste observa le duel avec plaisir, et apprit bien des choses sur la Noirépée. Mais au fond, il savait qu'il était descendu d'un cran dans l'estime de Garald. Foncièrement guerrier, le Prince ne comprenait sans doute pas ce qu'il devait considérer comme une faiblesse chez Saryon.

Pour Garald, l'épée était un outil, rien de plus. Il ne la considérait pas comme un objet de ténèbres, le destructeur de vie que Saryon voyait en elle quand il la regardait.

Quant à Joram, Saryon pensa tristement qu'il ne pouvait pas tomber plus bas dans l'estime du jeune homme.

Après plusieurs heures d'exercice, le Prince, Joram et Saryon revinrent au camp. Pendant le reste de leur séjour, la gentillesse de Garald à l'égard de Saryon ne se démentit pas, mais il ne lui demanda plus de venir à l'arène.

La semaine s'écoula sans histoire. Garald et Joram faisaient de l'escrime. Saryon eut d'intéressantes discussions avec le Cardinal sur la philosophie et la religion. Simkin taquinait le corbeau (l'oiseau exaspéré finit par lui arracher un bout d'oreille, à la grande joie de tous). Mosiah passait ses jours à feuilleter les livres trouvés dans la tente de Garald, intéressé par les images et déconcerté par les mystérieux symboles, si parlants pour Joram mais si muets pour lui. Le soir, le Prince et ses invités jouaient au tarok ou discutaient des différentes façons d'entrer dans Merilon et d'y survivre ensuite.

— Simkin pourra vous faire franchir les portes, dit Garald, la veille de leur départ.

Assis dans la tente luxueuse du Prince, Joram et Mosiah se reposaient après un délicieux dîner. Cette semaine idyllique arrivait à son terme. Les jeunes gens pensaient avec regret que, le lendemain, ils devraient combattre les lianes Kij et peut-être bien d'autres monstres rôdant dans ces étendues sauvages. Les splendeurs de Merilon leur paraissaient soudain lointaines et irréelles, et il était difficile de prendre au sérieux les dangers de ce lieu si éloigné.

Les voyant préoccupés, Garald dit gravement :

— Simkin connaît tout le monde à Merilon, et tout le monde le connaît — ce qui, en un sens, rend la situation très intéressante.

— Vous voulez dire que toutes ces... ces histoires extravagantes sont vraies, Seigneur ? Vous avez vraiment amené un ours vivant à un bal costumé ? balbutia Mosiah sans prendre le temps de réfléchir. Je vous demande pardon, Votre Grâce, ajouta-t-il en rougissant.

— Ah, il vous a parlé de ça ? dit le Prince, branlant du chef. Mon pauvre père. A ce jour, il refuse encore de porter une cravate devant tout officier de marine ou toute personne costumée en ours. Mais pour en revenir à des questions plus sérieuses...

« Saryon a raison de vous mettre en garde. Merilon *est* une ville dangereuse, dit le Prince, et il ne faudra jamais relâcher votre vigilance. Le danger sera grand, non seulement pour toi, Joram, qui es un Mort vivant, et condamné à mort en tant que tel, mais aussi pour toi, Mosiah. Tu es considéré comme un rebelle. Tu as fui ton village et tu as vécu parmi les Sorciers des Arts noirs. Vous entrerez dans Merilon sous un faux prétexte. Si vous êtes découverts, vous serez enfermés dans les cachots des *Duuk-tsarith,* dont peu de gens sortent indemnes. Le danger sera également grand pour Saryon, qui a vécu de longues années à Merilon et qui pourrait être facilement reconnu...

« Non, Joram, je ne cherche pas à t'empêcher de partir, ajouta Garald, s'interrompant en voyant le jeune homme froncer les sourcils avec colère. Je vous demande simplement d'être prudents, circonspects. Soyez toujours sur vos gardes. Surtout en présence d'une certaine personne.

— Vous voulez parler du catalyste ? dit Joram. Je sais déjà qu'il a été envoyé par l'Evêque Vanya...

— Je parle de Simkin, dit gravement Garald.

— Là, je te le disais bien ! marmonna Mosiah.

Comme s'il savait qu'on parlait de lui, Simkin éleva la voix, et tous les trois se retournèrent pour regarder hors de la tente. Lui et le catalyste étaient debout près du feu, Simkin s'étant proposé pour inventer un déguisement au catalyste, qui l'empêcherait d'être reconnu. Il était en train d'exercer sa magie sur Saryon sans autre résultat que de consterner le pauvre homme.

— J'ai une idée ! s'écria Simkin d'une voix stridente. Tu pourras aller et venir absolument incognito, et de plus, tu nous seras utile pour porter les bagages.

Il fit un geste et prononça un mot. L'air trembla autour du catalyste. La forme de Saryon changea, et bientôt un bel âne gris prit la place de l'infortuné.

— Quel idiot ! dit Mosiah en se levant d'un bond. Il ne peut pas laisser ce malheureux tranquille ! Je vais...

Garald posa la main sur son bras en secouant la tête.

— Je m'en occupe, dit-il.

Se rasseyant à contrecœur, Mosiah vit Garald faire un signe au Cardinal qui, debout non loin d'eux, les observait.

— Qu'as-tu dit, mon Père ? demanda Simkin.

L'âne se mit à braire.

— Tu n'es pas content ? Après tout le mal que je me suis donné ! Morbleu, mon ami, tu as une ouïe extraordinaire, dit-il, soulevant une longue oreille. Je parie que tu entends une poignée de foin tomber à cinquante pas. Sans parler du fait que tu peux maintenant braquer un œil devant toi et l'autre derrière, voyant simultanément où tu vas et où tu as été.

L'âne se remit à braire en découvrant les dents.

— Et les enfants vont t'adorer, dit-il d'un ton enjôleur. Tu pourras promener les petits chéris sur ton dos. Bon, si tu veux faire des chichis... là !

L'âne disparut et Saryon reparut, quoique dans une posture insolite — à quatre pattes.

— Je viens de penser à autre chose, dit Simkin, boudeur. J'y suis ! s'écria-t-il, faisant claquer ses doigts. Une chèvre ! Comme ça, nous ne manquerons jamais de lait...

A cet instant, le Cardinal intervint. Prétextant qu'il avait à parler de questions religieuses avec Saryon, il aida le catalyste à se relever et l'emmena sous sa tente. Malheureusement, Simkin suivit.

— De plus, tu n'aurais plus à te soucier de trouver à manger, l'entendirent-ils affirmer d'un ton persuasif. Tu pourrais manger n'importe quoi...

— Vous savez bien des choses sur Simkin, Votre Grâce, dit Mosiah. Vous connaissez son jeu. Quel est-il ?

— Son jeu..., répéta pensivement le Prince, intrigué par la question... Oui, je crois le connaître.

— Alors, dites-nous ce que c'est ! demanda Mosiah, d'un ton pressant.

— Non, je préfère n'en rien dire, déclara Garald, les yeux fixés sur Joram. Vous ne comprendriez pas, et vous seriez peut-être tentés de relâcher votre vigilance.

— Mais vous devez ! Je... je veux dire, vous devriez... Votre Grâce, rectifia Mosiah, penaud, réalisant qu'il venait de donner un ordre à un Prince. Si Simkin est dangereux...

— Bah ! fit Joram d'un ton écœuré.

— Oh, il est dangereux, c'est certain, dit Garald d'une voix égale. Ne l'oubliez pas, c'est tout. Et maintenant, ajouta-t-il en se levant, si vous voulez bien m'excuser, je vais aller au secours du pauvre Saryon avant que notre ami ne lui fasse pousser des cornes et grignoter la tente du Cardinal.

La question du déguisement du catalyste fut bientôt réglée — et sans le métamorphoser en chèvre. A la suggestion du Prince, le Père Saryon devint le Père Dunstable, petit Catalyste du Foyer qui, selon Simkin, avait quitté Merilon dix ans plus tôt.

— C'était un homme discret comme une souris, affirma Simkin, dont personne ne se rappelait cinq secondes après lui avoir été présenté, et encore moins dix ans après.

— Et même si quelqu'un se souvient de lui au bout de dix ans, il ne s'étonnera pas qu'il ait changé, ajouta Garald, voyant que Saryon n'approuvait guère cette idée. Tu n'auras pas à te *comporter* différemment, mon Père. Ton visage et ton corps seront différents, c'est tout. Mais intérieurement, tu seras toujours le même.

— Mais je devrai me présenter à la Cathédrale, Votre Grâce, argua Saryon, têtu, la peur lui faisant surmonter sa répugnance à contredire le Prince — fait que remarqua Garald, se demandant une fois de plus quel secret redoutable il cachait dans son cœur. Les allées et venues des catalystes sont bien consignées...

— Pas nécessairement, mon Père, intervint doucement Radisovik. Plus d'un se faufile dans les failles bureaucratiques, si j'ose dire. Un catalyste insignifiant de petite maison — tel que le Père Dunstable —, qui suit sa famille dans un district écarté, peut très bien perdre le contact avec son église pendant des années.

— Mais pourquoi devrais-je — enfin, je veux dire, pourquoi le Père Dunstable devrait-il revenir à Merilon ? Je vous demande pardon, Éminence, ajouta Saryon, tout à la fois humble et insistant, mais le Prince a insisté sur notre danger...

— Très bonne question, mon Père, dit Garald. On peut imaginer différentes raisons. Par exemple, le magicien que tu servais s'est mis en tête de rejoindre la canaille du Sharakan et t'a abandonné tout seul dans la nature.

— Nous parlons sérieusement, Seigneur, dit Radisovik, doucement réprobateur.

— Moi aussi, rétorqua froidement Garald. Mais cela attirerait peut-être trop l'attention sur toi, mon Père. Et ceci ? Le magicien meurt. Sa veuve retourne au Zith-el vivre chez ses parents. Il n'y a pas de place pour toi chez le père. Et toi, Père Dunstable, tu es congédié. Avec remerciements attendris et bonnes références, naturellement.

Le Cardinal hocha la tête avec approbation.

— Et si on vérifie ton histoire, dit-il, voyant une objection sur le visage de Saryon, ce dont je doute vu qu'il y a des centaines de catalystes qui vont et viennent journellement dans la Cathédrale, il faudrait des mois pour retrouver le Seigneur Untel et découvrir la vérité.

— Et d'ici là, conclut le Prince d'un ton sans réplique, vous serez avec nous au Sharakan.

Percevant une nuance d'irritation dans la voix du Prince, Saryon baissa la tête en signe d'acceptation, craignant qu'une plus longue résistance ne paraisse suspecte. Il devait bien reconnaître que le Prince et le Cardinal avaient raison. Ayant vécu quinze ans à la Cathédrale, Saryon avait passé bien des soirées à regarder la longue file des catalystes récemment arrivés monter l'escalier de cristal et franchir les portes de verre. Sous l'œil blasé de quelque pauvre diacre, chaque catalyste signait son nom dans un registre qu'on consultait rarement, sinon jamais. Après tout, si l'on passait avec succès l'examen minutieux des *Kan-Hanar* — les portiers de Merilon — pourquoi l'Église aurait-elle ergoté ? La seule idée d'un catalyste s'introduisant dans la cité sous un déguisement était si étrangère à leur pensée qu'elle paraissait ridicule.

Quand même, une personne avait des raisons d'attendre le retour de Saryon à Merilon, se dit-il, mal à l'aise, portant la main à son amulette de pierre noire. Il se demanda craintivement quelles actions l'Evêque entreprendrait pour le retrouver, et il regretta presque l'âne...

Le lendemain matin, ils se levèrent avant le soleil. Le moment venu de partir, ils étaient tous impatients de reprendre leurs divers voyages. Les jeunes gens et Saryon se préparèrent à prendre congé du Prince et de ses compagnons, qui allaient à poursuivre leur route jusqu'au village des Sorciers.

— Tout est bien qui finit bien, remarqua Simkin à la fin du déjeuner, comme disait le Comte d'Orléans parlant de Dame Magda. Au passé, naturellement.

— Simkin est un imbécile ! croassa le corbeau, perché sur la tête du jeune homme.

— Ce n'est pas une fin, mais un commencement, j'espère, dit Garald, souriant à Joram.

Le jeune homme lui rendit presque son sourire.

— Et maintenant, reprit le Prince, avant la tristesse de la séparation, je vais avoir le plaisir de vous donner mes cadeaux d'adieu...

— Seigneur, ce n'est pas nécessaire, murmura Saryon, repris par ses remords. Vous avez déjà fait assez...

— Ne m'enlève pas ce plaisir, mon Père, l'interrompit Garald, lui posant la main sur l'épaule. Faire des cadeaux est une des charges les plus agréables d'un fils de Roi.

S'approchant de Mosiah, le Prince frappa une fois dans ses mains, puis les tendit pour attraper un livre qui se matérialisa devant lui.

— Tu es un puissant magicien, Mosiah. Plus puissant qu'aucun *Albanara* de ma connaissance. Et ce n'est pas exceptionnel. Au cours de mes voyages, j'ai découvert que beaucoup de nos mages les plus puissants naissent dans les champs et les ruelles, et non dans les nobles maisons. Mais la magie, comme tout autre don de l'Etern, exige qu'on la perfectionne par des études rigoureuses, sinon elle entrera en toi et en sortira comme le vin entre et sort d'un ivrogne.

Le Prince jeta un coup d'œil vers Simkin, qui taquinait la queue du corbeau.

— Merci, Votre Grâce, balbutia Mosiah en rougissant — espérant que sa rougeur passerait pour de la joie.

Mais Garald comprit qu'il rougissait de honte.

— Le voyage est long jusqu'à Merilon, dit doucement le Prince. Et tu as un ami qui sera plus qu'heureux de t'apprendre à lire.

Mosiah suivit le regard du Prince, qui s'était posé sur Joram.

— C'est vrai ? Tu m'apprendras ?

— Bien sûr ! Je ne savais pas que tu voulais apprendre ! dit Joram, impatienté. Tu aurais dû me demander.

— Merci, Votre Grâce, répéta Mosiah, serrant le livre sur son cœur.

Ils se regardèrent, et pendant un instant, le Prince et le Mage des Champs furent en union parfaite.

— Maintenant, Simkin, mon vieil ami...

— Rien pour moi, Votre Graisse. Ha-ha ! Votre Graisse. C'est ainsi que le Duc de Deer s'adressait à son cuisinier. Je sais que c'est un jeu de mots stupide, mais le Duc l'était aussi. Non, je parle sérieusement. Je n'accepterai rien. Enfin..., ajouta-t-il, poussant un profond soupir comme le Prince ouvrait la bouche, si vous insistez, peut-être un ou deux des plus précieux bijoux de la couronne...

— Voilà pour toi, dit Garald, quand il put enfin placer un mot, tendant un jeu de tarok au jeune homme.

— Quelle charmante attention ! s'écria Simkin, s'efforçant de réprimer un bâillement.

— Chaque carte a été peinte à la main par mes propres enlumineurs, fit remarquer Garald. Non par la magie, mais selon les anciennes techniques. Ces cartes ont donc une grande valeur.

— Merci infiniment, vieux frère, dit languissamment Simkin.

— Tu remarqueras que je tiens quelque chose, dit Garald, levant la main. Chose qui manque à ton paquet.

— Le Fou, dit Simkin, fixant intensément la carte. Comme c'est amusant !

— Le Fou, répéta Garald, la faisant tourner dans sa main. Guide-les bien, Simkin.

— Je vous le promets, Votre Altesse, dit Simkin avec sérieux. Ils ne peuvent pas être en de meilleures mains.

— Toi non plus, répliqua Garald.

Il referma les doigts sur la carte, qui disparut. Tous se taisaient, se regardant avec gêne. Puis le Prince éclata de rire.

— C'était mon tour de plaisanter, dit-il, donnant une bourrade à Simkin.

— Ha ha ! s'esclaffa celui-ci, lui faisant écho — mais son rire était forcé.

— Et maintenant, Père Saryon, dit Garald, s'approchant du catalyste qui contemplait ses souliers. Je n'ai rien de matériel à te donner. Je sens que ça ne te plairait pas, de toute façon. Mais j'ai quand même un présent, si l'on veut, quoiqu'il soit davantage à mon bénéfice qu'au tien. Quand tu viendras au Sharakan avec Joram — Saryon remarqua qu'il en parlait toujours comme d'une affaire réglée — je veux que tu appartiennes à ma maison.

Catalyste dans une maison royale ! Saryon regarda involontairement le Cardinal qui lui adressa un sourire encourageant.

— Ce..., bredouilla Saryon, s'éclaircissant la gorge, c'est un honneur inespéré, Votre Grâce. Un trop grand honneur pour un homme qui a violé les lois de sa religion.

— Mais pas trop grand pour un homme fidèle et compatissant, dit le Prince Garald avec bonté. Comme je l'ai dit, c'est plutôt à moi que je fais un cadeau. Il me tarde de voir le jour où je te redemanderai de me donner de la Vie, Père Saryon.

Se détournant du catalyste, le Prince en arriva enfin à Joram.

— Je sais, tu ne veux rien de moi, toi non plus, dit le Prince en souriant.

— Comme le catalyste l'a dit, vous nous avez déjà assez donné, répondit Joram d'une voix égale.

— Nous a déjà assez donné, *Votre Grâce,* répéta le Cardinal d'un ton sévère.

Le visage de Joram s'assombrit.

— Eh bien, Joram, dit le Prince, s'efforçant de garder son sérieux, on dirait·que ton lot dans la vie est d'accepter des choses de moi.

Une fois encore, le Prince tendit les mains. L'air chatoya au-dessus d'elles, puis se solidifia et prit la forme d'un fourreau de cuir cousu main. Des runes de pouvoir y étaient imprimées en or, mais à part ça, aucun autre symbole. Le centre du fourreau n'avait aucune décoration.

— Je l'ai fait à dessein, Joram, dit le Prince, pour que tu puisses y mettre les armes de ta famille par la suite. Maintenant, laisse-moi te montrer comment t'en servir.

« Je l'ai fait dessiner spécialement pour toi, continua Garald, lui montrant fièrement les particularités du fourreau. Ces lanières s'attachent autour de la poitrine, comme ça, pour que tu puisses porter l'épée dans ton dos, dissimulée sous tes vêtements. Les runes sur le cuir diminueront la taille et le poids de ton arme, quand elle sera au fourreau, te permettant ainsi de la porter constamment.

« Cela est de la plus grande importance, Joram, poursuivit le Prince, le regardant gravement. L'épée est à la fois ta plus grande protection et ton plus grand danger. Porte-la sans cesse. N'en parle à personne. Et utilise-la uniquement si tu es en péril de mort.

Il regarda Mosiah.

— Ou pour protéger la vie d'un autre.

Les yeux clairs du Prince revinrent se poser sur Joram, et, pour la première fois, il vit la façade de pierre se briser.

Joram contemplait le fourreau, les yeux pleins de bonheur et de gratitude.

— Je... je ne sais pas... quoi dire, balbutia-t-il.

— Que dirais-tu de : « Merci, Votre Grâce » ? dit Garald, lui mettant le fourreau dans les mains.

Joram huma la bonne odeur du cuir, sa main en caressa la surface lisse, suivant du doigt le dessin complexe des runes. Levant les yeux, il vit le regard du Prince fixé sur lui, amusé, dans l'expectative, mais pourtant certain de la victoire.

— Merci, mon ami. Merci, Garald, dit Joram d'une voix ferme.

INTERLUDE

L'Evêque Vanya trônait à son bureau, dans sa suite élégante de la Cathédrale de Merilon. Bien que moins somptueuse que ses appartements de la Source, elle était vaste et confortable, comprenant une chambre à coucher, un salon, une salle à manger et un bureau, avec antichambre pour le diacre qui faisait office de secrétaire. De toutes ces pièces la vue était magnifique, bien que très différente des vastes plaines cernées de montagnes escarpées de la Source. De la Cathédrale aux murs de cristal, il apercevait toute la cité de Merilon et, au-delà du dôme du sanctuaire, la campagne environnante. S'il levait les yeux, il voyait — à travers les voûtes de cristal — le Palais royal qui flottait au-dessus de la ville, ses murs chatoyant à la lumière comme un soleil calme et civilisé.

En ce début de soirée, les yeux de l'Evêque, sinon ses pensées, étaient concentrés sur la cité de Merilon, ses citoyens offrant un spectacle étonnant sous forme de coucher de soleil magique — cadeau des *Pron-alban* de la Guilde des Forme-Pierre — pour souhaiter à Sa Sainteté la bienvenue dans la ville. L'hiver faisait rage à l'extérieur du dôme magique de la cité, et la neige couvrait la campagne d'un manteau immaculé, mais, à Merilon, la température était printanière — le printemps étant alors la saison préférée de l'Impératrice. Le coucher de soleil était donc printanier, magiquement rehaussé de roses de toutes les nuances par les *Sif-Hanar,* avec ici et là un rose plus sombre, ou, plus audacieux encore, une traînée de pourpre.

C'était un coucher de soleil vraiment magnifique, et les habitants de la Ville Haute — habitée par la noblesse et la grande bourgeoisie — flottaient dans les rues, vêtus de soies diaphanes, de dentelles impalpables et de satins chatoyants, pour admirer le spectacle.

Mais pas l'Evêque Vanya. En ce qui le concernait, le soleil aurait pu ne pas se coucher du tout, ou le vent souffler en ouragan. En fait, cela aurait convenu à son humeur. Ses doigts replets couraient sur le bureau, poussant ceci, tirant cela, déplaçant autre chose. C'était chez lui le seul signe extérieur de nervosité ou de mécontentement, car son large visage était aussi impassible, son attitude royale aussi composée que jamais. Pourtant, les deux hommes en noir debout devant lui remarquèrent cette valse des papiers, comme ils remarquaient tout ce qui les entourait, des couleurs du couchant aux restes du dîner que l'Evêque n'avait pas consommés.

Soudain, l'Evêque abattit la main sur le bureau en bois de rose.

— Je ne comprends pas, dit-il, maîtrisant sa voix avec effort, pourquoi, vous autres *Duuk-tsarith* aux pouvoirs tant vantés, n'arrivez pas à trouver ce jeune homme !

Les deux capuches noires se tournèrent l'une vers l'autre, échangèrent un regard, puis se retournèrent vers Vanya, et l'une d'elles, mains croisées devant elle, parla. Le ton était respectueux sans être conciliant. A l'évidence, la capuche se savait maîtresse de la situation.

— Je répète à Sa Sainteté que, si ce jeune homme était normal, nous n'aurions aucun mal à le localiser. Le fait qu'il est un Mort complique beaucoup cette tâche. Et le fait qu'il porte de la pierre noire sur sa personne la rend presque impossible.

— Je ne comprends pas ! explosa Vanya. Il existe ! Il est fait de chair et de sang...

— Pas pour nous, Votre Sainteté, rectifia la sorcière, son compagnon approuvant d'un hochement de tête. La pierre noire agit comme un bouclier et le protège de nous. Nos sens sont harmonisés avec la magie, Éminence. Nous circulons parmi les gens, lançant nos filaments de magie comme une araignée tisse les fils argentés de sa toile. Quand un être normal passe à notre portée, ces fils frémissent de Vie — de magie. Cela nous procure des informations vitales sur la personne, depuis ses rêves jusqu'au lieu de sa naissance, en passant par ce qu'elle a mangé au dîner.

« Avec les Morts, nous devons prendre des mesures extraordinaires, réajuster nos sens à la Mort qui est en eux, à *l'absence* de magie. Mais dans le cas de ce jeune homme, protégé qu'il est par la pierre noire, nos sens — nos filaments de magie, pour ainsi dire — se trouvent absorbés, avalés. Nous ne sentons rien, n'entendons rien, ne voyons rien. Pour nous, Votre Sainteté, il n'existe littéralement pas. C'est ce qui faisait le terrible pouvoir de la pierre noire aux époques reculées. Une armée de Morts, munis d'armes de pierre noire, pouvait approcher d'une cité sans être détectée.

— Bah ! grogna Vanya, tu parles comme s'il était invisible. Veux-tu dire qu'il pourrait entrer ici et que tu ne le verrais pas ? Que je ne le verrais pas ?

La capuche noire frémit légèrement, comme si la femme réprimait un geste d'irritation ou un signe d'impatience. Quand elle reprit la parole, ce fut d'une voix extrêmement froide et soigneusement modulée — mauvais signe pour ceux qui la connaissaient, ainsi qu'en témoignèrent les phalanges de son compagnon qui blanchirent.

— Bien sûr que vous le verriez, Votre Sainteté. Et nous aussi. Seul et isolé dans cette pièce, toute notre attention concentrée sur lui, nous le reconnaîtrions pour ce qu'il est et nous agirions en conséquence.

La sorcière eut un geste brusque qui fit reculer son compagnon, incertain de ce qu'elle allait faire. Bien que les *Duuk-tsarith* soient entraînés depuis l'enfance à une discipline rigoureuse, cette sorcière — l'un des membres les plus haut placés de l'Ordre — était connue pour son tempérament volcanique. Son compagnon n'aurait pas été surpris de voir les murs de cristal se mettre à fondre comme neige au soleil derrière l'Evêque.

Pourtant, la sorcière se domina. Il était toujours dangereux de provoquer la colère de l'Evêque.

— Ainsi, comme vous me l'avez déjà dit, la seule façon de nous emparer de lui est que quelqu'un nous l'amène, marmonna Vanya, ses doigts tambourinant sur son bureau.

— Pas la seule façon, Votre Sainteté. La plus facile. L'épée compliquerait la tâche, bien entendu, mais je doute qu'il ait eu le temps d'apprendre à s'en servir ou de comprendre tout son pouvoir.

— On nous a rapporté, ajouta son compagnon, qu'un de vos propres catalystes l'accompagne. Ne pourrions-nous pas l'atteindre à travers lui ?

— L'homme en question est un débile mental doublé d'un imbécile ! Si j'avais pu rester en contact avec lui, je l'aurais gardé sous mon contrôle, dit Vanya, son visage bouffi s'empourprant au point de rivaliser avec le rouge de sa robe. Mais il a découvert un moyen quelconque d'éviter mes convocations à la Chambre de Discrétion...

— La pierre noire, l'interrompit la sorcière, croisant de nouveau les mains devant elle. Elle le rend sourd à vos sommations comme elle nous empêche de voir le garçon.

La sorcière se tut un instant, puis elle flotta plus près de l'Evêque, provoquant en lui un certain malaise.

— Votre Sainteté, dit-elle d'un ton persuasif, si vous nous permettiez d'aller à la Congrégation de la Roue, nous apprendrions peut-être à quoi il ressemble, quels sont ses compagnons...

— Non ! dit Vanya avec force. Ils ne doivent pas se douter du danger qui les menace ! Bien que Blachloch soit mort, il a suffisamment avancé les affaires pour que les Sorciers continuent à travailler avec le Sharakan et soient ainsi entraînés dans la guerre.

— Le catalyste les a avertis, sans aucun doute...

— Et vous voudriez confirmer ses paroles en apparaissant en personne, et en posant des questions qui, tôt ou tard, feraient réfléchir jusqu'aux plus bêtes ?

— Une armée de *DKarn-duuk* pourrait les attaquer... suggéra la sorcière avec déférence.

— ... et provoquer la panique ? dit sèchement l'Evêque. La nouvelle de leur existence se répandrait comme une traînée de feu dans l'herbe sèche. Notre peuple croit que les Sorciers ont été anéantis pendant les Guerres du Fer. Qu'il apprenne que non seulement des praticiens des Arts noirs existent, mais encore qu'ils ont découvert la pierre noire, et nous aurons une révolution. Non, nous ne bougerons pas tant que nous ne serons pas prêts à les écraser complètement.

— Sauvant du même coup la peau de Son Éminence !

murmura la sorcière, échangeant un regard avec son compagnon.

— Vous devez rechercher le catalyste, dit Vanya, inspirant un grand coup et expirant bruyamment, sans cesser de foudroyer du regard les deux *Duuk-tsarith.* Je vous donnerai le signalement du catalyste et de Joram, et celui d'une autre personne qui voyage avec eux — un jeune Mage des Champs nommé Mosiah. Mais sans aucun doute, ils seront déguisés, ajouta-t-il après réflexion.

— Un déguisement — à moins d'être très astucieux — est généralement facile à repérer, Votre Sainteté, dit froidement la sorcière. Les gens ne modifient que leur apparence extérieure, sans penser à leur structure chimique ou à leur tournure d'esprit. Il devrait être relativement facile de remarquer un Mage des Champs au milieu de toute la noblesse de Merilon.

— Je l'espère, dit l'Evêque, regardant les deux *Duuk-tsarith* d'un air sévère.

— Pourquoi êtes-vous certain que ce garçon — ce Joram — viendra à Merilon, Votre Sainteté ? demanda la sorcière.

— Merilon est une obsession chez lui, dit Vanya, agitant sa main couverte de bagues. D'après le Catalyste des Champs du village où il a grandi, la folle, Anja, lui répétait sans cesse que c'était là qu'il retrouverait son héritage. Si vous aviez dix-sept ans, si vous étiez en possession d'une remarquable source de pouvoir, et si vous vous croyiez l'héritier d'une fortune, où iriez-vous ?

Les *Duuk-tsarith* s'inclinèrent sans mot dire en réponse.

— Maintenant, reprit l'Evêque d'un ton résolu, si vous trouvez le catalyste, vous me l'amenez. Si vous trouvez ce Mosiah...

— Inutile de nous dire ce que nous avons à faire, Éminence, fit remarquer la sorcière, une nuance dangereuse dans la voix. Si vous n'avez plus rien...

— Si. Encore une chose, dit Vanya, levant la main comme ils s'apprêtaient à sortir. Je ne saurais trop répéter que *rien* ne doit arriver au jeune homme ! Il doit être pris vivant ! Vous savez tous les deux pourquoi.

— Oui, Votre Sainteté, murmurèrent-ils.

S'inclinant profondément, les mains croisées devant eux,

ils sortirent à reculons, furent happés par la bouche béante d'un Couloir, et disparurent.

Resté seul dans le crépuscule croissant, l'Evêque allait sonner le Mage du Foyer pour fermer les tentures de soie et allumer les lampes du salon. Mais la main s'immobilisa sur la sonnette à la vue d'un nouveau Couloir qui s'ouvrait. Une silhouette sortit de ce néant et avança avec assurance jusqu'au bureau de l'Evêque.

Reconnaissant son visiteur à sa robe cramoisie, l'Evêque aurait dû se lever avec respect. Il finit par le faire, mais il resta assis assez longtemps pour que le délai soit significatif. Puis il se leva avec une lenteur voulue, lissa sa robe avec application et ajusta longuement sa mitre sur sa tête chauve.

Le visiteur sourit pour montrer qu'il comprenait et appréciait la subtile insulte. Ce sourire n'avait rien d'aimable dans les meilleures circonstances, restant confiné aux lèvres minces, sans s'étendre à aucune autre partie du visage, et surtout pas aux yeux, sombres et ombragés d'épais sourcils noirs.

Si Saryon avait été là, il aurait aussitôt remarqué la ressemblance familiale dans les épais sourcils et l'expression sévère du beau visage froid. Mais il n'aurait pas distingué chez lui cette chaleur qu'il voyait chez son neveu — cette lueur chaleureuse qui paraissait parfois dans les yeux de Joram, tel un reflet des feux de la forge. Il n'y avait aucune lumière dans les yeux de cet homme, aucune lumière dans son âme.

— Evêque Vanya, dit l'homme en s'inclinant.

— Prince Xavier, dit Vanya, s'inclinant à son tour. Vous m'honorez. Cette visite... inattendue et impromptue est pour moi une surprise.

— Je n'en doute pas, dit Xavier d'une voix égale et suave.

Il parlait toujours d'une voix égale et suave, sans jamais la moindre marque d'émotion. Il ne se laissait jamais aller à la colère, à l'ennui, à l'irritation ou à la joie.

Né dans le Mystère du Feu, c'était un sorcier de haut rang, un *DKarn-duuk*, entraîné à l'art de la guerre. C'était aussi le frère cadet de l'Impératrice, chose de la plus grande importance, car l'Impératrice n'avait pas d'enfant et la succession se faisait par les femmes. Xavier était donc l'héritier du trône de Merilon. D'où le titre de Prince, d'où aussi l'hommage récalcitrant de Vanya.

— A quoi dois-je le plaisir de votre visite ? s'enquit l'Evêque, se redressant autant que le lui permettait sa corpulence, et dévisageant avec une aversion non dissimulée le Prince, qui lui rendit froidement la politesse.

Xavier croisa les mains derrière les jupes de sa longue robe cramoisie. Parce qu'il était à la cour, Xavier aurait pu porter un habit de cour comme tout le monde. Contrairement aux *Duuk-tsarith,* les *DKarn-duuk* ne sont pas obligés de porter toujours la robe cramoisie marquant leur appartenance à leur Ordre. Mais Xavier trouvait des avantages à ce style, qui rappelait aux gens — et surtout à son beau-frère l'Empereur — ses pouvoirs de sorcier.

— Je voulais vous souhaiter la bienvenue à Merilon, Votre Sainteté, dit Xavier.

— C'est très aimable de votre part, Seigneur, dit l'Evêque. Et maintenant, bien que je sois très sensible à l'honneur que vous me faites et que je sois indigne de tant d'attention, je vais vous prier de me laisser seul. Si je ne peux rien faire pour votre service, s'entend.

— Si, vous pouvez une chose.

Le Prince Xavier sortit une main lisse et souple de derrière son dos et la leva devant lui. Avec cette main, il pouvait faire tomber la foudre du ciel, ou faire sortir du sol les démons. L'Evêque eut du mal à en détacher les yeux, et attendit, quelque peu nerveux.

— Mon Seigneur n'a qu'à dire, déclara Vanya, moins arrogant.

— Vous pouvez mettre fin à la comédie.

Le visage de l'Evêque fut parcouru d'un frémissement, comme un bol de gelée qu'on secoue. Ses lèvres tremblèrent et il y porta une main replète.

— Pardonnez-moi, Votre Altesse, je ne vois pas de quoi vous parlez. La comédie, dites-vous ? répéta-t-il poliment, sans quitter des yeux la main du sorcier.

— Vous savez parfaitement de quoi je parle, dit Xavier, d'une voix à la fois égale, plaisante et sinistre.

Il laissa toutefois sa main retomber à son côté, tripotant un ornement d'argent pendu à sa ceinture.

— Vous savez que ma sœur est...

Le Prince Xavier se tut brusquement. Les yeux de Vanya, qui disparaissaient presque dans les bourrelets de son visage, lui étaient soudain sortis de la tête et le fixaient avec intensité, pleins de ruse.

— Oui, votre sœur l'Impératrice, l'encouragea Vanya d'un ton neutre. Que disiez-vous ? Elle est...

— Elle est ce que vous savez et que tout le monde sait, et que vous et mon imbécile de beau-frère défendez de dire sous peine de trahison, rétorqua Xavier, suave. Et c'est seulement grâce à votre pouvoir et à celui de vos catalystes qu'il peut maintenir cette façade. Mettez fin à cette situation. Établissez-moi sur le trône. Je ne suis pas un ours savant, poursuivit Xavier avec un sourire et un léger haussement d'épaules, et je ne danserai pas au bout de votre corde, comme mon beau-frère. Pourtant, je suis conciliant et facile à vivre. Vous aurez besoin de moi si vous entrez en guerre, termina-t-il d'un ton plus doux.

— Tragédie que je prie l'Etern de nous épargner, dit pieusement l'Evêque en levant les yeux au ciel. Comme vous le savez, Prince Xavier, l'Empereur est opposé à la guerre. Il tendra l'autre joue...

— Et recevra un coup de pied au cul, conclut Xavier.

L'Evêque rougit et étrécit des yeux désapprobateurs.

— Avec tout le respect que je dois à votre rang, Prince Xavier, je ne peux pas permettre, même à vous, qu'on manque de respect à mon souverain. Je ne sais pas ce que vous voulez de moi. Je ne comprends pas vos paroles et vos insinuations me désobligent. Je vous demande une nouvelle fois de me laisser. C'est presque l'heure des Prières du Soir.

— Vous êtes un imbécile, dit Xavier avec désinvolture. Il serait très avantageux pour vous de travailler avec moi, très désavantageux de travailler contre moi. Je suis un ennemi qui ne fait pas de quartier. Oh, vous êtes protégés pour le moment, vous et mon beau-frère, je le reconnais. Vous avez les *Duuk-tsarith* dans votre poche. Mais vous ne pourrez pas faire durer cette comédie éternellement.

Xavier dit un mot, et le Couloir s'ouvrit derrière lui.

— Si vous retournez au Palais, Seigneur, dit humblement l'Evêque, présentez mes hommages à votre sœur et mes vœux de meilleure santé...

Un instant, le calme étudié de Xavier se fêla — fissure dans la glace. Le visage pâlit, les yeux flamboyèrent.

— Je lui transmettrai vos hommages, dit Xavier, entrant dans le Couloir. Et j'ajouterai aussi que *votre* santé est bonne, l'Evêque. Du moins pour le moment...

Le Couloir referma sur lui ses mâchoires, et la dernière chose que Vanya vit de lui, ce fut une traînée rouge coulant en l'air comme un ruisseau de sang. L'image était alarmante, et l'Evêque continua à la voir longtemps après qu'elle eut disparu. Agitant sa sonnette d'une main tremblante, Vanya demanda qu'on allume immédiatement les lumières de sa chambre. Et il commanda aussi une bouteille de xérès.

LIVRE II

Chapitre 1

GWENDOLYN

— Que fais-tu aujourd'hui, mon trésor ?

La jeune fille à qui s'adressait cette tendre question se pencha sur sa mère, lui entoura le cou de ses bras blancs, et posa sa joue naturellement rose contre la joue dont la magie conservait l'incarnat.

— Je vais aller voir Papa aux Trois Sœurs et déjeuner avec lui. Puis j'irai dans la Ville Basse passer l'après-midi avec Lilian et Marjorie. Ne fronce pas les sourcils comme ça, Maman, ça te fait une ride. Tiens, regarde. Elle va disparaître.

L'enfant — car c'était encore une enfant, bien que femme par le visage et la silhouette — posa ses jolis doigts sur la bouche de sa mère et transforma la grimace en sourire.

Le soleil du milieu de la matinée s'insinuait dans la chambre comme un voleur, s'infiltrait entre les rideaux tirés, rampant sur le sol et brillant dans des endroits inattendus, étincelait sur les vases de cristal, chatoyait sur les robes de soie négligemment jetées sur les chaises. Le soleil ne toucha pas la couche de plumes qui flottait dans un coin sous un ciel de lit. Il n'aurait pas osé. Le plein soleil n'était jamais admis dans la chambre avant midi, heure à laquelle Dame Rosamund était levée et avait exécuté, avec l'aide de sa catalyste, les opérations magiques propres à lui faire affronter la journée.

Non que Dame Rosamund eût besoin de beaucoup de

magie pour améliorer son apparence. Elle en était fière, et limitait au minimum les interventions, qu'elle faisait surtout pour suivre la mode en vogue à Merilon. Elle ne cherchait pas à dissimuler son âge. Cela manquait de dignité, d'autant plus qu'elle avait une fille qui, à seize ans, venait de faire son entrée dans le monde.

Elle était sage et observatrice ; elle avait entendu des femmes de la noblesse qui riaient derrière leurs éventails de celles de leur caste, plus jeunes d'apparence que les filles qu'elles chaperonnaient. La famille du Seigneur Samuels et de Dame Rosamund n'appartenait pas à cette noble classe, mais en était si proche qu'il ne manquait que la main tendue d'une union conjugale pour la hisser dans les sphères scintillantes de la cour. C'est pourquoi Dame Rosamund soignait sa dignité, s'habillait bien mais pas au-dessus de son rang, et avait la satisfaction de s'entendre qualifier d'« élégante » et de « charmante » par celles qu'elle rêvait d'égaler.

Elle scruta intensément le miroir de glace posé sur la coiffeuse, et sourit à ce qu'elle vit. Pourtant, ce n'était pas son visage qu'elle regardait, mais la copie juvénile de ses propres traits qui souriait derrière elle.

Le trésor de la famille — et le mot trésor n'est pas trop fort — était la fille aînée, Gwendolyn. Cette enfant était leur investissement pour l'avenir. C'est grâce à elle, grâce à ses joues roses et à une dot substantielle, qu'ils quitteraient la classe moyenne et accéderaient aux hauteurs de la noblesse. Gwendolyn n'avait pas la beauté en vogue à Merilon — c'est-à-dire qu'elle n'avait pas l'air sculptée dans le marbre, avec le charme froid et figé assorti. Elle était de taille moyenne, avec des cheveux dorés, de grands yeux bleus rieurs qui lui ouvraient le cœur des hommes, et une nature douce et généreuse qui lui permettait d'y rester.

Son père, le Seigneur Samuels, était un *Pron-alban,* un artisan, mais n'exécutait plus la basse magie de son métier. Maintenant, il était Maître de la Guilde des Forme-Pierre, ayant conquis cette situation de haute lutte par son intelligence, son travail et ses bons investissements. C'était Maître Samuels qui avait trouvé la méthode pour réparer une lézarde dans l'une des gigantesques plates-formes sur lesquelles était construite la Ville Haute, et il s'était vu décerner en récompense le titre de Chevalier par l'Empereur.

Ainsi autorisé à ajouter « Seigneur » devant son nom, le Maître de la Guilde et sa famille avaient quitté leur ancienne maison de la Ville Basse pour emménager dans une belle demeure de la Longue Avenue, à la lisière de la Ville Haute. Située à l'ouest du Parc Mannan, elle donnait sur de vastes pelouses soigneusement entretenues, ombragées d'arbres et parsemées de fleurs.

C'était un quartier aisé, sans l'être *trop*. C'était tout à son avantage, elle le savait, de s'entendre dire par ses nobles visiteuses : « Vous avez su faire des merveilles de ce petit cottage » d'une vingtaine de pièces. Et elle était aux anges quand, en partant, elles remarquaient avec sympathie : « Ce n'est pas digne de vous, ma chère. Quand trouverez-vous quelque chose de mieux ?

Quand, en effet ? Bientôt, espérait-elle — quand Gwendolyn deviendrait la Comtesse, Duchesse ou Marquise Gwendolyn... Dame Rosamund soupira de plaisir en admirant sa ravissante fille dans le miroir gelé.

— Oh, Maman, le miroir pleure ! dit Gwendolyn, rattrapant du doigt une goutte d'eau.

— Encore ! soupira Dame Rosamund. Marie, donne-moi de la Vie, dit-elle, tendant négligemment la main.

Marie la prit et murmura la phrase rituelle qui transférait la magie de son corps dans celui de la magicienne. Comme son mari, Dame Rosamund était née dans le Mystère de la Terre et, même si ses pouvoirs s'apparentaient davantage à ceux des *Quin-alban* — les conjurateurs —, elle savait admirablement exécuter les tâches ménagères. Saturée de Vie, Dame Rosamund posa les doigts sur la surface réfléchissante et prononça les paroles qui solidifièrent l'eau du miroir dans son cadre doré.

— Il fait chaud, dit-elle à sa fille. Je ne voudrais pour rien au monde critiquer Son Altesse, mais un changement de saison ne me déplairait pas. Le printemps peut devenir ennuyeux à la longue, n'est-ce pas, ma poupée ?

— Je trouve que l'hiver serait amusant, dit Gwendolyn, rectifiant la coiffure de sa mère, dont les cheveux, d'un or plus foncé que les siens, n'en étaient pas moins épais et lustrés, sans que leur brillant dût quoi que ce fût à la magie. Je suis allée aux Portes avec Lilian et Marjorie, pour regarder les gens qui viennent de l'Extérieur. C'est si drôle de les voir arriver couverts de neige, les joues et le nez rouges de froid, tapant des pieds pour se réchauffer. Et comme les Portes étaient ouvertes, nous avons pu regarder à l'Extérieur et voir la campagne toute blanche. Ah, voilà ma jolie Maman qui se remet à froncer les sourcils et à s'enlaidir.

— Je n'approuve pas que tu passes tant de temps avec tes cousines..., commença Dame Rosamund, souriant malgré son désir d'être sévère.

C'était une vieille querelle, et Gwendolyn savait comment s'y prendre pour la tourner à son avantage.

— Mais Maman, dit-elle d'un ton persuasif, elles font des progrès en ma compagnie. Tu le dis toi-même. Regarde comme elles ont progressé lors des dernières vacances. Leurs manières à table et leur conversation sont devenues bien plus polies et raffinées, n'est-ce pas, Marie ? dit-elle, prenant la catalyste à témoin.

— Oui, Dame Gwendolyn, dit Marie en souriant.

Il y avait deux autres enfants dans la famille — un garçon qui continuerait le nom, et une fille qui réjouirait la maturité de ses parents. Mais, bien que mignons tous deux, ils étaient encore petits et sans véritable personnalité. La catalyste, qui, dans cette modeste maison, faisait aussi office de gouvernante et de nourrice, avait un faible pour Gwendolyn, et elle n'en faisait pas mystère.

— Mais Maman, comme ce serait bien si elles se mariaient dans les familles de nos amis ! Alfred, le fils du Maître de Guilde Reynald, a dit l'autre jour au frère de Sophie, le lendemain de notre réception, que Lilian était « éblouissante » ! Après ça, je pense que les fiançailles ne sont pas loin !

— Comme tu es naïve, ma chérie ! dit Dame Rosamund avec un rire attendri. Enfin, si cela se produit, c'est à toi que ta cousine en sera redevable. J'espère qu'elle le réalise. Bon, tu peux sortir avec elles aujourd'hui. Mais après, je ne veux pas qu'on te voie dans la Ville Basse plus d'une fois par semaine. Tu es une jeune femme maintenant, et il faut veiller à ta réputation.

— Oui, Maman, dit docilement Gwendolyn, car, dans la bouche pincée et l'arc des sourcils, elle reconnut les signes indiquant à servantes, enfants, catalyste et mari, que sa mère venait d'émettre un décret auquel il fallait obéir.

Mais, à seize ans, Gwendolyn ne boudait jamais très longtemps. La semaine prochaine, c'était loin. En attendant, il y avait aujourd'hui. Déjeuner avec son cher Papa, qui l'invitait dans une nouvelle auberge, réputée pour ses chocolats ; puis promenade avec ses cousines où Gwendolyn se livrerait à son passe-temps préféré — le flirt.

A Merilon, la Porte de la Terre bourdonnait d'activité.

Le dôme invisible qui enfermait dans sa fragile coquille les merveilles de Merilon s'élançait vers le ciel à partir du Mur de la Clairière. Le dôme était percé de sept Portes, permettant d'accéder à Merilon de l'Extérieur. Mais six de ces Portes était peu ou jamais utilisées. La plupart du temps, elles restaient verrouillées magiquement. La Porte de la Mort et la Porte des Esprits étaient toujours fermées, maintenant qu'il n'y avait plus de Nécromanciens pour accueillir les visiteurs d'outre-tombe. La Porte de la Vie était réservée aux processions triomphales qui faisaient suite aux guerres, et n'avait pas été ouverte depuis plus d'un siècle. Le seule chose qui entrait par la Porte des druides, c'était la rivière ; aujourd'hui, les druides utilisaient la Porte de la Terre, comme tout le monde. C'est par la Porte du Vent et la Porte de la Terre que se faisait le commerce avec l'Extérieur. Mais les *Kan-Hanar* — ou Portiers — ne permettaient qu'aux Ariels de franchir la Porte du Vent sur leurs ailes. La Porte de la Terre était donc le seul véritable accès à la cité.

A la Porte de la Terre, il y avait toujours une foule de gens qui venaient attendre des parents ou amis, ou leur disaient adieu avant leur départ. Pour les jeunes, il était actuellement à la mode d'y passer une partie de la journée, à bavarder, flirter et observer les arrivants.

Ce jour-là, la première arrivante fut une *Albanara* de haut rang d'un district éloigné. Elle avait voyagé par les couloirs, et sembla donc se matérialiser à partir du néant. Elle fut accueillie par sa famille de la Ville Haute, qui l'attendait dans une calèche en écaille de tortue tirée par cent lapins, et qui flottait à deux pieds du sol.

A la noble dame succéda un groupe de catalystes de la Source, qui franchit la Porte de la Terre dans sa calèche ailée. La foule s'inclina avec respect devant les prêtres, les hommes ôtant leurs chapeaux, les femmes faisant la révérence, pas fâchées de cette occasion de montrer leurs seins blancs et leurs nuques gracieuses. Puis vint un humble commerçant, à pied, à demi gelé par la neige, accueilli par sept enfants turbulents dont les farces pendant l'attente avaient fait tourner en bourriques les dignes *Kan-Hanar* de service. Vint enfin un groupe d'étudiants, de retour après avoir été goûter aux joies de l'hiver, qui ne cessaient d'entrer et sortir pour attraper des poignées de neige dont ils bombardaient leurs camarades et la foule.

Nobles ou roturiers, tous sont traités de la même façon par les *Kan-Hanar.* Tous subissent le même examen, doivent répondre aux mêmes questions. Les *Kan-Hanar* sont nés dans le Mystère de l'Air et, en conséquence, sont en charge de la plupart des transports du Thimhallan (l'exception étant les *Thon-Li,* les Maîtres des Couloirs. Ce sont des catalystes, puisque les couloirs sont administrés et contrôlés par l'Église). Les mages et archimages des *Kan-Hanar* servent l'État et font partie de la maison de l'Empereur. L'une de leurs nombreuses attributions comprend les soins continuels à dispenser aux Ariels, ces mutants ailés humains qui sont les messagers du Thimhallan. Et, si les couloirs sont surveillés par les catalystes, ils ne restent opérationnels que grâce aux *Kan-Hanar* qui leur donnent de la Vie. Mais leur tâche principale consiste à monter la garde aux portes — non seulement de Merilon, mais de toutes les cités-États du Thimhallan. C'est une situation de confiance ; et seuls les archimages de noble naissance accèdent à la haute dignité de Portiers après des années d'études et de service.

Car c'est aux seuls *Kan-Hanar* qu'il appartient de décider qui a le *droit* d'entrer dans Merilon. De plus, ils doivent distinguer entre ceux qui sont autorisés à entrer dans la Ville Basse, et ceux qui peuvent s'élever, au sens propre, vers la Ville Haute. A ces derniers, ils donnent un charme qui leur permet de franchir la barrière magique invisible séparant les deux cités.

Les voyageurs qui ne peuvent pas faire état de bonnes raisons d'entrer à Merilon sont refoulés sans égard pour leur rang ou leur situation. Les *Kan-Hanar* s'entendent parfaitement à cette tâche, mais, en cas de problèmes, ils ont l'appui de quelques *Duuk-tsarith,* toujours présents dans l'ombre, silencieux, discrets, vigilants.

Ce jour-là, la foule était particulièrement nombreuse, les nobles campagnards affluant pour fuir les rigueurs de l'hiver, les *Sif-Hanar* — ces mages qui contrôlent les vents et les nuages — ayant décidé que le froid serait bon pour les futures récoltes. Gwendolyn et ses cousines — dix-sept et quinze ans respectivement — passèrent un joyeux après-midi à se promener entre les boutiques et les cafés, observant les voyageurs, jugeant leurs vêtements et leurs coiffures avec l'œil critique de la jeunesse, et brisant les cœurs d'une douzaine de jeunes gens.

L'après-midi fut particulièrement agréable pour Gwendolyn, qui put flirter sans restriction en l'absence de la catalyste. Normalement, Marie l'accompagnait toujours dans ses sorties, comme il convient à une jeune fille de bonne famille, mais, ce jour-là, le petit frère était « difficile », sans doute parce qu'il faisait ses dents, et Marie était restée à la maison.

D'abord elle avait eu peur que Dame Rosamund ne la garde aussi au logis. Mais un torrent de larmes et les « pauvre Papa sera si déçu » avaient eu raison de sa résistance. Dame Rosamund était très attachée à son mari, sachant mieux que personne qu'il travaillait très dur pour assurer leur train de vie. A vrai dire, le Maître de la Guilde, se réjouissant par avance de ce déjeuner avec sa fille — rare accalmie dans le tourbillon de ses activités — et son épouse, n'avait pas eu le cœur de l'en priver. De plus, certains membres de l'aristocratie permettaient à leurs filles de sortir sans chaperons — signe du nouvel esprit de liberté actuellement en vogue. Dame Rosamund se laissa donc persuader — tâche facile pour son ensorcelante fille — et Gwendolyn s'en alla joyeusement, après que Marie lui eut donné de la Vie pour la journée.

Celle-ci avait été parfaite. Les commis de son père l'avaient énormément admirée, les chocolats avaient été dignes de leur réputation, et Papa l'avait gentiment taquinée au sujet de plusieurs jeunes nobles, dont l'un quitta sa table pour leur présenter ses respects. Maintenant, elle et ses cousines étaient à la Porte, ravies de regarder la foule et de jouer au jeu de la séduction.

Les règles du jeu étaient les suivantes : chacune avait un bouquet, composé de fleurs du magnifique jardin tropical situé au cœur de la Ville Basse. Flottant au-dessus des allées aériennes, les pieds nus — insignes de la noblesse qui consent rarement à marcher et n'a donc pas besoin de souliers —, la jeune fille laisse tomber le bouquet, comme par hasard, lequel est vivement ramassé par un jeune homme, qui le lui rend après y avoir ajouté une fleur de son cru qu'il a fait apparaître.

— Charmante demoiselle, ce bouquet odorant ne peut que t'appartenir, dit un galant jeune gentilhomme ramassant celui de Gwendolyn, car le bleu de ces myosotis est assorti — en moins éclatant — à celui de tes yeux, et tes cheveux rivalisent d'éclat avec le bouton d'or. Mais permets-moi d'y ajouter une fleur qui lui manque.

Une rose magnifique parut dans la main du jeune homme qui l'adjoignit aux autres en disant :

— C'est le cœur du bouquet, aussi ardent que celui qui bat pour toi dans ma poitrine.

— Comme c'est gentil, Seigneur ! dit Gwendolyn, baissant modestement les yeux, pour bien mettre en valeur la longueur de ses cils.

Elle accepta le bouquet avec une rougeur charmante, et y cacha son visage pour pouffer, tandis que le jeune homme passait son chemin, faisant apparaître les roses par douzaines et les distribuant avec son cœur.

Au milieu de l'après-midi, le bouquet de Gwendolyn, bien que moins gros que ceux de certaines, témoignait de son succès et (chose plus importante) surpassait en taille celui de ses cousines plus roturières. Elles flottaient toutes les trois près de la Porte de la Terre, se demandant si elles allaient prendre une glace dans un café, quand la Porte s'ouvrit devant un groupe venant de l'Extérieur.

Une bourrasque glacée s'engouffra dans l'ouverture, refroidissant l'air tiède et parfumé de la cité enchantée. Les dames resserrèrent leurs robes autour d'elles, poussant avec ravissement de petits cris d'effroi, tandis que les gentilshommes juraient et critiquaient les *Sif-Ḫanar.* Toutes les têtes se tournèrent pour voir qui arrivait — on attendait une Princesse quelconque d'un moment à l'autre. Mais ce n'était pas la Princesse, juste trois jeunes gens couverts de neige et un vieux catalyste à demi gelé. Se détournant avec indifférence, les gens revinrent à leurs plaisirs — bavarder avec ceux qui attendaient dans les calèches, et boire du vin dans les cafés.

Mais certains continuèrent à s'intéresser aux arrivants, surtout aux jeunes gens qui avaient rabattu en arrière les capuches de leurs capes de voyage. Ils s'étaient arrêtés une fois la Porte passée, et regardaient autour d'eux, désorientés, la neige de leurs vêtements et de leurs bottes commençant à fondre dans l'air printanier.

— Pauvres diables, murmura Lilian. Ils sont trempés jusqu'aux os et ils tremblent de froid.

— Comme ils sont beaux ! chuchota Marjorie qui, à quinze ans, ne perdait pas une occasion de montrer à ses deux aînées qu'elle était aussi adulte qu'elles. Ce sont sans doute des étudiants.

Les jeunes gens et le catalyste prirent place dans la queue de la Porte de la Terre, et les trois jeunes filles les observèrent. Plusieurs personnes les précédaient dans la file, dont une douairière qui avait réduit magiquement le nombre de ses mentons de cinq à trois et argumentait bruyamment avec les *Kan-Hanar,* lesquels refusaient de l'autoriser à aller dans la Ville Haute.

— Je te répète, mon bon ami, que je suis la mère du Marquis de Dumtour ! Quant à te dire pourquoi ses serviteurs ne sont pas là pour m'attendre, je n'en sais rien, sauf qu'il est difficile de trouver de bons domestiques de nos jours ! D'ailleurs, il s'est toujours comporté en vaurien ! ajouta-t-elle rageusement en secouant ses mentons.

Naturellement, les *Kan-Hanar* connaissaient la chanson et attendaient patiemment, ayant dépêché un Ariel ailé pour s'assurer que le Marquis avait effectivement « oublié » d'envoyer quelqu'un pour escorter sa mère jusqu'à la Ville Haute.

Ceux qui suivaient la foudroyaient du regard, mais ils ne pouvaient rien faire. Tous devaient attendre leur tour. Certains flottaient nerveusement en l'air, d'autres se renversaient confortablement dans leurs calèches. Les trois jeunes gens ôtèrent leurs capes trempées, continuant à regarder avec curiosité la ville et la foule.

Feignant de s'intéresser aux articles d'un marchand de

rubans, nos jeunes filles s'arrêtèrent pour admirer son étalage. En réalité, elles observaient et écoutaient les jeunes gens.

— Par l'Etern, c'est magnifique, Joram ! dit le blond au visage franc et ouvert. Je n'avais jamais rien imaginé d'aussi splendide ! Et c'est le printemps !

Il ouvrit les bras, extasié.

— Ne te fais pas remarquer comme ça, Mosiah, dit son compagnon d'un ton réprobateur.

Il avait les yeux noirs et de longs cheveux, noirs également, et lui aussi regardait les abords de la Porte. Mais s'il fut impressionné par les merveilles de la cité, il n'en laissa rien paraître sur son visage fier et sévère. Le troisième jeune homme, un peu plus grand que les deux autres, et le visage orné d'une courte barbe, semblait s'amuser des réactions de ses amis. Il regardait autour de lui d'un air blasé — bâillant, lissant sa moustache, et s'appuyant contre le mur en fermant les yeux. Le catalyste, recroquevillé de froid dans sa robe, n'avait pas rabattu sa capuche.

— Des étudiants ! railla Gwendolyn. Avec un accent pareil ? Regarde celui qui bâille comme une carpe. On voit que c'est la première fois qu'ils viennent dans la cité. Et sans doute la première fois qu'ils se trouvent dans un endroit civilisé, à en juger par leurs vêtements.

Les yeux de Lilian se dilatèrent d'appréhension.

— Et si c'étaient des bandits qui essaient d'entrer en fraude ? Ils en ont bien l'air, surtout le brun.

Gwendolyn examina le brun du coin de l'œil, tout en continuant à palper les rubans de soie.

— Pardonne-moi, gente dame, mais tu froisses ma marchandise, dit le vendeur. Ces nuances sont difficiles à faire apparaître, tu le sais. As-tu l'intention d'acheter...

— Non, dit Gwendolyn, lâchant les rubans en rougissant. Ma mère me fait tous les miens...

Le vendeur s'en alla avec sa carriole, laissant les filles flotter en l'air, têtes rapprochées, yeux braqués sur le groupe.

— Tu as raison, Lilian, dit Gwendolyn avec conviction. Ce sont des bandits de grand chemin.

— Comme le Seigneur Hugo, dont Marie nous a raconté l'histoire ? dit Marjorie, très excitée. Le bandit qui enleva la vierge au château de son père et la transporta dans sa tente du désert sur son coursier ailé ? Et une fois dans sa tente, vous vous rappelez, il la jette sur des coussins et alors...

Marjorie s'arrêta net.

— Qu'est-ce qu'il lui a fait après l'avoir jetée sur les coussins ? reprit-elle.

— Je ne sais pas, dit Gwendolyn, haussant les épaules, mouvement qui la montrait à son avantage. Je me suis moi-même posé la question, mais Marie s'interrompt toujours là, et en revient au père de la jeune fille qui appelle ses Sorciers pour la délivrer.

— Tu ne lui as jamais demandé, pour les coussins ?

— Si, une fois. Mais elle s'est mise très en colère et m'a envoyée au lit, répondit Gwendolyn. Vite, ils se tournent de ce côté ! Ne les regardez pas !

Reportant son regard sur la Porte de la Terre, Gwendolyn étudia l'immense structure en bois avec une telle intensité qu'elle aurait pu faire partie des druides qui l'avaient façonnée en fondant ensemble les troncs de sept chênes.

— Si ce sont des bandits, il faudrait prévenir quelqu'un, chuchota Lilian, regardant craintivement la Porte.

— Oh, Gwendolyn ! dit Marjorie en lui serrant la main. Le brun te regarde !

— Chut ! Ne fais pas attention ! murmura Gwendolyn, enfouissant son visage dans son bouquet en rougissant.

Ayant risqué un coup d'œil sur le brun, elle avait, par inadvertance, rencontré son regard, qui ne lui fit pas le même effet que celui de ses autres soupirants. Les yeux étaient ironiques et moqueurs. Ce jeune homme la regardait avec gravité, intensité, ses yeux noirs pénétrant sa gaieté juvénile pour atteindre quelque chose de plus profond, quelque chose qui provoqua en elle une douleur fugitive et aiguë, agréable et effrayante à la fois.

— Non, il ne faut prévenir personne. Il ne faut plus penser à eux, dit-elle nerveusement, le visage brûlant comme si elle avait la fièvre. Allons-nous-en...

— Non ! dit Lilian, la retenant par le bras. Ils vont parler avec les *Kan-Hanar*. Restons ; on leur demandera après qui ils sont.

— Peu m'importe qui ils sont ! dit Gwendolyn avec hauteur, bien décidée à ne plus regarder le brun.

Pourtant, bien qu'il y eût autour d'elle des milliers d'objets d'une beauté enchanteresse, ils se fondaient tous en une masse confuse de couleurs floues. Mais le beau brun continuait à attirer irrésistiblement son regard. Il se détourna enfin — le catalyste ayant ramené son attention sur les *Kan-Hanar* qui approchaient.

— Énonce ton nom et ce que tu viens faire dans la cité, mon Père dit cérémonieusement l'archimage, s'inclinant légèrement — très légèrement — devant le catalyste trempé, qui lui rendit humblement son salut.

Le catalyste portait la robe rouge d'un Catalyste du Foyer, mais sans galons, ce qui signifiait qu'il ne servait pas la noblesse.

— Je suis le Père Sar... Dun... Dunstable, bredouilla le catalyste, rougissant jusqu'à sa calvitie. Et nous...

— Sardunstable, l'interrompit le *Kan-Hanar* en fronçant les sourcils. Le nom ne m'est pas familier, mon Père. D'où viens-tu ?

Les *Kan-Hanar,* avec leur entraînement et leur mémoire phénoménale, ont dans la tête la liste de tous les habitants et de tous les visiteurs de la cité.

— Pardonne-moi, dit le catalyste dont la rougeur s'accusa encore. Tu m'as mal compris. C'est de ma faute, assurément. Je m'appelle Dunstable. Père Dunstable.

— Hum, fit le *Kan-Hanar,* lorgnant le catalyste avec attention. Nous avons bien eu un Dunstable ici, mais c'était il y a dix ans. C'était le Catalyste du Foyer de... du Duc de Manchua.

Pour confirmation, il regarda son compagnon qui acquiesça de la tête. Le *Kan-Hanar* ramena son regard soupçonneux sur le catalyste.

— Mais la famille a quitté la ville, comme je te l'ai dit. Pour aller à l'étranger. Pourquoi es-tu...

— Morbleu, cela devient lassant ! s'écria le jeune barbu, se détachant du mur et s'avançant nonchalamment.

Il agita la main, et il y eut dans l'air un papillonnement de soie orange, tandis que disparaissaient du même coup sa cape brune et ses vêtements maculés de boue.

Plusieurs badauds se récrièrent d'étonnement, ce qui fit

tourner bien des têtes dans la foule. Le jeune homme était maintenant en pantalon bouffant de soie pourpre, serré aux chevilles et ballonnant autour de ses jambes, frémissant à la brise printanière. Une écharpe rouge vif ceinturait sa taille fine, avec gilet assorti brodé d'or. Une blouse de soie pourpre — à larges manches bouffantes qui lui cachaient complètement les mains quand il baissait les bras — complétait sa tenue, assortie au pantalon. Le tout était couronné d'une coiffure étonnante, qui ressemblait à un gigantesque chou à la crème pourpre, surmonté d'une grande plume d'autruche.

Des murmures et des rires parcoururent la foule.

— C'est lui ?

— Oui, je le reconnaîtrais entre mille !

— Quelle tenue ! Mon cher, je donnerais n'importe quoi pour porter ce pantalon au bal de l'Empereur la semaine prochaine ! Où va-t-il chercher ces couleurs ?

Quelques applaudissements éclatèrent.

— Merci, dit le jeune homme, agitant une main désinvolte à l'intention de ceux qui commençaient à s'attrouper autour de lui. Eh oui, me voilà revenu !

Portant ses doigts à ses lèvres, il envoya des baisers à quelques riches assistantes, assises dans une calèche faite d'une grenade géante, et qui riaient de plaisir en lui jetant des fleurs.

— J'ai baptisé cette couleur, dit-il, montrant ses vêtements, *Bienvenue à la maison, Simkin.* Tu peux te dispenser des formalités, mon bon ami, dit-il dédaigneusement au *Kan-Hanar,* se tamponnant le nez de son mouchoir de soie orange. Dis simplement aux autorités que Simkin est revenu, et qu'il amène avec lui sa troupe d'amuseurs itinérants ! termina-t-il, montrant d'un geste large les deux jeunes gens et le catalyste (qui semblait sur le point de s'évanouir de honte).

La foule applaudit plus fort. Les femmes riaient derrière leur main, les hommes branlaient du chef devant sa tenue, tout en baissant pensivement les yeux sur leurs robes élégantes et leurs culottes de brocart. Dès le lendemain midi, on verrait des pantalons bouffants sur la moitié des nobles de Merilon.

— Que je dise aux autorités ? répéta le *Kan-Hanar,* pas

déconcerté le moins du monde par la foule et les gamineries de l'homme en pantalon bouffant. Oui, je préviendrai qui de droit, tu peux en être sûr.

Faisant signe aux deux *Duuk-tsarith* qui observaient dans l'ombre, le *Kan-Hanar* posa la main sur l'épaule du jeune homme.

— Simkin, au nom de l'Empereur, tu es en état d'arrestation.

Chapitre 2

BIENVENUE A LA MAISON, SIMKIN

Maintenant fermement Simkin, le *Kan-Hanar* attendit l'arrivée des *Duuk-tsarith,* qui flottaient vers le groupe, les badauds s'écartant devant eux comme des feuilles mortes emportées par la tempête. Au milieu des murmures, mi-partis choqués ou ravis, le regard de Gwendolyn passa de Simkin — qui fixait le *Kan-Hanar* en proie à une stupeur sans bornes — à ses amis.

Debout derrière Simkin, le catalyste était passé du cramoisi à la lividité cadavérique, la main posée sur l'épaule du jeune brun en un geste à la fois protecteur et apaisant. L'autre, le blond, lui posait une main sur le bras, quand Gwendolyn vit le brun passer sa main dans son dos sous sa cape.

Les armes de toute nature sont inconnues à Merilon, vu qu'elles sont considérées comme des créations diaboliques des praticiens de l'Art noir du Neuvième Mystère — la Technologie. La jeune fille n'avait jamais vu une épée, mais elle les connaissait d'après les histoires que lui racontait sa gouvernante quand elle était petite.

Gwendolyn comprit instinctivement que ce jeune homme en portait une, que lui et ses amis étaient des bandits, et qu'il avait l'intention de se battre.

— Non ! souffla-t-elle, portant une main à sa bouche, écrasant dans l'autre ses fleurs oubliées.

Le jeune brun s'était placé face aux *Duuk-tsarith* qui approchaient, et tournait le dos à Gwendolyn. Le vent printanier écarta un pan de la cape, et elle vit la main du jeune homme se refermer sur la poignée d'une épée, et la tirer lentement d'un fourreau de cuir qui entourait l'objet comme sa peau entoure un serpent. L'arme était noire et hideuse, et, Gwendolyn, horrifiée, eut envie de fermer les yeux. Mais ses paupières étaient sèches et brûlantes. Elle ne parvint pas à les fermer et ne put que regarder l'arme et le jeune homme, en proie à une fascination effarée, la poitrine serrée dans un étau qui l'étouffait.

Les *Duuk-tsarith*, maintenant débarrassés de la foule, tendaient les mains vers Simkin, leurs sortilèges sur les lèvres, sans prêter attention au brun qui avançait lentement derrière son ami.

— Palsambleu ! s'écria Simkin. Il s'agit d'une erreur. Rappelle-moi quand tu l'auras éclaircie, mon bon ami.

L'air frémit, et le *Kan-Hanar* se retrouva seul devant la Porte de la Terre, la main posée sur le vide.

Simkin avait disparu.

— Retrouvez-le ! ordonna inutilement le *Kan-Hanar* aux *Duuk-tsarith* qui le cherchaient déjà. Je surveillerai ses amis.

Les yeux de Gwendolyn, dilatés d'étonnement devant cet événement insolite, se portèrent instantanément sur le brun. Apparemment, la disparition de Simkin l'avait stupéfié lui aussi. Il hésita à tirer l'épée, elle vit le catalyste qui semblait lui faire des remontrances, la main de nouveau posée sur son épaule. Juste comme le *Kan-Hanar* arrivait près d'eux, elle le vit renfoncer l'épée dans le fourreau et rabattre vivement sa cape.

Gwendolyn soupira de soulagement, puis réalisa, à retardement, qu'elle montrait beaucoup plus d'intérêt pour ce jeune homme qu'il n'était convenable à une jeune fille. Espérant que ses cousines n'avaient pas remarqué sa rougeur, elle enfouit son visage dans son bouquet.

— Pas si serré, glapit une voix contrariée. Tu me pinces furieusement.

Bouche bée de saisissement, Gwendolyn en lâcha son bouquet.

— Par le sang de l'Etern, mon enfant ! dit une fleur avec irritation, je ne te demandais pas de desserrer la main à ce point ! Voilà que je me suis froissé un pétale !

Lentement, prudemment, Gwendolyn se laissa flotter jusqu'au sol, et s'agenouilla près du bouquet, le contemplant d'un air incrédule. Une fleur ressortait au milieu des violettes et des roses — une tulipe d'un pourpre éclatant.

— Eh bien, vas-tu me laisser traîner dans la boue ? dit la tulipe d'un ton ulcéré.

La gorge nouée, Gwendolyn leva les yeux pour voir si ses cousines la regardaient ; mais elles n'avaient d'yeux que pour les *Duuk-tsarith*. Les sorciers n'avaient pas bougé. Les mains croisées devant eux, leurs capuches noires rabattues sur le visage, ils semblaient attendre. Mais Gwendolyn savait qu'ils examinaient mentalement tous les badauds, lançant les longs fils invisibles de leur toile magique pour attraper leur proie.

Sans les quitter des yeux, Gwendolyn tendit la main et ramassa la tulipe.

— Simkin ? dit-elle d'un ton hésitant. C'est toi ?

— Chut ! siffla la tulipe. C'est une erreur effroyable, j'en suis certain ! Pourquoi m'arrêterait-on ?... Enfin, il y a bien eu cette histoire avec les bijoux de la Comtesse... mais tout le monde l'a sans doute oubliée. D'ailleurs, ils étaient tous faux. Enfin, la plupart... Si je parviens seulement à contacter l'Empereur, je suis sûr qu'il dissipera ce malentendu ! Et il y a mes amis !

La tulipe prit un air important.

— Es-tu capable de garder un secret, mon enfant ?

— Enfin, je... dit Gwendolyn, regardant la tulipe d'un air désemparé.

— Chut ! Le jeune homme brun. Noble famille. Le père meurt. Laisse une fortune. Méchant oncle. Enlève l'enfant. Fait prisonnier par des géants. Je le délivre. Maintenant, il revient, démasque le méchant oncle, réclame son héritage.

— Vraiment ? dit Gwendolyn, regardant le jeune homme par-dessus la tulipe. Je le savais !

— J'y suis ! s'écria la tulipe. Pourquoi n'y ai-je pas pensé tout de suite. C'est un coup du méchant oncle ! Il a appris qu'on revenait. J'aurais dû m'en douter. Il me fait arrêter pour se débarrasser de moi. Dommage, dit la tulipe d'un ton lugubre. Maintenant, il ne s'arrêtera pas à l'enlèvement. Cette fois, il ira jusqu'au meurtre.

— Oh non ! murmura Gwendolyn, alarmée. Tu dois bien pouvoir faire quelque chose !

— Je crains que non, à moins que tu... Mais non, je ne peux pas te demander ça. Je suis destiné à finir dans un vase, dit la tulipe avec un soupir à fendre l'âme. Quant à mon ami, c'est au fond de la rivière qu'il finira...

— Oh non ! Je t'aiderai si tu crois que je le peux...

— Parfait, dit la tulipe, affectant de se faire prier. Bien que j'aie scrupule à t'impliquer dans cette affaire. Mais si tu flottais jusque là-bas avec naturel, mon enfant, sans paraître remarquer qu'il y a un problème, et si tu t'approchais, également avec naturel, de ce cher vieux catalyste, tu pourrais lui dire, toujours avec naturel : « Père Dungstable[1] ! Je suis terriblement désolée d'être en retard. Papa et Maman t'attendent à la maison en ce moment ! » Puis, avec naturel, tu t'en irais avec lui.

— Et où irais-je ? demanda Gwendolyn, désorientée.

— Chez toi, bien sûr, dit la tulipe, comme si cela allait de soi. Je suppose que vous avez assez de chambres pour nous tous. Je préfère une chambre particulière, mais s'il faut en partager une, je partagerai, quoique pas avec le catalyste. Tu n'imagines pas ce qu'il peut ronfler !

— Tu veux dire... que je vous emmène tous chez mes parents ?

— Bien sûr ! Mais il faut faire vite. Avant que ce misérable catalyste dise quelque chose qui fasse tout rater ! Le pauvre, il n'est pas trop malin, si tu vois ce que je veux dire...

— Mais je ne peux pas ! Pas sans demander à Papa et Maman. Qu'est-ce qu'ils diraient...

— Si tu amenais Simkin chez eux ? Simkin, le chéri de la cour ? Mon enfant, poursuivit la tulipe d'un ton blasé, je n'ai qu'à faire un geste pour être logé par vingt Princes ! Sans parler des Ducs, Comtes et Marquis qui m'ont supplié à genoux d'être leur invité. Le Comte d'Essac a été désespéré quand je lui ai dit non. Il a menacé de se supprimer. Mais vraiment, vingt Pékinois ? Ils jappent furieusement, tu sais, sans parler qu'ils te mordillent les chevilles. Et bien entendu, je pourrai te présenter à la cour dès que cette petite affaire sera réglée, ajouta la tulipe, agitant un pétale.

— A la cour ! répéta Gwendolyn dans un souffle.

Des visions du Palais de Cristal surgirent dans son esprit.

1. Dungstable : jeu de mots de Simkin. *Dung* = fumier, crottin, et *stable* = écurie ou étable. (*N.d.T.*)

Elle se vit présentée à Son Altesse Royale, faisant la révérence, sa main sur le bras musclé du jeune homme brun.

— D'accord ! dit-elle avec conviction.

— Chère enfant ! dit la tulipe d'un ton pénétré. Maintenant, emporte-moi avec toi. Ne t'inquiète pas des *Duuktsarith.* Ils ne pénétreront jamais mon déguisement. Mais je trouve que ça ferait plus naturel si tu me glissais dans ton corsage...

— Mon... où ? Oh... non ! dit Gwendolyn en rougissant. Elle ramassa vivement les autres fleurs éparpillées par terre et plaça la tulipe au milieu d'elles.

— Enfin, dit la tulipe avec philosophie, on ne peut pas gagner à tous les coups, comme a dit le Baron Baumgarten quand sa femme s'est enfuie avec un maître de croquet... et le Baron qui aimait tant ce sport !

— Je vous le demande une fois de plus, quels sont vos noms et que venez-vous faire à Merilon ? dit le *Kan-Hanar,* les regardant d'un air soupçonneux.

— Alors, je te répète que voilà le Père Dunstable, voilà Mosiah, et moi, je suis Joram, dit Joram d'une voix tendue, tant il faisait d'efforts pour se maîtriser. Nous sommes des illusionnistes — des acteurs itinérants — qui avons rencontré Simkin par hasard. Nous avons accepté de former une troupe et nous sommes là à l'invitation d'un des protecteurs de Simkin...

Saryon baissa la tête, faisant taire son désespoir pour écouter. C'était l'histoire qu'avait suggérée le Prince Garald, et, sur le moment, elle semblait plausible. Les natifs du Mystère de l'Ombre, connus sous le nom d'illusionnistes, constituent, dans l'ensemble, une société sans classes. Ce sont les artistes du Thimhallan, qui voyagent dans le monde entier pour divertir les populations. Il y a constamment des illusionnistes qui entrent dans Merilon, leurs spectacles étant très recherchés par la noblesse.

Mais c'était la troisième fois que Joram racontait cette histoire au *Kan-Hanar,* et il était évident, du moins pour Saryon, qu'il n'en croyait pas un mot.

C'est fini, se dit Saryon, accablé.

Le coupable secret qu'il portait avait percé dans son esprit un trou si gros qu'il avait l'impression que tout le monde le voyait — imprimé sur son font comme un sceau de Guilde sur un beurrier d'argent. Quand le *Kan-Hanar* avait arrêté Simkin, Saryon avait aussitôt sauté à la conclusion que Vanya les avait attrapés. Il avait empêché Joram de tirer la Noirépée, plus pour la sécurité du jeune homme que par peur qu'ils ne soient découverts. Pour Saryon, c'était la fin, et, dans quelques secondes, il allait conseiller à Joram de dire toute la vérité au *Kan-Hanar.* Il était en train de se dire, avec un amer soulagement, que ses souffrances seraient bientôt terminées, quand il sentit une main sur son bras.

Se retournant, il se trouva face à face avec une jeune fille de seize ou dix-sept ans (il n'avait guère l'habitude de juger de l'âge des jeunes personnes) qui le saluait comme un vieil oncle perdu de vue depuis longtemps.

— Père Dungstable ! Quel plaisir de te voir ! Pardonne-moi d'être en retard. J'espère que tu n'es pas fâché, mais la journée était si belle que je me suis attardée trop longtemps dans le Bosquet avec mes cousines. Regarde le bouquet que j'ai cueilli. N'est-il pas ravissant ? Et voilà une fleur que j'ai ramassée spécialement pour toi, mon Père.

Elle lui tendit une tulipe. Juste comme il allait la prendre, il remarqua que c'était une tulipe pourpre — d'un pourpre éclatant, avec une écharpe rouge vif et une touche d'orange...

Fermant les yeux, Saryon gémit.

— Ainsi, tu affirmes, Gwendolyn de la Maison de Samuels, que ces... gentilshommes sont les invités de ton père ? dit le *Kan-Hanar,* avec un coup d'œil dubitatif sur Joram et Mosiah.

Quand Gwendolyn lui avait eu débité son histoire, le *Kan-Hanar* les avait tous emmenés dans l'une des tours de garde. Érigées magiquement près de la Porte de la Terre, ces tours étaient essentiellement destinées au confort des *Kan-Hanar,* qui pouvaient s'y reposer quand le trafic n'était pas très intense, et qui y entreposaient leurs fournitures administratives. On les utilisait rarement pour interroger les arrivants — généralement, cela était rapidement expédié à la Porte. Mais — à cause de l'intervention spectaculaire de Simkin, et de sa disparition encore plus stupéfiante — le *Kan-Hanar* s'aperçut que les badauds s'intéressaient un peu trop à l'affaire. Il avait donc poussé tout le monde dans la tour, et ils étaient maintenant serrés dans un espace exigu où l'on n'avait jamais prévu d'entasser six personnes et une tulipe.

— Oui, bien sûr, répondit la jeune fille, jouant gracieusement de son bouquet.

Portant les fleurs à sa joue, Gwendolyn regarda l'archimage par-dessus les pétales avec une coquetterie qu'il trouva charmante. Du coup, il ne remarqua pas une tulipe d'une apparence inhabituelle, ni les pauses et hésitations émaillant les propos de la jeune fille. Au contraire, il les attribua à la réserve virginale qu'il trouvait bienséante chez une jeune personne.

Saryon en avait compris la raison, bien sûr — quelqu'un dictait ses paroles à la jeune fille, et ce quelqu'un, c'était la tulipe. Le catalyste se demanda tristement si cela les tirerait d'affaire ou ne ferait que s'ajouter à la liste déjà longue de leurs crimes. Il ne pouvait rien faire, sauf jouer son rôle dans cette comédie, en espérant que Simkin et la fille joueraient le leur.

Quant à Joram et Mosiah, Saryon ne savait pas s'ils avaient compris ce qui se passait. Le *Kan-Hanar* les surveillait étroitement, de sorte qu'il n'osait pas leur faire un signe. Il risqua quand même un coup d'œil vers eux, et constata avec stupéfaction que les yeux de Joram étaient rivés sur la jeune fille, avec une si brûlante intensité qu'il espéra qu'elle ne s'en était pas aperçue.

Devant ce regard, Saryon réalisa qu'il allait se trouver devant une autre série de problèmes. Bien que perdre son cœur ne soit pas exactement aussi grave que perdre la vie, Saryon repensa aux rêves torturés de sa jeunesse, et poussa un soupir de désespoir. Comme s'ils n'avaient pas assez d'ennuis !...

— Tu comprends, Simkin et mon père, le Seigneur Samuels, le Maître de la Guilde... expliquait Gwendolyn, se caressant l'oreille de la tulipe. Tu le connais ?

Oui, le *Kan-Hanar* connaissait son honoré père, ce qu'il fit savoir en s'inclinant.

— Simkin et mon père, dit Gwendolyn avec un sourire suave, sont amis depuis longtemps (cela aurait bien étonné le Seigneur Samuels), c'est pourquoi, quand Simkin et sa...

sa... — *pause* —...sa troupe de... — *nouvelle pause* —...jeunes acteurs ont fait connaître leur intention de... de... se produire à Merilon, mon père les a invités à descendre chez nous.

Le *Kan-Hanar* semblait encore incrédule, mais pas à cause de l'histoire de Gwendolyn. Simkin était connu et aimé du tout Merilon et logeait toujours dans les plus grandes familles. L'étonnant, c'était qu'il eût consenti à loger dans la demeure relativement modeste d'un simple Maître de Guilde. Le Seigneur Samuels et les siens jouissaient d'une excellente réputation, des générations de sa famille s'étant succédé à Merilon pratiquement depuis sa fondation, sans que le moindre scandale ait jamais entaché leur nom. Non, le *Kan-Hanar* se demandait comment sortir de cette situation embarrassante sans faire affront au Seigneur Samuels ou à sa charmante fille.

— Le fait est que Simkin est en état d'arrestation... commença le *Kan-Hanar* à contrecœur, gêné par le regard innocent des grands yeux bleus posés sur lui.

— Non ! s'écria Gwendolyn avec horreur et consternation.

— C'est-à-dire, rectifia le *Kan-Hanar,* qu'il serait en état d'arrestation s'il était ici. Mais il s'est écha... Il est parti brusquement...

— Je suis certaine que c'est un malentendu, dit la jeune fille, rejetant ses boucles d'or en arrière avec indignation. Simkin peut tout expliquer, j'en suis sûre.

— J'en suis sûr, marmonna le *Kan-Hanar.*

— En attendant, reprit Gwendolyn, posant la main sur son bras d'un air suppliant, Papa attend ces messieurs, surtout le Père Dungstable...

— Dunstable, corrigea le catalyste d'une voix mourante.

— ... qui est un ami de la famille que nous n'avons pas vu depuis des années. En fait — elle se tourna vers le catalyste — je n'étais qu'une enfant la dernière fois que tu m'as vue, n'est-ce pas, mon Père ? Je parie que tu ne m'aurais pas reconnue.

— Ce... c'est vrai, bredouilla Saryon.

Il vit que la jeune fille s'amusait de l'audace de cette entreprise, sans soupçonner la grandeur du danger. Elle se retourna vers le *Kan-Hanar* avec un grand sourire. Saryon, le cœur battant de peur, jeta un coup d'œil par la porte et vit les deux *Duuk-tsarith* qui conféraient en rapprochant leurs têtes encapuchonnées de noir.

— Le catalyste et ces gentilshommes, dit Gwendolyn, avec un regard en apparence indifférent à Joram et Mosiah, sont gelés, trempés et épuisés après leur voyage. Quel mal y aurait-il à ce que je les ramène chez moi ? Après tout, tu sauras où les trouver si besoin est.

Le *Kan-Hanar* sembla trouver que c'était une bonne idée. Regardant dehors, il vit la file qui attendait pour entrer. C'était l'heure de pointe, la queue s'allongeait, les gens s'impatientaient, et son collègue était hagard.

— Très bien, dit-il brusquement. Je vais te donner des laissez-passer pour la Ville Haute, mais avec une restriction. Ces gentilshommes — il regarda du côté de Joram et Mosiah — ne pourront sortir qu'en compagnie de ton père.

— Ou d'un autre membre de la famille ? demanda Gwendolyn, suave.

— Ou d'un autre membre de la famille, bougonna le *Kan-Hanar,* notant rapidement la restriction sur les rouleaux de parchemin qu'il remplissait.

Le *Kan-Hanar* occupé à ses formalités, Saryon s'appuya contre un mur avec lassitude, et Gwendolyn tourna ses yeux bleus vers Joram, avec l'innocente coquetterie d'une jeune fille qui joue à la femme. Mais ce regard fut pris dans les rets des yeux sombres et graves, attrapé par un homme qui ignorait tout de ces jeux.

Gwendolyn avait l'habitude de distribuer son charme à tous les jeunes gens, qui le lui retournaient aussitôt. Elle fut donc stupéfaite de le sentir aspiré dans le puits sombre d'une âme transie et affamée.

C'était déconcertant, effrayant, même. Les yeux noirs l'absorbaient. Il fallait briser leur emprise, ou perdre une part d'elle-même — sans savoir au juste ce que c'était. Mais elle ne parvenait pas à détourner les yeux. La sensation était effrayante, mais excitante aussi.

Pourtant, à l'évidence, le jeune homme n'allait pas cesser de lui-même de la regarder ! Cela devenait intolérable. La seule chose qui lui vint à l'idée, ce fut de lâcher son bouquet. Cette fois, ce n'était pas pour flirter. Elle n'y pensa même pas. Se baisser pour le ramasser lui donnerait l'occasion de se ressaisir et de rompre l'emprise de ce regard audacieux. Mais le destin en avait décidé autrement.

Un autre se pencha aussi pour ramasser les fleurs, et Gwendolyn se retrouva encore plus près du jeune homme. Chacun tendit la main en même temps vers la tulipe pourpre — qui fit montre d'un comportement parfaitement inhabituel pour une tulipe, bouclant ses feuilles et agitant ses pétales en ce qui pouvait être un éclat de rire.

— Permets-moi, gente dame, dit Joram, sa main effleurant la sienne et s'y attardant.

— Merci, Seigneur, murmura Gwendolyn.

Retirant vivement sa main comme s'il la brûlait, elle se remit vivement à flotter.

Gravement, Joram se releva et lui tendit les fleurs — sauf la tulipe.

— Avec ta permission, gente dame, je la garderai en souvenir de notre rencontre, dit Joram, d'une voix, qui, à l'esprit affolé de Gwendolyn, parut aussi sombre que ses yeux.

Savait-il qui était la tulipe ? Gwendolyn ne pouvait rien lui dire, mais marmonna quelque chose d'incohérent où elle se prétendait « flattée », tout en regardant le jeune homme lisser les pétales de la main (et quelle main extraordinaire ! se surprit-elle à remarquer, puissante et calleuse, mais avec de longs doigts fins), puis la glisser dans une poche sous sa cape.

A moitié convaincue d'avoir entendu un couinement indigné avant que la tulipe ne disparaisse sous l'étoffe qui l'étouffait, elle se surprit à se demander quel effet cela lui ferait d'être serrée contre la poitrine du jeune homme. Elle rougit fiévreusement et se détourna. Elle ne se rappela les laissez-passer pour la Ville Haute que lorsque le *Kan-Hanar* les lui mit dans la main, et se força à se concentrer sur ce qu'il disait.

— Tu n'as pas besoin de permis, Père Dunstable, puisque tu as accès à la Cathédrale. Et la restriction non plus ne s'applique pas à toi. Tu peux aller où tu veux, et je suis certain que tu feras connaître ton arrivée à ton Ordre le plus tôt possible.

Délicate suggestion de se présenter immédiatement à la Cathédrale.

Saryon s'inclina humblement.

— Puisse l'Etern faire que ta journée soit bonne, Archimage, dit-il.

— La tienne aussi, Père Dunstable, répondit le *Kan-Hanar.*

Son regard passa sur Joram et Mosiah sans les voir, et il sortit vivement reprendre ses interrogatoires.

Heureusement pour Gwendolyn, elle fut happée par ses cousines dès sa sortie de la tour de garde, ce qui l'aida à écarter de son esprit le jeune homme brun — mais son cœur continua à battre au rythme de ses pas, qu'elle entendait derrière elle.

— Si... si tu veux bien m'excuser, Père Dunstable, dit Gwendolyn, se tournant vers le catalyste et ignorant ses jeunes compagnons, il faut que j'explique... tout ça... à mes cousines. Si vous voulez vous rafraîchir, ce café, là-bas, est assez sympathique. Je suis à vous dans un instant.

Sans attendre la réponse, Gwendolyn s'éloigna, entraînant avec elle ses cousines surexcitées.

— Que va dire ta mère ? demanda Lilian dans un souffle quand Gwendolyn eut raconté tout ce qu'elle pensait pouvoir dire.

— Par l'Etern ! Qu'est-ce qu'elle va dire en effet ?

Gwendolyn n'y avait pas réfléchi. Cet afflux soudain d'invités dans la maison ! Et d'une nature si insolite !

Lilian et Marjorie furent vivement dépêchées vers la Ville Haute, porteuses de la nouvelle que le célèbre Simkin honorerait de sa présence la demeure des Samuels. Gwendolyn espérait avec ferveur que la nouvelle de son arrestation et de sa disparition subséquente n'était pas encore parvenue aux oreilles de ses parents.

Puis, pour donner le temps à Dame Rosamund de faire aérer et préparer les chambres d'amis, de prévenir le cuisinier, et d'envoyer une servante informer son mari de l'honneur qui l'attendait, Gwendolyn retourna au café et proposa à ses hôtes de leur montrer les merveilles de la cité.

Le catalyste eut l'air récalcitrant, mais les jeunes gens acceptèrent avec un empressement que Gwendolyn trouva charmant. A l'évidence, c'était leur premier séjour à Merilon, et Gwendolyn découvrit qu'elle ferait les honneurs de la ville avec une fierté vaniteuse. Flottant à quelques pieds du sol, elle attendit, pensant qu'ils allaient la rejoindre. Mais ils n'en firent rien, et, baissant les yeux, elle constata avec surprise qu'ils se regardaient, désemparés. Elle se rappela soudain qu'elle les avait toujours vus marcher, et elle se demanda pourquoi. Naturellement ! Ils devaient être fatigués du voyage, trop fatigués pour dépenser leur énergie dans la magie...

— Je vais héler une calèche, proposa-t-elle avant qu'aucun ait pu articuler un mot.

Agitant une main blanche, elle fit signe à un œuf bleu et doré tiré par un attelage de rouges-gorges. Elle vola au-dessus d'eux, et ils y montèrent, Gwendolyn s'apercevant — à son grand embarras — que Joram était parvenu à se placer de façon à l'aider à y entrer.

Elle ordonna au cocher de les promener au milieu des boutiques et des échoppes qui avaient poussé autour de la Porte de la Terre comme un cercle de champignons enchantés. Plus d'un badaud les regarda au passage, les montrant du doigt en reconnaissant les compagnons de Simkin et riant de bon cœur. Délaissant les alentours de la Porte de la Terre, ils passèrent près des jardins tropicaux, admirant les fleurs qui poussaient là, et nulle part ailleurs au Thimhallan. Les arbres enchantés de la Promenade des Métiers chantèrent en chœur et relevèrent leurs branches quand ils passèrent sous elles. Une unité de la Garde Impériale caracolait en l'air en parfaite cohésion.

Ils auraient pu passer des heures dans le Bosquet, mais le soleil atteignait le point fixé par les *Sif-Hanar* pour le crépuscule. Il était temps de rentrer, et, sur l'ordre de Gwendolyn, la calèche se joignit à toutes celles qui montaient en spirale pour rejoindre le piédestal flottant de la Ville Haute.

Assise en face des jeunes gens, Gwendolyn se dit que le temps avait passé trop vite. Elle aurait pu rester là éternellement. Au vu des merveilles de Merilon reflétées dans les yeux de ses hôtes — surtout dans les yeux noirs de l'un d'eux — elle avait l'impression de les voir pour la première fois, et elle ne se rappelait pas en avoir jamais autant remarqué la beauté.

Et que pensaient ses invités ? Mosiah, enveloppé d'un sortilège d'enchantement, admirait les splendeurs de la cité avec un émerveillement naïf et juvénile qui amusait tous les observateurs.

Saryon ne voyait rien. Ses pensées étaient tournées vers

l'intérieur. Ces vues fabuleuses ne lui rappelaient que d'amers souvenirs, et rendaient son secret encore plus lourd à porter.

Et Joram ? Enfin, il voyait la cité dont sa mère lui décrivait les merveilles en détail tous les soirs de son enfance. Mais il ne la voyait pas par les yeux à demi fous d'Anja. Ses premières impressions de Merilon lui parvinrent à travers des yeux bleus innocents et un voile diaphane de cheveux d'or. Et sa beauté lui serra le cœur.

Chapitre 3

CHEZ LE MAÎTRE DE LA GUILDE

— Maman, permets-moi de te présenter le Père Dunstable, dit Gwendolyn.

— Mon Père, dit Dame Rosamund lui tendant le bout de ses doigts avec une petite révérence.

Le catalyste s'inclina, lui murmurant des remerciements pour son hospitalité, et Dame Rosamund lui rendit la politesse avec cordialité, quoique un peu distraitement, les yeux fixés sur la porte derrière lui. Dame Rosamund accueillait ses hôtes à la porte du jardin, selon la coutume de Merilon. Un jardin, dont elle était très fière à juste titre, qui formait un cadre magnifique de fougères et de rosiers.

— Et voici Mosiah et... et Joram, poursuivit Gwendolyn avec une rougeur ravissante.

Entendant ses cousines pouffer derrière elle, elle s'efforça de prendre l'air indifférent, comme si le nom du jeune homme ne lui était pas monté aux lèvres comme un chant. Une mère tendre et attentive comme Dame Rosamund aurait normalement remarqué cette rougeur et deviné la vérité. Mais elle était pour l'heure nerveuse et un peu agitée.

— Messieurs, dit-elle, leur tendant la main sans cesser de regarder la porte. Mais où est Simkin ? demanda-t-elle, quelques instants ayant passé sans que se présente personne d'autre.

— Dame Rosamund, dit Joram, nous te remercions de

ton hospitalité, et nous te demandons d'accepter cette fleur en gage de notre gratitude.

Ce disant, Joram sortit de sa poche la tulipe — quelque peu flétrie et écrasée — et la tendit à son hôtesse.

Haussant les sourcils avec une moue dubitative, comme soupçonnant une plaisanterie, elle tendit la main...

... et toucha la manche bouffante de Simkin.

— Miséricordieux Etern ! s'écria-t-elle, en sursautant. Pardonne ce blasphème, mon Père, ajouta-t-elle vivement, presque aussi rouge que sa fille.

— Réaction bien compréhensible, dit gravement Saryon, jetant un coup d'œil sur Simkin qui titubait à travers le jardin, avalant l'air à grandes goulées et s'éventant de son mouchoir orange.

— Par le sang de l'Etern ! Mon garçon — il se tourna vers Joram — un bain s'impose ! Morbleu, je suis au bord de l'évanouissement, ajouta-t-il, les yeux révulsés, portant la main à son front.

D'un seul regard, Dame Rosamund rangea sa domesticité autour d'elle. Puis elle lança ses ordres d'une voix calme et froide, dirigeant le mouvement des troupes avec une compétence de sorcier, sans cesser de manifester la plus tendre sollicitude à l'égard de Simkin, qui, sous sa forme humaine, paraissait encore plus flétri qu'en tulipe. Faisant appel à ses Mages du Foyer, elle leur ordonna de soutenir Simkin jusqu'au grand salon, où, d'un geste, elle fit avancer un sofa sur lequel Simkin s'effondra, affectant aussitôt une pose tragique.

— Marie, fait apparaître les herbes fortifiantes, dit-elle.

— Merci, ma chère, dit Simkin d'une voix mourante, fronçant le nez à l'odeur de la tisane. Mais seul un cognac me permettra de surmonter ce choc. Ah, mon amie, dit-il, la regardant d'un air pitoyable. Si tu savais seulement quelle terrible épreuve je viens de subir ! Mon petit, ajouta-t-il, rappelant la servante, apporte le millésime Année de la Grappe Gelée, veux-tu ? Du vignoble du Duc de Montaigne ! Quoi, uniquement du cognac maison ? Enfin, je devrai m'en contenter, je suppose.

La servante reparut avec la carafe de cognac. Renversant la tête sur les cousins de soie du sofa, Simkin la laissa porter le verre à sa bouche et but une gorgée.

— Ah, ça va mieux.

Marie écarta le verre.

— Juste quelques gouttes de plus, ma chère...

Lui prenant le verre des mains, Simkin le vida d'un trait, puis retomba, épuisé, dans ses coussins.

— Peux-tu m'en servir un autre, ma chère ? dit-il, d'une voix aussi défaillante que s'il s'apprêtait à dicter ses dernières volontés.

La catalyste lui servit un autre cognac, tandis que Dame Rosamund demandait une chaise, qui, sur son ordre, flotta à travers le salon et vint se poser près du sofa.

— De quoi parlais-tu, Simkin ? Quelle terrible *épreuve* as-tu subie ?

Simkin lui saisit la main d'un air pénétré.

— Ma chère, aujourd'hui... — pause dramatique — que je sois pendu si je n'ai pas été arrêté !

Il se voila la face de son mouchoir orange.

— Bonté de l'Et... du ciel ! balbutia Dame Rosamund, saisie d'étonnement.

Simkin décolla le mouchoir de son visage.

— Effroyable méprise ! Je n'ai jamais été si humilié de ma vie ! Et maintenant, je suis un criminel de droit commun en fuite !

Il laissa sa tête retomber sur les coussins, le désespoir lui ôtant toutes ses forces.

— Un criminel de droit commun! répéta Dame Rosamund d'une voix soudain glaciale, effleurant du regard les pauvres vêtements de Joram et Mosiah, et s'attardant un instant sur la robe sans galons du catalyste. Alfred, dit-elle à voix basse à un serviteur, va aux Trois Sœurs et dis au Seigneur Samuels de rentrer immédiatement...

— Très aimable à toi, ma chère, dit Simkin, se redressant sur des bras affaiblis, mais je doute sérieusement que Sa Seigneurie puisse faire quelque chose. Il n'est, après tout, qu'un simple Maître de Guilde.

Le visage de Dame Rosamund se transforma en glace.

— Mon époux est... commença-t-elle.

— ... dans l'incapacité de m'aider, j'en ai peur, ma chère, soupira Simkin.

Se renversant une fois de plus dans les coussins, il plia soigneusement son mouchoir et le posa sur son front.

— Non, Dame Rosamund, reprit-il avant qu'elle ait pu

ajouter un mot, si Alfred sort, dis-lui plutôt d'aller chez l'Empereur. Il dissipera ce malentendu, j'en suis sûr.

— Chez... chez l'Empereur !

— Oui, naturellement, dit Simkin avec une nuance d'irritation. Je suppose qu'Alfred a ses entrées au Palais ?

La glace de Dame Rosamund fondit dans la chaleur fiévreuse de son embarras.

— Eh bien, à proprement parler... c'est simplement que nous n'avons jamais... enfin, il y a bien eu la cérémonie d'élévation au titre de chevalier, mais c'était...

— Quoi ? Pas d'entrées au Palais ? Pauvre de moi ! murmura Simkin, fermant les yeux en proie au plus désespéré des désespoirs.

Pendant cette conversation, Joram et Mosiah se tenaient dans un coin avec gêne, avec l'impression d'être oubliés et totalement déplacés. Mosiah, surtout, était subjugué par ce qu'il avait vu de la cité enchantée et de ses habitants, qui lui semblaient tellement supérieurs par l'apparence, la culture et l'éducation qu'ils auraient pu être des anges. Sa place n'était pas là. Il n'y était pas désiré. Il voyait Gwendolyn et ses cousines sourire chaque fois qu'il disait un mot. Bien élevées qu'elles étaient, les filles tentaient de réprimer leur hilarité devant son parler villageois — mais sans grand succès.

— Tu avais raison, mon Père, murmura-t-il à Saryon avec amertume, profitant de la comédie de Simkin. C'était une folie de venir à Merilon. Allons-nous-en ! Tout de suite !

— Ce n'est pas si facile, mon garçon, soupira Saryon en branlant du chef. Les *Kan-Hanar* de la Porte de la Terre surveillent tous les départs aussi bien que toutes les arrivées. Ils ne nous laisseront jamais partir. Nous devons faire ce que nous pouvons pour survivre.

— Survivre ? répéta Mosiah, pensant qu'il plaisantait. Mais non, tu es sérieux, ajouta-t-il devant l'expression du catalyste.

— Le Prince Garald vous avait dit que c'était dangereux. Tu ne l'as pas cru ? dit gravement Saryon.

— Je suppose que non, marmonna Mosiah, reportant sur Simkin des yeux étrécis. Je pensais qu'il... enfin... qu'il exagérait. Je n'imaginais pas que tout serait si... différent ! Nous sommes étrangers à ce monde. Enfin, pas tous, ajouta-t-il doucement en regardant Joram. Comment fait-il, mon Père ? Il paraît intégré, comme s'il était à sa place ! Encore plus que Simkin. Cet imbécile est un bouffon. Il le sait et ferait des bassesses pour attirer l'attention. Mais Joram... il a tout ce qu'ont ces gens — la beauté, la grâce...

Sa voix mourut, désemparée.

Oui, pensa Saryon, en regardant Joram. Il est à sa place...

Il était à quelque distance de Mosiah et Saryon, serrés frileusement près du mur. Cette séparation n'était pas intentionnelle, mais on aurait dit que, lui aussi, sentait la différence qu'il y avait entre eux. La tête fièrement rejetée en arrière, il regardait Simkin avec ce demi-sourire donnant à penser qu'il était dans le secret de la plaisanterie faite au reste du monde.

Il est à sa place, et il le sait maintenant, constata Saryon, le cœur serré. Beau ? Ce n'était pas le mot que Saryon aurait choisi, pas froid, amer et réservé comme il l'était. Pourtant, regarde le changement. Dû à l'influence d'une jeune fille, bien sûr. Quel homme ne devient pas beau dans l'enchantement de son premier amour ? Pourtant, il y a autre chose. Joram est un homme de ténèbres qui avance en trébuchant vers la lumière. Et à Merilon, cette lumière l'inonde, donnant chaleur et rayonnement à son âme.

Que fera-t-il, se demanda Saryon avec tristesse, s'il découvre que l'éclat de cette lumière cache des ténèbres plus profondes que les siennes ? Branlant du chef, il sentit Mosiah lui toucher le bras pour l'avertir et revint à l'épreuve présente.

La maisonnée de Dame Rosamund, qui faisait jusque-là le nécessaire avec tant de promptitude et d'efficacité, tomba brusquement en panne au milieu de la route, si l'on peut dire. Languissamment allongé sur sa couche, Simkin gémissait faiblement, marmonnant les mots de « prison et gibet, vilebrequin et poucettes », en une litanie peu faite pour se faire bien voir de son hôtesse. Dame Rosamund flottait au centre du salon, manifestement hésitante sur la conduite à suivre. Les servantes s'étaient figées, certaines des tasses en équilibre devant elles, d'autres avec des draps ou des carafes à la main, déroutées, les yeux fixés sur leur maîtresse et attendant ses ordres.

Les cousines Lilian et Marjorie s'étaient retirées dans un coin, sachant elles aussi qu'elles n'étaient pas à leur place, et souhaitant avec ferveur être chez elles. Gwendolyn, debout près de Marie, la catalyste, s'efforçait de ne pas regarder Joram, mais son regard s'égarait continuellement dans sa direction. Dans le cours de ces événements terribles, sa ravissante rougeur avait fait place à une pâleur de marbre qui l'embellissait encore ; ses grands yeux bleus brillaient de larmes, ses lèvres tremblaient.

Mais elle est notre seul espoir, se dit Saryon. Repassant une fois de plus son idée dans sa tête, il décida de passer à l'action. La situation ne pouvait guère empirer. Il devenait de plus en plus évident que Dame Rosamund allait envoyer chercher son mari, et alors, bien que « simple Maître de Guilde », le Seigneur Samuels les livrerait sans aucun doute aux *Duuk-tsarith*. Saryon s'était peut-être vu distribuer de mauvaises cartes, mais il était soudain résolu à les jouer de son mieux jusqu'à la fin de cette amère partie. Il ressentit soudain, avec quelque étonnement, le désir pervers de relancer Simkin pour exposer son bluff.

— Mon enfant, dit-il tout bas, s'approchant discrètement de Gwendolyn, as-tu pensé aux Ariels ?

Gwendolyn cligna des yeux — les larmes étaient sur le point d'échapper à ses paupières. Elle connaissait aussi bien que Saryon les intentions de sa mère — et son visage s'éclaira, ses couleurs lui revinrent.

— Mais bien sûr ! s'écria-t-elle. Maman, le Père Dunstable a une idée. Nous pouvons demander les Ariels. Eux, ils pourront porter un message à l'Empereur !

— C'est vrai, dit Dame Rosamund avec hésitation.

Saryon retourna dans l'ombre, tandis que Gwendolyn s'avançait pour plaider sa cause auprès de sa mère.

— Qu'est-ce que tu as fait ? dit Mosiah, atterré.

— Je ne sais pas au juste, reconnut le catalyste à contrecœur, croisant les mains dans ses manches.

— Tu ne crois quand même pas toutes ces balivernes qu'il nous raconte sur l'Empereur, non ?

— Je ne sais pas, dit sèchement Saryon. Il connaissait bien le Prince Garald...

— Un Prince du même âge que lui, qui de son propre aveu aime bien faire la fête, ce n'est pas la même chose que l'Empereur de Merilon, dit sombrement Mosiah. Regarde-le ! ajouta-t-il, montrant Simkin d'un air écœuré.

Le jeune homme accueillait l'idée avec son aplomb coutumier.

— Les Ariels ! Idée géniale ! Je ne comprends pas que je n'y aie pas pensé moi-même. Présente mes sincères remerciements à notre ami chauve, veux-tu ?

Simkin paraissait satisfait, mais Saryon eut l'impression que sa voix suave sonnait un peu creux.

— Eh bien, tu as fait un heureux, au moins, dit Mosiah, acide.

Joram regardait le catalyste avec une admiration non déguisée. Il alla même jusqu'à incliner légèrement la tête, avec une petite lueur dans ses yeux noirs, remerciement récalcitrant qui réchauffa le cœur de Saryon tout en accroissant ses craintes.

— A quoi ça va servir, à part favoriser le cours d'un grand amour ? demanda Mosiah entre ses dents.

— A nous faire gagner du temps, à défaut d'autre chose, dit Saryon. L'Empereur ne répondra pas avant des jours.

— Tu as sans doute raison, dit sombrement Mosiah. Mais Simkin va sûrement faire pire d'ici là.

— Alors, il faudra quitter Merilon avant, dit Saryon. J'ai une idée, mais pour la réaliser, je dois aller à la Cathédrale, et il n'est pas encore trop tard. C'est l'heure des Prières du Soir.

— Je vais avec toi, dit Mosiah. Je n'aurais pas dû venir. Ma place n'est pas ici. Comment pourrons-nous le persuader de nous accompagner ? ajouta-t-il, regardant avec inquiétude Joram, qui buvait Gwendolyn des yeux. Il vient de trouver ce qu'il a cherché toute sa vie.

Qu'as-tu fait, Prince Garald ? se dit le catalyste. Tu lui as appris à être poli, à agir en noble. Mais ce n'est qu'une comédie — les gants de soie cachent les pattes du tigre. Les griffes sont rentrées pour le moment, mais dès qu'il sera affamé ou menacé, elles déchireront la mince étoffe. La soie sera tachée de sang ! Il faut le tirer de là !

Tu réussiras, poursuivit-il. Ton plan est bon. Il sera prêt demain ou après-demain. D'ici là, on nous aura sans doute chassés de cette maison. Quant à l'Empereur...

Simkin dictait une lettre à Marie.

— Cher Bunkie... commença-t-il. C'est son surnom, ajouta-t-il, voyant pâlir Dame Rosamund.

Saryon sourit. L'Empereur ne serait pas un problème.

— Tu réalises que s'ils avaient une écurie, ils nous y logeraient ? demanda Mosiah d'un ton amer.

— Que peut demander un homme en fuite ? répondit Simkin d'un ton tragique, se jetant sur le lit.

Les jeunes gens passaient la nuit dans ce qui serait sans doute la remise de la calèche quand le Seigneur Samuels pourrait se permettre un tel luxe. Les servantes avaient fait apparaître le strict nécessaire, mais la petite bâtisse, située derrière le corps principal, n'avait aucun confort et aucune décoration.

Il se trouva que le Seigneur Samuels avait appris l'arrestation et la disparition de Simkin à une réunion de la Guilde. En fait, l'histoire avait fait le tour de Merilon, dont les habitants adoraient tout ce qui sortait de l'ordinaire. Le Seigneur Samuels avait lui-même apprécié l'anecdote — jusqu'au moment où il en avait trouvé la vedette dans son salon.

Simkin se répandit longuement sur l'honneur que cela représentait de l'avoir pour invité.

— Mon ami, un millier de Ducs, sans parler d'une centaine de Barons et d'un ou deux Marquis, m'ont supplié à genoux, que dis-je, à quatre pattes, d'honorer leur palais de ma présence. Je ne m'étais pas encore décidé. Puis est survenu ce malheureux incident... — il prit l'air ulcéré — dont ta chère enfant m'a sauvé... — il envoya un baiser à Gwendolyn — ... et comment pouvais-je refuser le sanctuaire qu'elle nous offrait si gentiment ?

Le Seigneur ne semblait guère apprécier cet honneur.

De plus, les yeux vigilants du père virent ce que la tendre mère n'avait pas vu. Il vit immédiatement le danger dans la sombre beauté de Joram. Les yeux noirs et ardents étaient mis en valeur par les cheveux de jais que Garald l'avait persuadé de couper et coiffer, et qui maintenant, lui tombant jusqu'aux épaules, encadraient de leurs boucles noires son visage sévère. Sa prestance, sa voix cultivée, ses mains fines contrastaient curieusement avec ses pauvres vêtements, lui donnant un mystère romanesque encore accentué par l'absurdité de leur histoire de méchant oncle et de captation d'héritage. Et comme si cela ne suffisait pas pour tourner la tête de toutes les filles, il y avait en lui comme une passion animale que le père trouvait encore plus inquiétante.

Il vit la rougeur de sa fille, sa respiration oppressée. Il vit qu'elle avait mis sa plus belle robe pour le dîner, et qu'elle parlait à tous, *sauf* à Joram — signes certains d'un amour naissant. Cela ne l'inquiétait pas outre mesure, Gwendolyn ayant récemment pris l'habitude de tomber amoureuse au rythme d'une fois par mois.

Ce qui inquiétait Sa Seigneurie — et qui lui fit renvoyer sa fille dans sa chambre dès la fin du dîner — c'est que ce Joram était très différent des jeunes nobles dont elle s'entichait. C'étaient des enfants, aussi jeunes et volages que sa chère fille. Pas celui-là. Jeune par les années, il avait un sérieux et une profondeur qui devaient totalement subjuguer sa vulnérable fille.

Joram reconnut aussitôt son ennemi. Ils se regardèrent en chiens de faïence pendant le dîner. Joram parla peu, se concentrant sur ses tours de passe-passe pour manger de façon à donner l'illusion qu'il avait de la Vie. Il y réussit bien, surtout parce que Mosiah, quoique excellent magicien, n'était qu'un paysan quand il était à table. Les bols, qui auraient dû flotter gracieusement devant sa bouche, renversaient de la soupe sur sa chemise. Les brochettes de viande faillirent l'embrocher. Les globes de vin rebondissaient autour de lui comme des balles.

Lilian et Marjorie — qu'on avait invitées — pouffaient tellement devant ces bévues qu'elles passèrent presque tout le repas cachées derrière leur serviette. Honteux et gêné, Mosiah, raide et muet, cessa de manger.

Le Seigneur Samuels se retira de bonne heure, priant ses hôtes d'un ton glacial d'en faire autant, certain qu'ils désiraient se reposer avant leur *départ imminent.* Quant aux assurances de Simkin, selon lesquelles l'Empereur lui décernerait un Duché en remerciement de l'hospitalité accordée à un homme que le souverain considérait comme « un esprit et un causeur de premier ordre », Sa Seigneurie n'en eut pas l'air impressionnée. Elle leur souhaita bonne nuit avec froideur.

Les invités regagnèrent donc la remise, les serviteurs leur éclairant le chemin. La nuit, pendant que Saryon et Mosiah mettaient au point leur plan de départ, et que Simkin épiloguait sur la vengeance terrible qu'il tirerait des *Kan-Hanar* avec le concours de l'Empereur, Joram méditait sur son ennemi, et tramait sa perte.

Joram avait décidé que Gwendolyn serait sa femme.

Chapitre 4

ÉTOILE DÉCLINANTE

Le lendemain était le Septième Jour, ou Jour de l'Etern, mais rares étaient ceux qui le considéraient comme tel. C'était un jour de repos et de méditation pour quelques-uns, de plaisir et de détente pour la plupart. Les Guildes étaient fermées, comme tous les magasins et services. Le matin, il y avait deux offices à la Cathédrale, une messe à l'aube, pour les courageux, et, à midi, ce qu'on appelait plaisamment la Messe des Ivrognes, pour ceux qui avaient du mal à se lever après une nuit de fête.

La famille du Seigneur Samuels, comme on pouvait s'y attendre, fut debout à l'aube — que les *Sif-Hanar* faisaient toujours très éthérée en l'honneur de ce jour — et partit à la Cathédrale. Avec raideur et sans conviction, le Seigneur Samuels invita ses hôtes à les accompagner. Joram aurait peut-être eu envie d'accepter, mais un regard alarmé de Saryon lui fit décliner l'invitation. Mosiah refusa carrément, et Simkin déclara qu'il n'était pas bien et n'avait pas la force de se vêtir correctement. De plus, ajouta-t-il en bâillant, il devait attendre la réponse de l'Empereur. Saryon aurait pu aller avec la famille, mais il dit, ce qui était vrai, qu'il n'avait pas encore eu l'occasion de se présenter officiellement à ses frères, et ajouta, ce qui était tout aussi vrai, qu'il préférait passer la journée dans la solitude. Le Seigneur Samuels, avec un sourire plus glacé que le melon, les laissa à leur déjeuner.

Ce fut un repas silencieux, les servantes gênant la conversation. Joram mangea sans plaisir. A son regard rêveur, on voyait qu'il se rassasiait de teint d'albâtre et de lèvres roses. Mosiah dévora avec appétit, maintenant qu'il n'était plus sous les regards moqueurs des cousines. Simkin retourna se coucher.

Saryon mangea peu, et se retira rapidement. Un serviteur le conduisit à la chapelle de la maison, où il s'agenouilla devant l'autel. Ce sanctuaire était petit, mais élégant, avec des vitraux qui coloraient la lumière de toutes les couleurs du spectre. L'autel en bois de rose était la reproduction exacte, en miniature, de l'autel de la Cathédrale, décoré des symboles des Neuf Mystères. Il y avait six bancs, pour la famille et les domestiques. D'épais tapis couvraient le sol, absorbant tous les sons — même les chants des oiseaux du jardin.

L'endroit incitait à la prière. Mais Saryon ne pensait pas à l'Etern, ni aux paroles rituelles marmonnées à l'intention des domestiques qui pouvaient passer.

Comment ai-je pu m'aveugler à ce point ? ne cessait-il de se demander, la main crispée sur la pierre noire qu'il portait à son cou sous sa robe. Comment le Prince Garald a-t-il pu être si aveugle ? J'ai vu le danger que nous affrontions, certes. Mais ce que je voyais comme une crevasse pouvant se franchir d'un bond s'est élargi en un gouffre sans fond ! Je voyais les grands dangers, mais pas les petits, et ce sont les petits qui causeront notre perte.

La veille, par exemple, il avait vu Gwendolyn sur le point de lui demander de la Vie pour tous, afin qu'ils puissent flotter sur les ailes de la magie — ce qui, bien sûr, était absolument impossible pour Joram. Heureusement, elle n'avait rien dit, supposant sans doute qu'ils étaient fatigués du voyage. Aujourd'hui aussi, ils avaient eu de la chance ; les catalystes avaient congé le Jour de l'Etern, et ne donnaient pas de Vie à la famille qu'ils servaient, sauf en cas d'absolue nécessité.

En conséquence, tout le monde se rendait à pied à la Cathédrale — exploit qui constituait une nouveauté pour les habitants de Merilon, qui, ce jour-là, portaient des souliers spéciaux, irrévérencieusement baptisés Souliers de l'Etern. Ils prenaient diverses formes — selon le rang et la fortune du marcheur —, allant des pantoufles de soie aux souliers moulés dans des gemmes, en passant par des chaussures de cristal ou d'or serties de pierres précieuses. La mode actuelle voulait qu'on dressât des animaux au rôle de chaussures, et l'on voyait des hommes et des femmes avec des serpents ou des colombes, des tortues ou des écureuils, attachés à leurs pieds. Naturellement, il était absolument impossible de marcher ainsi chaussé, de sorte que les nobles se faisaient porter par leurs serviteurs dans des litières spécialement conçues pour ce jour.

Le Seigneur Samuels et sa famille, n'appartenant qu'à la haute bourgeoisie, portaient des pantoufles de soie, jolies mais simples. Elles n'étaient pas particulièrement bien ajustées — ce qui était inutile — et Gwendolyn en perdit une avant de quitter la maison. Joram la ramassa, et Gwendolyn, après un regard timide à son père, lui accorda la faveur de la remettre à son petit pied blanc. Joram s'exécuta, sous l'œil sévère et vigilant du Seigneur Samuels, et la famille se mit en route. Mais Saryon avait vu de quel air Joram regardait Gwendolyn ; il avait vu la rougeur de la jeune fille, les seins qui palpitaient sous l'étoffe diaphane de la robe. A l'évidence, les deux jeunes gens plongeaient dans l'amour tête la première, à la vitesse de deux rocs dégringolant d'une falaise.

Saryon réfléchissait à cet événement imprévu, dont le poids alourdissait encore son fardeau, quand une ombre tomba sur lui. Sursautant, il releva la tête, alarmé, et soupira de soulagement en voyant Joram.

— Pardonne-moi de troubler tes prières... commença le jeune homme avec sa froideur habituelle quand il s'adressait à lui.

Puis il se tut brusquement, maussade, les yeux braqués sur le sol.

— Tu ne me déranges pas, dit Saryon, se levant lentement, la main sur le dossier sculpté du banc. En fait, je suis content que tu sois venu, car j'ai à parler avec toi.

— La vérité, Cata... — Joram déglutit et leva les yeux sur le catalyste — ... Saryon, c'est que je suis ici... pour te remercier, dit-il avec hésitation.

Saryon retomba tout d'une pièce sur les coussins de velours. Devant la stupéfaction du catalyste, Joram eut un sourire qui lui tordit les lèvres et fit remonter dans ses yeux une petite lueur enfouie dans les profondeurs de son être.

— J'ai été odieux et ingrat, dit-il. Le Prince Garald me

l'a dit, mais je ne l'ai pas cru. Jusqu'à la nuit dernière. Je n'ai pas beaucoup dormi cette nuit, comme tu t'en doutes, ajouta-t-il en rougissant sous son hâle.

« La nuit dernière, poursuivit-il, prononçant ces paroles avec révérence, comme un novice louant l'Etern, j'ai changé la nuit dernière, Cata... Saryon. J'ai repensé à tout ce que Garald m'a dit, et, soudain, j'ai compris ! J'ai vu ce que j'avais été, et je me suis haï !

Il parlait vite, sans réfléchir, purgeant son âme.

— J'ai réalisé ce que tu avais fait pour nous hier, et que ta vivacité d'esprit nous avait sauvés... Tu nous as sauvés... tu *m*'as sauvé — plus d'une fois, et je n'ai jamais...

— Chut ! chuchota Saryon, avec un regard craintif vers la porte entrouverte.

Suivant son regard, Joram comprit et baissa la voix.

— ... je ne t'ai jamais dit un mot de remerciement. Pour ça... et pour tout le reste que tu as fait pour moi, dit-il, montrant la Noirépée qu'il portait dans le dos, cachée sous ses vêtements. L'Etern seul sait pourquoi tu as fait tout ça...

S'asseyant sur le banc près de Saryon, Joram leva la tête vers la fenêtre, les magnifiques couleurs des vitraux reflétées dans ses yeux.

— Je me disais que tu étais comme moi, mais que tu ne voulais pas l'admettre, poursuivit Joram à voix basse. Je me plaisais à croire que tu te servais de moi dans ton intérêt. Je pensais ça de tout le monde, et que la plupart étaient trop hypocrites pour le reconnaître. Mais c'est fini.

Les reflets des vitraux dans les yeux noirs firent penser à Saryon à un arc-en-ciel dans un ciel d'orage.

— Maintenant, je sais ce que c'est qu'aimer, poursuivit-il, levant la main pour empêcher Saryon de l'interrompre, et je sais que tu as parfois agi contre ta conscience parce que tu aimais les autres, non parce que tu avais peur. Pas pour moi, ajouta-t-il avec un rire amer. Je ne suis pas assez bête pour le croire. Je sais comment je t'ai traité. Tu m'as aidé à forger l'épée et à tuer Blachloch pour protéger Andon et les gens du village.

— Joram... commença Saryon d'un voix brisée.

Mais il ne put continuer. Avant que Saryon ait pu l'en empêcher, le jeune homme se leva et s'agenouilla à ses pieds. Les yeux noirs se détournèrent des vitraux et Saryon les vit briller avec une intensité qui lui rappela les feux de la forge ; les braises de plus en plus ardentes à mesure que l'haleine du soufflet leur donnait vie — une vie qui les réduirait, à la fin, en cendres.

— Mon Père, dit gravement Joram, il faut que tu me conseilles, que tu m'aides. Je l'aime, Saryon ! Je n'ai pas dormi de la nuit — je ne voulais pas dormir car je n'aurais plus vu son image dans mon cœur et je ne pouvais pas le supporter, même un instant, même avec la possibilité de la voir en rêve. Je l'aime et... — sa voix changea subtilement, se fit plus décidée — je la désire, mon Père.

— Joram ! dit Saryon, le cœur serré dans un étau.

Il avait mille choses à dire, mais, travers cette terrible souffrance, il parvint juste à articuler :

— Mais Joram, tu es un Mort !

De nouveau, Saryon regarda craintivement vers la porte, et Joram, se levant d'un bond, alla la claquer rageusement. Puis il se retourna, pointant le doigt sur Saryon.

— Ne redis jamais ça ! Je sais ce que je suis ! Voilà longtemps que je trompe les gens sur mon compte. Je peux continuer ! Demande à Mosiah, poursuivit-il, montrant l'étage supérieur. Il m'a connu toute sa vie ! Et il jurera sur la tête de sa mère que je possède la magie !

— Mais tu sais que tu n'en as pas ! dit Saryon d'une voix ferme, malgré sa répugnance à prononcer ces paroles. Tu es un Mort, absolument !

Il passa la main sur l'accoudoir du banc.

— Ce bois a plus de Vie que toi, Joram ! Je sens sa magie, cette magie qui bat en toute chose. Mais en toi, il n'y a rien ! Rien ! Ne comprends-tu donc pas ?

— Ce que je dis, c'est que ça n'a pas d'importance !

Les yeux noirs flamboyèrent, brûlants. Se penchant sur le banc, Joram saisit le bras de Saryon.

— Regarde-moi ! Quand j'aurai recouvré mes droits, quand je serai noble, ça n'aura plus d'importance ! Tout le monde s'en moquera ! On ne verra plus que mon titre et ma fortune...

— Et elle ? demanda Saryon avec douleur. Que verra-t-elle ? Un Mort, qui lui donnera des Morts pour enfants ?

Le regard de Joram pénétra jusqu'au cœur de Saryon, comme un fer chauffé au rouge. La main du jeune homme se resserra sur son bras au point qu'il finit par grimacer, mais il ne dit rien. Il n'aurait rien pu dire même s'il l'avait voulu, car son cœur trop plein l'étouffait. Il resta immobile, fixant Joram avec compassion.

Et, lentement, le feu mourut dans les yeux noirs. Lentement, les braises se consumèrent. Elles jetèrent une dernière lueur et s'éteignirent, le sang se retira de son visage et il devint livide, les lèvres exsangues. Joram redevint froid et taciturne. Il relâcha son emprise et se redressa, le visage sévère, dur et résolu.

— Merci encore, Catalyste, dit-il, d'une voix aussi dure que son visage.

— Joram, je suis désolé, dit Saryon, au supplice.

— Non ! Tu m'as dit la vérité, et j'avais besoin de l'entendre. Je dois y réfléchir... pour décider quoi faire.

Il prit une profonde inspiration et secoua la tête.

— C'est moi qui suis désolé. J'ai perdu mon sang-froid, mais ça ne se reproduira plus. Tu m'aideras, n'est-ce pas, mon Père ?

— Joram, dit doucement Saryon, se levant pour faire face au jeune homme, si tu aimes vraiment cette jeune fille, tu sortiras de sa vie immédiatement. Le seul cadeau de mariage que tu pourrais lui faire, c'est une vie de souffrance.

Joram regarda Saryon en silence. Le catalyste vit que ses paroles avaient touché le jeune homme. Un combat se livrait en lui. Peut-être Joram disait-il vrai, peut-être avait-il changé durant la nuit, ou peut-être que ce changement s'était produit graduellement, sous l'influence d'une amitié et d'une affection patientes.

Saryon ne devait jamais savoir quelle décision Joram aurait prise en ce moment où il était blessé et vulnérable, car, à cet instant, le chaos se déchaîna. La famille venait de rentrer de la Cathédrale, quand on vit approcher le carrosse de l'Empereur, descendant du ciel comme une étoile.

— Eh bien, Simkin, dit languissamment l'Empereur, dans quoi es-tu encore allé te fourrer ?

La confusion régnant dans la maison à l'arrivée de cet auguste personnage était indescriptible. L'Empereur était déjà descendu de son carrosse et flottait dans le jardin avant que les assistants hébétés n'aient pu faire un geste. Heureusement, Simkin était sorti en courant et s'était jeté dans les bras de l'Empereur, avec des gémissements pitoyables d'où ressortaient les mots de « honte », « dégradant », et « poucettes ».

L'Empereur prit Simkin en main. Dame Rosamund — en bon général qu'elle était — rassembla ses troupes et prit possession du champ de bataille domestique. Accueillant avec grâce l'Empereur sur le seuil, elle le fit entrer dans le grand salon, le fit trôner dans le meilleur fauteuil, et déploya famille et invités autour d'elle.

— Vraiment, Bunkie, dit Simkin d'un ton ulcéré, je ne saurais dire comme c'est humiliant de se voir saisi à la Porte comme un vulgaire meurtrier...

Saryon, humble, debout dans un coin, se raidit à ces mots, et il vit les yeux de Joram flamboyer. Simkin, sans rien remarquer, continua à pérorer.

— Le pire, poursuivit-il d'un ton lugubre, c'est que je suis contraint de me tapir dans ce... cet établissement... et bien que la maison soit confortable et que Dame Rosamund se soit montrée l'hospitalité incarnée — il lui envoya un baiser d'une main languissante tandis qu'elle faisait une profonde révérence —, ce n'est pas du tout ce à quoi je suis habitué.

Il se tamponna le coin de l'œil de son mouchoir orange.

— Pourtant, Simkin, nous pensons que tu devrais t'estimer heureux, répondit l'Empereur en souriant. Charmante résidence, Seigneur, dit-il au maître de maison qui s'inclina jusqu'à terre. Ton épouse est un vrai bijou, et je vois sa reproduction dans ta ravissante fille. Nous ferons ce que nous pourrons pour toi, Simkin — l'Empereur se leva pour prendre congé, ce qui eut pour effet de semer à nouveau le désordre dans la maisonnée en émoi — mais nous pensons que tu devrais rester ici dans l'intervalle, si le Seigneur Samuels y consent, bien sûr.

Sa Seigneurie s'inclina — plusieurs fois, déclarant avec effusion, avec exubérance, qu'elle n'en serait que trop fière et trop heureuse. Le plaisir d'accueillir un ami de Sa Majesté était un honneur rare...

— Oui, dit l'Empereur d'un ton las. C'est vrai. Merci, Seigneur Samuels. En attendant, Simkin, nous tâcherons de découvrir quelles sont les charges contre toi, qui en est l'instigateur et ce que nous pouvons faire. Cela pourra prendre un jour ou deux, alors, ne va pas parader dans les rues. On ne peut pas toujours faire ce qu'on veut avec les *Duuktsarith,* tu le sais.

— Oui, morbleu ! dit Simkin, furibond, puis il soupira. Je remercie Votre Majesté. Si je peux me permettre de Lui dire un mot...

Il entraîna l'Empereur à l'écart et lui parla à l'oreille. L'assistance entendit les mots de « Comtesse », « bien roulée », et « surprise toute nue », et une fois, l'Empereur rit tout haut, d'un rire léger que Saryon — lequel était souvent allé à la cour — ne lui avait jamais entendu. L'Empereur lui donna une bourrade amicale dans le dos.

— Nous comprenons — mais nous devons partir maintenant. Les affaires de l'État et tout ça. Nous n'avons jamais de repos le Jour de l'Etern, remarqua-t-il à l'adresse des membres de la famille assemblés, qui attendaient en rang pour dire adieu à leur auguste visiteur.

L'Empereur se dirigea vers la porte.

— Seigneur Samuels, Dame Rosamund — l'Empereur leur tendit sa main à baiser —, je vous remercie encore de donner l'hospitalité à ce jeune vaurien. Nous donnons bientôt une fête. Un grand bal au Palais. J'espère t'y voir, Simkin ; et amène avec toi le Seigneur Samuels et sa famille, veux-tu ?

Le regard de l'Empereur effleura Gwendolyn.

— Cela te plairait-il, jeune fille ? dit-il, abandonnant se manières et son ton affectés, et la regardant avec un sourire paternel dans lequel Saryon détecta une touche de regret et de mélancolie.

— Oh oui, Majesté ! murmura Gwendolyn en joignant les mains, si éperdue de plaisir qu'elle en oublia de faire la révérence.

— Peu importe, dit l'Empereur avec bonté, quand Dame Rosamund reprocha à sa fille ce manquement à l'étiquette. Nous nous rappelons ce que c'est que d'être jeune.

De nouveau, cette nuance triste et mélancolique. L'Empereur était près de la porte, et Saryon se félicitait d'avoir survécu sans dommages à cette nouvelle épreuve, quand il vit Simkin jeter un regard malicieux autour de lui. Il comprit l'intention du jeune homme, et secoua fermement la tête, tentant désespérément de se fondre dans le décor. Mais Simkin poursuivit négligemment, avec un sourire ingénu :

— Morbleu, je ne sais plus où j'ai la tête avec cet effroyable incident. J'oubliais de vous présenter mes amis. Majesté, voici le Père Dungstable...

— Dunstable, murmura le malheureux catalyste en s'inclinant très bas.

— Mon Père, dit l'Empereur avec un geste plein de grâce et un léger salut de sa tête poudrée et parfumée.

— Et deux de mes amis — des acteurs, poursuivit Simkin. Ils ont pour nom de scène Joram et Mosiah. Nous pourrions jouer quelque chose au bal...

Saryon n'entendit pas la suite — et l'Empereur non plus. Avec un air d'indulgence amusée, il tendit la main à Mosiah, qui la baisa, presque aussi rouge que les rubis des bagues impériales. Joram s'avança pour l'imiter.

Le jeune homme était derrière Saryon, dans l'ombre d'une alcôve quand il fut présenté. Il fit un pas en avant, et ce faisant, entra dans la lumière d'une fenêtre située juste en face de lui, ciselant les traits fins, les hautes pommettes, et le menton volontaire. Le soleil brilla dans les magnifiques cheveux noirs de Joram — les cheveux de sa mère, dont poètes et musiciens chantaient à l'envi la beauté, cheveux qui, comme ceux des cadavres, semblaient doués de leur vie propre...

L'Empereur arrêta son geste machinal et le regarda avec stupeur, livide, les yeux dilatés, les lèvres remuant sans émettre un son.

Saryon retint son souffle. Il sait ! Que l'Etern nous protège ! Il sait !

Que va-t-il faire ? se demanda le catalyste, paniqué. Appeler les *Duuk-tsarith* ? Sans doute que non ! Il n'irait pas trahir son propre fils...

Saryon regarda autour de lui, hagard. Sûrement que tout le monde avait remarqué ! Mais non, personne ne regardait, à part lui. Il ramena vivement son regard sur le souverain, et cligna des yeux, stupéfait.

Le visage de l'Empereur avait repris son calme. Le choc de la reconnaissance n'avait été qu'un frisson à la surface d'une eau tranquille. Il gratifia le jeune homme d'un sourire aussi vide que son geste. Joram rentra dans l'ombre — il n'avait rien remarqué, car il avait le soleil dans les yeux. L'Empereur se retourna, et reprit sa conversation avec Simkin comme s'il ne s'était rien passé.

— Ce sont des acteurs consommés, mes amis, disait Simkin. Ils sont inclus dans l'invitation au Palais, n'est-ce pas, Majesté ?

— Tes amis ? fit l'Empereur, qui semblait les avoir déjà oubliés. Oui, bien sûr, dit-il, magnanime.

— Curieuse époque pour une fête, n'est-ce pas, Votre Toute-Puissance, poursuivait l'incorrigible Simkin, accompagnant l'Empereur à la porte dans le tourbillon de révérences et de courbettes de la famille du Seigneur Samuels.

Le Carrosse de l'Empereur flottait au-dessus de la rue. Entièrement composé d'éléments de cristal taillé, pour capter et refléter le soleil, on ne pouvait le regarder sans être aveuglé.

— A brûle-pourpoint, je ne me rappelle pas ce que nous fêtons.

Personne n'entendit la réponse de l'Empereur, tout le voisinage étant sorti pour l'acclamer. La réputation et le standing du Seigneur Samuels furent fixés dès cet instant. Certains voisins, qui caressaient l'idée de s'élever à la hauteur du Maître de la Guilde, virent leurs espoirs déracinés aussi vite que les druides déracinaient les arbres. Montant dans son carrosse, l'Empereur bénit la foule, puis l'étoile remonta au ciel, laissant les simples mortels baigner dans la gloire de sa lumière.

La joie des Samuels était sans bornes. Dame Rosamund rayonnait, et regardait en se rengorgeant les voisins ci-dessus mentionnés. Gwendolyn resta comme en transe à l'idée du bal, jusqu'au moment où elle réalisa qu'elle n'avait rien à se mettre et qu'elle éclata en sanglots. Mosiah suivit des yeux l'Empereur et son carrosse dans un état de stupeur dont seule le tira Lilian en le bousculant — tout à fait par hasard, l'assura la jeune fille en rougissant. Et comme il s'excusait, elle lui proposa de lui faire visiter le jardin intérieur, et sortit avec lui, roucoulant de ravissement à entendre son parler « baroque ».

Et Joram découvrit qu'il avait vaincu toutes les troupes de son ennemi — cavalerie, infanterie et artillerie.

S'approchant du jeune homme, le Seigneur Samuels lui posa paternellement une main sur l'épaule.

— Simkin m'apprend que tu crois avoir des droits sur des propriétés à Merilon, dit-il gravement.

— Seigneur, l'histoire du méchant oncle est fausse, dit Joram, le lorgnant avec méfiance.

— Je ne l'ai jamais crue, dit le Seigneur Samuels en souriant. Hier soir, j'ai tiré les vers du nez à Simkin. En fait, ta véritable histoire est bien plus intéressante. Je pourrai peut-être t'aider. J'ai accès à certains dossiers...

Ce disant, il entraîna le jeune dans son bureau et referma la porte derrière eux.

Personne ne faisait attention au catalyste, ce dont il se félicita. Retournant à la chapelle où il était certain que personne ne viendrait le déranger, il se laissa tomber sur un banc. Le soleil ne brillait plus à travers les vitraux, et le sanctuaire était plongé dans la pénombre. Saryon se mit à trembler, non de froid, mais de peur.

Souvent témoin de la traîtrise de l'homme, il avait perdu la foi en son dieu. Pour lui, l'univers n'était plus qu'une de ces gigantesques machines décrites dans les livres des Sorciers des Arts noirs, machines qui — une fois lancées — continuaient à tourner d'elles-mêmes selon les lois naturelles. L'homme n'en était qu'un rouage, dépendant des rouages qui l'entouraient. Quand un ressort se cassait, on le remplaçait. La machine continuait à tourner, et continuerait peut-être jusqu'à la fin des temps.

Conception pessimiste de l'univers, où Saryon ne trouva aucun réconfort. Pourtant, elle était préférable à celle d'un univers gouverné par quelque dieu mesquin, obsédé de puissance et de politique, et acceptant les patenôtres hypocrites de son Evêque, lequel gouvernait ses « ouailles » comme s'il s'agissait, littéralement, d'un troupeau d'oies.

Mais maintenant, pour la première fois, Saryon pensait à une autre possibilité, et son âme en fut frappée de crainte révérencielle. Suppose que l'Etern *existe* et qu'Il soit tout-puissant. Suppose qu'il connaisse le nombre des grains de sable des rivages de l'Outre-Monde. Suppose qu'Il connaisse le cœur et l'esprit des hommes. Suppose qu'il ait un plan aussi vaste qu'un rêve, qu'aucun homme ne peut concevoir ni comprendre.

— Et suppose, murmura-t-il, que nous fassions partie de ce plan, et que nous soyons entraînés à notre perte comme un homme tombé dans des rapides. Nous nous raccrochons à des pierres, nous efforçons de gagner la rive, mais notre force n'est pas égale à la tâche. Nous croyons reprendre pied, puis le courant de nouveau nous entraîne. Et les eaux noires se referment sur nos têtes...

Enfouissant la tête dans ses mains, Saryon ferma les yeux, avec l'impression de se noyer.

Pourquoi cette idée terrifiante ? Parce qu'il savait quelle fête serait célébrée dans quinze jours. Joram entrerait au Palais dix-huit ans, jour pour jour, après l'avoir quitté.

Joram fêterait l'anniversaire de sa propre mort.

Chapitre 5

LES FILS DE LA TOILE

Loin au-dessous du Palais de Merilon, loin au-dessous de la Ville Haute, loin au-dessous des Jardins et de la tombe du grand magicien qui avait conduit ici son peuple, fuyant le monde qui les détruisait, se trouve une chambre dont l'existence n'est connue que de cet ordre qui, en réalité, gouverne le Thimhallan. Huit hommes se rassemblèrent un soir en ce lieu secret. Vêtus de robes noires, les mains croisées devant eux, ils se disposèrent en cercle aux huit pointes d'une étoile à neuf branches tracée sur le sol, toutes les têtes encapuchonnées tournées vers la neuvième pointe, restée vide. Ils attendirent patiemment. La patience était leur devise. La patience, savaient-ils, était généralement récompensée.

L'air frémit, et la neuvième pointe fut occupée par une nouvelle silhouette noire. S'assurant du regard qu'ils étaient au complet, le dernier arrivant hocha la tête, frappa une fois dans ses mains, et un gros livre relié de cuir, aux pages de parchemin encore blanches, flotta au centre du cercle.

— Tu peux commencer, dit la femme à celui qui était debout à la première pointe.

Le *Duuk-tsarith* fit son rapport. A mesure qu'il parlait, toutes ses paroles étaient enregistrées en traits de feu dans le gros livre.

— Une enfant a été perdue au marché aujourd'hui, gente dame, dit-il. Elle a été retrouvée et rendue à ses parents.

La sorcière hocha la tête.

— Au suivant.

— Nous avons résolu le meurtre de Lucien l'Alchimiste. Une seule personne a pu avoir assez de connaissances pour substituer un produit chimique à un autre, afin de produire une violente explosion à la place de l'élixir de jeunesse que, paraît-il, recherchait l'alchimiste.

— L'apprenti de l'alchimiste, dit la sorcière.

— Exactement.

— Motif ?

— L'apprenti et la femme de Lucien étaient amants. Il a avoué les deux crimes sous la torture. Actuellement, ils sont emprisonnés en attendant leur sentence.

— Parfait, dit la sorcière, hochant la tête, puis dirigeant son regard sur une autre pointe de l'étoile.

— Les recherches continuent pour retrouver le Mort nommé Joram. On a dressé la liste des Mages des Champs entrés à Merilon. On en a déjà retrouvé onze et leurs antécédents ont été vérifiés. Tous ont des raisons légitimes d'être dans la cité, et sept ont été définitivement mis hors de cause. De plus, les catalystes nous ont fourni la liste de tous les nouveaux membres de leur Ordre qui sont entrés à Merilon. En comparant les deux listes, nous avons trouvé une concordance intéressante.

Il fit une pause et regarda la sorcière, l'air interrogateur, lui demandant mentalement si cela intéressait tout le conclave ou seulement elle. La sorcière réfléchit, et, au bout d'un moment, congédia les autres et referma le gros livre.

— Continue, dit-elle quand ils furent seuls.

— Le catalyste s'appelle Dunstable. Catalyste du Foyer, il y a quitté Merilon depuis plusieurs années. Il prétend être revenu à Merilon après la mort de son maître et la dispersion de sa famille.

— Histoire à vérifier.

— C'est ce que nous faisons. Il ne correspond pas au signalement du Père Saryon, mais il a pu facilement modifier son apparence. Le point intéressant, c'est qu'il est arrivé en ville avec entre autres un jeune homme dont nous savons qu'il a été Mage des Champs à une époque.

— Et ses autres compagnons ?

Le sorcier hésita.

— Nous en connaissons un, mais il y a pu en avoir

d'autres. Ce jour-là, il y avait foule à la Porte, et il est survenu un incident qui a semé la confusion.

— Et c'est ?

— La tentative d'arrestation d'un compagnon du catalyste. Simkin.

La sorcière fronça les sourcils.

— Cela complique l'affaire. L'Empereur lui-même a jugé bon d'intervenir en faveur de Simkin. Non que Simkin ait une importance quelconque, dit-elle avec un geste dédaigneux. L'affaire était banale et s'est arrangée facilement. Mais nous ne pouvons pas avoir l'air de harceler ce jeune homme. L'Empereur serait mécontent, et la situation est actuellement trop délicate pour lui fournir un prétexte lui permettant de nous écarter, nous ou le Prince Xavier. En conséquence, procédez avec précaution. Isolez le Mage des Champs, si vous pouvez, et interrogez-le. Ou peut-être...

Elle hésita, pensive.

— Gente dame ? s'enquit respectueusement le sorcier.

— Simkin a déjà travaillé pour nous, n'est-ce pas ?

— Oui, gente dame, mais...

Au tour du sorcier d'hésiter.

— Mais ?

— Il est imprévisible, gente dame.

— Quand même, vois ce que tu peux faire de ce côté. Son aide pourrait être inestimable. Sois discret, naturellement. Tu sais comment procéder, bien sûr ?

Le sorcier s'inclina.

— Et le catalyste ?

— L'Église s'occupe des siens, comme toujours. J'informerai l'Evêque Vanya, mais je crois pouvoir dire qu'il n'agira pas sans preuves. Continue tes investigations.

— Oui, gente dame.

La sorcière se tut, se mordillant les lèvres. Le sorcier resta immobile devant elle, sachant qu'il n'était pas congédié. Elle le chercha enfin du regard, les yeux luisants sous sa capuche noire.

— Ils n'avaient pas d'autre compagnon ? Personne d'autre n'accompagnait ces trois-là ?

Le sorcier attendait cette question.

— Gente dame, dit-il à voix basse, sachant qu'elle ne tolérait pas les excuses, mais qu'elle devait supporter ses propres limitations, il y avait foule à la Porte et beaucoup de confusion. Après tout, ce Joram *est* un Mort. Et de plus, s'il possède effectivement la pierre noire, il pourrait être invisible pour nos yeux.

— Oui, grommela la sorcière. Tu fais surveiller la maison ?

— Aussi bien que je le peux, étant donné que l'Empereur les a pris sous sa protection. J'ai hésité à questionner la domesticité...

— Tu as bien fait. Les serviteurs bavardent, et nous devons veiller à ne pas alarmer le jeune homme. S'il s'agit bien d'eux, au moindre soupçon de problème, ils s'enfuiront. Notre seul espoir est de les garder dans la cité. Une fois dans le Nullepart, ils sont perdus pour nous. Donne-leur du temps, endors leur vigilance et ils commettront une erreur. Et à ce moment, nous serons prêts.

— Oui, gente dame.

Le sorcier s'inclina, et, se sachant congédié cette fois, disparut.

Le seul mot de « patience », murmuré derrière lui, le suivit comme une bénédiction.

Chapitre 6

LE JARDIN

Le peuple de Merilon sait que le jardin intérieur, ou Jardin Domestique, ainsi qu'on l'appelle, est le cœur de tous les foyers. Chaque maison — quelque humble qu'elle soit — en a un, même si ce n'est qu'une simple plate-bande de fleurs au milieu d'une allée de galets. De sa verte sérénité émanent la joie et la consolation nécessaires au bien-être de la famille. La légende prétend que la quantité de Vie dont bénéficie une famille pousse dans le Jardin Domestique.

Naturellement, les riches ont des jardins d'une beauté rare et remarquable. Un jardin bien entretenu peut aussi répandre d'autres bienfaits sur une famille, comme le Seigneur Samuels le savait bien. Le standing prenait racine et s'épanouissait dans le Jardin Domestique. Et ainsi, comme pour bien d'autres choses dans sa vie, le jardin du Seigneur Samuels n'était pas seulement beau, mais il était aussi bon pour ses affaires.

Un Jardin Domestique n'est pas facile à entretenir. Le Seigneur Samuels aurait eu les moyens d'avoir un jardinier, mais il aurait paru s'élever trop au-dessus de sa condition. Il s'occupait donc lui-même du jardin, tous les matins avant de se rendre à ses affaires. Les lis-dragons, par exemple, avaient pour tendance déconcertante de lancer une flamme bleue à certains moments de la journée. Décoratives et utiles pour indiquer l'heure, ces plantes pouvaient néanmoins causer des brûlures si on ne faisait pas attention. Il fallait tailler les bambous musicaux tous les jours, car certaines tiges poussaient plus vite que d'autres et juraient avec l'ensemble. Les palmes éventails devaient être réglées tous les matins, car leurs feuilles constamment en mouvement généraient une brise agréable, bienvenue lorsqu'il faisait chaud, mais gênante quand il faisait plus frais. Dans ce cas, les palmes étaient magiquement immobilisées. C'étaient là des problèmes mineurs. De l'avis général, le jardin du Seigneur Samuels était bien conçu, bien entretenu, et très admiré. Certes, il était petit comparé aux jardins de l'aristocratie, mais le Seigneur Samuels avait astucieusement compensé ce défaut par des sentiers sinueux qui faisaient des tours et des détours entre les massifs, les arbustes et les arbres. Une fois dans le jardin, on perdait de vue la maison et on perdait aussi le sens de l'orientation. Se promenant dans ce labyrinthe dont le Seigneur Samuels changeait magiquement la disposition tous les jours, on pouvait « s'égarer » délicieusement pendant des heures.

Après le flirt, c'était le passe-temps favori de Gwendolyn. Elle était relativement instruite, car c'était actuellement à la mode chez les *Albanara* de faire instruire les filles. Elle consacrait ses matinées à l'étude sous la direction de Marie, à censément s'initier aux philosophies et aux théories avancées de la magie et de la religion. Tous les jours avant d'aller au travail, le Seigneur Samuels regardait avec orgueil la tête blonde studieusement penchée sur ses livres. Ce qu'il ne savait pas, c'est que, dès qu'il avait le dos tourné, le livre disparaissait ou était remplacé par un autre traitant de sujets plus intéressants, telles les aventures de l'intrépide Hugo, bandit de grand chemin.

De temps en temps, Dame Rosamund se chargeait des leçons initiant sa fille à la direction de la maison, au gouvernement des domestiques et à l'éducation des enfants. Ces leçons plaisaient presque autant à Gwendolyn qu'à sa mère, et elles en profitaient toutes deux pour bâtir des châteaux en Espagne. Mais malgré son plaisir à être avec sa mère ou à lire les aventures d'Hugo, Gwendolyn attendait toujours avec impatience sa promenade quotidienne dans le jardin avec Marie.

Dame Rosamund disait toujours en riant que Gwendolyn devait avoir du sang de druide dans les veines, car elle avait une habileté surprenante avec les plantes pour quelqu'un qui n'était pas né dans ce mystère. Rien qu'au son de sa voix, les boutons de roses les plus récalcitrants s'épanouissaient. Les jeunes arbres qui avaient perdu tout goût à la vie relevaient leurs membres grêles au contact de sa main, tandis que les mauvaises herbes tentaient de se cacher à son approche.

Gwendolyn n'était jamais plus heureuse que pendant ces promenades du matin. Et ce fut sans aucun doute le hasard qui y amena Joram à cette heure. C'est du moins ce qu'il prétendit — qu'il voulait juste respirer un peu. Il est certain qu'il parut surpris de la voir flotter parmi les rosiers, avec ses cheveux d'or luisant dans la lumière et sa robe rose qui lui donnaient l'air d'être elle-même une fleur.

— Je souhaite que le soleil se lève pour toi, dit Gwendolyn, les couleurs de la rose lui montant aux joues.

— Que le soleil se lève pour toi, gente dame, dit Joram, levant les yeux vers elle.

— Ne viendras-tu pas me rejoindre ? dit Gwendolyn.

A sa surprise, le visage de Joram s'assombrit, ses épais sourcils noirs se rapprochèrent, barrant son visage d'une ligne sévère.

— Merci, gente dame, dit-il d'une voix posée. Je n'ai pas assez de Vie.

— Oh, s'écria Gwendolyn, Marie va t'en donner, si ton catalyste n'est pas là ce matin. Marie ? Où es-tu ?

Cherchant des yeux la catalyste, Gwendolyn ne remarqua pas le spasme douloureux qui contracta brièvement le visage de Joram. Marie, qui arrivait derrière sa maîtresse et qui regardait le jeune homme, le vit nettement. Bien que ne sachant pas l'interpréter, elle était assez sensible pour sentir que — pour une raison quelconque — il ne pouvait pas ou ne voulait pas utiliser sa magie. Comme toute bonne servante, elle lui fournit une excuse — sa propre insuffisance.

— Si Dame Gwendolyn et ce gentilhomme veulent bien me pardonner, je suis fatiguée, dit-elle. J'ai passé la nuit debout à cause des petits.

— Et moi qui ai égoïstement pris ta Vie toute la matinée. Pardonne-moi, dit Gwendolyn, aussitôt contrite. Je descends. Ne bouge pas.

Sa robe diaphane ballonnant autour d'elle comme un

nuage de roses, Gwendolyn le rejoignit, continuant à flotter à quelques centimètres du sol pour ne pas blesser ses pieds nus sur les pierres.

Marie regarda Joram, et en reçut un regard de gratitude. Mais il y avait autre chose dans ces yeux noirs — une attention perçante, comme s'il cherchait à deviner ce qu'elle savait, que la catalyste trouva troublante.

— Je vais te montrer le jardin, si tu veux, dit timidement Gwendolyn.

— Merci ; ça me plairait beaucoup, répondit Joram, continuant à regarder la catalyste, ce qui accrut son malaise. Mon père était catalyste, ajouta-t-il, semblant sentir un besoin d'explication. Je suis un *Albanara,* mais j'ai un niveau de Vie très faible.

— Vraiment, Seigneur ? dit poliment Marie, se sentant troublée et — si ce n'avait pas été trop absurde — menacée par l'intensité du regard de Joram.

— Catalyste ? demanda Gwendolyn avec innocence. Et tu n'es pas catalyste toi-même ? N'est-ce pas un peu étrange ?

— Toute ma vie a été étrange, dit gravement Joram, se tournant vers Gwendolyn et lui donnant galamment la main pour la soutenir tandis qu'elle avançait en effleurant le sol à son côté.

— J'aimerais beaucoup que tu me racontes ta vie, dit Gwendolyn. Tu as beaucoup voyagé, n'est-ce pas ? Moi, j'ai passé ma vie ici, soupira-t-elle, embrassant le jardin du regard. Je ne suis jamais sortie de Merilon. Parle-moi du vaste monde. Comment est-il ?

— Parfois très dur, dit Joram à voix basse.

Baissant les yeux, il vit la petite main blanche dans sa paume calleuse — la peau blanche et lisse sur la peau brûlée par les feux de la forge.

— Je te dirai mon histoire, si tu veux, dit-il, reportant brusquement son regard sur les fleurs. Je l'ai racontée hier soir à ton père. Ma mère, comme toi, est née et a grandi à Merilon. Elle s'appelait Anja. C'était une *Albanara...*

Il continua à parler, racontant l'histoire tragique d'Anja (du moins ce qu'il croyait pouvoir en raconter sans danger), parfois baissant la voix au point que Gwendolyn était obligée de se rapprocher pour l'entendre.

Marie suivait discrètement à distance, observant sans avoir l'air de regarder, entendant sans avoir l'air d'écouter.

— Ta mère est morte et tu viens ici chercher la gloire et la fortune ? dit Gwendolyn, les yeux brillants de larmes, quand il eut terminé.

— Oui, répondit-il d'une voix ferme.

— C'est merveilleux ce que tu fais, dit Gwendolyn. J'espère que tu retrouveras la famille de ta mère et qu'ils auront honte de l'avoir si mal traitée. Comment peut-on être si cruel ? Être obligée de regarder l'homme qu'on aime périr ainsi ! dit-elle, secouant la tête, une larme glissant sur sa joue. Pas étonnant qu'elle soit devenue folle, la pauvre. Elle devait beaucoup aimer ton père.

— Et lui aussi l'aimait beaucoup, dit Joram, se retournant au milieu de l'allée et lui prenant l'autre main. Il a souffert pour elle la mort vivante.

Gwendolyn rougit jusqu'à la racine de ses cheveux d'or, la poitrine palpitante sous le corsage rose de sa robe. Elle comprit le message qu'elle vit dans les yeux de Joram, elle le sentit passer des mains du jeune homme dans les siennes. Une douleur délicieuse lui transperça le cœur, un peu gâchée par un pincement de peur. Se tenir les mains lui parut soudain très mal. Avec un regard embarrassé à Marie, elle lui retira ses mains ; il n'essaya pas de les retenir.

Croisant les mains derrière son dos — pour les soustraire à la tentation — Gwendolyn détourna les yeux, et dit la première chose qui lui passa par la tête.

— Mais si l'Église avait interdit à tes parents de se marier, comment as-tu été conçu ? Les catalystes ont-ils...

A ce moment, Marie s'approcha en toute hâte.

— Gwendolyn, tu trembles, ma chérie. Les *Sif-Hanar* ont dû faire une erreur ce matin. Tu ne trouves pas qu'il fait froid pour le printemps ? dit-elle vivement à Joram.

— Non, ma Sœur, répondit-il. Mais j'ai l'habitude d'être dehors par tous les temps.

— Je n'ai pas froid, Marie, commença Gwendolyn avec irritation, quand il lui vint une idée. Tu as raison, comme toujours, poursuivit-elle en se frictionnant les bras. Il fait un peu frais. Sois un amour et va me chercher mon châle.

Trop tard, la catalyste réalisa sa bévue.

— Tu peux appeler ton châle d'ici, dit-elle, sévère.

— Non, non, dit Gwendolyn, secouant la tête avec un

sourire malicieux. Je n'ai plus de Vie et tu es trop fatiguée pour m'en donner. Va me le chercher, s'il te plaît. Tu sais comme Maman est retournée quand j'attrape un rhume. Nous attendrons ici ton retour. Ce gentilhomme ne fera aucune objection, je suppose, à me tenir compagnie ?

Le gentilhomme n'émit effectivement aucune objection et Marie n'eut d'autre choix que de rentrer chercher un châle que Gwendolyn espérait bien caché.

Gardant toujours les mains derrière son dos, et pourtant éprouvant le désir pervers de revivre cette douleur étrange et délicieuse, Gwendolyn se tourna face à Joram. Elle plongea son regard dans les yeux noirs, et la douleur revint, mais pas tout à fait aussi agréable. Une fois encore, elle eut l'impression que la chaleur et la joie de son âme étaient aspirées par ce jeune homme, qu'il assouvissait une faim terrible, et qu'il ne donnait rien en échange.

Le regard des yeux noirs était effrayant, plus effrayant que son contact, et Gwendolyn détourna la tête.

— Il... il fait froid, balbutia-t-elle en reculant un peu. Je devrais peut-être rentrer...

— Non, ne rentre pas, Gwendolyn, dit-il d'un ton qui l'électrisa, comme si elle était entrée dans un ouragan et avait touché la foudre. Tu sais ce que je ressens pour toi...

— Non, absolument pas, répondit Gwendolyn avec froideur, la peur soudain remplacée par le jeu de la séduction.

Maintenant, ils jouaient selon les règles.

— De plus, ajouta-t-elle, hautaine, se détournant de lui pour caresser un lis, ça ne m'intéresse pas de le savoir.

C'était le même discours plein de coquetterie qu'elle avait servi au fils du Duc de Manchua, à la suite duquel l'ardent jeune homme s'était jeté à ses pieds — littéralement —, l'assurant de sa fidélité éternelle et lui débitant tant d'agréables sottises qu'elle en avait pouffé toute la nuit avec ses cousines. La main sur le lis, elle attendit donc que Joram dise et fasse la même chose.

Il n'y eut que le silence.

Le regardant à travers ses longs cils, Gwendolyn fut atterrée de ce qu'elle vit.

Joram avait l'air d'un condamné à mort. Livide sous son hâle, les dents serrées, il pinçait des lèvres exsangues, peut-être pour les empêcher de trembler, ou pour éviter de prononcer les paroles qui lui brûlaient les lèvres. Quand il parla, ce fut avec un effort visible.

— Pardonne-moi, dit-il. Je me suis ridiculisé. Je me suis trompé sur ta gentillesse, on dirait. Je vais te laisser...

Gwendolyn en eut le souffle coupé. Que disait-il ? Que faisait-il ? Il partait ! Déjà, il se retournait et s'en allait, ses bottes crissant sur les graviers de marbre étincelant au soleil ! Mais ça ne faisait pas partie du jeu !

Et soudain, elle réalisa que, pour lui, ce *n'était pas* un jeu. Elle repensa à l'histoire de sa vie, et cette fois, elle l'entendit avec un cœur de femme. Elle en comprit la tristesse, la dureté. Et elle en vit aussi les ténèbres.

Un instant, tremblante, Gwendolyn hésita. Une partie d'elle-même avait envie de le laisser partir, de rester une enfant et de continuer à jouer le jeu de la séduction. Mais une autre part de son être lui murmura que, dans ce cas, elle perdrait quelque chose de précieux qu'elle ne retrouverait jamais de sa vie. Joram continua à s'éloigner. Dans sa poitrine, la douleur n'était plus agréable, mais froide et cruelle. Son corps vidé de magie, elle atterrit dans l'allée. Joram continuait à s'éloigner. Ignorant les pierres meurtrissant ses pieds délicats, elle se mit à courir.

— Arrête ! Arrête ! cria-t-elle d'une voix angoissée.

Sursautant, Joram se retourna.

— Je t'en prie, ne t'en va pas ! supplia-t-elle, en lui tendant les mains.

Trébuchant sur l'ourlet de sa robe, elle tomba, et Joram la reçut dans ses bras.

— Ne me quitte pas, Joram, murmura-t-elle en le regardant dans les yeux, serrée contre lui qui l'étreignait, doux et tendre, mais aussi tremblant qu'elle. Tes sentiments m'intéressent ! Je ne sais pas pourquoi je t'ai dit ça ! C'était mal et cruel de ma part...

Cachant son visage dans ses mains, elle se mit à pleurer. Joram la serra plus fort, caressant les cheveux dorés. Le sang bourdonnait à ses oreilles, l'odeur de son parfum, la douceur de son corps contre le sien l'enivraient.

— Gwendolyn, dit-il d'une voix tremblante, puis-je demander à ton père l'autorisation de t'épouser ?

Elle ne le regardait pas, sinon elle aurait vu ces ténèbres tapies dans un recoin de son âme comme des bêtes sauvages, et qu'il croyait lui-même avoir apprivoisées et enchaînées. Si elle les avait vues, l'enfant qu'elle était aurait fui, car c'étaient des ténèbres que seule une femme ayant lutté avec des ténèbres semblables peut affronter sans peur. Mais elle garda les yeux baissés, et hocha seulement la tête en réponse.

Joram sourit, et, voyant Marie au loin qui revenait avec le châle, lui murmura vivement un avertissement pour qu'elle reprenne contenance, ajoutant qu'il parlerait sans délai à son père. Puis il partit, et, restée seule dans l'allée, Gwendolyn refoula vivement ses larmes et fit de son mieux pour essuyer le sang de ses pieds, dissimulant ses meurtrissures aux yeux aimants de sa gouvernante.

Le troisième soir suivant la visite mémorable de l'Empereur, un autre couple se promenait dans le jardin, le Seigneur Samuels ayant demandé à son épouse de l'y accompagner pour avoir une conversation particulière.

— Ainsi, l'histoire du méchant oncle n'est pas vraie ? dit-elle à son mari, déçue.

— Non, ma chère, dit le Seigneur Samuels avec indulgence. L'avais-tu vraiment crue ? Conte d'enfant ! dit-il avec un geste désinvolte.

— Je suppose, soupira Dame Rosamund.

— Ne sois pas si attristée, reprit-il à voix basse, flottant à son côté dans l'air du soir. La vérité, quoique moins romanesque, est beaucoup plus intéressante.

— Vraiment ? dit-elle en s'éclairant, regardant tendrement son mari au clair de lune et admirant sa beauté.

La robe bleue classique de Maître de Guilde lui allait très bien. Ayant à peine dépassé la quarantaine, il était en bonne condition physique. N'étant pas noble, il n'avait pas été tenté de s'abandonner aux dissipations des aristocrates. La gourmandise ne l'avait pas fait grossir, l'intempérance n'avait pas congestionné son visage. Ses cheveux, quoique grisonnants, étaient encore épais et brillants. Elle était fière de lui comme il était fier d'elle.

Leur mariage, arrangé par les familles comme la plupart des unions de Merilon, n'avait pas été un mariage d'amour. Les enfants avaient été conçus — comme il était juste et décent — par l'intermédiaire des catalystes, qui transféraient la semence de l'homme dans le sein de la femme au cours d'une cérémonie religieuse solennelle. La Jonction — union physique de deux êtres — était considérée comme un péché, étant un acte barbare et bestial. Mais le Seigneur Samuels et Dame Rosamund avaient plus de chance que beaucoup. Leur affection l'un envers l'autre avait augmenté au cours des ans, favorisée par un respect mutuel et une communauté d'esprit et de goûts.

— Oui, vraiment, poursuivit-il, regardant les roses d'un œil critique et se promettant de chercher les pucerons le lendemain. Te rappelles-tu un scandale, il y a quelques années...

— Un scandale ! s'écria-t-elle, alarmée.

— Ne t'affole pas, ma chérie, dit-il d'un ton apaisant. C'était il y a dix-sept ans — presque dix-huit. Une jeune femme de haute naissance... — il fit une pause — et même de *très haute* naissance, ajouta-t-il d'un air entendu, s'amusant manifestement à piquer la curiosité de sa femme, a eu l'infortune de s'amouracher du Catalyste du Foyer. L'Église désapprouva leur mariage, et ils s'enfuirent. Ils furent découverts plus tard dans une situation choquante.

— Je me rappelle quelque chose de la sorte, dit Dame Rosamund. Mais je n'ai jamais connu tous les détails. Nous n'étions pas encore mariés, si j'ai bonne mémoire, et Maman me protégeait beaucoup.

Se penchant, il lui murmura quelque chose à l'oreille.

— C'est épouvantable ! dit-elle avec dégoût.

— Oui, dit gravement son mari. Un enfant fut conçu de cette façon sacrilège. Le père fut condamné à la Pétrifixion. L'Eglise a recueilli la jeune femme jusqu'à son accouchement. Tout porte à croire que, si elle était retournée dans sa famille, tout aurait été oublié. Après tout, elle était fille unique, et ils étaient assez riches pour étouffer le scandale. Mais cette terrible épreuve lui avait fait perdre la raison. Elle emporta le bébé et s'enfuit de la ville, gagnant sa vie comme Mage des Champs. Sa famille l'a recherchée, mais en vain. Les parents de cette malheureuse sont morts maintenant — comme elle-même, d'après le jeune homme. Leurs terres et leurs biens sont revenus à l'Eglise, à condition qu'elle les rende à l'enfant s'il vivait. Si ce jeune homme peut prouver ses droits...

Dame Rosamund se tourna vers son mari, scrutant attentivement son visage.

— Tu connais le nom de cette famille, n'est-ce pas ?

— Oui, dit-il en lui prenant les mains. Et toi aussi. Du moins, tu le reconnaîtras quand tu l'entendras. D'après le jeune homme, sa mère s'appelait Anja.

— Anja, répéta-t-elle, fronçant les sourcils. Anja... Ses yeux se dilatèrent, ses lèvres s'entrouvrirent, elle porta la main à sa bouche.

— Miséricordieux Etern ! murmura-t-elle.

— Anja, fille unique de feu le Baron de Fitzgerald...

— ... cousin de l'Empereur...

— ... apparenté d'une façon ou d'une autre à la moitié des Nobles Maisons, ma chère...

— ... et l'un des hommes les plus riches de Merilon, dirent-ils en chœur.

— En es-tu certain ? dit-elle, très pâle, portant la main à son cœur pour calmer ses battements. Ce Joram pourrait être un imposteur.

— Il le pourrait, concéda le Seigneur Samuels, mais c'est si facile à vérifier qu'un imposteur saurait qu'il ne peut espérer réussir. L'histoire de ce jeune homme a l'accent de la vérité. Il en sait assez, mais pas trop. Par exemple, il y a dans son histoire des lacunes qu'il ne cherche pas à combler, alors qu'un imposteur le tenterait. Il a été totalement confondu quand je lui ai dit qui était sa mère et ce que son héritage pourrait valoir. Il n'en avait aucune idée. Il était sincèrement ébloui. De plus, il dit que le Père Dunstable peut confirmer son histoire.

— Tu as parlé au catalyste ? dit-elle avec ardeur.

— Oui, ma chère. Cet après-midi. Il en a parlé à contrecœur — tu sais comme tous ces catalystes se tiennent les coudes. Honteux, sans doute, qu'un membre de son Ordre puisse tomber aussi bas. Mais il a reconnu que l'Evêque Vanya lui-même l'avait envoyé à la recherche du jeune homme. Pour quelle raison l'aurait-il fait, sinon pour lui restituer son héritage ? termina-t-il, triomphant.

— L'Evêque Vanya ! Lui-même ! dit Dame Rosamund dans un souffle.

— Tu vois ! Et... — le Seigneur Samuels se rapprocha pour lui parler plus confidentiellement —... le jeune homme m'a demandé l'autorisation de faire la cour à Gwendolyn !

— Ah ! fit-elle, saisie. Et qu'as-tu dit ?

— J'ai dit — attention, sévèrement — que j'y penserais,

répliqua le Seigneur Samuels, portant la main à son col avec une grande dignité. L'identité du jeune homme devra être vérifiée, naturellement. Joram hésite à se présenter à l'Eglise avec aussi peu de preuves qu'il en a actuellement, et je ne l'en blâme pas. Cela pourrait affaiblir son cas plus tard. Je lui ai promis de faire une petite enquête, de voir quels documents je peux découvrir. Il a besoin d'un certificat de naissance, par exemple. Ce ne devrait pas être difficile à obtenir.

— Et Gwendolyn ? demanda-t-elle, écartant ces préoccupations masculines.

— Tu devrais lui parler immédiatement, ma chère, dit-il avec un sourire indulgent. Découvrir ses sentiments.

— Je crois qu'ils sont évidents, dit-elle avec quelque amertume — amertume qui disparut pourtant rapidement, car elle prenait ses racines dans son chagrin bien naturel à la perspective de perdre sa fille bien-aimée.

— Mais en attendant, nous pouvons leur permettre de passer des moments ensemble, si nous les surveillons.

— Je ne vois vraiment pas ce que nous pourrions faire d'autre, dit-elle avec quelque agacement. Je n'ai jamais vu Gwendolyn aussi entichée d'un jeune homme que de ce Joram ! Quant à passer des moments ensemble, ils n'ont fait que ça ces derniers jours ! Marie est toujours avec eux, mais...

Elle branla du chef.

— Tu es fatiguée, ma chère, dit le Seigneur Samuels avec sollicitude, soutenant sa femme de sa propre magie. Je t'ai retenue trop longtemps. Nous en reparlerons demain.

— Ces derniers jours ont été fatigants, il faut le reconnaître, dit-elle, s'appuyant sur son bras. D'abord Simkin, puis l'Empereur. Et maintenant, ça.

— C'est vrai. Notre petite fille grandit.

— Baronne Gwendolyn, dit Dame Rosamund, avec un soupir qui était mi-fierté, mi-regrets maternels.

Trois, quatre ou cinq jours plus tard, Joram entra au jardin, un soir, à la recherche du catalyste. Il ne savait plus depuis quand il avait demandé à Gwendolyn de l'épouser et qu'elle avait accepté. Le temps ne comptait plus pour Joram. Rien ne comptait plus à part elle. L'air qu'il respirait avait l'odeur de son parfum. Il ne voyait qu'elle. Il n'entendait que les paroles qu'elle prononçait. Il était jaloux de quiconque réclamait son attention. Il était jaloux de la nuit qui les forçait à se séparer. Il était jaloux du sommeil même.

Mais il découvrit bientôt que le sommeil lui apportait sa propre douceur, quoiqu'elle se mêlât de souffrance. La nuit, il faisait ce qu'il n'osait pas faire le jour — il s'abandonnait au désir, à la passion, et à la plénitude de l'accomplissement. Mais les rêves n'étaient pas gratuits — il s'éveillait le cœur brûlant, le sang en feu. Pourtant, la première apparition de Gwendolyn dans le jardin était comme une pluie rafraîchissante pour son âme. Si pure, si innocente, si juvénile ! Ses rêves le dégoûtaient ; il se sentait honteux, monstrueux ; sa passion lui semblait corrompue et bestiale.

Et pourtant, le désir était là. Quand il regardait les tendres lèvres qui lui parlaient d'azalées, de dahlias et de chèvrefeuille, il se rappelait leur contact doux et tiède dans ses rêves, et son sang s'enflammait. Quand il la regardait marcher auprès de lui, son corps svelte vêtu de quelque robe vaporeuse, il se rappelait le corps qu'il étreignait dans ses rêves, les seins nus contre sa peau, sans la barrière de soie du corsage. Dans ces moments, il détournait les yeux, de crainte qu'elle n'y lise la passion qui faisait rage en lui, de crainte que cette fragile fleur ne se flétrisse dans sa chaleur brûlante.

C'est dans l'agonie de cette torture que Joram entra au jardin ce soir-là, cherchant le catalyste qui — lui avaient dit les servantes — s'y promenait souvent quand il ne parvenait pas à s'endormir.

Le reste de la maison était couché. Les *Sif-Hanar* avaient décrété qu'il n'y aurait pas de vent ce soir-là, et le jardin était donc plongé dans le silence. Tournant dans une allée, Joram affecta la surprise en voyant Saryon assis sur un banc.

— Désolé, mon Père, dit Joram, s'arrêtant dans l'ombre d'un eucalyptus. Je ne voulais pas te déranger.

Se détournant — très lentement — il fit mine de s'en aller.

Saryon, au son de sa voix, releva la tête. Le clair de lune tomba sur son visage — visage du Père Dunstable, que Joram trouvait toujours étrange et inquiétant. Mais les yeux étaient ceux du savant qu'il avait connu au village des Sorciers — pleins de douceur et de sagesse. Avec, maintenant, quelque chose de plus. Le regard était hagard, enfiévré d'une souffrance que Joram ne pouvait pas comprendre.

— Non Joram, ne t'en va pas. Tu ne me déranges pas. En fait, c'est à toi que je pensais.

— Tu penses à moi même dans tes prières ? plaisanta-t-il.

Le visage douloureux du catalyste devint si pâle que la plaisanterie tomba à plat. Saryon soupira. Il se passa la main sur les yeux.

— Viens t'asseoir près de moi, Joram, dit-il, lui faisant de la place sur le banc.

Joram s'exécuta. S'asseyant près du catalyste, il se détendit, et écouta — pour la première fois — le silence nocturne du jardin. Sa paix et sa tranquillité descendirent sur lui comme une pluie douce, les ombres rafraîchirent son esprit fiévreux.

— Sais-tu, Saryon, commença Joram avec hésitation, peu habitué à exprimer ses pensées, et pourtant sentant qu'il devait quelque chose à cet homme et désireux de payer sa dette, l'autre jour, quand nous avons parlé à la chapelle, c'était la première fois que j'entrais dans un ... un lieu saint. Oh, poursuivit-il en haussant les épaules, il y avait bien une église, si on veut, à Walren, une grossière bâtisse où les Mages des Champs allaient toutes les semaines recevoir leur dose de culpabilité du Père Tolban. Ma mère n'en passait jamais la porte, comme tu peux l'imaginer.

— Oui, murmura Saryon, en le regardant avec perplexité, étonné de ce flot de paroles insolite.

— Anja parlait de Dieu, de l'Etern, poursuivit Joram, le regard fixé sur les roses baignées de clair de lune, mais seulement pour le remercier parce que j'étais supérieur aux autres. Je n'ai jamais pris la peine de prier. Pourquoi l'aurais-je fait ? De quoi aurais-je remercié ? dit le jeune homme, son ancienne amertume vibrant dans sa voix.

Il se tut, fixant devant lui les roses blanches et délicates, puis ramenant les yeux sur ses mains, si fortes, si souples, si mortelles. Enlaçant étroitement ses doigts, il continua à les regarder sans les voir tout en parlant.

— Ma mère haïssait les catalystes pour ce qu'ils avaient fait à mon père, et elle me nourrissait de sa haine. Tu m'as dit un jour, t'en souviens-tu, dit-il, tournant les yeux vers Saryon, qu'il est plus facile de haïr que d'aimer. Comme tu avais raison, mon Père ! Toute ma vie, j'ai haï, poursuivit-il tout bas d'un ton passionné, serrant les poings. Je commence à me demander si je suis *capable* d'aimer ! C'est si dur, ça fait si mal...si mal...

— Joram... commença Saryon, le cœur débordant.

— Laisse-moi finir, mon Père, dit-il, incapable de contenir plus longtemps sa frustration. En venant ici ce soir, j'ai soudain pensé à mon père.

Les sourcils noirs se rapprochèrent.

— Je n'y ai jamais beaucoup pensé, poursuivit-il, regardant de nouveau ses mains. Et je pensais à lui, je le voyais debout sur les Confins, le visage pétrifié, des larmes tombant sur moi de ses yeux fixant pour l'éternité une mort qu'il ne connaîtra jamais. Mais maintenant, ici — il releva la tête, parcourant le jardin du regard, et son visage s'adoucit —, je pense à lui tel qu'il a dû être — un homme comme moi. Avec des passions comme les miennes, des passions qu'il ne contrôlait pas, lui non plus. Je vois ma mère telle qu'elle devait être — jeune, belle et...

Il hésita, déglutissant avec effort.

— Innocente, confiante, dit Saryon avec douceur.

— Oui, dit Joram d'une voix presque inaudible.

Levant les yeux sur le catalyste, il fut saisi de l'angoisse qu'il vit sur son visage. Saryon lui prit impulsivement les mains, et les serra, avec une intensité aussi douloureuse que ses paroles.

— Pars ! Pars immédiatement, Joram ! dit-il d'un ton pressant. Il n'y a rien ici pour toi ! Rien pour elle, que des souffrances sans fin — comme pour ta pauvre mère !

Joram secoua la tête, têtu, ses boucles noires tombant sur son visage. Il retira ses mains.

— Mon enfant, mon fils ! dit Saryon, joignant les siennes d'un air suppliant. Tu te confies à moi et rien ne pouvait me faire plus de plaisir. Mais je serais indigne de tes confidences si je ne te conseillais pas de mon mieux. Si seulement tu savais... si seulement je pouvais...

— Si tu savais quoi ? demanda Joram, relevant vivement les yeux sur le catalyste.

Saryon battit des paupières et ravala ses paroles.

— Si seulement je pouvais te faire comprendre, termina-t-il gauchement, la sueur perlant sur ses lèvres. Je sais que tu as l'intention d'épouser cette jeune fille.

— Oui, dit Joram avec calme. Quand la question de mon héritage sera réglée, naturellement.

— Naturellement, répéta Saryon d'une voix creuse. As-tu réfléchi à ce que nous avons dit l'autre jour ?

— Au fait que je suis un Mort ? dit Joram avec calme.

Incapable de parler, Saryon ne put que hocher la tête.

Joram garda un moment le silence. Il se passa distraitement la main dans les cheveux, les peignant de ses doigts comme le faisait Anja dans son enfance.

— Mon Père, dit-il enfin d'une voix tendue, n'ai-je pas le droit d'aimer ? Et d'être aimé ?

— Joram... commença Saryon, désemparé, cherchant ses mots. Ce n'est pas la question. Bien sûr que tu as le droit d'aimer ! C'est un droit qu'ont tous les humains. L'amour est un don de l'Etern...

— Sauf à ceux qui sont des Morts ! ricana Joram.

— Mon fils, dit Saryon avec compassion, qu'est-ce qu'un amour qui ne dit pas la vérité ? L'amour peut-il croître et fleurir, planté dans un jardin de mensonges ?

Il ne put poursuivre, sa voix se brisant sur le mot « mensonges » qui semblait luire dans l'obscurité, plus brillant que la lune même.

— Tu as raison, Saryon, dit fermement Joram. Ma mère a été détruite par les mensonges — les mensonges qu'ils se faisaient, elle et mon père. Ce sont ces mensonges qui l'ont rendue folle. J'ai réfléchi à ce que tu m'as dit et j'ai décidé...

Il fit une pause, et Saryon le regarda avec espoir.

— ... de dire la vérité à Gwendolyn, termina Joram.

Le catalyste soupira, frissonnant dans l'air nocturne. Ce n'était pas ce qu'il espérait entendre. Resserrant sa robe autour de lui, il choisit avec soin les mots qu'il allait dire.

— Tu réalises que tu ne peux pas continuer à abuser cette jeune fille, et j'en suis heureux, au-delà de toute expression, dit-il enfin. Mais je pense toujours qu'il vaudrait mieux que tu sortes de sa vie — au moins pour le moment. Un jour peut-être, tu pourras revenir. Lui dire la vérité mettra ta vie en danger, Joram ! Elle est si jeune ! Elle ne comprendra peut-être pas et tu n'auras réussi qu'à te mettre en péril.

— Ma vie ne signifie rien sans elle, répondit Joram. Je sais qu'elle est jeune, mais il y a en elle une force née de sa bonté et de son amour pour moi. Il y a un ancien dicton de ton Etern, Catalyste.

Joram sourit, un vrai sourire qui mit de la douceur dans ses yeux noirs.

— « La vérité vous rendra libre. » Je le comprends maintenant, et je crois qu'il est vrai. Bonne nuit, Saryon.

Il se leva, et, avec hésitation, posa la main sur l'épaule du catalyste.

— Je pense parfois que... si mon père t'avait ressemblé... s'il avait été sage et aimant... la tragédie de sa vie et de la mienne aurait peut-être pu être évitée.

Joram se retourna brusquement et s'éloigna vivement dans l'allée sinueuse. Honteux et embarrassé d'avoir mis son âme à nu, il ne regarda pas Saryon en partant.

Et heureusement. Saryon enfouit la tête dans ses mains, les larmes jaillissant de ses paupières.

— La Vérité te rendra libre, murmura-t-il en pleurant. Oh, mon Dieu ! Tu me forces à ravaler mes propres paroles, et elles sont pour moi un poison !

Chapitre 7

LA GELÉE MEURTRIÈRE

Plusieurs jours passèrent après la conversation dans le jardin, jours de félicité sans mélange pour les amoureux, jours de torture pour le catalyste, qui sombrait lentement sous le poids de son secret. Le Seigneur Samuels et son épouse considéraient les « enfants » avec des sourires ravis. Rien n'était trop bon pour le futur Baron et ses amis, et Dame Rosamund commençait à penser au nombre d'invités qu'elle pourrait asseoir dans la salle à manger pour le déjeuner de noces, se demandant si elle pouvait se permettre ou non d'inviter l'Empereur.

Puis, un matin, le Seigneur Samuels se rendit au jardin comme d'habitude, et rentra presque immédiatement, lâchant des bordées de jurons qui choquèrent les servantes et firent lever des yeux réprobateurs à sa femme, en train de déjeuner.

— Maudits *Sif-Hanar* ! tonna-t-il. Où est Marie ?

— Avec les petits. Qu'y a-t-il, mon cher ? demanda Dame Rosamund, se levant avec inquiétude.

— La gelée, voilà ce qu'il y a ! Tu as vu le jardin ?

La famille se précipita dehors. Le jardin était effectivement dans un état pitoyable. Un seul regard sur ses roses bien-aimées, flétries et noircies sur leurs tiges, et Gwendolyn se voila la face de désespoir. Les arbres étaient frangés de blanc, les fleurs fanées tombaient comme de la neige, les feuilles mortes jonchaient le sol. Marie lui donnant de la Vie, le Seigneur Samuel fit ce qu'il put, mais il prédit qu'il faudrait des jours pour réparer les dégâts.

Ces dégâts ne se limitaient pas au jardin du Seigneur Samuels. Tout Merilon était en révolution, et, pendant quelques moments d'angoisse, les *Sif-Hanar* se virent tous en train de languir dans les cachots des *Duuk-tsarith.* Il s'avéra finalement que la faute venait de deux d'entre eux, chacun ayant présumé que l'autre s'occupait de réguler la température nocturne du dôme. Aucun ne l'avait fait. L'hiver régnant à l'Extérieur avait fait passer la température du printemps à l'automne en un instant, et tous les jardins de Merilon étaient flétris et mourants.

Le Seigneur Samuels partit à son travail de très mauvaise humeur. La journée fut sinistre, et la soirée n'arrangea rien car il revint de plus mauvaise humeur qu'en partant. Sans dire un mot, il alla au jardin inspecter les dégâts. En rentrant, il prit place à table avec sa famille et ses hôtes, comme d'habitude, mais resta muet et songeur pendant tout le repas, le regard posé sur Joram, à la consternation du jeune homme.

Gwendolyn, devant l'humeur sombre de son père, perdit immédiatement l'appétit. Demander ce qui le tracassait aurait été un impensable manquement à l'étiquette — les seuls propos admis à table étant les récits enjoués des activités de la journée.

Dame Rosamund remarqua, elle aussi, la préoccupation de son mari, et se demanda avec appréhension ce qui s'était passé. A l'évidence, il n'y avait pas que le jardin qui le tourmentait. Mais elle ne voyait pas comment l'aider, sauf en faisant bonne figure pour donner le change à ses invités. Elle parla donc à bâtons rompus, de tout et de n'importe quoi, avec une gaieté forcée qui ne fit qu'assombrir encore le repas.

Le jeune Maître Samuels avait appris le matin à quitter son berceau en volant, annonça-t-elle, mais, effrayé de cet exploit, il avait apparemment perdu sa magie et s'était écrasé par terre, au grand effroi des servantes, jusqu'au moment où, ayant examiné sa bosse au front, Marie avait déclaré que ce n'était pas grave.

Aucun message n'avait été reçu de Simkin, qui, le matin — inexplicablement et sans rien dire à personne —, avait disparu. Mais un ami haut placé d'un ami haut placé d'un ami bas placé de Dame Rosamund l'avait informée qu'il avait été vu à la cour en compagnie de l'Impératrice. Cet ami d'ami d'ami avait ajouté que l'Impératrice était déprimée, mais que c'était bien naturel étant donné l'anniversaire qui approchait.

— Quelle journée épouvantable ! se remémora Dame Rosamund, frissonnant délicatement en grignotant une fraise glacée. Ce jour où l'on déclare que le Prince était un Mort. Nous avions prévu une splendide réception pour fêter l'événement, mais nous avons dû l'annuler. Te souviens-tu, Marie ? Tous les mets que nous avions fait apparaître... Je crois que nous les avons envoyés aux cousins, soupira-t-elle, pour qu'ils ne soient pas perdus.

— Oui, je me rappelle, dit gravement Marie, s'efforçant d'entretenir la conversation. Nous... Mon Dieu, Père Dunstable, ça ne va pas ?

— Il a avalé de travers, dit Dame Rosamund avec sollicitude. Apporte un verre d'eau, ajouta-t-elle, faisant signe à une servante.

— Merci, murmura Saryon.

S'étranglant à moitié, il cacha son visage dans le gobelet qu'une Mage du Foyer fit flotter dans sa direction. Il était si secoué qu'il dut le prendre de sa main tremblante et boire de cette façon incommode au lieu d'utiliser sa magie pour le porter à sa bouche.

Peu après, le Seigneur Samuels se leva brusquement.

— Joram, Père Dunstable, prendrez-vous un cognac dans ma bibliothèque ? demanda-t-il.

— Mais... le dessert ? dit Dame Rosamund.

— Pas de dessert pour moi, merci, répliqua-t-il froidement, et il sortit, après avoir lancé un regard significatif à Joram.

Personne ne dit un mot. Gwendolyn, recroquevillée sur sa chaise, ressemblait à l'une de ses roses flétries par la gelée. Joram et Saryon s'excusèrent auprès de Dame Rosamund, et rejoignirent, suivis d'un domestique, le Seigneur Samuels qui les introduisit dans sa bibliothèque.

Quelqu'un se leva en sursaut.

— Mosiah ! s'écria le Seigneur Samuels, étonné.

— Je te demande pardon, Seigneur, dit Mosiah en rougissant.

— Nous avons regretté ton absence au dîner, jeune homme, dit le Seigneur Samuels avec froideur.

C'était une pieuse fiction, car, dans l'atmosphère lugubre de la salle à manger, personne n'avait remarqué son absence.

— J'ai oublié l'heure. J'étais si absorbé dans la lecture... dit Mosiah, montrant un livre.

— Va demander quelque chose à manger aux servantes, l'interrompit le Seigneur Samuels, montrant la porte d'un geste qui le congédiait.

— Mer... merci, Seigneur, bredouilla Mosiah, regardant tour à tour le visage sombre du maître de maison et le visage inquiet de Joram.

Il reporta son regard sur Saryon, en quête d'une explication, mais le catalyste secoua la tête. Mosiah s'inclina et sortit, et le Seigneur Samuels fit signe au domestique de servir le cognac.

La bibliothèque était une pièce agréable. A l'évidence conçue par et pour le maître de la maison, elle s'enorgueillissait de beaux meubles de bois amoureusement façonnés — un grand bureau de chêne, des fauteuils confortables, et plusieurs étagères. Les livres et les rouleaux qu'on y voyait convenaient au rang social du Seigneur Samuels. C'était un homme instruit, ce qui était indispensable pour s'élever au rang de Maître de Guilde, mais pas *trop* instruit, ce qui aurait été considéré comme une tentative pour s'élever au-dessus de sa condition, et le Seigneur Samuels — comme sa femme — avait grand soin de garder une distance respectueuse entre lui et ses supérieurs. Ce qui le faisait admirer de tous, surtout de ces supérieurs, lesquels remarquaient souvent que le Seigneur Samuels « savait rester à sa place ».

Joram jeta un coup d'œil sur les livres en entrant. Attiré par les livres comme un homme affamé l'est par la nourriture, il connaissait déjà tous les titres. C'est là qu'il passait on temps avec Mosiah quand il était forcé par la nécessité de se séparer de Gwendolyn. Fidèle à sa promesse, Joram avait appris à lire à son ami. Mosiah s'était révélé bon élève, rapide et intelligent. Les leçons s'étaient bien passées, et maintenant, pendant cette réclusion forcée, la bibliothèque était pour lui une bénédiction.

Il s'était mis sérieusement à l'étude, avançant péniblement dans les textes, souvent sans aide, Joram étant trop préoccupé. Mosiah, qui en avait tout ignoré jusque-là, était fasciné par les livres sur les théories et les usages de la magie. Joram trouvait ces ouvrages inutiles et ennuyeux, mais Mosiah consacrait toutes ses heures de loisir — et elles étaient nombreuses — à leur étude.

Saryon, pour sa part, ne remarqua pas les livres ; d'ailleurs, il ne remarqua rien dans la pièce, sans excepter le fauteuil que le Seigneur Samuels fit approcher d'un geste, et qu'il dut déplacer quand le catalyste, absorbé dans ses pensées, faillit s'asseoir dans le vide.

— Je te demande pardon, Père Dunstable, s'excusa le Seigneur Samuels quand le catalyste tomba littéralement dans le fauteuil qui se faufila précipitamment sous lui.

— C'est ma faute, Seigneur. Je ne faisais pas attention... dit-il d'une voix défaillante.

— Tu devrais peut-être sortir davantage, mon Père, suggéra le Seigneur Samuels, tandis que le serviteur faisait couler le cognac dans les verres. Avec Mosiah. Je comprends pourquoi ce jeune homme préfère mon jardin aux jardins fabuleux de la Ville Basse — il lança un regard significatif à Joram, le front barré d'un léger pli —, mais je trouve que vous devriez tous les deux voir les merveilles de notre belle cité *avant de partir,* termina-t-il, accentuant involontairement ces derniers mots.

Alarmé, Joram regarda Saryon, qui ne put que hausser les épaules. Il ne pouvait rien dire ni faire. A l'évidence, le Seigneur Samuels parlait à bâtons rompus, en attendant que le serviteur se retire. Joram se raidit, crispant les mains sur les accoudoirs de son fauteuil.

— J'ai cru comprendre que tu as vécu autrefois à Merilon, Père Dunstable ? poursuivit le Seigneur Samuels.

N'osant parler, Saryon acquiesça de la tête.

— Tu connais donc la cité. Mais c'est la première visite de Mosiah. Et pourtant, mon épouse me dit qu'il passe tout son temps ici, à lire !

— Il aime lire, Seigneur, dit Joram d'un ton bref.

Saryon se raidit. Une semaine avec le Prince Garald lui avait donné un mince vernis d'éducation. Le jeune homme croyait sincèrement que cela avait changé sa vie. Mais Saryon savait que ce changement était superficiel, comme la croûte refroidie qui se forme sur la lave en fusion. Le feu et la rage continuaient à bouillonner sous la surface. Que le vernis se craquelle, et ils resurgiraient au grand jour.

— Aurez-vous besoin d'autre chose, Seigneur ? demanda le serviteur.

— Non, merci, dit le Seigneur Samuels.

Le domestique s'inclina et sortit, refermant la porte derrière lui. Le Seigneur Samuels la scella d'un mot, et ils restèrent seuls tous les trois, dans la pièce qui sentait le vieux cuir et le parchemin poussiéreux.

— Nous avons à discuter de questions déplaisantes, dit le Seigneur Samuels, avec froideur et gravité. Il n'est jamais bon de les remettre à plus tard, aussi irai-je droit au cœur du problème. Une difficulté se présente au sujet des documents relatifs à ta naissance, Joram.

Il fit une pause, attendant apparemment une réponse — peut-être la reconnaissance pleine de confusion, de la part du jeune homme, qu'il n'était, tout compte fait, qu'un imposteur. Mais Joram ne dit rien, ses yeux noirs toujours fixés sur le Seigneur Samuels, avec une telle intensité que ce fut lui qui, finalement, détourna la tête.

— Je ne dis pas que tu m'as délibérément menti, jeune homme, reprit le Seigneur Samuels, sans goûter le cognac qui flottait près de sa main. Et je reconnais que j'ai peut-être aggravé le problème par... trop d'enthousiasme. Je t'ai peut-être donné de faux espoirs...

— Quel est le problème avec les documents ? demanda Joram, d'un ton si sec que Saryon frissonna, voyant se craqueler le vernis.

— En bref... ils n'existent pas, répondit le Seigneur Samuels, ouvrant les mains dans un geste d'impuissance. Mon ami a trouvé la trace de l'admission de cette Anja à la Source. Mais il n'y a rien sur la naissance d'un bébé. Père Dunstable, dit-il, s'interrompant, tu ne te sens pas bien ? Dois-je appeler une servante ?

— N...non, Seigneur. Je t'en prie, murmura-t-il.

Il but une gorgée de cognac, grimaçant à la brûlure de l'alcool dans sa gorge.

— Légère indisposition ; ça passera.

Joram ouvrit la bouche, mais le Seigneur Samuels lui ordonna le silence de la main, et, avec un effort visible, le jeune homme se tut.

— Il y a des raisons à cet état de choses, sans aucun

doute. D'après ce que tu m'as dit du passé tragique de ta mère, et de la détresse où elle était à cette période de sa vie, il est concevable qu'elle ait emporté ces documents avec elle. Surtout si elle pensait que tu pourrais revenir et réclamer ton héritage. T'a-t-elle jamais parlé de ces documents ?

— Non, dit-il. Seigneur, ajouta-t-il à retardement.

— Joram , reprit le Seigneur Samuels d'un ton sévère, contrarié du ton du jeune homme, je ne demande qu'à te croire. Je me suis donné beaucoup de mal pour vérifier tes dires. Je l'ai fait, non seulement pour toi, mais pour ma fille. Le bonheur de mon enfant signifie tout pour moi. Je vois nettement qu'elle est... disons... entichée de toi. C'est pourquoi, jusqu'à ce que cette question soit éclaircie, je pense qu'il serait dans votre intérêt à tous deux que tu quittes cette maison...

— Entichée ? Je l'*aime,* Seigneur, intervint Joram.

— Si tu aimes vraiment ma fille comme tu le prétends, tu conviendras qu'il est de son intérêt que tu quittes cette demeure immédiatement, reprit le Seigneur Samuels avec froideur. Si tes assertions peuvent être prouvées, je donnerai bien sûr mon consentement au...

— Ce que je dis est vrai ! s'écria Joram avec passion, se soulevant de son fauteuil, les yeux noirs flamboyant, le visage empourpré de colère.

Fronçant les sourcils, le Seigneur Samuels fit un léger mouvement vers la sonnette qui appellerait les domestiques. Voyant cela, Saryon posa une main modératrice sur son bras, et Joram se rassit.

— J'en obtiendrai, des preuves ! Quelles preuves vous faut-il ? demanda Joram, la respiration oppressée, les mains crispées sur ses accoudoirs dans un effort pour maîtriser sa fureur.

— D'après mon ami, soupira le Seigneur Samuels, la sage-femme de la Source à qui il a parlé est d'avis que sa devancière — celle qui était là au moment de ta naissance — s'en souviendrait, à cause des... euh... circonstances inhabituelles qui l'ont entourée. Si tu avais une marque de naissance — il haussa les épaules —, quelque chose dont elle se souviendrait, l'Eglise accepterait sans aucun doute son témoignage. C'est maintenant une *Theldara* de haut rang, au service de l'Impératrice, ajouta-t-il en guise d'explication à l'adresse de Saryon, qui n'écoutait pas.

Une douleur atroce martelait la tête du catalyste ; son sang bourdonnait à ses oreilles. Il savait ce que Joram allait dire, il voyait l'espoir éclairer le visage du jeune homme, il voyait les lèvres remuer, la main se porter à la chemise.

Il faut que je l'arrête ! se dit le catalyste, en proie à une peur paralysante. Les lèvres rigides, il ne parvint pas à articuler un mot. Il ne respirait plus. Il aurait pu être transformé en pierre. Il entendait parler Joram, mais ses paroles lui arrivaient comme étouffées par un épais brouillard.

— J'ai des marques de naissance ! s'écria-t-il, ouvrant brusquement sa chemise. Des marques dont elle se souviendra sûrement ! Regarde... sur ma poitrine ! Anja disait qu'elles venaient de la maladresse de la sage-femme qui m'avait mis au monde ! Elle m'avait enfoncé les ongles dans la chair en me tirant du sein de ma mère ! Ces marques prouveront ma véritable identité !

Non ! Non ! hurlait intérieurement Saryon. Ce ne sont pas les ongles d'une sage-femme maladroite ! Il se remémora la scène avec une netteté douloureuse. Ces cicatrices — ce sont les larmes de ta mère ! De ta vraie mère, l'Impératrice, pleurant sur toi dans la magnifique Cathédrale de Merilon, ses larmes de cristal tombant sur son bébé... un Mort, et le coupant en s'y écrasant, le sang coulant sur la peau blanche du nourrisson. L'air contrarié de l'Evêque Vanya, car maintenant il faudrait purifier de nouveau le petit enfant...

Les livres s'effondraient sur Saryon... Les livres... les livres interdits... les connaissances interdites... Les *Duuk-tsarith* l'entouraient... leurs robes noires l'étouffaient... il suffoquait... Il ne respirait plus...

Ces marques... prouveront ma véritable identité...

Ténèbres.

Chapitre 8

DANS LA NUIT

— Vivra-t-il ?

— Oui, dit la *Theldara,* sortant de la chambre où l'on avait transporté le catalyste inerte, et, selon toute apparence, sans vie.

Elle scruta intensément le jeune homme debout devant elle. Dans le visage sévère et les épais cheveux noirs, elle vit peu de ressemblance avec le malade. Pourtant, la douleur, l'angoisse, et même la peur, visibles dans les yeux noirs, firent douter la druidesse.

— Tu es son fils ? demanda-t-elle.

— Non... non, répondit le jeune homme, secouant la tête. Je suis... un ami. Nous avons fait de longs voyages ensemble.

La *Theldara* fronça les sourcils.

— Oui. Je vois aux couleurs de son aura qu'il est séparé de son foyer depuis longtemps. C'est un homme habitué au silence et aux activités tranquilles, dans les tons de gris et de bleu clair. Mais je vois des langues d'un rouge ardent émaner de sa peau. Si ce n'était pas impossible en cette époque de paix, je dirais que ce catalyste a pris part à une bataille ! Mais il n'y a pas de guerre... dit la druidesse, avec un regard interrogateur à Joram.

— Non, répondit-il.

— Par conséquent, poursuivit la druidesse, je dois partir du principe qu'il s'agit d'un bouleversement intérieur, qui affecte ses humeurs internes et toute l'harmonie de son corps ! Et il y a autre chose, un secret redoutable...

— Nous avons tous des secrets, dit Joram avec impatience. Je peux le voir ? ajouta-t-il, dirigeant son regard vers la chambre plongée dans l'ombre, derrière la femme.

— Juste un instant, dit-elle, lui saisissant le bras.

La *Theldara* était une femme corpulente d'un certain âge. Considérée comme l'une des meilleures Guérisseuses de Merilon, elle s'était autrefois acharnée sur les fous, jusqu'à ce que ses pouvoirs de guérison aient ramené l'ordre dans leur esprit. Elle berçait les vivants dans ses bras quand ils venaient au monde, et elle berçait les mourants dans ses bras quand ils le quittaient. Douée d'une forte poigne et d'une volonté encore plus forte, elle ne fut donc pas impressionnée par l'air terrible de Joram à son contact.

— Écoute-moi bien, dit-elle à voix basse pour ne pas troubler le catalyste dans la chambre voisine. Si tu es son ami, tu lui arracheras ce secret. Comme une épine plantée dans la chair empoisonne le sang, ainsi ce secret empoisonne son âme, et a failli causer sa mort. Ce secret, et le manque de nourriture et de sommeil. Mais je suppose que tu ne l'as pas remarqué ?

Il continua à la regarder sombrement, sans rien dire.

— C'est bien ce que je pensais ! dit-elle avec un reniflement dédaigneux. Vous, les jeunes, vous ne pensez qu'à vos problèmes !

— Qu'est-ce qui lui est arrivé ? dit Joram, regardant vers la chambre.

Une musique apaisante, prescrite par la *Theldara,* émanait d'une harpe posée dans un coin, des mains invisibles faisant vibrer les cordes à un rythme calculé pour restaurer l'harmonie dans les vibrations discordantes qu'elle percevait chez son patient.

— Les profanes appellent cette maladie la Main de l'Etern. Les paysans croient que la main de Dieu frappe les victimes. Nous, bien sûr, nous savons qu'il s'agit d'une violente perturbation des humeurs corporelles qui prive le cerveau de nourriture. Dans certains cas, elle provoque la paralysie, la cécité, l'incapacité de parler...

Joram se tourna vers la druidesse, alarmé.

— Non, il n'est pas...

Il ne put continuer.

— Qui ? Ton ami ? Non, et tu peux en remercier l'Etern et moi-même. Il est solide, ton ami, sinon il aurait succombé depuis longtemps au fardeau qui l'accable. Ses énergies guérisseuses sont bonnes, et j'ai pu, avec l'aide de la Catalyste du Foyer —, Joram aperçut Marie, debout près du lit de Saryon — le ramener à la santé. Il sera faible pendant quelques jours, mais il guérira. Aussi bien qu'il lui est possible, précisa la *Theldara,* lâchant le bras de Joram, tant que son corps n'est pas purgé du poison de ce secret. Veille à ce qu'il mange et qu'il dorme...

— Est-ce que ça se reproduira ?

— Sans aucun doute, s'il ne prend pas soin de lui. Et la prochaine fois... enfin, s'il y a une prochaine fois, il n'y en aura probablement plus d'autres après. Apporte-moi ma cape, dit la *Theldara* à une servante, qui disparut.

— Je connais son secret, dit Joram, fronçant les sourcils.

— Vraiment ? dit la *Theldara,* étonnée.

— Oui. Pourquoi est-ce que ça t'étonne ?

Elle réfléchit un moment, puis secoua la tête.

— Non, dit-elle fermement. Tu crois peut-être connaître son secret, mais il n'en est rien. J'ai senti sa présence avec ces mains, dit-elle, les levant devant lui, mais il est enfoui en lui si profondément que mes sondages mentaux les plus pénétrants n'ont pas pu le toucher.

Elle le regarda, étrécissant les yeux, et ajouta :

— Tu pensais au secret qu'il garde à ton sujet, n'est-ce pas ? Le fait que tu es un Mort ? Il peut cacher ce secret au monde, mais il flotte tout près de la surface de son esprit et ceux d'entre nous qui savent comment faire peuvent le lire facilement. Mais ne t'inquiète pas. Nous autres, *Theldara,* nous prêtons serment de respecter les confidences de nos malades. C'est une coutume de l'ancien monde, établie par l'un des plus grands en notre art, Hippocrate. Il est bon que nous soyons liés par ce serment, nous qui voyons si loin dans les esprits et dans les cœurs.

Se retournant, elle laissa la Mage du Foyer draper sa cape sur ses épaules.

— Va voir ton ami maintenant. Voilà longtemps qu'il partage ton secret. Fais-lui comprendre que tu es prêt à partager le sien.

— Je le ferai, dit gravement Joram. Mais je... — il haussa les épaules, désemparé —... je n'imagine pas ce que ça peut être. Je connais très bien cet homme, du moins, je le croyais. Y a-t-il un indice pour me mettre sur la voie ?

La *Theldara* se prépara à partir.

— Juste un, dit-elle, vérifiant que ses potions et concoctions herbales étaient bien à leur place respective sur le grand plateau de bois qui l'accompagnait. Ce type d'attaque est souvent provoqué par un choc. Réfléchis à ce dont vous parliez quand la crise est survenue. Cela te donnera peut-être un indice. Mais ce n'est pas sûr. L'Etern seul connaît la réponse, j'en ai peur.

— Merci de l'avoir aidé, dit Joram.

— Hum ! Je voudrais pouvoir dire la même chose pour toi !

La *Theldara* hocha sèchement la tête, puis, se faisant suivre de son plateau, elle flotta dans le couloir pour aller prendre congé du Seigneur Samuels et de Dame Rosamund.

Joram la suivit des yeux sans la voir, son œil mental revenant à la scène de la bibliothèque. Il discutait avec le Seigneur Samuels de la façon de prouver ses droits sur la Baronnie. Il ne se rappelait pas que Saryon eût dit quelque chose, mais, s'avoua-t-il avec contrariété, il ne faisait guère attention au catalyste ; il ne pensait qu'à ses propres problèmes. Qu'est-ce qu'ils avaient dit juste avant l'évanouissement du catalyste ? Joram fouilla sa mémoire.

— Oui, dit-il, portant la main à sa poitrine. Nous parlions de mes cicatrices...

Gwendolyn était seule dans sa chambre, assise dans le noir. Ses yeux brûlaient des larmes qu'elle avait versées, et maintenant, ayant pleuré toutes les larmes de son corps, et craignant d'avoir le visage rouge et bouffi au matin, elle le bassinait d'eau de rose.

Même si je ne peux pas parler à Joram, il me verra, se dit-elle, s'asseyant à sa coiffeuse.

La froide lumière de la lune, rehaussée par les *Sif-Hanar*, répandait une clarté nacrée sur Merilon. Mais Gwendolyn n'en apprécia pas la beauté, qui la réfrigéra plutôt. L'œil glacé de la lune semblait considérer ses pleurs sans intérêt ni compassion, et ses rayons donnaient à sa peau une pâleur de cadavre.

Gwendolyn préféra l'obscurité, et, se levant, alla fermer le rideau à la main — ce qu'elle aurait normalement accomplis d'un geste et d'un mot magiques. Mais elle était physiquement épuisée et n'avait plus de magie en elle.

Le Seigneur Samuels, fort des assurances de la *Theldara* sur le rétablissement du catalyste, avait informé sa fille qu'elle ne devait pas adresser la parole à Joram ni permettre qu'il lui parle tant que ses droits sur l'héritage ne seraient pas fermement établis.

— Je ne l'accuse pas d'être un imposteur, avait-il dit à sa fille, qui pleurait à chaudes larmes dans les bras de sa mère. Je crois son histoire, mais si elle ne peut pas être prouvée, il n'est qu'un zéro. Un homme sans famille, sans fortune. Un... Mage des Champs ! termina-t-il en haussant les épaules. C'est ce qu'il était, et, jusqu'à preuve du contraire, c'est ce qu'il doit rester ! Pire, il doit vivre dans l'ombre de la disgrâce...

— Ce n'est pas sa faute ! avait crié Gwendolyn avec passion. Pourquoi payerait-il pour le péché de son père ?

— Je sais, ma chérie, avait dit le Seigneur Samuels. Et s'il retrouve sa Baronnie, tout le monde pensera de même. Je suis désolé d'avoir à prendre cette mesure, avait-il poursuivi, caressant les cheveux de sa fille, car c'était véritablement un papa gâteau, et cela lui déchirait le cœur de la voir dans cet état. C'est de ma faute, avait-il ajouté. Je n'aurais pas dû encourager vos sentiments avant d'avoir les faits en main. Mais sur le moment, cela me semblait... un si bon investissement pour ton avenir...

— Et les choses s'arrangeront sans doute, mon poussin, avait dit Dame Rosamund, écartant les cheveux de sa fille de ses yeux lourds de larmes. Après-demain, c'est le bal de l'Empereur. La sage-femme est maintenant au service de l'Impératrice. Ton père fera en sorte de la rencontrer, et nous verrons bien si elle reconnaît Joram. Si oui, quelle merveilleuse soirée nous passerons ! Sinon, pense à tous les jeunes nobles qui seront là, et qui t'aideront à chasser ce jeune homme de ta vie.

Chasser ce jeune homme de ta vie. Seule dans sa chambre, Gwendolyn crispa ses mains sur son cœur douloureux, et baissa la tête. *Investissement pour ton avenir.*

Suis-je aussi insensible que ça ? se demanda-t-elle. Est-ce que je ne désire rien dans l'existence que la fortune et une vie de plaisirs et de facilité ?

C'est sans doute ainsi que je dois paraître aux autres, pensa-t-elle avec remords, regardant autour d'elle sa chambre luxueuse. Sinon, mes parents n'auraient pas parlé ainsi.

Au souvenir de ses paroles et de ses rêves des derniers jours, ses remords décuplèrent.

— Quand je rêvais de Joram, murmura-t-elle, je le voyais en beaux atours, pas dans les pauvres vêtements qu'il porte maintenant. Je le voyais flottant au-dessus de ses terres, entouré de ses serviteurs, ou poussant son cheval au galop dans une partie de Rançon de Roi, ou encore m'emmenant avec lui visiter ses paysans une fois par an, tous s'inclinant avec respect devant nous...

Elle ferma ses yeux brûlants.

— Mais c'était un Mage des Champs — un paysan, un de ceux qui s'inclinent ! Et s'il ne peut pas prouver ses droits, c'est sans doute ce qu'il redeviendra. Pourrais-je supporter de travailler près de lui, les pieds dans la boue, de saluer très bas ?...

Elle en douta un instant. La peur la submergea. Elle n'était jamais allée dans un village de Mages des Champs mais Joram lui en avait parlé. Elle vit sa peau blanche brûlée par le soleil, ses cheveux emmêlés par le vent, son corps las et courbatu à la fin de la journée. Elle se vit rentrer à travers champs, marchant parce qu'elle n'avait plus l'énergie de flotter. Mais Joram était près d'elle, marchant à son côté vers leur chaumière. Il la tenait par la taille, soutenant ses pas chancelants. Ils entraient ensemble. Elle cuisinait son modeste repas (« Je suppose que je pourrai apprendre à faire la cuisine », murmura-t-elle) pendant qu'il regardait jouer leurs enfants...

Gwendolyn rougit, son sang lui brûlant les veines. Des enfants. Les catalystes transféreraient la semence de Joram dans son corps. Elle se demanda comment ils faisaient, car c'était un sujet dont sa mère ne parlait jamais. Ni aucune femme bien élevée, d'ailleurs. Quand même, elle ne pouvait s'empêcher d'en être curieuse, et c'était bizarre que cette curiosité lui vînt maintenant, alors qu'elle se représentait Joram en train de manger en la regardant, ses yeux noirs brillant à la clarté du feu...

La chaleur de ce feu se répandit dans tout son corps, l'entourant d'un doux halo doré bien préférable à la froide lumière de la lune. Mettant sa tête dans ses bras, elle se remit à pleurer, mais ces larmes jaillissaient d'une source différente, plus profonde et plus pure, dont elle ignorait l'existence. C'étaient des larmes de joie, car elle savait maintenant qu'elle aimait Joram sans égoïsme. Elle l'avait aimé Baron, elle pouvait l'aimer paysan. Quoiqu'il arrive et où qu'il aille, sa place était auprès de lui, même dans un champ...

Si Gwendolyn avait connu les rigueurs de la vie qu'elle envisageait innocemment de partager avec Joram, ce cœur qui éprouvait pour la première fois un amour de femme, aurait peut-être défailli. La chaumière qu'elle imaginait était au moins cinq fois plus grande qu'une hutte de Mage des Champs. Le modeste repas aurait nourri un mois une famille de paysans, et, dans son rêve, tous les enfants étaient en bonne santé. Il n'y avait pas de petites tombes dans son paysage imaginaire.

Mais, dans son humeur présente, cela n'aurait rien changé. Au contraire, plus dure serait la vie, mieux ça vaudrait, car cela prouverait son amour à Joram. Elle releva la tête, les joues luisantes de larmes. Elle espérait que Joram *ne pourrait pas* prouver ses droits sur la Baronnie ! Elle vit Joram accablé, anéanti. Elle vit son père la séparer de Joram.

Mais je lui échapperai ! se dit-elle avec une ferveur presque sacrée. Je courrai à Joram, je le prendrai dans mes bras, et plus rien ne pourra nous séparer... Plus rien, jamais ! répéta-t-elle, tombant à genoux en joignant les mains. Etern qui es au ciel, murmura-t-elle, fais-moi trouver le moyen de le lui dire !

Une impression de paix et de contentement l'envahit, et elle sourit. Sa prière avait été entendue. Le lendemain, elle s'arrangerait pour rencontrer Joram en secret, et elle le lui dirait. Posant la tête sur son lit, elle ferma les yeux et s'endormit au clair de lune. Et Marie, entrant voir si son enfant chérie n'avait besoin de rien, la mit au lit en frissonnant, murmurant elle-même une prière.

Car chacun sait que ceux qui dorment trop longtemps à la lumière de la lune sont sujets à sa malédiction.

Joram passa la nuit au chevet du catalyste. Le clair de lune ne brilla pas sur ses pensées, car la *Theldara* s'était assurée que sa lumière ne gênerait pas son patient. Dans le coin de la chambre, la harpe continuait à jouer sa musique apaisante — berger jouant de la flûte, saluant l'aube qui met fin aux dangers de la nuit. Un globe de cristal flottait au-dessus du catalyste, répandant une douce lumière pour écarter les peurs qui rôdent dans l'ombre. Près de lui, un liquide bouillonnait dans un autre globe, émettant des vapeurs aromatiques qui nettoyaient les poumons et purifiaient le sang de ses impuretés.

Tout cela faisait-il du bien à Saryon ? C'était discutable, vu que, d'après la *Theldara,* le secret de la véritable identité de Joram était plus mortel pour lui qu'une tumeur cancéreuse. Aucune herbe ne pouvait venir à bout de ce poison, aucun sortilège de la Guérisseuse ne pouvait le détruire. Saryon dormait sous l'influence d'un sort sédatif jeté par la *Theldara,* apparemment inconscient de son entourage. C'était sans doute le seul traitement qui pouvait améliorer son état, et il n'était que temporaire, car l'enchantement cesserait bientôt, et il recommencerait à se débattre seul sous son fardeau accablant.

Mais si la musique apaisante et les herbes aromatiques agissaient peu sur Saryon, elles étaient une bénédiction pour Joram. Assis au chevet de cet homme qui avait tant fait pour lui — et qui en avait été si mal remercié — Joram se remémora de façon éclatante l'impression de solitude, de perte et de désespoir qu'il avait éprouvée lorsqu'il avait cru que le catalyste allait mourir.

— Tu me comprends, mon père, dit-il, tenant la main décharnée gisant sur la couverture. Les autres ne me comprennent pas. Ni Mosiah, ni Simkin. Ils ont la magie, ils ont la Vie. Toi, Saryon, tu sais ce que c'est que d'aspirer à la magie. Tu me l'as dit un jour. Tu m'as dit que, petit, tu en voulais à l'Etern d'avoir fait de toi un catalyste, de t'avoir refusé la magie.

« Pardonne-moi ! J'ai été aveugle, tellement aveugle ! poursuivit-il, posant son front sur la main du catalyste. Miséricordieux Etern ! lança-t-il avec désespoir. Je regarde mon âme, et je vois un monstre affreux et méprisable ! Le Prince Garald avait raison. Je commençais à aimer tuer ! J'aimais la sensation de puissance que ça me donnait !

Maintenant, je vois que ce n'était pas une force. C'était une faiblesse, une lâcheté. Je ne pouvais pas me regarder en face. Je ne pouvais pas regarder mon ennemi. Il fallait que je le surprenne, que je le frappe dans le dos, quand il ne pouvait pas se défendre ! Si ce n'étaient Garald et toi, mon Père, j'aurais pu devenir ce monstre que je portais en moi. Mais grâce à toi — et grâce à Gwendolyn... Son amour éclaire mon âme.

Relevant la tête, Joram fixa ses mains avec dégoût.

— Mais comment pourrai-je la toucher de ces mains tachées de sang ? Tu as raison, Saryon, dit-il en se levant fiévreusement. Nous devons partir. Mais non !

Il s'interrompit brusquement, se retournant à moitié.

— Comment partir ? Elle est ma lumière ! Sans elle, je suis de nouveau plongé dans les ténèbres. La vérité. Je dois lui dire la vérité. Tout ! Que je suis un Mort. Que je suis un meurtrier... Après tout, ça n'a pas l'air si grave quand j'explique... Le surveillant avait tué ma mère. J'étais en danger. En état de légitime défense.

Joram se rassit près de Saryon.

— Blachloch était mauvais et méritait plusieurs fois la mort pour les souffrances qu'il infligeait aux autres. Je lui ferai comprendre ça. Et elle me pardonnera, comme tu m'as pardonné, mon Père. Entre son amour et son pardon, et les tiens, je serai purifié...

Joram se tut, écoutant la harpe qui jouait maintenant une berceuse. Cela ne suscita en lui aucun souvenir attendri. Les berceuses d'Anja étaient de nature plus sombre, lui répétant soir après soir l'affreuse histoire du châtiment de son père.

Et, bien que la *Theldara* n'eût aucun moyen de le savoir, la berceuse donna des cauchemars à Saryon. Dans son sommeil magique, il se vit — jeune Diacre — emportant dans ses bras un bébé enveloppé de langes royaux dans un couloir désert et silencieux. Il s'entendit chanter cette berceuse — la dernière que le nourrisson entendrait — d'une voix rauque étranglée par les larmes.

Le catalyste s'agita et gémit, sa tête remuant faiblement sur l'oreiller, en signe de refus... de révolte...

Joram ne comprit pas, et le regarda avec angoisse.

— Tu me pardonnes, n'est-ce pas, mon Père ? J'ai besoin de ton pardon.

CHAPITRE 9

AU MATIN

— Toc, toc ! Hello ! Il n'y a personne ? Par les dents et les orteils de l'Etern, mon cher ! s'écria Simkin, reculant avec effroi, la main sur le cœur. Mosiah !

— Simkin ! s'écria Mosiah, tout aussi sidéré.

Au tournant d'un couloir, ils étaient tombés nez à nez, manquant se renverser.

Vêtu de satin vert vif des pieds à la tête, Simkin cueillit en l'air son éternel mouchoir de soie orange, et s'épongea le front.

— Morbleu, tu m'as fait une peur ! A me faire sauter hors de mes culottes, mon cher, comme c'est arrivé au Duc de Cherbourg. Se déguiser en *Duuk-tsarith* était la grande plaisanterie du Marquis. Tout le monde voyait que ses robes noires n'étaient pas authentiques, mais le Duc est un homme nerveux. Se croyant arrêté par les Sorciers, il perdit sa magie et le voilà, culottes en accordéon autour des chevilles, devant toute la cour ! Cela fit sensation, naturellement, quoique, à mon avis, ce fût beaucoup de bruit pour rien. J'ai présenté ms condoléances à la Duchesse...

— Je t'ai fait peur, à toi ? dit Mosiah quand il put placer un mot. Et qu'est-ce que tu crois que ça m'a fait, de te voir sortir du néant comme ça ? Où étais-tu passé ?

— Oh, je suis allé faire un tour, ici et là, un peu partout, dit joyeusement Simkin, jetant un coup d'œil dans la grande salle du logis du Seigneur Samuels. Où sont-ils tous ? Surtout notre Taciturne et Ténébreux Amant ? Il joue toujours les amoureux transis ou il a finalement obtenu ce qu'il veut ?

— La ferme ! dit Mosiah, furieux, saisissant Simkin par le bras et l'entraînant dans la bibliothèque. Imbécile ! Ne parle pas comme ça ! On a déjà assez de problèmes !

— Vraiment ? s'enthousiasma Simkin. Quelle bonne nouvelle ! Je commençais à m'ennuyer furieusement. Qu'avons-nous fait ? Avons-nous été surpris dans une posture compromettante ? La main sous ses jupes ?

— Tu vas arrêter ! dit Mosiah, choqué.

— Dans son corsage alors ?

— Ecoute donc. Le Seigneur Samuels prétend que Joram ne peut pas prouver son identité, et il a failli le jeter dehors hier soir, mais Saryon a eu une attaque ou autre chose, et on a dû faire venir la *Theldara*...

— Le catalyste ? Une attaque ? Et comment va notre vieil ami ? demanda-t-il avec désinvolture en se servant un cognac. Ah, toujours le cognac maison, ajouta-t-il, fronçant les sourcils. Il a les moyens de s'offrir mieux ; je me demande pourquoi il ne le fait pas. Enfin, il faut faire la part des choses, je suppose, conclut-il en vidant son verre. Il n'est pas mort, au moins ?

— Non ! grogna Mosiah. Non, répéta-t-il, lui enlevant la bouteille de force. Mais il a besoin de repos. Le Seigneur Samuels a dit que nous pouvions rester, mais seulement jusqu'au bal de l'Empereur demain soir.

— Et alors ? demanda Simkin en bâillant. Joram sera changé en rat géant au douzième coup de minuit ?

— Il paraît qu'il doit y rencontrer quelqu'un, une *Theldara* qui l'a vu tout bébé ou quelque chose comme ça, et qui pourra l'identifier comme étant le fils d'Anja.

Simkin eut l'air perplexe.

— Tout ça me semble très amusant, mais quelqu'un a-t-il pensé que Joram a un peu changé depuis ? Je veux dire, comment allons-nous réveiller la mémoire de cette bonne vieille ? En le mettant tout nu sur une peau d'ours ? Je me rappelle que nous l'avons fait pour... Oh, désolé, j'ai juré sur la tombe de ma mère de ne jamais raconter cette histoire ! Bon, où en étais-je ? Ah oui, les bébés. D'après mon expérience, tous les bébés se ressemblent. La mère de l'Empereur et tout ça.

— Quoi ? dit Mosiah, qui arpentait nerveusement la pièce et n'écoutait qu'à moitié.

— Tous les bébés ressemblent à la mère de l'Empereur, dit Simkin, hochant gravement la tête. Grosse tête ronde qu'elle n'arrive pas à redresser, joues bouffies, yeux qui louchent et air ahuri...

— Tu vas arrêter de plaisanter ? dit Mosiah, exaspéré. Joram a sur le corps des marques qui datent de sa naissance. Tu le sais, tu les as vues. Ces petites taches blanches sur sa poitrine ?

— Je ne crois pas m'être jamais beaucoup intéressé à la poitrine de Joram, fit remarquer Simkin, sauf pour constater une absence totale de poils. Je suppose que sa tête les a tous réquisitionnés.

— Ces cicatrices faisaient jaser dans notre village, dit pensivement Mosiah, ignorant Simkin. La vieille Mamie Hudspeth disait que c'était une malédiction, qu'Anja le mordait pour lui sucer le sang. Il ne m'a jamais dit d'où elles venaient. Évidemment, ce n'est pas le genre de question qu'on pose à Joram. J'avais peut-être peur de lui demander. J'avais peut-être peur qu'il ne me réponde... ajouta-t-il, avec un rire nerveux.

— Ainsi, la malédiction devient aujourd'hui bénédiction, comme dans les contes des Mages du Foyer, dit Simkin, le sourire aux lèvres et se lissant la moustache. Notre grenouille se métamorphose en Prince...

— Pas en Prince, dit Mosiah, exaspéré. En Baron.

— Désolé, mon cher. J'oubliais que tu as grandi au désert, illettré et tout. Dis-moi, poursuivit-il vivement pour couper court à la colère de Mosiah, je suis venu vous chercher pour sortir. C'est jour de réjouissances au Bosquet de Merlyn. Les artistes répètent les numéros qu'ils présenteront demain soir à Son Altesse Rasante. Très divertissant, je t'assure. Et on a le droit de leur lancer des tomates si on n'est pas content. Ça va commencer d'une minute à l'autre maintenant. Vers midi. Où est Joram ?

— Il ne viendra pas. Le Seigneur Samuels lui a interdit de voir Gwendolyn. Jusqu'à ce que son affaire soit réglée. Mais comme Samuels est parti à la Guilde, Joram espère la voir quand même. Il est dans le jardin depuis le déjeuner. Et Saryon est trop faible pour aller se promener.

— Alors, ce ne sera que toi et moi, mon cher, dit Simkin,

lui donnant une claque dans le dos. Tu es enterré là-dedans depuis des jours, non ?

— Enfin... fit Mosiah, l'air tenté.

— Sois tranquille ! Pas de danger d'être arrêté. Tu seras avec moi, dit Simkin, désinvolte, et je jouis de la protection de l'Empereur. Personne n'ose me toucher. De plus, on pourra se perdre dans la foule, sans être remarqués.

— Ha ! fit Mosiah, avec un regard furibond à sa tenue criarde. J'aimerais voir le jour où tu ne te feras pas remarquer !

— Quoi ? Tu n'aimes pas cette couleur ? dit Simkin, ulcéré. Je l'appelle *Raisin Vert Shocking.* Quand même, tu as raison. Voilà ce que je te propose. Tu m'accompagnes, et je mets une sourdine. Là — il agita la main —, qu'est-ce que tu dis de ça ? Je vais appeler ça... voyons voir... *Prune Pourrie.* Maintenant, je suis aussi terne que toi. Allez, mon vieux, viens.

Il bâilla, et se tamponna le nez, l'air lugubre.

— Je viens de passer je ne sais combien d'heures à la cour, m'ennuyant à en tomber en pièces. Ce qui est d'ailleurs arrivé au Comte de Montbank, tu sais. Pendant que l'Empereur racontait une histoire. Pour la plupart, on s'est gentiment endormis, mais quand on s'est réveillés, le Comte gisait en morceaux éparpillés dans tout le salon... Bref, j'en ai jusque-là des Ducs et des Comtes ! J'aspire à une touche roturière.

— Je vais t'en donner, une touche roturière, grommela Mosiah, serrant les poings, tandis que Simkin allait examiner les livres sur les rayonnages.

— Qu'as-tu dit, mon cher ? demanda Simkin.

— Je réfléchissais, dit Mosiah.

Secrètement, le jeune homme avait une envie folle de voir le Bosquet de Merlyn, une des merveilles du Thimhallan de l'avis général. Visiter ces jardins fabuleux et assister aux extraordinaires numéros des illusionnistes, c'était, pour le jeune Mage des Champs, comme un rêve qui se réalise. Mais Saryon ne voudrait pas qu'il sorte, il le savait ; le catalyste leur répétait sans cesse qu'il était de la plus haute importance qu'ils restent cachés à la maison.

Je suis enfermé depuis près de deux semaines, se dit Mosiah, et il n'est rien arrivé. Le catalyste est bien intentionné, mais il a peur de tout ! Je serai prudent. De plus,

Simkin a raison. Ça peut paraître étrange, mais il jouit *vraiment* de la protection de l'Empereur...

— Dis-moi, s'écria soudain Simkin, ne serait-ce pas amusant de changer ce volume hautement rasoir sur *La Diversité des Magies du Foyer* en quelque chose de plus divertissant ? *Les Pratiques sado-maso chez les Centaures,* par exemple ?

— Non, dit Mosiah, se décidant enfin. Viens, sortons d'ici avant que tu détruises le peu de crédibilité que nous avons encore.

Saisissant fermement Simkin par sa manche *Prune Pourrie,* il l'entraîna hors de la bibliothèque. Se laissant docilement conduire vers la porte, Simkin jeta un regard en arrière sur l'étagère, clignant de l'œil et marmonnant un mot. La soie orange s'envola, s'enroula autour de *La Diversité des Magies du Foyer* et disparut, laissant à sa place un volume relié de cuir brun.

— Avec de nombreuses illustrations en couleur, murmura Simkin, un sourire ravi aux lèvres.

Ce matin-là, Joram alla se promener au jardin, espérant y rencontrer Gwendolyn, comme Gwendolyn s'y promenait, dans l'espoir de rencontrer Joram. Mais quand il l'aperçut, apathique, assise au milieu des roses avec Marie, le jeune homme s'inclina froidement, lui tourna le dos et s'éloigna.

Il n'osait pas lui adresser la parole. Et si elle refusait de lui parler ? Et si elle n'aimait que la personne qu'il pouvait devenir et non la personne qu'il était ?

Et si je ne deviens pas Baron ? se demanda Joram.

L'idée soudaine que ses plans, espoirs et rêves pourraient ne pas se réaliser fit s'écrouler d'un coup ses châteaux en Espagne, manquant l'enterrer sous leur gravats.

— Comment n'y ai-je pas pensé hier soir ? Comment pourrait-elle aimer un homme qui ne sait pas qui il est ?

— Joram... attends un instant... je t'en prie.

Il s'arrêta sans se retourner, refusant de la regarder. Gwendolyn l'avait appelé, mais derrière elle, il entendit Marie qui lui faisait des remontrances à voix basse — « Gwendolyn, rentre à la maison. Ton père t'a défendu... » — et Joram sourit avec une sombre satisfaction.

— Je sais ce que Papa a dit, rétorqua Gwendolyn avec une fermeté née du chagrin et de la souffrance, qui fit tressaillir de joie le cœur de Joram, et je respecterai sa volonté. Je veux seulement... — elle hésita — ... demander des nouvelles du Père Dunstable. J'aurais cru que tu t'intéresserais aussi à sa santé, ajouta-t-elle, réprobatrice.

Joram se retourna légèrement en entendant les voix se rapprocher. Maintenant, il voyait Gwendolyn du coin de l'œil. Il vit l'insomnie dans les cernes de ses yeux bleus. Il vit les traces de larmes que toute sa magie et son eau de rose n'étaient pas parvenues à effacer sur le visage livide. Elle avait pleuré à l'idée de le perdre. Son cœur battit si fort qu'il n'aurait pas été surpris de le voir bondir hors de sa poitrine et tomber à ses pieds.

— Juste un instant, Joram. Comment va le Père ?

Il sentit une main douce sur son bras, et regarda les yeux bleus, si pleins d'amour et de souffrance qu'il eut du mal à ne pas la prendre dans ses bras, pour la protéger de la douleur qu'*il* allait lui infliger. Le cœur trop plein pour parler, il la fixa, ses yeux brûlant d'un feu plus chaud que les feux de la forge.

Pourtant, que pouvaient-ils se dire ? Marie les surveillait, l'air désapprobateur. Quand j'aurai répondu à la question sur le catalyste, Marie lui ordonnera de rentrer. Si elle refuse, ça fera une scène... les Mages du Foyer appelés à la rescousse, peut-être le Seigneur lui-même...

Joram regardait Gwendolyn, qui le regardait.

L'Etern entend-Il les prières des amoureux ?

Sans doute, car, au même instant, des cris perçants retentirent dans la maison.

— Marie, viens vite ! glapit une Mage du Foyer.

Une autre se rua dehors à sa recherche. Maître Samuels, jouant à faire l'oiseau, était entré dans la volière. Il était poursuivi par une paonne, furieuse qu'il ait dérangé son nid, et paraissait en péril de mort. La catalyste devait venir !

Marie hésita. Le bambin était peut-être en danger, mais, dans sa sagesse, elle savait que Gwendolyn courait un plus grand péril au jardin. Maître Samuels lança un nouveau hurlement, encore plus paniqué. Ordonnant à Gwendolyn de la suivre — avec autant de chances d'être obéie que si elle avait ordonné au soleil de descendre du ciel, elle le savait —, la catalyste se hâta à la rescousse de la servante, pour secourir, calmer et châtier Maître Samuels.

— Je... ne peux rester... qu'un instant, dit Gwendolyn.

Rougissant sous le regard intense des yeux noirs, et gênée de désobéir à son père, elle retirait sa main du bras de Joram quand il la saisit.

— Le Père repose confortablement ce matin, dit-il.

— Lâche-moi, je t'en prie, dit-elle, troublée par l'émoi que ce contact suscita en elle.

Lui retirant doucement sa main, elle la croisa avec l'autre derrière son dos.

— Papa ne voudrait pas... Enfin, je ne dois pas... Que disais-tu du bon Père ? dit-elle enfin, au supplice.

— La *Theldara* a dit que c'était une petite attaque, expliqua Joram, en proie à un émoi soudain, lui aussi. Les vaisseaux sanguins qui se contractent et empêchent le sang d'arriver au cerveau, quelque chose comme ça. Je ne comprends pas bien, mais ça aurait pu être très grave, le paralyser définitivement. Mais elle dit que les forces magiques du Père lui ont permis de réparer les dégâts. Je...je voulais remercier Marie de son aide, ajouta-t-il, bourru, n'étant pas habitué à faire des remerciements. Remercie-la pour moi...

De nouveau, il s'inclina pour partir, et, de nouveau, la main douce le retint.

— Je... j'ai prié l'Etern pour qu'il se rétablisse, murmura Gwendolyn, laissant sa main sur son bras par inadvertance, et Joram s'en empara vivement.

— Tu n'as prié que pour ça ? dit-il, effleurant les cheveux dorés de ses lèvres.

Gwendolyn sentit ce contact impalpable, tout son corps réagissant violemment, jusqu'à ses cheveux qui lui semblèrent frémir. Relevant la tête, elle se trouva plus près de lui qu'elle ne s'y attendait. L'étrange douleur exquise qui l'avait transpercée quand il tenait sa main se fit plus forte, plus effrayante. Elle avait une conscience aiguë de sa présence physique. Les lèvres qui avaient baisé ses cheveux étaient entrouvertes, comme assoiffées. Les bras forts l'attiraient dans une obscurité et un mystère qui lui faisaient battre le cœur à la fois de peur et d'extase.

Alarmée, elle voulut se dégager, mais il la retint.

— Lâche-moi, dit-elle d'une voix défaillante, détournant

la tête, effrayée de le regarder, effrayée de lui laisser voir ce qu'il y avait dans ses yeux.

Il ne fit que l'étreindre plus fort. Tout son corps brûlait, et pourtant elle frissonnait. Elle sentait la chaleur de Joram qui l'entourait, sa force qui la réconfortait, et, en même temps, l'effrayait. Elle releva la tête pour le regarder dans les yeux, lui demander de la lâcher...

Les paroles ne furent jamais prononcées. Elle les avait sur les lèvres, mais les lèvres de Joram se posèrent sur elles, et les paroles disparurent, oubliées dans une douleur exquise.

Peut-être l'Etern n'entend-Il pas les prières des amoureux, après tout ? S'Il les entendait, il les aurait laissés à jamais dans ce jardin, serrés dans les bras l'un de l'autre. Mais les hurlements de Maître Samuels avaient cessé, une porte claqua, et Gwendolyn, rougissante, s'arracha à l'étreinte de Joram.

— Je... je dois m'en aller, s'écria-t-elle, reculant et trébuchant, paniquée et confuse.

— Un mot, un seul ! dit vivement Joram, faisant un pas vers elle. Si... si quelque chose arrive et que je n'entre pas en possession de mon héritage, qu'est-ce que ça signifie pour toi, Gwendolyn ?

Elle leva les yeux sur lui. Confusion virginale et vanité juvénile fondirent devant le désir désespéré qu'elle vit en lui. Son amour coula vers lui pour combler ce gouffre affectif, comme la magie du monde coule du catalyste dans le mage.

— Non ! Oh, non ! s'écria-t-elle, et alors, ce fut elle qui lui saisit le bras. Il y a une semaine, j'aurais répondu différemment. Même hier matin. Hier, j'étais une petite fille qui joue à aimer. Mais hier soir, quand j'ai su que je pouvais te perdre, j'ai réalisé que ça ne comptait pas. Papa dit que je suis jeune et que je t'oublierai comme j'en ai oublié d'autres. Il se trompe. Quoi qu'il arrive, Joram, dit-elle avec gravité, se rapprochant encore, tu es dans mon cœur et tu y resteras à jamais.

Joram baissa la tête, incapable de parler. Cet aveu était précieux, si précieux qu'il avait peur de le perdre. S'il le perdait, il mourrait. Pourtant...il fallait tout lui dire. Il l'avait promis à Saryon, il se l'était promis à lui-même.

— J'ai besoin de toi, Gwendolyn, dit-il avec rudesse, se

dégageant doucement mais continuant à tenir sa main. Ton amour est tout pour moi ! Plus que la vie...

Il fit une pause, s'éclaircit la gorge.

— Mais tu ne sais pas tout de moi, de mon passé, poursuivit-il gravement.

— Peu importe ! s'écria-t-elle.

— Attends, dit Joram, mal à l'aise. Écoute-moi, je t'en prie. Il faut que je te dise tout. Il faut que tu comprennes. Tu vois, je suis un M...

— Gwendolyn ! Rentre immédiatement !

Il y eut un bruissement dans les chèvrefeuilles, et Marie reparut. Le visage généralement aimable et joyeux de la catalyste pâlit de colère devant la jeune femme rouge et échevelée et devant l'ardent jeune homme. A sa vue, Joram lâcha la main de Gwendolyn, ses paroles mourant sur ses lèvres. Saisissant la jeune fille par le bras, Marie l'entraîna, la grondant tout le long du chemin.

— Mais tu n'en diras rien à Papa, hein, Marie ? dit-elle, sa voix parvenant à Joram au milieu des senteurs des lilas. Après tout, c'est *toi* qui es partie en me laissant toute seule. Je ne voudrais pas que Papa se mette en colère après *toi*...

Joram les suivit des yeux, sans savoir s'il devait remercier l'Etern ou le maudire pour cette intervention opportune.

Chapitre 10

LE BOSQUET DE MERLYN

Le Bosquet de Merlyn était le cœur culturel de la cité. Construit en l'honneur du grand magicien qui, du Noir Monde des Morts, avait conduit son peuple sur cette planète, c'était maintenant un conservatoire de tous les arts. La tombe du magicien était au centre du Bosquet, entourée d'un cercle de chênes qui montaient patiemment la garde depuis des siècles. Une pelouse luxuriante déroulait son vert tapis du pied des arbres jusqu'à la tombe même. L'herbe était agréable et douce au toucher, les alentours paisibles et silencieux — raison pour laquelle, sans doute, peu de gens fréquentaient l'endroit.

La partie principale du Bosquet s'étendait à l'extérieur du cercle de chênes, lui-même entouré de haies aux fleurs de toutes les couleurs de l'arc-en-ciel et de bien d'autres, qui formaient un vaste labyrinthe abritant de petits amphithéâtres où les peintres peignaient, les clowns cabriolaient, les musiciens et les acteurs jouaient toute la journée. Ce dédale était facile à parcourir — si le promeneur s'y perdait, il n'avait qu'à s'élever au-dessus des haies fleuries. Mais c'était considéré comme « de la triche ». De grands caroubiers, dont les frondaisons dominaient les haies de très haut, étaient façonnés journellement par les druides en forme de « guides » du labyrinthe, qui changeait lui-même quotidiennement. Deviner la disposition du dédale constituait l'un des grands divertissements du Bosquet. Les arbres offraient souvent des indices. Le fait que les allées se terminaient toujours à la tombe était considéré comme le gros point faible du labyrinthe. Beaucoup de nobles avaient protesté auprès de l'Empereur — arguant que la tombe était démodée, laide, déprimante. L'Empereur en avait discuté avec les druides, qui avaient obstinément refusé tout changement. Par conséquent, les habitués ne pénétraient jamais dans le dédale. Seuls les non-initiés, ou les touristes ignorants, comme Mosiah, le suivaient jusqu'à son centre.

Le Mage des Champs avait vu de loin le cercle de chênes et s'était senti attiré ; ils lui rappelaient son village à la lisière de la forêt. Arrivant près des arbres, il découvrit la tombe et entra dans le cercle sacré avec révérence. S'arrêtant devant l'antique tombeau du magicien, Mosiah posa la main sur la pierre façonnée par l'amour et les larmes. C'était une tombe très simple de marbre blanc, magiquement rectifié pour qu'aucune trace d'une autre couleur n'entache sa blancheur. Elle avait quatre pieds de haut et six de long, et, au premier abord, semblait simple et sans ornements. Solennellement, murmurant une prière pour apaiser les esprits des morts, le jeune homme caressa la surface de la sépulture. Le marbre était tiède dans l'air humide du Bosquet, mais dégageait une telle impression de tristesse que Mosiah comprit soudain pourquoi les fêtards évitaient ce lieu.

C'était la tristesse du mal du pays, se dit-il, reconnaissant et identifiant le sentiment qui croissait en lui. Le vieux magicien avait quitté son monde volontairement, pour amener son peuple sur un monde où il pourrait vivre et prospérer sans persécutions, mais il ne s'y était jamais senti chez lui.

— Ses restes mortels reposent dans ce sol. Je me demande où vit son esprit, murmura Mosiah.

Se plaçant à la tête du monument, sans cesser de caresser le marbre lisse, Mosiah sentit des creux sous ses doigts. Il y avait quelque chose gravé sur la surface. Il fit lentement le tour de la tombe, pour se placer à un endroit où la lumière frisante faisait ressortir les lettres plus sombres. Il distingua le nom du magicien en lettres antiques, au-dessous, quelque chose qu'il ne put déchiffrer, et, au-dessous encore... Sa respiration s'arrêta.

Entendant ricaner, il se retourna et vit Simkin derrière lui, un sourire amusé aux lèvres.

— C'est un plaisir de t'emmener en visite, mon cher. Tu bâilles et gobes à la perfection, et devant les choses les plus bizarres. Je ne vois pas ce que tu trouves à cette vieille ruine, quoique...

— Je ne bayais pas aux corneilles, dit Mosiah avec irritation. Et ne parle pas comme ça de ce lieu. C'est sacrilège. Tu sais quelque chose là-dessus ? ajouta-t-il, montrant la tombe.

— Je sais tellement de choses que tout se mélange, dit Simkin, haussant les épaules. Essaye toujours.

— Pourquoi y a-t-il une épée gravée dessus ? dit Mosiah, montrant le motif gravé sous le nom.

— Pourquoi pas ?

— Une arme des Arts noirs sur la tombe d'un magicien ? dit Mosiah, choqué. Il n'était pas sorcier, non ?

— Par le sang de l'Etern, on ne t'a rien appris à part à planter les patates ? ricana Simkin. Bien sûr qu'il était sorcier. *DKarn-Duuk*, sorcier du plus haut rang. D'après la légende, c'est lui qui a demandé qu'on grave cette épée. Une histoire de roi et de royaume enchanté où toutes les tables étaient rondes et où ils mettaient des habits de fer pour aller en quête de tasses et de soucoupes.

— Oh, pour l'amour de... Rien ! fit Mosiah, exaspéré.

— Mais c'est la vérité, dit Simkin avec hauteur. Les tasses et les soucoupes avaient une signification religieuse. Ils essayaient d'avoir le service complet. Bon, tu vas rester là toute la journée à faire tes singeries, ou on va s'amuser un peu ? Les illusionnistes sont en train de répéter au pavillon.

— J'irai, dit-il, regardant dans la direction indiquée.

De magnifiques banderoles de soie multicolores flottaient magiquement au-dessus de la foule. Des rires, des soupirs d'admiration et d'émerveillement, des applaudissements lui parvenaient de toutes parts, et son pouls s'accéléra à l'idée des merveilles qu'il allait bientôt contempler. Pourtant, se détournant de la tombe, son cœur se serra de regret. Tout était si tranquille, si paisible ici...

— Je me demande ce qui est arrivé au royaume enchanté, murmura-t-il, caressant une dernière fois le marbre tiède.

— Ce qui arrive à tous les royaumes enchantés, je suppose, dit languissamment Simkin, cueillant en l'air son mouchoir orange et se tamponnant le nez. Quelqu'un s'est réveillé et le rêve s'est terminé.

La foule flottait, planait et dérivait sous les joyeuses banderoles de l'amphithéâtre des illusionnistes. Mosiah n'avait jamais imaginé qu'autant de gens puissent se tenir au même endroit en même temps, et il s'arrêta à l'entrée, intimidé par la presse. Mais Simkin, papillonnant de-ci, de-là, comme un oiseau au plumage éclatant, saisit son ami par le bras et le guida avec une facilité surprenante. Se faufilant autour de l'un, contournant un autre, frôlant un troisième, Simkin se dirigeait vers les premiers rangs des spectateurs, sans cesser de parler avec animation.

— Je te demande pardon, mon bon ami. C'était ton pied ? Je l'avais pris pour un chou-fleur. Tu devrais vraiment consulter une *Theldara* au sujet de ces orteils... Je ne fais que passer, ne faites pas attention à nous. Tu aimes cette couleur ? Je l'appelle *Prune Pourrie.* Oui, je sais, rien à voir avec mon standing habituel, mais avec mon ami ici présent, nous sommes censés circuler incognito. Ne nous remarquez pas, s'il vous plaît. Duc Richlow ! Que le diable m'emporte ! En ville pour le bal ? Ai-je vraiment fait ça ? Furieusement désolé, mon cher. Je dois t'avoir poussé du coude. En fait, sans vouloir t'offenser, cette tache de vin est plutôt décorative sur cet ennuyeux habit — enfin... si tu n'as pas d'imagination, permets-moi...

Simkin cueillit en l'air son mouchoir orange.

— Là, tu sera aussi immaculé que la réputation de ta femme. Ah, est-ce ma faute si tu bois cette piquette qui laisse des taches ? Essaye un rinçage au citron. Cela fait merveille pour les cheveux de la Duchesse, n'est-ce pas ? Ah, Contessa ! Enchanté. C'est ton cavalier privilégié ? Je ne crois pas que nous ayons été présentés. Simkin, pour te servir. Y a-t-il un lien de parenté avec la Contessa ? Cousin ? Oui, j'aurais dû m'en douter. Tu es le huitième cousin que je rencontre. Cousin de la main gauche aussi, je parie. J'envie la grande famille de la Contessa... et tu es exceptionnellement grand aussi, cher ami. Je me demandais justement, Contessa, si c'est par un simple effet du hasard que tous tes cousins ont six pieds de haut et des dents parfaites...

Les têtes se tournaient. Les gens riaient et le montraient du doigt, certains flottant plus haut ou plus bas pour avoir une meilleure vue, beaucoup s'approchant pour entendre les commentaires acidulés de l'insolent jeune homme. S'empêtrant dans son sillage, Mosiah se sentait tour à tour brûlant de honte ou glacé de peur. En vain tirait-il Simkin par la manche — qui lui resta une fois dans la main, à la grande joie de deux Comtes et d'une Marquise —, en vain lui rappelait-il à voix basse qu'ils étaient censés « se fondre dans la foule ». Cela ne faisait que l'encourager à plus d'extravagances — comme de changer ses vêtements cinq fois en autant de minutes pour « égarer les poursuites ».

Regardant autour de lui avec gêne, Mosiah s'attendait à voir surgir d'un instant à l'autre les noires silhouettes des *Duuk-tsarith.* Mais aucune capuche noire ne parut au milieu des têtes fleuries et emplumées, et il n'y eut pas de mains correctement croisées pour venir jeter un froid sur les rires et les réjouissances. Peu à peu, Mosiah se détendit et commença même à s'amuser, se disant que les observateurs redoutés ne devaient pas avoir grand-chose à observer dans cette foule.

Simkin aurait pu lui dire — si l'innocent Mage des Champs le lui avait demandé — que les *Duuk-tsarith* étaient là comme ils étaient partout, écoutant et regardant, discrets et invisibles. Mais que la moindre ride vienne troubler la surface des festivités, et ils apparaissaient en un clin d'œil pour rétablir le calme. Trois étudiants, qui avaient un peu forcé sur le champagne, entonnèrent des chansons de mauvais goût de l'avis général. Une ombre noire apparut, comme un nuage passant sur le soleil, et emmena les étudiants cuver ailleurs.

Une troupe de comédiens jouant une pièce où l'on décalait une inoffensive satire de l'Empereur disparut comme par enchantement à l'entracte, avec tant de discrétion et de célérité que le public n'y vit que du feu, et, croyant le spectacle fini, s'en alla. Un tire-laine fut appréhendé, puni et relâché si vite et silencieusement que le malheureux aurait pu croire qu'il s'agissait d'un cauchemar, sauf que ses mains, maintenant magiquement déformées et cinq fois plus grandes qu'à l'origine, étaient une monstrueuse réalité.

Mosiah n'en sut rien, ne vit rien. Ces actions n'étaient

pas destinées à être vues ou connues. Rien ne devait perturber le plaisir de la foule. Et c'est ainsi qu'il s'oublia lui-même, qu'il oublia ses pauvres vêtements (Simkin lui avait offert de les changer, mais Mosiah — après s'être vu affublé de culottes robe bonbon — avait énergiquement refusé) et s'abandonna à la beauté ambiante. Il parvint même, plus ou moins, à oublier Simkin. Personne ne semblait s'offenser des insultes désinvoltes ou des remarques scandaleuses du jeune homme. Il sortait tant de cadavres des placards que Mosiah s'étonnait de ne pas les voir danser derrière lui. Mais même si, par-ci, par-là, une noble moustache frémissait ou une joue pâlissait sous son rouge, les Ducs et les Barons, les Comtesses et les Princesses léchaient leurs blessures et regardaient avec ravissement Simkin embrocher sa victime suivante.

Sachant qu'il était perdu s'il restait seul, Mosiah ne quittait pas d'une semelle le spirituel bouffon. Mais son attention finit par se lasser des beaux seigneurs et des belles dames, qui le lui rendaient bien. Ils jetaient un coup d'œil sur ses pauvres habits et sur sa peau brûlée par le soleil, sur ses mains calleuses et sur ses bras musclés par le travail, et ils se détournaient avec dédain.

Je me demande pourquoi Joram veut faire partie de leur monde, pensa Mosiah, comme Simkin s'arrêtait pour piquer de nouvelles victimes de la rapière de son esprit.

Le mal du pays, ressenti près de la tombe du magicien, le reprit. Des souvenirs de son père et de sa mère lui revinrent, et les larmes lui montèrent aux yeux. Battant vivement des paupières, il les refoula, espérant que personne n'avait rien vu. Puis, pour s'arracher à ces regrets infantiles, il se concentra sur la scène qui flottait devant lui.

Ses yeux se dilatèrent, il exhala un soupir, si ébloui qu'il atterrit lentement sur l'herbe. Il avait été si étourdi par la foule, si préoccupé par les *Duuk-tsarith,* si honteux des fantaisies de Simkin qu'il était passé devant plusieurs scènes semblables sans les remarquer. Mais ça... c'était formidable ! Il n'avait jamais rien imaginé de si beau !

En fait, ce n'était qu'une Danseuse Aquatique. Elle était bien, mais pas extraordinaire, et Mosiah, un petit groupe d'enfants, un vieux catalyste à moitié aveugle et deux étudiants modérément ivres étaient ses seuls spectateurs. Les enfants s'ennuyèrent bientôt et s'en allèrent. Le catalyste s'endormit tout debout, et les étudiants partirent en zigzaguant chercher du vin. Mosiah resta, captivé.

La scène — une plate-forme de cristal — flottait devant l'un des nombreux ruisseaux arrosant le Bosquet ; les druides avaient modifié le cours de la grande rivière qui traversait Merilon, la détournant dans le Bosquet où ses eaux nourrissaient les plantes, les arbres et les plaisirs de la foule. La Danseuse Aquatique faisait magiquement monter ces eaux jusqu'à elle pour participer à son numéro.

La jeune fille était ravissante, avec des cheveux couleur de l'eau. Elle semblait vêtue d'eau également, sa mince robe collée sur son corps tandis que le ruisseau tournoyait et s'enroulait autour d'elle en une danse compliquée. Par sa magie, l'eau prenait vie, enserrant dans ses bras scintillants le corps de la danseuse, qui, par ses mouvements, donnait l'impression de ne faire qu'un avec son élément.

La danse se termina trop vite. Mosiah pensa qu'il aurait pu regarder jusqu'à ce que la rivière se tarisse. Sur sa plate-forme de cristal, la jeune fille — l'eau dégoulinant de son corps en rigoles scintillantes — attendit un moment, souriant à Mosiah. Puis, voyant qu'il n'avait pas de pièce à lui lancer, elle rejeta en arrière ses cheveux bleus trempés, et, faisant monter la plate-forme, descendit un peu plus loin vers l'aval. Mosiah la suivit des yeux, qui étaient sur le point d'entraîner le reste de son corps avec eux, quand il remarqua soudain que des badauds se rassemblaient autour de lui. Stupéfait, il s'aperçut que Simkin flottait et descendait pour se poser près de lui. Il avait changé de vêtements. Maintenant, il était en livrée bariolée de bouffon, avec le bonnet et les clochettes, et, réalisa Mosiah de plus en plus alarmé, il *le* montrait du doigt.

— Amené pour vous, Seigneurs et Gentes Dames, à grands frais et à grands risques depuis les déserts du Nullepart ! Le voici, Seigneurs et Gentes Dames, l'article authentique, l'unique de son genre à Merilon, que je présente à votre appréciation — un paysan !

La foule rit d'un air connaisseur. Mosiah, le sang battant à ses oreilles, saisit Simkin par un bras bigarré.

— Qu'est-ce que tu fais, encore ? grogna-t-il.

— Joue le jeu avec moi, marmonna Simkin. Regarde là-bas ! Le *Kan-Hanar* qui a failli nous arrêter à la Porte ! On lui a dit qu'on était des acteurs, tu te rappelles ? Il faut lui montrer que c'est vrai, non ?

Soudain, il poussa Mosiah en arrière.

— Morbleu, il attaque ! hurla-t-il. Créatures sauvages que ces paysans, Seigneurs et Gentes Dames. Arrière, j'ai dit ! cria-t-il, ôtant son bonnet à clochettes et l'agitant furieusement devant Mosiah, à la grande joie de la foule.

Désemparé, Mosiah se demandait s'il avait assez de Vie pour se rendre invisible, ou du moins, assez pour étrangler Simkin, quand celui-ci s'approcha de lui en gambadant et se mit à lui caresser le nez !

— Vous voyez ? cria Simkin au public. Il est apprivoisé. A la fin du numéro, je mets ma tête dans sa gueule. Qu'est-ce que tu fais, Mosiah ? lui siffla-t-il à l'oreille. On est des comédiens itinérants, n'oublie pas ! Le *Kan-Hanar* nous regarde. Tu fais une remarquable création de balourd, mais j'ai peur que ça ne finisse par sembler louche à la longue. Trouve quelque chose de plus original. Nous ne voulons pas attirer l'attention sur nous...

— Tu t'en es déjà occupé ! Qu'est-ce que tu veux que je fasse, bon sang ? chuchota Mosiah avec colère.

— Salue, salue, dit Simkin entre ses dents.

Souriant, saluant et agitant son bonnet vers la foule, Simkin mit son autre main sur la nuque de Mosiah et força le « sauvage paysan » à incliner gauchement la tête.

— Voyons voir ! dit-il. Tu as des dons lyriques ? Tu sais chanter, danser, raconter des blagues ? Continue à saluer. Non ? Hum. Ah, j'y suis ! Avaleur de feu ! Tu n'as pas des gaz, au moins ? Ce pourrait être dangereux...

— Fiche-moi la paix ! dit sèchement Mosiah, s'écartant de Simkin avec difficulté.

Se redressant, le visage cramoisi, les mains moites, il fit face à la foule qui le regardait, en attente. Il avait les membres froids comme la glace, il était pétrifié, incapable de bouger, de parler, et même de réfléchir. Levant les yeux sur les gens qui planaient au-dessus de lui, Mosiah vit le *Kan-Hanar* — ou du moins, un homme en robe de *Kan-Hanar.* Il ne savait pas si c'était ou non celui de la Porte. Quand même, il valait mieux ne pas prendre de risque. Si seulement il savait faire quelque chose...

— Hé, Simkin, il est rasant, ton paysan ! Ramène-le dans le Nullepart...

— Non, attends ! Regarde ! Qu'est-ce qu'il fait ?

— Ah, c'est mieux ! Il peint ! Comme c'est original !

— Qu'est-ce que c'est ?

— C'est... oui, mon cher... c'est une maison. Faite dans un arbre ! Merveilleusement primitif, vraiment ! Il paraît que les Mages des Champs vivent dans ces petites cabanes, mais je n'en avais jamais vu ! N'est-ce pas ravissant ? Ce doit être son village qu'il peint pour nous... Bravo, paysan ! Bravo !

Les commentaires continuèrent avec les applaudissements. Simkin lui dit quelque chose, mais Mosiah n'entendait plus. Il écoutait les voix de son passé, utilisant l'air pour toile, et le mal du pays pour pinceau.

La foule augmentait autour de Mosiah à mesure que les images créées par sa magie changeaient. A mesure qu'elles devenaient plus nettes et plus détaillées — ses souvenirs leur insufflant la vie — les rires et les conversations faisaient place aux murmures. Puis au silence respectueux. Personne ne bougeait, ne parlait. Tous regardaient Mosiah peindre, pour son élégant public, la vie des Mages des Champs.

Le peuple de Merilon vit les maisons qui avaient été des arbres, aux troncs magiquement transformés par les druides en habitations rudimentaires, aux toits faits de branches entrelacées. Les féroces vents d'hiver soufflaient la neige dans les interstices, tandis que les mages dépensaient leur précieuse Vie à entourer leurs enfants de bulles de chaleur. Ils virent les mages manger leur frugal repas, tandis que, dehors, des loups et autres prédateurs affamés rôdaient dans la neige, attirés par l'odeur du sang chaud. Ils virent une mère bercer son bébé mort dans ses bras.

L'hiver relâcha sa cruelle emprise, laissant la tiédeur du printemps filtrer entre ses doigts. Les mages retournèrent aux champs, labourant le sol encore à demi gelé, ou pataugeant dans la boue jusqu'aux genoux quand il pleuvait. Ils s'élevaient dans l'air, les semences tombant de leurs doigts dans les labours, ou mettaient en terre les jeunes plants choyés jusqu'aux derniers jours de l'hiver. Les enfants travaillaient au côté de leurs parents, levés à l'aube et rentrant au crépuscule.

L'été, il fallait défricher, réparer les maisons, désherber, et livrer le perpétuel combat contre les insectes et les bêtes, pour gagner une maigre part des récoltes, brûlés le jour par le soleil, réveillés la nuit par les orages. Mais il y avait aussi des plaisirs simples. Le catalyste sortait ses jeunes élèves pendant la pause de midi, les enfants cabriolaient dans les airs, apprenant à utiliser la Vie qui leur permettrait de gagner leur pain. Il y avait les courts moments de paix entre le crépuscule et la nuit, quand les Mages des Champs se retrouvaient pour bavarder après le travail. Il y avait le Jour de l'Etern. Ils passaient la matinée à écouter la voix nasillarde du catalyste leur décrivant les portes d'or et les salles de marbre qu'ils n'arrivaient pas à imaginer. Et l'après-midi, ils travaillaient deux fois plus dur pour rattraper le temps perdu.

L'automne ramenait les couleurs éclatante des arbres et l'éreintant travail des récoltes, dont ils ne toucheraient qu'une petite part. Les Ariels arrivaient au village, volant sur l'aile des vents, apportant leurs immenses disques d'or. Les mages chargeaient dans les disques le maïs et les pommes de terre, le blé et l'orge, les légumes et les fruits, et regardaient les Ariels les emporter dans les silos et les greniers du noble propriétaire de la terre. Cela fait, ils emportaient leur maigre part, la répartissant mentalement pour la faire durer jusqu'à la fin de l'hiver qui soufflait déjà sur eux son haleine glacée. Les enfants glanaient, ramassant la moindre brindille, le moindre grain, aussi précieux qu'un bijou.

Puis c'était de nouveau l'hiver, la neige tourbillonnant autour des chaumières, les mages luttant contre le froid, la faim et l'ennui, le Catalyste des Champs claquemuré chez lui, les mains enveloppées de chiffons, lisant des textes sur l'amour de l'Etern pour son peuple...

Les épaules de Mosiah s'avachirent, sa tête s'inclina. Les images qu'il avait peintes au-dessus de la foule s'effacèrent, toute sa Vie épuisée. Les gens le regardaient, silencieux et craintifs. Mosiah leva les yeux, s'attendant à voir ennui, mépris et dérision sur les visages. Mais il y vit perplexité, étonnement, incrédulité. Ces gens avaient regardé une représentation de la vie de créatures vivant sur un monde lointain, et qui n'étaient pas des humains comme eux.

Mosiah vit Merilon pour la première fois, la vérité l'éclairant davantage que le pâle soleil de printemps. Ces gens étaient enfermés dans leur royaume enchanté, prisonniers volontaires d'un domaine de cristal qu'ils avaient conçu et fabriqué eux-mêmes. Qu'arriverait-il, se demanda Mosiah, regardant leurs beaux atours et leurs pieds nus, si quelqu'un les *réveillait* ?

Secouant la tête, il chercha Simkin du regard. Il voulait s'en aller, quitter cet endroit. Mais soudain les gens l'entourèrent, le touchant, lui serrant les mains.

— Merveilleux, mon cher, absolument merveilleux ! Quel magnifique style primitif ! Et les couleurs sont d'un naturel ! Comment fais-tu ?

— J'ai pleuré comme un enfant ! Quelle idée pittoresque que de vivre dans des arbres ! Quelle originalité ! Il faut que tu viennes à mon prochain gala...

— Le bébé mort. Un peu exagéré, à mon avis. Je préfère plus de subtilité. Quand tu referas ce numéro, tu devrais le remplacer par... hum... un agneau. C'est ça ! Une femme tenant un agneau sur ses genoux. Beaucoup plus symbolique, tu ne trouves pas ? Et si tu modifiais un peu la scène du...

Mosiah regardait autour de lui, désemparé. Faisant des réponses incohérentes, il reculait quand une poigne ferme lui saisit le bras.

— Simkin ! s'écria Mosiah, soulagé. Je n'aurais jamais cru que je serais un jour content de te voir, mais...

— Très flatté, mon ami, mais tu t'es mis dans une situation délicate, et ce n'est pas le moment de nous faire des mamours, murmura Simkin d'un ton pressant.

Mosiah regarda autour de lui, alarmé.

— Là-bas, dit Simkin, hochant la tête. Non, ne regarde pas ! Deux observateurs en noir ont décidé qu'ils étaient critiques d'art.

— Au nom de l'Etern ! dit Mosiah d'une voix étranglée. Des *Duuk-tsarith* !

— Oui, et je crois qu'ils en ont appris davantage par ta petite exposition que nos amateurs de thé-et-petits-fours. Ils reconnaissent la réalité quand ils la voient, et tu viens de te proclamer Mage des Champs aussi sûrement que s'il t'avait poussé du maïs dans les oreilles. En fait, ce serait moins préjudiciable. Je ne comprends pas pourquoi tu as fait quelque chose d'aussi inepte !

Il poursuivit en élevant la voix.

— J'accepte sous condition, Comtesse Darymple. Dîner

mardi en huit ? Il faut que je consulte son emploi du temps. Je suis son imprésario, tu comprends. Maintenant, si tu veux bien m'excuser un instant... Non, Baron, je ne sais pas comment il fait apparaître ces vêtements grossiers. Si tu veux quelque chose dans le même genre, essaye l'écurie...

— C'est toi qui m'as mis dans ce pétrin ! lui rappela Mosiah. Enfin, ça n'a plus d'importance maintenant. Qu'est-ce qu'on va faire ? ajouta-t-il, regardant craintivement les capuches noires flottant à la lisière de la foule.

— Ils attendent que l'agitation se calme, marmonna Simkin, feignant d'arranger la chemise de Mosiah, sans quitter les sorciers des yeux. Et alors, ils passeront à l'action. Il te reste de la magie ?

— Aucune, dit Mosiah, secouant la tête. Je suis épuisé. Je n'arriverais pas à faire fondre du beurre.

— C'est peut-être *nous* qui allons fondre, prédit sombrement Simkin. Qu'as-tu dit, Duc ? Le bébé mort. Non, je ne suis pas d'accord. La valeur de choc. Les halètements. Les femmes qui s'évanouissent...

— Simkin, regarde ! dit Mosiah, défaillant lui-même de soulagement. Ils sont partis ! Peut-être qu'ils ne regardaient pas ?

— Partis ? dit Simkin, regardant autour de lui, de plus en plus agité. Cher ami, je regrette d'avoir à crever ta bulle — cela fait tellement désordre —, mais cela signifie qu'ils sont sans doute debout près de toi, mains tendues...

— Mon Dieu ! haleta Mosiah, se cramponnant à la manche multicolore de Simkin. Fais quelque chose !

— C'est ce que je fais ! répondit Simkin, très calme. Je vais leur donner ce qu'ils veulent. Toi, lança-t-il, pointant le doigt sur Mosiah.

La mâchoire de Mosiah s'affaissa.

— Canaille ! commença-t-il avec colère, puis il se tut, stupéfait.

C'était sa propre manche qu'il tenait, paniqué. C'était son bras sous cette chemise, et ce bras était attaché à son corps. En fait, son propre visage le regardait avec un sourire jusqu'aux oreilles.

Un brouhaha éclata autour de lui, rires, exclamations, cris d'étonnement. Étourdi, Mosiah se retourna et se vit flottant dans l'air au-dessus de lui-même. Partout où il regardait, en fait, il voyait des Mosiah aussi loin que portait sa vue.

— Oh, Simkin, c'est ton chef-d'œuvre ! s'écria un Mosiah d'une voix très féminine. Regarde, Geraldine — c'est bien toi, n'est-ce pas, Geraldine ? Nous sommes vêtues de ce merveilleux costume primitif, et regarde-moi ces culottes !

— Joue le jeu, dit le Mosiah dont Mosiah tenait la manche, en lui donnant un coup de coude. Ce sortilège ne durera pas longtemps et ne va pas les tromper éternellement ! Il faut filer ! N'est-ce pas, Duc ? Absolument génial de la part de ce vieux Simkin, n'est-ce pas ? dit Mosiah à voix haute. Joue le jeu ! ordonna-t-il à voix basse.

— Euh, exact, Ba...Baron, bredouilla Mosiah d'une voix de basse, se cramponnant à ce qui avait été Simkin, comme au dernier fil le rattachant à la réalité.

— Commence à avancer ! lui siffla Simkin/Mosiah, l'entraînant vers la sortie. Il faut que j'aille montrer ça à l'Empereur ! cria-t-il tout haut. Son Altesse ne croit tout simplement pas Simkin, ce génie, ce grand maître de magie, ce roi de la comédie...

— N'en fais pas trop ! grogna Mosiah, jouant des coudes dans la foule des lui-même qui l'entourait.

Mais Simkin ne pouvait pas l'entendre.

— L'Empereur ! Allons montrer ça à l'Empereur !

Tous reprirent ce cri en chœur. Riant et se bousculant, les Mosiah commencèrent à demander leurs calèches. D'autres Mosiah firent apparaître des carrosses. Certains Mosiah disparurent, tout simplement. Des multitudes de Couloirs s'ouvrirent, grands trous de néant noir, tant et si bien que le Bosquet se mit à ressembler à un fromage grignoté par les rats. Des centaines de Mosiah s'y ruèrent, semant la plus grande confusion parmi les *Thon-Li*, les Maîtres des Couloirs.

— Tu sais, dit Simkin/Mosiah avec satisfaction, cueillant en l'air son mouchoir orange et se tamponnant le nez, je *suis* vraiment un génie.

Entrant dans un Couloir, il traîna un autre Mosiah après lui.

— Dis-moi, mon ami, l'entendit demander un *Thon-Li* ahuri, c'est bien toi le vrai, au moins ?

Chapitre 11

EN FUITE

— Mosiah ! l'imbécile ! dit Joram, marchant nerveusement de long en large. Pourquoi a-t-il quitté la maison ?

— Je trouve que Mosiah a été très patient. Après tout, tu ne peux pas lui demander de partager ton intérêt pour le jardinage, dit Saryon, acide. Voilà plus d'une semaine qu'il est claquemuré ici, sans rien d'autre à faire que de lire, pendant que tu...

— D'accord, d'accord ! dit Joram avec irritation. Fais-moi grâce du sermon.

Le front plissé d'inquiétude, Saryon se renversa sur ses oreillers en soupirant, tripotant nerveusement les draps. Le soir était venu. Mosiah était parti toute la journée, et personne ne savait où. Non que cela parût inquiétant à leurs hôtes. Il était parfaitement normal qu'il ait envie d'aller visiter Merilon.

Joram dîna avec la famille. Le Seigneur Samuels et Dame Rosamund le traitèrent avec politesse, mais restèrent froids et distants. (S'ils avaient eu vent de l'incident survenu au jardin, l'atmosphère aurait été plus volcanique, mais Marie avait gardé le secret de sa jeune maîtresse.) La conversation tourna autour de Simkin. L'après-midi, il avait fait au Bosquet un merveilleux tour d'illlusionniste. On n'en connaissait pas les détails, mais il avait fait sensation.

— J'espère que Simkin rentrera demain pour nous accompagner au bal, n'est-ce pas, Joram ? osa dire Gwendolyn au jeune homme.

Mais son père intervint avant qu'il ait pu répondre.

— Je crois que tu devrais aller te coucher maintenant, Gwendolyn, dit-il d'un ton froid. Il faut te reposer pour demain. La journée sera rude.

— Oui, Papa, dit Gwendolyn, se levant docilement et se retirant, non sans un dernier regard à son bien-aimé.

Joram en profita pour quitter la table, déclarant d'un ton brusque qu'il devait retourner auprès du catalyste.

Encore faible mais de nouveau en pleine possession de ses esprits, Saryon avait pu s'asseoir dans son lit et même boire un peu de bouillon. La *Theldara* était revenue le voir le matin, et l'avait déclaré guéri, tout en conseillant le repos, le bouillon de poulet, et la continuation de la musique douce et des herbes odoriférantes. Elle avait aussi insinué avec insistance qu'elle était à sa disposition pour discuter avec lui de tout problème qui pourrait le tourmenter. Saryon avait accepté la musique, les herbes et le bouillon, mais refusé humblement de discuter de quoi que ce fût. La *Theldara* était partie en branlant du chef.

Saryon ne cessait de tourner son dilemme dans sa tête. En rêve, il voyait Joram sous les trait du Fou des tarok — marchant au bord d'une falaise, aveuglé par le soleil tandis que le gouffre s'ouvrait à ses pieds. Plus d'une fois, Saryon avait été sur le point de lui révéler la vérité, et tendait la main qui l'empêcherait de tomber dans l'abîme. Mais juste à ce moment, il se réveillait.

— Cela lui ouvrirait les yeux sur le précipice, marmonnait le catalyste, mais est-ce qu'il reculerait docilement pour ne pas y tomber ? Non ! Prince de Merilon ! La réalisation de ses rêves les plus fous. Il ne comprendrait pas que ce serait sa perte... Non, décida le catalyste après des ruminations sans fin. Non. Je ne lui dirai rien. Je ne peux pas. Qu'est-ce qui peut lui arriver de pire maintenant ? Que cette *Theldara* le fasse reconnaître comme un imposteur ? Le Seigneur Samuels ne voudra pas faire une scène à la cour. J'emmènerai Joram et nous quitterons aussitôt le Palais discrètement. Nous irons au Sharakan.

Saryon avait tout prévu, tout arrangé. Et maintenant... Mosiah qui disparaissait...

— Il lui est arrivé quelque chose ! dit Joram. Au dîner, on n'a parlé que de ce tour d'illusionniste de Simkin. Tu crois que Mosiah l'accompagnait ?

— Qui sait ? soupira Saryon. Personne de la maison n'a vu Mosiah s'en aller. Et personne n'a vu Simkin depuis des jours.

Il se tut un moment, et reprit :

— Tu devrais quitter cette maison, Joram. Immédiatement. S'il lui est arrivé quelque chose...

— Non ! dit Joram avec force, arrêtant ses allées et venues et foudroyant le catalyste du regard. Je suis trop près du but. Demain soir...

— Il a raison, Joram, j'en ai peur, dit une voix.

— Mosiah ! s'écria Joram, soulagé, voyant son ami sortir d'un Couloir. Où étais...

Sa voix défaillit à la vue d'un autre Mosiah qui se matérialisa derrière lui — un mouchoir de soie orange noué autour du cou, celui-là.

— Cela permet de nous distinguer, dit le Mosiah au mouchoir orange en guise d'explication. Je commençais à m'embrouiller. Ma parole, poursuivit-il d'un ton languissant, je commence à trouver divertissante cette vie de criminel recherché par la justice.

— Qu'est-ce que c'est que ça ? demanda Joram, les dévisageant avec stupéfaction.

— C'est une longue histoire. Je suis désolé, mais je nous ai mis dans un danger terrible, dit Mosiah — le vrai —, regardant gravement son ami.

En pleine lumière, il était facile de le distinguer de Simkin, même sans le mouchoir. Il était pâle, les traits tirés par la peur, et les yeux cernés.

— Ils ne sont pas venus ici, non ? demanda-t-il, regardant autour de lui. Simkin a dit qu'ils ne viendraient pas tant qu'ils pensent que je suis à la mode.

— Qui n'est pas venu ? dit Joram, excédé. Et qu'est-ce que c'est que cette « mode » ?

— Les *Duuk-tsarith,* murmura Mosiah.

— Tu ferais bien de tout nous raconter, mon fils, dit Saryon, d'une voix étranglée par la peur.

À la hâte, et avec quelque incohérence, dardant des regards épouvantés autour de lui, Mosiah leur raconta les événements du Bosquet.

— Il y a des sosies de moi partout, conclut-il, ouvrant les mains comme pour indiquer qu'il s'agissait du monde entier. Et quand l'illusion de Simkin a commencé à se dissiper, les gens se sont mis à faire apparaître eux-mêmes mon image ! Je ne sais pas ce que pensent ni ce que font les *Duuk-tsarith*...

— Ils vont sans doute être déconcertés un moment, dit gravement Saryon, mais ils ne tarderont pas à se ressaisir. Ils feront le rapport entre toi et Simkin. Ils iront au Palais se renseigner discrètement... Et ce ne sera plus qu'une question de temps avant qu'ils découvrent où tu habites, ajouta-t-il, branlant du chef. Il a raison, Joram. Tu dois partir.

Devant l'air rebelle de Joram, le catalyste leva une main sans force.

— Laisse-moi terminer. Je ne dis pas que tu dois quitter la cité, bien que je te le conseille vivement. Si tu es résolu à attendre le bal de l'Empereur demain soir...

— Je le suis.

— Alors, reste à Merilon. Mais au moins, quitte cette maison ce soir. Ce serait dommage, dit Saryon, priant le dieu auquel il ne croyait plus de lui pardonner ce mensonge, d'être aussi près de recouvrer ton héritage, et de le perdre par imprudence. Je crois...

— Très bien ! Tu as sans doute raison, l'interrompit Joram avec impatience. Mais où me cacher ? Et toi ?

— Tu pourrais te cacher où nous avons passé la journée — dans le Bosquet, dit Simkin. Nous ennuyant à pleurer, ajouterai-je.

— Moi, je peux rester ici, dit Saryon. Sous le nom de Père Dunstable, c'est moi qui cours le moins de danger. En fait, mon départ éveillerait les soupçons. Tandis qu'en restant ici, je pourrai peut-être leur faire croire qu'il s'agit d'une fausse piste.

— Je ne sais pas pourquoi vous êtes tellement inquiets pour notre ami chauve, remarqua Simkin, la moustache tristement tombante. C'est moi qui devrais être déprimé ! J'ai lancé une nouvelle mode que je trouve personnellement hideuse ! Tout le monde à la cour s'habille maintenant comme pour aller batifoler avec les cochons ou patauger au milieu des haricots.

— Nous devrions nous en aller, dit Mosiah, s'agitant nerveusement. J'ai l'impression d'être surveillé par des yeux que je ne vois pas, touché par des mains que je ne sens pas ! Ça finit par me porter sur les nerfs ! Mais on ne devrait pas se cacher dans le Bosquet. On devrait quitter la ville. Tout de suite. Ce soir. La nuit, on pourra voyager en sécurité. Il y a encore des centaines de sosies de moi lâchés dans la nature. Simkin pourrait nous transformer tous en Mosiah. Et dans la confusion, on pourrait franchir la Porte.

— Non ! dit Joram en se détournant.

Mais Mosiah vint se planter devant son ami, qui fut forcé de le regarder.

— Cet endroit n'est pas fait pour nous, dit Mosiah avec gravité. C'est beau, c'est merveilleux mais... ce n'est pas réel ! Ces gens ne sont pas réels ! Je sais que je ne l'explique pas bien... Mais quand j'ai créé l'illusion de notre village, les images de nos familles et de nos amis étaient plus réelles que les vivants qui regardaient !

— Ici, les gens sont comme les saisons, dit doucement Saryon en contemplant le plafond. Ils ont le cœur aussi vert et dur que les bourgeons au printemps. Ils n'ont jamais fleuri en été, ni donné des fruits en automne. Ils n'ont jamais senti le souffle revigorant du vent d'hiver...

Joram regarda tour à tour Mosiah et Saryon.

— Un Mage des Champs qui est catalyste, et un catalyste qui est poète, marmonna-t-il, l'œil sombre.

— Il te reste moi, dit gaiement Simkin.

Libérant la harpe de son enchantement, il se mit à jouer une danse endiablée qui leur mit les nerfs à vif.

— Je suis le point fixe de folie de toutes les situations. Beaucoup trouvent cela réconfortant.

— Arrête ! dit Mosiah avec colère, posant la main sur les cordes. Tu vas réveiller toute la maison !

— Vous pouvez dire ce que vous voulez, reprit Joram, secouant la tête, je ne partirai pas. Et toi non plus, ajouta-t-il, tournant ses yeux noirs vers Mosiah. Demain soir, mon identité sera établie, je serai le Baron Fitzgerald, et personne ne pourra plus toucher aucun de nous !

Ouvrant les bras en signe d'exaspération, Mosiah se tourna vers Saryon, l'air suppliant.

— Tu ne peux pas dire quelque chose pour le convaincre, mon Père ?

— Non, mon fils, dit Saryon, secouant tristement la tête. J'ai essayé...

Mosiah baissa la tête et garda le silence un moment, réfléchissant. Puis il tendit la main à Joram.

— Au revoir, mon ami. Je m'en vais. Je rentre au village. Il me manque...

— Non, tu ne pars pas ! dit Joram d'une voix âpre, ignorant la main qu'il lui tendait. Tu ne peux pas partir maintenant. C'est trop dangereux. Fais le mort, un jour de plus. Je viendrai avec toi dans ce Bosquet, si ça peut te faire plaisir. Et demain soir, tout sera réglé ! Je le sais ! termina-t-il en serrant les poings.

Mosiah prit une profonde inspiration.

— Joram, j'ai vraiment envie de rentrer au village, dit-il, regardant par la fenêtre le jardin baigné de clair de lune...

— Et moi, j'ai envie que tu restes, trancha Joram, le saisissant par l'épaule. Je ne m'exprime pas beaucoup mieux que toi, dit-il à voix basse, mais tu es mon ami depuis toujours. Tu étais même mon ami quand je n'en voulais pas. J'ai fait... tout ce que je pouvais pour te décourager.

Ses mains se crispèrent sur les épaules de Mosiah, comme s'il avait peur qu'il ne l'abandonne.

— Mais quelque part tout au fond de moi, je...

La harpe émit un son discordant.

— Oh, pardon, dit Simkin, honteux, arrêtant les vibrations de la main. J'ai dû m'assoupir.

Joram se mordit les lèvres, le visage cramoisi.

— Bref, reprit-il, parlant maintenant avec effort, je veux que tu restes pour voir la fin de cette affaire avec moi. De plus, ajouta-t-il, en une tentative de plaisanterie qui tomba totalement à plat, je ne peux pas me marier si tu n'es pas à mon côté. Où tu as toujours été...

Sa voix défaillit. Brusquement, Joram lui lâcha les épaules et se détourna.

— Mais fais ce que tu veux, dit-il, bourru, regardant à son tour par la fenêtre.

Mosiah gardait le silence, dubitatif. Enfin, il s'éclaircit la gorge.

— Je... je suppose que... qu'un jour de plus... ne changera pas grand-chose, dit-il d'une voix étranglée.

Saryon vit des larmes briller dans les yeux du jeune homme ; il en sentit dans les siens. Il n'y avait aucun doute sur la sincérité de Joram, et sur la difficulté qu'il éprouvait à mettre son cœur à nu. Pourtant, une voix intérieure murmurait à Saryon avec cynisme : Il se sert de lui, il se sert de toi, il nous manipule tous comme il l'a toujours fait et comme il le fera toujours. Peut-être qu'il ne peut pas s'en empêcher. C'est sans doute inné. Après tout, il est Prince de Merilon.

— Simkin, demanda Joram, serons-nous en sécurité au Bosquet ?

Simkin eut un sanglot déchirant.

— Qu'est-ce qu'il y a ? demanda Joram, impatienté.

— Cela me rappelle le jour où mon cher frère, le Petit Nat — je vous ai déjà parlé de lui, non ? Bref, le Petit Nat était mourant, ayant consommé quantité de tartes aux fraises volées. Il l'avait nié, bien sûr, mais on l'avait pris la main dans le sac, ou plutôt dans la bouche. Nous soupçonnions quand même que ce n'étaient pas tant les tartes qui l'avaient tué, que la calèche qui l'avait renversé tandis qu'il rentrait à la maison en flottant. Ses dernières paroles furent : « Simkin, la croûte était à moitié cuite. » Il y a une morale quelque part là-dedans, dit-il, portant son mouchoir à ses yeux. Mais elle m'échappe.

— Simkin... dit Joram d'une voix tendue.

— J'y suis ! A moitié cuite ! Ce plan est à moitié cuit. Quand même, ajouta-t-il à la réflexion, nous *devrions* pouvoir continuer à nous cacher dans le Bosquet. Il n'y aura pas une âme demain. Tout le monde regardera les festivités du Palais. Les *Duuk-tsarith* seront occupés à surveiller les invités. Mosiah pourra rester là-bas quand nous irons au bal demain soir...

— Vous ne resterez pas avec moi ? demanda-t-il, anxieux.

— Pour manquer le bal ? dit Simkin, choqué. Notre Sombre et Ténébreux Ami n'est pas réputé pour son charme et ses manières. Je dois être là pour le guider dans le dédales des civilités, baise-main et lèche-cul...

— Je serai là, *moi,* dit Saryon, un peu acerbe.

— Et personne ne s'en réjouit plus que moi, dit solennellement Simkin. Entre nous, nous ne serons pas trop de deux pour réussir cet exploit, prophétisa-t-il avec désinvolture. De plus, au cas où vous l'auriez oublié, c'est grâce à moi que vous êtes invités.

— Il ne t'arrivera rien, dit Joram. Après le bal, nous te rejoindrons au Bosquet. Et nous reviendrons tous ici pour fêter ma Baronnie et mes fiançailles.

Demain soir, nous retrouverons Mosiah au Bosquet et

nous quitterons la ville, se dit Saryon. Peut-être que nous réussirons, après tout.

— Je vous attendrai, dit Mosiah, toujours inquiet.

Joram sourit — un vrai sourire qui éclaira ses yeux noirs.

— Tu verras, promit-il. Tout ira bien. Je...

— Il faut filer, maintenant, dit Simkin, se levant d'un bond et accrochant du pied une corde de harpe qui rendit un son discordant, et l'obligea à batailler violemment pour se libérer. Venez, reprit-il, poussant Joram et Mosiah vers la porte comme des moutons. On ne peut pas utiliser les Couloir avec un Mort. Mais les rues devraient être assez sûres, même si le nombre des Mosiah est en diminution.

— Attends ! Que diras-tu à Gwendolyn — je veux dire, au Seigneur Samuels ? demanda Joram au catalyste.

— Il lui dira que je vous ai emmenés à la cour pour répéter votre spectacle de demain soir, dit Simkin avec désinvolture, tirant Joram par la manche. Allons viens, mon ami ! Les ombres de la nuit commencent à emplir les rues, et certaines sont en chair et en os !

— Je parlerai à Gwendolyn, dit Saryon avec un pauvre sourire.

Au grand étonnement du catalyste, Joram s'approcha de son lit et prit sa main décharnée dans la sienne.

— A demain soir, dit-il. Nous fêterons ma réussite.

— Comme disait la Duchesse de Longueville à son sixième mariage, dit Simkin, l'entraînant vers la porte.

Saryon les entendit enfiler le couloir puis la voix de Simkin lui parvint dans le silence de la nuit.

— Était-ce son mariage à elle ou ses funérailles à lui ?

L'obscurité s'épaissit autour de Merilon — enfin, autant que le permettaient les *Sif-Hanar,* c'est-à-dire assez peu, la nuit effleurant la population sans jamais l'engloutir. Bien que faible et épuisé, Saryon ne parvenait pas à dormir, s'assoupissant parfois, toujours empêché de sombrer dans un sommeil réparateur.

La chambre du catalyste était sombre et silencieuse. La harpe, refusant de jouer, gardait un silence boudeur dans son coin. Les rideaux étaient tirés pour le protéger des influences nocives du soleil et de la lune. Les herbes aromatiques avaient été enlevées, Saryon se plaignant de ce qu'elles l'étouffaient. Seule la respiration oppressée du catalyste rompait le silence de la pièce.

Sortant de l'ombre de la nuit, silencieuses comme la nuit même, deux silhouettes en noir se matérialisèrent dans la chambre. Elles flottèrent vers le lit.

— Père Dunstable, murmura une voix de femme.

Pas de réaction du catalyste somnolent.

— Père Dunstable, répéta la voix, d'un ton plus pressant.

Le catalyste s'agita dans son lit, tournant la tête sur l'oreiller comme pour la faire taire, et remontant ses draps jusqu'à son cou.

— Saryon ! dit alors la femme vêtue de noir.

— Quoi ? dit le catalyste, s'asseyant tout d'une pièce et regardant autour de lui sans compendre.

D'abord, il ne vit rien — les formes flottant près de son lit comme des anges noirs ne faisaient qu'un avec la nuit. Puis il les vit, ses yeux se dilatèrent, un son étranglé s'échappa de sa gorge.

— Fais vite, ordonna la femme. Il pourrait avoir une autre attaque.

Son compagnon était déjà en train de jeter un sort. Le corps de Saryon s'affaissa, sa tête retomba sur l'oreiller, ses yeux se fermèrent dans un sommeil magique.

La sorcière et le sorcier se regardèrent avec satisfaction par-dessus le corps inerte.

— Je t'avais dit que l'Eglise s'occuperait de cette affaire, dit la sorcière. Il faut le transporter immédiatement à la Source, ajouta-t-elle, montrant sa victime.

Le sorcier, mains croisées devant lui, hocha la tête.

— As-tu fouillé la maison ? demanda-t-elle.

— Les jeunes gens sont partis.

— Je m'y attendais, dit la sorcière.

Elle haussa les épaules. Sa capuche se tourna vers le catalyste.

— Peu importe. Allons-y, dit-elle, avec un geste de sa main fine.

Son compagnon s'inclina. D'un mot de commandement, il fit soulever le corps. Des filaments plus fins que la soie partirent de ses doigts et s'enroulèrent autour de Saryon, qui se retrouva bientôt prisonnier d'un cocon enchanté. Le sorcier prononça un autre mot, et un Couloir béa devant eux ; les *Thon-Li* attendaient son signal. Un autre geste fit flotter le catalyste ligoté de son lit dans le Couloir. Le sorcier suivit. Le Couloir se referma derrière eux.

La sorcière demeura un moment dans la chambre silencieuse, s'accordant quelques instants de félicitations bien méritées. Mais elle avait encore beaucoup à faire. Joignant les mains dans le geste de la prière, elle les porta à son front, puis les abaissa lentement devant son visage, et continua à descendre, accompagnant son mouvement de paroles magiques. Son apparence changea. Quelques instants plus tard, la *Theldara* qui avait soigné Saryon l'avait remplacée dans la pièce.

La sorcière se mit alors à parler tout haut, testant sa voix pour s'assurer qu'elle avait le timbre et l'accent corrects.

— Seigneur Samuels, je suis au regret de t'apprendre que le Père Dunstable a eu une nouvelle attaque pendant la nuit. Son jeune ami m'a envoyé chercher. Je l'ai fait transporter à la Maison de la Guérison...

POSTLUDE

Les mains de la nuit le saisirent, l'enroulant dans leurs sortilèges. Il traversa les Couloirs de ténèbres vers des ténèbres plus profondes encore. Et il attendit l'horreur inévitable. Une voix appela son nom, une voix qu'il connaissait et qu'il ne voulait pas écouter. Paniqué, il porta la main à son amulette, sachant qu'elle le protégerait, mais elle n'était plus à son cou et il sut que les mains de la nuit la lui avait enlevée. Une partie de son esprit luttait contre le réveil, mais une autre partie aspirait à la fin de ce cauchemar qui lui semblait avoir duré toute sa vie. La voix n'était pas furieuse, mais douce et douloureuse. C'était la voix de son père punissant son fils désobéissant.

— Saryon...

Obedire est vivere. Vivere est obedire, marmonna fiévreusement Saryon.

— Obéir, c'est vivre. Vivre, c'est obéir, dit la voix avec une infinie tristesse. C'est notre précepte le plus sacré. Et tu l'as oublié, mon fils. Réveille-toi maintenant, Saryon. Laisse-moi t'aider à sortir des ténèbres qui t'entourent.

— Oui, oui, aide-moi ! dit Saryon, tendant les mains, immédiatement saisies par deux autres mains fermes.

Ouvrant les yeux, s'attendant confusément à voir son père — le doux magicien dont il se souvenait à peine —, Saryon vit à la place l'Evêque Vanya.

Le souffle coupé, il s'efforça de s'asseoir. Il se rappelait vaguement avoir été ligoté, et il se débattit contre ses liens, pour s'apercevoir à la fin que ce n'étaient que des draps parfumés. Sur un geste de l'Evêque Vanya, un jeune druide saisit par les épaules le catalyste hagard et le força à se rallonger.

— Détends-toi, Père Saryon, dit le druide avec bonté. Tu as beaucoup souffert. Mais tu es rentré à la maison maintenant, et tout ira bien... si tu nous laisses t'aider.

— Mon... mon nom... n'est pas Saryon, dit le catalyste ébranlé, regardant autour de lui tandis que le druide arrangeait ses oreillers sous sa tête.

Il n'était pas, comme dans son rêve, prisonnier dans un obscur cachot, entouré d'hommes en noir. Il était dans une chambre ensoleillée pleine de fleurs. Il reconnut l'endroit... la maison, avait dit le druide. Oui, pensa Saryon, avec un sentiment de soulagement et de paix qui lui fit monter les larmes aux yeux. Oui, je suis à la maison ! A la Source...

— Mon fils, dit l'Evêque Vanya, la voix empreinte d'une affliction si profonde que les larmes coulèrent sur le visage de Saryon, cet étrange visage qui appartenait à un autre, ne noircis pas davantage ton âme avec ce mensonge. La corruption s'est répandue de ton âme dans ton corps. Elle t'empoisonne. Regarde, je veux te présenter quelqu'un.

Saryon tourna la tête vers une silhouette qui entrait.

— Saryon, dit l'Evêque Vanya, je te présente le Père Dunstable — le *vrai* Père Dunstable.

Déglutissant avec un goût amer dans la bouche, Saryon ferma les yeux. Tout était fini. Il était perdu. Il ne pouvait plus rien faire, juste tenter de protéger Joram. Et il le protégerait, dût-il y perdre la vie. Après tout, que valait sa vie maintenant ? pensa-t-il avec désespoir. Pas grand-chose... Même son dieu l'avait abandonné.

Il entendit des murmures, et eut l'impression que l'Evêque congédiait et le druide et le catalyste. Il n'en était pas sûr, et il s'en moquait. Maintenant, l'Evêque allait faire venir les *Duuk-tsarith,* se dit-il. Ils ont des moyens, paraît-il, de voir dans les esprits, de pénétrer à travers la chair, les os et le sang et d'en extraire la vérité. La souffrance est atroce si on la combat, dit-on. Sans doute que je n'y survivrai pas. Il se sentit le cœur léger à cette pensée, et s'impatienta parce qu'il ne se passait rien. Allez-y et qu'on en finisse ! leur ordonna-t-il mentalement, irrité.

— Diacre Saryon, dit l'Evêque Vanya au catalyste, surpris d'entendre son ancien titre.

La tristesse persistante du ton le surprit également.

— Tu vas me dire où nous pouvons trouver Joram.

Ah ! C'est ce que Saryon attendait. Il secoua fermement la tête. Maintenant, pensa-t-il, ils vont venir.

Mais il n'y eut que le silence. Il entendit le froufrou de la robe de l'Evêque qui remuait sa masse dans son fauteuil. Il entendit la respiration lente et oppressée de Vanya. C'était la respiration d'un vieillard, réalisa soudain Saryon. Il n'avait jamais pensé à l'Evêque comme à un vieil homme. Pourtant, il avait lui-même largement dépassé la quarantaine. Vanya était déjà un homme d'âge mûr quand Saryon était jeune. Maintenant, l'Evêque devait avoir... soixante-dix, quatre-vingts ans ? Et le silence se prolongeait, où il n'entendait que cette respiration...

Lentement, Saryon ouvrit les yeux. L'Evêque le regardait d'un air pensif, quoique indécis sur la conduite à suivre. Maintenant que le catalyste voyait son supérieur de plus près, il remarquait d'autres signes de vieillissement sur son visage. Curieux. Il l'avait vu ... quand ? Un an plus tôt ? Moins d'un an. Moins d'un an depuis que Vanya était venu dans cette misérable masure de Walren. Il lui semblait que cela faisait des siècles... Et il lui semblait que ces siècles avaient marqué l'Evêque, lui aussi.

Saryon se redressa, et fixa sur l'Evêque un regard pénétrant. Jusque-là, il n'avait vu Vanya bouleversé qu'une seule fois dans sa vie, et c'était à la cérémonie de l'Epreuve du petit Prince. Lorsqu'on avait découvert qu'il était un Mort. Et maintenant, regardant son supérieur, Saryon vit la même expression sur son visage — inquiétude, angoisse... Non, il y vit autre chose. La peur...

— Qu'y a-t-il ? Pourquoi me regardez-vous ainsi ? dit Saryon. Vous m'avez menti ! Je le sais maintenant. Je le sais depuis des mois. Dites-moi la vérité ! J'ai le droit de savoir ! Au nom de l'Etern, s'écria soudain le catalyste, se penchant vers lui en tendant une main tremblante, je mérite la vérité ! Elle a failli me coûter la raison !

— Calme-toi, mon Frère, dit l'Evêque Vanya d'une voix sévère. Je t'ai menti, oui, mais ce n'était pas par choix. J'ai menti, parce que le serment le plus fort et le plus contraignant fait à l'Etern m'interdit de révéler ce redoutable secret à quiconque. Mais je vais te le dire, pour que tu comprennes la gravité de la situation et que tu nous aides à y remédier.

Perplexe, Saryon se renversa sur ses oreillers, sans quitter Vanya des yeux. Il n'avait pas confiance en cet homme. Comment l'aurait-il pu ? Pourtant, malgré ses efforts, il ne détecta sur lui aucun signe de dissimulation, de ruse. Il n'y avait qu'un vieillard trop gras, au visage pâle et bouffi, dont les doigts replets parcouraient nerveusement les accoudoirs.

L'Evêque Vanya prit une inspiration tremblante.

— A la fin des Guerres du Fer, le chaos régnait au Thimhallan. Tu le sais, Saryon. Tu connais l'histoire. Inutile d'entrer dans les détails. C'est alors que les catalystes réalisèrent que nous avions l'occasion, finalement, de prendre le contrôle de ce monde fragmenté, et d'utiliser notre pouvoir pour en réunir les morceaux. En apparence, chaque cité-État continuerait à se gouverner, mais ce serait sous notre contrôle vigilant. Les *Duuk-tsarith* seraient nos yeux et nos oreilles, nos mains et nos pieds.

« En cela, nous avons réussi. La paix a régné pendant des siècles. Jusqu'à maintenant.

Il poussa un profond soupir, déplaçant péniblement sa masse dans son fauteuil.

— Le Sharakan ! Ces imbéciles ! Des catalystes renégats qui veulent s'affranchir de la tyrannie de leur ordre ! Le Roi qui s'associe avec les Sorciers des Arts noirs...

Saryon sentit son visage brûler de honte. A son tour de remuer dans son lit avec gêne. Mais sans quitter Vanya des yeux.

— Ordinairement, nous aurions pu régler cette affaire facilement. Il y a eu des troubles dans le passé, pas aussi graves, mais nous les avons apaisés en nous servant des *Duuk-tsarith,* des *DKarn-Duuk,* et du Champ de l'Affrontement. Mais la situation actuelle est... différente...Il y a un autre facteur... un autre facteur.

Vanya se tut, son conflit intérieur clairement visible sur son visage, et même dans tout son corps. Il fronça les sourcils, crispa les mains sur ses accoudoirs.

— Ce que je vais te dire, Saryon, ne figure pas dans les livres d'histoire.

Saryon se raidit.

— Afin de mieux gouverner, les catalystes de l'époque des Guerres du Fer cherchèrent à connaître l'avenir. Peu importe comment. Bref, l'Evêque de l'époque entreprit, avec l'un des rares survivants des Devins, d'utiliser la puissante magie qui implique le contact direct avec l'Etern même. Et il réussit, Saryon, murmura Vanya d'un ton révérenciel. L'Evêque fut autorisé à voir l'avenir. Mais il ne vit pas ce qu'il espérait. Voilà les paroles qu'il prononça devant les membres atterrés de notre Ordre assemblés autour de lui :

« "Il naîtra dans la Maison Royale un fils qui sera un Mort et qui pourtant vivra, qui mourra de nouveau et de nouveau vivra, et, quand il reviendra, il tiendra dans sa main la destruction du monde."

Ces paroles n'avaient aucun sens pour Saryon. Elles lui rappelaient les histoires que la Mage du Foyer lui racontait en le couchant quand il était petit. Il regarda l'Evêque, qui n'ajouta rien et fixait sur Saryon un regard intense, attendant qu'il comprenne.

Il comprit enfin, et ce fut comme une épée pénétrant dans sa chair et s'enfonçant jusqu'à son âme.

« ...La Maison Royale... un fils... Mort...vivra...de nouveau mourra... destruction du monde... »

Puis un espoir fou fit battre son cœur. Il ment ! Il m'a déjà menti... Mais il ne vit pas de mensonge sur le visage de Vanya. Il ne vit que la peur — nue et bien réelle.

— Qu'ai-je fait ? gémit Saryon. Qu'ai-je fait ?

— Rien qui ne puisse être réparé ! dit Vanya d'un ton pressant en lui prenant la main. Donne-nous Joram ! Tu le dois ! Peu importe comment c'est arrivé, mais la Prophétie se réalise lentement ! Il est né Mort, et il a vécu. Maintenant, il a la pierre noire — l'arme des Sorciers des Arts noirs qui a failli nous détruire la dernière fois !

— Je ne sais pas ! s'écria Saryon d'une voix brisée en secouant la tête. Je ne vois pas...

Le visage de l'Evêque s'empourpra vilainement, et il serra les poings de frustration et de colère.

— Imbécile, commença-t-il, mais sa voix se brisa.

Nous y voilà, pensa craintivement Saryon. Maintenant, il va faire venir les sorciers. Et qu'est-ce que je leur dirai ? Puis-je le trahir, même maintenant ?

Mais Vanya reprit son sang-froid, quoique avec un effort visible. Respirant plusieurs fois par le nez, il força ses mains à se détendre, et parvint même à sourire, mais plutôt d'un sourire de cadavre que de vivant.

— Saryon, dit-il d'une voix creuse, je sais pourquoi tu protèges ce jeune homme, et c'est tout à ton honneur. Aimer et secourir notre prochain, c'est le devoir que nous a donné l'Etern en ce monde. Et je te jure, Saryon — sur tout ce qui m'est sacré, sur tout ce en quoi je crois —, que ce jeune homme ne sera pas tué. D'ailleurs, murmura-t-il, essuyant de sa manche son front couvert de sueur, comment pourrions-nous le tuer ? « Il mourra de nouveau. » C'est ce que dit la Prophétie. Nous devons tout faire pour qu'il vive. Ce sera notre principale préoccupation...

Le visage de Saryon se détendit.

— C'est vrai. Joram ne doit pas mourir ! Il doit vivre.

— C'était mon intention quand il était bébé, dit doucement Vanya, les yeux fixés sur Saryon. Il aurait été nourri, protégé. Mais cette misérable folle...

Saryon rayonnait, les yeux tournés vers le ciel.

— Loué soit l'Etern, murmura-t-il, le visage inondé de larmes. Pardonnez-moi ! Pardonnez-moi !

Cachant sa tête dans ses mains, Saryon se mit à sangloter, sentant que les ténèbres sortaient de son âme comme le pus sort d'une blessure traitée par le *Theldara.*

L'Evêque Vanya sourit. Il se leva, s'approcha du lit, et s'assit près du catalyste sanglotant. Il lui mit le bras autour des épaules et l'attira contre lui.

— Tu es pardonné, mon fils, dit-il avec douceur. Tu es pardonné... Et maintenant, dis-moi...

LIVRE III

Chapitre 1

PARMI LES NUAGES

Des calèches de louage faisaient la queue dans l'Allée des Charrois, attendant des pratiques. Beaux, bizarres, ou les deux, les équipages étaient d'une extravagance dépassant l'imagination. Des écureuils ailés tiraient des coquilles de noix dorées, des citrouilles incrustées de diamants étaient traînées par des attelages de souris (très populaires auprès des adolescentes), sans compter les voitures plus sobres et classiques tirées par des griffons ou des licornes, et destinées aux Maîtres de Guildes et à tous ceux qui préféraient un moyen de transport moins ostentatoire. Impatient de se mettre en route, Joram aurait pris la première calèche de la file — un lézard géant magiquement modifié à la ressemblance d'un dragon. Mais Simkin, la trouvant d'un mauvais goût choquant (et s'attirant par là l'ire de son propriétaire), passa toutes les voitures en revue, les examinant d'un œil critique.

Finalement, un cygne noir, à qui les *Kan-Hanar* avaient magiquement donné des proportions gigantesques, fut déclaré convenable, après un minutieux examen de Simkin et moult fulminations impatientes de Joram.

— Cela nous conviendra, annonça majestueusement Simkin à la cochère.

— Où allez-vous ? demanda la jeune femme, vêtue de duvet de cygne blanc, aux yeux magiquement retouchés pour ressembler à ceux de l'oiseau.

— Au Palais, naturellement, déclara languissamment Simkin, s'installant avec aplomb sur le dos du cygne.

Soupirant de contentement au milieu des plumes noires, il fit signe à Joram de le rejoindre. Tandis que ce dernier s'installait, la cochère les dévisagea, étrécissant ses yeux cernés de noir.

— J'ai besoin de voir l'invitation officielle pour franchir les Nuages de la Frontière, dit-elle, dardant sur eux un œil réprobateur, surtout sur Joram qui avait refusé que Simkin l'habille à son goût pour la circonstance.

— Mon cher ami, avait-il d'un à Joram d'un ton lugubre, tu ferais sensation si tu te confiais seulement à mes soins ! Ce que je pourrais faire avec toi ! Avec ces bras musclés et ces cheveux magnifiques ! Les femmes tomberaient à tes pieds comme des pigeons empoisonnés !

Joram avait remarqué que cela présenterait de fâcheux inconvénients, mais Simkin était difficile à décourager.

— J'ai exactement la couleur qu'il te faut — je l'appelle *Charbons Ardents.* Un orange brûlée, tu vois ? Ce serait chaud au toucher, avec de petites flammes autour de tes chevilles. Naturellement, il faudrait faire attention en dansant. Une fois, un invité s'est enflammé à une réception de l'Empereur...

Joran avait refusé *Charbons Ardents,* et avait choisi à la place de s'habiller, exactement dans le style du Prince Garald, d'une longue robe sans ornement avec un col très simple. (« Quoi ? Pas de fraise ? » s'était douloureusement écrié Simkin.)

La robe était en velours vert, en souvenir de la robe verte qu'Anja avait portée jusqu'à sa mort. Cette robe en loques était le seul vestige de sa vie heureuse à Merilon, et son fils trouvait approprié de porter cette couleur le soir où il revendiquerait sa place dans sa famille. Ce soir-là, caressant de la main le velours vert, Joram se sentait très proche d'Anja. Peut-être parce qu'il l'avait vue en rêve la nuit précédente ; il savait que son esprit errant ne trouverait pas le repos tant que ses torts ne seraient pas redressés. Du moins, c'était le sens qu'il avait donné à ce rêve. Elle lui tendait les bras, joignant les mains en un geste de supplication...

— Eh bien, si tu veux aller au Palais en éteignoir incarné, je ferai de même, avait annoncé Simkin d'un ton lugubre, changeant ses atours flamboyants, qui comprenaient, entre autres choses, une queue de coq de deux mètres.

D'un geste, il s'était vêtu d'une robe d'un blanc pur.

— Au nom de l'Etern ! avait dit Mosiah, le regardant d'un air écœuré. Rappelle ton habit précédent ! Il était déjà affreux, mais celui-là est encore pire ! Tu as l'air d'un croque-mort.

— Vraiment ? avait dit Simkin, l'air ravi de cette idée. Eh bien, cela convient à la circonstance, non ? L'anniversaire du Prince Mort et tout ça. Je suis assez content d'y avoir pensé.

Après ça, rien n'avait pu le dissuader, et c'était seulement après une longue discussion qu'il avait accepté d'y ajouter une capuche blanche pour couvrir sa tête à la façon de ceux qui escortent les cercueils de cristal des morts jusqu'à leur dernière demeure.

— J'aimerais bien être payée d'avance, aussi, dit la cochère. C'est étrange, des gens qui louent une calèche pour aller au Palais. En général, ceux qui sont *invités* — elle souligna fortement le mot — ont leur propre voiture et n'ont pas besoin de la mienne.

— Morbleu, ma chère, mais je suis Simkin ! répliqua le jeune homme comme si cela réglait la question.

Resserrant confortablement autour de lui les plis de sa robe blanche, il agita son mouchoir orange.

— Démarre, ordonna-t-il.

La jeune femme cligna ses yeux de cygne, et fixa Simkin : émerveillement ou rage muette, son regard ne fit pas la moindre impression sur le jeune homme.

— Allons, va ! dit-il avec impatience. Nous allons être en retard.

Après un autre moment d'hésitation, la cochère prit place sur le cou de l'oiseau, et, saisissant les rênes, lui ordonna de s'élever.

— Si on est arrêtés à la Frontière, c'est toi le responsable. Je n'ai pas envie de perdre mon permis pour vos pareils.

Suivant son geste, Joram regarda nerveusement dans les nuages.

— Il y a plus d'yeux que de grêlons dans ces nuées, dit négligemment Simkin, comme le cygne déployait ses ailes et décollait d'une puissante poussée de ses pattes noires.

Attention, ajouta-t-il, retenant avec sollicitude Joram que la secousse avait failli précipiter par-dessus bord. J'ai oublié de t'avertir. On est un peu secoué au décollage, mais, une fois en l'air, il n'y a rien de plus égal qu'un vol de cygne.

— Des *Duuk-tsarith ?* interrogea Joram, plus préoccupé des nuages que des oiseaux.

Malgré leur aspect vaporeux et leurs belles nuances de blanc et de rose, ces nuages lui paraissaient plus menaçants que les sombres nuages de tempête qui dévastaient tous les ans les villages des paysans.

— Tu crois qu'ils vont nous arrêter ?

— Mon cher ami, détends-toi, dit Simkin, en riant, posant sa main fine sur le bras de Joram. Tu es avec moi.

Joram le regarda et le vit si calme et détendu, si à son aise, qu'il cessa de se tourmenter. Quant à se détendre, c'était hors de question. Le feu de son imagination et de son excitation aurait fait pâlir par comparaison le costume orange brûlée qu'avait proposé Simkin. Joram savait qu'il rencontrerait son destin ce soir-là, aussi sûrement qu'il connaissait son nom. Rien ne l'arrêterait, rien ne *pouvait* l'arrêter. Ses rêves et ses ambitions augmentaient à chaque battement d'ailes du cygne ; il cessa même de s'inquiéter des *Duuk-tsarith,* et regarda avec défi les nuages roses que le cygne fendait de ses ailes, les dispersant comme la brume.

Les nuées s'écartèrent enfin, et Joram vit le Palais de l'Empereur de Merilon. Scintillant d'un éclat radieux au-dessus d'eux, il se détachait en blanc sur les rouges et les pourpres du soleil couchant, plus brillant que l'étoile du soir.

Devant tant de beauté, le cœur de Joram se gonfla, allant presque jusqu'à l'étouffer. Les larmes lui montèrent aux yeux, et il baissa la tête, clignant rapidement les paupières. Il ne cachait pas ses larmes par honte. Il baissait la tête par humilité. Pour la première fois de sa vie, Joram sentit l'esprit indomptable qu'il portait en lui piétiné, comme il avait lui-même piétiné les étincelles de sa forge.

Passant sa main sur ses yeux, il l'examina machinalement. Longue, fine et souple, ce n'était pas une main de noble, ni de Mage des Champs. C'était une main de prestidigitateur. Et, comme la prestidigitation elle-même, cette main était destinée à tromper les regards. Mais la paume était calleuse d'avoir manié les outils et le marteau, la peau grêlée de brûlures. La suie noire s'était si profondément incrustée dans ses pores qu'il eut envie de recourir à la magie de Simkin pour les blanchir.

Mon âme lui ressemble, se dit-il soudain avec amertume — calleuse, grêlée, brûlée. Et j'aspire à ces hauteurs.

Levant les yeux vers le Palais, il ne vit pas seulement les beautés de Merilon qui chatoyaient sereinement dans le ciel, mais aussi Gwendolyn qui scintillait très haut au-dessus de lui. Et l'ancienne humeur noire, la sombre mélancolie qu'il n'avait pas connue depuis si longtemps, ressurgit, menaçant de le noyer dans ses ténèbres.

Il remua, avec l'idée de quitter son siège de plumes et de se précipiter dans l'air tiède du soir. A cet instant, la main de Simkin se referma sur son bras — avec une force étonnante. Surpris, furieux d'avoir découvert son âme, Joram tourna sur Simkin un regard furibond, pour s'apercevoir que le jeune homme le considérait d'un air contrarié.

— Dis-moi, vieux frère, ça ne te ferait rien de ne pas gigoter ? Je crois que cela irrite notre transporteur avien. Je l'ai vu tourner la tête avec une lueur meurtrière dans ses petits yeux en boutons de bottines. Je ne sais pas ce qu'il en est pour toi, naturellement, mais être becqueté à mort par une calèche de louage n'est pas mon idée d'une fin impressionnante — pas même intéressante — et divertissante.

Simkin détourna nonchalamment la tête, regardant distraitement d'autres calèches qui montaient en spirale vers le Palais.

— Non plus que tomber dans les nuages, ajouta-t-il, tenant fermement le bras de Joram. Cela vaudrait peut-être la peine pour voir la tête des *Duuk-tsarith* quand tu les dépasserais gracieusement dans ta chute, mais ce plaisir fugitif ne durerait guère, je gage.

Joram prit une profonde inspiration et Simkin le lâcha, les deux se produisant simultanément, de sorte que Joram ne sut jamais, même sur le moment, si Simkin avait perçu son intention ou s'il s'amusait à plaisanter. Quoi qu'il en soit, les paroles de Simkin — comme d'habitude — amenèrent un demi-sourire sur les lèvres de Joram, et lui permirent de s'arracher au monstre tapi dans son âme, prêt à l'anéantir au moindre moment de faiblesse.

Se renfonçant plus confortablement parmi les plumes — ce qui provoqua un nouveau regard irrité du cygne —, Joram considéra le Palais avec une sérénité croissante. Maintenant qu'il le voyait plus en détail, les tours, tourelles et minarets lui paraissaient moins impressionnants. Vu de loin, le Palais était d'une beauté, d'un mystère dépassant l'imagination. Mais, de plus près, il voyait que c'était une construction façonnée par des mains d'hommes ne différant de lui qu'en ce qu'ils avaient la Vie, tandis que lui ne l'avait pas.

A cette pensée, il passa la main derrière son dos pour toucher la Noirépée, se rassurant par sa réalité, tandis que la calèche montait dans un ébouriffement de plumes noires et les déposait sur l'escalier de cristal du Palais de l'Empereur de Merilon.

Chapitre 2

LES NEUF NIVEAUX DE VIE

— Tu m'avais promis de marcher ! dit Joram.

Il rattrapa Simkin par la manche de sa robe à l'instant où il décollait, telle une longue plume blanche.

— Oh, excuse-moi. L'excitation du moment, sans doute, dit Simkin, se posant en douceur sur les marches de cristal pour marcher près de son ami. Écoute, mon garçon, ajouta-t-il, se tournant vers lui d'un air ulcéré, je pourrais te donner assez de Vie pour te permettre de voler sur les ailes de la magie, comme dit le poète.

— Non, dit Joram. Pas de magie. Je veux être moi-même. Et d'ailleurs, il faut qu'ils s'habituent à me voir marcher par ici, ajouta-t-il sombrement.

— Oui, je suppose, dit Simkin sans conviction. Ils vont penser que je lance une nouvelle mode, ajouta-t-il joyeusement. Ce qui me rappelle... — il saisit Joram par le bras comme ils passaient les grandes portes dorées — ... regarde !

— Mosiah ! dit Joram, s'arrêtant net. L'imbécile ! Je croyais qu'il avait accepté de rester au Bosquet...

— Il y est ! Ne va pas nous faire une attaque ! dit Simkin en riant. C'est l'un de ceux que j'ai créés hier soir — un vestige. Cet individu doit avoir des capacités extraordinaires pour prolonger si longtemps mon illusion. Peut-être qu'il l'a copiée. Le cuistre ! Comment ose-t-il ? J'ai bien envie de le métamorphoser en vache ! Et alors, on verra s'il aime la vie à la ferme...

— Non. On a mieux à faire ici, dit Joram.

Ensemble, ils passèrent devant une haie de laquais pourdrés et pomponnés, qui lorgnèrent Joram d'un air soupçonneux, jusqu'au moment où ils virent Simkin. L'un d'eux lui adressa un clin d'œil en riant et leur fit signe de passer de sa main gantée. Dès qu'il eut franchi le seuil, Joram s'arrêta net, s'efforçant de ne pas avoir l'air déplacé ou subjugué.

— Où sommes-nous et où allons-nous ? demanda-t-il à Simkin à voix basse.

Avec un effort visible, Simkin détacha son regard indigné du faux Mosiah pour examiner les lieux.

— Nous sommes dans le grand hall de cristal. Là-haut, ajouta-t-il, renversant la tête en arrière au point qu'il faillit tomber à la renverse, c'est le Hall de Majesté.

Joram suivit son regard. L'entrée où ils se trouvaient était une immense salle cylindrique, s'élevant à des centaines de mètres, traversant les neuf niveaux du Palais pour se terminer à la grande coupole du sommet. Chaque niveau était d'une couleur différente, le plus bas étant vert.

— Ces niveaux représentent les Neuf Mystères, dit Simkin. Le niveau où nous sommes est la Terre, d'où la décoration florale et animalière. Au-dessus viennent le Feu, puis l'Eau, et enfin l'Air. Ensuite, c'est la Vie, vu que ces éléments sont indispensables à son entretien. Puis vient l'Ombre, qui représente nos rêves. Le Temps qui gouverne toutes choses lui fait suite, précédant la Mort — la Technologie. Enfin, l'Esprit — la vie après le trépas. Et au-dessus de tout ça, termina-t-il avec un sourire malicieux — l'Empereur.

Un sourire fit frémir les lèvres de Joram.

— Morbleu, maugréa Simkin, en remuant la tête, je me suis donné un affreux torticolis. Bref, mon cher ami, poursuivit-il à voix basse, tu vois pourquoi il est impératif que je te donne de la magie ! Tout le monde doit flotter jusque là-haut pour se présenter à l'Empereur, expliqua-t-il, montrant les mages scintillants qui les entouraient.

A mesure que les somptueuses calèches s'arrêtaient devant les portes dorées du Palais, elles déchargeaient leurs occupants qui flottaient gracieusement dans le hall comme le duvet de la fleur de chardon. Ils s'embrassaient, échangeaient salutations, nouvelles et potins, emplissant la salle d'un brouhaha continu. Ils n'étaient pas bruyants ni exubérants, et leurs vêtements, bien que magnifiques et aussi variés que les couleurs du couchant, étaient, pour la plupart, sobres. C'était peut-être une réception impériale, mais avant tout la commémoration d'un événement tragique. Divertissements et réjouissances devraient rester discrets, et tous les invités — quand ils seraient introduits devant le couple royal — devraient murmurer quelques mots de condoléances en ce dix-huitième anniversaire de la naissance du Prince...Mort... Mort.

Observant tout avec fascination — et aussi cherchant Gwendolyn du regard — Joram vit que les invités, une fois entrés dans le Palais, continuaient à flotter à travers les neuf niveaux vers la coupole où l'Empereur et l'Impératrice recevaient leurs invités. Il réalisa aussi que Simkin avait raison — il n'y avait apparemment aucun moyen de s'élever vers ces hautes sphères, sauf par la magie.

— Où a lieu la réception ? demanda-t-il, parcourant du regard le niveau vert où ils se trouvaient, décoré, comme l'avait dit Simkin, d'arbres et de fleurs. A quel niveau ? Celui-ci ?

En or, argent et cristal insrustés de gemmes, les arbres et les fleurs ne ressemblaient en rien à ceux que connaissait Joram. La lumière des soleils artificiels tombant du niveau Feu scintillait, aveuglante, sur les feuilles en or et les fruits de pierres précieuses. La fausse forêt, raide et silencieuse, mit Joram mal à l'aise. Les points de lumière mouvants renvoyés par les feuilles dorées et les gemmes lui donnaient le tournis.

— La réception aura lieu à tous les niveaux, naturellement, dit Simkin. Pourquoi cette question ?

Le visage de Joram s'assombrit.

— Et comment trouver le Seigneur Samuels... ou Saryon... ou n'importe qui... dans... dans cette foule ? demanda-t-il, montrant son entourage avec colère.

— Si seulement tu écoutais Simkin ! soupira le jeune homme. Je te l'ai dit cent fois ! Tout le monde est présenté à l'Empereur et à l'Impératrice. En ce moment, quiconque est quelqu'un se trouve dans le Hall de Majesté, en train de regarder qui est invité, et — ce qui est plus amusant — qui ne l'est pas. Ils y resteront jusqu'à ce que l'Empereur décide que le moment est venu de commencer les réjouissances. Ou bien tu trouveras le Seigneur Samuels là-haut, ou bien c'est lui qui te trouvera. Maintenant, donne-moi ton bras. Je vais utiliser ma magie, et hop, nous montons, nous montons !

— Impossible, ça ne marchera pas, murmura sombrement Joram. As-tu oublié la Noirépée ? C'est elle qui absorbera ta magie, pas moi !

— Morbleu, j'avais oublié cette saleté d'épée !

Il regarda autour de lui, l'air lugubre.

— Ma parole, tout cela devient vraiment d'un ennui insupportable ! Personne ne sais que je suis là ! Je suppose que tu... Attends, dit-il en s'éclairant. L'Escalier des Catalystes !

— Quoi ? dit Joram avec impatience, observant attentivement tous les arrivants, surtout les jeunes filles aux cheveux d'or.

— L'Escalier des Catalystes, cher ami ! dit Simkin, toute sa gaieté et son exubérance retrouvées. *Ils* ne peuvent pas plus que toi voler sur les ailes de la magie, mon cher ami. *Ils* doivent monter à pied pour être présentés à l'Empereur. Oh, pas l'Evêque Vanya, bien sûr. Il a son véhicule personnel — une colombe, pendant longtemps. Jusqu'au jour où Sa Rondeur est devenue trop lourde pour le pauvre volatile. Écrasé comme une crêpe. Pendant des jours, on n'a servi que de la colombe au Palais — rôtie, bouillie, braisée... Bon, où en étais-je ? dit-il, voyant Joram s'impatienter. Ah oui, l'escalier. Il commence là-bas, derrière ce chêne en or. Là, dit-il, tendant le bras, tu vois quelques saints hommes attaquer cette longue ascension.

Leurs semelles claquant sur les dalles de marbre, plusieurs catalystes s'engagèrent dans l'escalier qui partait du niveau inférieur et montait en spirale jusqu'au Hall de Majesté, l'air humble et résigné, même si Joram crut détecter quelques regards d'envie — surtout chez les plus jeunes — à la vue des mages qui flottaient avec une aisance insolente vers les niveaux supérieurs.

Joram recouvra le moral. Il avait presque l'impression d'être soulevé par la magie. Traversant vivement la forêt de métaux précieux et de gemmes, il arriva au pied de l'escalier. S'arrêtant un instant pour laisser passer un catalyste, il leva les yeux vers les centaines de marches de marbre montant vers les hauteurs, chaque volée assortie à la couleur du niveau correspondant, et il hocha la tête avec satisfaction.

Il est juste et bon que je monte cet escalier, se dit-il. Comme il est juste et bon que je porte du vert en souvenir de ma mère. Le cœur serré, il pensa à la statue de pierre fixant pour l'éternité les brumes de l'Outre-Monde. Mon père doit avoir souvent monté cet escalier. Saryon aussi, et il est peut-être en train de le monter en ce moment !

Il imagina le catalyste, hagard et encore affaibli par sa récente maladie, peinant dans la montée, et il s'élança, doublant les lambins. Il a besoin que je l'aide, pensait Joram, grimpant quatre à quatre avec toute l'énergie de la jeunesse, et manquant renverser un Diacre vieillissant.

— Que diable viens-tu faire dans notre escalier, Mage ? gronda le Diacre, déjà suant et soufflant bien qu'il eût encore huit niveaux à gravir.

— C'est un pari ! dit vivement Simkin, décolant près de Joram qui, il faut bien l'avouer, avait momentanément oublié son ami dans son excitation. Deux outres de vin à celui qui arrivera le premier en haut.

— Ah, les jeunes ! maugréa le Diacre, s'arrêtant au palier pour souffler et foudroyant Joram du regard. Tout ce que je peux te dire, jeune bellâtre, c'est que tu ne vas pas gagner si ton ami continue à ce rythme.

— Ralentis, suggéra Simkin, flottant près de Joram. Évite d'attirer l'attention... Je te retrouverai en haut. *N'entre pas* sans moi dans le Hall de Majesté ! ajouta-t-il, avec un sérieux inhabituel. Promis ?

— Promis, dit Joram.

C'était logique, mais il se demanda pourquoi Simkin y attachait tant d'importance. Il n'eut pas le temps de lui poser la question. Simkin avait flotté dans les bras de plusieurs jeunes femmes rieuses. Joram poursuivit son ascension à une vitesse plus raisonnable, et, au cinquième niveau, il s'en félicita. Il s'arrêta un moment, appuyé à la rampe, se demandant si ses jambes tiendraient jusqu'au bout. Il continuait à observer la foule, sans apercevoir le moindre signe de Saryon ou de la famille du Seigneur Samuels, et il réalisa qu'il lui faudrait un coup de chance extraordinaire pour les trouver dans cette foule. Quelque part dans les hauteurs, il entendit la voix de Simkin et aperçut fugitivement sa robe, dont le blanc ressortait remarquablement au milieu des vêtements bariolés des mages.

— J'appelle cette couleur *Mort Réchauffée,* déclarait joyeusement Simkin à des admirateurs. Cela convient parfaitement pour cette petite sauterie, n'est-ce pas ?

Se remettant à monter, Joram remarqua que cette saillie n'était pas accueillie par les rires habituels. En fait, plusieurs mages eurent même l'air choqué et flottèrent précipitamment à l'écart. Simkin ne parut pas s'en apercevoir, mais voleta jusqu'au groupe suivant pour raconter le triomphe de ce qu'il appelait maintenant l'Illusion des Mille Mosiah. Cette fois il y eut les rires habituels, puis Joram l'oublia, se concentrant sur le mouvement de ses jambes.

Mais pas concentré au point de ne pas observer ce qui l'entourait. La beauté du Palais l'émerveillait un peu plus à chaque niveau. Baissant les yeux sur la forêt d'ors et de gemmes, il se demanda même comment il avait pu la trouver raide et artificielle. Vue d'en haut, c'était un spectacle enchanteur, comme chaque niveau successif.

Des flammes léchaient les marches au niveau du Feu. La chaleur rayonnait des murs de lave, et il s'arrêta, inquiet, jusqu'au moment où il s'aperçut que ce n'était qu'une illusion — sauf la chaleur qui le fit transpirer jusqu'à ce qu'il ait traversé ce niveau, soulagé d'arriver enfin à celui de l'Eau.

Tout en cristal bleu à l'imitation du fond de l'océan, le niveau de l'Eau était peuplé d'illusions de créatures marines. Émanant d'une source invisible, la lumière azurée filtrant à travers le cristal donnait l'impression d'être sous l'eau — illusion si parfaite que Joram se surprit à retenir son souffle.

Aspirant l'air à grandes goulées, il trouva cet élément en abondance au niveau suivant. Quatre têtes géantes aux joues gonflées se foudroyaient du regard aux quatre points cardinaux, chacune semblant déterminée à rejeter par son souffle sa voisine hors de son royaume. Ces vents tournoyaient, le plaquant contre le mur et rendant l'ascension plus pénible.

Après quoi, le niveau de la Vie semblait tranquille et reposant. Il était dédié aux catalystes — la distribution de la Vie étant leur domaine réservé — et il s'assit avec eux sur un banc de bois, se reposant dans le silence de cathédrale de l'endroit. Il dévisagea ses compagnons d'ascension, espérant voir Saryon parmi eux — ou plutôt le Père Dunstable —, mais le catalyste n'était pas là.

Il est encore faible, se dit Joram, se demandant s'il y avait des dipositions spéciales pour les frères malades. Eh bien, dans ce cas, il ne le trouverait pas là. Le jeune homme se leva et se remit à monter.

Le niveau Ombre était inquiétant, et Joram, les catalystes, et même les mages flottants, le traversèrent sans s'arrêter. Représentant les rêves, il ne donnait aucune impression de forme ou de taille, étant à la fois vaste et minuscule, rond et carré, sombre et lumineux. Des objets hideux et ravissants sortaient de la pénombre palpitante, arborant une ressemblance frappante avec des gens que Joram connaissait mais ne parvenait pas à situer, avec des endroits où il avait été mais qu'il ne se rappelait pas.

Ignorant sa fatigue, Joram le traversa à la hâte et arriva au niveau du Temps. Subjugué, il s'immobilisa et regarda, oubliant où il était et ce qu'il faisait là. Ce niveau présentait — avec des illusions d'un réalisme stupéfiant — le déroulement de toute l'histoire du Thimhallan. Mais tout bougeait si rapidement qu'il était impossible de comprendre un événement avant qu'il soit passé. Les Guerres du Fer commencèrent et cessèrent le temps d'une respiration. Joram vit des épées fulgurer, et il aurait bien voulu les observer, mais elles avaient disparu à peine les avait-il aperçues.

Il fut saisi de panique, et il pensa soudain que sa propre vie s'écoulait au même rythme frénétique. Il ne pouvait rien faire pour le ralentir. Bouleversé, il continua et arriva au niveau de la Mort.

Il regarda autour de lui, perplexe. A ce niveau, il n'y avait rien. C'était un vaste néant — ni sombre ni lumineux. Vide, c'est tout. Les mages flottaient à travers sans le voir. Les catalystes le traversaient, baissant la tête, leurs semelles claquant sur le marbre, un peu réconfortés à l'idée qu'ils approchaient du sommet.

— C'est absurde, marmonna Joram. Pourquoi ce niveau est-il vide ? La Mort, le Neuvième Mystère...

Puis il comprit.

— Bien sûr ! murmura-t-il. La Technologie ! Et c'est

pourquoi il n'y a rien, puisqu'elle est — censément — bannie du monde.

Mais il devait y avoir quelque chose ici autrefois, se dit-il, scrutant ce vide. Peut-être les antiques inventions dont parlent les livres — les engins de guerre crachant le feu, la poudre qui arrachait les arbres de la terre, les machines qui imprimaient les mots sur le papier. Tout cela est perdu, à jamais peut-être. A moins que je puisse le retrouver !

Serrant les dents, Joram continua à monter. Encore un niveau. Le dernier.

C'était le niveau de l'Esprit — de la vie après le trépas. Autrefois, il avait dû être d'une beauté inimaginable, communiquant au spectateur la paix et la tranquillité que connaissent ceux qui sont passés de ce monde dans l'autre. Mais il avait maintenant quelque chose de fané, comme si l'illusion s'estompait. En vérité, c'était bien ce qui se passait. L'art de la Nécromancie — la communication avec l'esprit des morts — s'était perdu au cours des Guerres du Fer et n'avait jamais été retrouvé. Et en conséquence, personne ne se rappelait à quoi devait ressembler ce niveau.

Au lieu de ressentir une crainte révérencielle, Joram n'éprouva que de la fatigue, et le soulagement d'arriver au terme de cette longue ascension. Il pensa — fugitivement — qu'il serait forcé de monter toutes ces marches chaque fois qu'il viendrait voir l'Empereur — quand il serait Baron, bien sûr —, et décida qu'il se trouverait un véhicule quelconque. Un cygne noir, peut-être...

Sortant du niveau de l'Esprit, il émergea dans le soleil couchant — du moins le lui sembla-t-il —, et il réalisa qu'il se trouvait, enfin, dans le Hall de Majesté.

Chapitre 3

LE HALL DE MAJESTÉ

Encore ébloui par les merveilles qu'il venait de voir, Joram regarda le Hall de Majesté, pétrifié d'admiration.

Flottant au sommet du Palais comme une bulle sur de l'eau, le hall était parfaitement rond et entièrement fait de cristal — aussi pur et clair que l'air qui l'entourait. Actuellement au repos sur ce qu'on nommait la Cime des Neuf Mystères, la bulle de cristal pouvait être déplacée au moindre caprice — caprice qui demandait quand même douze heures de travail à trente-neuf catalystes et autant de *Pron-alban* — en n'importe quel autre lieu, à côté, au-dessous ou au-dessus du Palais. Ce n'était pas seulement la bulle, aux parois si fines qu'on pouvait les faire tinter de l'ongle, qui était en cristal, mais aussi le sol qui la traversait. Joram, hésitant et étourdi, sortant de l'Escalier des Catalystes, eut l'impression désagréable qu'il allait marcher dans le vide.

Le soleil venait de se coucher. L'Etern avait étendu son manteau noir sur la plus grande partie du ciel, les *Sif-Hanar* aidant ce grand Magicien dans l'exécution de son devoir, afin que les invités puissent jouir des beautés et des mystères de la nuit. Mais, vers l'ouest, l'Etern en soulevait un peu l'ourlet sur le jour finissant, dont les rouges et les pourpres s'infiltraient sous son noir comme une traînée de sang.

Il faisait quand même assez sombre pour que les lampes commencent à s'allumer dans le Hall, les invités flottant parmi elles, se saluant, bavardant, se séparant. Les lumières, assourdies pour ne pas distraire des beautés de la nuit tombante, étincelaient sur les soies et les bijoux, scintillaient dans les yeux rieurs, chatoyaient sur les cheveux lustrés.

Jamais Joram n'avait autant ressenti la lourdeur de plomb de son corps dépourvu de Vie. Il craignait que, s'il avançait dans ce royaume enchanté, le sol ne se fêle sous ses pieds, les murs ne volent en éclats à son contact. Il demeura donc immobile, irrésolu, tenté de redescendre, de battre en retraite dans son obscurité qui avait au moins l'avantage d'être un refuge familier et confortable.

Mais un autre catalyste, partenaire silencieux de son ascension, qui peinait quelques marches derrière lui, le bouscula en arrivant, et, murmurant des excuses, le contourna et marcha, lui sembla-t-il, sur la nuit. Le *tap-tap* de ses sandales sur le sol de cristal rassura Joram et lui donna le courage de le suivre. Avançant précautionneusement, le jeune homme fit quelques pas, puis s'immobilisa, arrêté cette fois par la magnificence du spectacle.

Au-dessus et autour de lui, les étoiles prenaient leur place dans le ciel, comme des courtisans venant manifester leurs respect à l'Empereur, tout en gardant leurs distances comme il convenait à leur humble rang. Leur scintillement était blanc, froid et mort, alors que la ville palpitait de couleurs et de vie. Les Maisons des Guildes flamboyaient de lumières, les maisons scintillaient ; ici et là, des spirales de lumière quittaient la ville et montaient vers le Palais — calèches qui se joignaient à la foule brillante convergeant vers le Palais.

Et Joram dominait le tout.

Le cœur gonflé de la beauté de ce qui l'entourait, il ressentit une impression de puissance. Son sang pétillait d'excitation. Son corps resta collé au sol, mais son esprit s'envola. Il était un *Albanara,* né pour marcher ici, né pour gouverner et, dans quelques heures peut-être, ces gens couverts de bijoux qui le dominaient de si haut maintenant se bousculeraient pour se prosterner à ses pieds.

Enfin, peut-être qu'il exagérait un peu, se dit-il, avec un sourire intérieur qui n'altéra en rien la gravité de ses traits, mais mit de la chaleur dans ses yeux noirs. Je suppose qu'on ne se prosterne pas devant un Baron. Quand même, j'ordonnerai que les subordonnés marchent en ma présence. Il serait inconvenant qu'ils se permettent de flotter devant moi, je trouve. Il faudra que je demande à Simkin... Où diable est-il ?

Penser à Simkin lui rappela sa promesse de ne pas se présenter sans lui à l'Empereur, et il parcourut la foule d'un regard impatienté. Maintenant il avait surmonté sa gêne initiale. Il entendit qu'on appelait des noms à l'autre bout du Hall de cristal, où la lumière était plus vive, et il vit des groupes de mages, comme happés par un tourbillon, dériver dans cette direction. S'efforçant de voir et d'entendre, et cherchant toujours Gwendolyn, le Seigneur Samuels et Saryon, Joram se dirigea de ce côté, scrutant la foule. Mais il ne pouvait pas trop s'éloigner de l'escalier, car c'était là que Simkin viendrait le chercher. Où était-il donc, ce bouffon ? Jamais là...

— Mon cher ami, ne reste pas bouche bée comme ça, dit une voix irritée. Loué soit l'Etern que nous ayons laissé Mosiah au Bosquet. Il a dû entendre ton menton heurter le sol. Essaye de prendre l'air aussi blasé que les autres. Là, c'est mieux.

Soie orange palpitant dans l'air, Simkin descendit doucement des hauteurs, sa robe papillotant autour de ses chevilles.

— Où étais-tu ? demanda Joram.

— La fontaine de champagne, dit-il, haussant les épaules. Tut-tut, ajouta-t-il, voyant Joram froncer les sourcils. Je t'ai déjà dit, O Sombre et Taciturne Ami, qu'un jour ton visage va se pétrifier dans cette expression alarmante. Il fallait bien que je fasse quelque chose pendant que tu peinais dans l'escalier à travers les neuf niveaux de l'enfer. Maintenant, tu sais pourquoi il n'y a pas de catalystes obèses à Merilon. Enfin, presque pas.

Un catalyste corpulent, la tonsure inondée de sueur, le foudroya du regard en sortant de l'escalier, suant et soufflant.

— Haut les cœurs, mon Père ! dit Simkin, cueillant en l'air son mouchoir orange et le lui offrant avec sollicitude. Pense au lard que tu as perdu ! Sans parler du brillant que tu donnes au sol ! Je t'éponge la tête ?

Son visage se congestionnant un peu plus, le prêtre repoussa brutalement sa main en murmurant quelque chose de fort peu ecclésiastique, et, titubant sur le sol de cristal, s'effondra sur le siège le plus proche.

Simkin s'inclina devant lui en joignant les mains.

— Que ma bénédiction t'accompagne également, mon Père, dit-il, agitant la soie orange.

Le catalyste disparut.

Joram fixait le siège vide quand il sentit qu'on le tirait par la manche.

— Et maintenant, écoute-moi bien, je te prie.

La voix était enjouée comme d'habitude, mais, se retournant, il vit une lueur dure dans les yeux bleus, une légère crispation dans le sourire désinvolte, qui retinrent son attention.

— Les réjouissances vont commencer, dit Simkin, hochant imperceptiblement la tête. Tu te rappelles les cartes qui prédisaient que tu serais Roi et que je serais ton bouffon ? Eh bien, jusqu'à maintenant, tu as été le Roi, cher ami. Nous avons suivi tes lubies, bien qu'elles aient failli me faire arrêter, que la malédiction de l'Etern ait frappé le pauvre catalyste et que Mosiah soit en fuite au péril de sa vie, dit Simkin, presque en un murmure, attachant sur Joram un regard pénétrant.

— Continue, dit Joram, la voix calme et égale, mais le visage rembruni, une légère rougeur sous son hâle indiquant que, peut-être, la flèche avait atteint sa cible.

— Et maintenant, mon Roi, reprit Simkin avec un sourire sardonique, regardant la foule autour d'eux, tu dois suivre les instructions de ton bouffon. Car c'est entre les mains de ton bouffon que repose ta vie et la vie de ceux qui te suivent. Tu devras m'obéir sans discuter. Est-ce convenu, Majesté ?

— Qu'est-ce que j'aurai à faire ? dit Joram, irrité.

Simkin approcha sa bouche de son oreille. Sa barbe chatouilla Joram, tandis que le parfum entêtant de ses cheveux et les vapeurs de champagne s'échappant de ses lèvres lui donnaient mal au cœur. Il voulut s'écarter, mais Simkin le retint fermement, chuchotant avec insistance.

— Quand tu seras présenté à leurs Majestés, *ne regarde pas,* je répète, *ne regarde pas* l'Impératrice.

Simkin s'écarta, se caressant la barbe en observant la foule. Joram eut un demi-sourire.

— Tu es vraiment un bouffon ! dit-il, rectifant le tombant de sa robe verte. Tu as failli me faire peur.

— Cher ami ! dit Simkin, le regardant avec une telle consternation que Joram en resta pantois. Je n'ai jamais parlé plus sérieusement.

Il posa la main sur le cœur de Joram.

— Incline-toi devant elle, parle-lui — dit quelque chose de flatteur et d'idiot. Mais baisse les yeux. Détourne ton regard. Regarde tant que tu voudras le Royal Raseur. Et n'oublie pas : tu ne vois pas les *Duuk-tsarith,* mais ils sont là, ils observent... Et maintenant, conclut-il, agitant languissamment la soie orange, nous devons prendre place dans la file.

Donnant le bras à Joram, il se dirigea vers la longue queue des invités.

— Heureusement pour toi, ami attaché à la terre, chacun doit marcher quand il est présenté à Leurs Majestés. Signe d'humilité, marque de respect, etc. Sans compter qu'il est diaboliquement difficile de saluer les pieds ballants. Un jour la Duchesse de Blatherskill s'est cassée en deux à partir de la taille et n'a pas pu s'arrêter. Elle s'est retrouvée pieds pardessus tête. Elle n'avait pas de culotte. Spectacle choquant. L'Impératrice a dû s'aliter trois semaines. Depuis lors... nous marchons.

Traversant le sol de cristal, rejoints par des mages qui tombaient autour d'eux en pluie scintillante, ils se dirigèrent vers le fond du Hall. Joram regardait Simkin, perplexe et perturbé par ses instructions. Mais le jeune homme ne sembla pas remarquer l'air dérouté de son ami et continua à pérorer sur les malheurs de l'infortunée Duchesse. Branlant du chef, Joram passa devant le siège vide qu'avait occupé le catalyste, dont ils s'étaient éloignés tout en parlant, et vit Simkin arborer un sourire pervers.

— A propos, qu'est-ce que tu lui as fait ?

— Je l'ai renvoyé au pied de l'escalier, dit languissamment Simkin, se tamponnant le nez de sa soie orange.

Joram et Simkin se placèrent dans la file des riches et des puissants de Merilon, qui attendaient pour aller présenter leurs respects au couple royal avant de se disperser et de se consacrer aux réjouissances. Certains pouvaient penser qu'il serait difficile de faire la fête étant donné la nature affligeante de l'anniversaire qu'ils célébraient. Et effectivement, ceux qui avaient pris place dans la file qui s'étirait sur le sol de cristal comme un serpent vêtu de soie et de pierreries étaient considérablement plus solennels et sérieux qu'en entrant au Palais. Plus de rires joyeux, plus de bavardages à bâtons rompus, plus de potins et de railleries au sujet des vêtements, des coiffures ou des filles. Les yeux étaient baissés, les couleurs éclatantes des vêtements s'étaient adoucies pour prendre un ton que Simkin baptisa *Mine Affligée.*

Les conversations se faisaient à voix basse et non plus par groupes, mais par couples. En conséquence, un silence feutré s'installa sur cette partie du Hall, uniquement rompu par les voix mélodieuses des hérauts annonçant ceux qui étaient admis en la Royale Présence.

La file était si longue que Joram ne voyait pas encore les souverains, mais seulement l'alcôve de cristal où ils trônaient. Debout en demi-cercle autour de cette alcôve, ceux qui avaient déjà été présentés et qui regardaient maintenant quels illustres ou amusants personnages attendaient leur tour. Ces spectateurs parlaient à voix basse, mais il y avait parmi eux un mouvement incessant de têtes qui se tournaient, de doigts qui se pointaient, discrètement ou non, selon la personne désignée. Joram, qui cherchait toujours le Seigneur Samuels et sa famille, vit bien des saluts et des sourires adressés à Simkin. Paré de sa robe blanche, le jeune homme ressortait au milieu des couleurs comme un iceberg dans la jungle, mais affectait de ne pas remarquer ces attentions.

Joram parcourait des yeux la foule brillante, s'arrêtant sur les têtes blondes, et même sur les têtes tonsurées, espérant toujours voir Saryon. Mais les invités étaient si nombreux, et la plupart vêtus de façon tellement similaire (sauf quelques excentriques qui s'étaient costumés en Mages des Champs, au grand amusement de Simkin) qu'il jugea presque impossible de trouver ceux qu'il espérait voir.

Elle me cherche, se dit-il, s'imaginant avec attendrissement Gwendolyn sur la pointe des pieds, s'étirant le cou pour regarder par-dessus les larges épaules de son père, écoutant tous les noms annoncés le cœur battant, et baissant la tête, déçue quand ce n'était pas celui qu'elle désirait entendre. A cette pensée, son impatience s'accrut, et aussi ses craintes. Et si elle s'en allait ? Et si le Seigneur Samuels se lassait d'attendre ? Et si... Joram regarda la longue file devant lui, s'irritant contre chaque vieux Duc dont les pas chancelants devaient être assistés par un catalyste, ou ces deux douairières bavardes qui oubliaient tout le temps d'avancer et que leurs voisins devaient rappeler à l'ordre. En fait et tout bien considéré, la file avançait rapidement, mais elle aurait dû fulgurer comme l'éclair pour satisfaire Joram.

— Arrête de t'agiter, dit Simkin, lui marchant sur le pied.

— Je ne peux pas. Dis quelque chose.

— Volontiers. Quoi ?

— Peu importe ! N'importe quoi ! dit sèchement Joram. Tu affirmes que je suis censé adresser quelques mots à l'Empereur. Quoi ? Belle nuit ? Temps magnifique ? Il paraît que c'est le printemps depuis deux ans, y a-t-il une chance de voir l'été prochainement ?

— Chut ! siffla Simkin derrière son mouchoir orange. Morbleu, je commence à regretter de ne pas avoir amené Mosiah à ta place. C'est l'anniversaire du Prince Mort. Tu présentes tes condoléances, évidemment.

— C'est vrai. J'oublie tout le temps, dit Joram, maussade, parcourant le Hall du regard pour la centième fois. D'accord, je présenterai mes condoléances. De quoi est-il mort, cet enfant ?

— Mon cher ami ! murmura Simkin, scandalisé. Même si tu as été élevé dans une citrouille, tu n'as pas besoin de l'afficher à ce point ! Je croyais que ta mère te régalait d'histoires sur Merilon. C'était l'histoire vedette de tous les temps. Elle ne t'en a pas parlé ?

— Non, dit Joram d'un ton bref, fronçant les sourcils.

— Ah, remarqua soudain Simkin en le regardant. Peut-être... oui, je comprends. Tu vois, dit-il, se rapprochant et parlant derrière son mouchoir, l'enfant n'est pas mort de maladie. Il était même bien vivant, d'après ce qu'on m'a dit. Il hurlait à faire éclater sa petite tête pendant la cérémonie, et il a vomi sur l'Evêque à la fin.

Simkin se tut, regardant Joram, en attente. Joram se rembrunit, une ombre tombant sur son visage.

— Tu comprends ? demanda doucement Simkin.

— L'enfant était né Mort, comme moi, dit Joram d'une voix dure, les yeux fixés par terre, les mains croisées derrière le dos à s'en faire blanchir les phalanges.

Il se vit reflété sur le sol de cristal. Loin au-dessous de lui, les lumières de Merion brillaient à travers son corps transparent, qui le regardait.

— Chut ! fit Simkin. Mort, oui. Mais comme toi, cher ami ? dit-il, branlant du chef. Il ne ressemblait à aucun enfant né dans ce monde. D'après la rumeur, Mort est un euphémisme. L'enfant n'a pas simplement échoué à l'une des Épreuves. Il a échoué aux trois. Il n'y avait absolument aucune magie en lui !

Joram garda les yeux baissés.

— Il n'était peut-être pas si exceptionnel que tu crois, marmonna-t-il tandis que la file avançait .

Les yeux toujours braqués sur son reflet, Joram ne remarqua pas le regard pénétrant que Simkin attacha sur lui, ni ne le vit se caresser pensivement la barbe.

— Qu'as-tu dit ? demanda Simkin avec désinvolture, feignant de se moucher dans la soie orange.

— Rien, dit Joram, se secouant comme pour sortir d'un rêve éveillé. Alors, c'est bientôt à nous ?

— Patience, conseilla Simkin.

S'élevant à un pouce du sol, il regarda par-dessus les têtes puis se posa en douceur.

— Regarde, tu pourras voir le Trône Royal maintenant, et, avec un peu de chance, apercevoir la Tête Royale.

S'étirant le cou, Joram constata qu'ils s'étaient beaucoup rapprochés pendant cette conversation. Il vit le trône de cristal et aperçut plusieurs fois l'Empereur qui bougeait la tête pour converser avec ceux qui se tenaient autour de lui. Il vit à peine l'Impératrice, assise à sa droite, car la lignée royale descendait de son côté de la famille. Mais il voyait bien l'Empereur, et, content de pouvoir fixer son esprit sur quelque chose, il observa la scène avec intérêt.

Assise sur un trône de cristal posé sur un sol de cristal dans une alcôve de cristal, Sa Majesté semblait trôner au milieu des étoiles. Vêtu du satin blanc pur du deuil, une lumière blanche d'un éclat incomparable brillant au-dessus de lui, l'Empereur n'était pas seulement une étoile parmi d'autres, mais la plus brillante de toutes. Ayant vu l'opulence et l'apparat du reste du Palais, Joram constata avec étonnement que l'alcôve et le trône étaient de lignes élégantes mais très simples, sans aucun ornement. Le cristal coulait autour des corps royaux comme de l'eau de source, seul un reflet de lumière ici et là indiquant qu'ils étaient entourés de quelque chose de solide.

Puis Joram sourit. Parcourant la salle du regard, il réalisa que c'était intentionnel ! Même le siège sur lequel l'infortuné catalyste (maintenant à des centaines de mètres plus bas) s'était assis était fait d'un matériau magiquement traité pour être transparent. Rien, et certainement pas des objets matériels, ne devait distraire l'attention de la seule réalité que concevait le souverain — la réalité de l'Empereur et de l'Impératrice.

Maintenant assez proche pour entendre des bribes de conversations quand les voix s'élevaient au-dessus du murmure de la foule, Joram écouta avec curiosité. Habitué à porter sur les gens des jugements rapides et souvent peu flatteurs, il avait trouvé que l'Empereur, lors de sa visite chez le Seigneur Samuels, était d'une vanité et d'une suffisance colossales, qu'il ne voyait pas plus loin que le bout de son nez, comme on dit. Mais, à l'écouter parler, il fut obligé de s'avouer, à contrecœur, qu'il s'était trompé.

Il était fin et intelligent — et s'il paraissait froid et réservé, c'était seulement pour se tenir au-dessus des masses. Il n'avait guère besoin du héraut, semblait-il, pour introduire ceux qui se présentaient devant lui, et en interpellait beaucoup par leur surnom au lieu de leur nom de famille. De plus, il avait un mot personnel pour chacun — demandant à des parents des nouvelles d'un enfant chéri, questionnant un catalyste sur son domaine de recherche, parlant du passé avec les vieux, du futur avec les jeunes.

Impressionné par cet exploit phénoménal, étant donné le nombre de personnes qu'il devait rencontrer journellement, Joram l'observait avec une fascination croissante. Il repensa à sa rencontre avec lui, et à la façon dont il l'avait regardé quelques secondes avec une attention sans partage. Joram se rappela qu'il s'était senti flatté, mais en même temps vaguement embarrassé, et maintenant, il comprenait pourquoi. Il avait été consigné dans la mémoire de l'Empereur, comme Saryon y consignait ses équations, et avec à peu près autant d'égards. Habile à manipuler les autres dans une certaine mesure, Joram reconnut la main d'un maître.

Joram savait, par les récits de sa mère, confirmés par le Seigneur Samuels, qu'il y avait une personne que l'Empereur aimait profondément — l'Impératrice. La file approcha encore, et Joram, détournant les yeux de l'Empereur, les posa sur son épouse. Toute sa vie il avait entendu parler de sa beauté, remarquable même au milieu des beautés de la cour. D'une beauté qui était innée, et qui n'avait pas besoin de retouches magiques. Et, ce qui augmentait encore sa curiosité, c'était l'avertissement — car c'en était un — de Simkin.

Ne regarde pas l'Impératrice.

Ces mots résonnant dans sa tête, il sortit discrètement de la file pour jeter un coup d'œil sur la femme assise sur son trône de cristal près de son mari. Puis la file avança, et il la vit en face.

Joram retint son souffle. Les paroles de Simkin oubliées, il ne pensait plus qu'aux descriptions d'Anja. « Les cheveux sont noirs comme l'aile du corbeau, la peau blanche et douce comme une gorge de colombe. Les yeux sont noirs et lumineux, la coupe du visage d'un classique parfait, comme façonnée par un maître magicien. Elle bouge avec la grâce du saule dans le vent... »

Il reçut un coup de coude dans les côtes.

— Arrête ! dit Simkin, la bouche en coin. Détourne les yeux.

Irrité, soupçonnant qu'il était la cible d'une blague de Simkin, il allait répliquer vertement quand, de nouveau, il vit cette étrange expression sur le visage généralement insouciant de Simkin — grave, craintive, même. Approchant encore — il n'y avait plus qu'une dizaine de personnes devant eux — Joram regarda ses voisins et s'aperçut qu'eux aussi faisaient de leur mieux pour *ne pas* regarder l'Impératrice. Il les vit darder des regards furtifs dans sa direction, comme il le faisait lui-même, puis détourner vivement les yeux. Et bien que chacun parlât à l'Empereur d'une voix claire et distincte, parfaitement détendu et à l'aise, tous baissaient la voix et marmonnaient des propos inintelligibles en s'adressant à l'Impératrice.

S'approchant encore, les yeux fatigués de jeter des regards furtifs sur l'Impératrice puis de les détourner vivement, Joram commença à trouver qu'elle avait effectivement quelque chose de bizarre. Sa beauté tant vantée ne diminua pas de près, mais il la trouva plus repoussante qu'attirante. Le peau était blanche et lisse, mais vaguement bleuâtre et translucide. Les yeux noirs étaient certes ravissants, mais leur lumière ne venait pas de l'intérieur. C'était le reflet de la lumière sur du verre. Ses lèvres remuaient quand elle parlait, sa main et son corps remuaient, pourtant ce n'était pas avec la grâce du saule, mais avec la raideur d'un jouet articulé.

Un jouet...

Joram se tourna vers Simkin, perplexe, mais le jeune homme, jouant avec son mouchoir orange, le regarda en souriant.

— La patience est toujours récompensée, dit-il. C'est à nous.

Puis Joram n'eut plus le temps de réfléchir à rien.

Comme de très loin, il entendit le héraut frapper le sol de sa hallebarde en annonçant d'une voix mélodieuse :

— Simkin, hôte du Seigneur Samuels...

Le reste de l'intoduction se perdit dans les rires discrets de la foule. Simkin se livrait à une bouffonnerie quelconque. Joram était trop étourdi et confus pour réaliser ce que c'était. Il vit Simkin s'avancer, sa robe blanche brillant de la même lumière que celle qui entourait d'un halo l'Empereur et l'Impératrice.

L'Impératrice. Joram sentit son regard irrésistiblement attiré vers elle, mais fut soudain gêné d'être la cible de centaines de paires d'yeux. Le souvenir de la mort de sa mère lui revint avec une netteté aveuglante. Il voyait les gens qui le regardaient. Il aurait voulu être seul. Pourquoi, pourquoi le regardaient-ils tous ?

Joram vit l'Empereur et Simkin bavarder, sans avoir aucune idée de ce qu'ils se disaient. Il était comme sourd. Il y avait un rugissement dans ses oreilles comme un vent de tempête. Il avait désespérément envie de fuir, mais il ne pouvait pas bouger. Il aurait pu rester ainsi éternellement, si le héraut, toujours conscient de la nécessité de faire avancer la file, et habitué à cette sublime transe en présence de Sa Majesté, ne l'avait pas poussé doucement. Trébuchant, le jeune homme fit un pas et se trouva devant l'Empereur.

Joram eut juste assez de présence d'esprit pour s'incliner très bas, imitant Simkin, et pour se mettre à marmonner quelque chose sans avoir aucune idée de ce qu'il disait. L'Empereur intervint en douceur, rappelant sa visite chez le Seigneur Samuels, et espérant qu'il était satisfait de son séjour à Merilon. Puis la main royale fit un geste, et Joram se retrouva devant l'Impératrice. Il eut vaguement conscience que Simkin le regardait et — n'était-ce pas par trop incroyable ? — qu'il souriait.

Joram s'inclina gauchement devant l'Impératrice, se demandant désespérément quoi dire, avec une envie folle de lever les yeux pour la regarder, tandis qu'une autre part de lui-même n'aspirait qu'à s'enfuir en détournant la tête comme il l'avait vu faire aux autres.

Debout devant elle, il perçut vaguement une faible odeur écœurante.

La plus belle femme du monde — lui avait-on dit. Il voulait le constater par lui-même.

Joram leva la tête...

... et plongea son regard dans les yeux morts d'un cadavre.

Chapitre 4

LA FONTAINE DE CHAMPAGNE

— Par l'Etern, murmura Joram, frissonnant et couvert de sueurs froides. Morte !

— Mon cher ami, si tu tiens à ta vie et à la mienne, parle bas ! dit doucement Simkin avec un sourire désarmant tout en saluant de la tête quelques connaissances.

Ils étaient près de la fontaine de champagne, car, selon Simkin, c'était là que Gwendolyn ou Saryon viendraient certainement les retrouver. Diamétralement opposée à l'alcôve de cristal où l'Empereur tenait sa cour, ses abords étaient de plus en plus encombrés par les invités qui venaient y chercher amis ou rafraîchissements. C'était, comme le disait Simkin, un lieu de rencontre logique ; autour d'eux, ce n'étaient que salutations exubérantes et bruyants éclats de rire.

Magiquement actionnée par deux *Pron-alban* déguisés en laquais, elle faisait six mètres de haut. Entièrement façonnée en glace — pour que le vin reste frais — elle avait pour thème le poisson. Le champagne jaillissait de la bouche d'hippocampes de glace perchés sur des vagues gelées ; des nymphes frangées de givre offraient du vin de leurs mains glacées. Des rangées et des rangées de flûtes de cristal flottaient autour de la fontaine et se remplissaient toutes seuls au moindre signe des invités, impatients d'étancher leur soif après deux heures de queue pour présenter leurs respects à l'Empereur et à sa défunte épouse.

— C'est un acte de trahison de former une telle pensée, poursuivit Simkin, et encore plus de l'exprimer.

— Depuis... depuis quand ? demanda Joram avec une fascination morbide, cette même fascination qui ne cessait d'attirer son regard vers le trône de cristal.

— Oh, un an à peu près. Personne ne sait exactement. Elle était malade depuis longtemps, et j'avoue qu'elle a meilleure mine maintenant que vers la fin.

— Mais pourquoi... pourquoi la garder ? Je veux dire, je sais qu'il l'aimait. Pourtant...

Joram porta une flûte de champagne à ses lèvres, mais la reposa vivement, la main tremblante.

— L'Empereur doit être fou, conclut-il.

— Loin de là, dit Simkin avec calme. Tu vois l'homme en robe rouge debout près de l'Empereur ?

— Un *DKarn-Duuk* ? Oui, dit Joram, arrachant son regard du trône de la morte et le reportant sur l'homme qui, penché vers l'Empereur, parlait avec lui.

Ils étaient assez loin, mais Joram eut l'impression d'un homme de haute taille, à la stature avantageuse dans la robe rouge des *DKarn-Duuk*, les Maîtres de Guerre du Thimhallan.

— Pas un *DKarn-Duuk*. LE *Dkarn-Duuk* — le Prince Xavier. C'est le frère de l'Impératrice, ce qui fait de lui le prochain Empereur de Merilon si la mort de sa sœur est officiellement déclarée. Adieu au Royal Raseur, ajouta Simkin, portant sa flûte à ses lèvres en un toast de dérision. Retour sur ses terres dans les prairies vallonnées de Drengassi ou d'ailleurs. Si rien de pire ne lui arrive. Les *DKarn-Duuk* ont une façon à eux d'entrer dans les Couloirs et de n'en pas ressortir, ajouta-t-il, vidant sa flûte d'un trait.

— S'il est tellement puissant, pourquoi ne prend-il pas le pouvoir, tout simplement ? demanda Joram, l'examinant pensivement, tout à l'idée que ce nouveau monde où il entrait se révélait très intéressant.

— L'Empereur a un puissant contre-pouvoir — ou peut-être devrais-je dire contrepoids — dans la personne de l'Evêque Vanya. Et à ce propos, je trouve étrange que Sa Rondeur ne soit pas là. Ah, j'oubliais. Il ne vient jamais à cet anniversaire. Il dit que c'est contre la politique de l'Église ou quelque chose comme ça. Où en étais-je ?

— L'Empereur ?

— Ah, oui. Bref, selon la rumeur, le soleil de Vanya se lève et se couche avec l'Empereur. Le *DKarn-Duuk* a un homme à lui pour le remplacer — et sans doute trois ou quatre, d'ailleurs. Les catalystes et les illusionnistes s'échinent à donner à l'Impératrice l'apparence d'un joyeux boute-en-train. Et le fait de parler de sa santé ou de son absence de santé est considéré comme un acte de trahison. Elle tient sa cour comme d'habitude, les riches et les puissants de Merilon et d'autres cités-États viennent lui présenter leurs hommages comme d'habitude, et personne ne la regarde en face et ne dit rien d'elle, sauf les choses les plus innocentes. Et même cela est parfois risqué.

Simkin fit un signe, et une flûte de champagne alla se remplir à la fontaine et flotta vers sa main. Dans un coin, un orchestre enchanté attaqua une valse, forçant Simkin à se rapprocher de Joram pour continuer la conversation.

— Je n'oublierai jamais le soir où le vieux Marquis de Dunsworthy faisait avec l'Empereur une partie de tarok. L'Empereur a dit : « Ne trouves-tu pas que Sa Majesté a particulièrement bonne mine, Dunsworthy ? » Et Dunsworthy regarde le cadavre installé dans un fauteuil et dit : « Je...je ne sais pas. Je trouve Sa Majesté un peu grave ce soir. » Naturellement, les *Duuk-tsarith* sont tombés immédiatement sur le malheureux et on ne l'a plus jamais revu.

Simkin sirota son champagne et s'essuya la bouche de son mouchoir orange.

— J'ai fini la partie à sa place et j'ai gagné un écu d'argent à Sa Majesté.

Joram allait répondre quand il entendit son nom. Se retournant, il se trouva devant deux yeux bleus brillants d'amour et oublia immédiatement qu'il existait dans le monde des choses telles que la mort et la politique.

— Joram ! dit timidement Gwendolyn en lui tendant la main, très consciente des regards admiratifs de plusieurs jeunes gens, mais n'ayant d'yeux que pour son bien-aimé.

Gwendolyn avait passé des heures — presque toute la journée, en fait — à travailler à sa robe avec Marie et Dame Rosamund. Elle en avait si souvent changé la couleur que la chambre aurait pu être l'atelier des *Sif-Hanar* qui font apparaître les arcs-en-ciel. Des fleurs surgissaient sur les manches, remplacées par des plumes de petits oiseaux, puis les oiseaux eux-mêmes firent leur apparition, immédiatement bannis par Dame Rosamund. Enfin, après bien des larmes, des kilomètres de rubans et un dernier moment de panique dans la calèche où elle s'écria : « Je ne suis pas regardable ! », Gwendolyn était là pour le bal, tous les rêves de son jeune cœur semblant se réaliser en cet instant.

Et quel fut le résultat de tant d'efforts et de larmes versées en pensant à Joram ? Nul, il faut bien le dire. Joram n'eut qu'une impression confuse de cheveux d'or couronnés de minuscules fleurs blanches appelées nuages, d'un cou blanc et d'épaules blanches, et de la rondeur enchanteresse de seins blancs nichés dans quelque chose d'aussi bleu et vaporeux que l'écume de la mer. Sa beauté l'enchanta, mais ce fut *sa* beauté, non celle de la robe. Gwendolyn aurait pu être vêtue d'un sac et son amoureux ébloui n'aurait rien remarqué.

— Gente dame, dit Joram, prenant sa main blanche et la gardant dans la sienne juste un instant de plus qu'il n'était considéré convenable avant de la porter à ses lèvres, puis de la lâcher à regret.

— Je... je veux dire nous... rectifia-t-elle en rougissant, avions peur que tu ne puisses pas venir. Comment va le Père Dunstable ? Nous sommes tous très inquiets.

— Le Père Dunstable ? dit Joram, médusé. Que veux-tu dire ? Il n'est pas...

— Pardonne-moi, chère enfant, l'interrompit suavement Simkin, s'interposant entre Joram et Gwendolyn.

Tournant le dos à Joram, il prit la main de Gwendolyn dans la sienne, comme pour lui faire le baise-main, mais, décidant apparemment que l'effort était trop grand, il se contenta de la tenir mollement.

— Ta beauté lui fait complètement perdre la tête. J'ai vu des expressions plus intelligentes sur des visages de catalystes. Pas souvent, mais à l'occasion. Et à propos de catalystes, je crois pouvoir déduire de tes propos que notre ami chauve n'est pas au mieux. Sacrebleu, voilà qui m'étonne.

— Mais Joram ne te l'a donc pas dit ? demanda Gwendolyn, s'efforçant de regarder Joram, séparé d'elle par Simkin d'un côté, par la fontaine de l'autre.

— Morbleu, ma chère, dit Simkin, les cachant l'un à l'autre une fois de plus, champagne ? Non ? Eh bien, je boirai donc pour deux, si tu permets.

Deux flûtes flottèrent vers lui.

— De quoi parlions-nous ? Ah, le Père Dunstable ! Tu comprends, j'ai été claquemuré toute la journée dans ce maudit Palais à écouter LE *DKarn-Duuk* brailler sur la guerre avec Un Tel ou Un tel, et l'Empereur brailler sur les impôts et j'ai failli mourir d'ennui. Puis j'ai trouvé Joram ici, alors, mon petit, tu ne peux pas me reprocher de ne pas m'être enquis de la santé d'un catalyste, non ?

— Non, je suppose que non... commença Gwendolyn, rose de confusion et d'embarras.

La conversation de Simkin provoquait un attroupement, les gens s'approchant pour entendre les remarques scandaleuses qu'il ne manquerait pas de faire, et la jeune fille était au supplice sous tous ces regards fixés sur elle et son compagnon.

Tentant de se rapprocher de Gwendolyn, Joram fut écarté d'un coup de coude, et, se rappelant juste à temps qu'il ne devait pas attirer l'attention, fut forcé de reculer d'un ou deux pas. Cependant que Simkin concentrait toute l'attention sur lui.

— Eh bien, qu'est-il arrivé à notre Ami Chauve ? demanda-t-il avec langueur. Morbleu ! ajouta-t-il, horrifié, ses sourcils rejoignant ses cheveux, l'Evêque Vanya ne l'a pas confondu avec un coussin de stalle, au moins ?

Rires étouffés de l'auditoire, et nouveaux coups de coude.

— C'est arrivé un jour à une catalyste, connue avant l'accident sous le nom de Sœur Suzanne. Complètement laminée, la pauvre. On l'appelle maintenant Frère Fred...

Les rires fusèrent, plus forts.

— Non, vraiment ! dit Gwendolyn, s'efforçant de reprendre sa main à Simkin.

Mais il la retint sans en avoir l'air, la regardant d'un air interrogateur et blasé, qui fit pouffer les assistants.

Il fallait qu'elle dise quelque chose.

— Je... nous avons été réveillés au milieu de la nuit par la... la *Theldara* qui avait soigné le Père Dunstable. Elle a dit qu'il avait fait une rechute et qu'elle le transférait à la Maison de Guérison du Bosquet des druides.

— Une rechute ? J'en suis navré, accablé de douleur, vraiment. Champagne par ici !

L'auditoire hurla de rire.

— Simkin, laisse-moi... dit Joram, jouant des coudes lui aussi.

Mais Simkin lui coupa la voie avec naturel, tendant le bras vers un jeune homme de l'assistance.

— Marquis d'Ettue. Enchanté.

Le jeune Marquis fut enchanté également.

— Cette jeune fille meurt d'envie de danser avec toi. Ce doit être ta jaquette rose crevette. Les femmes en sont folles. Ma chère, le Marquis d'Ettue.

Et avant qu'elle ait pu protester, sa main passa de celle de Simkin dans celle du Marquis tout aussi stupéfait.

— Mais, je... objecta Gwendolyn, regardant Joram par-dessus son épaule.

— Simkin, bon sang !... tenta une fois de plus d'intervenir Joram, le visage crispé d'impatience et de frustration, le regard furibond.

— ... le plaisir de cette danse, balbutiait le Marquis.

— Quel couple charmant ! Allez, filez ! dit gaiement Simkin, poussant une Gwendolyn abasourdie dans les bras rose crevette du Marquis. Ah, te voilà ! s'exclama-t-il, se retournant vers Joram en affectant la surprise. Où étais-tu, cher ami ? Voilà ta bien-aimée qui va danser avec un autre.

Nouveaux rires.

Joram le foudroya du regard.

— Veux-tu enfin...

— ... te réconforter dans ton affliction ? Certainement. Laissez-nous seuls un moment, voulez-vous ? demanda-t-il à la multitude assemblée, qui s'éloigna obligeamment à la recherche de nouveaux divertissements — non sans de nombreux sourires moqueurs à l'adresse de Joram. Champagne, suis-moi ! ordonna Simkin.

Faisant un signe vers la fontaine, Simkin passa son bras sous celui de Joram et l'entraîna près de la paroi de cristal, trois flûtes flottant docilement dans son sillage.

— Où as-tu la tête ? demanda Joram avec colère. Je cherche Gwendolyn depuis des heures, et maintenant, tu...

— Baisse la voix, cher ami, dit Simkin, toute gaieté disparue de son visage comme par enchantement. Il fallait que je te parle en privé et tout de suite du catalyste.

— Pauvre Saryon, dit Joram, s'assombrissant et fronçant les sourcils. Je n'aurais pas dû le laisser seul la nuit dernière, mais la *Theldara* m'avait dit qu'il se remettait...

— Et c'est exact, cher ami, l'interrompit Simkin.

— Que veux-tu dire ? demanda Joram, se raidissant.

— Je veux dire qu'*ils* l'ont arrêté, mon ami.

Simkin sourit, mais d'un sourire uniquement destiné à la foule. S'humectant les lèvres de champagne, il parcourut nerveusement le Hall du regard.

— Et nous pourrions bien être les suivants.

Soudain, Joram eut du mal à respirer. L'air de la salle était déjà passé dans trop d'autres poumons. Son cœur battait à grands coups, comme pour expulser de sa poitrine sa dernière molécule d'oxygène. Ses oreilles bourdonnaient, et, de nouveau, il n'entendait plus rien.

— Calme-toi. Bois du champagne. On nous regarde. On est là pour s'amuser, n'oublie pas.

Joram vit les lèvres de Simkin remuer, sentit une flûte dans sa main. La bouche sèche, il la porta à ses lèvres, et les bulles pétillèrent sur sa langue et le rafraîchirent.

— Et s'il avait vraiment rechuté ?...

— Bah ! Il était très bien quand nous l'avons quitté. Et de plus, à ma connaissance, aucune *Theldara* n'a jamais ressenti le besoin d'aller voir un patient au milieu de la nuit. Mais les *Duuk-tsarith*...

— Il ne me trahira pas, dit Joram à voix basse.

— Il n'aura peut-être pas le choix, répliqua Simkin, haussant les épaules.

Joram serra les lèvres et les poings.

— Je ne partirai pas, dit-il. Pas avant d'avoir parlé à cette druidesse que le Seigneur Samuels a promis de me présenter. Et de plus — son visage s'éclaira, il releva la tête —, tout cela n'aura plus d'importance. Je serai bientôt Baron. Et alors, tout ira bien.

— Bien sûr. Je pensais qu'il valait mieux te prévenir, dit Simkin d'un ton léger, retrouvant sa suffisance. Comme tu dis, de quoi s'agit-il ? D'un mauvais moment à passer pour le catalyste, rien de plus. Ils adorent ce genre de chose, paraît-il. Le martyre. Cela les rapproche de la sainteté. Ah, la belle revient — pour t'emmener voir Papa, je présume, et elle fixe sur moi un regard sans aménité. N'en dis pas plus, je suis parti. Préviens quand il faudra organiser les réjouissances, tuer le veau gras et tout ça. L'Evêque Vanya pourrait peut-être servir pour la circonstance. N'oublie pas que tu as passé une nuit épuisante à veiller un catalyste malade. Ta-ta !

Laissant Joram seul, ce dont il lui fut reconnaissant, Simkin décolla et se perdit dans la foule. « Vous aimez ? », l'entendit demander Joram. « J'appelle cette tenue *Mort Réchauffée...* »

Le Hall était de plus en plus étouffant et bruyant. Les présentations à l'Empereur terminées, les gens debout près du trône commençaient à se disperser, leurs vêtements passant de la couleur du deuil à des tons plus appropriés à la fête. Joram s'appuya à la paroi de cristal et la fraîche obscurité de la nuit lui parut tentante auprès de la chaleur et de la clarté de la salle. Il frissonna en repensant au mot de « martyre » qu'avait employé Simkin. A l'idée que Saryon souffrait peut-être à cause de lui, il ferma les yeux, la lame froide du remords s'insinuant dans son âme.

Mais au bout d'un instant, il ignora la souffrance, qu'il recouvrit du baume de l'amertume, comme il avait couvert ses blessures toute sa vie, sans se soucier des vilaines cicatrices qui subsistaient. Un jour, il revaudrait ça à Saryon. Il s'occuperait de lui jusqu'à la fin de ses jours...

— Joram ?

Gwendolyn était là, levant sur lui des yeux bleus qui virent les blessures et aspirèrent à les guérir. Il lui prit les mains dont la fraîcheur calma sa peau fiévreuse.

— Joram, qu'est-ce qu'il y a ? demanda-t-elle, inquiète de son air sombre et hagard.

— Rien, dit-il doucement en lui baisant les mains. Rien, maintenant que tu es là.

Gwendolyn eut une rougeur ravissante et lui retira ses mains, sachant que Dame Rosamund rôdait non loin.

— Joram, je devais te transmettre un message de la part de Papa, mais Simkin...

— Oui ? Quel message ? dit-il, la dévorant des yeux.

— Il... il veut que tu le rejoignes dans un salon privé.

Elle s'interrompit, interdite devant le changement survenu chez le jeune homme. Mais l'excitation eut bientôt balayé toute prudence.

— Oh, Joram ! s'écria-t-elle en lui prenant les mains. La druidesse est avec lui ! La *Theldara* qui était de garde à ta naissance !

Chapitre 5

L'ENFANT DE PIERRE

Joram traversa majestueusement la foule. Dans sa tête, il était déjà Baron, et la ravissante jeune fille qui l'accompagnait était sa femme. Peu de gens leur prêtèrent attention, sauf pour se demander pourquoi ce beau jeune homme et cette belle jeune fille marchaient comme des catalystes. Mais cela changerait bientôt ! Dans une heure peut-être, le Seigneur Samuels reviendrait en marchant — oui, en marchant ! —, le présenterait sous le nom de Baron Fitzgerald, laissant entendre à ses amis que le Baron entrerait bientôt dans sa famille. Alors, ils feront attention à moi, se dit Joram, sombrement amusé. Ils ne sauront plus quoi faire pour me plaire.

Je retrouverai Saryon, se dit-il, et je nous ferai présenter des excuses par ce gros prêtre qui s'est servi de lui pour me pourchasser. Peut-être même que je pourrai lui faire perdre sa charge. Et alors, je...

— Joram, dit timidement Gwendolyn, trouvant son expression très étrange — impatiente, exaltée, et pourtant pleine d'une sombre rancœur qu'elle ne comprenait pas. Nous ne pouvons pas continuer à marcher.

— Eh bien, où sont ton père et la druidesse ? demanda-t-il, réalisant soudain qu'il ne savait plus où il était.

— Au niveau de l'Eau, dit-elle, pointant le doigt vers le bas.

Ils étaient sur la galerie, d'où ils voyaient, à travers les neuf niveaux, la forêt dorée tout en bas. C'était une vue extraordinaire, chaque niveau chatoyant de ses propres couleurs, sauf celui de la Mort qui demeurait un néant gris. Des mages montaient et descendaient en flottant, les réjouissances s'étendant maintenant à tous les étages. Jetant un coup d'œil vers l'escalier, Joram vit des catalystes monter péniblement, leurs semelles raclant les marches, la respiration oppressée.

Et cela lui fournit l'excuse qu'il cherchait.

— Descends seule, mon aimée, dit-il, lui lâchant la main à contrecœur, car, bien que préoccupé, il était très conscient de sa tiédeur, de son parfum et de la douceur de sa peau. Dis à ton père que j'arrive. Je marcherai.

Gwendolyn eut l'air si interdite et regarda les catalystes peinant dans l'escalier avec tant de pitié que Joram ne put s'empêcher de sourire. Lui prenant la main, il dit intérieurement : Bientôt, ma chérie, tu seras fière de gravir ces marches au côté de ton mari. Tout haut, il dit :

— Tu comprendras que je ne pouvais pas demander au Père Dunstable de me donner de la Vie aujourd'hui, malgré l'importance de l'occasion...

Gwendolyn rougit.

— Oh, non, murmura-t-elle, honteuse.

A vrai dire, elle avait totalement oublié le pauvre catalyste. Bien sûr, Joram aurait pu demander de la Vie à un autre, mais certains étaient si fidèles au leur qu'en utiliser un différent — et un étranger de surcroît — leur paraissait une sorte d'adultère.

— Bien sûr que non. Comme je suis sotte de l'avoir oublié et... — elle leva sur lui ses yeux ravissants — ... comme c'est noble de ta part de faire pour lui ce sacrifice.

Au tour de Joram de rougir devant l'amour et l'admiration de ces yeux bleus, pensant qu'il les devait à un mensonge. Peu importe, se dit-il vivement. Bientôt elle saura la vérité, bientôt, tous sauront la vérité.

— Va devant, ton père attend, dit Joram, un peu brusque.

Il l'escorta jusqu'à l'ouverture du balcon ornemental qu'utilisaient les mages pour entrer et sortir du Hall de Majesté, et s'inclina en lui lâchant la main. Son cœur bondit en la voyant marcher gracieusement dans le vide, et il eut du mal à ne pas se ruer vers elle pour la sauver de ce qui — pour lui — aurait été un plongeon mortel jusqu'à la forêt dorée, neuf niveaux plus bas. Mais, levant les yeux vers lui en souriant, elle descendit en flottant avec autant de grâce qu'un nénuphar flotte sur l'eau, ses divers jupons ballonnant autour d'elle comme des pétales, le dernier pudiquement collé à ses jambes.

— Le niveau de l'Eau, grommela Joram.

Il se retourna, courut à l'escalier et se mit à le dégringoler à toute vitesse, manquant renverser un catalyste haletant et courroucé — ce même catalyste que Simkin avait pris tant de plaisir à tourmenter.

Descendre l'escalier était certainement moins pénible que le monter. Joram aurait pu voler lui-même tant il allait vite, et il se retrouva au niveau de l'Eau en un rien de temps, haletant — soit de la course de la descente, soit d'excitation croissante, il ne savait pas.

Gwendolyn n'était nulle part en vue, et il allait partir à sa recherche quand une voix l'appela.

— Joram, par ici, dit-elle, faisant signe par une porte ouverte qu'il n'avait pas remarquée au milieu du décor aquatique.

Passant au milieu d'illusions de sirènes nageant avec des poissons multicolores, Joram arriva à la porte, espérant ardemment que la pièce où aurait lieu la réunion ne serait pas une sombre grotte pleine de coquilles d'huîtres.

Son vœu fut exaucé. Les illusions se concentraient apparemment autour de la galerie, car Gwendolyn introduisit Joram dans un salon qui, en plus opulent et luxueux, aurait pu se trouver dans la demeure du Seigneur Samuels — salon prévu pour les mages qui désiraient se détendre sans dépenser d'énergie magique. Des canapés couverts de brocart de soie aux motifs fantastiques délimitaient plusieurs aires de repos, chacun assorti d'une petite table.

Sur l'un d'eux, était assise une petite femme desséchée, qui ressemblait extraordinairement à un oiseau perché sur les coussins. Joram la reconnut, à la couleur brune et à la finesse de sa robe, pour une druidesse de très haut rang. Elle était vieille — si vieille, pensa Joram, qu'elle devait déjà l'être lorsqu'elle avait accouché sa mère, dix-huit ans plus tôt. Malgré la tiédeur printanière et la chaleur de la pièce, elle était recroquevillée près d'un feu que le Seigneur Samuels avait fait apparaître pour elle dans la cheminée. Sa robe marron bouffait autour d'elle comme le plumage d'un oiseau transi, et elle accentuait la ressemblance en lissant et pinçant sans cesse l'étoffe de ses doigts semblables à des griffes.

Le Seigneur Samuels était debout, les pieds par terre — signe de la solennité de la circonstance — à côté du sofa, les mains croisées derrière le dos. Il portait les mêmes couleurs discrètes que les autres mages en ce triste anniversaire ; sa robe, quoique belle, l'était moins que celles des classes supérieures, ce dont le louaient lesdites classes. Il s'inclina avec raideur à l'entrée de Joram. Joram s'inclina avec raideur en retour. La druidesse fixa sur lui avec curiosité ses petits yeux ronds et brillants.

— Merci, ma fille, dit le Seigneur Samuels, regardant Gwendolyn avec une fierté et une tendresse que ne diminuait pas même la gravité de la conversation à venir. Il vaut mieux que tu nous laisses.

— Mais Papa ! s'écria-t-elle, puis, voyant le front paternel se plisser imperceptiblement, elle soupira.

Avec un dernier regard à Joram — regard où elle mit toute son âme et tout son cœur — elle fit une jolie révérence à la druidesse, qui s'ébroua et pépia en réponse, et elle sortit, refermant doucement la porte derrière elle.

Le Seigneur Samuels lança un sort sur le battant pour ne pas être dérangé.

— Joram, dit-il avec froideur, s'avançant et montrant la druidesse de la main, permets-moi de te présenter la *Theldara* Menni. Pendant des années, c'est elle qui a dirigé les Salles des Naissances à la Source. Elle a maintenant l'honneur, ajouta-t-il d'un ton mesuré, de servir notre Impératrice bien-aimée pour la santé de laquelle nous prions tous les jours.

Joram remarqua que, ce disant, le Seigneur Samuels ne l'avait pas regardé ; il avait noté que tous ceux qui parlaient de l'Impératrice le faisaient d'un ton mesuré et sans regarder leur interlocuteur.

Joram trouva lui-même difficile de regarder la druidesse en face, et il s'inclina, échappant ainsi à cette nécessité. Il était accablé de dégoût à l'idée que cette femme servait un cadavre. Il en eut la chair de poule et imagina sentir une odeur de décomposition dans le salon bien clos. Pourtant, il se demanda, avec une fascination morbide, quelle magie elle employait pour conserver le corps dans cet état. Des élixirs remplaçaient-ils le sang ? Des potions pulsaient-elles dans les veines, des herbes empêchaient-elles la peau de pourrir ? Quels mots faisaient bouger cette main raide avec cette grâce effrayante, quelle alchimie faisait briller les yeux ?

Il sentit la présence rassurante de la Noirépée dans son dos. J'ai donné la Vie à ce qui n'en avait pas, et pour cela, on me flétrit du nom de Sorcier des Arts noirs, se dit-il. Pourtant, y a-t-il plus grand péché que d'empêcher ceux qui appartiennent aux dieux — si l'on croit en eux — de trouver leur destinée parmi les étoiles et de les garder enchaînés dans leur prison de chair ?

Se redressant, il craignit de ne pas pouvoir regarder cette femme sans trahir son dégoût. Puis il se rappela fermement que cela ne le concernait pas. Que lui importait cette Impératrice ? L'important, c'était sa vie, non la mort d'une autre. Relevant la tête, rejetant en arrière les cheveux noirs qui lui voilaient le visage, Joram regarda la druidesse avec calme, et même avec un petit sourire. Elle émit une sorte de croassement, comme si elle connaissait ses pensées et y prenait plaisir. Elle lui tendit une main griffue à baiser, et Joram s'exécuta et s'inclina, mais il ne put se résigner à en effleurer la peau flétrie de ses lèvres.

Le Seigneur Samuels fit signe à Joram de s'asseoir, et, bien qu'il eût préféré rester debout, il se força à obéir.

— Je n'ai pas encore parlé de ton affaire à la *Theldara* Menni, Joram, mettant mon point d'honneur à parler d'un sujet aussi délicat en ta présence.

— Merci, Seigneur, dit Joram avec sincérité.

Le Seigneur Samuels s'inclina légèrement et reprit :

— La *Theldara* a la bonté de nous accorder cet entretien par égard pour le Père Richar qui est mon ami. Je te laisse le soin de lui expliquer la situation, jeune homme.

La *Theldara* fixa sur Joram des yeux pleins d'intérêt, avec une moue d'oiseau.

C'était inattendu. Joram ne pensait pas qu'il aurait à raconter sa vie lui-même, tout en étant reconnaissant au Seigneur Samuels de ne pas influencer son histoire dans un sens ou dans l'autre en la racontant sans lui. Il regrettait l'absence de Saryon. Le catalyste avait l'art d'exposer tous les problèmes en termes simples, compréhensibles par tous.

Joram ne savait trop par où commencer. Et aussi, il avait peur, réalisant la grandeur de l'enjeu.

— Je m'appelle Joram, commença-t-il gauchement, s'efforçant de réfléchir, pour faire un récit cohérent. Ma mère s'appelait Anja — ce nom te dit-il quelque chose ?

La druidesse picora le mot comme une miette de pain, dodelinant de la tête, mais elle garda le silence. Ne sachant si cette réaction était positive ou non, il reprit :

— J'ai été élevé dans un village de Mages des Champs et... j'y ai passé ma vie. Mais... ma mère disait toujours que j'étais de... — il s'empourpra — ... de sang noble et que ma famille venait de Merilon. Elle... ma mère... disait que mon père était un... un catalyste. Ils avaient commis un acte criminel — la Jonction charnelle de leurs corps — et c'est ainsi que j'ai été créé. Ils ont été surpris — Joram ne put empêcher son amertume de transparaître dans sa voix — et mon père a été condamné à la Pétrifixion. Il est toujours sur les Confins...

Il se tut, pensant à la statue de pierre, sentant la larme chaude s'écraser sur sa tête d'enfant. Voudrait-il me voir là ? se demanda-t-il soudain. Puis, secouant la tête avec colère, il reprit son récit.

— Ma mère m'a mis au monde à la Source, m'a-t-elle dit. Puis elle s'est enfuie avec moi. Je ne sais pas pourquoi elle est partie. Peut-être qu'elle avait peur. Ou peut-être qu'elle était déjà un peu folle...

Le mot fut difficile à prononcer et il faillit s'étrangler en le disant. Il n'avait pas réalisé que ce serait si pénible. Incapable de regarder le Seigneur Samuels ou la *Theldara,* il fixait ses mains, les croisant et décroisant nerveusement.

— Elle me disait qu'un jour nous rentrerions à Merilon pour réclamer ce qui nous était dû, mais... — il prit une profonde inspiration — ... elle est morte avant de voir ce jour. Pour une raison ou une autre, j'ai quitté le village où j'avais grandi, et j'ai vécu depuis dans le Nullepart. Puis j'ai trouvé une occasion de revenir à Merilon réclamer mon héritage.

— Le problème, *Theldara* Menni, intervint le Seigneur Samuels, comprenant que Joram n'en dirait pas plus, c'est qu'il n'existe aucune trace de la naissance de ce jeune homme dans les archives. Cela n'est pas exceptionnel, paraît-il. Il y a tant d'indigentes et de... disons... de femmes tombées, dit-il avec un geste dédaigneux, qui viennent accoucher à la Source que, dans le nombre, les naissances ne sont peut-être pas toutes enregistrées. Ou — comme il est probable dans le cas de Joram — la mère, ayant quitté la Source en secret et craignant d'être poursuivie, a peut-être détruit les archives ou les a emportées avec elle. Ce que nous espérons, c'est que tu pourras l'identifier pour...

— Il faisait Lune de Naissance cette nuit-là, croassa soudain la *Theldara* d'une voix stridente.

— Je te demande pardon ? dit le Seigneur Samuels.

Joram, retenant son souffle, releva la tête.

— Lune de Naissance, répéta la vieille avec irritation. Pleine lune. Quand nous l'avons vue dans le ciel, nous avons su que la nursery serait pleine aussi, et nous ne nous trompions pas.

— Alors, tu te rappelles ? dit Joram dans un souffle, se penchant dans son fauteuil, tremblant comme une feuille.

— Si je me rappelle ?

Elle éclata d'un rire rauque, puis essuya sa bouche en forme de bec de sa main en forme de griffe.

— Je me souviens bien d'Anja. J'assistais à la Pétrifixion, dit-elle avec quelque fierté. J'y étais pour m'occuper d'elle. Elle n'était pas bien et je savais que l'obliger à assister à la cérémonie pourrait provoquer la mort du bébé — sinon celle de la mère. Mais c'était inévitable. C'était la loi.

La vieille femme se recroquevilla dans les jupes gonflant autour d'elle.

— Continue, dit Joram, avec l'envie de la bercer dans ses bras, tant elle lui semblait précieuse.

La druidesse fixa le feu, pépiant toute seule, tripotant son bec de sa griffe, jusqu'au moment où elle releva la tête et regarda Joram droit dans les yeux.

— J'avais raison, glapit-elle soudain d'une voix stridente. J'avais raison.

— Raison ? Que veux-tu dire ?

— Mort-né, bien sûr, caqueta la druidesse. Le bébé était mort-né. Et il y avait quelque chose d'étrange.

Les yeux de la vieille femme s'éclairèrent d'une lueur étrange, sa voix stridente s'adoucit en un murmure horrifié.

— Le bébé s'était transformé en pierre dans le sein de sa mère. Transformé en pierre — comme le père ! Je n'avais jamais vu ça avant, dit-elle, tournant la tête vers le

Seigneur Samuels pour voir sa réaction. Et je ne l'ai jamais revu après ! C'était un jugement !

Joram se raidit. Il aurait pu être ce bébé de pierre — ou le père.

— Je ne comprends pas !

Sa voix se brisa. Le Seigneur Samuels fit un geste, mais Joram ne le vit pas, les yeux fixés sur la vieille *Theldara.* Il avait cessé de trembler ; rien ne remuait plus en lui, pas même son cœur.

La *Theldara* mima l'acte de tirer quelque chose.

— La plupart des mort-nés sont flasques comme des chatons, les pauvres. Pas celui-là, pas l'enfant d'Anja. Ses yeux fixaient le néant. Froids et durs comme la pierre. Ils étaient jugés tous les deux.

— Ce ne peut pas être vrai ! s'écria Joram, sans reconnaître le son de sa voix.

La druidesse avança la tête, clignant ses petits yeux ronds et brandissant sa griffe à son adresse.

— Je ne sais pas de quelle mère tu es le fils, jeune homme, mais tu n'es pas le fils d'Anja ! Oh, elle était folle, ça ne fait aucun doute, dit-elle, dodelinant de sa tête d'oiseau. Et je vois maintenant qu'elle a fait ce que nous soupçonnions — elle a volé un autre bébé non désiré dans la nursery et l'a fait passer pour le sien. C'est ce que les *Duuk-tsarith* nous ont dit quand ils nous ont interrogées, et je comprends maintenant qu'ils avaient raison.

Joram ne répondit pas. Les paroles de la femme lui parvenaient comme en rêve. Il ne pouvait ni parler ni réagir. Comme en rêve aussi, il entendit le Seigneur Samuels demander d'un ton sévère :

— Les *Duuk-tsarith ?* Ils ont donc enquêté ?

— Enquêté ? croassa la vieille. Je comprends ! Il n'a pas fallu moins qu'*eux* pour arracher le bébé des bras d'Anja. Elle l'avait enveloppé dans une couverture et essayait de le faire téter. Quand nous nous sommes approchées, elle nous a insultées. Ses doigts se sont transformés en griffes, ses dents en crocs. C'était une *Albanara,* dit la druidesse en frissonnant. Et puissante. Non, nous ne pouvions pas approcher. Alors nous avons fait venir les *Duuk-tsarith.* Ils ont emporté le bébé et ont lancé un sort sur la mère pour la faire dormir. Nous l'avons laissée seule ; et c'est cette nuit-là qu'elle s'est enfuie.

— Mais alors, pourquoi n'y en a-t-il pas trace dans les archives ? demanda le Seigneur Samuels, le visage grave.

Joram fixait la druidesse, mais il n'y avait pas plus de vie dans ses yeux que dans ceux de l'enfant de pierre.

— Ah, mais il y en avait, des archives ! caqueta la druidesse avec indignation. Il y en avait. Nous consignions tout dans les registres quand j'étais là-bas, dit-elle, serrant un poing de la grosseur d'une cuillère à café. Les *Duuk-tsarith* les ont emportés le lendemain de la fuite d'Anja. Demandez-les-leur, ces précieux registres. Non qu'ils puissent te servir à grand-chose, pauvre enfant, ajouta-t-elle, regardant Joram avec compassion.

— Et tu es certaine que ce jeune homme a été volé dans la nursery ? dit le Seigneur Samuels, montrant Joram de la tête, l'air plus affligé que furieux.

— Certaine ? Oui, nous étions certaines, dit-elle avec un grand sourire, découvrant une bouche aussi édentée que le bec d'un oiseau. C'est ce qu'ont dit les *Duuk-tsarith* et il n'y avait pas à en douter. Oui, nous étions certaines, Seigneur.

— Mais avez-vous compté ? Est-ce qu'un bébé manquait ?

— Les *Duuk-tsarith* ont dit qu'il en manquait un, répéta la vieille, fronçant les sourcils. C'est ce qu'ils ont dit.

— Mais tu as compté toi-même ? insista le Seigneur Samuels.

— Pauvre enfant, se contenta-t-elle de répondre, les yeux brillants. Pauvre enfant.

— Taisez-vous ! cria Joram, se levant en chancelant.

Le visage sombre, il s'était mordu les lèvres jusqu'au sang.

— Taisez-vous ! répéta-t-il, foudroyant la *Theldara* du regard avec tant de fureur qu'elle se recroquevilla sur le canapé et que le Seigneur Samuels s'interposa.

— Joram, calme-toi, je t'en prie, dit-il, suppliant. Réfléchis ! Il y a beaucoup de détails qui n'ont pas de sens...

Mais Joram ne pouvait ni le voir ni l'entendre. Sa tête était sur le point d'exploser. Chancelant, à moitié aveuglé, il se tirait frénétiquement les cheveux.

Voyant le sang perler aux racines, et voyant aussi la folie dans les yeux hagards du jeune homme, le Seigneur Samuels lui mit les mains sur les épaules pour le calmer.

Mais Joram le repoussa avec un cri sauvage, manquant le renverser.

— La pitié ! dit-il, la respiration oppressée. Oui, plaignez-moi ! Je suis... — il haleta, cherchant son souffle — ... personne, cria-t-il, recommençant à s'arracher les cheveux. Mensonges ! Rien que des mensonges ! Mort...

Se retournant, il chancela à travers la pièce, cherchant la porte.

— Elle ne s'ouvrira pas, jeune homme. J'ai renforcé le sort. Tu vas rester et m'écouter ! Tout n'est pas perdu ! Pourquoi les *Duuk-tsarith* se sont-ils intéressés à cette histoire ? Réfléchissons plus avant...

Le Seigneur Samuel fit un pas, peut-être dans l'intention de lancer un sort sur Joram lui-même.

Joram l'ignora. Arrivé à la porte, il s'efforça de l'ouvrir, mais — comme l'avait dit le Seigneur Samuels — le sort l'en empêcha. Ses mains ne purent pas même franchir la barrière invisible et impénétrable, et il la martela de ses poings en proie à une rage impuissante. Sans penser à ce qu'il faisait, sachant seulement qu'il devait fuir cette pièce où il étouffait lentement, Joram tira la Noirépée du fourreau sanglé dans son dos et frappa la porte.

La Noirépée se sentit manœuvrée, la chaleur du corps de son maître pénétra son corps de métal, et elle se mit à absorber la magie environnante. Le sort se fracassa comme se fracassa le bois de la porte quand l'épée s'y abattit. La *Theldara* se mit à hurler d'une voix stridente, et le Seigneur Samuels regarda, stupéfait et effrayé, jusqu'au moment où il sentit ses forces diminuer, la Vie tirée de son corps. La Noirépée n'était pas sélective, son forgeron ne sachant pas encore bien s'en servir et ignorant tout son potentiel. Elle aspirait la magie de tous et de tout ce qui l'entourait, accroissant sa propre puissance. Le métal se mit à émettre une étrange lumière blanc-bleu, tandis que le feu s'éteignait et que la lumière magique des globes posés sur la cheminée diminuait puis s'évanouissait complètement.

Le Seigneur Samuels ne pouvait pas bouger. Son corps lui paraissait lourd et étranger, comme s'il était entré dans celui d'un autre, sans avoir aucune idée de son fonctionnement. Il regardait la scène, en proie à une stupeur horrifiée, incapable de comprendre ce qui se passait, incapable de réagir.

La porte tomba en éclats aux pieds de Joram. De l'autre côté du battant, baignée de l'éclat blanc-bleu de la lame incandescente, se tenait Gwendolyn.

Elle avait tout écouté, l'oreille collée au battant, le cœur dansant de douces fantaisies, l'esprit imaginant de feindre la surprise quand Joram surgirait avec la bonne nouvelle. Une par une, des ailes de démons avaient poussé à toutes ces fantaisies ; leur danse était devenue macabre. Bébé de pierre ; la pauvre mère folle allaitant le corps froid et rigide ; les spectres noirs des *Duuk-tsarith ;* Anja fuyant dans la nuit avec un enfant volé...

Gwendolyn avait reculé, la main plaquée sur la bouche pour ne pas crier et révéler son indiscrétion. L'horreur de ce qu'elle venait d'entendre submergeait lentement son âme comme les eaux bourbeuses d'une inondation. Choyée et protégée toute sa vie, la partie juvénile d'elle-même ne comprenait que vaguement — chez elle, on ne parlait jamais de choses telles que les accouchements. Mais la femme qui était en elle réagit. Un instinct vieux de milliers d'années lui fit partager la souffrance et l'agonie ; sentir la solitude, le chagrin, la douleur ; et même comprendre que la folie — telle une petite étoile brillant dans les infinies ténèbres de la nuit — pouvait apporter la consolation.

Gwendolyn avait entendu le cri d'angoisse de Joram, sa rage et sa colère, et l'adolescente eut envie de s'enfuir. Mais la femme resta, et ce fut la femme que Joram trouva devant lui quand il eut enfoncé la porte. Il la fixa sombrement, épée au poing. Flamboyant d'une lumière aveuglante, son éclat se reflétait dans les yeux qui le regardaient dans un visage gris de cendre.

Il sut qu'elle avait entendu, et en éprouva un immense soulagement. Il vit l'horreur dans ses yeux. Ensuite, viendraient la pitié, puis l'aversion. Il ne chercherait pas à y échapper. Il hâterait ces réactions, au contraire. Ce serait tellement plus facile de partir en la haïssant. Il pourrait sombrer avec gratitude dans le néant, sachant qu'il n'en sortirait jamais.

— Eh bien, gente dame, dit-il d'un ton aussi violent que l'éclat de l'épée, tu sais tout. Tu sais que je ne suis personne. Tu as dit un jour que, qui que je sois, cela n'avait pas d'importance pour toi, Gwendolyn. Que tu m'aimerais toujours et que tu me suivrais partout.

Faisant lentement passer la Noirépée dans sa main gauche, il tendit la droite à la jeune fille.

— Viens avec moi. A moins que tes paroles n'aient été que des mensonges comme celles des autres ? dit-il avec mépris.

Que pouvait-elle faire ? Il parlait avec arrogance, l'incitant à refuser. Pourtant, Gwendolyn vit plus loin ; elle vit la souffrance et l'angoisse dans ses yeux. Elle sut que, si elle le repoussait, si elle se détournait de lui, il s'en irait dans le désert aride de son désespoir et sombrerait bientôt sous ses sables. Il avait besoin d'elle. Comme son épée buvait toute la magie du monde, ainsi son cœur assoiffé d'amour buvait tout ce qu'elle avait à offrir.

— Non, ce n'étaient pas des mensonges, dit-elle avec calme.

Elle prit sa main dans la sienne. Joram la regarda, stupéfait, en proie à un violent conflit intérieur. Il sembla un instant qu'il allait la rejeter. Mais elle tint bon, le regardant avec amour et fermeté.

Joram abaissa la Noirépée, et, sans lâcher la main de Gwendolyn, il baissa la tête et se mit à pleurer*tà gros sanglots amers et angoissés qui semblaient déchirer son corps. Doucement, Gwendolyn le prit dans ses bras et le berça comme un enfant.

— Viens, il faut partir, murmura-t-elle. Cet endroit est dangereux pour toi maintenant.

Joram s'accrocha à elle. Perdu et errant dans ses ténèbres intérieures, il ne savait plus où il était, ne se souciait plus de sa sécurité. Il se serait effondré par terre si elle ne l'avait pas tenu dans ses bras.

— Viens ! murmura-t-elle d'un ton pressant.

Il hocha la tête, et la suivit en trébuchant.

— Gwendolyn ! Non ! Mon enfant ! cria le Seigneur Samuels d'un ton suppliant.

Il essaya désespérément de bouger, mais la Noirépée l'avait vidé de toute sa Vie. Il ne put que regarder, impuissant.

Sans jeter un regard en arrière, Gwendolyn s'en alla avec l'homme qu'elle avait choisi.

Chapitre 6

D'ICI A LA FOLIE

Ne sachant ni quoi faire ni où aller, Gwendolyn conduisit Joram au niveau du Feu. Là, dans une sombre alcôve, que rendaient encore plus sombre les illusions flamboyantes qui l'entouraient, le couple se cacha, sursautant au moindre bruit, osant à peine respirer.

— Il faut partir avant que les *Duuk-tsarith* commencent les recherches, si ce n'est pas déjà fait, murmura Gwendolyn. Jusqu'à quand ce sort agira-t-il sur mon père ?

Joram recouvra un semblant de contrôle, tout en continuant à se raccrocher à Gwendolyn comme un mourant se raccroche à la vie. Il la serrait contre lui, sa tête brune contre sa tête blonde, ses larmes mourant dans les cheveux dorés.

— Je ne sais pas, avoua-t-il, regardant la Noirépée dans sa main gauche. Mais pas longtemps, je suppose. Je ne sais pas encore comment cette épée fonctionne.

Gwendolyn regarda l'épée difforme et frissonna. Joram la serra plus fort, protecteur, sans réaliser que c'était de lui qu'il voulait la protéger.

Elle ne comprit pas, mais elle hocha quand même la tête. Confuse et effrayée, regrettant déjà à moitié sa décision, le cœur déchiré à l'idée du coup qu'elle portait à sa famille, elle était, de surcroît, bouleversée par le douloureux plaisir d'être dans les bras de Joram. Elle avait envie d'y rester, tout contre son cœur qui battait si fort. En fait, elle aurait voulu être plus proche encore, sentir le plaisir et la douleur se répandre dans tout son être. Mais cette pensée la nouait aussi de peur. Et il y avait également la peur plus réelle et pressante de la capture.

— Si nous arrivons à sortir du Palais, où irons-nous ?

— Au Bosquet de Merlyn, dit Joram, tout devenant clair dans sa tête. Mosiah nous y attend. Nous nous glisserons hors des Portes... Simkin, ajouta-t-il, fronçant les sourcils. Il nous faut Simkin. Il pourra nous faire sortir. Et quand nous aurons quitté cette maudite cité, nous irons au Sharakan.

— Au Sharakan ! dit Gwendolyn en un souffle, les yeux dilatés d'inquiétude.

— J'y connais un Prince, dit-il avec un sourire rassurant. C'est un ami.

Il se tut, le regard perdu dans le vague. Peut-être que Garald n'était plus son ami. Maintenant qu'il n'était plus rien. Non. Il secoua la tête. Après tout, il avait la Noirépée. Il connaissait la pierre noire et savait la forger. Cela faisait de lui quelqu'un. Son visage s'assombrit.

— Et je forgerai la pierre noire, marmonna-t-il. Je lèverai une armée. Je reviendrai à Merilon, dit-il, sa main se resserrant sur l'épée. Et tout ce que je voudrai, je le prendrai ! Cela aussi, ça fera de moi quelqu'un !

Sentant Gwendolyn frissonner dans ses bras, il baissa son regard sur les yeux bleus.

— N'aie pas peur, murmura-t-il en se détendant. Tout ira bien, tu verras. Je t'aime. Je ne voudrais rien faire qui te blesse, ajouta-t-il, l'embrassant doucement sur le front. Nous nous marierons au Sharakan, conclut-il, sentant qu'elle tremblait moins. Peut-être que le Prince lui-même viendra à notre mariage...

— Morbleu ! cria une voix sortie de l'enfer illusoire qui les entourait. La Mort Noire vous cherche dans tous les coins et recoins, et je vous trouve ici en train de jouer à la main chaude !

Joram pivota, brandissant son épée.

— Simkin ! s'écria-t-il quand il eut recouvré son souffle. Tu nous as fait une peur !

Abaissant son épée, il essuya la sueur de son visage du revers de la main. Gwendolyn se dégagea, à moitié étouffée d'avoir été plaquée contre le mur.

— Chers tourtereaux, dit Simkin d'un ton détaché, je

peux vous assurer que quelque chose de bien plus dangereux que moi va sans doute vous tomber dessus d'un instant à l'autre. L'alarme a été donnée.

— Je n'entends rien, dit Joram, prêtant l'oreille.

— Tu n'entendras rien, paysan, dit Simkin, se caressant la barbe. Tu es au Palais, tu te rappelles ? Il ne faudrait pas déranger Sa Majesté ou troubler le repos de l'Impératrice dans son fragile état de santé actuel. Mais sois sûr qu'il y a des yeux qui cherchent, des oreilles qui écoutent, et des nez qui flairent. Les Couloirs bourdonnent d'animation.

— C'est sans espoir, murmura Gwendolyn, se serrant contre Joram, le visage inondé de larmes.

— Non. Au contraire, dit Simkin. Votre bouffon est là pour vous sauver de votre folie.

Renversant la tête avec affectation, il considéra Gwendolyn avec attention.

— Tu feras un charmant Mosiah, ma chère. L'un de mes meilleurs.

Agitant la soie orange qui parut soudain dans sa main, Simkin la posa solennellement sur la tête de Gwendolyn, dit un ou deux mots, puis termina par « Abracadabra ! » en enlevant le mouchoir.

Maintenant, c'était Mosiah qui était dans les bras de Joram. Baissant les yeux sur lui-même, il poussa un cri de consternation, et tourna des yeux paniqués vers Simkin.

— Charmant, dit celui-ci, l'examinant complaisamment avec une lueur malicieuse dans l'œil. C'est une mode qui fait fureur en ce moment, tu sais.

Rougissant, Joram voulut retirer son bras de ce qui était maintenant les épaules d'un beau jeune homme viril. Mais ce beau jeune homme viril était en fait une jeune fille effrayée. C'était Gwendolyn qui s'était montrée forte au début, elle qui avait guidé Joram loin du salon où son père était prisonnier, impuissante statue de chair, elle qui avait trouvé cette cachette, elle qui avait attiré la tête de Joram sur son sein, pour le réconforter jusqu'à ce qu'il ait repoussé les ténèbres toujours prêtes à l'engloutir.

Mais ses forces refluaient. L'image des *Duuk-tsarith*, posant leurs mains invisibles et glacées sur leurs victimes et les entraînant dans des endroits inconnus, la terrifiait. Maintenant, elle se trouvait dans un corps étranger. Le jeune homme viril se mit à pleurer à chaudes larmes, les épaules secouées de sanglots, le visage dans ses mains.

— Bon sang, Simkin ! dit Joram, entourant les épaules de Mosiah avec l'impression de réconforter son ami.

— Ma parole, ça n'ira pas du tout, dit Simkin, l'air sévère. Ressaisis-toi, mon vieux, ordonna-t-il, avec une grande claque dans le dos.

— Simkin !... commença Joram.

— Il a raison, dit Mosiah, ravalant ses larmes et s'écartant de Joram, avec, même, une lueur rieuse dans ses yeux bleus. Je me sens déjà mieux. Vraiment.

— Bravo, mon garçon, dit Simkin, approbateur. Maintenant, Sombre et Ténébreux Ami, tu vas subir le même traitement — aïe, impossible, ajouta-t-il, comme la soie orange papillotait en l'air, apparemment impuissante. Ta maudite épée, évidemment. Enlève-la.

A contrecœur et fronçant les sourcils, Joram rengaina son épée puis resserra sa robe autour de lui.

— Qu'est-ce que tu vas faire ? demanda-t-il sombrement. Tu ne peux pas *me* changer en Mosiah. Pas tant que je porte l'épée. Et je ne m'en dessaisirai pas.

Un instant déconfit, Simkin se reprit bientôt.

— Bon, il faudra s'en accommoder, je suppose. On se contentera de changer ta tenue. Non, ne discute pas.

Il agita la soie orange, et Joram se trouva revêtu du même costume de croque-mort que Simkin — une longue robe blanche à capuchon.

— Rabats la capuche sur ton visage, dit Simkin, suivant ses propres instructions. Et détendez-vous tous les deux. Vous êtes à une réception du Palais Royal de Merilon. Vous êtes censés avoir l'air morts d'ennui, pas morts de peur. Là, c'est mieux, fit-il remarquer, observant d'un œil critique Mosiah qui se tamponnait le visage de la soie orange pour effacer toute trace de larmes, et Joram qui desserrait les poings.

— Si tout va bien, poursuivit Simkin, très calme, il n'y aura qu'un moment délicat — quand nous franchirons la grande porte...

— La grande porte ! dit Joram, fronçant les sourcils. Il doit bien y avoir des portes de service...

— Quelle naïveté ! soupira Simkin. Tout le monde va penser que vous chercherez à vous faufiler par derrière, non ? Les *Duuk-tsarith* vont pousser autour des portes de service comme les champignons après la pluie. En revanche, il n'y en aura sans doute qu'une ou deux douzaines à la grande porte. Et nous n'allons pas nous faufiler. Nous tituberons fièrement en braillant ! Trois ivrognes allant finir la soirée en ville !

Voyant Mosiah pâlir, il ajouta gaiement :

— Ne t'inquiète pas. Tout ira bien. Ils ne se douteront de rien. Après tout, ils cherchent une ravissante jeune fille et un jeune homme taciturne, pas deux croque-morts et un paysan.

Mosiah eut un pauvre sourire. Joram branla du chef. Tout ça ne lui plaisait pas, mais il n'avait pas de meilleure idée. La réalité lui échappait rapidement, et il ne faisait rien pour la retenir.

— Dis-moi, je conclus de tout ça que la Baronnie n'a pas marché, dit Simkin.

— Non, répondit Joram d'un ton bref. L'enfant d'Anja était mort-né. Elle a volé un enfant à la nursery... abandonné par une pauvre fille...

— Ah, dit Simkin d'un ton léger, appelez-moi Nemo ! Bon, sommes-nous prêts ? ajouta-t-il, passant ses troupes en revue. Bien, allons-y ! Ah, j'oubliais ! Champagne !

Un tintement musical de verres lui répondit, et tout un bataillon de flûtes remplies de vin pétillant flotta dans la pièce et se rangea derrière son chef.

— Une pour chacun, dit Simkin, mettant une flûte dans la main de Mosiah, une autre dans celle de Joram. Et n'oubliez pas — on s'amuse, on fait la fête !

Portant sa flûte à ses lèvres, il la vida d'un trait.

— Buvez ! Cul sec ! ordonna-t-il. Et maintenant, en avant ! Marche !

Il lança en l'air le mouchoir de soie orange comme une bannière qui flotta fièrement devant eux. Puis il donna le bras à Mosiah, faisant signe à Joram de faire de même de l'autre côté.

— D'ici à la folie ! annonça Simkin, et, tous ensemble, ils quittèrent les illusions infernales, les flûtes de champagne tintant gaiement derrière eux.

Chapitre 7

LA DERNIÈRE MODE

Mosiah — le vrai —, tapi dans l'ombre des arbres du Bosquet de Merlyn, scrutait nerveusement l'obscurité. Il était seul dans le bosquet, il le savait — il se le répétait toutes les cinq minutes depuis la tombée de la nuit pour se rassurer. Malheureusement, ça ne le rassurait pas. Simkin avait raison — personne ne venait là quand il faisait noir. Mosiah comprenait pourquoi. La nuit, le Bosquet changeait du tout au tout. Il redevenait lui-même.

Au point du jour, le Bosquet revêtait tous ses bijoux et ses guirlandes, et ouvrait tout grands les bras pour accueillir ses admirateurs et les divertir avec panache, les laissant cueillir ses fleurs fragiles puis les jeter négligemment par terre où elles mouraient sous les pas. Il les regardait en souriant jeter des détritus dans les bassins d'eau cristalline et piétiner les pelouses. Mais le soir, le Bosquet resserrait autour de lui le manteau de la nuit et se lovait autour de la tombe pour guérir ses blessures.

Mage des Champs aussi sensible aux pensées et sentiments des plantes qu'un druide — peut-être plus sensible que certains druides dont la vie n'avait jamais dépendu de leurs récoltes —, Mosiah entendait les murmures de colère et de douleur.

La colère émanait des choses vivantes du Bosquet. La douleur, lui semblait-il, émanait des choses mortes. C'est pourquoi le jeune homme, trouvant la tombe de Merlyn étrangement réconfortante, s'était blotti près d'elle, passant la main sur le marbre, toujours tiède malgré la fraîcheur nocturne. De ce poste d'observation, il surveillait et écoutait, se répétant sans cesse qu'il était seul.

Mais son inquiétude croissait. Les bruits de la nature — même d'une nature aussi policée que celle-là — lui donnaient toujours la chair de poule et des sueurs froides. Les troncs craquaient, les feuilles murmuraient, les branches bruissaient — sons qui lui paraissaient menaçants et malveillants. En ce lieu, il était un intrus qui troublait le repos agité du Bosquet, et il ne s'y sentait pas bienvenu. C'est pourquoi il marchait nerveusement le long de la tombe, surveillant les arbres avec inquiétude, et se demandant avec irritation combien de temps il fallait pour devenir Baron.

Pour se distraire de sa peur, Mosiah imagina Joram vivant dans l'opulence, maître de vastes terres, avec une épouse ravissante et une armée de serviteurs à ses ordres. Mosiah sourit, mais son sourire se termina en soupir.

Il vivrait un mensonge. Depuis sa naissance, Joram vivait dans le mensonge, et maintenant, il continuerait — il *devait* continuer. Joram pouvait bien dire avec assurance que la richesse le libérerait, Mosiah avait assez de bon sens pour savoir qu'elle ajouterait encore des chaînes à celles qui l'entravaient déjà. Que les chaînes fussent d'or au lieu de fer ne changerait pas grand-chose. Joram ne reconnaîtrait jamais qu'il était un Mort, Mosiah le savait. Il ne reconnaîtrait jamais que la mort du surveillant était un meurtre. (Contrairement à Saryon, Mosiah ne voyait pas dans la mort de Blachloch un meurtre, et ne la reconnaîtrait jamais comme telle.)

Et ensuite — les enfants ? Mosiah branla du chef, passant la main sur le marbre de la tombe et suivant distraitement du doigt les contours de l'épée. Naîtraient-ils Morts, comme leur père ? Les cacherait-il, comme on cachait tant d'enfants Morts ? Le mensonge allait-il se perpétuer à travers des générations ?

Mosiah vit un manteau de ténèbres se déployer sur la famille, d'abord sur Gwendolyn, qui mettrait au monde des enfants Morts sans jamais savoir pourquoi. Puis sur les enfants, qui vivraient dans le mensonge — le mensonge de Joram. Peut-être leur enseignerait-il les Arts noirs. D'ici là, peut-être qu'il y aurait la guerre avec le Sharakan. La Technologie reviendrait dans le monde, rapportant avec elle la destruction et la mort. Mosiah frémit. Il n'aimait pas Merilon, il n'aimait pas son peuple ni son mode de vie. La merveilleuse beauté qui l'avait d'abord enchanté lui blessait les yeux maintenant. Mais il supposa que c'était sa faute, pas celle du peuple de Merilon. Il ne méritait pas...

Une main lui toucha l'épaule par derrière.

Il pivota sur lui-même, mais il était trop tard.

Une voix parla, un sort fut lancé.

La Vie s'échappa de Mosiah et fut avidement absorbée par le Bosquet, tandis que le jeune homme s'effondrait sur le sol, impuissant, sa magie neutralisée par les hommes en noir qui l'entouraient. Mais Mosiah avait vécu parmi les Sorciers des Arts noirs, où il avait été obligé de vivre sans magie pendant des mois ; et de plus, il avait déjà été victime de ce sortilège. Le choc en fut atténué, et c'est pourquoi la Magie Néantisante — bien que dévastatrice — ne le paralysa pas complètement.

Mais Mosiah était assez astucieux pour dissimuler ce fait à ses ennemis. Prostré à terre, la joue dans l'herbe humide, il s'efforça de calmer sa terreur et de recouvrer sa force, la tirant de lui-même et non de la magie du monde environnant. Sentant que ses muscles commençaient à réagir à ses ordres et qu'il retrouvait le contrôle de son corps, il dut combattre le désir panique de bondir sur ses pieds et de s'enfuir à toutes jambes. Il ne pouvait pas leur échapper. Ils lui lanceraient simplement un sort plus puissant, qu'il ne pourrait pas contrer.

Il resta donc à terre, surveillant ses assaillants, laissant ses forces se reconstituer en lui, et réfléchissant désespérément à ce qu'il pouvait faire.

C'étaient des *Duuk-tsarith,* bien sûr. Presque invisibles dans la nuit, les silhouettes noires ressortaient sur le marbre blanc de la tombe près de laquelle gisait Mosiah. Ils étaient deux, et ils se parlaient, si proches de lui qu'il aurait pu toucher l'ourlet de leur robe. Ils ignoraient superbement le jeune homme, n'ayant aucune raison de douter de l'efficacité de leur sort.

— Ainsi, ils sont sortis du Palais ?

C'était une voix de femme, froide et gutturale, qui fit frémir Mosiah.

— Oui, gente dame, on leur a permis de sortir comme tu l'avais ordonné, répondit le sorcier.

— Et il n'y a pas eu d'autres troubles ? demanda la sorcière, apparemment anxieuse.

— Non, gente dame.

— Le Seigneur Samuels, père de la fille ?

— Nous l'avons pris en main, gente dame. Il ne cessait de poser des questions, mais nous l'avons finalement persuadé que ce n'était pas dans l'intérêt de sa fille.

— Les questions supprimées sur la langue se réfugient dans le cœur où elles s'enracinent et croissent, marmonna la sorcière, citant un antique proverbe. Enfin, nous nous occuperons de ce problème en son temps. Il me semble toutefois qu'il vaut mieux déraciner ces questions et les replanter avec la vérité, qui, avec le temps, dépérira et mourra. Ce sera à l'Evêque Vanya d'en décider, naturellement, mais en attendant que j'aie l'occasion de parler à Sa Sainteté, arrêtez aussi la fille.

Il n'y eut pas de réponse, simplement un frémissement de la robe indiquant à Mosiah que le sorcier s'était incliné en signe d'acquiescement.

Mosiah écoutait de toutes ses oreilles, oubliant sa peur dans son besoin désespéré de savoir. Comment avaient-ils pu découvrir Joram ? La Noirépée le protégeait. Et comment ont-ils pu me découvrir ? se demanda soudain Mosiah. Et non seulement me découvrir, mais établir un rapport entre nous. Personne ne savait que nous avions rendez-vous ici, sauf...

— Ils vont venir au Bosquet ? demanda la sorcière avec une nuance d'impatience.

— C'est ce qu'a dit le traître, répondit le sorcier. Et nous n'avons aucune raison de douter de lui.

Le traître ! Mosiah fut pris de nausées, le ventre noué, une bile amère lui remontant dans la gorge. C'était donc ça la réponse. Ils avaient été trahis, et maintenant Joram allait tomber dans un piège soigneusement préparé. Mais qui les avait trahis ? La vision d'un jeune homme en blanc agitant un mouchoir orange surgit devant ses yeux.

Simkin ! Sa respiration s'arrêta, des larmes de rage lui piquèrent les yeux. Même si c'est la dernière chose que je fais dans ma vie, je te tuerai !

Du calme, du calme ! ordonna son esprit. Il y a encore une chance. Tu dois trouver Joram, le prévenir...

Mosiah se força à oublier la trahison, à se concentrer sur

une seule chose — sortir de là. Il bougea prudemment une main, retenant son souffle de peur que les *Duuk-tsarith* ne l'entendent. Mais ils étaient absorbés par leur conversation, sûrs que leur sort avait réduit le jeune homme à l'impuissance. Mosiah avança doucement la main sur le sol, et son cœur bondit quand ses doigts touchèrent un bâton. C'était un outil, mais peu importait ; il donnerait de la Vie à ce qui n'en avait pas.

Sa main se referma sur l'arme. Relevant imperceptiblement la tête, il regarda au-dessus de lui et fut pris d'une joyeuse exaltation. Le sorcier lui tournait le dos. L'assommer d'un bon coup sur la tête, maintenir son corps inconscient entre lui et la sorcière pour arrêter ses sorts... Mosiah resserra sa prise sur le gourdin. Il banda ses muscles, bondit sur ses pieds...

Des lianes Kij aux longues épines acérées surgirent du sol et s'enroulèrent autour de ses bras et de ses cuisses. Poussant un cri d'agonie, Mosiah lâcha le bâton tandis que les épines s'enfonçaient dans ses chairs et que les lianes le ligotaient. Il tomba, se contorsionnant de douleur aux pieds du sorcier, qui se retourna, l'air étonné, puis regarda la sorcière avec appréhension.

— Oui, tu as commis une erreur, dit-elle au sorcier, qui inclina la tête, repentant. Je m'occuperai plus tard de ta punition. Pour le moment, le temps presse. Je connais son visage. Maintenant, il faut que je connaisse sa voix.

S'agenouillant près de Mosiah qui continuait à se tordre de douleur, la sorcière posa la main sur lui et les épines s'évanouirent. Mosiah roula dans l'herbe en gémissant. Du sang suintait de centaines de piqûres, coulait sur ses bras, tachait ses vêtements.

— Quel est ton nom ? dit froidement la sorcière, tournant vers elle son visage et l'étudiant attentivement.

Mosiah secoua la tête, ou du moins, il essaya, mais son mouvement s'apparentait davantage à une convulsion.

Le visage impassible, la sorcière prononça un mot, et Mosiah retint son souffle, affolé, comme les épines recommençaient à pousser sur les lianes, prêtes à s'enfoncer dans sa peau.

— Pas encore, dit la sorcière, lisant ses pensées sur son visage défait, dans ses yeux dilatés. Mais elles vont continuer à pousser jusqu'à ce qu'elles déchirent ta peau, tes muscles et tes organes, emportant ta vie avec elles. Et maintenant, je répète : quel est ton nom ?

— Pourquoi ? Quelle importance ? gémit Mosiah. Tu le connais.

— Fais-moi plaisir, dit la sorcière, qui prononça un nouveau mot, et les épines s'allongèrent d'un quart de pouce.

— Mosiah ! dit-il, rejetant la tête en arrière, à l'agonie. Mosiah, bon sang ! Mosiah, Mosiah, Mosiah...

Puis le plan des *Duuk-tsarith* pénétra la brume de sa souffrance. Mosiah s'étrangla, tentant de ravaler ses paroles. Sous ses yeux horrifiés, ils devinrent des Mosiah. Le visage de la sorcière — c'était son visage. Les vêtements de la sorcière — c'étaient les siens. La voix de la sorcière — c'était sa voix.

— Qu'allons-nous faire de lui ? demanda le sorcier d'un ton maussade, son erreur encore sur le cœur.

— Jette-le dans un Couloir et renvoie-le dans le Nulle-part, dit la sorcière — sous les traits de Mosiah — en se relevant.

— Non !

Mosiah se débattit entre les mains puissantes du sorcier qui le remettaient debout, mais le moindre mouvement lui enfonçait les épines dans la chair, et il s'effondra avec un cri d'angoisse.

— Joram ! hurla-t-il avec désespoir, voyant la gueule béante d'un Couloir s'ouvrir dans les feuillages. Joram ! répéta-t-il, espérant que son ami l'entendrait, tout en sachant que c'était impossible. Fuis, c'est un piège ! Fuis !

Le sorcier le poussa dans le Couloir, qui commença à se refermer, à se presser autour de son corps. Les épines s'enfoncèrent dans sa chair, le sang coula. Jetant un dernier regard dehors, il vit la sorcière — sous ses traits — qui le regardait, le visage — son visage — impassible.

Puis elle ouvrit les mains.

— C'est une mode qui fait fureur en ce moment, l'entendit-il dire par sa bouche.

Chapitre 8

L'ILLUSION D'UN MILLIER DE MOSIAH

— Je ne veux pas entrer là-dedans, protesta Gwendolyn, devant les ténèbres murmurantes du Bosquet.

— Toi... toi et moi... tous les deux, dit Simkin, l'élocution embarrassée, en se cognant dans Joram, manquant le renverser.

Joram le rattrapa avec irritation comme ses genoux se dérobaient et qu'il commençait à s'affaisser. Lui jetant les bras autour du cou, Simkin murmura en confidence :

— Ennuyeux comme la mort à cette heure.

— Je ne veux pas que tu y ailles non plus, ajouta Gwendolyn, frissonnant dans l'air nocturne.

Les *Sif-Hanar* faisaient souffler une brise printanière dans la Ville Haute, mais les épais feuillages du Jardin empêchaient leur tiédeur d'y pénétrer. Ou peut-être le froid régnait-il la nuit dans le Bosquet, un froid que toute la magie des *Sif-Hanar* ne parvenait pas à réchauffer.

— Il ne pouvait pas nous rejoindre dehors, ton ami ?

— Il est en fuite, n'oublie pas, dit Joram, soutenant Simkin qui inspectait les alentours avec une solennité d'ivrogne. Comme nous. A partir de maintenant, la vie sera différente.

Il n'avait pas l'intention d'être dur, mais la déception et la colère — temporairement oubliées dans l'excitation et la terreur de l'évasion du Palais — lui étaient revenues en force pendant la traversée de Merilon sur les ailes du cygne noir. Encore renforcées par l'atmosphère rébarbative du

Bosquet et l'ivresse de Simkin qui avait vidé toutes les flûtes les accompagnant dans leur fuite.

— Les *Duuk-tsarith*... ne pourront pas...nous traquer... par les flûtes, déclara Simkin.

Gwendolyn baissa la tête. Elle avait retrouvé sa forme, et devant la frêle silhouette découragée, la tête d'or blessée par ses paroles, Joram réalisa qu'il devrait surveiller plus étroitement à l'avenir la bête sauvage tapie en lui.

— Debout ! dit-il sèchement à Simkin, le redressant avec rudesse.

— A vos ordres, Cap'taine.

Simkin fit un salut militaire impeccable, exécuta une pirouette, et tomba assis par terre tout d'une pièce.

Joram l'ignora et prit Gwendolyn dans ses bras.

— Désolé, murmura-t-il. Pardonne-moi.

— Non, c'est à moi de m'excuser, dit Gwendolyn, s'efforçant de sourire. Tu as raison. Ce n'est plus pareil.

Repoussant Joram, elle se redressa, et rejeta la tête en arrière, l'air décidé.

— J'entrerai dans le Bosquet avec toi.

— Non, c'est inutile, dit Joram, avec son demi-sourire, qui resta invisible dans la nuit. Reste ici avec Simkin...

— Reste avec moi et sois mon aimée, déclama Simkin. Nous ferons pousser des choux-fleurs...

— A la réflexion, dit Joram, il vaut peut-être mieux que tu m'accompagnes.

— Oui. J'aime mieux ça. Je n'aurai pas peur. Plus jamais. Je veux que tu sois fier de moi.

— Je le suis. Et je t'aime ! dit Joram, effleurant de ses lèvres celles de Gwendolyn, ce qui répandit un baume sur les blessures purulentes de son âme. Viens. Ce n'est pas loin. Mosiah sera près de la tombe. On va le chercher et on récupère cet idiot d'ivrogne au retour. Après, cap sur les Portes, qu'on franchira aussi facilement que celles du Palais, et ensuite, en route pour le Sharakan !

— Quel idiot d'ivrogne ? demanda Simkin, regardant autour de lui avec indignation. Une chose que je ne supporte pas... les gens qui... ne savent pas quand s'arrêter...

Se tenant fermement par la main, en proie aux mêmes terreurs irrationnelles que celles qu'avait éprouvées Mosiah dans le Bosquet menaçant, Joram et Gwendolyn avançaient d'un bon pas, impatients de retrouver leur ami et de quitter ce lieu. Ils ne parlaient pas. Un profond silence régnait sur le Bosquet. Pas le silence du paisible repos, mais un silence qui semblait retenir son souffle, le silence du chasseur à l'affût. Un murmure y aurait fait l'effet d'un cri. Leur cœur battait à grands coups, et, même si Joram marchait à pas de loup, même si Gwendolyn ne marchait pas mais flottait à son côté, le bruit que créait dans l'air leur passage leur paraissait plus fort que le tonnerre d'une armée en marche.

Suivant le ruisseau qui babillait gaiement le jour, mais qui maintenant se taisait, silencieux et malveillant comme un serpent rampant dans l'herbe, Gwendolyn et Joram traversèrent facilement le labyrinthe et arrivèrent enfin au cœur du Bosquet.

Le tombeau de Merlyn se dressait, isolé au centre de son cercle de chênes, son marbre blanc luisant plus froid et pâle que la lune. Leurs mains se serrèrent plus fort, ils se rapprochèrent. Il prit soudain conscience de sa robe blanche, brillant dans l'étrange lumière reflétée par la tombe. Dès qu'il serait à découvert, il ferait une cible facile. Non qu'il y eût rien à craindre, se rappela-t-il. Maintenant qu'ils étaient sortis du Palais...

— Attends, dit-il à Gwendolyn, restant dans l'ombre des arbres, qui, bien que n'étant pas une ombre complice et accueillante, les couvrait de son manteau de nuit.

Ils attendirent, scrutant les lieux, respirant à peine. La clairière paraissait déserte. Il n'y avait personne près de la tombe. Mais avait-il bien vu ? N'y avait-il pas une silhouette tout près ? C'était trop loin pour être sûr...

La main le démangeait de dégainer la Noirépée, mais il n'osait pas. L'épée se mettrait aussitôt à aspirer la magie, prenant la Vie de Gwendolyn et de Mosiah. Et il leur faudrait sans doute toute la magie qu'ils possédaient à eux deux pour franchir les Portes, Simkin étant pire qu'inutile à ce stade.

— Je crois que voilà ton ami ! murmura Gwendolyn en lui serrant la main.

— Oui, dit Joram, voyant la silhouette marcher autour de la tombe. Tu as raison. C'est Mosiah. Non, attends-moi ici, ordonna-t-il, lui lâchant la main et avançant.

— Joram ! dit Gwendolyn, le rattrapant par la manche.

— Quoi, ma chérie ? fit-il avec douceur.

Il se tourna vers elle, réprimant son impatience. Mais elle ne s'y trompa pas, car sa main glissa de son bras et retomba à son côté.

— Rien, dit-elle, avec un sourire fugitif à peine visible à la clarté fantomatique de la tombe. Seulement mes craintes ridicules. Dépêche-toi, quand même, ajouta-t-elle, les lèvres si rigides qu'elle parvenait à peine à articuler les mots.

— Oui, promit-il avec un sourire rassurant, puis il se retourna et entra dans la clairière.

— Mosiah ! hasarda-t-il doucement dans la nuit.

La silhouette sursauta et se retourna, scrutant l'obscurité. Joram leva la main. Puis, voyant la silhouette hésiter, il lui vint à l'idée que Mosiah ne s'attendait sans doute pas à le voir en blanc. Il était maintenant assez près pour distinguer les traits de son ami, et il rabattit sa capuche en arrière pour se faire reconnaître.

— C'est moi, Joram, dit-il plus fort, rassuré à la vue des traits familiers de son ami.

Sur quoi, Mosiah poussa un soupir de soulagement qui traversa toute la clairière. Il s'avança, bras tendus, et avant que Joram ait réalisé ce qui se passait, il étreignit Joram avec gratitude.

— Par l'Etern, ça fait plaisir de te revoir ! dit Mosiah, le serrant plus fort. Où sont les autres ?

— Gwendolyn nous attend dans les arbres, commença Joram, rendant gauchement son étreinte à Mosiah, puis cherchant instinctivement à se dégager. Simkin est saoul comme un Seigneur. Il faut quitter Merilon, ajouta-t-il, s'étonnant que Mosiah ne le lâche pas. Écoute, dit-il enfin avec irritation, essayant de repousser son ami, il faut filer. Nous sommes en danger. Arrête...

Il ne pouvait pas bouger les bras. Mosiah les immobilisait contre son corps et le regardait en face, la lumière de la tombe reflétée dans ses yeux bleus.

— Mosiah ! répéta-t-il avec colère, sentant monter la peur et son sang se glacer. Partons !

Il se contorsionna soudain pour rompre l'emprise de ces bras. En vain. Les bras se resserrèrent sur lui, le comprimant avec une force qu'il reconnaissait maintenant — la peur croissant toujours — comme magique. Il était prisonnier d'un sort ! Il se débattit, s'efforçant d'atteindre la

Noirépée, mais son corps perdait rapidement ses forces à mesure que les bras continuaient à se resserrer autour de lui.

Puis ce fut une lutte, non pour l'épée, mais pour la vie — une lutte pour respirer. Joram haletait, fixant les yeux sur Mosiah sans comprendre. Quelque part, il entendit un cri — cri de femme rapidement étouffé. Il voulut parler mais il ne respirait plus. Les ténèbres du Bosquet descendaient rapidement sur ses yeux. La mort était proche, et il cessa de lutter, accueillant avec soulagement la fin de ses souffrances.

Habiles en ces matières, les bras relâchèrent leur emprise. Le visage de Mosiah sourit et prononça un mot, puis disparut, et Joram — juste avant de perdre connaissance — leva les yeux et vit le visage pâle et impassible d'une femme en robe noire dont les bras arrêtèrent sa chute.

Doucement, elle l'allongea par terre. Tandis que ses sens l'abandonnaient lentement, il l'entendit prononcer un avertissement à l'adresse de son compagnon presque invisible.

— Ne touche pas à l'épée.

Chapitre 9
ADJUDICATION

Le Diacre Dulchase sortit d'un profond sommeil avec un ronflement irrité, roulant sur lui-même dans un effort pour échapper à la main qui le secouait par l'épaule.

— Oui, je suis en retard pour les Prières du Matin, bougonna-t-il, renfonçant son corps sous les couvertures et sa tête dans l'oreiller. Dis à l'Etern de commencer sans moi.

— Diacre ! ordonna une voix pressante, tandis que la main continuait à le secouer. Debout ! L'Evêque Vanya te demande.

— Vanya ! répéta Dulchase, incrédule.

L'éternel Diacre vieillissant s'efforça se remonter des profondeurs de son sommeil, clignant des yeux dans la lumière du globe flottant près d'une silhouette noire debout près du lit.

— *Duuk-tsarith !* marmonna-t-il entre ses dents, tentant de stimuler son cerveau ensommeillé pour qu'il se remette à fonctionner.

La peur suscitée par la vue du sorcier l'y aida admirablement, même si, le temps de sortir ses jambes de sous ses couvertures et de poser les pieds par terre, la peur avait fait place à l'amusement cynique.

Ils m'ont pincé, cette fois-ci, pensa-t-il, tâtonnant pour retrouver sa robe qu'il avait jetée au pied de son lit. Je me demande pour quelle offense. Sans doute cette remarque sur l'Impératrice à la réception d'hier soir. Ah, Dulchase, tu devrais être plus raisonnable à ton âge !

Il soupira et se mit en devoir d'enfiler sa robe, aussitôt arrêté par la main froide du sorcier, sans visage sous sa capuche noire.

— Qu'est-ce qu'il y a encore ! dit-il avec irritation, se figurant qu'il n'avait plus rien à perdre. Ce n'est pas assez que Sa Sainteté décide de m'infliger une punition en pleine nuit, il faut encore me présenter nu devant Elle ?

— Tu dois revêtir une robe de cérémonie, dit le *Duuk-tsarith.* Je t'en ai apporté une.

Et effectivement, maintenant qu'il regardait, Dulchase vit que le sorcier portait sa plus belle robe de cérémonie soigneusement pliée sur son bras, tel un Mage du Foyer attentionné. Ébahi, Dulchase regarda tour à tour la robe puis le sorcier.

— Il n'a pas été question de punition, poursuivit le *Duuk-tsarith* de son ton froid. L'Evêque te prie de faire vite. L'affaire est urgente. Je peux t'aider, si tu veux, ajouta-t-il en dépliant la robe.

Abasourdi, Dulchase se leva et — sans qu'un mot de magie ait été prononcé — fut revêtu de la robe de cérémonie qu'il n'avait pas portée depuis... quand ? Depuis la cérémonie de la Mort du jeune Prince ?

— Quelle... quelle couleur ? demanda le Diacre désorienté, passant la main sur son crâne autrefois tonsuré, mais maintenant aussi chauve que les rochers de la Source.

— Quelle couleur, mon Père ? répéta le *Duuk-tsarith.* Je ne saisis pas...

— Quelle couleur dois-je donner à cette robe ? demanda Dulchase, en colère. Elle est *Bleu Pleureur,* comme tu vois. Est-ce un deuil officiel ? Auquel cas je ne change pas la couleur. Un mariage, peut-être ? Il faudrait alors ...

— Un jugement, dit le *Duuk-tsarith,* laconique.

— Un jugement, répéta Dulchase, pensif.

Sans se presser, il alla faire usage du pot de chambre dans un coin, notant que même l'impassible *Duuk-tsarith* commençait à s'énerver. Les mains, qui auraient dû être sagement croisées devant lui, ne cessaient de se frictionner.

— Hum ! fit le Diacre, ajustant sa robe avec ostentation avant de lui donner la nuance gris neutre exigée pour un procès, cependant que son cerveau — maintenant bien réveillé — cherchait à deviner ce qui se passait.

Une convocation de l'Evêque Vanya au milieu de la nuit.

Un *Duuk-tsarith* dépêché pour l'escorter — et non un novice comme c'était la coutume. Il n'était pas puni mais il devait juger. Il portait une robe cérémonielle qu'il n'avait pas revêtue depuis dix-huit ans — presque jour pour jour, réalisa-t-il —, l'anniversaire de la mort au Petit Prince ayant été célébré la veille. Malgré cela, le Diacre Dulchase n'y comprenait toujours rien. Immensément curieux, il se retourna vers le *Duuk-tsarith* toujours en attente, lequel faillit exhaler un soupir de soulagement qu'il réprima de justesse.

Un jeunot, nota Dulchase, souriant intérieurement.

— Eh bien, allons-y, marmonna-t-il, faisant un pas vers la porte.

A sa stupéfaction, il sentit de nouveau la main froide sur son bras.

— Les Couloirs, mon Père, dit le *Duuk-tsarith.*

— Pour aller aux appartements de Sa Sainteté ? dit Dulchase, foudroyant le sorcier. Tu es peut-être nouveau ici, jeune homme, mais tu dois savoir que c'est interdit...

— Suis-moi, mon Père, je te prie.

Le *Duuk-tsarith,* peut-être contrarié par cette remarque sur sa jeunesse, était manifestement à bout de patience. Un Couloir s'ouvrit dans la chambre de Dulchase ; la main froide poussa le vieux Diacre. Sensation fugitive de compression, puis Dulchase se retrouva dans une immense caverne creusée — selon la légende — au cœur de la forteresse par la main du puissant magicien qui les avait amenés sur ce monde.

C'était le Hall de la Vie.(Aux temps anciens, il s'appelait le Hall de la Vie et de la Mort, pour représenter les deux aspects du monde. Mais les modernes ne voyaient pas ce nom d'un bon œil, et, après le bannissement des Sorciers, il avait été officiellement changé.) Légende ou non, l'aspect général du lieu donnait l'impression que la falaise avait été évidée comme un melon. Situé au centre même de la Source, autour du Puits de la Vie d'où la magie coulait dans le monde comme une eau invisible, son plafond en forme de coupole s'élevait à plusieurs centaines de mètres, et était orné d'arches creusées dans le roc et polies. Les quatre gigantesque rainures de l'entrée, connues sous le nom de Doigts de Merlyn, formaient quatre alcôves où prenaient place les quatre Cardinaux du Royaume pendant les cérémonies officielles. Une autre grosse saignée dans le roc, située du côté opposé de la vaste caverne, avait reçu officieusement le nom quelque peu irrévérencieux de Pouce de Merlyn. C'est là que siégeait l'Evêque du Royaume, en face de ses prêtres. Entre les deux, s'allongeaient des rangs et des rangs de bancs de pierre. Froids et inconfortables, ces bancs avaient reçu un nom encore plus irrévérencieux que se chuchotaient les novices en ricanant.

La vaste caverne était généralement éclairée par des lumières magiques que maintenaient en l'air les mages servant les catalystes. Pourtant, cette nuit-là, personne n'avait donné la Vie à ces globes. Dulchase regarda autour de lui dans la froide obscurité.

— Par l'Etern ! dit le Diacre dans un souffle, chancelant de stupeur en réalisant où il était. Le Hall de la Vie ! Je n'y suis pas venu depuis... depuis...

Le souvenir vieux de dix-huit ans lui revint aussitôt, quoiqu'il commençât à avoir du mal à se rappeler les événements de la veille. Signe annonciateur de la vieillesse, lui avait-on dit. On a tendance à retourner vivre dans le passé. Eh bien, pourquoi pas ? Le passé était sacrément plus intéressant que le présent. Quoique cela dût peut-être changer bientôt, se dit-il, examinant la vaste salle en fronçant les sourcils.

— Où sont les autres ? demanda-t-il sèchement au jeune *Duuk-tsarith,* qui, la main sur son bras, le guidait à travers le dédale des bancs vers le Pouce de Merlyn.

Du moins pensait-il que c'était sa destination, à en juger sur ce qu'il se rappelait des dispositions de la salle. Le sorcier suivait la lumière projetée par la main qu'il tenait devant lui, Dulchase trébuchant dans son sillage. Il ne voyait pratiquement rien. Le Puits de la Vie se trouvait au centre exact du Hall, se rappela-t-il, le cherchant du regard. Oui, il était là, luisant d'un faible rayonnement phosphorescent, mais au-delà, c'était le noir total. Puis, soudain, une unique lumière s'alluma devant eux. Clignant des yeux, Dulchase essaya de distinguer sa source, mais elle était si vive qu'il vit seulement quelques silhouettes qui passaient devant, l'éclipsant momentanément.

La dernière fois que Dulchase était venu là, c'était pour assister au procès d'un catalyste accusé de Jonction charnelle avec une femme de la noblesse — Tanja, ou Anja, un nom comme ça. Ah ! Dulchase branla du chef, se remémorant l'événement avec plaisir. Le Hall était plein des membres de son Ordre, tous les catalystes de la Source et ceux de la ville natale de l'accusé, Merilon, étant obligés d'assister au procès. Les détails du crime commis par le couple avaient été décrits avec réalisme par l'Evêque Vanya, qui voulait imprimer dans l'esprit de ses ouailles l'énormité de ce péché. Il ne fut jamais établi si cela permit à certains d'échapper à la tentation. On sait seulement qu'aucun catalyste ne s'endormit pendant les trois jours d'audience, et que les novices étaient dans un tel état d'excitation que les Prières du Soir étaient passées d'une à deux heures pendant un mois.

Sans aucun doute, la Pétrifixion, à laquelle tous furent contraints d'assister, eut un effet plus profond. Ce spectacle tragique donnait encore des cauchemars à Dulchase. Il revoyait sans cesse la main de l'homme, dont la pierre paralysait lentement le corps vivant, se fermer en un geste final de défi et de haine.

Mécontent d'avoir remué ces souvenirs troublants, Dulchase s'arrêta. Et dit d'un ton têtu :

— Je veux savoir ce qui se passe. Où m'emmènes-tu ? Où sont les autres ? Où sont les lumières ?

— Avance, je te prie, Diacre Dulchase, résonna une voix plaisante quoique sévère qui, comme la lumière, émanait du Pouce de Merlyn. Tout sera expliqué.

— Vanya ! murmura Dulchase, frissonnant et pensant avec nostalgie à son lit douillet.

Fermé depuis des années, le Hall était froid et sentait la pierre humide et les tapisseries moisies. Éternuant, le Diacre s'essuya le nez sur sa manche, puis se laissa conduire, clignant des yeux comme une vieille chouette dans la lumière, devant Sa Sainteté, l'Evêque du Royaume.

— Mon cher Diacre, nous nous excusons d'avoir troublé ton repos.

L'Evêque Vanya se leva — fait inouï en présence d'un simple Diacre, et, de surcroît, d'un Diacre qui l'était depuis quarante ans et le resterait sans doute toute sa vie. Certains disaient que Dulchase aurait eu sa place depuis longtemps parmi les Sentinelles des Confins, n'était la protection de certaine puissante famille de la cour. Cette marque de respect de son Evêque était sans précédent, et ce qui suivit le fut encore plus. Dulchase s'inclinait, tentant de se remettre de ce choc, quand l'Evêque lui tendit la main, non pour qu'il baise son anneau, mais pour lui donner le plaisir de serrer ses doigts boudinés.

Si je mourais maintenant, je suppose que je monterais tout droit auprès de l'Etern, pensa le vieux Diacre, sarcastique. Mais il porta la main de l'Evêque à son front, avec autant de ravissement qu'il en pouvait manifester à cet âge, se disant qu'il devait avoir l'air de souffrir de flatulences. Le contact des doigts était désagréable, froid comme du poisson, et ils tremblaient légèrement. Le réalisant peut-être, Vanya retira sa main avec une hâte malséante, et alla reposer son gros postérieur vêtu de rouge sur le trône de pierre de l'alcôve. La lumière venait de derrière Vanya, nota astucieusement Dulchase, émanant de quelque source magique dans le mur. Elle laissait le visage de l'Evêque dans l'ombre, tout en éclairant ses interlocuteurs.

Regardant autour de lui, les yeux maintenant habitués à la lumière, et se demandant quoi faire, Dulchase remarqua que le *Duuk-tsarith* qui l'avait accompagné avait disparu ; il s'était soit retiré, soit fondu dans l'ombre. Mais il avait l'impression que d'autres membres de cet Ordre redoutable étaient là, observant et écoutant, bien qu'il ne les vît pas. Dulchase ne vit qu'une seule autre personne, un catalyste vieillissant, vêtu d'une robe rouge élimée et avachi sur un siège de pierre qui semblait être apparu à la hâte près du trône de l'Evêque. Il baissait la tête. Tout ce que Dulchase voyait de lui, c'étaient des cheveux gris ébouriffés autour d'un crâne chauve d'un gris malsain. Cet homme ne bougea pas pendant les paroles de bienvenue de l'Evêque à Dulchase, mais continua à contempler ses chaussures, d'une manière qui parut familière au vieux Diacre.

Dulchase essaya de voir son visage, mais c'était impossible de l'endroit où il se trouvait, et le Diacre ne voulait rien faire pour attirer son attention avant d'être congédié par l'Evêque. Reportant son regard sur Vanya, le Diacre vit que Sa Sainteté ne le regardait plus, mais montrait du geste, lui sembla-t-il, les ténèbres.

Dulchase ne s'étonna pas de voir les ténèbres réagir, se coaguler et prendre la forme du jeune sorcier qui l'avait amené, et qui approcha sa tête encapuchonnée de noir pour entendre ce que lui chuchota l'Evêque. Dulchase en profita pour se rapprocher d'un pas de son frère catalyste.

— Mon frère, dit Dulchase avec douceur et gentillesse — sa langue acérée pouvait faire preuve de ces deux qualités quand il voulait —, tu as l'air indisposé. Puis-je faire...

A ces mots, le catalyste releva la tête. Il se trouva devant un visage hagard, dont les yeux brillèrent de larmes au son d'une voix compatissante.

La voix de Dulchase mourut. Frappé de stupeur, non seulement il ravala ses paroles, mais il faillit avaler sa langue avec.

— Saryon !

Perdu dans les spéculations, l'esprit littéralement chancelant sous le choc, la curiosité et la peur, Dulchase se laissa tomber avec soulagement sur un autre siège de pierre qui apparut, sur ordre d'un *Duuk-tsarith* rôdant dans l'ombre, à la droite de l'Evêque Vanya, à l'opposé de Saryon, assis sur sa gauche. Le choc et la curiosité s'expliquaient — Dulchase n'avait aucune idée de ce qui se passait. La peur était subtile, difficilement définissable, et elle naissait, réalisa-t-il finalement, de l'expression angoissée de Saryon — expression qui l'avait changé au point que Dulchase se demandait maintenant comment il avait pu le reconnaître.

Bien qu'encore dans la quarantaine, Saryon paraissait plus vieux que Dulchase. Dans la vive lumière émanant du Pouce de Merlyn, il avait le teint plombé, terreux. Les yeux, qui avaient autrefois la douceur distraite du mathématicien obsédé par ses formules, étaient maintenant les yeux d'un homme pris au piège. Saryon semblait chercher une issue pour s'échapper, dardant ici et là un regard paniqué, mais fixant les yeux le plus souvent sur l'Evêque Vanya, avec une sorte d'attente mêlée de désespoir qui émut le Diacre, pris de pitié.

C'était cela qui engendrait la peur du Diacre. Plus âgé que Saryon et connaissant mieux le monde que l'érudit dans sa tour d'ivoire, Dulchase ne vit aucun espoir pour le malheureux catalyste dans le visage lisse et composé de Sa Sainteté, ni dans son regard froid et indifférent. Pire encore avait été le contact de ces doigts, froids comme des poissons. Dulchase eut soudain l'impression terrible qu'il avait vécu trop longtemps...

Il remua nerveusement sur le siège de pierre que son corps semblait incapable de réchauffer. Il était là depuis une demi-heure, et personne n'avait dit un mot, à part les *Duuk-tsarith* murmurant leurs sorts pour faire apparaître des sièges. Dulchase fixait Saryon, Saryon fixait Vanya, et Vanya fixait le vide ténébreux du Hall.

Si ça ne se termine pas bientôt, je vais dire quelque chose que je regretterai, se dit Dulchase. Je le sais. Que diable est-il arrivé à Saryon ? A son air, on dirait qu'il a vécu avec des démons ! Je...

— Diacre Dulchase, dit soudain l'Evêque, avec une amabilité qui le mit immédiatement sur ses gardes.

— Éminence, répondit Dulchase, s'efforçant de faire montre de la même urbanité.

— Il y a un poste de Maître de Maison vacant dans la Maison Royale de la cité-État de Zith-el, dit Vanya. Cela t'intéresserait-il, mon fils ?

Mon fils, mon œil ! ricana intérieurement Dulchase, lorgnant Vanya. Tu es peut-être assez vieux pour être mon père, mais je doute qu'aucune semence soit jamais sortie de ton tas de graisse... Sa pensée resta en suspens, le sens des paroles de l'Evêque ayant finalement pénétré dans sa tête. Il fixa Vanya, médusé.

— Maî... Maître de Maison, balbutia-t-il. Mais... cela exige un Cardinal, Éminence. Vous ne pouvez pas...

— Mais si, je peux ! dit Vanya avec effusion, agitant une main boudinée. L'Etern m'a fait connaître sa volonté à ce sujet. Tu Le sers fidèlement depuis des années, mon fils, sans récompense. Maintenant, à l'automne de ta vie, il est juste que tu reçoives cette charge. Les papiers sont prêts, et dès que nous aurons réglé la peccadille qui nous amène, nous les signerons et tu partiras pour le palais.

« Zith-el est une cité charmante, poursuivit l'Evêque sans regarder Saryon, qui continuait à regarder Vanya, l'âme dans les yeux, mais regardant Dulchase comme s'ils étaient seuls dans le Hall. Il y a un zoo remarquable. Avec plusieurs Centaures exposés au public — bien gardés, naturellement.

Maître de Maison ! Seigneur Cardinal ! Et cela proposé à un homme à qui l'on avait répété toute sa vie que, n'était son protecteur, il aurait peiné entre les haricots et les choux en qualité de Catalyste des Champs ! Dulchase savait flairer les pièges, et il pensait maintenant avoir flairé celui-là dès son entrée. *La peccadille qui nous amène,* avait dit Vanya. *Dès que nous aurons signé les papiers...*

Dulchase chercha un indice du côté de Saryon, mais il fixait de nouveau ses chaussures, et son visage était — si c'était possible — encore plus angoissé qu'avant.

— Je... je ne sais pas, Votre Sainteté, balbutia-t-il, espérant gagner du temps jusqu'à ce qu'il apprenne ce qu'il vendait en échange de cette promotion inespérée. C'est tellement inattendu, proposé ainsi au réveil...

— Oui, nous sommes désolé de t'avoir réveillé, mais cette affaire est urgente. Tu pourras te reposer au palais. Mais tu n'es pas obligé de te décider immédiatement. En fait, il est sans doute préférable d'attendre la conclusion de cette peccadille.

Vanya fit une pause, son visage bouffi tourné vers le Diacre, qui, ne put déchiffrer son expression à cause de la lumière venant par derrière.

— Conclusion satisfaisante, si l'Etern le veut.

Dulchase eut un sourire amer, Vanya ayant pieusement levé les yeux au ciel. Ainsi, l'Evêque partait du principe que son vieux Diacre pouvait être acheté et vendu. Eh bien, oui, je pourrais l'être, s'avoua Dulchase. Chaque homme a son prix. Dulchase reporta son regard sur le visage ravagé de Saryon. Mais dans ce cas, le prix sera peut-être trop élevé.

Considérant apparemment l'affaire conclue, Vanya fit un geste.

— Amenez le prisonnier.

Derrière lui, les ténèbres frémirent.

— Et maintenant, tu vas savoir la raison pour laquelle nous t'avons tiré de ton lit douillet, Cardinal... je veux dire... Diacre Dulchase, déclara l'Evêque, croisant les main sur sa bedaine.

Le geste aurait pu être machinal, mais Dulchase vit les doigts de Vanya se crisper, les phalanges blanchir dans ses efforts pour paraître calme.

Pourtant, Dulchase cessa d'observer Vanya et, alarmé, reporta son regard sur Saryon. Au mot de « prisonnier », le catalyste s'était recroquevillé sur lui-même, comme s'il cherchait à se fondre dans son siège de pierre. Il paraissait si mal en point que Dulchase allait demander qu'on fasse venir un druide, quand il fut arrêté par une lumière jaune qui troua brusquement les ténèbres.

Trois anneaux d'énergie flamboyante parurent devant l'Evêque Vanya. Le jeune *Duuk-tsarith* se matérialisa près d'eux, et, quelques secondes plus tard, la forme d'un jeune homme se dressa au milieu des anneaux, qui encerclaient ses jambes et ses bras musclés, mais sans les toucher. Dulchase sentit leur chaleur de sa place, et il grimaça à l'idée de ce qui se produirait si le jeune homme tentait d'échapper à ses liens magiques.

Pourtant, il semblait peu probable que le prisonnier tentât de s'échapper. Tête baissée, il paraissait frappé de stupeur ; de longs cheveux noirs bouclaient sur ses épaules. Il devait avoir dans les dix-huit ans, se dit Dulchase, considérant le beau corps musclé avec regret et envie. Nous sommes donc là pour juger ce jeune homme, raisonna-t-il. Mais pourquoi ? Pourquoi ne pas laisser cette affaire aux *Duuk-tsarith* ? A moins que ce ne soit un catalyste...Non, impossible. Aucun catalyste n'a jamais eu des muscles pareils...Et pourquoi ne sommes-nous que trois ?

— Tu te demandes de quoi il retourne, Diacre Dulchase, dit Vanya. Et nous nous excusons une fois de plus. Toi seul es encore dans l'ignorance. Diacre Saryon...

A ce nom, le jeune homme releva brusquement la tête. Rejetant ses cheveux en arrière, il cligna des yeux dans la lumière, puis, quand ils se furent habitués à la vive clarté, regarda autour de lui.

— Mon Père ! cria-t-il d'une voix rauque.

Oubliant ses liens, il fit un pas en avant. Il y eut un grésillement et une odeur de chair brûlée. Il retint sa respiration sous la douleur, mais ne cria pas.

Étonné que le prisonnier connût Saryon, Dulchase s'étonna tout autant de la réaction du catalyste, qui, détournant les yeux, leva involontairement une main, non comme pour repousser une attaque, mais comme quelqu'un qui se sent indigne d'être touché.

— Le Diacre Saryon, continua imperturbablement l'Evêque Vanya, a conscience de ce qui transpire, et je vais maintenant te l'expliquer, Frère Dulchase. Comme tu le sais, la loi du Thimhallan exige la réunion de trois catalystes pour juger toute affaire concernant un autre catalyste ou une menace pour le royaume. Toutes les autres affaires sont jugées par les *Duuk-tsarith.*

Dulchase n'écoutait que d'une oreille. Il connaissait la loi, et avait déjà deviné que l'affaire concernait une menace pour l'État — mais comment ce jeune homme pouvait-il menacer le royaume ? Cela le dépassait. Au lieu d'écouter, Dulchase observait le prisonnier, et, ce faisant, commençait à se dire qu'il *pouvait* représenter une menace.

Les yeux noirs — ils lui semblaient familiers, où donc les avait-il vus ? — fixaient Saryon avec une brûlante intensité. Les épais sourcils noirs qui se rejoignaient à la racine du nez barraient le visage d'une ligne austère, et trahissaient une nature passionnée. La mâchoire ferme, le beau visage méditatif, les cheveux luxuriants tombant en boucles épaisses sur les épaules, l'attitude fière, le regard intrépide...tout annonçait une personnalité formidable, capable de déplacer les étoiles si bon lui semblait.

Et où donc l'ai-je vu ? se répéta Dulchase, avec la colère larvée que provoque une connaissance subconsciente qu'on ne parvient pas à ramener à la surface. J'ai déjà vu ce port de tête royal, ces cheveux magnifiques, ce regard impérial... Mais où ?

— Ce jeune homme s'appelle Joram.

A ce nom, Dulchase reporta aussitôt son attention sur Vanya. Non, pensa-t-il, déçu, ce nom ne me dit rien. Pourtant, je sais...

— Il est accusé de plusieurs crimes, dont le moindre n'est pas le danger qu'il présente pour le royaume. C'est pourquoi nous sommes là pour le juger. Peut-être te demandes-tu pourquoi nous ne sommes que trois, Diacre Dulchase. Tu l'apprendras quand j'exposerai les faits stupéfiants et effrayants reprochés à ce jeune homme.

« Joram ! lança l'Evêque d'un ton glacial, espérant sans doute attirer sur lui le regard du prisonnier.

Mais il aurait aussi bien pu être un perroquet savant pour ce que le jeune homme s'en souciait. Son regard était fixé sur Saryon et il n'en bougeait pas. Les mains mollement posées sur les genoux, le catalyste baissait la tête. Des deux, pensa Dulchase, c'est le catalyste qui semblait être le prisonnier.

— Joram, fils d'Anja, reprit Vanya, avec colère cette fois.

D'un mot, le sorcier fit rétrécir les anneaux de feu autour du prisonnier. Sentant leur chaleur, le jeune homme, à contrecœur, tourna sur l'Evêque un regard plein de défi.

— Tu es accusé du crime d'avoir dissimulé que tu es un Mort. Plaides-tu coupable ou non coupable ?

Joram — puisque c'était apparemment le nom du jeune homme — ne répondit pas et releva fièrement le menton. Dulchase frémit, car il crut reconnaître ce mouvement. Il connaissait ce garçon ! Et pourtant, il ne le connaissait pas. C'était comme une démangeaison dans le dos qu'on n'arrive pas à gratter.

De nouveau, le sorcier prononça un mot. Les anneaux flamboyèrent, il y eut de nouveau l'horrible grésillement, l'odeur écœurante, et un bref hoquet d'agonie du jeune homme.

— Je plaide coupable, déclara Joram, mais il le dit avec fierté, d'une voix grave et vibrante. Je suis né Mort. C'était la volonté de l'Etern, m'a dit un homme que je respecte et honore.

Une fois de plus, il regarda Saryon, si accablé par ces paroles qu'il paraissait à jamais incapable de s'en relever.

— Joram, fils d'Anja, tu es accusé du meurtre du surveillant du village de Walren. Tu es accusé du meurtre d'un sorcier des *Duuk-tsarith,* reprit Vanya d'un ton sévère. Que plaides-tu ?

— Coupable, dit Joram, quoique avec moins d'arrogance, le visage indéchiffrable. Ils méritaient la mort, murmura-t-il à voix basse. L'un avait tué ma mère. L'autre était un homme malfaisant.

— Ta mère a attaqué le surveillant la première. L'homme malfaisant — selon toi — agissait dans l'intérêt du royaume, dit Vanya d'un ton glacial.

Le jeune homme ne répondit pas, mais le regarda avec défi, sans baisser les yeux.

— Ce sont de graves accusations, Joram. Supprimer une vie, pour quelque raison que ce soit, est strictement interdit par l'Etern. Rien que pour cela, nous pourrions te condamner à l'Outre-Monde...

Cela, enfin, toucha Saryon, le tirant de la stupeur de son désespoir. Il releva la tête, avec un regard significatif à Vanya. Dulchase vit une lueur de crainte et de colère dans les yeux hantés. Mais l'Evêque affecta de ne pas remarquer ce regard.

Ainsi, c'est pour ça que nous ne sommes que trois, réalisa Dulchase. Affaires d'État et tout ça. Et bien sûr, c'est pour ça qu'on me fait Cardinal. Pour que je n'ouvre pas la bouche.

— Joram, fils d'Anja, tu es accusé de t'être acoquiné avec les Sorciers des Arts noirs. Tu es accusé d'avoir lu des livres interdits...

Dulchase vit Joram regarder Saryon, choqué cette fois. Il vit Saryon, son bref sursaut d'énergie éteint, se recroqueviller sur lui-même, bourrelé de remords. Dulchase vit les splendides épaules du jeune homme s'affaisser, il l'entendit soupirer. Soupir léger, mais si douloureux qu'il déchira le cœur cynique de Dulchase. La tête orgueilleuse se tourna vers le catalyste, les cheveux noirs voilant le visage, comme pour se cacher dans leur obscurité.

— Joram ! Pardonne-moi ! s'écria Saryon, tendant des mains suppliantes. Il fallait que je leur dise ! Si tu savais seulement...

— Diacre Saryon ! dit Vanya d'une voix tendue, presque stridente. Tu t'oublies !

— Je vous demande pardon, Votre Sainteté, murmura Saryon, retombant sur son siège. Je ne le ferai plus.

— Joram, fils d'Anja, reprit l'Evêque, la respiration oppressée, les mains crispées sur ses accoudoirs, tu es accusé du crime infâme d'avoir ramené la pierre noire, ce produit maudit du Prince des Démons, dans un monde qui l'avait bannie depuis des siècles. Tu es accusé d'avoir forgé une arme avec ce minerai démoniaque ! Joram, fils d'Anja, que plaides-tu ?

Le silence retomba — silence plein de bruits, mais silence quand même. La respiration oppressée de Vanya, les halètements de Saryon, les sifflements des anneaux de feu martelaient ce silence sans l'entamer. Dulchase savait que le jeune homme ne répondrait pas. Il vit les anneaux de feu se resserrer, et il détourna vivement les yeux. Joram se laisserait brûler jusqu'à l'os plutôt que de se laisser arracher un mot. Le réalisant aussi, Saryon se leva d'un bond en poussant un cri rauque. Le *Duuk-tsarith* interrogea Vanya du regard, se demandant jusqu'où il devait aller.

L'Evêque foudroya Joram du regard, en proie à une

fureur froide. Il ouvrit la bouche, mais une autre voix — une voix qui glissa dans le noir comme l'huile sur l'eau — rompit enfin le silence.

— Éminence, dit la voix sortant des ténèbres, je ne blâme pas ce jeune homme de ne pas vous répondre. Après tout, le nom dont vous l'appelez est incorrect. « Joram, fils d'Anja » ? Peuh ! Qu'est-ce que c'est que ça ? Un paysan ? Il faut l'appeler par son vrai nom, Evêque Vanya, alors peut-être daignera-t-il répondre à vos accusations.

La foudre n'aurait pas eu un effet plus dévastateur sur l'Evêque. Dulchase ne voyait pas les traits de Vanya, à cause de la lumière arrivant de derrière lui, mais, sous la lourde mitre, il vit le visage inondé de sueur, il entendit la respiration haletante. Les mains boudinées se détendirent, les doigts se recroquevillèrent comme les pattes d'une araignée mourante.

— Donnez-lui son vrai nom, reprit la voix calme et suave. Joram, fils d'Évenue, Impératrice de Merilon. Ou plutôt, *feu* l'Impératrice de Merilon...

Chapitre 10

LE PRINCE DE MERILON

— Mon Neveu, dit le Prince, inclinant avec ironie sa tête encapuchonnée en passant près de Joram, avant de s'arrêter devant le trône de l'Evêque

Maintenant, le Hall était bien éclairé. Sur un ordre du puissant sorcier, des globes de lumière parurent en l'air, répandant une chaude lumière sur les assistants. L'Evêque Vanya ne pouvait plus cacher son visage dans l'ombre. Tous le virent, et tous y virent la vérité.

Dulchase porta la main à son cœur. Encore un choc pareil, et je meurs, se dit-il. En fait, je ne serais sans doute pas le seul à en mourir.

L'Evêque Vanya avait tenté de balbutier un démenti, mais ses paroles s'étaient taries sous le regard brûlant du *DKarn-Duuk.* Contrairement au pauvre Saryon qui s'était tassé au point d'en devenir presque invisible, l'Evêque s'était boursouflé. Des taches rouges marbraient son visage livide, la sueur dégoulinait sur son front. Renversé dans son trône, il suffoquait, la bedaine tressautante et tripotant nerveusement l'étoffe rouge de sa robe. Il ne disait rien, mais fixait intensément le sorcier. Le Prince Xavier le fixait en retour, mains croisées devant lui, calme et plein d'assurance. Mais ils se livraient un duel mental ; l'air crépitait de leurs assauts et parades, chacun s'efforçant d'apprendre ce que savait l'autre, et comment il pourrait l'utiliser à son avantage.

Debout dans les anneaux de feu, enjeu de leur duel,

Joram était si interdit que Dulchase faillit éclater de rire. En fait, le vieux Diacre ne put réprimer un gloussement nerveux. Réalisant que la tension le rendait hystérique, il la convertit en un toussotement bizarre qui lui valut un regard sévère du *Duuk-tsarith.* Dulchase savait maintenant où il avait vu ces yeux, ce port royal, ce regard impérieux. Le garçon était le portrait de sa mère. Joram lut la vérité sur le visage de Vanya, comme tous les autres assistants, mais il tourna lentement la tête vers Saryon, comme pour avoir une confirmation. Le catalyste s'était ratatiné sur son siège, la tête dans les mains, depuis l'entrée, à l'évidence inattendue et inopportune, du *DKarn-Duuk.* Sentant les pensées du jeune homme dirigées sur lui, Saryon releva un visage hagard et plongea son regard dans les yeux interrogateurs.

— C'est vrai, Joram, dit doucement le catalyste comme s'ils étaient seuls. Je le sais depuis... longtemps ! Si longtemps !

Il se tut, branlant du chef, les mains tremblantes.

— Je ne comprends pas, dit Joram d'une voix étranglée. Comment ? Pourquoi ne m'as-tu pas dit la vérité ? Par l'Etern, jura-t-il, amer, j'avais confiance en toi !

Saryon gémit, se balançant d'avant en arrière.

— Je l'ai fait dans ton intérêt ! Il faut me croire, Joram ! Je... me trompais. Mais je l'ai fait pour ton bien. Tu ne peux pas comprendre, acheva-t-il, presque hystérique. Il n'y a pas que ça...

— En effet, mon Neveu, dit le Prince Xavier, pivotant sur lui-même avec tant de rapidité que sa robe chatoya autour de lui comme une flamme vivante.

Rabattant sa capuche en arrière, il fit face à Joram, dont il étudia le visage avec intérêt.

— Tu tiens de notre côté de la famille — le côté de ta mère et le mien — et c'est pourquoi tu as vécu ces terribles épreuves. Si le sang pauvre de ton imbécile de père coulait dans tes veines, tu aurais sombré dans l'obscurité, et tu te serais contenté de faire pousser des carottes toutes ta vie dans le village où tu as grandi.

D'un geste, LE *DKarn-Duuk* fit disparaître les anneaux de feu. Affaibli par l'épuisement et le choc, Joram chancela et faillit tomber ; mais il parvint à retrouver son équilibre, et se redressa. Il ne tient que par l'orgueil, pensa Dulchase avec admiration. La même admiration se voyait sur le visage du Prince Xavier, qui reporta son regard sur Vanya.

— Ce jeune homme est épuisé. Il a été gardé en prison depuis son arrestation d'hier soir, je présume ?

L'Evêque Vanya acquiesça de la tête, sans un mot.

— As-tu mangé, bu ? dit le Prince, se retournant vers Joram.

— Je n'ai besoin de rien, dit-il.

Le Prince Xavier sourit.

— Bien sûr que non, mais tu devrais t'asseoir. Nous en avons pour un bon moment.

De nouveau, il regarda Vanya.

— Des explications s'imposent, je crois.

L'Evêque Vanya s'avança au bord de son trône, son visage marbré reprenant peu à peu son teint originel.

— Je veux savoir comment vous avez découvert la vérité ! s'écria-t-il d'une voix rauque, les mains crispées sur ses accoudoirs. Je veux savoir ce que vous savez !

— Patience, dit LE *DKarn-Duuk*.

D'un geste, il fit surgir deux sièges du sol, et, d'un mouvement plein de grâce, invita Joram à s'asseoir. Le jeune homme regarda le siège, puis son oncle, d'un air soupçonneux. Le Prince Xavier accueillit la suspicion avec le sourire, sans la confirmer ni la démentir. Une fois de plus, il montra le siège, et Joram s'assit tout d'une pièce, comme si son corps avait pris la décision pour lui.

LE *DKarn-Duuk* prit place près de lui. Adoptant la position assise, il flotta à un pouce du siège, soit parce que c'était plus confortable, soit pour faire parade de ses pouvoirs magiques, Dulchase ne savait pas. Mais ce que le vieux Diacre savait, c'est qu'il en avait assez.

Dulchase se leva, les articulations grinçantes, et se mit face à l'Evêque, la main humblement posée sur le cœur.

— Éminence, dit le catalyste, secrètement satisfait de voir le Prince Xavier sursauter à sa voix, je suis un vieil homme. J'ai vécu dans la paix soixante ans de ma vie, me consolant de ce que certains pourraient qualifier de vie ennuyeuse dans l'observation des folies toujours renouvelées de mes frères humains. Ma langue a été ma malédiction, je l'avoue. Souvent, je n'ai pas pu m'empêcher de commenter ces folies. C'est pourquoi je suis resté Diacre, et serai content de rester Diacre jusqu'à la fin de mes jours.

Simplement, je ne veux pas mourir Diacre trop tôt, si vous comprenez ma pensée.

Regardant Dulchase du coin de l'œil, un sourire jouant sur ses lèvres, LE *DKarn-Duuk* semblait s'amuser. Vanya le foudroya du regard, mais Dulchase, comprenant que son supérieur était dans une situation pire que la sienne, continua.

— Je suis sujet aux cauchemars, Éminence. Mais ma nature est telle que je les oublie immédiatement au réveil. Je suis en train de faire un de ces cauchemars, Votre Sainteté. Un très mauvais cauchemar, et je pressens qu'il va devenir pire, dit Dulchase, s'inclinant humblement, la main sur le cœur. Si vous le permettez, je vais retourner dans mon lit et me réveiller avant que cela ne se produise. Je suis certain que mon vieux cerveau n'en gardera aucun souvenir. Vous êtes des illusions, et, en tant que telles, je vous souhaite une bonne nuit. Éminence, dit-il, s'inclinant devant l'Evêque. Votre Altesse Royale, dit-il, s'inclinant devant le Prince.

Il s'inclina encore plus bas devant Joram qui l'observait, remarqua le Diacre, avec un petit sourire de son cru, qui ne touchait pas les lèvres mais mettait de la chaleur dans les yeux noirs.

Dulchase frissonna. Oui, il faut que je m'en aille, pensa-t-il, et, se retournant, il fit un pas vers l'escalier, à l'autre bout du Hall. Montant en spirale dans la montagne, il finirait par le ramener à sa cellule douillette.

Mais la voix du Prince Xavier l'arrêta.

— Je comprends ton problème. Je le comprends sincèrement, dit froidement le sorcier. Mais il est trop tard pour interrompre ce rêve, j'en ai peur. Tu es toujours juge. Tu dois énoncer ton verdict. De plus — bien qu'il lui tournât le dos, Dulchase sut que LE *DKarn-Duuk* regardait Vanya —, j'ai besoin de témoins. Tu vas donc, je te prie, te réveiller et demeurer.

Dulchase eut envie de faire une dernière tentative d'évasion. Il ouvrit la bouche, mais il vit le sorcier étrécir imperceptiblement les yeux.

— Oui, Seigneur, acquiesça-t-il donc sans enthousiasme en se rasseyant, l'air lugubre.

— Et maintenant, par où commençons-nous ? dit le Prince Xavier, joignant délicatement le bout de ses doigts et les tapotant contre ses lèvres. Il y a plusieurs questions à l'ordre du jour. Vous, Votre Sainteté, poursuivit-il avec une subtile ironie, vous exigez de savoir ce que je sais et comment je l'ai découvert. Toi, mon Neveu — de nouveau cette ironie —, tu as dit simplement « Comment ? », ce qui signifie, je suppose : comment peux-tu être là, alors que le monde entier et *la plupart* de ceux qui y vivent te croient mort ? Avec tout le respect que je vous dois, Votre Sainteté — l'Evêque Vanya se mordit les lèvres, le ton sarcastique du sorcier le faisant pâlir d'une rage violente qu'il n'osait pas extérioriser —, je répondrai d'abord à la question de mon neveu. Il est mon souverain, après tout.

Le Prince Xavier s'inclina devant Joram, en baissant respectueusement les yeux, puis les releva pour voir Joram le regarder en fronçant sombrement les sourcils.

— Non, dit le sorcier, je ne me moque pas de toi, jeune homme. Loin de là. Je suis sérieux, *mortellement* sérieux, je t'assure.

Les lèvres minces avaient cessé de sourire.

— Vois-tu, Joram, le droit de succession au trône de Merilon passe par la famille de l'Impératrice. Malheureusement, ta mère nous a laissés pour aller dans l'Outre-Monde, le royaume de la *mort,* dit-il, insistant sur le mot, et regardant les assistants grimacer involontairement. Tragédie regrettable qui sera *bientôt* rendue publique.

Il se tourna vers Vanya, qui respirait bruyamment par le nez et le foudroyait du regard, en proie à une fureur impuissante.

— Toi, Joram, tu es actuellement Empereur de Merilon.

Il soupira en souriant.

— Profites-en pendant que ça dure, parce que ça ne durera pas longtemps. Car vois-tu, en ma qualité de frère de Sa Défunte Majesté, c'est moi qui suis le premier dans la ligne de succession après toi.

Le visage de Joram s'adoucit, ses yeux s'éclairèrent.

Il comprend, pensa Dulchase, soutenant sa tête de la main et posant le coude sur le bras de son fauteuil pour cacher son désespoir. Par l'Etern, c'est un meurtre...

Un gémissement étouffé de Saryon manifesta que, lui aussi, comprenait.

— Non, vous ne pouvez pas ! supplia-t-il. Vous ne...

— Silence ! dit froidement le Prince Xavier. Tu es brisé,

vieux pantin. Tu as joué ton rôle comme un imbécile, mais, à bien des égards, ce n'était pas ta faute. Celui qui tirait les ficelles a saboté le plan.

« Et maintenant, mon Neveu, je répondrai à ta question, pour ton information et pour l'information des juges qui devront décider de ton sort.

Le Diacre Dulchase soupira, souhaitant ardemment se trouver au fond du Puits de la Vie.

— Ce que je vais révéler, reprit LE *DKarn-Duuk*, je l'ai appris en interrogeant de nombreuses personnes cette nuit. L'Evêque me corrigera, j'en suis certain, si je me trompe.

« Il y a dix-huit ans, Sa Sainteté, Evêque du Royaume, a commis une erreur. Ce n'était qu'une petite erreur, dit le sorcier avec un geste désinvolte. Il a placé un bébé au mauvais endroit. Mais cette erreur devait se révéler désastreuse pour lui. Cet enfant n'était pas un bébé ordinaire. C'était le Prince Mort de Merilon. Trois d'entre vous, pardon, quatre, rectifia-t-il avec un mauvais sourire à Joram, étiez présents à la cérémonie où le bébé — toi, jeune homme — fut officiellement déclaré Mort. Ton père, l'Empereur, a fait son deuil de l'affaire, mais ta mère, ma sœur, a refusé de le livrer. A genoux près de ton berceau, elle a pleuré des larmes de cristal qui ont éclaté sur ta poitrine, coupant la peau.

Joram, maintenant livide, porta la main à sa poitrine nue. Dulchase vit les petites cicatrices blanches, et ferma les yeux, revoyant la scène.

— Sur l'intervention de l'Empereur, l'Impératrice a fini par se laisser convaincre de remettre l'enfant entre les mains de l'Evêque Vanya, qui devait procéder à la Veillée de la Mort. Quelques jours plus tard, on fit savoir au Palais que le corps matériel du bébé était mort. Tout le monde s'est lamenté. Sauf moi, bien sûr. Rien de personnel, dit-il, inclinant la tête vers Joram, qui, amusé, inclina la tête à son tour. Tu me plais, mon Neveu, remarqua le Prince Xavier avec approbation. Dommage. Bon, où en étais-je ? Ah oui, l'erreur de Vanya.

L'Evêque émit un son sifflant, comme de l'air s'échappant d'une bulle magique.

Xavier l'ignora et continua.

— Sa Sainteté revint à la Source avec le bébé. Le Chef de la Garde du Palais l'accompagnait, pour qu'il y ait un témoin. Vanya emporta l'enfant dans la Chambre de la Mort, et le coucha sur une dalle de pierre. C'était avant l'époque où naquirent de plus en plus de bébés Morts. Le Prince était le seul nourrisson présent dans la Chambre. C'est alors que Vanya fit une sottise, mon Neveu. Il laissa l'enfant seul, sans poster de gardes. Pourquoi ? Cela sera expliqué dans un moment. Patience. « Tout vient à point à qui sait attendre », comme dit le proverbe.

D'un geste, le Prince Xavier fit apparaître un globe d'eau qui vint obligeamment flotter près de sa bouche, et il but quelques gorgées. Le silence était si lourd que tous l'entendirent déglutir.

— Un peu d'eau, mon souverain ?

Joram refusa de la tête, sans le quitter des yeux. LE *DKarn-Duuk* n'offrit pas d'eau aux catalystes, mais renvoya le globe d'un mot.

— Le bébé resta seul, sans gardes. Oh, c'est compréhensible. On n'avait jamais posté de gardes dans cette Chambre, située au plus profond de la montagne sacrée. Et qu'y avait-il à garder, après tout ? Un enfant promis à la mort ? Ah, non !

La voix du Prince Xavier changea subtilement, prenant une nuance sinistre qui fit frissonner tous les assistants.

— *Un enfant promis à la vie !*

Chapitre 11

LA VÉRITÉ TE RENDRA LIBRE

Un son étranglé s'échappa du Pouce de Merlyn.

— Oui, Vanya, dit le Prince, je connais la Prophétie. Les *Duuk-tsarith* sont fidèles — envers l'État. Quand j'ai fait comprendre au Chef de leur ordre, que l'État, c'était *moi,* maintenant, la sorcière m'a tout révélé. Oui, mon Neveu, tu ne comprends plus. Jusqu'ici, tout était clair. Écoute attentivement la Prophétie connue jusqu'à ce jour uniquement de l'Evêque Vanya et des *Duuk-tsarith.*

A voix basse, LE *DKarn-Duuk* prononça les paroles qui continueraient désormais à murmurer toutes les nuits dans l'esprit de Dulchase.

— « Il naîtra dans la Maison Royale un fils qui sera un Mort et qui pourtant vivra, qui mourra de nouveau et de nouveau vivra. Et quand il reviendra, il tiendra dans sa main la destruction du monde. »

Le Prince Xavier se tut, fixant Joram avec intensité. Le jeune homme était livide, les lèvres exsangues. Mais le visage taciturne ne changea pas, il ne dit rien.

— C'est pourquoi je t'ai trahi, mon fils !

L'aveu refoulé jaillit de la bouche de Saryon comme le sang d'un cœur déchiré.

— Je n'avais pas le choix ! Sa Sainteté m'a ouvert les yeux ! Le sort du monde était entre mes mains !

Tordant ces mêmes mains, Saryon regarda Joram d'un air suppliant.

Qu'espère-t-il, Saryon ? pensa Dulchase avec pitié.

Pardon ? Compréhension ? Dulchase regarda le visage sévère de Joram. Non, se dit le vieux Diacre, il ne les trouvera pas dans ces profondeurs ténébreuses.

Pourtant, cela sembla possible un instant. Les paupières de Joram frémirent, ses lèvres tremblèrent ; il tourna imperceptiblement la tête vers le catalyste, qui le regardait avec une ferveur pathétique. Mais son orgueil inné, fortifié par la folie, gela ses larmes et arrêta sa réaction instinctive. Il détourna la tête de Saryon, qui soupira et retomba sur son siège. L'attention de Joram demeura rivée sur LE *DKarn-Duuk*.

— Je vais poursuivre, reprit le sorcier avec une nuance d'impatience, s'il n'y a plus d'interruptions. Tu comprends maintenant pourquoi on ne pouvait pas laisser mourir le Prince. Il fallait qu'il vive — sinon la Prophétie se réaliserait. Pourtant, tout le monde devait penser qu'il était mort, car il était inconcevable qu'un Empereur Mort occupe un jour le trône de Merilon. Comprends-tu le dilemme de Vanya, mon Neveu ? dit le Prince Xavier, ouvrant les mains dans un geste d'une ironie meurtrière. Je ne sais pas ce qu'il avait l'intention de faire de toi, Joram. Qu'aviez-vous prévu, l'Evêque ? Nous le direz-vous maintenant ?

Seule la respiration oppressée de Vanya répondit.

LE *DKarn-Duuk* haussa les épaules.

— Peu importe. Il t'aurait sans doute enfermé dans une cellule secrète à la Source, où tu serais resté prisonnier jusqu'à ce qu'il trouve une solution. Ah, je vois que ma supposition n'est pas très éloignée de la vérité.

Dulchase, regardant Vanya, vit un tic nerveux contracter la joue de l'Evêque.

— Mais son plan, quel qu'il fût, a été déjoué. C'est à dessein qu'il n'avait pas posté de gardes, pensant revenir secrètement dans la Chambre pendant la nuit et emporter le Prince en lieu sûr. Imagine son horreur, mon Neveu, quand il constata que le bébé avait disparu !

Dulchase l'imagina sans peine. Ses pieds se glacèrent, et il eut la chair de poule.

— Notre Evêque — jamais en reste d'idées — ne paniqua pas. Une enquête discrète lui permit de reconstituer partiellement les faits. Une certaine Anja avait mis au monde un enfant mort-né. Quand la *Theldara* lui avait annoncé la nouvelle en lui montrant le petit cadavre, Anja était devenue folle. Elle refusait de se séparer du corps. La *Theldara* dut faire appel aux *Duuk-tsarith* pour lui enlever l'enfant. Ce qu'ils firent grâce à leurs magie, et, après avoir lancé un sort sédatif sur Anja, ils la quittèrent. J'ai entendu dire, mon Neveu, que tu es habile en l'art de la prestidigitation, appris de cette femme que tu croyais ta mère. Cela ne m'étonne pas. Elle aussi était très versée dans cet art, ainsi que nous le savons par le fait qu'elle a dupé les *Duuk-tsarith,* qu'on ne trompe pas facilement.

« L'Evêque Vanya n'a rien établi de certain, mais il déduisit de ces faits — et je suis d'accord avec lui — que la femme s'enfuit de sa chambre et erra à travers la Source à la recherche de la sortie. Elle arriva par hasard à la Chambre de la Mort, et y trouva un bébé, un bébé vivant ! S'emparant de l'enfant, elle s'enfuit nuitamment de la Source. Le temps que Vanya reconstitue les faits, l'habile magicienne avait parfaitement couvert ses traces.

« Ainsi, mon Neveu, l'Evêque Vanya vit depuis dix-huit ans en sachant que, quelque part dans ce monde, le Prince — c'est-à-dire toi — est vivant. Pourtant, malgré ses efforts, il n'a pas pu te retrouver. Les seuls dans le secret furent les *Duuk-tsarith* du plus haut rang, qui, naturellement, participaient aux recherches. Chaque fois qu'on leur signalait un Mort vivant, son cas était soigneusement examiné, m'ont-ils dit. Le seul répondant à leurs critères, ce fut toi, Joram, qui te découvris en tuant le surveillant. La description de ta mère correspondait à Anja, et tu avais l'âge adéquat.

« Pourtant, Vanya n'était toujours pas certain de ton identité. Heureusement, tu lui facilitas les choses en t'enfuyant dans le Nullepart. Un sorcier — un *Duuk-tsarith* du nom de Blachloch — y séjournait déjà, chargé d'une mission secrète auprès des Sorciers des Arts noirs. Il fut alerté, ses hommes te retrouvèrent facilement, et il te mit sous surveillance.

« Mais une fois de plus, l'Evêque se trouvait devant un dilemme. Il n'osait pas te faire venir à la Source, où, dit-on, “les murs ont des oreilles et des langues”. Il avait trop d'ennemis prêts à prendre sa place. Vanya décida que le plus sûr serait de te laisser dans le Nullepart sous les yeux vigilants non seulement d'un sorcier mais aussi d'un catalyste, dit LE *DKarn-Duuk*, montrant Saryon. Mais Vanya n'avait pas prévu que tu découvrirais la pierre noire. Lentement, inexorablement, mon Neveu, il semblait que la Prophétie se réalisait. Tu devenais — je devrais plutôt dire, tu *deviens* — trop dangereux.

Le Prince Xavier se tut, apparemment plongé dans ses pensées. Tout le monde garda le silence. Renfoncé dans son fauteuil, les doigts rampant sur les accoudoirs, Vanya fixait LE *DKarn-Duuk* comme un perdant fixe son adversaire, essayant de deviner la prochaine carte qu'il va jouer. Joram, son masque d'orgueil commençant à glisser de son visage, avait l'air presque stupide tant il était fatigué et abasourdi. Il avait le regard vague, les yeux ternes et vitreux. Saryon se noyait dans son chagrin. Dulchase le plaignait, mais il ne pouvait rien faire pour lui.

Le vieux Diacre avait la migraine, et il tremblait tellement de froid et d'énervement qu'il serrait les dents pour les empêcher de claquer comme des castagnettes. Et il était furieux, en plus. Furieux d'avoir été traîné de force dans cette situation absurde et dangereuse. Il ne savait pas qui croire. En fait, il ne croyait personne. Oh, il devait bien y avoir des bribes de vérité dans cette histoire. A l'évidence, le garçon était le fils de l'Impératrice — ces yeux et ces cheveux ne pouvaient mentir.

Mais — une Prophétie annonçant la destruction du monde ? A chaque génération depuis le commencement des temps, il y avait eu un prophète pour annoncer la fin du monde. D'où sortait cette Prophétie, le Diacre ne le savait pas. Mais il le devinait. Un vieillard, n'ayant mangé que du miel et des insectes pendant un an, a une vision et voit la fin du monde. Vision probablement due à la constipation. Et maintenant, des siècles plus tard, elle allait causer la mort de ce jeune homme.

Dulchase s'oublia et grogna de dégoût. Ce son retentit dans le silence tendu comme un coup de tonnerre. Tous le monde sursauta, et tous les yeux — même les yeux ternes et froids du *DKarn-Duuk* — se tournèrent vers le vieux Diacre.

— Enrhumé, marmonna-t-il, s'essuyant le nez sur sa manche avec ostentation.

A son grand soulagement, l'Evêque Vanya profita de l'incident pour remuer sa masse dans son fauteuil.

— Comment avez-vous découvert ces faits ? demanda-t-il une fois de plus au Prince Xavier.

— Vous tentez encore de sauver votre peau, Éminence ? dit-il en souriant. Je ne vous en blâme pas. Elle enferme une grande quantité de lard, qui serait sans aucun doute assez répugnante à regarder, dût-elle s'en échapper. Qui d'autre est au courant ? vous demandez-vous. Sont-ils en situation de prendre votre place ? Suis-*je* en situation de les y mettre ?

Vanya jaunit. Il ouvrit la bouche, mais le Prince l'arrêta de la main.

— En fait, vous pouvez vous détendre, l'Evêque. Je pourrais vous remplacer, mais je préfère vous garder — pourvu, naturellement, que nous arrivions à un accord sur *notre* problème. Mais nous en discuterons plus tard. Pour le moment, je vais répondre à votre question. Un gentilhomme de la haute bourgeoisie est venu me trouver hier soir, désespéré de la disparition de sa fille.

Joram releva la tête, ses yeux noirs flamboyèrent.

Aussitôt, le Prince Xavier se détourna de l'Evêque, apparemment apaisé, et regarda le jeune homme.

— Oui, mon Neveu, je pensais bien que cela allait te fouetter le sang.

— Gwendolyn ! dit Joram d'une voix brisée. Où est-elle ? Que lui avez-vous fait ? Par l'Etern, si vous lui avez fait du mal... dit-il serrant les poings.

— Lui faire du mal ? dit le Prince Xavier, réprobateur. Fais-nous au moins crédit d'un peu de bon sens. Pourquoi faire du mal à une jeune fille dont le seul crime est le malheur de s'être amourachée de toi ?

Il revint alors à l'Evêque.

— A ma requête, le Seigneur Samuels est venu me voir au Palais hier soir. Je savais, bien sûr, que les *Duuk-tsarith* recherchaient le jeune homme avec un zèle qui m'a paru louche. Naturellement, j'étais curieux de savoir pourquoi et le Seigneur Samuels ne demandait qu'à répondre à mes questions. Il m'a raconté tout ce qu'il savait de Joram et de l'étrange témoignage de la *Theldara.* Il restait beaucoup de questions sans réponse, qui piquèrent ma curiosité. Pourquoi les archives sur Anja avaient-elles disparu ? Pourquoi prétendre que le bébé volé était un orphelin, alors qu'aucune disparition n'avait été signalée ?

« J'ai immédiatement convoqué le Chef des *Duuk-tsarith*. Lui révélant ce que je savais, et insistant sur les avantages qu'il y avait pour elle à parler, par rapport aux inconvénients qu'il y aurait à rester fidèle *à un homme qui ne le méritait pas* — il insista sur ces mots, à la fureur renouvelée de l'Evêque — elle a accepté de coopérer et m'a dit tout ce que je voulais savoir. Ne t'inquiète pas, mon Neveu. Ta bien-aimée est de retour dans sa famille, en train de verser des larmes abondantes sur ta capture, sans aucun doute. Elle aura encore une épreuve à subir qui — quoique douloureuse — est indispensable. Dans l'ancien monde, on amputait souvent un membre gangrené pour sauver le reste du corps. Elle est jeune, sa blessure guérira, surtout quand elle saura que l'homme qu'elle aimait est un Mort, condamné pour le meurtre de deux citoyens et la pratique de Arts noirs.

Les couleurs revenaient sur le visage bouffi de l'Evêque Vanya. Il s'éclaircit la gorge.

— Oui, Éminence, dit le Prince Xavier, les lèvres retroussées dans un rictus, je garderai votre secret. C'est dans l'intérêt du peuple. A une condition, bien sûr.

— L'Impératrice, dit Vanya.

— Exactement.

— Sa mort sera rendue publique demain, dit Vanya, déglutissant avec effort. C'est un parti que j'ai toujours conseillé comme le seul moyen de donner à cette pauvre âme le repos auquel elle aspire. Mais l'Empereur s'y est opposé. Il ne fait aucun doute, ajouta-t-il, regardant nerveusement le Prince Xavier, que l'Empereur est fou, n'est-ce pas ?

— Aucun, répondit le sorcier avec ironie.

L'Evêque branla du chef, s'humectant les lèvres, soulagé.

— Il reste un détail à régler, dit le Prince Xavier.

— Quoi donc ? demanda Vanya, d'un ton soupçonneux.

— La Noirépée... commença le sorcier.

— Personne ne touchera cette arme de perdition ! rugit Vanya, le visage congestionné, les veines saillant sur son front, les yeux disparaissant presque dans ses bourrelets. Pas même vous, *DKarn-Duuk* ! Je la présenterai au Jugement comme preuve de la culpabilité du jeune homme. Puis elle reviendra à la Source, où elle sera enfermée à jamais !

Au ton de l'Evêque, aucun doute que le Prince Xavier venait, en labourant un champ, de heurter un roc gigantesque. Il aurait pu le déplacer, mais cela exigeait du temps et de la patience. Mieux valait le contourner pour le moment. Haussant les épaules, il s'inclina en signe d'acquiescement.

— Vous avez mon épée, mais moi, que vais-je devenir ? demanda Joram d'un ton fier, un amer sourire aux lèvres. Vous ne pouvez pas me tuer sans réaliser la Prophétie. Mais vous ne pouvez pas vous permettre de me laisser vivre. Trop d'erreurs ont été commises jusqu'à présent. Enfermez-moi dans le plus profond des cachots — et vous ne pourrez jamais dormir tranquilles, vous demandant toutes les nuits si je ne me suis pas évadé.

— Tu me plais de plus en plus, mon Neveu, soupira le Prince Xavier en se levant. Ton destin est, je le crains, entre les mains des catalystes, puisque tu représentes un danger pour le royaume. Je ne doute pas que l'Evêque Vanya n'ait — enfin — trouvé la solution de ce problème épineux. Mon travail ici est terminé, Éminence, ajouta-t-il en s'inclinant légèrement. Mes Révérends Frères...

Il salua Saryon qui fixait Vanya, les yeux terrorisés, et Dulchase qui remua nerveusement sur son siège sans le regarder, puis, rabattant sa capuche sur son visage, il se tourna enfin vers Joram.

— Lève-toi, et dis-moi adieu, mon Neveu.

A contrecœur, rejetant ses cheveux noirs en arrière avec défi, le jeune homme se leva, puis s'immobilisa, mains croisées derrière le dos, yeux perdus dans les ténèbres du Hall. Le Prince s'avança et le prit par les épaules. Instinctivement, Joram eut un mouvement de recul, mais il se maîtrisa, trop fier pour se débattre. Souriant, LE *DKarn-Duuk* approcha de son visage sa tête encapuchonnée, et l'embrassa, d'abord sur la joue gauche, puis sur la droite. Le jeune homme ne résista plus alors, se contractant au contact des lèvres glacées. D'une secousse, il se dégagea de l'emprise de son oncle, frictionnant ses bras nus comme pour se purifier.

Un Couloir s'ouvrit derrière le Prince, qui s'y évanouit. La lumière qu'il avait apportée disparut avec lui, replongeant la plus grande partie du Hall de la Vie dans les ténèbres, maintenant uniquement éclairées par la clarté fantomatique émanant du Puits de la Vie, et la vive lumière brillant derrière le trône de Vanya.

Bien qu'encore secoué, Vanya semblait retrouver sa contenance. Sur un geste de l'Evêque, le jeune *Duuk-tsarith* sortit de l'ombre. Il dit un mot, et de nouveau Joram se trouva entouré de trois anneaux de feu projetant une étrange clarté dans la nuit de la salle. L'Evêque contempla le jeune homme en silence, respirant bruyamment par le nez.

— Votre Sainteté, commença Saryon, se levant lentement et avec hésitation. Vous m'avez promis qu'il ne serait pas tué, dit le catalyste, joignant des mains tremblantes. Vous m'avez juré par le sang d'Et...

— A genoux, Frère Saryon, dit l'Evêque d'un ton sévère. Et prie-Le pour ta propre rédemption !

— Non ! s'écria Saryon, se précipitant vers lui.

Extirpant sa masse de son trône, l'Evêque se leva avec peine, écarta brutalement le catalyste et s'arrêta devant Joram. Le jeune homme le regarda sans un mot, un demi-sourire aux lèvres.

— Joram, fils d'...

Il s'interrompit, désemparé. Le demi-sourire de Joram s'élargit en un grand sourire triomphal. L'Evêque pâlit de colère.

— Tu as raison, jeune homme ! dit-il, la voix tremblante de fureur. Nous n'osons pas te laisser vivre. Nous n'osons pas te faire mourir. Comme tu as été un Mort parmi les Vivants, tu subiras maintenant la Mort vivante.

Dulchase se leva d'un bond, la gorge serrée. Non ! voulait-il hurler, je ne veux pas prendre part à ce crime ! Mais aucun son ne sortit de sa bouche. Pour une fois, sa langue le trahit. On l'avait bien piégé. Il en savait trop. Il irait à Zith-el, où il y avait un si beau zoo...

Saryon poussa un cri d'angoisse, et tomba à genoux devant le trône de Vanya.

L'Evêque ne prêta aucune attention à ses deux catalystes. Joram posa son regard sur le malheureux Saryon, mais son regard était froid, implacable, et revint bientôt sur l'Evêque.

— Joram, trois catalystes, ainsi que le prescrit la loi du Thimhallan, t'ayant trouvé coupable de toutes les charges portées contre toi, je te condamne à la Pétrifixion. A l'aube, tu seras transporté sur les Confins, où ta chair sera métamorphosée en pierre, ton âme continuant à vivre dans ton corps pour contempler tes crimes. Pendant les siècles des siècles, tu monteras la Garde sur les Confins, mort mais vivant, regardant pour l'éternité dans l'Outre-Monde.

Chapitre 12

OBEDIRE EST VIVERE

On frappa doucement.

— Père Saryon ? dit quelqu'un à voix basse.

— C'est l'heure ?

Il n'y avait pas de fenêtre dans la petite chapelle. L'aube dure d'un nouveau jour pouvait bien illuminer le monde extérieur, mais elle ne pénétrerait jamais dans ce sanctuaire.

— Oui, mon Père, chuchota la voix.

Lentement, Saryon releva la tête. Il avait passé le reste de la nuit à genoux sur les dalles de pierre d'une des chapelles privées de la Source, cherchant la consolation dans la prière. Maintenant, il était moulu, les genoux ankylosés. Ses jambes avaient perdu toute sensation depuis longtemps. Comme il aurait voulu pouvoir en dire autant de son cœur !

Tendant la main, il saisit la grille du chœur et s'efforça de se relever. Un gémissement étouffé s'échappa de ses lèvres, la circulation qui se rétablissait le perçant de mille aiguilles. Il voulut remuer les jambes, et s'aperçut qu'il était trop faible. Soutenant de sa main sa tête lasse, il refoula ses larmes.

— Toi qui m'as tout refusé, accorde-moi seulement la force de marcher, pria-t-il amèrement. Je ne lui faillirai pas en ce jour. Au moins, je l'accompagnerai jusqu'à la fin.

Saisissant la grille à deux mains, serrant les dents, il se mit péniblement debout. Il resta immobile quelques minutes, la respiration oppressée, jusqu'au moment où il fut certain de pouvoir bouger.

— Père Saryon ? répéta la voix, inquiète.

On gratta à la porte.

— Oui, j'arrive, dit-il sèchement. Qu'est-ce qui te presse ? L'impatience de voir le spectacle ?

Forçant ses muscles endoloris à fonctionner, traînant les pieds sur les dalles, le catalyste traversa la petite chapelle en quelques pas, et, ses forces l'abandonnant, s'abattit contre la porte.

S'arrêtant pour essuyer d'une main tremblante son front couvert de sueurs froides, Saryon trouva l'énergie d'annuler le sort magique qu'il avait placé la veille sur le battant. Ce n'était pas un sort puissant ; le catalyste l'avait lancé lui-même, utilisant le peu de Vie qu'il avait dans le corps. Mais il se demanda s'il parviendrait à l'annuler. Après un instant d'hésitation, la porte s'ouvrit vers l'intérieur.

Il se trouva devant le visage livide d'une novice aux yeux dilatés de frayeur ; elle se mordit les lèvres devant son visage gris cendre, et baissa la tête.

— Je m'inquiétais à ton sujet, mon Père, dit-elle, tremblante, c'est tout.

Passant sa main fine sur ses yeux, elle ajouta d'une voix brisée :

— Je n'ai pas envie de voir ce spectacle, mais j'y suis contrainte...

Sa voix défaillit.

— Désolé, ma Sœur, dit Saryon avec lassitude. Pardonne-moi. La nuit... a été longue.

— Oui, dit-elle d'un ton plus assuré, levant les yeux vers lui. Je comprends. J'ai demandé à l'Etern le courage de supporter cette épreuve. Il ne me faillira pas.

— Tu as bien de la chance, ricana Saryon.

Le ton soudain amer et coléreux fit sursauter la novice, qui le regarda, effrayée. Saryon soupira et ouvrit la bouche pour s'excuser, puis il y renonça. Que lui importait son pardon ? Que lui importait le pardon du monde entier, à l'exception de celui d'une seule personne ? Et celui-là, il ne l'obtiendrait jamais, il ne le méritait pas.

— Est-ce là... l'épée ?

Les yeux effrayés de la novice — aussi vifs et doux que des yeux de lapin, pensa Saryon — se tournèrent vers une masse informe de ténèbres posée sur l'autel en bois de rose, à peine visible dans la faible clarté du globe qu'elle tenait à la main.

— Oui, ma Sœur, dit Saryon d'un ton bref.

C'était la raison du sceau magique de la porte. Une seule personne avait été considérée digne de garder cette arme de ténèbres.

— Cela fera partie de ta punition, Père Saryon, avait décrété l'Evêque Vanya. Puisque tu as aidé à la création de cet outil infâme des Sorciers du Neuvième Mystère, tu passeras le reste de ta vie à le garder. Bien sûr, avait ajouté l'Evêque d'un ton radouci, il y aura des membres de notre ordre désignés pour l'étudier, afin que nous apprenions à connaître sa nature malfaisante. Tu feras profiter de ta connaissance des Arts noirs les élus choisis pour entreprendre cette tâche.

Saryon avait humblement baissé la tête, acceptant sa punition avec reconnaissance, avec la ferme conviction que cela purifierait son âme et lui donnerait la paix qu'il recherchait si désespérément. Mais la paix promise n'était pas venue. Il croyait l'avoir trouvée — jusqu'à la veille, quand il avait plongé son regard dans les yeux sombres de Joram. Les paroles de Joram, « J'avais confiance en toi ! » avaient été imprimées au fer rouge dans son âme, lui semblait-il. Elles brûleraient toujours en lui ; il ne serait jamais libéré de cette souffrance.

C'était cette flamme, supposait-il tristement, qui consumait toutes les supplications qu'il adressait à l'Etern, ses prières demandant Sa miséricorde et le pardon de ses péchés. Ses paroles sortaient de sa bouche comme des cendres et se dispersaient dans le vent, laissant dans sa poitrine une petite masse noire et calcinée.

Par une fenêtre du couloir, la novice regarda la lumière des étoiles qui s'éteignait lentement.

— Il faut partir, mon Père.

— Oui.

D'un pas chancelant, Saryon retourna vers l'autel.

La Noirépée y reposait, comme morte. La lumière que la novice tenait à la main luisait doucement sur le bois de rose poli de l'autel richement sculpté. Le cœur lourd de souffrance et de chagrin, Saryon souleva gauchement l'épée, ses muscles se contractant à ce contact. Gauchement, il la glissa dans le fourreau — manquant la faire tomber. Baissant la tête, il la saisit à deux mains et la leva vers le ciel, criant la prière la plus sincère qu'il eût faite de sa vie.

— Miséricordieux Etern, je ne me soucie plus de ma vie. Je suis perdu. Sois avec Joram ! Aide-le à trouver la lumière qu'il s'efforce d'atteindre !

Seuls le silence et l'« amen » étouffé et apitoyé de la novice lui répondirent.

Serrant la lourde épée dans ses bras, Saryon sortit de la chapelle.

Chapitre 13

LES CONFINS

Les Confins.

Le bord du monde.

Les pics couronnés de neige, les forêts de pins et les rivières scintillantes du centre du pays se prolongent par des prairies vallonnées, des cités populeuses et de vastes forêts, qui, à leur tour, font place à des herbages. Puis l'herbe elle aussi disparaît, et il n'y a plus rien, que des dunes balayées par le vent. Et au-delà des sables, les brumes de l'Outre-Monde. Fixant éternellement ces brumes de leurs aveugles yeux de pierre, se dressent les Sentinelles.

Humains condamnés, magiquement métamorphosés en statues de pierre qui conservent la vie dans leurs corps pétrifiés, les Sentinelles culminent à dix mètres de haut. Mâles et femelles, elles sont espacées les unes des autres de six mètres. Presque toutes sont des catalystes. Les mages condamnés sont envoyés dans l'Outre-Monde, car on les considère trop dangereux pour rester dans le royaume, même sous une forme pétrifiée. Mais il n'en est pas de même des humbles catalystes, et quand il fut décidé que des Gardes étaient indispensables à la frontière, cela avait paru la solution logique.

Que surveillent-ils, ces êtres silencieux, dont certains supportent depuis des siècles les piqûres du sable soufflé par le vent ? Que feraient-ils s'ils voyaient quelque chose se matérialiser dans ces brumes ? Personne ne le sait, la réponse étant oubliée depuis longtemps. Il n'y a rien au-delà de ces brumes, excepté l'Outre-Monde — le Royaume de la Mort. Et, de ce Royaume, personne n'est jamais revenu.

Situés à l'est du Thimhallan, les Confins sont la première partie du pays que touchent les rayons du soleil levant. A ce moment, sa lumière est gris perle, filtrant à travers des brumes si denses que même sa boule de feu ne parvient pas à les dissiper. Puis, pâle et froid, fantôme de lui-même, on voit le soleil luire faiblement au-dessus de l'horizon, où les brumes font place à un ciel bleu et clair. Quand le soleil s'est enfin libéré du Royaume de la Mort, il déverse à flots ses rayons sur le pays, apportant un nouveau jour aux vivants du Thimhallan.

C'est à ce moment, où le soleil déverserait ses premiers puissants rayons sur la terre, que la chair de Joram serait métamorphosée en pierre.

C'est donc dans la grisaille de l'aube que les acteurs et témoins du rite solennel commencèrent à se rassembler dans les dunes de sable. Vingt-cinq catalystes sont nécessaires pour donner à l'Exécuteur la Vie nécessaire à la Pétrifixion, et ils arrivèrent les premiers. Bien que généralement convoqués de toutes les parties du pays afin de représenter toute la population, la condamnation avait été si rapide qu'ils venaient tous de la Source. Les plus jeunes n'avaient jamais assisté à la cérémonie, les plus vieux l'avaient oubliée. C'est pourquoi on les voyait sortir des Couloirs, titubant de sommeil, beaucoup avec un livre dans les mains pour réapprendre le rite à la hâte.

Après eux arriva l'Exécuteur. Mage très puissant, appartenant aux rangs les plus élevés des *Duuk-tsarith,* cet homme était le propre sorcier des catalystes. Il travaillait pour eux seuls, et était chargé non seulement de la sécurité à la Source mais aussi de tâches comme celle d'aujourd'hui. Le noir de sa robe remplacé par le gris du Jugement pour la circonstance, il sortit seul du Couloir, le visage caché par sa capuche. Les catalystes, le voyant arriver du coin de l'œil, froncèrent les sourcils et s'écartèrent sur son passage. Il ne leur prêta aucune attention. Les mains croisées dans ses larges manches, il demeura immobile, peut-être répétant mentalement la formule compliquée du sort, peut-être concentrant les énormes énergies physiques et mentales nécessaires pour le lancer.

Puis émergèrent du Couloir deux *Duuk-tsarith*, escortant un homme de noble prestance, bien que paraissant accablé, et une jeune fille proche de l'évanouissement. Évitant le contact des sorciers, elle se cramponnait à son père. A la vue des Sentinelles de pierre, elle poussa un cri déchirant. Son père la serra dans ses bras, sinon elle serait tombée, semblait-il, pour ne plus se relever.

Plusieurs catalystes branlèrent du chef, et quelques-uns parmi les plus vieux s'avancèrent pour lui offrir la consolation et la bénédiction de l'Etern. Mais elle leur tourna le dos, comme elle tournait le dos aux *Duuk-tsarith*, enfouissant son visage dans la poitrine de son père et refusant de les regarder.

Les sorciers les accompagnèrent jusqu'à un endroit où était tracée dans le sable une roue à neuf rayons. A sa vue, la jeune fille s'évanouit, et une *Theldara* fut convoquée d'urgence.

Le Cardinal vint ensuite, se rappelant juste à temps, comme il sortait du Couloir, de quitter sa robe blanche soutachée d'argent pour la robe grise soutachée d'argent du jugement. Rejoignant plusieurs vieux catalystes qui s'inclinèrent avec révérence, le Cardinal jeta un coup d'œil vers l'est et fronça les sourcils. On l'entendit remarquer avec irritation que la cérémonie prenait du retard. Réunissant les vingt-cinq catalystes de son Ordre, il les fit mettre en cercle autour de la roue à neuf rayons. Quand ils furent tous placés à sa satisfaction, et que chacun eut fait passer sa robe du noir au gris du Jugement, le Cardinal s'inclina vers l'Exécuteur, qui, lent et solennel, vint prendre place au centre du cercle.

Tout était prêt. Par les Couloirs, le Cardinal en fit prévenir la Source, et, après quelques minutes d'anticipation haletante, le néant s'ouvrit. S'attendant à l'entourage de l'Evêque, tout le monde s'étira le cou et cligna des yeux pour le voir. Mais ce n'était que la *Theldara* appelée pour la jeune fille. Cela fit diversion un moment. Des potions reconstituantes furent administrées, et la jeune fille fut bientôt sur pied, quelque couleur revenant sur ses joues pâles.

Il y eut un moment d'agitation dans le cercle des catalystes — le Cardinal fronça les sourcils et nota mentalement les noms des plus coupables. Mais leur patience fut finalement récompensée. Le Couloir se rouvrit. La foule retint son souffle devant un phénomène inattendu.

L'Empereur sortit du Couloir. Comme tous regardaient, en état de choc, un frémissement survint dans le néant noir du Couloir, et l'Impératrice parut, assise dans un fauteuil ailé tout blanc. Elle regardait droit devant elle dans l'Outre-Monde ; beaucoup murmurèrent par la suite (quand la mort eut été officiellement annoncée) que son regard avait une expression nostalgique, comme si elle aspirait au repos qui lui était refusé. Ils étaient seuls, sans escorte, et l'Empereur flottait au-dessus du sable, regardant autour de lui, dans l'expectative.

Frappé de stupeur, le Cardinal le regarda, bouche bée. Les catalystes se regardèrent, surpris et consternés. Le couple royal attira même l'attention de la jeune fille ; elle releva la tête et le regarda — surtout l'Impératrice — puis elle détourna vivement les yeux en frissonnant. Seul l'Exécuteur resta impassible, tête haute, regard fixé sur le cercle.

Finalement, le Cardinal sortit du cercle des catalystes et fit un pas vers l'Empereur, sans avoir aucune idée de ce qu'il fallait faire de lui. Heureusement, au même instant le Couloir béa une fois de plus, et en sortirent l'Evêque Vanya et LE *DKarn-Duuk*, le rouge et l'écarlate de leurs robes paraissant éclabousser de sang les sables blancs d'alentour.

Tous deux semblèrent déconcertés à la vue de l'Empereur et de son épouse.

— Qu'est-ce qu'il fait là ? demanda l'Evêque Vanya, regardant le prince Xavier en fronçant les sourcils.

— Aucune idée, répondit froidement le sorcier. Il a peut-être besoin d'un peu de distraction.

— Les murs de la Source ont des yeux et des oreilles, et aussi des bouches, remarqua l'Evêque avec irritation, s'empourprant devant les soupçons qu'il lut dans les yeux sombres du Prince. Il a appris la vérité.

Il sembla un instant que le Prince Xavier allait perdre sa célèbre contenance, à la grande satisfaction de Vanya.

— Si le jeune homme parle, dit-il d'une voix sifflante, s'il dit la vérité publiquement devant l'Empereur...

— Il ne dira rien, l'interrompit Vanya.

Avec une moue de suffisance satisfaite, il dirigea son regard sur le Seigneur Samuels et sa fille, seuls et délaissés dans le sable derrière le cercle des catalystes.

Comprenant l'Evêque, le Prince se détendit.

— Le jeune homme sait-il qu'elle sera là ? dit-il.

— Non. Nous espérons que le choc de sa présence le fera taire. S'il essaye de parler, le catalyste — le Père Saryon — a ordre de l'avertir que la fille en souffrira.

— Hummm, se contenta de répondre le sorcier, mais d'un ton qui avait quelque chose de menaçant.

L'Evêque ne put s'empêcher de penser au serpent à sonnette qui lance un avertissement à sa victime avant de frapper. Mais ils n'avaient plus le temps de parler, car il leur incombait à tous deux d'accueillir l'Empereur et sa défunte épouse avec de grandes démonstrations de respect et d'hommage.

Maintenant, une galerie royale était indispensable, pour faire asseoir l'Empereur et l'Impératrice. L'Evêque Vanya et LE *DKarn-Duuk* y prendraient place également, avec le Cardinal, ces personnages ayant prévu jusque-là de simplement rester debout en dehors du cercle, tant ils avaient hâte d'expédier la cérémonie.

Maintenant, c'était impossible. Plusieurs *Duuk-tsarith* furent convoqués par le Couloir, pour faire apparaître la galerie avec l'aide du Cardinal en personne, puisque aucun des catalystes du cercle ne pouvait distraire une parcelle de son énergie de sa tâche. Le Cardinal donna de la Vie aux sorciers avec mauvaise humeur, et chacun pu voir que le retard l'énervait, car il regardait sans cesse dans la direction de l'orient le ciel de plus en plus lumineux à chaque seconde qui passait.

Mais les sorciers travaillèrent efficacement, et la galerie prit forme d'un mot et d'un geste. L'air se coagula en des centaines de coussins rebondis, un dais de soie tomba du ciel comme un nuage égaré, et Leurs Majestés, l'Evêque, LE *DKarn-Duuk* et les autres furent bientôt installés. Assis devant le cercle des catalystes, ils avaient une vue excellente sur l'Exécuteur et la roue à neuf rayons tracée dans le sable. Au-delà, les brumes de la Frontière du Monde roulaient et bouillonnaient dans la lumière du matin.

Poussant un soupir de soulagement, le Cardinal fit signe d'amener le prisonnier.

Chapitre 14

LA TRAGÉDIE DE L'ÉPÉE

Le Couloir se rouvrit, cette fois au centre même du cercle des catalystes.

Saryon en sortit le premier, portant la Noirépée dans ses bras, gauchement et prudemment, comme un père porte un nouveau-né. Cela sembla choquer le Cardinal — faire participer cette arme du mal à ce rite solennel ! — et il interrogea l'Evêque du regard.

L'Evêque se leva et parla d'un ton sévère.

— Il a été décrété que le Diacre Saryon se tiendrait au côté de l'Exécuteur, l'épée levée, afin que la dernière chose que rencontreront les yeux de ce jeune homme soit cette arme du mal qu'il a créée.

Le Cardinal s'inclina. Il y eut des murmures parmi les catalystes, manquement à la discipline immédiatement réprimé par un son sifflant du prêtre. Le silence retomba, si profond que tous entendirent le murmure du vent glissant sur le sable, quoique seul Saryon comprît ses paroles, ayant entendu la lamentation du vent autrefois.

— Le Prince est Mort...

Le Couloir s'ouvrit une dernière fois. Flanqué de deux *Duuk-tsarith*, Joram sortit sur le sable. Il baissait la tête, et ses cheveux noirs tombaient, échevelés, devant son visage. Il était forcé d'avancer lentement et avec précaution — les anneaux de feu encerclaient ses bras et son torse. De vilaines brûlures rouges et enflées se voyaient sur sa chair, et la rumeur circula parmi les assistants que le jeune homme avait fait une dernière tentative pour échapper à son destin.

Il semblait avoir compris la leçon, car il demeurait immobile, comme si le désespoir l'avait privé de tous ses sens, aveugle et indifférent. Les *Duuk-tsarith* guidèrent ses pas trébuchants jusqu'à la roue à neuf rayons, et le placèrent en son centre. Ses mouvements étaient mécaniques, indépendants de sa volonté. Le regard de l'Evêque fut irrésistiblement attiré du jeune homme à sa mère. La ressemblance était troublante, et il détourna vivement la tête, un frisson faisant trembloter les bourrelets de sa nuque.

Le prisonnier était maintenant sous la responsabilité de l'Exécuteur. Le sorcier vêtu de gris fit un geste subtil de la main. Les *Duuk-tsarith* gardant le jeune homme se préparèrent à partir.

— Joram ! cria une voix bouleversée à l'extérieur du cercle. Joram !

La voix se brisa dans un sanglot.

Joram releva la tête, vit qui avait crié son nom, et tourna son regard vers l'Exécuteur.

— Emmène-la. Dis-leur de l'emmener ! lança-t-il d'un ton farouche, les yeux luisant d'une lueur meurtrière, les muscles agités de spasmes, les poings serrés.

Les *Duuk-tsarith* se ravisèrent et restèrent.

— Laissez-moi lui parler, dit Saryon.

— Je ne veux pas de tes discours, catalyste ! gronda Joram avec hargne. Je ne veux rien pour moi ! dit-il, levant la voix comme un dément, et les *Duuk-tsarith* se rapprochèrent. Emmenez-la ! Elle est innocente ! Emmenez-la, ou je jure sur l'Etern que je hurlerai la vérité jusqu'à ce que ma bouche devienne de pierre...Aaah ! râla le jeune homme, les anneaux de feu lui brûlant la chair.

— Je t'en prie ! supplia Saryon avec désespoir.

La tête encapuchonnée de l'Exécuteur s'inclina imperceptiblement. Il fit un geste, et les *Duuk-tsarith* reculèrent. Jetant la Noirépée dans le sable aux pieds de l'Exécuteur, Saryon se dirigea lourdement vers Joram, qui le regardait avec une haine virulente. Quand Saryon fut à sa portée, Joram cracha sur ses chaussures. Saryon grimaça, comme s'il l'avait giflé.

— Avec mon dernier souffle, j'appellerai l'Empereur

« Père », dit Joram, les dents serrées. Va le leur dire, traître ! Dis-leur que s'ils ne la libèrent pas...

— Joram, tu ne comprends donc pas ? C'est pour ça qu'elle est là. Pour t'obliger à garder le silence. On m'a ordonné de te dire que, si tu parles, elle aura le même sort que ta mè... qu'Anja — elle sera chassée de sa famille et de la cité.

La flamme qui consumait l'âme de Joram s'aviva si violemment qu'un instant Saryon craignit qu'elle ne consume tout ce qu'il y avait de noble et de bon en lui.

Que puis-je dire ? pensa le catalyste aux abois. Aucune platitude ne pourra le sauver maintenant, seulement la vérité. Pourtant, il pourrait en devenir fou et entraîner la jeune fille avec lui dans sa chute.

— Je t'avais averti, mon fils, dit Saryon, le regardant dans les yeux. Je t'avais dit que tu ne pouvais lui apporter que malheur et souffrance. Tu ne m'as pas écouté. Ta vie a toujours été tellement centrée sur ta propre souffrance que tu n'as jamais ressenti celle des autres. Ressens-la maintenant, Joram, car ce sera la dernière chose que tu ressentiras en ce monde. Cette souffrance sera ton salut. Je voudrais que Dieu m'accorde de la prendre sur moi, acheva-t-il, baissant la tête.

Le silence retomba, uniquement rompu par le murmure du vent sur le sable et la respiration oppressée de Joram. Puis Saryon entendit la respiration se bloquer, et releva vivement la tête. Dans les yeux noirs, la flamme palpita et, noyée par les larmes, s'éteignit. Les épaules se soulevèrent, un sanglot déchira sa poitrine. Joram tomba à genoux dans le sable.

— Aide-moi, mon Père ! dit-il, étouffé par les pleurs. J'ai peur ! Si peur !

— Enlevez-ça, ordonna Saryon aux *Duuk-tsarith,* montrant les anneaux de feu d'un geste furieux.

Hésitants, les sorciers regardèrent l'Exécuteur, qui acquiesça péremptoirement de la tête. Le temps pressait.

Les anneaux disparurent.

A genoux près de Joram, Saryon le prit dans ses bras. Le corps musclé se raidit, puis se détendit. Enfouissant sa tête sur l'épaule du catalyste, Joram ferma les yeux pour ne plus voir l'Exécuteur dans sa robe grise, pour ne plus voir le cadavre de sa mère regardant — sans le savoir — son fils

Mort condamné à la vie éternelle. Il ne put pas le supporter. La peur qui l'avait hanté dans les ténèbres de la nuit le terrassa.

Se dresser à jamais sur les Confins, érodé jour après jour par le vent, toujours éveillé, toujours rêvant, jamais en repos...

— Au secours !

— Mon fils ! dit Saryon, berçant dans ses bras le corps brûlé, caressant les longs cheveux noirs. Car tu es mon fils. C'est moi qui t'ai donné ta vie, murmura-t-il. Et maintenant, je vais te la donner de nouveau !

Les bras du catalyste se resserrèrent sur le jeune homme.

— Tiens-toi prêt ! lui murmura Saryon à l'oreille avec une intensité soudaine.

Des mains se refermèrent sur Saryon, les *Duuk-tsarith* l'entraînèrent. Saisissant rudement Joram, ils le remirent debout et le replacèrent au centre de ce qui avait été une roue à neuf rayons tracée dans le sable, et qui n'était plus qu'un fouillis confus de lignes. Le mettant entre eux, les *Duuk-tsarith* le prirent chacun par un bras, le maintenant fermement pour la Pétrifixion.

Refoulant ses larmes, Joram ignora les sorciers. Il regarda le catalyste et vit le visage hagard de Saryon curieusement ferme et résolu, tandis qu'avec une répugnance apparente, il ramassait la Noirépée. Il la leva devant lui, une main juste au-dessous de la garde.

Joram, qui suivait intensément ses mouvements, vit Saryon, d'une brève secousse de la main, remuer l'épée dans son fourreau. Il regarda vivement autour de lui, pour s'assurer que personne n'avait rien remarqué. Tous les yeux étaient braqués sur l'Exécuteur. Joram se raidit, prêt, sans aucune idée de ce que Saryon allait faire.

Il entendit Gwendolyn sangloter. Il entendit les catalystes commencer leurs psalmodies, tirant de la Vie du monde. Se prenant par la main, ils commencèrent à concentrer leurs énergies sur l'Exécuteur. Joram entendit l'Exécuteur qui se mit à psalmodier, mais il ferma son esprit à ce son. Il ferma son esprit à tous les sons, comme il avait fermé ses yeux à toutes les images quelques instants plus tôt. Il se concentra sur Saryon de toute son âme, de tout son être. Il savait que s'il relâchait sa concentration, la peur reviendrait et l'anéantirait.

De nouveau, l'Evêque Vanya se leva pesamment. D'une voix sonore qui portait par-dessus les psalmodies, les prières et les murmures du vent, il lui lut les charges.

— Joram, dit Vanya (se dispensant du nom de sa mère, à la grande perplexité de certains, il coula un regard embarrassé vers l'Empereur, que l'on vit sourire avec ironie), tu es un Mort qui marche parmi les Vivants. Tu es accusé d'avoir assassiné deux citoyens du Thimhallan. Plus infâme encore, tu es accusé de t'être acoquiné avec les Sorciers des Arts noirs et d'avoir créé parmi eux une arme du mal qui est une abomination dans ce monde. Un tribunal de catalystes t'a déclaré coupable de ces méfaits.

« Ils t'ont condamné à la Pétrifixion, à veiller à jamais sur ces Confins, avertissement éternel à tous ceux qui pourraient être tentés de s'engager sur les chemins ténébreux que tu as foulés. Le dernier regard de tes yeux tombera sur cette arme démoniaque que tu as forgée. Quand tout sera fini, le symbole des arts abominables qui t'ont dévoyé sera gravé sur ta poitrine. Dans les longues années qui t'attendent, puisse l'Etern t'accorder de te repentir et de trouver grâce à Ses yeux.

« Puisse-t-Il avoir pitié de ton âme ! Exécuteur, fais ton devoir.

Joram entendit ces paroles, luttant pour maîtriser sa colère, et, un instant, on put croire qu'il allait hurler la vérité. Il avait envie de balayer l'expression papelarde de tous ces visages, il avait envie de les voir pâlir et transpirer. Son regard se posa sur l'Empereur, son père, et un espoir fou fit battre son cœur. Il va me soutenir ! pensa-t-il. Il sait qui je suis, c'est pour ça qu'il est là. Il est venu pour me sauver !

Joram tourna brusquement la tête, comme attiré par un mot fait pour ses seules oreilles. Une fois de plus, il plongea son regard dans les yeux morts de sa mère. Le cadavre était immobile, les yeux fixes dans le visage translucide. Joram comprit alors, et il soupira. Il ramena les yeux sur l'Empereur, qui ne le regardait pas, mais regardait à travers lui, sans faire mine de le reconnaître. Il n'y avait que cet étrange sourire triste, apparu sur ses lèvres quand Vanya avait omis de citer le nom de sa mère lors de l'énoncé des charges.

Tu es mon fils — les mots du catalyste résonnèrent dans sa tête —, *je t'ai donné la vie.*

L'Exécuteur psalmodia plus fort. Il leva les mains.

Saryon s'avança à son côté, se plaçant à sa gauche comme on l'enseigne aux catalystes allant à la bataille avec leur mages. Lentement, Saryon leva la Noirépée, la tenant à deux mains juste sous la garde.

Joram, les yeux braqués sur Saryon, vit qu'il ne tenait pas l'épée elle-même, mais seulement le fourreau. Son pouls s'accéléra, ses muscles frémirent. Il eut du mal à rester immobile au centre de la roue maintenant presque effacée par les piétinements. Il concentra son regard sur Saryon et l'épée. Les *Duuk-tsarith* s'en allèrent rejoindre le cercle des catalystes.

Joram était seul sur le sable.

Avec un cri, assourdi par sa capuche, l'Exécuteur demanda de la Vie. Baissant la tête, tous les catalystes concentrèrent leur énergie sur le sorcier, extrayant la magie du monde. Ouvrant leurs conduits, ils firent couler la magie dans le corps du sorcier. Si puissantes étaient les énergies concentrées de tous les catalystes que la magie devint visible — flamme bleue tournoyant autour des corps et des mains unies des prêtres. Fulgurant comme un éclair bleu, elle bondit de leurs corps dans celui de l'Exécuteur.

Saturé de pouvoir, il pointa ses deux mains sur Joram. Dès qu'il prononcerait un mot, le sort serait jeté, la Pétrifixion commencerait.

L'Exécuteur prit une profonde inspiration. La capuche grise trembla. Il prononça la première syllabe du premier mot, et, à cet instant, Saryon se rua de l'avant, interposant son corps entre l'Exécuteur et Joram. La lumière bleue, que dardaient les mains du sorcier, frappa Saryon. Le souffle coupé par la souffrance, il voulut faire un pas, mais il ne pouvait plus bouger.

Il tomba, les chevilles blanches, transformées en pierre.

— Mon fils ! s'écria Saryon, sans quitter Joram des yeux. L'épée !

Rassemblant ses dernières forces, alors même que le terrible froid de la pierre atteignait ses genoux, Saryon jeta l'arme loin de lui.

La Noirépée tomba aux pieds de Joram. Mais il aurait

pu être lui-même changé en pierre ; frappé d'horreur, il ne regardait que Saryon.

— Joram ! Fuis ! cria Saryon d'une voix angoissée, se tordant de souffrance, les pieds pétrifiés dans le sable.

Des ombres noires vues du coin de l'œil firent revenir Joram à lui. Colère et douleur le poussèrent à l'action. Il se baissa, ramassa l'épée, dégaina du même mouvement, et se tourna vers ses ennemis.

Les leçons de Garald lui revinrent. Il tendit le bras devant lui, pour maintenir les *Duuk-tsarith* à distance avant de se mettre en garde. Mais il avait compté sans les propres pouvoirs de l'épée.

La lame sortit du fourreau dans un air saturé de magie, la Vie des catalystes coulant dans le corps de l'Exécuteur. Assoiffée de Vie, la Noirépée se mit à aspirer la magie en elle. Un arc de lumière bleue bondit de l'Exécuteur vers l'épée. Les catalystes poussèrent des cris de peur, beaucoup cherchant à fermer les conduits. Mais il était trop tard. La Noirépée gagnait en puissance à chaque seconde, forçant les conduits à rester ouverts, et aspirant la Vie de tout ce qui l'entourait — hommes et choses.

Courant vers Joram pour l'arrêter, les sorts crépitant au bout de leurs doigts, les sorciers virent un arc de lumière bleue fulgurer dans le noir. Une boule d'énergie pure les frappa avec la force d'une étoile qui explose, et les corps vêtus de noirs se désintégrèrent dans un éclair aveuglant.

La Noirépée bourdonnait triomphalement dans les mains de Joram. La lumière bleue émanant de sa lame s'enroulait autour du jeune homme comme une liane flamboyante. Étourdi par l'explosion et par la disparition de ses ennemis, Joram regarda l'épée, incrédule et hésitant. Puis il réalisa la puissance terrible qu'il tenait dans ses mains. Avec l'épée, il pouvait conquérir le monde ! Avec elle, il était invincible !

Criant d'exultation, Joram pivota vers l'Exécuteur ...

... et vit Saryon.

Le sort avait été lancé. La puissance de la Noirépée ne pouvait ni l'altérer ni le changer, ni l'arrêter.

Les pieds, les membres et les hanches de Saryon étaient maintenant de pierre blanche, solide, immobile. Le froid glacial de l'engourdissement montait à la taille ; Joram voyait le catalyste se pétrifier sous ses yeux.

— Non ! s'écria Joram d'une voix creuse, abaissant son épée.

LE *DKarn-Duuk* vociférait quelque part. L'Evêque Vanya rugissait comme une bête blessée. Joram eut la vague impression de Couloirs qui s'ouvraient, de silhouettes noires qui en sortaient comme des fourmis. Et c'était bien ce qu'elles étaient pour lui — des insectes, rien de plus.

Bondissant de l'avant, Joram saisit le bras de Saryon. Au prix d'un terrible effort, le catalyste leva les mains en un geste de supplication.

— Fuis ! parvint-il à articuler avant que son diaphragme ne se pétrifie, étouffant sa voix. Fuis ! répétèrent ses yeux suppliants brouillés par la souffrance.

La rage s'empara de Joram. Courant dans le sable, il vint se planter devant l'Exécuteur. La Noirépée, flamboyant de lumière bleue, continuait à aspirer la Vie du monde, et l'Exécuteur avait mis un genou en terre. Lancer le sort lui avait demandé beaucoup d'énergie, et l'épée suçait le reste. Mais il eut la force de relever la tête, et regarda Joram avec un froid détachement.

— Inverse le sort ! ordonna Joram levant son épée, ou, je le jure par l'Etern, je te décapite !

— Fais ce que tu veux ! dit le sorcier d'une voix mourante. Une fois lancé, le sort est irréversible. Même le pouvoir de cette arme de ténèbres ne peut rien y changer.

Aveuglé par les larmes, Joram leva l'épée pour mettre sa menace à exécution. Le sorcier attendit, trop vidé d'énergie pour bouger, affrontant son tueur avec un sombre courage.

Joram s'arrêta, détournant les yeux de son ennemi pour regarder autour de lui. La plupart des catalystes étaient tombés à genoux, épuisés ; certains avaient perdu connaissance, et gisaient sur le sable, inanimés. Les *Duuk-tsarith* rôdaient au bord dû cercle des prêtres tombés, hésitant sur la conduite à suivre. La Vie des sorciers avait été aspirée à l'instant où ils sortaient du Couloir. Aucun n'osait approcher de Joram tant que l'épée conservait sa terrible puisance.

Leur peur était reflétée dans le visage marbré de l'Evêque Vanya, et les yeux effrayés du Prince Xavier. Joram la vit clairement, et il eut ce demi-sourire qui assombrissait son visage. Aucun d'eux ne pouvait l'arrêter maintenant, et ils le savaient. La Noirépée pouvait ouvrir les

Couloirs, l'emporter n'importe où dans ce monde, et il serait perdu pour eux à jamais.

Un son se fit entendre derrière lui, à peine audible même dans le silence de mort qui l'entourait. C'était un soupir, le dernier soupir échappant de poumons transformés en pierre.

Joram abaissa brusquement son épée. Ignorant l'Exécuteur, dans les yeux duquel il vit soulagement et perplexité ; ignorant les *Duuk-tsarith* qui attendaient le moment de passer à l'action, Joram leur tourna le dos et avança dans le sable. S'arrêtant devant le catalyste, il le vit entièrement changé en pierre, seuls les yeux et la tête vivant encore. Levant la main, il caressa la joue toujours tiède, la sentant se refroidir sous ses doigts.

— Je comprends maintenant ce que je dois faire, mon Père, dit doucement Joram, ramassant le fourreau aux pieds de pierre de Saryon.

Levant la Noirépée, il la rengaina et la posa avec révérence dans les bras tendus du catalyste.

Une unique larme coula sur la joue de Saryon, puis les yeux se pétrifièrent. La Pétrifixion était complète. Des pieds à la tête, la chair chaude et vivante n'était plus que pierre dure et froide. Mais le visage de pierre exprimait une paix sublime qu'il conserverait à jamais, les lèvres légèrement entrouvertes en une dernière prière d'action de grâce venue de l'âme.

Réconforté par cette expression, Joram posa un instant sa tête contre la poitrine de pierre.

— Donne-moi un peu de ta force, mon Père, pria-t-il.

Puis il s'écarta de la statue vivante, et se tourna vers les visage livides et effrayés qui l'observaient.

— Vous m'appelez Mort ! cria-t-il.

Son regard se posa sur l'Impératrice. Privée de la magie qui donnait au cadavre un semblant de vie, son corps gisait en tas aux pieds de l'Empereur qui n'avait pas baissé les yeux une seule fois. Il aurait pu être cadavre lui-même à en juger sur son visage défait.

Joram leva les yeux vers le ciel bleu. Le soleil était sorti des brumes de la mort et brillait béatement sur le monde. Le jeune homme soupira, d'un soupir qui aurait pu être l'écho du dernier souffle de Saryon.

— Mais c'est vous qui êtes morts, dit-il avec douleur.

C'est ce monde qui est mort. Vous n'avez rien à craindre de moi.

Tournant les talons, il s'éloigna de la statue vivante, traversant le sable d'un pas lent et résolu. Il entendit un grand tapage derrière lui, quand les sorciers entrèrent en action, ne craignant plus l'épée qui gisait, froide et inanimée, dans les bras pétrifiés de Saryon. Mais Joram n'accéléra pas son allure. Il marchait avec l'Etern, aucun mortel ne pouvait le toucher.

— Arrêtez-le ! cria l'Evêque Vanya, d'une voix rauque de terreur, car il comprit soudain l'intention de Joram.

LE *DKarn-Duuk* bondit de la galerie, le visage convulsé de fureur.

— Arrêtez-le à tout prix ! glapit le sorcier, sa robe rouge tournoyant autour de lui comme une eau sanglante.

Les *Duuk-tsarith* jetèrent leurs sorts, mais beaucoup étaient affaiblis par la Noirépée. Ou peut-être que des vestiges de son pouvoir perduraient encore autour de Joram, car aucune magie ne le toucha ni ne l'arrêta. Il ne jeta pas même un regard en arrière, mais continua à marcher, ses longs cheveux flottant au vent. Des volutes de brumes l'atteignirent, s'enroulèrent autour de ses pieds. Et il continua à marcher.

Pourtant, un son le fit hésiter. C'était une voix de femme, et qui l'appelait, non avec désespoir ou regret, mais avec amour.

— Joram ! Attends-moi !

Le père de Gwendolyn, l'air horrifié, voulut la serrer dans ses bras. Ses bras se refermèrent sur le vide. Elle avait disparu. Certains des assistants dirent qu'à ce moment, ils virent le papillotement d'une robe blanche et des reflets de soleil sur des cheveux d'or, avant que tout ne s'évanouisse dans les brumes de l'Outre-Monde.

Joram continua à marcher. Les brumes de l'Outre-Monde s'épaissirent autour de lui, puis il disparut complètement à la vue. Le brouillard roulait, bouillonnait et déferlait comme une vague gris de perle, dans un silence total, sur les sables du rivage du bord du monde.

La plus grande confusion régnait sur la plage. L'Evêque Vanya poussa un cri étranglé, porta ses mains à sa gorge et piqua du nez, inanimé.

LE *DKarn-Duuk*, voyant sa proie lui échapper, courut à

la statue vivante et essaya de s'emparer de la Noirépée. Mais le catalyste de pierre la tenait solidement, quelque propriété du métal, peut-être, l'ayant fait fusionner avec ses bras. Ou peut-être était-ce le fourreau, car les runes gravées brillaient d'une sainte lumière argentée. Quoi que ce fût, le Prince Xavier ne put la bouger.

Le Seigneur Samuels courait comme un dément au bord de la plage, appelant sa fille. Accostant les *Duuk-tsarith,* il les supplia de l'aider. Les hommes en noir le toisèrent avec une froide pitié, et, repoussant ses mains, entrèrent dans les Couloirs pour retourner à leurs activités habituelles.

Les catalystes s'aidèrent mutuellement à se relever, les plus forts assistant les plus faibles. Titubant dans le sable, ils parvinrent à gagner les Couloirs qui les ramèneraient à la Source. Tous ceux dont le regard tombait sur la statue de pierre de Saryon détournaient vivement les yeux.

Lentement, l'Exécuteur se releva et boitilla vers LE *DKarn-Duuk,* qui contemplait toujours avec nostalgie la Noirépée serrée dans les bras de pierre.

— Dois-je lui donner la même taille que les autres, Seigneur ? demanda-t-il, regardant les statues de dix mètres.

— Non ! gronda le Prince, les yeux flamboyants. Il doit bien y avoir un moyen de récupérer cette maudite épée ! dit-il en la touchant. Un moyen... murmura-t-il.

Les Couloirs s'ouvrirent et se vidèrent rapidement. La *Theldara* ramena à la Source l'Evêque anéanti. Le cadavre de l'Impératrice, enveloppé de lin blanc, fut emporté au Palais. LE *DKarn-Duuk,* entouré des *Duuk-tsarith,* et accompagné de l'Exécuteur, retourna dans le lieu sombre et secret habité par l'Ordre, où tous allaient se mettre à étudier frénétiquement les propriétés de la pierre noire. Le Seigneur Samuels, presque fou de douleur, rentra chez lui pour annoncer à sa femme leur perte irréparable.

Bientôt, l'Empereur resta seul sur le sable. Personne ne lui avait adressé un mot. Ils avaient emporté le cadavre de sa femme qui gisait à ses pieds, et il n'avait pas baissé les yeux. Immobile, comme changé lui-même en pierre, il fixait les brumes avec cet étrange sourire triste aux lèvres.

Joram était passé dans l'Outre-monde, et le vent soufflant dans les dunes de sable murmurait :

— Le Prince est mort...Le Prince est Mort.

CODA

Le crépuscule tomba sur les Confins, colorant les brumes de rouge et de rose, de pourpre et d'orange.

Sur la plage déserte, seule demeurait la statue vivante, fixant le Royaume de la Mort de ses yeux de pierre. Même l'Empereur avait fini par s'en aller, mais personne ne savait où. Il n'était pas rentré au Palais, et tout le monde le cherchait, car sa présence était indispensable aux funérailles de sa défunte épouse.

Un palmier — grand, mince, élégant —, dressé à la limite de l'herbe et des sables, se secoua, s'étira, et émit un bâillement caverneux.

— Morbleu, s'écria-t-il avec irritation, ce que je suis raide ! Aussi quelle idée de m'endormir debout comme ça ! Et j'ai passé toute la journée en plein soleil. Je vais avoir une tête !

Dans un froufrou de feuilles, le palmier se transforma en un jeune homme barbu d'âge indéfinissable, en costume flamboyant — culotte moulante, bas de soie, et jaquette aux genoux. Bordée de plumes d'autruche, la jaquette ouvrait sur un gilet assorti, également bordé de plumes d'autruche. Des manchettes de dentelle dépassaient des plumes d'autruche des manches, et un bouillonné de dentelle pétillait autour du cou. Le tout en tissu rayé orange brûlée et rouge foncé.

— Parfait pour des funérailles. Je nommerai cette couleur *Rust in Puce*[1], dit Simkin, faisant apparaître un miroir et s'examinant d'un œil critique.

1. Jeu de mots intraduisible sur les couleurs rouille et puce (en anglais *rust* et *puce*) et l'inscription traditionnelle sur les tombes *Rest in peace* = Repose en paix. *(N.d.T.)*

Il s'arrêta sur le nez.

— Ah, j'ai attrapé un coup de soleil. Et ça va me donner des taches de rousseur !

Il renvoya le miroir d'un geste irrité.

Fourrant ses mains dans des poches qui apparurent quand il les mit dedans, Simkin se mit à planer sur la dune d'un air morose.

— Je devrais peut-être couvrir d'ocelles toute ma peau, remarqua-t-il pensivement.

Flottant au hasard au-dessus du sable, il arriva enfin à la statue du catalyste, et atterrit doucement devant elle.

— Sacrebleu ! dit-il au bout d'un moment, profondément ému. Je suis vraiment impressionné ! La ressemblance est remarquable. Avec la calvitie et tout.

Se détournant de la statue, Simkin contempla les brumes de l'Outre-Monde, dont les couleurs vives viraient au noir de la nuit à mesure que le crépuscule perdait son emprise sur le monde. Roulant et rampant sur le rivage, les vagues de brume se haussaient davantage à chaque déferlement, comme la marée montante. Simkin les contempla, souriant en se caressant la barbe.

— Maintenant, la vraie partie peut commencer, murmura-t-il.

Cueillant en l'air son mouchoir de soie orange, il le noua au cou de la statue de Saryon. Puis, fredonnant entre ses dents, il disparut dans le crépuscule, laissant la statue dans sa solitude désespérée sur le rivage silencieux, la bannière orange frémissant au vent, petite flamme vivante dans l'obscurité grandissante.